끝맛

Aftertaste

끝맛

다리아 라벨 장편소설 | 정해영 옮김

클레이하우스
CLAYHOUSE

유령이 곁에 있으면, 먹어본 적도 없는 맛을 느낄 수 있는 콘스탄틴.
작가가 직접 선정한 플레이리스트와 함께
뉴욕 레스토랑의 세계에서 펼쳐지는 모험을 즐겨보세요.

일러두기

• 모든 주석은 옮긴이주입니다.
• 단행본은 『』로, TV 프로그램·공연·영화·음악은 〈〉로, 신문·잡지는 《》로 표시했습니다.

이 이야기는 죽음과 애도를 포함한 무거운 주제를 담고 있지만,
궁극적으로 행복과 희망을 탐구하고 있다.

나에게 성찬의 소금과도 같은 존재인
제임스에게 이 책을 바친다.

차례

제1부

입맛

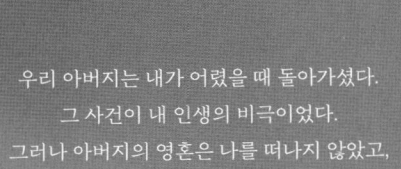

우리 아버지는 내가 어렸을 때 돌아가셨다.
그 사건이 내 인생의 비극이었다.
그러나 아버지의 영혼은 나를 떠나지 않았고,
어쩌면 그것이 내 인생의 기적일 것이다.

에릭 리페르
『달걀노른자 32개』

그는 그 음식의 유령, 그러니까 그 음식의 맛이 아니라
그 음식의 끝맛이 방금 자신의 입안에 머물렀다는 걸 깨달았다.
그 맛은 그것을 가장 간절히 다시 맛보고 싶어 했던 사람에 의해,
영혼처럼 그의 입속으로 불쑥 들어온 것이었다.

쓴맛

콘스탄틴 두호브니가 아무것도 먹지 않았는데도 어떤 맛을 처음 느낀 건, 그가 열한 살일 때였다. 그는 브라이턴비치*에 있는 야외 수영장 가장자리에 앉아, 발뒤꿈치로 탁한 물을 휘저어 거품을 일으키고 있었다.

그는 다른 소년들의 등을 지켜보았다. 원래는 그도 함께 수영해야 했지만, 소년들은 단 한 번도, 그냥 예의상이라도, 그를 자기들 무리에 끼워준 적이 없었다. 그들은 첨벙거리며 물속에서 물구나무서기를 하고, 폐활량을 과시하고, 소독약 냄새가 나는 물을 마치 돌고래처럼 공중으로 길게 내뿜었다.

그는 오후 내내 그들을, 그러니까 미트야, 사샤, 미샤 K, 미샤 B(등 전체에 빽빽하게 난 검은 털 때문에 계속 곰이라고 불렸던 아이)를 바라보았다. 그들의 아버지들이 하나둘 물에 젖은《루스카야 레클레마》신

• 뉴욕 브루클린 남부에 있는 동네로, 러시아어를 사용하는 이민자들이 많이 거주하는 곳으로 유명하다.

문을 다 읽고, 올이 다 드러난 흰색 속옷 위로 젖꼭지를 벅벅 긁은 후, 고무로 된 선베드에서 희멀건 몸을 일으켜 이제 수영을 마칠 시간이라는 신호를 보낼 때까지.

코스티야가 수영장에 올 때는 사촌인 발레릭이 보호자로 따라왔다. 사실 발레릭은 진짜 사촌이 아니라, 어머니의 지인인 테트야 나타샤의 10대 아들이었다. 발레릭은 여자친구가 근처 산책로에 키싱 부스*가 있다는 말을 속삭이자마자 곧바로 코스티야를 내팽개쳤다.

여기 꼼짝 말고 있어. 다시 올 테니까. 발레릭이 낮게 깐 목소리로 말했다.

두 시간 전의 일이었다.

마지막으로 미트야가 수영장 철망 울타리의 손잡이를 들어 올렸을 때, 코스티야는 질투심에 속이 부글부글 끓어오르는 것을 느꼈다. 그를 집으로 데려다줄 사람은 없었다. 그의 등에 선크림을 듬뿍 발라줄 사람이 없었던 것처럼(그래서 벌써 등이 당기고 빨개지고 불에 덴 듯 화끈거렸다). 그리고 그 아이들과 자연스럽게 어울리고, 자신도 같은 무리에 속한다는 것을 분명하게 보여줄 수 있도록 말하는 법을 가르쳐줄 사람도 없었던 것처럼.

하지만 사실 코스티야는 그 무리에 속하지 못했다. **그 애들**의 아버지들은 살아 있었으니까.

물속 발길질은 더 빨라지고 더 맹렬해졌다. 그 발길질은 그 아이들과 아버지들을 향한 것이었고, 자신의 내면에 자리 잡은 거대한 갈망의 공허를 향한 것이었다. 이토록 누군가를 그리워하고, 심지어

* 주로 축제에서 모금을 위해 설치하고 가볍게 키스를 해주는 곳.

알지 못하는 부분까지 포함한 모든 부분을 절박하게 그리워하는 발길질이었다. 말하자면 그 공허는 속이 깊은 주머니와 같았다. 그 주머니 안에 손을 넣고 안감을 충분히 오래 더듬어 반대편으로 뚫고 나갈 수만 있다면, 그래서 음식으로 가득 찬 배처럼 이 공허가 채워진다면, 자신이 찾던 것을 발견할 수 있을 것만 같았다.

바로 그때 뭔가가 그의 혀를 스치고 지나갔다. 코스티야는 발길질을 멈추었다. 그것은 마치 걸쭉한 풀처럼 입안을 뒤덮었다. 그 맛, 아무것도 먹지 않았는데도 느껴졌던 그 맛은 압도적이었다. 풍미가 강했다. 짠맛과 파삭한 식감이 느껴지고, 살짝 단맛과 기름진 맛이 감돌면서 시큼한 맛도 스치는 듯하더니, 마지막에는 목구멍 뒤에서 쓴맛마저 느껴졌다. 멍든 것처럼 짜증나는 **쓴맛**. 좋기도 하지만 나쁘기도 한, 조금은 똥 같은 맛. 그는 혹시 아이들 중 하나가 그에게 똥을 먹일 방법을 찾아낸 게 아닐까 잠시 생각했다. 아버지가 있는 아이들은 아버지 없는 아이에게 그런 짓을 할 법도 한 것 같았다. 그러나 곧 그 감각은 사라졌다. 코스티야는 입을 쩝쩝대며 그 감각을 다시 불러오려 해보았지만, 이제 눈물을 삼킬 때 혀에 천천히 퍼지는 온기 외에는 아무 감각도 남아 있지 않았다.

맛이 사라지고 나서야 비로소 그는 그것이 무슨 맛이었는지 불현듯 깨달았다.

닭의 간, 볶은 양파, 생 딜 가니쉬, 레몬즙.

피촌카였다.

어머니의 말에 따르면 피촌카는 코스티야의 아버지가 가장 좋아하던 음식이었다. 어머니는 어쩌다 한 번씩 그 이야기를 했고, 아버지가 죽은 후에는 더 이상 그 음식을 만들지 않았다. 코스티야는 피촌카를 맛본 적이 없었다. 그냥 본능처럼, 이제야 자각하게 된 또 하나의 감각처럼, 그는 그 음식의 유령, 그러니까 그 음식의 맛이 아니라 그 음식의 끝맛이 방금 자신의 입안에 머물렀다는 걸 깨달았다. 그 맛은 그것을 가장 간절히 다시 맛보고 싶어 했던 사람에 의해, 영혼처럼 그의 입속으로 불쑥 들어온 것이었다.

짠맛

그 일이 있기 전, 그러니까 12개월 전이었다.

화요일. 찌는 듯이 뜨거운 여름.

코스티야의 아버지는 뉴욕시 메트로폴리탄 교통국에서 지급한 볼품없는 넥타이를 매고 있었다.

코스티야는 주방에서 아버지를 흘끗 보았다. 그 무렵 코스티야는 항상 주방에 있었다. 양말을 한쪽만 신은 채 문이 열린 냉장고 앞에 서 있곤 했다. 발효 유제품 케피르 팩에 이슬이 맺혀 흘러내리고, 온도가 올라가면서 모터가 헐떡이는 소리를 낼 만큼 오랫동안 서 있었다. 그는 냉장고 안에 든 것을 살펴보았다. 지난번에는 아버지가 발을 쿵쿵 굴러 경고했지만, 오늘은 아니었다.

"문 닫아." 아버지가 혀를 쯧쯧 차며 말했다. "냉장고가 망가지잖아. 음식도 상하고. 냉장고 고치려면 돈 많이 들어."

"미안." 코스티야는 웅얼거리며 크게 서두르는 기색 없이 냉장고 문을 쿵 닫았다. 그는 문이 닫히기 직전까지 키릴 문자로 쓰인 차가운 유리병과 깡통, 플라스틱 용기를 훔쳐보았다.

코스티야는 러시아어를 잘 읽지 못했기에(그는 열 살이었고 제법 똑똑했지만, 이곳은 우크라이나가 아니라 미국이었다), 러시아 식료품점에서 제품이 어떻게 포장되어 있었는지를 기억해두었다. 룰레 케밥과 밥 종류는 스티로폼 상자에 담겨 있었고, 양배추 절임과 토마토 절임 같은 시큼한 피클들은 불투명한 큰 플라스틱 통 안에서 살짝씩 간닥거렸다. 매콤한 당근 코울슬로와 마요네즈가 듬뿍 들어간 올리비에, 달콤한 흙냄새가 나는 비트 비네그레트 같은 샐러드는 직사각형 라벨이 붙은 작고 투명한 병에 담겨 있었다. 육류와 체리, 또는 사워크라우트, 양귀비 씨앗이 들어간 피로시키* 등은 흰색 종이 봉지에 담겨 있었는데, 이 봉지는 시간이 지나면서 기름기가 배어 점점 투명해졌다. 그는 냉장고 선반을 둘러보며 재고 조사를 했다. 그런 다음 작은 간이 식탁으로 가서 자못 사무적인 태도로 끈적끈적한 PVC 식탁보 위에 두 손을 포개 올리고 의자에 앉았다.

"준비됐어." 코스티야가 선언했다.

아버지는 넥타이를 매만지느라 그를 쳐다보지도 않았다.

"아빠." 코스티야가 징징거리며 갑자기 러시아말을 쓰기 시작했다. "게임 해! 자, 입에 넣어줘!"

코스티야는 모국어로 말하면 아버지가 마음을 바꿀까 기대했다. 지난 몇 주 동안 아버지는 러시아어를 쓰지 않으려는 아들과 씨름했다. 코스티야는 러시아어가 어쩐지 낯설고 입에 잘 붙지 않는다고 느끼기 시작했다. 그저 학교에서 보는 멋진 아이들처럼 되고 싶었다. 영어를 쓰는 평범한 미국 아이가 되고 싶었고, 잘 적응해서 무시

* 효모를 발효시켜 굽거나 튀겨 다양한 속을 채운 빵으로 동유럽에서 유래되었다.

18

당하는 대신 주목받고 싶었다.

코스티야의 아버지는 지치고 아쉬운 눈빛으로 냉장고를 보다가, 고개를 들어 가스레인지 위쪽에 걸려 있는 시계를 쳐다봤다. 그 순간 잠시 고민하던 흔적이 찡그린 표정으로 바뀌었다.

"오늘은 안 돼, 코스티야." 진심으로 미안한 목소리였다. "오늘은 새로운 노선으로 운행하는 날이라서 늦으면 안 돼."

"하지만, 하지만!" 다시 영어로 돌아가서 때를 썼다. "딱 한 번만. 잠깐이면 돼."

그건 그들만의 맛 맞히기 게임이었다. 눈을 감은 코스티야의 입에 아버지가 음식을 조금 넣어주면(실눈 금지였다), 그것이 무엇인지 알아맞히는 놀이였다. 그 게임을 마지막으로 했을 때, 코스티야는 연달아 네 번이나 답을 맞혔다(독토르스카야 볼로냐소시지, 살구 잼, 버터 바른 래디쉬, 할바 과자). 그가 연승 행진을 이어가고 있을 때, 그의 아버지가 포크로 찍은 기름진 생선 한 조각을 입에 넣어주었다.

"쉽네, 정어리!" 그가 의기양양해서 소리치고는 씹어서 삼켰다.

"틀렸어." 그의 아버지가 되받아 소리치며 신이 나서 테이블을 쳤고, 코스티야는 깜짝 놀라서 눈을 떴다. "청어야!"

그러나 그것도 벌써 몇 주 전의 일이었다.

"딱 한 번만…." 코스티야는 도넛처럼 기름진 목소리로 거듭해서 졸랐다.

그의 아버지가 미소 지으며 아들의 머리에 입 맞추었다.

"너는 한 번이 한 번으로 끝나는 법이 없잖아."

그들은 몇 년 전부터 이 게임을 시작했다. 당시 코스티야는 여덟 살이었고, 이민을 온 지 얼마 되지 않은 때였다. 아들에게 자신이 어디에서 왔는지를 잊지 않게 하기 위한 한 가지 방편이었다. 아들의 입속에 고향의 유산을 붙들어두려는 것이었고, 바다 건너에 있는 과거를 맛보게 하려는 것이었다. 코스티야도 이 게임을 가장 좋아했다. 다른 미국 아이들이 그의 몸에 맞지 않는 옷, 낯선 음식, 부족한 영어 실력을 비웃을 때, 코스티야는 이 밝은 기억에 더 매달렸다.

"맹세할게!"

"코스티야, 버스 타러 가야 해."

코스티야는 아버지를 따라 복도를 지나 침실까지 들어갔고, 거기서 아버지가 탁자에서 이름표를 찾는 것을 지켜보았다. 싸구려 라메천에 '세르게이 두호브니(0727번 기사)'라고 새겨진 이름표였다.

"하지만 아빠….."

아버지는 코스티야를 피해 비좁은 복도로 나갔다가 다시 주방으로 갔다. 코스티야는 끈질기게 꽁무니를 쫓아갔다. 코스티야는 지금 이것이 필요했고, 그것도 아주 절실히 필요했다. 뭔가 좋은 것이 필요했다. 전날 리겔만 산책로에서 코스티야가 벤치에 앉아 점심을 먹고 있을 때, 옆을 지나치던 두 소년은 굳이 목소리를 낮추려 애쓰지도 않고 그의 식사가 그들의 손에 든 미국식 쇠고기 프랑크 소시지에 대한 모욕이라고 품평했다. **완전 괴짜야!** 한 소년이 다른 소년에게 말했다. **우리 말 들리냐, 이 괴짜야? 쟤 뭐 먹는 거 같아? 꼭 설사 같은데.**

"나중에, 코스티야. 나중에 아빠 퇴근하고."

"싫어, 지금." 코스티야가 심통 맞게 아랫입술을 뿌루퉁 내밀고 징징거렸다.

"안 돼. 나중에." 아버지는 단호하게 반복했다.

"나중은 없어!"

반은 지쳐서, 반은 미안한 마음에, 아버지는 한숨을 쉬었다.

"아빠는 지금 당장 뛰어가야 해. 뽀뽀해줄게."

"아빠는 맨날 일뿐이야. 우리가 같이 하는 건 이 게임 하나밖에 없잖아!"

"방에 들어가, 코스티야." 아버지가 나지막히 말했다.

그러나 코스티야는 꿈쩍도 하지 않았다. 그는 한계에 다다랐고, 이제 한계를 뛰어넘으려 하고 있었다.

"엄마 말이 맞았어." 그가 내뱉었다. "우린 키이우에 그냥 살았어야 해!"

그는 어머니가 목소리를 죽이고 이모에게 전화하는 것을 엿들은 적이 있었다.

"엄마? 엄마가 뭐라고 했는⋯."

"아빤 요리를 했어야 해. 멍청한 버스를 모는 대신 식당 주인이 됐어야 한다고!" 코스티야가 아버지에게 고함을 쳤다. "그랬으면 이렇게 창피하지 않았을 거야."

"네 방으로 가." 아버지가 양파 껍질처럼 버석한 목소리로 더 크게 말했다. "넌 아무것도 몰라."

그가 문손잡이를 향해 손을 뻗었다.

코스티야는 손바닥에 초승달 모양의 손톱 자국이 생길 만큼 주먹을 꼭 쥐었다. 입안에서 나쁜 맛이 났다. 아직 닦지 않은 이와 분노가 뒤섞인 맛이었다.

"아빠가 우리를 미국으로 데려왔어." 그는 자신이 듣지 말았어야 할 말을 되풀이해 내뱉었다. "아빠가 오고 싶어서. 아빠는 자기 생각

만 했어. 내가 어떨지는 생각하지 않았어. 그러니까 가. 상관없어. **꺼**
져버려!"

영어로 말하면 좀 다르게 들렸다. 좋은 쪽으로 말이다. 인기 있는
애들은 사물함을 쿵 닫으면서 그렇게 말한다. **지옥에나 가.** 그럼에도
코스티야는 그 말의 힘이 자신의 몸속을 휘감고, 가슴에서 천둥처럼
울리는 것을 느꼈다. 갑자기 방안에 정적이 흘렀다.

아버지가 코스티야를 등진 채 멈춰 섰다.

"네 말이 맞아." 그가 조용히 말하고는 패배감에 어깨를 축 늘어
뜨린 채 문 밖으로 나갔다.

차라리 아버지가 소리를 질렀다면, 코스티야를 혼냈다면, 어떻게
든 대응했더라면, 상황이 달라졌을지도 몰랐다. 그랬다면 코스티야
가 며칠, 몇 개월, 몇 년이 지난 뒤에, 아버지가 자신의 말이 진심이
아닌 것을 알았을 거라고 스스로에게 말하기가 더 쉬웠을 것이다.
아버지의 목소리에 담긴 체념, 그리고 코스티야가 세상에서 가장 사
랑하는 사람에게 가한 명백한 고통이 날카로운 가시처럼 그의 가슴
을 찔렀다.

곧바로 후유증이 밀려왔지만, 코스티야는 문에서 눈을 떼지 않
고 아버지가 돌아와서 자신을 용서해주기를 기다렸다. 자신이 망가
뜨린 것을 고쳐주기를 기다렸다. 울지 않으려고 했지만, 코스티야는
자신이 흘린 눈물의 짠맛을 느꼈다. 마치 바닷물을 마시는 것 같았
다. 아버지가 울컥한 듯 잠긴 목소리로 내뱉은 작별인사가 머릿속에
서 그토록 강렬하게 메아리친 것을 보면, 코스티야는 이미 알고 있
었을지도 모른다. 그 말이 자신이 듣는 아버지의 마지막 말이라는
것을.

단맛

아버지가 죽고 3개월 뒤, 콘스탄틴의 생일이었다. 참으로 끔찍한 타이밍이었다.

나뭇잎이 갈색으로 물들고 공기가 선선해지는 가을이었다. 그들의 삶은 이제 아버지 없이, 마치 젤리처럼 이상하고 새로운 형태로 자리 잡혔다.

문에서 노크 소리가 났다. 있을 수 없는 일이었다. 장례식 이후 아무도 그들을 방문하지 않았고, 아무도 코스티야가 한 살 더 먹은 것이나 그의 어머니가 며칠 동안 침대에서 일어나지 못한 것, 또는 냉장고가 텅 비었고 찬장에도 먹을 게 거의 없다는 것 따위를 신경 쓰지 않았기 때문이다.

배달원이었다. 배달원의 손에는 꽃과 쪽지가 들려 있었다.

코스티야의 아버지가 언제나처럼 꽃집에 예약을 해서, 미리 꽃다발을 주문하고 카드를 써둔 것이었다. 자신이 문가로 나와서 꽃을 받아 아내에게 직접 전해줄 수 없으리라는 것을 꿈에도 예상하지 못한 채.

꽃다발은 진하고 달콤한 머스크 향으로 공간을 가득 채웠다. 어머니가 쓰는 향수의 주재료인 꽃들이었다. 파촐리, 은방울꽃, 월하향. 코스티야가 태어난 이래로 그의 아버지가 매년 아내에게 선물했던 똑같은 꽃들.

꽃다발의 향기가 아파트 구석구석에 스며들고 마치 마리네이드 양념처럼 벽면에 깊이 배어들었다. 그의 어머니가 침대에서 그 냄새를 맡고는 믿을 수 없다는 얼굴로 비틀거리며 거실로 나왔다. 탁자 위의 꽃병과 스테이플러로 고정한 작은 카드, 그리고 그녀의 세르게이가 쓴 손 글씨를 보았을 때, 그녀는 울음을 터뜨리고 말았다.

그녀가 거실로 나오기 전, 코스티야는 네모난 카드에 비스듬히 급하게 갈겨쓴 키릴 문자를 해독하느라 애를 먹고 있었다. 그러다가 아버지의 손으로 쓴 꼬부랑거리는 선들 사이에서 자신의 이름(Костя)을 알아보고는 흥분했다. 그러나 그 순간 어머니는 카드를 낚아채 읽고는, 마치 아버지를 또다시 잃은 듯 슬피 흐느꼈다. 아버지의 영혼이 보낸 잔인한 선물이라도 받은 듯이.

그녀는 모든 것을 휴지통에 던져 버렸다. 카드와 꽃과 꽃병까지 통째로. 꽃병은 휴지통 바닥에 부딪혀 두 동강이 났다. 그러나 코스티야는 휴지통 안에 있는 것을 밖에 내버릴 수 없었다. 그것은 몇 주 동안 그곳에 방치되었고, 그러는 동안 꽃은 썩어갔다. 줄기가 녹아 곤죽이 되었고, 꽃송이는 갈색으로 시들어갔으며, 날이 갈수록 죽음처럼 나른한 악취를 풍겼다.

그날 밤 코스티야는 휴지통에서 카드를 훔친 뒤, 애비뉴 U에 있는 제과점에서 케이크도 훔쳤다. 헤이즐넛 머랭과 두꺼운 초콜릿 버터크림이 덮인 키이우 케이크*였다. 그는 공원 벤치에 앉아 어둠 속에서 게걸스럽게 케이크를 먹었다. 진한 버터크림과 단단한 머랭 부스러기를 퍼먹으며, 그것들이 이 사이에서 흰 설탕 가루가 되어 녹아내리는 느낌을 탐닉했다. 도구 없이 손가락으로 먹었기 때문에, 피부에는 설탕이 달라붙었고 손바닥에는 초콜릿이 묻었다.

처음 몇 입을 먹은 뒤부터는 너무 달아서 삼키기 힘들었지만, 그래도 한 덩이씩 계속 입으로 꾸역꾸역 밀어 넣었다. 그의 몸이 멈추라고 경고할 때도 계속 먹었고, 파란 케이크 상자 안에 붙은 작은 부스러기 하나까지 **모든** 것을 남김없이 먹어치웠다.

그의 주머니에 있는 카드에는 이렇게 쓰여 있었다.

나의 사랑, 나의 베라! 최고의 선물 코스티야가 태어났을 때, 나는 당신을 이보다 더 사랑할 수는 없을 거라고 생각했어. 하지만 언제나처럼, 당신은 내가 틀렸다는 것을 증명해주었지. 오늘은 코스티야의 생일이지만, 나는 당신에게 축하하려 해. 내게 완벽한 아들을 안겨줘서 고맙고, 나를 사랑해줘서 고맙고, 우리의 삶을 함께 일궈줘서 고마워. 내 목숨보다 더 당신을 사랑해. 세르게이가.

코스티야는 파악하기 힘든 글씨를 한 번에 하나씩 소리 내어 읽었다. 단어들은 마치 충치로 파고드는 설탕 같았다. **최고의 선물. 완벽한 아들.** 코스티야는 그런 칭찬을 들을 자격이 없는 자신을 결코 용서할 수 없었다.

- 1950년대에 우크라이나 과자 공장에서 만들어진 케이크 브랜드로, 소련 전역에서 인기를 끌었다.

감칠맛

　수영장에서의 피촌카 사건 이후 몇 주가 지났을 때, 그런 일은 또다시 일어났다.

　그리고 또다시 일어났다.

　끝맛은 콘스탄틴의 입에 메시지처럼 나타났다. 매번 다른 음식이었고, 점점 빈도가 잦아졌으며, 점점 강렬해졌다. 초대한 적 없는 맛들이 그의 목구멍 깊은 곳에 출몰했다.

　아버지에게서 비롯된 맛들이 아니었다. 너무도 다르고 너무도 낯선 맛이었다. 그런 맛들이 그를 내버려두지 않았다.

　불안감이 점점 커져서, 마침내 코스티야는 자신이 어떻게 피촌카를 맛보았는지 어머니에게 털어놓았다. 그는 그 맛이 아버지에게서 나온 것 같다고 말하면서, 어쩌면 어머니가 이해할 거라고, 어쩌면 자신을 안심시켜줄 거라고 기대했다. 심지어 마음 한구석에는 이것이 어쩌면 어머니를 일으켜 세울 계기가 되어주지 않을까 하는 기대도 있었다. 그래서 멍하니 먼 곳을 응시하며 한숨만 푹푹 쉬는 상태에서 벗어나, 마침내 침대를 박차고 일어날 수도 있지 않을까. 1년이 지났는데도 여전히 상실의 무게가 그녀의 어깨를 바윗돌처럼 짓누르고 있었다. 코스티야는 어쩌면 자신이 어머니를 필요로 한다면, 오직 어머니만이 채울 수 있는 **진짜** 필요가 생긴다면, 어머니가 마침내 짐을 내려놓기로 결심할지 모른다고 생각했다.

게다가 그녀는 그럴 수 있는 특별한 자질을 갖추고 있었다.

베라 두호브니는 코스티야가 아는 그 누구보다 미신을 믿는 사람이었다. 그녀는 인생의 많은 굴곡을 헤쳐 나가기 위해 온갖 부적과 금기와 수많은 강박적인 행동을 동원했다. 사랑하는 사람이 여행 중일 때는 절대 빗자루질을 하지 않았고, 악마의 눈길을 퇴치하는 방법을 알았으며, 절대 칼을 선물하지 말아야 한다고 믿었다. 손님이 오면 빵과 소금으로 맞이했다. 선한 영혼을 환영하고 악한 영혼을 쫓아냈다. 만일 그녀가 이런 종류의 이야기를 전에 들어본 적이 있었다면, 그래서 코스티야의 고백에 동요하지 않았다면, 그의 입안에서 생경한 감각이 나타날 때마다 커져가는 불안함이 누그러졌을 것이다.

하지만 코스티야가 이야기를 꺼내자 어머니의 얼굴은 얼어붙었다. 그는 어머니의 눈에서 두려움과 의심과 충격을 볼 수 있었다. 그녀는 아들의 말을 믿지 않았다.

그녀는 아들에게 다시 말해보라고, 설명해보라고 했다.

문제는 그가 설명할 수 없었다는 것이다. 이런 맛들이 무엇인지, 어떻게 그런 맛들을 느끼게 되었는지. 마치 레시피를 읽기라도 한 것처럼 음식의 재료를 쉽게 식별할 수 있는 이유도 설명할 수 없었다. 그것이 죽은 자들에게서 비롯된 것임을 어떻게 아는지도, 마치 혀에서 느껴지는 포도주의 독특한 향미를 표현하는 것처럼 설명할 길이 없었다.

대신 그는 다시 수영장, 남자아이들과 그 아빠들. 그리고 피촌카 이야기를 꺼냈다.

그의 어머니는 천천히 고개를 두 번 끄덕이고는 그에게 방에 가서 누워 있으라고 했다.

그런 다음 구급차를 불렀다.

누구도 그의 말을 믿지 않았다. 정신 감정을 한다며 그를 데려간 응급구조사도 믿지 않았다. 껌을 짝짝 씹는 병원 접수원도 믿지 않았다. 볼펜을 딸깍이며 필기를 하던 그레이브센드 정신보건국 소아과 병동의 정신과 의사도 마찬가지였다.

2주 동안 그는 속옷도 없이 환자복만 입은 채 흰색 침대에서 깔끄러운 시트를 덮고 잠을 잤다. 양말도 신지 못했다.

의료진은 그에게 하루 세 번 알약을 주었다. 아이들이 학교 식당에서 케첩을 담을 때 쓰는 것과 비슷한 종이컵에 담긴, 이름을 알 수 없는 흰색 진정제였다.

그는 알약을 삼키는 법을 배운 적이 없었고, 삼키려 하자 토할 것만 같았다. 그래서 의료진이 지켜보는 가운데 혀 밑에서 약을 녹여 먹었다. 알약은 녹으면서 쓰고 고약한 맛이 나는 분필 덩어리가 되었다. 그 맛이 너무나 끔찍해서, 만일 약 때문에 아무 느낌이 없을 정도로 정신이 멍해지지 않았다면 전부 토해내고 말았을 것이다.

다음번에 의사가 컵라면(쇠고기 맛) 냄새를 풍기는 진료실에서 그를 진단했을 때, 코스티야는 상황을 모면하기 위해 거짓말을 했다. 사실은 피촌카의 맛을 느끼지 않았다고, 아버지 귀신이 쓴 게 아니고, 귀신 같은 건 없다고 했다. 아버지가 돌아가신 뒤에 어머니가 자신을 등한시해서 화가 났고, 그래서 어머니에게 겁을 주고 싶어서 다 꾸민 이야기라고. 정도가 지나쳤다고, 잘못했다고 했다.

의사가 그를 믿은 것, 그의 거짓이 의사를 안심시킨 것, 그리고 허구가 진실의 끔찍한 결과로부터 그를 보호한 것에 그는 깊은 만족감을 느꼈다. 거짓말은 구운 고기 덩어리를 정성스럽게 써는 것과 같았고, 그는 그것을 음미하며 한 입 한 입 꼭꼭 썹었다.

의사의 진료실은 암갈색 사진과 플라스틱 식물들, 의사의 입가에 떠올랐으나 눈가에까지는 미치지 못한 회유의 미소까지, 생기라고는 조금도 찾아볼 수 없었다. 그곳에서 그렇게 거짓말을 하는 와중에도, 또 다른 끝맛이 그의 혀에 퍼졌다.

숯불로 구운 두툼한 패티. 미디엄 레어, 입안으로 스며 나오는 풍부한 육즙. 약간의 특제 소스. 버터헤드 상추, 큼직한 토마토, 살짝 튀긴 양파. 물결무늬로 썬 피클 조각. 코셔 딜. 토스터에 구운 참깨 빵.

그가 맛을 보는 동안 주변 공기가 멈춘 듯했다. 세상의 경계가 허물어지는 것 같았고, 죽은 자들의 맛이 방 안에 있는 다른 어느 것보다 더 진짜처럼, 더 생생하게 느껴졌다.

신맛

몇 년이 지나며 그의 삶은 발효 중인 듯 들끓었다.

그는 열다섯 살이었고 걸어서 등하교를 했다. 두꺼운 교과서가 든 크로스백이 골반에 쿵쿵 부딪혔다. 위장이 마치 주먹을 쥐듯 조였다가 펴졌다가 했다. 속이 텅 비었다.

어머니는 식비를 날려버렸다. 코스티야가 몇 시간 동안 서류 작업을 해서 힘들게 신청한 푸드 스탬프를 이웃이 갖고 있던 버지니아 슬림 여섯 갑과 맞바꿨다. 화가 머리끝까지 나서 담배를 다 피워버리거나 학교 주차장에서 싼 값에 되팔겠다는 생각도 해보았다. 그렇지만 사실 맛도 마음에 들지 않았고, 안 그래도 왕따인 판에 더 심하게 따돌림당할 만한 일이었으니, 절대 사절이었다.

러시아 음식점을 지나칠 때에는 뱃속에서 신음소리가 났다. 천연 발효 호밀 빵과 건조 살라미의 냄새는 그야말로 고문이었다. 게다가 맙소사! 맥도널드의 감자튀김 냄새라니. 그는 길모퉁이 신호등 앞에서 올림피아 그리스 식당의 차양 아래 멈춰 섰다.

코스티야는 식당 안이 꽤나 분주하다는 것을 확인할 만큼 오랫동안 안을 들여다보았다. 자리는 거의 만석이었고 종업원은 잽싸게 주방을 들락날락거렸다. 그는 문을 밀고 들어가 곧장 바와 화장실 사이에 있는 공간으로 갔다. 그곳에는 고객들이 직접 커피를 타 마실 수 있도록 커피와 설탕, 감미료가 담긴 통과 저칼로리 커피 크림 캡슐이 구비된 테이블이 있었다.

크리머와 도미노 봉지 설탕, 그리고 운 좋은 날은 개별 포장된 짭짤한 크래커도 가방에 담을 수 있었다. 끼니를 때우기 위한 식사 대용품이었다.

집에 도착하면 너무 배가 고파서 가져온 것을 머그컵에 몽땅 쏟아 붓고 크래커와 설탕, 크리머를 함께 으깼다. 그런데 아뿔싸! 저칼로리 크리머가 상했다.

그는 혼합물을 멀뚱히 쳐다보았다. 크래커에 점점이 뿌려진 흰색 덩어리와 유리잔 바닥에 고여 있는 시큼한 묽은 유청.

어쨌든 배가 너무 고파서 먹긴 먹었다.

열여덟 살이 되었다.

엄밀히 말해 성인이었고 일자리도 구했다. 식료품점의 선반을 채우는 일이었다. 딱히 차가 있는 건 아니었지만, 운전면허증도 있었다. 원한다면 포르노를 구입하고 전쟁터에 나가고 임대 계약을 할 수도 있는 나이였다. 그러나 그는 여전히 어린아이처럼 아버지를 그리워했다.

코스티야는 항상 나아질 거라고 생각했지만, 나아진다기보다 달라질 뿐이었다. 격렬한 상실의 고통은 늘 존재하는 둔한 통증으로 바뀌었으나, 새로운 경험을 할 때마다 (모든 사소한 비극, 혹은 아버지와 함께했으면 좋았겠다는 생각이 드는 중요한 단계 때마다) 상태가 안 좋아졌다. 아버지가 방금 죽은 것 같은, 또는 거듭해서 죽고 또 죽는 것 같은 기분이 들었다. 항상 그럴 것만 같았다.

학교 아이들이 파티에서 그를 놀려 먹었을 때도 그랬다. 사회복지사에게 어머니는 괜찮다고 설득해야 했을 때도 그랬다. 졸업식 때 무대에 올라갔는데 교장 선생님이 그의 이름을 잘못 발음했을 때도 그랬다. 처음으로 술을 마셨을 때와 첫 월급을 받았을 때, 여자와 처음 키스했을 때도 그랬다. 그가 첫 번째 실연과 첫 번째 숙취를 겪었을 때, 대학과 구직, 연애에서 연달아 거절당했을 때도, 그런 일은 거듭 거듭 일어났다.

그러던 어느 날 오후 코스티야가 집주인에게 그들이 사는 아파트를 팔았다는 얘기를 들었을 때(그곳은 그가 살아 있는 아버지를 마지막으로 보고 마지막으로 포옹한 곳이었다), 그리고 새로운 집주인이 임대료를 너무 올려서 더 이상 그곳에 머물 수 없다는 것을 알았을 때, 코스티야는 부끄러운 줄도 모르고 못나게 얼굴을 일그러뜨린 채 엉엉 울었다. 집주인은 미안하다고, 개인적인 유감이 있어서는 아니라고 했다. 그의 아버지가 좋은 사람이었으며 자신의 아버지를 생각나게 했다고 말했다. 코스티야가 입에 발린 진부한 얘기는 그만두라고 쏘아붙이려는 순간, 갑자기 한 줄기 바람이 훅 하고 부는 것이 느껴지더니 입안에서 어떤 맛이 생겨났다. **얼린 리몬첼로*를 포크로 얇게 긁어내서 빈 레몬 껍질에 숟가락으로 떠 넣은** 맛이었다. 이유는 알 수

- 이탈리아에서 생산되는 레몬 리큐르.

없지만 집주인의 말이 진심으로 느껴졌다. 정말로 미안해하는 것 같았다. 그가 한때 누군가를 잃었고, 그것이 얼마나 아팠는지 기억하는 것처럼 느껴졌다.

서른이 되었다.

아버지가 없는 20년의 세월이 마치 라임 조각을 하나씩 떼어내듯 1년씩 떨어져나갔다. 이제 새로운 일자리가 생겼다. 사실은 두 개인데, 둘 다 형편없었다. 그리고 형편없는 아파트와 온라인 벼룩시장을 통해 만나 이제 절친한 친구가 된 동거인. 어쨌거나 그는 인생, 또는 그 비슷한 뭔가를 나름대로 꾸려가고 있었다.

그러나 코스티야는 앞을 보는 대신 자꾸만 뒤를 돌아보았다.

열 살 때, 식탁에서 아버지를 기다리던 순간.

아홉 살 때, 어두워진 동네를 걸어 다니며 막대 사탕을 빨던 순간.

여덟 살 때, 코니아일랜드에서 크래커잭을 입에 문 채 양쪽에 있던 어머니와 아버지의 손에 들려 그네를 타듯 앞뒤로 오가며 느꼈던, 뱃속부터 올라오는 짜릿한 전율의 순간.

일곱 살 때, 초록색 잔디밭에 누워 있는데 아버지가 야생 버섯을 채취해서 갓을 따고 속을 보여주었던 순간.

여섯 살. **여섯 살.** 그의 마음이 항상 돌아가곤 하는 여섯 살.

키이우 공원. 머리 위로 햇살이 쏟아지고, 무릎 위에는 신문지를 접어 만든 봉투가 놓여 있다. 봉투에는 과숙성된 말랑한 과일이 가득 차 있다. 껍질이 무척 얇고 과육이 피처럼 빨간 새콤한 체리.

"체레쉬니아(달콤한 체리)." 코스티야가 이렇게 말하며 한 알을 입에 넣자, 목구멍으로 넘어갈 때 과즙이 터지며 놀랍도록 시큼한 맛이 났다.

"아니." 그의 아버지가 고개를 저으며 미소 지었다. "비쉬니아(새콤한 체리)야."

아버지는 그 둘이 다른 나무에서 나온 체리라고 설명했다. 열매도 다르고, 씨도 다르다. 아버지의 할머니는 우크라이나의 시골에서 비쉬니아를 키웠다. 여름이 다가오면 얼룩덜룩한 관목에서 열매가 사방으로 떨어져 땅을 붉게 물들였다. 코스티야는 자신의 증조할머니를 만난 적이 없으며, 이제는 돌아가셨기 때문에 만날 수도 없었지만, 이 봉투에 들어 있는 신 체리 한 알 한 알에서 증조할머니가 맛본 체리의 맛이 느껴지는 듯했다.

아버지가 말했다. "언젠가 너를 그곳에 데려갈게. 할머니의 마을과 시골집을 보여주고, 할머니가 키우던 벚나무의 체리를 맛보게 해줄게." 그가 손바닥에 씨앗을 뱉어냈다. 과육을 깨끗이 빨아먹은 완전한 베이지색 씨였다. "코스토츠카. 체리 씨야."

"나랑 비슷해." 코스티야가 싱긋 웃었다.

"그래, 너랑 비슷해." 아버지가 동의했다. "나의 체리 씨. 그렇게 작은 것 속에서 그렇게 오래 기다렸어."

그러나 아버지가 약속한 과거는 가고 없었다. 그의 미래는 시큼하게 변해버렸고, 가능성은 상한 우유처럼 굳어버렸다.

이제 코스티야는 자신의 비밀, 자신이 느끼는 끝맛을 특별하지 않은 현재 속에 묻어두었다. 단조롭고 괴로운 반복된 일상 속에 감춰두었다. 그리고 한동안 그 상태를 유지했다.

그러나 영원히는 아니다.

제2부

쓴맛과 뜨거움

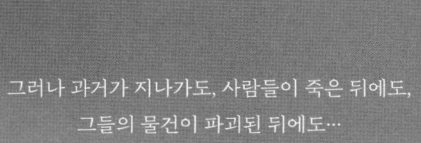

그러나 과거가 지나가도, 사람들이 죽은 뒤에도,
그들의 물건이 파괴된 뒤에도…
냄새와 맛은 마치 영혼처럼 여전히 머물면서….

마르셀 프루스트
『스완네 집 쪽으로』

"저분에게 이 일이, 저분이 하는 일이 중요하다고 말해줘.

이 세상에는 고통 받는 사람이 무척 많아.

이런 종류의 도움이 필요한 사람이."

"고통 받는다고?"

커튼 뒤에서 코스티야가 가슴 졸이며 속삭였다.

아페리티프*

콘스탄틴 두호브니 미식 체험

좋아요, 좋아! 모두 제 말이 들리나요? 다들 잘 보이죠?

잠시 마이크 테스트 좀 하겠습니다. 콘스탄틴 두호브니 미식 체험을 위해 오셨다면 제대로 오신 겁니다. 혹시 잘못 오신 분이 계신가요?

………

아, 아뇨. 거기는 이 길 아래쪽에 있는 '음식과 영혼'이고요. 서두르면 시간에 맞춰 도착할 거예요!

………

나머지 분들은 모두 제대로 찾아오신 거죠? 빠질 수 있는 마지막 기회입니다. 일정이 빡빡하거든요.

자, 이제 시작합시다!

제 이름은 프랭키입니다. 하지만 코쉬, 숀, 쇼네시, 키, 샤이, 그리고 물론 키다리, 구릿빛, 미남이라고도 불리죠. 안녕하세요, 숙녀분

• 식전주.

들! 오늘 제가 여러분을 안내할 겁니다. 제목에서 눈치채셨겠지만, 이 투어의 핵심은 콘스탄틴 두호브니의 요리 스타일입니다. 콘스탄틴은 어머니에게는 코스티야, 친구들에게는 뼈다귀, 약자로는 KD로 통하죠. 이제 여러분이 이 투어에 오셨다면, 우리의 주인공이 음식으로 무엇을 할 수 있는지에 대해 조금은 알고 계시리라 짐작됩니다. 직접 경험해보고 소문이 다 진짜인지 확인하고 싶어서 좀이 쑤시겠지요. 음, 지금 말씀드릴게요. 그건 빙산의 일각이에요.

뼈다귀는 진국이거든요. 사람들의 육신과 영혼을 모두 충만하게 해주죠. 우리는 그의 과거로 들어가서 발자취를 따라가며 그가 셰프로 변하는 모습을 지켜본 다음에 대단원으로 넘어갈 겁니다. 여기서 대단원이란 시내에 있는 그의 새 매장에서 열리는 오프닝 행사죠. 예약은 포기하세요. 제 일행이면 또 모를까.

저는 한때 요식업계에서 일했습니다. 홀에서만 일한 게 아니라 불을 쓰는 주방에서도 일했어요. 그래서 여러분께 주방에서 일어나는 일을 아주 세세하게 소개할 수 있는 거고요. 사실 헬스 키친*에 있는 뼈다귀의 식당에서도 잠시 일했습니다. 거기도 잠시 들를 겁니다. 여러분이 다른 어떤 미식 투어에서도 접할 수 없는 이야기를 듣게 되실 거라는 얘기죠.

이제 한 블록 남았네요. 우리가 어디로 가고 있는지 아시는 분?

....

좋아요! 기특하기도 하지. 숙제를 해온 사람이 있네요.

모르시는 분들을 위해서 역사를 조금 들려드릴게요. '라이브러리

* Hell's Kitchen. 뉴욕 맨해튼에 위치한 동네.

오브 스피리츠'**는 2002년에 문을 열었어요. 처음에는 칵테일 학교로 시작해서 뉴욕 최고의 바에서 일할 바텐더를 양성했습니다. 그야말로 수준을 한층 끌어올린 '바'입니다(미안하지만, 이 말장난은 참을 수 없었어요). 사실 좌석이 예닐곱 개 정도 되는 작은 공간이에요. 그리고 스피크이지 바***이기도 하죠. 그러니 이웃들을 깨우지 마세요. 이제 우리는 이 독립 서점으로 들어갑니다. 서점 뒤쪽에는 책장처럼 생긴 문이 있는데, 어떤 책을 건드려야 열리는지 맞힐 기회를 드릴게요.

우리의 주인공은 2016년까지도 라이브러리 오브 스피리츠에 진출하지 못했습니다. 칵테일이라고는 젓지도 흔들지도 못했죠. 아무런 진척도 없이 그냥 주방에 틀어박혀 설거지만 했어요. 그러던 어느 날 밤, 모든 것을 바꾼 칵테일을 만들었습니다.

준비되셨나요? 자, 기대하세요. 이제 바로 들어갑니다.

** Library of Spirits. 증류주 도서관과 영혼의 도서관으로 중의적으로 해석할 수 있다.

*** speakeasy bar. 미국 금주법 시대에 불법으로 운영되던 주점을 일컫는 단어. 고객들에게 조용히 말하라는 의미에서 유래했다. 간판이 없거나 관련 없는 간판으로 위장하고, 냉장고나 책장 등으로 위장한 문을 통해 출입하는 등 비밀스러운 분위기를 풍긴다.

샴페인 문제

문제의 서점은 '비블리오메카'이고, 문제의 책은 『판타스마고리아나, 또는 유령, 망령, 환영 등의 출현에 관한 이야기 선집』이다. 그것은 오싹한 느낌의 불어로 된 고서여서, 표지 색이 화려한 현대 미국 소설들이 나란히 정렬된 책장에서 다소 도드라져 보인다. 게다가 책등은 갈라지고 표지는 얼룩덜룩한 데다 선반 밖으로 4인치나 튀어나와 있다. 그러니 더 많은 사람이 우연히 라이브러리 오브 스피리츠로 들어오지 않은 것이 오히려 기적처럼 보일 정도다.

그러나 당시 뉴요커들은 놀라우리만치 지독한 근시였다.

한번은 밉살스러운 주말 지배인 케빈이 콘스탄틴에게 메리 셸리가 『프랑켄슈타인』을 쓸 때 『판타스마고리아나』의 내용을 상당히 많이 차용했다고 말했다. 하지만 코스티야는 그게 사실인지 직접 확인할 만큼 큰 관심은 없었다. 그는 소설에 대해서는 잘 몰랐고, 굳이 유령 이야기를 읽고 싶지도 않았다. 그는 여러 해 동안 유령 음식을 충분히 맛보았기에, 흔히 알려진 유령 이야기가 실제 유령과는 거리가 멀다는 확신을 품고 있었다. 유령 이야기를 쓴 작가들이 영혼과 실제로 접촉해봤을 리가 없었다. 만일 그랬다면, 유령들을 죄다 사람들에게 해를 끼치고 겁을 주려고 저세상에서 돌아온 소름끼치는 귀신이나 악귀로 그리지는 않았을 것이다. 그런 이야기들은 순 헛소리였다. 그가 만난 유령들은 온화했고, 심지어 감상적이기까지 했다.

적어도 유령들이 그의 입에 남긴 맛들로 추정할 때는 그랬다. **럼주에 절인 건포도를 가미한 양귀비 씨앗 피로시키와 사르르 녹는 바닐라 소프트아이스크림 한 국자, 묽게 한 블랙커런트 차 한 모금.** 4월 하순, 브루클린의 쉽스헤드 베이에 있는 장례식장을 지나칠 때 느낀 맛이었다.

너무 뜨거워서 입천장이 델 것 같은 두툼한 피자, 크루아상처럼 겹을 이룬 바삭한 껍질, 페퍼로니와 파인애플 토핑. 2주 전, Q 노선 북행 지하철을 타고 타임스 스퀘어를 지나칠 때 느낀 맛이었다.

냉장고에 보관해 차갑게 식은 돼지고기 군만두. 쪽파와 해선장, 청주식초의 흔적이 느껴지고, 매콤한 겨자가 훅 치고 들어오는 맛. 그날 아침, 싸구려 보드카를 트럭에 잔뜩 싣고 바냐 삼촌(진짜 삼촌은 아니다)의 식료품 도매점으로 가는 길에 교통 체증 때문에 홀란드 터널에 갇혔을 때 느낀 맛이었다.

피에 굶주린 자들의 목구멍에서 나오는 맛 같지는 않았다. 코스티야에게 그 맛들은 향수 어린 것처럼 느껴졌다. 어쩌면 그들은 배가 고팠고 사후세계의 식당 메뉴가 구미에 맞지 않았을지도 모른다. 아니면 그저 자신들의 신호를 받을 수 있는 대상과 (그것이 무엇이건) 교신을 시도했고, 어쩌다 보니 그 대상이 그의 혀가 된 것뿐인지도 모른다. 그는 물어볼 방법이 있으면 좋겠다고 생각했다. 자신에게 이 맛들을 보내는 이유가 뭔지 알고 싶었다. 그러나 그런 순간들은 너무 짧았고 맛들은 너무도 순식간에 지나가서, 그 끝맛은 미처 인식할 겨를도 없이 흔적 없이 사라질 때가 많았다.

그 맛들은 대체로 전형적이었다. 생각보다 많은 망자가 특정한 종류의 샌드위치를 갈망했다. 그러나 때로는 코스티야가 이 세상에 존재한다는 사실조차 몰랐던 음식과 그가 상상도 하지 못했을 양념에서 나온 완전히 낯선 맛도 있었다. 더없이 생경하고 이상한 맛들도 어떻게든 그에게 모습을 드러내곤 했다. 그가 맛본 모든 음식의 구성 요소를 직관적으로 알게 해주는, 형이상학적이면서도 영묘하고 신경학적인 기적이었다.

예를 들어, 어느 날 밤 그가 자전거를 빌려 타고 브라이언트 공원을 달릴 때 그의 목구멍을 태울 듯 강렬하게 찾아온, 삼발 올렉 소스를 묻힌 닭 날개 요리.

또는 그가 그달 3일에 인상을 찌푸린 집주인에게 임대료를 건넬 때 느꼈던, 쇠고기 타진*에 듬뿍 뿌려진 라스 엘하누트 향신료의 따뜻하고 자극적인 맛.

또는 응급의료센터에서 연쇄상구균 검사 결과를 기다리고 있을 때 (음성이었다) 문득 찾아온 카티 롤 속에 뿌려진 암추르 향신료의 입술을 오므리게 만드는 신맛.

그는 그 음식들의 이름을 알았지만, 어떻게 아는지는 몰랐다. 전에 맛본 적도 없었고, 심지어 메뉴판에서도 본 적 없는 이름들이었다. 그것들은 그냥 **거기 있었고**, 그냥 알게 되었다. 그것들은 말하자

---

* 뚝배기와 비슷한 타진이라는 그릇에 고기와 야채를 넣어 끓인 이슬람권 스튜의 일종.

면, 의식의 수면 아래에서 부글부글 끓으며 소환되기만을 기다리는 끝맛에 동반된 재료들이었고, 딱 한 가지 질문에 대한 답이었다.

하지만 안타깝게도 그건 잘못된 질문이었다.

물론 무엇을 먹고 있는지를 아는 것도 좋았지만, 코스티야는 그보다는 왜, 또는 누가 그것을 보냈는지가 더 알고 싶었다. 자신이 이 능력으로 무엇을 해야 하는 걸까. 그걸 알 수 없다면, 그건 그저 거의 20년 가까이 숨겨온 이상하고 비정상적인 기벽일 뿐이었다. (어머니를 포함한) 사람들은 코스티야에게 이런 특징이 있다는 낌새를 맡으면 시설에 보내야 한다고 주장할 게 뻔했다.

시설 수용도, 다량의 진정제 투여도 끝맛이 찾아오는 것을 막지 못했다. 때로는 죽은 사람들에 대한 이야기를 듣기만 해도 끝맛이 떠올랐다. 심야 뉴스 진행자가 경건한 목소리로 발음하는 사망자의 이름을 들었을 때나 보도를 걷다가 우연히 누군가를 애도하는 대화를 엿듣게 되었을 때 말이다. 그러면 저 멀리에서 온 어떤 메시지가 그의 혀에 펼쳐졌다. 때로는 그런 애도 같은 자극이 전혀 없을 때도 있었다. 차량들이 꼬리에 꼬리를 물고 이어진 도로에서 운전을 하는 동안 뒤차에 앉은 어떤 멍청이가 경적을 울리고 라디오에서는 너바나의 음악이 날카롭게 울릴 때, 바로 앞에서 **짜잔!** 하고 돼지고기 만두의 맛이 등장하는 식이다.

코스티야는 그 생각을 멈춘 적이 없었다. 그 맛이 참 좋았다. **정말로 좋았다**. 다시 한번 맛보기를 바라게 되는, 그런 경험이었다. 그는 자치구 세 곳을 넘나들며 싸구려 술을 배달하는 동안 만두소에 대해 생각했다. 살짝 달콤한 맛이 났다. 또 저지시티에 있는 바냐 삼촌의 **도매점(바냐 식료품점. 1992년부터 양질의 식료품과 주류를 조달해온 자부심**

있는 가게. **외상 사절!**)에 트럭을 주차하며, 과연 누가 만두피가 퉁퉁 불은 식어빠진 만두를 먹었을까 생각했다. 또 광역철도를 타고 맨해튼으로 돌아갈 때, 관광객이 넘쳐나는 타임스 스퀘어에서 인파를 헤치고 나갈 때, 헬스 키친에 있는 그의 작은 아파트를 향해 계단을 터벅터벅 걸어 올라갈 때, 해선장과 청주 식초에 대해 생각했다. 그리고 샤워를 하고 옷을 갈아입고 라이브러리 오브 스피리츠에서 설거지 야간 근무를 위해 다시 나가면서, 상황의 평범함(자동차, 경적, 교통)과 말도 안 되는 마법(유령, 빌어먹을 진짜 유령들)에 대해 생각했다.

그리고 이제 유리잔을 행주로 닦으면서 또 그 생각을 하고 있었다. 앞에 있는 대대로 내려온 오크나무 바에는 10여 개의 깨끗한 젖은 유리잔이 물을 뚝뚝 떨어뜨리며 줄지어 있었다. 그냥 두면 물 얼룩이 생기고 말 것이었다.

코스티야는 유리잔 하나를 더 골라서 의기양양하게 미소 지었다.

그는 원래 홀에 나오는 것이 허락되지 않았고, 이렇게 재수탱이 케빈을 엿 먹이는 게 좋았다. 케빈은 얼룩진 티셔츠 차림의 코스티야가 매장 뒤쪽에만 머물게 했다. 그동안 공들여 만들어온, 신사들을 위한 클럽의 고급스러운 분위기를 저해하지 않기 위해서였다. 그 고급스러운 분위기에는 그가 자화자찬해마지 않는 칵테일 냅킨도 포함되었다(냅킨에는 고풍스러운 필기체로 **브라보, 친구!**라는 문구가 인쇄되어 있었는데, 그런 격식 있는 서체와 격의 없는 말투 사이의 부조화가 의도적인 유머임을 보여주는 흔적은 전혀 없었다). 한번은 코스티야가 더러운 유리잔을 넘겨받으려면 바텐더들이 쉬는 시간까지 (때로는 자신의 교대 시간이 끝난 뒤까지) 기다려야 하는 상황에 대해 불평했을 때, 케빈은 치아가 다 드러나도록 활짝 웃으며 코스티야가 어울리는 복장을 한다면 기꺼이 홀에 나오게 해주겠다고 말했다. 케빈의 세계에서 그것은 곧 코스티야가 주급으로 받는 것보다 더 많은 돈을 정장 셔츠를 구입하는 데 써야 한다는 것을 뜻했다. 케빈은 정말이지 진정한 뉴욕의 재수탱이였다.

화요일 밤의 바텐더 던컨은 SNL에 파크 슬로프* 지역의 힙스터 역할로 등장할 법한 인물이었다. 정장 조끼와 더블린 악센트, 그리고 기름을 잘 바른 수염까지. 확실히 24달러짜리 원기 회복용 칵테일 제조를 믿고 맡길 수 있는 남자로 보였다. 그런데 그날 던컨이 여자친구가 양수가 터졌다며 급히 가버렸고, 그래서 코스티야가 졸지에 바텐더로 승격한 것이었다. 코스티야는 던컨과 극명한 대조를 이루었다. 뉴욕 버스터미널의 자판기에 있는 1.5달러짜리 음료에 견줄 만한 싸구려 칵테일이나 맡길 수 있을 것 같은 사람, 게다가 은근슬쩍 잔돈을 자기 주머니에 챙기지 않는다고 장담할 수도 없는 사람으로 보였다.

그러나 항상 그랬던 것은 아니었다.

그가 잘생겼다고 여겨진 적은 한 번도 없었지만, 전에는 적어도 어느 정도 쓸 만한 수준에 속했다. 과거에는 나름의 매력이 있었다 (소년 같은 얼굴, 반짝이는 눈망울, 고른 치열, 짙은 머리색). 비록 내색하지는 않았지만, 늘어진 턱살과 뱃살이 조금만 빠진다면(20년의 세월과 음식으로 스트레스를 푸는 습관 덕분에 불어난 7킬로그램만 빠진다면), 10점 만점에 6점은 될 것이고, 어쩌면 7점이 될지도 모른다고 내심 생각했다.

* 브루클린에서 가장 부유한 지역.

그러나 지난 몇 개월은 그에게 힘든 시간이었다. 너무나 힘들어서 이제 그의 상태는 대중적으로 소비되기에 부적합한 지경이 되었다. (또다시) 여자친구에게 차여서 (늘) 맥이 빠져 지냈고, 심각한 불행에 빠져서 아무 의욕도 없이 깔끔하지 못한 모습으로 살아갔으며, 체중 관리는 뒷전이었다. 그의 전 여자친구인 알렉시스가 떠난 이래로 그의 옷차림은 상당히 심각했다(그가 지금 입고 있는, 가슴에 바냐 식료품점의 낫과 유리잔 로고가 인쇄된 칙칙한 색깔의 티셔츠처럼). 맥주와 햄버거 때문에 물컹물컹해진 몸은 원래부터 여름철 맨해튼의 고질병인 습도를 잘 견딘 적이 없었지만, 운동을 아예 그만둔 뒤부터는 더욱 더 가관이 되었다(알렉시스는 떠나면서 그들이 키우던 개 프레디 머큐리까지 데려갔다. 개 산책을 시키는 것이 코스티야의 유일한 운동이었다). 지금은 강력한 땀 억제제조차 통하지 않는 듯 겨드랑이에서 땀이 터져 나와 티셔츠에 둥그렇게 짙은 자국이 생겼다.

케빈이 그곳에 있었다면, 그 자리에서 콘스탄틴을 죽이려 들었을 것이다. 행주를 빼앗아 그의 목을 졸랐을지도 모른다. 그러나 케빈은 아마도 햄튼스에서 누군가의 비키니 왁싱 부위에 코카인을 올려놓고 흡입 중일 것이었다. 그러니 케빈 따위, 그의 규칙 따위는 알 바 아니었다. 코스티야는 보란 듯이 바에서 모든 유리잔을 행주로 닦을 셈이었다. 우라지게 고맙게도 문을 닫기 5분 전에 들어와서 주문을 할 만큼 배짱 좋은 인간이 있다면 한눈에 보이도록 말이다.

바 바깥쪽에 있는 비블리오메카의 서가에서, 한 남자가 왔다 갔다 하며 『판타스마고리아나』의 책등을 살펴보았다. 그가 책꽂이 앞을 네 번 반 쯤 왔다 갔다 한 끝에 결국 그의 근질근질한 손가락이 유혹에 굴복하고 책을 앞으로 잡아당겼다. 진동과 함께 책장이 벽에서 떨어지며 어떤 공간으로 내려가는 어둠침침한 계단을 드러냈다. 그 모습을 지켜보는 동안 안도감이 파도처럼 몰려왔다. 그곳은 전통적인 상류층과 특권과 스카치 위스키의 냄새를 풍기는 공간이었다 (어쩌면 그 셋이 다 똑같은 것이 아닐까?).

대여섯 명에게 오늘밤 술을 마시지 않겠다고 약속했다. 그때는 진심이었지만, 지금은 아니었다. 이 문제에 있어서는 약속을 잘 지키지 않는다는 걸 그들이 알아야 했는데. 기념일에는 그런 약속 따위 지킬 수 없었다. 그래서 자정을 몇 분 앞두고 라이브러리 오브 스피리츠로 향하는 계단을 종종거리며 뛰어 내려갔다. 그는 지난 305일간 술을 입에 대지 않았었다. 아니면 304일이었던가?

그건 중요하지 않았다. 어차피 아침에 다시 날짜를 세기 시작해야 할 테니까. 만일 깨어난다면 말이다.

책장의 걸쇠가 딸깍하고 열리는 소리가 들렸을 때, 하이볼 잔을 행주로 닦고 있던 코스티야는 귀를 의심하며 잽싸게 눈을 들었다.

이 일을 해온 6개월 동안, 누군가 11시 30분이 지나서 나타난 적은 한 번도 없었다. 그것은 무언의 규칙이었다. 스피크이지 바는 지저분한 스포츠 바나 대학가 술집과는 달랐다. 자주 찾는 미용사의 우버 기사가 알파벳시티에서 여는 하우스파티에 가는 길에 파이어볼이나 한잔 마시려고 들르는 곳이 아니었다. 스피크이지 바는 터무니없이 비싼 칵테일을 주문해서 홀짝홀짝 마시며 음미하는 은밀한 공간이었다. 그는 대체 어떤 사람이 문 닫기 5분 전에 들어와서 제대로 맛보지도 못할 술 한 잔을 위해 30달러를 내놓을지 궁금해 죽을 지경이었다(분명 돈이 남아도는 사람이겠지). 그러니 자신보다도 더 투박해 보이는 남자가 (이게 가능하다고?) 계단을 내려왔을 때 코스티야가 얼마나 놀랐을지 상상해보시라.

그 남자는 멀대같이 키가 컸다. 야구모자의 챙 아래로 반짝이는 회색 눈과 록스타 스티븐 타일러를 닮은 크고 슬픈 입이 보였다.

"어, 어이." 그가 말했다.

"어이." 그가 반사적으로 말하다가 아차 싶어서 고쳐 말했다. "아니, 그러니까, 안녕하세요! 라이브러리 오브 스피리츠에 오신 것을 환영합니다."

스티븐 타일러와 오래전에 헤어진 쌍둥이 형제가 아닐까 싶은 남자가 머뭇거리며 그를 향해 눈을 깜빡였다. "아직 영업 중이요?"

그가 고개를 끄덕여 쌓여 있는 유리잔들을 가리켰다.

"네. 앞으로…." 코스티야가 시계를 보며 말했다. "3분 동안이요."

"다행이군." 그가 바 아래에서 의자를 빼내 앉으며 코를 크게 한 번 킁킁거렸다. 코스티야는 불편한 일이 생기지 않기를 바랐다. 코스티야에게 필요한 건 배달 일을 하러 가기 전에 눈을 붙이는 것이지, 이 감미로운 양반이 술 한잔을 해야겠다는 이유로 가게 문을 늦게 닫는 것이 아니었다. "어, 맨해튼 한 잔?"

아, 시작이군.

"아, 그러니까…. 저는 사실 바텐더가 아니에요. 바텐더가 사정이 있어서 일찍 퇴근했거든요. 가족 문제로요. 저는 그냥 설거지 담당이에요."

"그래도 술을 만들 수는 있는 거죠?" 그의 목소리에 날카로운 절박함이 깃들어 있었다.

"그러니까, 제가 엄밀히 말해서 바텐더 면허가 없어서….

"그래서, 술을 못 준다 이겁니까?"

"그래서, 맛이 제대로 안 날 수도 있어요."

"그 정도는 괜찮아요! 그냥 한 잔 줘요. 뭐든 만들기 쉬운 걸로."

"알겠습니다…. 값을 깎아드릴 수는 없어요."

스티븐 타일러의 커다란 입이 움찔거렸다. 그의 눈은 코스티야가 손에 들고 광을 내고 있던 칵테일 유리잔에 고정되어 있었다. 마치 텔레파시를 써서 그 잔을 술 쪽으로 움직이게 하려는 듯 보였다.

"괜찮으세요? 안색이 안 좋아 보이….

"빌어먹을, 그냥 술이나 줘요!" 그가 버럭 소리쳤다. 그의 눈동자가 미친 듯 마구 움직였다.

"진정하세요. 저는 그저….

"지금이요. 지금 당장! 빌어먹을 술집이 문을 닫아서 내가 불쌍하고 예쁜 아내, 내 죽은 아내한테 건배도 못하기 전에!"

뒤따르는 정적 속에서, 홀 안의 모든 더운 공기가 빠져나간 것처럼 느껴졌다. 코스티야와 이 슬프고 이상한 입 큰 남자가 바를 사이에 두고 서로를 쳐다보자, 먼지 입자들이 둘 사이의 공간에서 천천히 춤을 추었다. 그 길고 고요한 순간, 그들의 시선은 마치 불꽃을 일으키기 직전의 타오르는 화약 같았다.

스티븐 타일러는 정렬된 유리잔들 사이에서 젖은 잔 하나를 낚아채서는 바닥에 던져 박살냈다. 그리고 또 하나, 또 하나를 박살냈다. 파편들이 마치 번개처럼 번쩍였다. 코스티야는 그를 향해 돌진했지만, 그 순간 익숙한 한 줄기 바람이 그의 목구멍을 때렸다. 끝맛이 오고 있는 것이었다. 그것은 너무도 빠르고 선명하게 나타나서(이 남자가 술을 마시려는 것만큼이나 필사적으로 그의 입속으로 들어왔다), 코스티야는 집중하며 얼어붙었다.

그것은 칵테일이었다.

가벼운 탄산에 살짝 톡 쏘는 맛. 샴페인인가? 아니. 그보다는 드라이하다. 카바. 그리고 진. 레몬즙. 신맛보다는 단맛이 강하다. 어쩌면 메이어 레몬이 들어갔는지도. 그리고 뭔가 꽃향기도 났다. 엘더베리랑…. 라벤더? 민트도 들어갔나? 딱히 그런 것 같진 않은데. 그 사람이 태우던 양초 향이 나는 뭔가가 있어. 파촐리 드림스. 그래, 파촐리야. 그런데 그것도 먹을 수 있는 거였나? 시럽의 흔적도 있는데. 진하고 달콤하고 새콤한. 체리야. 룩사르도 체리 시럽.

잘 알려지지 않은 각종 추출물과 우려낸 술로 가득한 바에 그들이 있을 때, 마침 누군가가 (틀림없이 이 남자의 죽은 아내겠지?) 그런 추출물과 우려낸 술로 만든 이름 모를 칵테일을 보내왔다는 것이 거의 꾸며낸 이야기처럼 보였다.

코스티야는 마치 감전된 것처럼 손가락이 찌릿찌릿해지는 것을 느꼈다. 그때까지는 맛본 것을 만들려고 한 적이 한 번도 없었다. 일단 그는 먹는 거라면 누구에게도 뒤지지 않았지만, 요리는 거의 하지 않았다. 게다가 그건 달빛이 비출 때 거울을 보고 '블러디 메리'를 외치는 것처럼, 늘 일종의 금기였다. 그러나 이 끝맛, 이곳에서 이 술의 끝맛은 제사주인 동시에 도발이었고, 하나의 도전장이었다.

스티븐 타일러가 잔을 또 하나 깼다.

"그만둬요!" 코스티야가 거의 우는 소리로 말했다. 그리고 그 남자가 또 다른 브랜디 잔을 박살내려는 찰나 불쑥 말했다. "당신 아내가 카바를 좋아했죠?"

그 남자가 브랜디 잔을 아주 천천히, 과연 바에 닿을 수나 있을지 의심스러울 만큼 천천히 내려놓았다.

"그걸 어떻게 알았지?" 그가 물었다. 그의 큰 입이 가늘고 흰 선처럼 보였다.

"뭘 좀 만들어줄 테니 앉으세요." 코스티야가 대답 대신 말했다.

그가 조명이 밝혀진 뒤쪽 선반을 향해 돌아 서서 유리병과 스포이트가 있는 병 여러 개를 골랐다. 그리고 얼음과 셰이커를 챙겼다. 계량 잔 하나. 글라스 하나. 봄베이 진 한 병. 하지만 그 순간 다시 생각해보고 입맛을 다시며 (비록 끝맛은 사라졌지만) 헨드릭스 진으로 바꿨다. 바 뒤의 술 냉장고에는 개봉된 카바가 있었다. 코스티야가 살짝 맛을 보았다. 정확히 이 맛이었다.

"바텐더가 아닌 줄 알았는데."

"그냥 즉석으로 만드는 거예요." 코스티야가 답했다.

사실, 완전히 그렇다고는 할 수 없었다. 무언가가, 혹은 누군가가 그를 인도하고 있었다. 예전에도 재료들을 알아맞힐 수는 있었지만, 이제 누군가가 그 끝맛의 희미한 기억들에 빛을 비춰주며, 정확히 어떻게 해야 하는지를, 모든 단계를 분명하게 보여주고 있었다. 그는 재료들을 겹겹이 쌓으며, 자신의 입에서 춤추었던 맛을 그대로 재현해 음료를 만들었다. 우선 룩사르도 체리와 시럽 반 스푼을 유리잔 바닥에 직접 조금씩 따랐다. 카바와 진은 파촐리 오일 한 방울과 생제르망 한 방울, 그리고 메이어 레몬 절임 병에서 피펫으로 듬뿍 흡입한 절임액과 함께 셰이커에 넣었다. 그리고 여기에 얼음을 더한 뒤 제임스 본드 스타일로 젓지 않고 흔들었다.

"그냥 잭 다니엘과 다이어트 콜라를 섞은 것도 괜찮았을 텐데."

"조용히 좀 있어요." 코스티야는 집중하려 애쓰며 쏘아붙였다.

그는 차갑게 식은 콜린스 유리잔에 칵테일을 걸러서 따르고, 음료를 젓는 스푼으로 맛을 보았다. 거의 다 되었다. 바 뒤쪽에 있는 용기에서 소금 몇 알갱이를 집어 칵테일 표면에 흩뿌렸다. 다시 맛볼 필요조차 없었다. 마치 언덕을 뛰어올라온 것처럼 뱃속이 요동쳤다. 그냥 알 수 있었다.

코스티야는 바 위에 유리잔을 놓고 그의 앞으로 밀었다.

스티븐 타일러가 떨리는 손으로 천천히 잔을 입으로 가져가며 눈을 감았다.

"이거 이름이 뭡니까?" 그가 물었다.

코스티야가 잠시 생각하고 말했다. "스펙트럴 사워."

* * *

사실 스티븐 타일러와는 아무 관계도 없는 찰리 카조프스키는 여전히 눈을 감은 채 거의 1년 만에 처음으로 술을 홀짝였다. 그의 얼굴에 눈물이 주룩 흘러내려 턱까지 두 개의 직선을 그렸다. 알코올 때문이 아니라 칵테일 자체와 그 맛과 분위기, 그리고 그것으로 비롯된 감정의 기복 때문이었다(그러나 금주 상태에서 해제되자 긴장이 녹아내리며 몸이 풀리는 것이 느껴지긴 했다). 그는 이 남자에게 술잔에 위스키를 조금 따라주는 것 이상을 바라지 않았다. 그런데 **이 칵테일**은 그야말로 한 편의 시였다.

그것은 작년의 애나와 같은 맛이 났다. 처음에는 달콤하고 밝고 생기가 가득했다가, 액체 방울들 속에서 뭔가 복잡하고 굴곡 있고 묵직한 맛, 그리고 흙 맛과 짭짤한 맛도 느껴졌다. 그러다가 마지막에는 씁쓸하고 역겹고 토할 것 같은 냄새가 났다. 대체 뭘 넣었는지 모르지만 상태가 안 좋아졌을 때 아내가 입원했던 병원에서 났던 냄새였다. 그녀가 더 이상 치료에 반응하지 않게 되었을 때, 그리고 동시에 사람들이 보낸 꽃들이 시들기 시작하고 물에 잠긴 줄기 때문에 공기가 탁해져 질식할 것만 같았을 때 났던 그 끔찍한 냄새. 그는 또 한 모금을 홀짝였다. 그는 다시 아내와 함께 있었다. 살아 있는 그녀와 그녀의 미소, 치아 사이의 벌어진 틈, 낭랑하게 울리는 그녀의 웃음소리, 공원에서 그의 무릎을 베고 누워 있을 때 햇살을 받아 어른거리며 빛나던 그녀의 짧은 머리, 그들이 깔고 누운, 이슬에 젖어 축축해진 담요. 그는 뭔가를 소리 내어 읽어주고 있었다.《뉴요커》서평이었다. 하지만 그 다음에, 맙소사! 소금이라니! 그녀가 작별 인사를 할 때 두 사람의 눈물과 시들어서 퀴퀴해진 화환과 장례식장을 압도한 꽃 십자가, 그가 울 때 오그라지던 꽃잎들. 그리고 세 번째 홀짝이는 순간, 그는 멍청해 보이는 가짜 바텐더의 **미친, 이게 대체 무슨 일이야!** 하는 외침에 눈을 떴고, 그 순간 무슨 일이 일어나고 있는지 목격했다.

바 가장자리에 애나가 모습을 드러내고 있었다.

그녀는 마치 바늘로 찌른 구멍처럼 작은 수백만 개의 불빛과 함께 도착했다. 각각의 불빛은 들판의 반딧불이처럼 환해졌다가 희미해졌다가 다시 환해졌다. 어렴풋한 초록색으로 빛나는 그녀의 머리칼과 얼굴, 그리고 그를 향해 활짝 웃는 미소는 마지막 순간의 그녀 모습 그대로였다. 깡마르고 창백하고 떠날 준비가 된 모습. 다만 지금 그녀는 투명했다. 너무나 투명해서 그녀의 얼굴을 통해 깜짝 놀란 설거지 담당의 얼굴이 보일 정도였다. 그녀의 목과 어깨가 나타나고 있는 곳 뒤로 줄줄이 늘어선 각종 술과 추출물, 시럽이 담긴 병들까지 보였다. 그녀는 웃으며 바 위에 앉았다(그 웃음소리를 병에 담아 보관할 수는 없을까). 그녀의 길고 홀쭉한 다리가 허공에서 대롱거리며 활기차게 발길질을 했다. 그러다가 발이 그의 무릎에 부딪치려 하자, 그는 미리 움찔하며 피하려 했지만 발은 그냥 통과했다.

그는 스펙트럴 사워를 다시 내려다본 다음, 애나의 호리호리한 팔을 통해, 이제 슬금슬금 주방으로 들어가고 있는 바텐더 지망생을 보았다.

"어이!" 그가 불렀다. "대체 여기 뭘 넣은 거야?"

하지만 그 겁쟁이는 스윙도어를 통해 안으로 사라졌다.

"어이, 루저." 그때 애나가 말했다. 낯익은, 허스키한 목소리, 다시 한번 들을 수만 있다면 어떤 대가라도 기꺼이 치렀을 목소리가 그의 가슴의 무언가를 건드렸다.

그는 입을 열었지만, 아무 말도 나오지 않았다.

그녀는 그를 향해 몸을 기울이며 속삭였다. "당신 대사는 '어이, 싸가지' 잖아."

* * *

라이브러리의 피난처인 비품실에서, 콘스탄틴은 튀어나오려는 심장을 다시 목구멍 아래로 밀어 넣으려 애쓰고 있었다. 바에 여자 유령이 있었다. 바에 여자 유령이. 여자 유령! 바에!

젠장. 그는 몇 차례 심호흡을 하고는 직원용으로 놓아둔 티토스

보드카를 벌컥벌컥 들이켰다.

괜찮아. 괜찮아. 괜찮아.

그는 칵테일을 만들었다. 그리고 그 칵테일이 죽은 자들 사이에서 누군가를 다시 불러왔다. 허둥지둥할 필요가 없었다. 여기서는 아무것도 보이지 않았다.

별일 아냐.

그는 보드카를 또 한 번 들이켰다.

말도 안 되는 운명의 장난, 소설가나 생각해낼 법한 황당한 줄거리였다. 어쩌다 보니 정신 나간 색깔 놀이만 없을 뿐 '나는 죽은 사람이 보여요'• 상태로 들어가는 문을 연 꼴이었다. 유령들이 그동안 **이걸** 기다려온 걸까? 빌어먹을 간식 좀 먹겠다고?

코스티야는 사다리 겸용 걸상에 올라가서 스윙 도어의 더러운 창문을 통해 밖을 엿보았다. 거기서 여자 유령은 폭죽처럼 눈부신 모습으로 이런저런 몸짓을 하며 불꽃을 일으키고 있었다. 그는 밖에서 말하는 소리가 들릴 만큼만 문을 살짝 열었다.

그들은 티격태격하고 있었다. 연예인에 관한 내용이었다.

"…나는 당신이 지금쯤 브래들리 쿠퍼랑 더 비슷해져 있을 거라고 기대했어."

"당신은 구제불능이야. 그거 알지? 당신도 조이 크래비츠로 돌아온 건 아니잖아."

"아직도 그 여자를 좋아하는 거야? 가능성 없다는 거 알잖아."

그가 싱긋 웃었다. "엿이나 먹어."

• 영화 〈식스센스〉에 나오는 대사. 영화에서 빨간색이 유령을 상징한다.

"나도 바라는 바야, 자기. 하지만 난 몸이 없잖아. 하지만 내 짐작에는 우… 우리가….” 그녀는 갑자기 몸을 떨었고, 반짝거리는 그녀의 모습이 불안정한 신호처럼 깜빡였다.

"애나?” 그녀가 깜빡이며 사라지자 그는 숨을 헐떡였다. "안 돼!”

그는 소리치며 그녀의 손을 붙잡으려 했지만 그의 손은 허공에서 혼자 주먹을 쥐었을 뿐이다.

"안 돼. 안 돼. 돌아와!”

"그걸 마셔!” 육신 없는 그녀의 목소리가 어딘가에서 지시했다.

그는 더듬더듬 잔을 찾아서 (그 과정에서 절반을 흘렸다) 꿀꺽하고 들이켰다.

잠시 후 그녀가 마치 오즈의 마법사에 등장하는 에메랄드시티의 엑스트라처럼 연녹색 불꽃과 함께 다시 나타났다.

"미안!” 그녀가 헐떡이며 말했다. "이걸 계속 마셔야 해. 그 맛, 내 생각엔 그 맛이 나를 이곳에 있게 만드는 거 같아.”

그가 의심스러운 얼굴로 그녀에게 인상을 찌푸렸다.

"정말? **이게** 말이야?”

"기억 안 나?” 그녀가 의미심장한 눈으로 바라보았다. "우리가 산토리니에서 마셨던 거? 배들이 있었던 그 곳 말이야.”

그가 눈을 빛내며 말했다. "아, 아, 정말이야? **이게** 그거야?”

"가니쉬까지 똑같아.”

"정말 좋은 밤이었지.”

"최고였어.”

두 사람 사이의 공기를 무언가가 스치고 지나갔다. 숨이 멎을 듯 행복한 동시에 지독하게 슬픈 무언가가.

"괜찮아. 또 만들면 되지."(문 뒤에서 코스티야가 고개를 끄덕이고 있었다. 그래, 편법을 써보자.) "그 남자가 주방에 숨어 있어. 우릴 훔쳐보는 게 보여."

하지만 그녀는 고개를 저었다. "한 잔만 되는 것 같아."

"뭐라고? 아니, 왜?"

"그냥 느낌이 그래. 이게 마지막 무대인 것 같아. 최후의 인사."

"이해가 안 돼."

그녀가 그의 잔을 흘긋 보며 말했다. "그건 중요하지 않아. 우리에겐 시간이 많지 않아."

"무슨 시간?"

"화해할 시간."

그의 얼굴이 창백해졌다. "화해? 맙소사. 애나. 그동안 많이 괴로웠던 거야? 지금껏 내내? 빌어먹을, 당신 유골을 벨트 파크웨이에 뿌리는 게 아니었는데!"

그녀가 고개를 저었다.

"아아, 자기." 그녀가 부드럽게 말했다. "난 이미 오래전에 내 죽음과 화해했어. 나는 **당신**을 위해 돌아온 거야. 내가 돌아오지 않았다면, 당신은 주머니 속의 알약을 삼켰을 테니까. 당신은 여전히 우리가 함께한 과거에 매달려 있고, 그게 당신의 삶을 망치고 있으니까."

그의 얼굴이 빨개졌다. "실제로 먹을 생각은 아니었어."

"아니, 먹을 생각이었어. 그리고 당신이 먹었다면…. 아아, 찰리. 당신은 앞으로 당신을 기다리고 있는 삶을 놓쳐서 아쉬웠을 거야. 좋은 일이 많은데. 굉장한 일이 많은데 말이야. 이승에 머물면서 기다릴 가치가 있는 것들이야."

그가 빠르게 눈을 깜빡여 눈물을 삼켰다. "어떤 일들?"

그녀가 미소를 지었다. "당신이 기다려서 직접 알아봐야지."

"기다리는 건 싫어."

"알아. 당신은 자기 목숨을 보전할 만큼 인내심 있는 사람이 아니었지. 그래서 내가 돌아온 거야." 그녀는 옅은 웃음을 보였지만, 눈을 깜빡이자 에메랄드가 녹은 것 같은 물줄기가 폭포수처럼 그녀의 얼굴을 타고 흘러내렸다. 아름다운 눈물이었다. "당신에게 살라고 말하려고. 과거를 놓아줘. 그러면 홀홀 털고 앞으로 나아갈 수 있을 테니까. 그러면 나도 그럴 수 있겠지."

그녀의 빛이 꺼져가는 전구처럼 다시금 희미해졌다. 찰리는 잔을 들어 조금 홀짝였다. 콘스탄틴은 칵테일이 남자의 입술을 적시자마자 정확히 같은 순간에 여자의 피부가 다시 환하게 빛나는 것을 눈으로 확인할 수 있었다. 그녀는 초조한 눈으로 거의 바닥을 보이는 술잔을 흘끔 보고는 아주 빠르게 말했다.

"제발. 난 이 말을 해야 해. 마지막에 내가 한 말 말이야. 내가 다른 사람을 결코 사랑한 적이 없고 당신에게도 똑같은 것을 기대한다는 말. 그건 이기적이었어. 잔인했어. 나는 그때 상태가 안 좋았고, 내가 가고 나면 당신이 알게 될 거라고 생각했어. 내 말이 진심이 아니라는 걸 알 만큼 당신이 나를 잘 알기를 바랐어. 내가 당신의 행복을 바란다는 걸 알 만큼." 그녀가 그의 손을 향해 손을 뻗었지만, 그녀의 손가락은 그의 손을 그냥 통과해버렸다. "하지만 오랜 시간이 흘렀는데도 당신은 다른 사람을 만나려는 시도조차 하지 않았어. 나 때문인 걸 알아. 마치 우리가 사슬로 연결되어 있는 것처럼, 당신이 과거를 붙들고 살고 있다는 걸 느낄 수 있어. 하지만 당신은 아직 젊어. 그리고 당신이 나를 보내주지 않으면, 당신은 젊은 나이에 혼자 외롭게 죽게 될 거야. 아니면 최악의 경우, 비참하고 공허한 삶을 살다가 늙어서 혼자 외롭게 죽게 되겠지."

그가 오랫동안 그녀를 보았다. 그의 안에서 수정처럼 고운 무언가가 산산이 부서졌다.

"당신이 빌어먹게 그리워."

"나도 당신이 그리워."

그는 술잔의 바닥을 들여다보았다. "당신을 보내고 싶지 않아."

"알아." 애나가 한숨을 쉬었다. 그 한숨에서 그녀가 정말로 알고 있다는 것이 느껴졌다. "하지만 보내주는 게 나를 잊는다는 의미는 아니야. 그냥 그 기억 때문에 더 이상 아파하지 않는다는 거지."

"건강한 얘기 같네. 근데 싫어."

"건강 얘기가 나와서 말인데, 그 초록색 음료 기억나? 건강식품 파는 데서 먹은 거?"

먼 기억이 그의 얼굴에 스치며, 방긋 웃었다. "빌어먹을 케일."

"빌어먹을 케일, 맞아." 그녀가 동의했다.

"하지만…."

"궁상 떨기 금지야." 그녀가 단호하게 말했다. "차라리 궁둥이 얘기나 해."

"알아, 그래. 그러면 킴 카다시안이나…."

"나는 제니퍼 로페즈."

"음, 당신이 죽은 지 좀 돼서 그래."

그들은 서로를 향해 미소 지었고, 그들 사이에 무언의 뭔가가 스쳐갔다. 그 순간 그녀의 빛이 다시 희미해졌고, 그는 소중한 칵테일을 또 한 모금 홀짝였다.

코스티야는 문을 통해 지켜보며 가슴이 쓰라렸다. 지나치게 달콤했다. 그는 두 사람을 알지 못했는데도 그랬다. 그녀는 죽은 몸이지만, 이 남자가 그녀를 바라보는 눈길에서 안쓰러움을 느끼지 않을 수 없었다. 그것은 굶주림과 같은 사랑이었다.

"시간이 됐어." 그녀가 속삭였다.

"어떻게 해야 할지 모르겠어." 그도 속삭였다.

"당신은 그냥 살아. 내가 여기 없는 것처럼. 당신이 무얼 하건 내게 상처가 되지 않는 것처럼. 그냥 과거를 놓아줘." 그녀가 말하면서 번쩍이는 비취색 손을 내밀어 그의 얼굴을 감쌌다.

찰리의 눈이 깜빡이며 감겼고 턱이 일그러졌다. 코스티야는 찰리가 실제로도 상상으로도 그녀의 손길을 느끼며 떨고 있는 것을 볼 수 있었다.

"불공평해." 그가 숨을 제대로 쉬지 못하고 말했다. "당신은 아팠는데, 나는 살아야 했다는 게."

"살고 싶어 한다고 죄책감 가질 필요 없어." 그녀가 말했다. "내가 죽은 건 결코 당신 탓이 아니야. 난 죽었어. 그냥… 죽은 것뿐이야. 당신이 죽인 게 아니야."

코스티야는 가슴에서 뭔가가 터질 듯 부풀어 오르는 것을 느꼈다. 만일 아버지가 자신에게 저렇게 말하는 것을 들을 수만 있다면, 뭐든지, 정말이지 **뭐든지** 할 수 있을 것 같았다.

애나의 빛이 다시 희미해졌지만 찰리는 여전히 눈을 감고 있었고, 이번에는 꿈쩍도 하지 않았다. 유리잔을 향해 손을 뻗지 않았다.

"찰…." 입을 열었지만, 그녀의 마지막 말은 갑자기 끝났다. 그의 이름을 부르는 도중, 그녀가 뿜어내던 빛이 멈췄다.

찰리는 눈을 떴다. 그리고 눈을 깜빡이며 아내의 영혼이 있던 자리에 남은 빛을 바라보았다. 망막이 타버릴 것 같은 빛나는 윤곽은 그 자체로 일종의 유령 같았다. 그의 손가락이 주머니 속의 오렌지색 알약 병을 더듬었다. 그가 그것을 열고 내용물을 오랫동안 강렬하게 응시했다. 그러더니 래커 칠을 한 목재 바 위로 알약을 쏟았다.

코스티야는 찰리의 머릿속에서 무슨 일이 벌어지고 있는지 궁금했다. 찰리가 자신의 미래에 관해 들은 말을 믿는지, 그가 여전히 아내와 결혼 생활, 또는 자기 삶의 멈춰버린 가능성들 때문에 애통해하고 있는지, 모든 것이 환각이었다고 생각하는지, 이 모든 일을 겪고도 여전히 다시 알약을 먹을 계획인지. 코스티야가 확실하게 아는 한 가지는 이 남자가 진통제를 왕창 삼킨다면, 구급차를 부르고 그의 생명을 구하는 등의 행동을 해야 한다는 것이었다. 그건 근무 시간에 또 늦는다는 이야기였고, 수많은 질문을 받아야 한다는 뜻이었다. 하지만 그는 어떤 질문에도 답하고 싶지 않았다.

그러나 찰리는 알약을 삼키지 않고 계속 노려보기만 했다. 그러다가 더 이상 불확실한 상태로 앉아만 있을 수 없다는 생각이 들었다. 마치 평생을 바에서 보낸 것 같은 기분이 들었다. 그 불쾌한 바 의자에서 태어나서 포대기 대신 그 우스꽝스러운 칵테일 냅킨에 감싸인 채 살아온 것만 같았다. 찰리는 스펙트럴 샤워를 집어 들고 잔을 기울여 안에 든 체리를 입에 넣었다.

그는 체리를 씹고 맛보고 입술을 핥았다.

그러자 애나가 다시 깜빡이며 나타났다. 마치 누군가 야광 봉을 부러뜨려 하나씩 붙여놓은 것처럼, 그녀의 얼굴에는 형광 눈물이 만든 줄무늬가 나 있었다. 그녀는 자신이 그곳에 있다는 것에 놀란 것처럼 보였다.

"찰리?" 그녀가 속삭였다.

"어떻게 알았어?" 그가 고통에 가득 찬 목소리로 물었다. "내가 정말 약을 먹으려 했다는 걸 어떻게 알았어? **나조차** 몰랐는데."

"내가 당신을 훤히 꿰뚫고 있잖아."

"당신은 늘 그랬지." 그가 고개를 끄덕이며 코를 훌쩍였다. "새로운 장을 시작할 시간인가 봐." 그들은 곧 닥쳐올 이별 앞에서 감전된 듯 강렬하게 서로를 바라보았다.

"믿을 수 없을 만큼 멋진 삶을 살아, 찰리. 그리고 다 살고 나면, 다음 생에서 나를 찾아. 알았지?"

그녀는 그들 사이의 모든 경계, 즉 시간과 공간, 삶과 죽음을 거스르며, 밝게 빛나는 입술을 그의 입술에 댔다. 그에게 자신이 그곳에 있음을 느끼게 해주기 위해. 그들의 지나간 사랑 이야기, 그 궤적을 완결하기 위해.

그녀가 몸을 뒤로 뺄 때, 그는 빈 잔을 들어 올렸다.

"싸가지, 당신을 위해 건배."

"다음 세상에서 만나, 루저."

그리고 그는 잔을 바닥에 던져 박살냈다. 유리가 산산이 부서지고 스펙트럴 샤워의 미세한 입자들이 스피크이지 바 전체에 흩뿌려지며 애나를 함께 날려 보냈다.

코스티야는 현기증이 났다. 똑바로 서 있기 위해 벽을 잡아야 했다. 그는 몸의 떨림이 멈출 때까지 기다렸다가, 그리고 망자에 대한 예의로 몇 분을 추가로 더 있다가, 애써 몸을 추스르고 스피크이지

바의 홀을 향해 발을 끌며 다시 나왔다.

그는 찰리의 생각을 듣고 싶었다. 애나가 말한 것에 대한 의견을 나누고 싶었고, 칵테일의 맛과 역학, 그리고 그것이 작동한 방식에 대해 이야기를 나누고 싶었다. 그도 그럴 것이, 다른 사람에게 말한다면 과연 누가 그 말을 믿겠는가? (어쩌면 프랭키는 예외일 수 있겠다. 그는 이런 초자연적인 이야기에 목숨을 거는 사람이니까.) 그는 내적으로 폭발하고 있었고, 자신이 그것을 다시 할 수 있을지, 그리고 **혹시** 어쩌면 다른 누군가를 불러올 수도 있을지 알고 싶어 죽을 지경이었다. 단지 술 한잔을 하며 마지막 대화를 나누고 사과의 말을 전하기 위해 말이다.

갑자기 아버지가 가깝게 느껴졌다. 아버지가 나타날 것만 같았다. **닿을 수 있을 것만 같았다.**

그러나 찰리가 그에게 고맙다는 인사를 시작하자 (저기요. 그게 뭔지, 어떻게 해냈는지 모르겠지만, 당신은 방금 내 목숨을 구한 거예요. 고마워요. 어떻게 보답해야 할지….) 코스티야는 겁이 덜컥 났다.

분명 이 일, 방금 일어난 일은 그가 한 것이었지만, 그가 관련된 일은 아니었다. 큰일이었다. 아주 큰일이었다. 위험할 만큼 큰일이었다. 그리고 그는 혼자 힘으로 그 비밀을 알아내야 했다.

"술값은 안 내셔도 돼요." 그가 조금 전에 스티븐 타일러라고 생각했던 찰리에게 말했다. "그런데, 음, 부탁 하나만 들어주실래요? 오늘 일은 친구들에게 말하지 말아줘요."

아뮈즈부슈*

콘스탄틴 두호브니 미식 체험

어때요? 기막힌 이야기죠? 사랑도 있고, 상실도 있고. 어둠 속에서 빛나는 유령도 만나고, 예상치 못한 맛도 느끼고! 다들 어떻게 생각하세요? 이 정도면 믿을 만하죠?

....

쳇, 까칠하게 구시네요! 뭐, 좋아요. 우린 들를 곳이 많으니까요. 라이브러리는 그냥 준비 운동에 불과하죠.

그래도 그 칵테일은 중요합니다. 그건 우리 주인공에게 관문 같은 거였죠. 거기서 이 미식 모험 전체가 시작됐거든요. 그리고 그걸 통해 여러분은 뼈다귀의 출발점에 좀 더 가까이 다가갈 수 있을 겁니다. 뼈다귀는 분명 칵테일을 만드는 데 필요한 재료들까지 맛볼 수 있었어요. 하지만 음식을 만들고 싶다면, 방법에 대한 단서를 얻어야 했습니다. 갈색이 나도록 구워야 할지, 삶아야 할지, 오븐에 구워야 할지, 푹 끓여야 할지 알아야 했죠. 그런 단서를 주방에서 평생

* 한 입 크기의 차가운 전채 요리.

을 보낸 누군가로부터 얻어야 했습니다. 칵테일 제조에서 식사 제공 서비스로 넘어가는 과정이었어요.

....

오, 맙소사. 그때가 그립네요! 주방의 세계는 호불호가 좀 갈리긴 하지만, 잘 맞기만 하면 그런 곳은 어디에도 없거든요.

....

저요? 음, 저로 말할 것 같으면 오랫동안 법석을 떨며 살았습니다. 식당을 들락날락하며 일했죠. 다 제 가게를 운영하기 위한 과정이었어요. 그러나 저는 도중에 길을 잃었습니다. 재능도 있고, 약간의 야망도 있고, 좋은 평가도 받았지만, 대체 무엇을 하려고 거기에 있는 것인지 잊고 말았죠. 저는 더 이상 음식을 위해 일하지 않고, 명성을 위해 일하기 시작했습니다. 그냥, 그 위치랄까…, 아시죠? 저는 제가 거물이라고 생각했고, 더 큰 목표도 있었어요. 음식 전문 방송국 푸드 네트워크에서 스타 요리사 아이나 가르텐과 나란히 서는 거였죠. 하지만 인생이라는 게 사람을 참 순식간에 추락시킬 수 있더라고요. 제 가게라는 목표에 근접했을 때, 일이 잘못되고 말았죠. 그래서 대신 여기 있게 된 겁니다.

....

솔직히요? 뼈다귀는 제가 아끼는 친구입니다. 저희 아버지가 돌아가셨을 때 제가 상실을 극복할 수 있도록 도와줬죠. 첫 번째 레스토랑이 실패했을 때도요. 그럴 때 제가 아는 사람들의 절반은 참 절묘하게도 딱 마침 바쁘더라고요. 그때 그 친구는 제 편이 되어주었고, 이제는 제가 그 친구의 편이 되어주려 합니다.

게다가 저는 그 친구가 주방에서 무엇을 했는지, 그의 음식이 사람들에게 어떤 의미였는지 직접 보았습니다. 그 경험은 애초에 왜 제가 요리를 좋아하는지를 상기시켜주었죠. 그건 바로 요리가 사람들을 연결하는 방식 때문이었습니다. 엄마의 집에서 엄마가 할머니께 배운 옛날 요리법으로 음식을 만드는 것을 볼 때처럼 말이에요. 음식은 역사입니다. 전통이죠. 그건 뭔가가 뭔가랑 관련이 있다는 뜻이에요. 그리고 그 친구의 전통도 그랬죠. 지금도 그렇고. 그래서 우리 모두 여기에 있는 거잖아요.

이 투어는 작게나마 보답하기 위한 제 나름의 방식입니다. 좋은 레스토랑의 분위기를 느끼면서 제 소중한 친구에게 도움을 주는 거죠. 하지만 제 얘기는 이 정도만 하겠습니다.

우리가 들러야 할 또 다른 장소가 있거든요.

가는 길에 뼈다귀가 일을 시작하기도 전에 그만둘 뻔한 사연을 들려줄게요. 망할 놈의 점쟁이가 그만두라고 설득했거든요. 비니거 힐에서 열린 대형 창고 파티에서 일어난 일이었죠. 며칠 동안 힙스터들이 파티에 모였습니다. 말하자면 브루클린판 버닝 맨*인 셈이죠. 어쩌면 전생에 놀러 가본 분이 계실지도 모르겠네요.

● 미국 네바다주 사막에서 1년에 한 번 일주일간 열리는 대규모 행사. 참가자들은 공동생활을 하며 자신을 표현한다.

믹서와 체이서[**]

윌리엄스버그 다리가 보이는 곳. 브루클린 네이비 야드와 3번가가 진하게 키스하는 지점에 자리한 황폐하고 낡은 특색 없는 창고. 벽돌이 군데군데 허물어져 있고, 창문의 절반은 깨져 있고, 나머지 절반은 아이리쉬 스프링 비누로 문지른[***] 얼룩이 남아 있는 이 창고에서, 세온세라는 집단이 전설적인 파티를 연다.

정교한 미술 설치물과 네온사인, 실내 불꽃놀이, 형광 바디페인트, 먹거리와 위스키, 점술사와 불을 먹는 차력사들, 전위적인 테마들, 특이한 의상을 입은 사람들과 아무것도 입지 않은 사람들, 계속되는 비트와 미적지근한 맥주, 황금빛 반짝임, 땀에 젖은 댄스 플로어가 있는 곳이다. 파티가 열리는 밤이면 행사장 전체에서 섹스와 편딥 사탕과 동그랗게 말린 감자튀김 냄새가 난다. 이곳에 들어가려면 암호와 비공개 초대장과 (디자인 때문에 잘 보이지 않는) 출입문이

[**] 믹서(mixer)는 술에 타 마시는 음료, 체이서(chaser)는 입가심 음료를 말한다.
[***] 창문에 자외선 차단 필름 등을 밀착시키는 공정에서 비누를 주머니에 담아 문지른다.

숨겨진 곳을 아는 누군가가 필요하다.

비공개 대량 메일 발송 프로그램이 세욘세 구독자들에게 주저 없이 안내한 바와 같이, 이 모임은 파티 그 이상이었다. 행사였고, 체험이었다. 실제로 인생을 바꾸는 만남이라는 행운을 얻는 사람은 극히 드물었지만, 모두들 그것을 꿈꾸었다.

그리고 그것은 또한 절대적으로, 결단코 조금도 콘스탄틴에게 좋은 시간이 아니었다.

그는 넓게 펼쳐진 혼잡한 창고 지하의 한구석에 처박혀 있었다. 벽면 전체가 지점토로 만든 실물 크기의 뱀장어들로 덮였고, 야광봉들이 뱀장어의 배와 등을 비추었다. 공예용 칼처럼 날카로운 이빨들이 섬광 속에 번뜩였다. 오늘밤의 테마는 물의 세계였다. 바다 생물 복장을 한 채 미쳐 날뛰는 사람들이 팔과 다리와 비닐로 된 촉수 따위를 마구 흔들며 땀에 젖은 몸을 계속 부딪쳐왔고, 코스티야는 레몬향 세정제 파인솔 맛이 나는 칵테일을 찔끔찔끔 마셨다.

그는 칵테일을 삼키고 인상을 썼다. 토할 것 같았다.

코스티야는 레몬향 세정제의 맛을 실제로 알았다. 또 다른 불행한 파티에서 속아서 마셔본 적이 있었다. 고등학교에 다니는 동안 유일하게 초대받은 파티였다.

앤서니 루소의 집에 도착했을 때, 주최자들은 코스티야를 알아보고 호들갑을 떨었다. 그가 온 게 믿어지지 않는다고, 나타날 거라고는 생각하지 못했다고 하더니, 기다리고 있었다고, 오늘밤의 VIP라고 했다. 그런 뒤 자기들끼리 웃으며 암호처럼 시선을 교환한 다음, 코스티야를 클럽 의자에 눌러 앉혔다. 그러고는 커다란 유리잔을 그에게 건넸다(나중에 알고 보니 포포프 보드카와 세정제, 스프라이트를 섞은 음료였다). 그가 그것을 단숨에 들이켜는 동안 방안에 모인 모든 사람이 외쳤다. **원 샷, 원 샷, 원 샷, 원 샷!**

지하철을 타고 집으로 돌아가는 동안, 그는 바닥에 온통 초록색 액체를 토해냈다. 며칠 동안 목구멍에서 가시지 않을 만큼 독한 레몬 용액의 맛이었다. 그 달에 그가 맛본 모든 끝맛에는 산성 세척제의 맛이 섞여 있었다. 세척제의 맛은 마치 지나치게 짠맛처럼 모든 것을 압도했다. 트림을 할 때마다 대걸레 냄새가 났다.

코스티야는 세 욘세가 사이드카*랍시고 내놓은 딱한 칵테일을 한 모금 더 홀짝인 뒤, 혀로 치아를 훑고는 근처에 있는 문어 촉수 위에 술을 내버렸다. 아무리 취기를 끌어올려 준다 해도, 그때 그 끔찍했던 파티에서 입에 침이 가득 고이고 불쾌한 오염물을 토하기 직전 잭 스텐저와 폴 라비노위츠가 그를 밖으로 끌고 나오며 보였던 의기양양한 표정을 다시 떠올릴 만한 가치는 없었다.

"와줘서 고마워!" 스텐저는 싱긋 웃으며 말했다. "덕분에 재미 좀 보겠어. 폴이랑 내가 너를 끌어들일 수 있다는 데 각각 백 달러씩 걸었거든. 내기에 진 사람이 많을수록 보상이 크잖아."

코스티야는 안전한 구석 자리를 벗어나, 빙글빙글 도는 인파를 무사히 뚫고 나왔다. 그러고는 군중들을 훑어보며 프랭키를 찾았다.

프랭키는 그의 동거인이자 가장 친한 친구였다. 단테의 『신곡』에 등장할 법한 이 끔찍한 구렁을 용감하게 대면하라고 코스티야를 설득한 유일한 사람이기도 했다. 두 사람은 프랭키가 올린 벼룩시장 광고("맨해튼 미드타운, 집세를 나눠 내실 분 구함")를 통해 만났고, 헬

• 브랜디와 쿠앵트로, 레몬주스를 혼합한 칵테일.

스 키친에 있는 그의 비좁은 아파트에서 거의 6년을 함께 보냈다. 이후 그들은 파란만장한 20대를 함께 헤쳐 나갔고, 그 덕에 평생토록 이어질 유대감이 쌓였다.

참 다행스러운 일이었다. 코스티야가 프랭키를 그렇게나 좋아하지 않았다면, 그 멍청이를 전적으로 혐오했을 테니까.

코스티야가 허무맹랑한 공상 속에서만 손에 쥘 수 있었던 모든 것을 프랭키는 넘치도록 많이 가지고 있었다. 준수한 외모, 사교성, 풍부한 잠자리 기회, 싫어하지 않는 직업까지. 확실히 그는 잘생겼다. 거의 말이 안 될 만큼 멋진 용모였다. 반은 도미니카, 반은 아일랜드계 혈통인 그는 아무리 많은 불량식품을 몸속에 채워 넣어도 (분명 아주 많은 양이었다) 절대 체중이 불지 않았다. 친구들이 남아돌았고, 어디서든 항상 새 친구를 사귀었다. 또한 너무나 호감 가는 스타일이었다. 재치 있게 농담도 잘하고 도저히 사실일 수 없을 만큼 미친 (그런데 항상 사실인) 이야깃거리가 넘쳐났다. 그의 주변에는 늘 사람들이 맴돌았다. 여자들은 그를 사랑했다. 너무나 사랑한 나머지, (프랭키가 일과 결혼하는 바람에 다른 것에 헌신할 수 없다는 이유로) 불가피한 이별을 한 뒤에도 대부분의 여자는 오랫동안 친구로 남았다. 프랭키는 부촌에 있는 미쉐린 별점을 받은 레스토랑의 수셰프로 일했다. 술에 취해 늘어놓는 자랑을 믿는다면 그는 요리계의 거물이었고, 도시 안내서《타임 아웃 뉴욕》의 레스토랑 칼럼에 따르면 적어도 주목할 만한 인물은 되었다.

프랭키는 코스티야를 세온세 문으로 들여보냈다("그냥 좀 엽기적인 씨월드*랑 비슷한 곳이야, 친구." "내가 왜 엽기적인 씨월드에 가야 해?" "왜 나한테 짜증을 내?"). 그래 놓고는 입장하는 줄에서 만난 빨강 머리 때문에 그를 내팽개쳤다.

그녀는 인어공주 같은 복장을 하고 있었다. 양귀비처럼 붉은색 긴 머리에 진주를 꿴 장식이 주렁주렁 달려 있었고, 다리는 각도에 따라 달라 보이는 정교한 치마에 속박되어 있었으며, 상체는 두 개의 커다란 조개껍데기를 제외하면 벌거벗은 상태였다. 코스티야는 그것을 접착제로 붙였다고밖에 생각할 수 없었다. 천천히 문을 향해 다가갈 때, 프랭키가 목표를 겨냥하고 행동을 개시했다. 그는 인어공주와 섹시한 거북이거나 섹시한 쿠파(또는 둘 다)로 보이는 친구의 대화를 끊고 말을 걸었다.

"숙녀분들, 대화 나누시는 중에 죄송하지만 정말 궁금해서요. 이 조개 껍데기 진짜인가요?"

뻔한 작업 멘트처럼 들리는 말이었지만, 에리얼은 뒤돌아서 그를 한번 보았다. 키 185센티미터, 갈색 피부, 드라마 배우처럼 감미로운 모습. 그녀가 킥킥거렸다.

"제 스튜디오에서 만들었는데, 실리콘이에요." 그녀가 입꼬리를 부드럽게 당겨 수줍게 미소 지으며 말했다. "하지만 느낌은 진짜 같아요."

"그래요? 예술가세요?"

"조각가예요."

"저는 손을 잘 쓰는 여자를 좋아하죠. 그리고…." 프랭키가 그녀의 손을 잡아서 다른 각도에서 추파를 던지기 위해 팔을 들어 올렸다. "팔을 보니 재능이 있는 것 같군요." 그가 그녀를 돌려세웠다.

• 미국의 해양 테마파크.

"진짜 전복처럼 보여요. 이런 걸 마지막으로 본 건 CIA에서였죠."

코스티야는 히죽히죽 웃으며 프랭키가 작업 거는 모습을 지켜보았다. 언젠가 프랭키가 그에게 말한 작업의 비법은 우선 여자들에게 지금 이곳에서 본인들이 가장 흥미로운 사람인 것처럼 생각하게 만들고, 그런 다음 실제로 가장 흥미로운 사람은 바로 자신이라는 것을 보여주는 거였다.

인어가 싱긋 웃었다. "비밀 요원이세요?"

"맙소사, 아니요." 프랭키가 웃었다. "뻥이에요. 저는 셰프예요."

코스티야가 그 다음에 본 것은 프랭키가 그녀의 잘록한 허리에 손을 얹고 칵테일 바로 이끌고 가면서, 그에게로 고개를 돌려 나중에 보자고 하는 입모양이었다.

프랭키가 여자 때문에 그를 내팽개친 것이 처음은 아니었고, 오늘밤이 마지막도 아닐 것이었다. 그래서 아예 나가서 헬스 키친에 있는 아파트로 돌아갈까 고민했지만 그때 단 하나뿐인 집 열쇠를 프랭키가 가지고 있다는 사실을 깨달았다.

바텐딩을 하다가 작은 사고가 벌어진 뒤, 코스티야는 자신이 벌인 행동의 결과로부터 허겁지겁 도망치느라 라이브러리에 열쇠를 두고 왔다. 그 자체로는 별일 아니었지만, 문제는 지배인 케빈이 다음날 아침에 나와 그 장소의 처참한 상황(깨진 유리, 홀에 쌓여 있는 접시, 엉망이 된 그의 아름다운 칵테일 냅킨)을 본 뒤 격분하여 코스티야에게 더는 일하러 나올 필요가 없다는 음성 메시지를 보낸 것이었다.

코스티야는 잊어버리자고 스스로에게 말했다. 설거지꾼 자리는 많을 거라고, 어쩌면 프랭키가 울프퍼프에 연결해줄 수도 있을 거라고 말이다. 하지만 생각하지 **않으려** 애쓸수록, 그 일이 마음에 더욱 콕 박혔다. 딱히 일자리 때문은 아니었고, 실직을 하게 된 이유 때문이었다.

그 여자 유령에 대해, 그녀를 불러온 술에 대해, 자신이 한 일에 대해 생각하는 것을 멈출 수가 없었다. 처음에는 두려웠다. 수십 년 동안 끝맛을 경험한 후에 찾아온 이런 예기치 못한 결정적 순간이 무서웠다. 그러나 그런 두려움이 가라앉고 진짜로 망자를 불러냈다는 생각에 익숙해지자, 남은 것은 **어떻게** 그렇게 되었는지 알고 싶다는 간절한 마음뿐이었다.

끝맛이 다른 차원으로 가기 위한 지름길이었을까? 어떤 끝맛이라도 유령을 소환할 수 있는 걸까, 아니면 조건이 딱 맞아떨어져야 하는 걸까? 누구든, 언제든 불러올 수 있는 걸까? 공소시효처럼 기한이 있을까? 찰리는 또 어떤가? 찰리가 그곳에 없었다면, 코스티야는 자신이 정말 미친 거라고 믿었을지도 모른다. 수년 간 유령의 입맛을 경험한 끝에 마침내 머리가 이상해졌다고 말이다. 그러나 증인, 또는 **공모자**가 있으니, 이제 궁금한 것은 규칙뿐이었다. 찰리는 애나의 칵테일을 마신 사람이지만, 모든 끝맛이 꼭 먹을 사람을 필요로 할까? 코스티야가 대타로 들어갈 수 있을까? 그리고 그가 불러오려는 것이 아버지라면(그런 가능성을 고려할 엄두가 별로 나지 않지만), 적절한 뭔가를 먹는다면, 아버지를 불러올 수 있을까?

코스티야는 눈을 질끈 감고, 자신의 입에서 싸구려 진과 인공적인 레몬의 맛을 몰아내고 대신 다른 맛을 기억하려 했다. **진하고 풍부한 맛의 닭고기 간, 가장자리가 캐러멜화된 양파, 희미한 딜의 향취.** 감귤류와 비슷한 시큼한 맛도 있었다. 그가 막 그 맛을 기억해내기 시작한 순간, 새로운 끝맛이 그의 입에 치고 들어와 다른 모든 감각을 몰아냈다.

그 맛은 너무도 단순하고 **기본적**이어서, 진짜인지 의심이 들 정도였다.

부드러운 밀크 초콜릿. 슈거 파우더와 함께 휘저은 피넛버터와 은은한 바닐라향. 왁스 종이 포장지의 옅은 잔향. 리세스 피넛버터 컵 초콜릿이었다.

그가 곰곰이 생각할 겨를도 없이 군중 속에서 프랭키가 나타났다. 머리에 쓴 선장 모자는 사라지고, 바지 속에 넣어 입었던 선원 셔츠는 밖으로 삐져나와 있었다. 의기양양한 미소를 띤 얼굴이었다.

"뼈다귀, 말해줄 게 있어." 그가 문신이 있는 근육질 팔을 코스티야의 목에 두르며 말했다. "우리는 당장 무릎을 꿇고 화장실 섹스의 신에게 경배해야 해. 방금 확실한 파티 선물을 내려주셨거든!"

코스티야가 힘없이 미소 지으며 그의 팔을 풀었다.

"열쇠 좀 줄래? 여긴 내가 있을 곳이 아니야."

"아니, 아니, 아니. 더 이상 맥 빠져 있는 건 안 돼." 프랭키가 그를 향해 얼굴을 찌푸렸다. "내 말을 들어봐, 아래층에서 디제이 스컬이 음악을 틀 거야. 옥상에서는 거품 파티가 진행 중이고. 코가 비뚤어지게 마셔보자고. 기분이 째져서 알렉시스 따위는 다 잊어버릴 거야. 벌써 몇 달째잖아, 친구! 그렇게 축 쳐져 있는 모습 보기 싫어. 그리고 누가 알아? 어쩌면 오늘 누군가를 만날지. 무대 옆에서 해마가 아주 날아다니네. 아니면 저쪽 바에 있는 문어는 어때? 아니면, **그래.** 위로 올라가자! 거기에 끝내주는 점쟁이가 있어. 거기 가서 점을 보면서 매력을 발산하는 거야."

"차라리 문어가 낫겠어."

"그 여자가 뭘 하는지도 모르잖아! 완전 용한 점쟁이야."

"글쎄. 그 여자가 내가 오는 걸 이미 알았을까?" 코스티야가 냉담하게 말했다.

"넌 언제나 냉소적이야." 프랭키가 그의 어깨를 쿡 찌르며 말했다. "그 여자가 너에게 무슨 말을 할지 궁금하지 않아? 여긴 세욘세야. 그 여잔 완전 찐이라고."

그 말에 코스티야의 내면에서 무언가가 떨렸고, 씨앗이 심어졌다. 지금까지 점쟁이에게 뭔가를 물어본다는 건 생각조차 해본 적이 없었다. 항상 돈만 챙기는 사기라고 생각했고, 실제 능력을 가진 사람이 있을 거라고도 믿지 않았다. 그날 밤 라이브러리 오브 스피리츠에서 일어난 일과, 사실상 거의 20년 동안 그의 입안에서 일어난 일을 이해할 수 있는 사람이 정말 있을까.

"정말로 그 여자가 진짜라고 생각해?"

"확인할 방법은 하나뿐이지."

프랭키는 그의 마음이 바뀌기 전에 얼른 팔꿈치를 붙잡았다. 항의하는 코스티야의 목소리는 데스메탈 밴드의 연주에 묻혀버렸다. 그들은 인간 해파리들 사이를 헤치고 실내 울타리 미로를 통과해 체셔 고양이의 목구멍처럼 보이는 계단을 올랐다. 양옆으로 사탕 같은 흰색과 분홍색 줄무늬의 송곳니가 천장에서 바닥까지 이어져 있었고, 위쪽 문가까지 끈적끈적한 빨간 카펫이 펼쳐져 있었다. 문가에는 목젖처럼 보이는 반짝이는 물체가 달랑거렸다.

코스티야는 마치 실제로 삼켜지는 것 같은 기분으로 목젖(사실은 눈부신 샌드백)을 지나쳐, 긴 하루 끝에 처음 홀짝인 버번처럼 느껴지는 공간으로 들어갔다. 그 방은 크기가 작은 편이었고, 희미하게 불이 밝혀져 있었다. 벽면은 이끼 같은 느낌의 짙은 색 벨벳으로 덮여 있었고, 그 앞의 책꽂이엔 바스라질 듯한 낡은 책이 가득했다. 프랭키는 구석에 있는 줄무늬 천막으로 직행했다. 화려하게 장식된 간판에는 이런 안내문이 적혀 있었다.

마담 에벌리의 영혼의 기술
타로 점 15달러 | 손금 25달러
점괘판 안 씀, 강신술 불가, 환불 불가

"다시 생각해보니까, 아무래도 안 될 것 같아."
코스티야가 돌아섰지만 프랭키가 저지했다.
"들어가, 뼈다귀. 내가 죽더라도 너는 재미 좀 봐."
"내가 먼저 죽으면 못 그러겠지."
"이봐요, 들어올 거예요, 말 거예요?" 천막 안의 목소리가 물었다.
"갑니다!" 프랭키가 숨을 들이쉬고 그를 밀었다. "모든 게 실패로 돌아가도, 잠자리는 시도해보라고."
코스티야는 그에게 중지를 들어 보이고 서커스 천막의 문을 열고 안으로 들어갔다.

영혼의 기술자 마담 에벌리는 비디오 게임 잡지 《게임 인포머》를 무릎 위에 펼친 채 가죽이 군데군데 벗겨진 싸구려 2인용 안락의자에 비스듬히 기대 앉아 있었다. 그녀는 날카롭고 지적인 모습이었고, 넓은 미간 끝에 자리한 두 눈을 계속 깜빡거렸다. 긴 웨이브 머리의 뿌리 부분은 은색, 끝부분은 보라색, 중간은 라벤더 색으로 공들여 염색했다. 안 그래도 호리호리한 몸매가 온갖 검은색 때문에 더 왜소해 보였다. 검은색 컨버스 스니커즈와 블랙 진, '수성(머큐리)처럼 역행하지 말고 프레디(머큐리)처럼 전진하자'라고 쓰인 검은색 후드 티(이 더위에?)를 입고 있었다. 그녀는 무심하게 손가락 하나를 (1초간) 들어서 자신이 읽고 있던 페이지를 넘겼다.

프랭키의 말은 거짓이 아니었다. 그녀는 끝내줬다. 코스티야가 지금껏 본 가장 아름다운 여자였다. 코스티야는 자신에게는 너무나 과분한 그녀의 모습에 과연 게임이 될까 싶었다.

그가 헛기침을 하자 마담 에벌리는 그의 존재를 알아채고 그를 겨우 넘겨다 볼 수 있을 정도로만 잡지를 내렸다. 그녀는 그의 오른쪽에 놓여 있는 한 쌍의 접이식 의자와 테이블을 손으로 가리킨 다음, 다시 잡지로 얼굴을 가리고 짝짝 소리를 내며 껌을 씹었다. 코스티야는 고개를 끄덕이고 의자에 앉으며, 이 옷을 입고 온 것을 후회했다. 대충 오린 색종이 물고기를 테이프로 붙인, 몸에 꽉 끼는 남청색 셔츠였다. 셔츠는 그의 배를 따라 팽팽하게 늘어나 있었다. 그는 허리를 곧게 펴고 배를 집어넣었다.

"긴장하신 것 같네요." 마담 에벌리가 잡지 뒤에서 말했다. "타로점을 보기 전에 마음을 정화하세요. 안 그러면 헷갈리는 메시지가 나올 수 있어요."

코스티야는 반항심이 생겨 인상을 찌푸렸다. 정화가 필요한 것은 마음이 아니라 자신의 입, 자신의 혀였다. 멈추지 않는 에너지 때문에 심지어 지금도 따끔거리는 미뢰야말로 정화가 필요했다. 이곳에 들어온 결정을 다시 (아마 또다시?) 생각해보며 의자에서 엉덩이를 들썩이다, 그만 포기하고 일어서려는 순간 그녀가 잡지를 내렸다.

"음… 됐어요!" 그녀가 선언했다. "미안해요. 새로운 젤다 시리즈 이야기가 있었거든요. 일단 읽기 시작하면 멈출 수가 없더라고요. 프링글스처럼. 그럴 때 있지 않아요?"

코스티야가 고개를 끄덕이고는 입을 헤벌리고 그녀를 보았다. 숨 쉬는 법과 침 삼키는 법을 잊어버린 것만 같았다. 어이쿠, 아찔하군. 보고 있는 것만으로 심장에 무리가 갈 지경이었다.

그녀가 일어나서 잡지를 바닥에 던졌다.

"그래서, 첫 경험인가요?" 그녀가 그가 있는 쪽으로 걸어와서 맞은편 의자에 앉으며 물었다.

"음, 아니요. 그런데 왜요?" 반신반인에게 제물로 바치기라도 하려는 걸까?

"첫 경험이어도 아무 상관없어요."

"첫 경험 아니에요." 코스티야가 코웃음을 쳤다. "경험 **아주** 많아요. 전문가죠."

"아." 그녀는 의외라는 표정으로 말했다. "알았어요. 좋아요! 그렇다면 처음에 들어갈 때 선호하는 방식이 있나요? 아니면 그냥 천천히 시작할까요? 가끔은 그런 식으로 더 깊이 할 수도 있거든요."

코스티야는 침을 꿀꺽 삼켰다. "더 깊이요?" 어쩌면 자진해서 제물이 될 수도 있을 것 같았다.

"제 말은, 그게 요점이잖아요. 안 그래요? 그러지 않으면 정확한 해석을 못 얻어요."

무슨 생각으로 저런 말을 하는 거지? 이 영적인 경험에 약간 다른 뭔가가 동반되나? **하기야** 이곳은 세욘세였다. 뭐든 가능했다.

그의 끔찍한 셔츠 등판을 따라 땀 한 방울이 흘러내렸다.

"지금 하시는 말씀은… 그러니까 이게….”그가 목소리를 낮추었다. "우리가 지금 그걸… 왜냐면 콘돔을 안 갖고 와서요."

그녀의 눈이 휘둥그레졌다. "뭐라고요?”

"방금 질문을, 제가 처음이냐고, 물론 저는 아니거든요. 근데… **더 깊게요?**"

"오, 맙소사.”그녀가 머리를 뒤로 젖히고 웃었다. "난 타로 점을 처음 보느냐는 뜻이었어요!" 그녀가 뒷주머니에서 너덜너덜한 카드 한 벌을 꺼내서 둘 사이에 놓았다. "타로 알아요? 앞쪽 간판에 적혀 있는데.”

"아, 아뇨! 예! **당연하죠.**"(달콤한 안도감! 하지만 한편으로는… 분명한 실망감.) "죄송해요. 그런 의미에서라면, 그런 의미에서만, 처음 맞아요. 살살 부탁드려요."

"**그래요.**"그녀가 다시 웃으며 한쪽 눈 밑을 손가락으로 쓱 문지르자 까만 아이라이너가 번졌다. "좋아요. 그럼, 어떻게 하는지 보여줄게요. 제가 카드를 섞을 거예요. 당신은 궁금한 점에 대해 생각해요. 그 질문에 대해서만 집중하다가, 준비가 되면 고개를 끄덕여요. 알겠죠?”

그녀는 그에게 카드를 내밀어 두 묶음으로 가르게 했고, 콘스탄틴은 그녀가 카드를 다루는 것을 지켜보았다. 그녀의 가느다란 손가락이 과거와 현재와 미래의 카드를 구부려서 합치고 복잡하게 섞으며 사람의 넋을 빼놓는 화려한 손재주를 보여주었다. 코스티야는 지금 끝맛이나 평소에 그를 괴롭혔던 질문들에 대해 전혀 생각하지 않았다. 눈으로 마담 에벌리를 탐하느라 바빴다. 그녀의 얼굴 선, 어깨의 기울기, 후드 티 목깃에 점처럼 인 작은 보푸라기, 마치 금가루를 뿌려놓은 듯한, 꿀벌의 외피처럼 군데군데 황금색이 섞인 갈색 눈, 립스틱 색깔, 입 모양….

"어떻게 그 질문을 품게 되셨나요, 전문가 님?"

코스티야의 눈이 다급하게 탁자로 돌아왔고, 동시에 그의 생각도 자신이 거기서 해야 하는 일로 잽싸게 돌아왔다.

"사실 타로 점을 보려고 온 건 아녜요." 그가 의자에서 살짝 엉덩이를 들썩이며 말했다.

"그래요?" 그녀가 그들 사이에 있는 탁자에 카드를 놓고 말했다. "그럼 왜 왔죠?"

당신 전화번호 때문에. 당신에게 구애하려고. 딱 하룻밤만, 딱 하룻밤만 나한테 내줘요….

"정보 때문이죠."

그녀가 몸을 뒤로 기대고 가슴 위로 팔짱을 끼었다.

"정보라고요?"

"**신비한** 성격의 정보죠."

"좋아요, 내부 고발자 씨. 좀 더 구체적으로 말해줄 수 있나요?"

코스티야가 숨을 내쉬었다. "난 그게 정상인지 알 필요가 있어요. 아니, 어쩌면 사실은 그게 **정상**이 아니라는 걸 저도 아는 것 같아요. 하지만 죽은 사람을 맛보는 게 가능할까요?"

그녀가 무엇을 예상했건, 적어도 이것은 아니었다. 그녀는 팔짱을 풀었다.

"죽은 사람들을 어떻게 맛보죠? 신체 부위를 말하는 건가요?"

"아뇨! 아니에요. 웩. 아닙니다. 그들의 음식 말이에요. 그러니까… 자기가 먹지 않은 뭔가를 맛보는 거죠. 자기 입에 없는 걸 말이에요. 그런데 그 맛이 죽은 사람에게서 왔다고 생각, 아니 그렇다는 걸 아는 거죠. 그러니까, 저는 친구 대신 묻는 거예요."

그녀가 차렷 자세로 똑바로 앉아서 몸을 더 가까이 기울이며 말했다.

"어어. 음, **친구**분에게 가능하다고 말해주세요. 아주 흔한 일은 아니지만, 분명 가능한 일이죠. 맛은 사이킥 클레어스 중 하나예요."

"누구라고요?"

그녀가 미소 지었다. "초감각적 지각력을 말하는 거예요. 모두가 클레어보이언스, 즉 투시력에 대해서는 들어봤겠지만, 그건 그냥 보는 거예요. 어떤 강신술사들은 저승의 냄새를 맡거나 촉감을 느끼거나 소리를 들을 수 있죠. 맛을 보는 건 클레어거스턴스, 즉 투미력이라고 해요."

"투미력." 그가 따라서 말했다.

"음, 하지만 말씀드린 것처럼, 일반적이지는 않죠." 그녀가 잠시 주저하며 덧붙였다. "이름이 뭐라고 했죠?"

"콘스탄틴이요."

"저는 모라예요." 그녀가 테이블 위로 손을 뻗었고, 그가 그 손을 잡았다. 그녀의 손길은 마치 사탕 같았다. 달콤함에 힘이 불끈 솟는 것만 같았다.

"에벌리라고 생각했는데요."

"에벌리는 한참 전에 죽었어요."

"재밌는 농담이군요."

"농담이면 좋겠네요." 그녀의 입이 살짝 씰룩였지만 곧 미소로 바뀌었다. "하지만, 어쩌면 **당신의 친구**가 에벌리의 맛을 볼 수도 있겠네요. 얼마나 자주 그런 일이 일어나죠? 투미력 말이에요."

그가 대답하려고 입을 여는 순간, 때마침 익숙한 감각이 그의 혀에 불쑥 찾아왔다. 멍하게 응시하는 듯한 그의 표정이 곧 혼란스럽고 놀란 표정으로 바뀌었다.

부드럽고 달콤한 피넛버터의 미세한 입자. 너무나 말랑해서 반쯤 녹은 것처럼 보이는 부드러운 밀크 초콜릿. 머리빗처럼 울퉁불퉁한 가장자리의 질감이 혀끝에서 느껴지다가 갑자기 멈춘다. 마치 찌그러진 것처럼. 리세스를 먹는 잘못된 방법은 없다.[●]

코스티야가 같은 것을 두 번 맛보는 경우는 드물었다. 많은 비슷한 음식이 있었지만, 항상 차이가 있었다. 할머니의 미트볼과 증조할머니의 미트볼. 생 바질과 파슬리. 그러나 이 리세스 피넛버터 컵 초콜릿은 조금 전 아래층에서 맛본 것과 똑같았다. 조리한 것이 아닌 포장된 제품이었다. 순전히 우연의 일치로만 보기에는 시기적으로 너무 가까웠다.

누군가 어서 나타나고 싶어 안달이 난 모양이었다. 그래서 그에게 자신을 던졌다. 코스티야가 해야 할 일이라고는 초콜릿을 손에 넣고, 이 파티에서 그것을 먹어야 하는 게 누구인지 알아내서, "사탕 주면 안 잡아먹지!" 놀이를 하는 것이었다.

"이봐요. 괜찮아요?"

"근처에 자판기가 있나요?" 코스티야가 불쑥 말했다. "아니면 매점이나. 난⋯ 난 리세스가 필요해요. 지금 당장."

코스티야는 의자에서 몸을 일으키려 했지만, 다음에 그녀가 한

●　유명한 리세스 광고 문구.

말이 그를 다시 눌러 앉혔다.

"내 눈에 흙이 들어가기 전에는 안 돼요."

"어, 음, 뭐라고요? 혹시 알러지 같은 게 있나요?"

"그래요. 뭐 그런 게 있어요." 그녀가 인상을 찌푸렸다. "대체 왜
그래요, 콘스탄틴?"

"그게, 리세스 컵 초콜릿을 방금 맛봤어요. 그 일이 **방금 일어났다
고요.**"

"**그걸** 맛봤다고요? 바로 지금?" 그녀가 움직이는 유령을 포착하
려는 듯, 사라져가는 팔다리나 육체에서 분리된 얼굴을 찾으려는 듯
천막 안을 두리번거렸다.

"그래요. 하지만 이상했어요." 그가 고개를 저으며 말했다.

"평소에 죽은 사람들의 맛을 볼 때보다 더 이상했다는 말이에요?"

"아뇨. 아니, 맞아요. 바로 몇 분 전에도 똑같은 것을 맛봤거든요.
아래층에서요. 누군가 정말로 내 주의를 끌려고 하고 있어요."

그녀가 긴장한 듯한 입매로 잠시 눈을 껌뻑이며 그를 보았다.

끝맛은 벌써 희미해지기 시작했다. 어쩌면 나중에 다시 시도할
수 있을지도 모른다. 어쩌면 식료품점이나 가판대에 갈 때까지 유령
이 기다리고 있을 수도 있다. 끝없는 입장 대기 줄에 서서 빈둥거리
고 있을 때 그런 곳을 본 것 같기도 했다. 두어 블록 떨어진 육교 근
처에….

"어째서 그걸 구하려고 한 거죠?" 모라가 신중하게 물었다. "초콜
릿 말이에요."

그녀의 목소리가 좀 이상했다. 마치 어떤 답을 추측했는데 그 답
이 마음에 들지 않는 것 같았다.

"그냥… 뭔가 시도하고 싶었어요."

"당신이 맛본 것을 만들면 무슨 일이 일어나죠? 직접 먹으면요?"

정말이지 중요하고도 어려운 질문이다. 피넛버터 컵 초콜릿의 모습을 한 껄끄러운 문제.

"사실 잘 모르겠어요."

그녀가 믿을 수 없다는 듯 한쪽 눈썹을 치켜 올렸다. "시도해본 적이 없나요?"

"음, **한 번도** 없는 건 아니에요. 지난주에 시도해봤죠. 술로요."

"그런데요?"

코스티야는 대답이라기보다는 반사적인 반응으로 고개를 살짝 저었다.

"콘스탄틴, 나한테 꼭 말 안 해도 되지만…."

"미친 소리로 들릴걸요."

"하지만 말해주면 내가 당신을 도울 수 있어요. 그들이 뭘 원하는지 우리가 알아낼 수 있죠. 그리고 내가 당신을 도울 수 있다면, 어쩌면 당신도…."

"아, 그들이 뭘 원하는지는 내가 알죠." 그가 어떻게 보면 자포자기한 사람처럼, 어떻게 보면 정신이 나간 사람처럼 반쯤 웃었다. "뻔하잖아요? 돌아오고 싶은 거예요."

마음 한구석의 틈 속에서는 알고 있었는지도 모른다. 폭식과 폭음, 답도 없는 일자리, 사랑하지 않는 여자들과 가고 싶지 않았던 파티로 틀어막아보려 했지만, 내내 알고 있었는지도. 스스로 인정하지 않았다면 모르는 일로 둘 수 있었을지 모른다. 그들이 보내온 맛을 느끼는 것밖에는 아무것도 할 수 없다고 자신을 설득하고, 그냥 살던 대로 살 수도 있었을 것이다. 하지만 그 이상의 것이 가능하다는 걸 증명해버리지 않았나? 그는 누군가를 불러왔다. 단 한 번, 하나의 방향으로만 지나야 했을 차원의 빈틈을 통해 한 영혼을 끌어왔다.

"그래서 그 술을 만들었을 때 무슨 일이 벌어졌죠?" 그녀가 천천히 물었다.

코스티야는 탁자 표면의 갈라진 틈을 손톱으로 쑤셨다.

"처음에는 아무 일도 없었어요. 그건 그냥 칵테일이었어요. 하지만 그녀의 남편이 그것을 마시니까, 그녀가, 그러니까 칵테일의 주인인 유령이 돌아왔어요."

모라의 눈이 휘둥그레졌다.

"**돌아**왔다고요? 여기 계속 남았어요? 아직 이승에 있나요?"

천막 안의 분위기가 이제 달라졌다. 더 추워졌고, 공기는 무언가에 오염된 것 같았다.

"아니요, 술을 다 마시니 사라졌어요."

모라가 눈을 감고 숨을 내쉬었다.

"다행이군요. 좋아요. 잘 들어요. **아주** 조심스럽게 대처할 필요가 있어요." 누가 엿들을까 봐 두려운 듯 작은 소리로 말했지만, 그녀의 목소리는 갈라져 있었고 위험하게 들렸다. "당신은 굶주린 영혼과 진짜 죽음과 저승을 상대하고 있는 거예요. 그건 그냥 아무렇지 않게 손댈 만한 게 아니라고요."

"그건 나도 알아요….""

"거기에는 나름의 균형과 영겁의 시간 동안 스스로 조정해온 시스템이 있어요." 그녀가 계속 말했다. "한 번은 운이 좋았지만, 그냥 뜻밖의 행운이었을 뿐이에요."

"그건 운이 아니었어요." 그는 이의를 제기했다. "본능이었죠."

"당신은 운이 좋았어요." 그녀가 거듭 말했다. "아무도 다치지 않았으니까."

"어떻게 누군가 다칠 수 있죠? 유령은 이미 죽었고, 죽은 사람을 불러오는 건 꼭…."

"내 말을 하나도 안 듣고 있네요!" 마담 에벌리, 모라가 소리쳤다. "최대한 쉽게 말하죠. 다시는 죽은 사람들의 음식을 만들지 말아요."

"잠깐. **뭐라고요?**"

"아직 별일 없을 때 발을 빼라고요."

"말도 안 돼!" 이제 그도 목소리를 높이며 심술부리는 아이처럼 팔짱을 끼었다. "방금 전에는 **내가 도와줄게요,** 하더니, 이제는 주방이 당신에게 너무 버거운가 보죠?"

"당신이 **그만두는** 걸 돕겠다고 한 거였어요. 당신이 무슨 짓을 하고 있는지 알기나 해요? 유령을 가지고 장난을 쳐요? 당신은 자신이 뭘 맛보고 있는지도 몰라요."

"그러는 당신은요?"

"아무리 설명해도 당신은 이해 못할 거예요."

"당신은 특별하다, 이건가요?"

"**당신은** 사후세계를 상대할 수 없어요."

그는 믿을 수 없어서 그녀를 빤히 쳐다보았다. 마치 그녀가 방금 자신을 밀친 것 같았다. 마음 한구석에 자신도 그녀를 밀치고 싶은 마음이 들었다.

"내 얘기 들어봐요." 그가 천천히 말했다. "잊어버려요. **당신은** 잊어버려요. 마법의 혀를 가진 건 **나예요.** 20년 동안 죽은 자들의 입맛을 맛봤다고요. 그리고 그들을 다시 데려온 건 당신이 아니라 **나**예요. **당신은** 지금까지 뭘 했는데요, 영혼 아티스트 님? 향 태우기? 카드 섞기? 성급하게 판단하고 형편없는 조언하기?"

모라는 귀가 먹먹한 채로 한동안 그를 노려보았다. 그녀의 눈 뒤에서 뭔가 뜨거운 것이 당장이라도 폭발할 것만 같았다.

"당신은 내가 하는 일을 모르잖아요."

"날 시험해봐요."

"됐어요." 그녀는 심술궂게 살짝 히죽거렸다.

"알겠습니다. 좋으실 대로." 그가 의자를 뒤로 밀치며 일어섰다.

"하지만 만약에 내가 이 영혼들의 맛을 봤다면, 20년이나 기다리지는 않았을 거예요." 그녀가 덧붙였다.

"좀 심한 거 아닌가요?"

"천만에요. 방금 **지난주**까지 아무것도 시도하지 않았다면서요. 그 결과 겁을 집어먹고 파티 점쟁이를 찾아왔고요. 이미 내 조언은 들었으니까, 성급한 판단도 해줄게요. 당신은 겁쟁이에요, 콘스탄틴. 당신은 자신의 잠재력을 두려워하고, 의미 있는 연결보다 자기 안위에 더 관심이 많죠. 당신은, 흠, 글쎄요. 과거의 무언가 때문에 마비되어 있어요. 사랑하는 사람의 죽음 같은 거? 비슷한가요? 그리고 이제 당신은 이 유령들이 당신을 특별하게 만든다고 생각해요. 사후 세계에 장난 좀 치는 걸로, 그동안 과거를 잊고 살아가는 대신 스스로 선택해서 찌질하게 살아온 세월을 어떻게든 되돌릴 수 있다고 생각하는 거죠. 그런데 그럴 일은 없어요. 상황만 더 악화될 뿐이에요. 그러니까 그냥 관둬요."

코스티야는 그냥 서 있었다. 놀라서 말도 안 나왔다.

발작을 유발하는 이 파티에서 일어난 일들 가운데, 이 일이 가장 비현실적으로 느껴졌다. 〈언더 더 씨〉 플래시몹이나 산란하는 연어 춤을 추는 사람들, 커터 칼처럼 날카로운 이빨로 코스티야가 피를 보게 한 피라냐 피냐타가 아니라, 바로 **이것**. 누군가 코스티야에게 파티에서 만난 점쟁이가 자신을 꿰뚫어보고 자신의 개소리를 간파하고 반박한 최초의 사람이 될 거라고 말했다면, 무슨 마약을 했느냐고 물었을 것이다. 대화는 10분도 채 이어지지 않았고 힌트가 될 만한 타로 점도 보지 않았는데, 그녀는 너무도 날카롭게 정곡을 찔렀다. 코스티야는 그런 그녀가 평생 동안 자신의 발목을 잡아온 모든 것, 두려움과 부정, 자기 의심, 그리고 아버지가 돌아가신 후로 그를 괴롭혀온 무력감 위로 돋아난 커다란 뾰루지처럼 느껴졌다.

"가볼게요."

그는 지갑에서 20달러를 꺼내 탁자 위에 내려놓았다. 그리고 그녀를 마지막으로 한 번 본 다음(괴로울 만큼 아름다운 모습이 고통을 가중시켰다), 애써 천막 문을 밀어젖히며 밖으로 나왔다.

코스티야는 잘못 계산했다. 이 일로 그는 20달러(사실 15달러였는데, 차마 거스름돈을 달라고 할 수 없었다)와 자존심과 적지 않은 존엄성을 잃었다. 대신 그는 이곳에 온 목적의 일부를 달성했다. 투미력이라는 작은 한 줄기 빛 같은 이름이었다. 하지만 그녀가 말한 다른 모든 것과는 따로 분리하는 작업을 해야 할 것 같았다. 그것은 내면의 깊은 틈 앞에 쌓이게 될 또 하나의 무거운 상자였다.

모라 엘리자베스 스트럭(마담 에벌리)은 쿵쾅거리는 가슴으로 그가 나가는 것을 지켜보았다. 상황이 이렇게 된 것, 그를 잔인하게 몰아붙여 떠나게 만든 것이 유감스러웠다. 하지만 그를 가까이 둘 수는 없었다. 그가 정말로 **그것**을 맛본다면, 그가 정말로 그녀가 아직 갈 준비가 되어 있지 않은 곳으로 가기 위한 일종의 관문이라면, 절대 그럴 수 없었다.

그녀가 마음에 없는 말을 한 것은 아니었다. 다만 너무 요령 없이, 너무 단도직입적으로 말한 것뿐이었다. 그래서 자신의 말이 흉터까지는 아니어도 상처를 남겼을 거라고 확신했다. 하지만 돌이켜 보면, 처음부터 그럴 생각은 없었다. 처음에는 그저 경고만 하려 했다. 그런데 그가 그녀를 무시했다. 자업자득이었다.

아쉬운 일이었다. 부주의하게 굶주린 유령을 소환한 것을 제외하면, 그는 괜찮은 사람 같았다. 사랑스럽고. 어느 정도 귀엽고. 딱히 그녀의 취향은 아니었지만(문신이 별로 없었다), 조금만 관리를 한다면 그런대로 봐줄 만했다. 그러나 그는 불장난을 하고 있었다. 한 번에 성냥을 하나씩 켜는 게 아니라 주유 펌프 옆에서 화염방사기를 작동하는 격이었다.

그녀가 이해할 수 없는 것은 그가 어떻게 영매 역할을 넘어 실제 영혼을 불러올 수 있었느냐는 것이었다. 모라가 아는 바에 따르면(인정하건대 투미력에 대한 그녀의 지식은 코스 요리보다는 간단한 간식에 가까웠다), 투미력으로 맛보는 것은 대부분 죽은 사람과 관련된 것이었다. 사망한 사람이 흡연을 했다면 담배. 그들이 독살 당했다면 화학적 잔류물. 립스틱이나 좋아하는 핫 소스의 맛. 요리법보다는 단서에 가까웠고, 분명 다리는 아니었다. 그러나 콘스탄틴이 맛본 것, 그러니까 각각의 구성 요소가 결합된 특정한 술과 특정한 초콜릿(**바로 그 초콜릿**) 같은 것들은 좀 달라 보였다. 단지 죽은 사람들을 떠올리게 하는 뭔가가 아니라, 그들이 갈망하는 어떤 경험이나 기억과 연관된 필수적인 부분처럼 보였다. 그리고 그 음식을 만듦으로써, 콘스탄틴은 영혼을 유혹해서 불러올 수 있는 것 같았다. 그들이 좋아하는 미끼를 던지는 셈이다.

흠. 뭐가 됐든 상관없었다.

적어도 이것은 그녀의 문제가 아니었다. 모라는 자신의 말을 그가 이해했기를, 그녀가 한 말이 큰 실수를 막아주기를 바랐다.

사후세계는 복잡한 균형이었다. 기근과 잔치. 굶주림과 포만감. 비움과 채움. 이 균형을 가지고 장난을 치다가는 조만간 후회하고 말 것이다.

모라 자신처럼 말이다.

몸이 떨리며 갑자기 허기가 밀려왔다. 마지막으로 뭔가를 먹은 게 언제였지? 그녀는 배낭을 열고 치토스 봉지를 찾아서 탁자 앞에 앉아 흡입했다. 그러다가 여전히 탁자에 놓여 있는 타로 카드가 눈에 들어왔다.

그녀의 손끝이 카드 위에서 맴돌았다. 당장 해석을 하고 싶어 몸이 근질거렸다.

콘스탄틴이 이미 카드를 두 묶음으로 갈라놓았다. 준비가 되어 있는데 점을 치지 않는 것은 낭비처럼 보였다. 그녀는 제일 위에 있는 카드 세 장을 뒤집어 유심히 보았다.

이런, 젠장할.

모라는 콘스탄틴을 붙잡으려고 천막 밖으로 급히 뛰어나갔지만, 그는 이미 가고 없었다.

새벽 4시경, 코스티야와 프랭키는 비좁은 주방에서 표면이 벗겨지고 있는 합판 조리대 앞에 허리를 구부리고 기대어 선 채, 모차렐라 치즈와 브라운 그레이비를 뿌린 감자튀김, 노점에서 산 고기를 도구 하나 없이 전투적으로 먹어치웠다.

콘스탄틴은 걸신들린 것처럼 손가락으로 음식을 집어서 입으로 밀어 넣고는 아무 맛도 느끼지 못할 만큼 빠르게 삼켰다. 이렇게 잔뜩 먹는 것은 오랜만이었지만, 폭식의 습관은 자전거를 타는 것처럼 익숙하게 돌아왔다.

이것은 편안했다. 익숙했다.

그에게 편안하고 익숙한 건, 어느 망할 놈의 고급 스피크이지 바에서 부활한 번쩍번쩍한 유령이 아니다.

혼란한 파티나 사나운 점쟁이도 아니다.

정신병원에서 퇴원한 후 처음으로 내뱉은 끝맛에 대한 고백도, 지금껏 본 가장 아름다운 여자에게 들은 호통도 아니다.

편안하고 익숙한 건 바로 **이것**이었다. 반쯤 식은 할랄 음식과 다양한 부속물 따위를 마구 먹으며 스트레스를 푸는 것 말이다.

"어, 너 괜찮아?" 프랭키가 감자튀김을 입으로 가져가다가 그를 보며 물었다. "너 그런 표정 짓는 거 본 적 있어. 이봐, 알렉시스가 너에게 큰 의미라는 건 알지만…."

코스티야가 고기를 입에 밀어 넣으며 고개를 저었다.

"알렉시스 때문이 아냐." 그가 여전히 고기를 씹으며 말했다.

프랭키는 감자튀김을 내려놓고 스티로폼 용기를 코스티야의 손에 닿지 않도록 끌어당겼다.

"그럼 뭐야? 이러다 몸 다 상해."

코스티야는 음식물을 삼키고 오랫동안 프랭키의 얼굴을 응시하며 어떻게 할지 생각했다.

"사실은 말야." 그가 드디어 입을 열었다. "혹시 정신 나간 얘기 들어볼래?"

프랭키는 그의 말을 곧이곧대로 믿었다.

그의 양육 환경 때문이었다. 그는 세상이 대부분의 사람이 생각하는 것보다 더 신비롭고 기적적인 곳이라고 믿으며 자라났다. 도미니카 할머니는 도미니카 부두교를 믿었고, 손자를 보호해달라며 날마다 영적 존재에게 제물을 바쳤다. 아일랜드 할머니는 이민을 온 순간부터 가톨릭 신자였고, 보기보다 기가 센 사람이어서 그가 어렸을 때부터 가톨릭 신앙을 주입했다. 그 결과 프랭키의 신앙은 종교와 미신 사이, 복음과 부두 사이의 어딘가에 속했다. 말하자면 절름발이 악마 디아블로 코후엘로와 예수 그리스도가 함께 앉아 맥주를 마시는 셈이었다. 덕분에 그는 대부분의 사람이 믿지 않는 많은 것을 믿었다.

"이거 충격적인데." 그가 말을 끝내자 프랭키가 단호하게 말하며 콘스탄틴에게 맥주를 건넸다. "마담 E가 너한테 그렇게 하다니 믿을 수가 없어."

"어쩌면 그 여자 말이 맞을지도 몰라." 코스티야가 맥주를 길게 한 모금 마시며 생각에 잠겼다. "내 말은, 그냥 내버려둬야 한다는 거야. 잠자는 유령은 그냥 누워 있게 놔두는 게 최선 아니겠어?"

"이봐, 그건 아니지. 내 말 들어봐. 내가 보기엔 그들이 **너를** 선택한 거야. 그들은 모두 '도와주세요, 오비완 케노비*'라고 하는데, 네가 '미안하지만, 저는 괜찮아요'라고 말하는 거랑 똑같아. 넌 그들의 친구야. 어쩌면 행복한 사후세계를 위한 유일한 기회인지도 모르지. 그 여자가 말한 건 잊어버려! **그들을** 생각하라고."

코스티야는 맥주병의 라벨을 잡아 벗겨냈다.

"딱 한 번 해봤을 뿐이야. 뭐든 그 정도로 확신하긴 일러."

"좋아, 그러면 네가 다른 레시피를 고르면 우리가 해보는 거야. 울프퍼프 주방을 쓰면 돼."

"모르겠어."

"정말 평생을 가만히 서서 보내고 싶어? 일요일부터 모르는 사람들한테 명령이나 들으면서?"

코스티야는 이야기를 들으며 그들이 사는 집을 둘러보았다. 곰팡이가 핀 벽돌과 물 얼룩이 있는 천장, 패인 자국이 있는 나무판과 축 처진 요, 기름이 번들거리는 조리대, 오래된 가스레인지, 그리고 외풍이 드는 내닫이창이 보였다. 그 창에서 실업과 자기혐오로 얼룩진 또다른 하루가 시작되었음을 알리는 첫 햇살이 어른거렸다. 코스티야는 자신이 무엇을 원하는지 확신할 수 없었지만, 적어도 이건 아닌 것 같았다.

"아닌 거 같아."

"나한테 말해봐. 그 칵테일 만들었을 때 기분이 어땠어? 유령 같은 게 나타나기 전에. 그냥 만들 때 말이야."

"꽤 놀라웠어."

프랭키가 알 만하다는 듯 고개를 끄덕였다. 그런 뒤 자신이 주방

• 〈스타워즈〉 시리즈에 등장하는 제다이 기사로, 주인공의 스승이다.

에 발을 들인 이야기, 처음 요리칼을 잡기 전 경영대학원에 지원한 이야기 등을 쉴 새 없이 늘어놓았다.

"그렇다면 적어도 시도는 해보는 게 네 의무야. 후회하는 걸 좋아할 사람은 없잖아." 그가 말했다.

코스티야도 후회가 딱히 좋은 건 아니었지만, 후회는 일종의 안전 지대이기도 했다. 그는 여러 해를 거치며 후회가 만드는 지형, 그 거리와 골목길에 익숙해졌다. 그곳에 있는 기회의 문들은, 그가 혹시라도 그것을 열려는 어리석은 충동을 품을세라 굳게 잠겨 있었다.

그러나 어쩌면 이번에는 다를지도 몰랐다.

심지어 어떤 요리를 시도해야 할지도 알고 있었다. 다른 어떤 것보다 중요한 끝맛이었다.

"좋아." 그가 프랭키에게 끄덕였다. "간에 대해 뭐 아는 거 있어?"

프랭키가 미소로 답했다. "위험할 만큼 잘 알지."

오르 되브르*

콘스탄틴 두호브니 미식 체험

좋습니다. 신사 숙녀 여러분. 이제 진지해져보자고요. 우리는 콘스탄틴이 수련했던 곳을 살펴볼 겁니다.

다음 목적지는 바로 저기, 왼쪽이에요.

우리는 커다란 놋쇠 빗장이 걸려 있는 저 낡은 문을 통해 들어갈 거예요.

혹시 이 보배를 아시는 분? 살아 있는 전설이 운영하는 뉴욕 다이닝의 최고 보물 말입니다.

....

아니요, 스타 요리사 보비 플레이 말고요! 요리책 좀 읽으세요. 다른 분은 없나요?

힌트를 좀 드릴까요?

점심과 저녁 장사 둘 다 하는 곳이지만, 예약 없이 들어가는 건 꿈도 꾸지 마세요. 이미 6개월 치 예약이 꽉 차서 한 자리도 남아 있

• 전채 요리.

지 않으니까요. 저 벨벳 커튼이요? 점심의 공용 테이블과 저녁의 파인 다이닝 사이에 세팅이 바뀌는 걸 사람들이 보지 못하도록 가려주죠. 그리고 창문에 표시된 별로 말할 것 같으면, 옐프 리뷰 별점이 아니에요. 많은 주방에서 미쉐린 별점을 하나라도 따보겠다고 뼈 빠지게 일하지만, 이 멋진 식당은 별을 세 개나 받았거든요.

자, 그럼 추측이 되시나요?

아이고, 다 떠먹여드려야 하네요.

여기는 사뵈르 페어입니다.

미장플라스*

사뵈르 페어는 일주일에 6일, 매일 어김없이 열 시간 동안 손님들에게 황홀한 경험을 선사한다.

홀은 손님들을 떠나고 싶지 않게 만드는 것으로 아주 유명하다. 서빙을 하기 전에 종업원들은 그날 밤의 예약에 대해 고통스러울 만큼 철저히 설명을 듣는다. 그래서 종업원 한 명 한 명은 마치 하늘하늘한 검은 실크 옷을 입은 점술가처럼 손님들이 기피하는 재료와 알레르기, 음식 취향 등을 듣기도 전에 알아맞힌다. 서빙 중에는 재치 있는 농담과 이야기로 손님들을 매료시키고 즐겁게 한다. 대부분의 직원은 뉴욕 극장가에서 채용한 사람들이고, 그렇지 않은 직원들도 매일 밤 토니상을 받을 만한 퍼포먼스를 보여준다.

사뵈르 페어에는 세 명의 소믈리에가 있는데, 그중 둘이 마스터다. 마스터라 하면, 눈을 가리고 와인을 한 모금 마시는 것만으로도 포도 품종과 생산 연도, 지역, 포도밭을 알아맞힐 수 있는 사람을 뜻

---

* 레시피, 요리 재료, 조리 도구, 서빙 도구 등 조리하기 전에 필요한 모든 준비.

한다. 똑같은 부르고뉴 지방의, 언덕 양쪽 반대편에서 자라는 포도의 차이마저 구별할 정도다. 혹시 와인이 취향이 아니라면, 개인의 취향에 맞는 조합으로 칵테일을 만들어줄, 역시 그 분야에서 수상 경력이 있는 칵테일 전문가도 있다.

마실 것만 해도 이 정도다.

진짜 하이라이트는 음식이다. 정성스럽게 만든 손바닥 크기의 열두 가지 요리가 주방장 특선 코스로 나온다. 극히 짧은 계절에만 맛볼 수 있는 식재료를 포함하여 다양한 계절 진미를 최대한 활용하기 위해, 메뉴는 일주일마다 바뀐다. 그 식재료들은 전부 세계 각지에서 조달된다. 짭짤하고 찐득한 황금빛 속살을 뾰족뾰족한 껍질이 보호하고 있는, 오사카에서 하루 만에 날아온 성게. 상자 밖으로 건초와 천국의 냄새가 나는, 프로방스와 피에몬테에서 공수한 블랙 트러플과 화이트 트러플. 뚜껑을 열자마자 마치 카스피해를 들이마시는 듯한 느낌이 나는, 기적처럼 고운 벨루가와 스털렛의 캐비어. 그 밖의 육류와 농산물은 가까이에 있는 허드슨 밸리의 제휴 농장에서 공급받고, 빵과 파스타는 하루에 두 번 내부에서 직접 만든다. 아예 매장 안에 자리 잡고 있는 디저트숍에는 지역 진미를 활용한 타르트와 케이크, 한 입 크기의 프랑스식 다과와 잼이 날마다 다르게 준비되어 있다. 뉴욕 북부에서 온 신맛 나는 체리, 펜실베이니아 동부의 희귀한 과일나무에서 자란 모과, 뉴저지에서 물방울이 맺힌 채로 실어온 겨울 크랜베리 같은 지역 특산물이 매일의 디저트로 활용된다.

주방에서는 미쉐린 최고의 영예인 4년 연속 별 세 개를 받은 다이닝 경험에 걸맞은 정밀한 연출이 동원된다. 최근에 경영진은 셰프와 수셰프와 부문 조리장 등 주방의 모든 구성원을 자극하기 위해 거대한 앞 창문에 이 별들을 새겨 넣었다. 만일 별을 하나라도 잃게 된다면, 유리창 전체를 교체하는 것은 물론이고 그들이 망하게 될 거라고 압박하는 비열한 방식이었다.

그러나 그들은 걱정하지 않는다. 그들이 하는 일은 완전무결하다.

총괄 셰프 미셸 보셴은 반신반인처럼 그들을 부린다. 그 결과 완성된 접시를 행주로 쓱 닦는 그들의 손길, 재료를 잽싸게 굽거나 볶는 그들의 손목 스냅에서 마법과 기적을 만들어냈다. 제공되는 음식의 양은 무척 적지만, 짠맛과 지방과 산미, 열과 단맛, 감칠맛과 식감의 비율이 모두 한 입 크기 안에 완벽하게 조율되어 있다. 어느 것하나 과하지 않고, 계산 착오의 여지도 없다. 또한 모든 것이 신속하게 이루어진다. 매일 저녁 수백 개의 접시가 속사포처럼 차려진다. 그 결과 이 주방의 조리사들은 최고 책임자부터 잔심부름꾼에 이르기까지 모두 특별하다.

그들이 만드는 음식은 덧없다. 음식을 먹는 동안에만 지속되는 황홀함이다. 그러나 그 한 입의 기억과 이 음식에 관한 대화, 자신들이 지금껏 경험한 최고의 맛에 대한 달콤한 향수, **이런 것들**은 영원히 남는다.

프랭키는 레스토랑으로 가는 동안 노점에서 산 베이글을 크게 베어 물고, 탄 맛 나는 커피를 홀짝이는 중간 중간 코스티아에게 이 이야기를 계속했다. 그는 눈을 반짝이며, 보통은 신성한 장소에나 바칠 법한 경외심과 존경심을 마음껏 드러냈다.

오전 6시였다(터무니없이 이른 시간이다).

월요일(사탄의 날이다. 만약 그런 게 있다면).

태양이 찬란하게 빛나고 있었다(그리고 지옥처럼 더웠다).

그리고 프랭키가 이야기를 하면 할수록, 코스티야는 점점 더 구멍으로 기어 들어가 모든 것을 잊고 싶었다.

사뵈르 페어의 설거지 파트에 빈자리가 생겼다. 요리 학교를 나오자마자 미셸 보셴 밑에서 조리장으로 일했던 프랭키는 코스티야의 면접 기회를 위해 (약간의 거짓말을 곁들여) 좋게 말해두었다. 부분적으로는 자신의 이익을 위해서였다. 코스티야가 일자리를 바로 찾지 못한다면, 다음 달 임대료 내기도 빠듯할 터였다. 또한, 일종의 사과이기도 했다. 그들이 울프퍼프에서 시간을 보내며 코스티야의 아버지가 먹던 간 요리를 재현하려 했던 밤은 그야말로 최악이었다. 그 모든 것은 프랭키의 아이디어였다.

프랭키가 새롭게 변주된 요리(볶은 것, 고온으로 구운 것, 레몬즙으로 양념한 것, 절인 레몬을 졸인 소스로 양념한 것, 코셔 소금으로 양념한 것, 말돈 소금으로 양념한 것)를 접시에 담고 포크를 건넬 때마다, 코스티야의 얼굴에서 희망이 빠져나갔다. 코스티야는 매번 이번에는 재대로 됐다고 확신했고, 또 매번 그 맛과 크게 거리가 멀다는 것을 깨달았다. 그렇게 한 번 더 깨물 때마다 눈에 실망감이 드러났다. 그만두기로 했을 때쯤, 프랭키는 찜찜한 감정을 떨쳐버리고 싶었다. 그 순간 그의 예전 사부가 사람을 구하고 있다는 소문이 떠올랐다.

"내가 음식에 대해 아는 게 별로 없는 거 알잖아?" 코스티야가 걱정스럽게 말했다.

프랭키가 손을 내젓다가 종이컵 너머로 커피가 흘러넘쳤다.

"설거지 담당은 물을 못 끓인대도 아무도 신경 안 써. 거기서 네가 할 일은 하나야. 접시를 티끌 하나 없이 깨끗하게 만드는 것."

"뭔가… 치열해 보여. 많은 것이 걸려 있는 것 같고."

"**정말** 치열하지. 이곳은 최고 중에 최고라고! 그래서 급여가 그렇게 좋은 거야." 그는 커피를 길게 홀짝였다. "그 주방에서 요리할 수 있다면 왼쪽 고환이라도 내주겠어."

"그런데 왜 안 해?"

"이봐, 리오가 나한테 얼마나 잘해줬는데. 그런 내가 직장을 옮기면 쓰레기 아냐?"

힐라리오 토레스(리오)는 울프퍼프의 총괄 셰프였고, 프랭키는 수셰프였다. 프랭키는 그와의 관계에서, 자신이 같이 자지도 배신하지도 못할 조강지처가 된 것 같다고 말했다. 프랭키는 리오의 궁극적인 파트너였다. 그의 신임을 받는 사람이자 따까리이자 절친한 친구였다. 언제든, 밤이든 낮이든 리오가 뭔가를 필요로 하면, 예를 들어 프랭키가 쉬는 날 어떤 재료가 떨어지거나 예약 없이 찾아오는 손님을 위한 대체 재료가 필요할 때면, 또는 그릴 담당과 바텐더 사이에 갈등이 생길 때면, 늘 프랭키가 문제를 해결할 방법을 찾았다.

그런 사실은 업계의 주목을 끌었다. 도시 전체의 주방장들이 끊임없이 그를 구슬려 빼오려 했다. 그러나 프랭키는 충성도가 높았고, 진짜로 열성적이었다. 리오는 그의 사부였고, 그가 음식으로 무엇을 말하고 싶은지 찾도록 도와주었다. 그들은 울프퍼프를 함께 열었고, 지금까지는 대성공이었다.

"내가 떠난다면, 그건 내 가게를 차리기 위해서일 거야. 게다가…." 프랭키가 덧붙였다. "내 행동은 이 사람들이 보기에 충분히 깔끔하지 않아. 나는 법석 떠는 걸 좋아해. 정신없이 일하는 거 말이야. 우리는 삶의 절반을 울프퍼프에서 보내고 있지. 실없는 얘기와 헛소리를 하고 빈둥거리면서 말이야. 우리는 앙트레 하나에 40달러를 받고, 누구 거시기가 제일 큰지를 두고 왈가왈부하며 빈둥거리는 바보들이야." 그가 베이글을 한 입 더 베어 물었다. "그런데 혹시 궁금할까 봐 하는 말인데, 내가 제일 커."

"별로 안 궁금하지만, 굳이 머리에 이미지를 떠올리게 해줘서 고마워."

"두리안 본 적 있어? 딱 그렇게 생겼어. 하지만 **매끈하지**. 워낙 완벽하게 조경을 해서…."

"닥쳐! 안 들은 귀를 사고 싶네, 정말!"

"하지만 덕분에 면접 생각을 잠시 잊었잖아?"

사뵈르 페어에서 프랭키는 코스티야에게 행운을 빌고 나중에 전화하라고 말한 뒤, 미셸의 사무실에 그를 남겨두고 옛 동료들에게 인사를 하러 주방으로 갔다.

코스티야는 벽에 걸린 액자들을 쳐다봤다. 요리 학교에서 받은 상들, 너무나 유명해서 그조차도 들어본 상들, 유명 신문과 잡지에서 오려낸 기사들. 그는 어쩌면 이곳에서 아버지의 요리를 다시 시도해볼 만큼 배움을 얻게 될지도 모른다고 생각했다. 어쩌면 한번 맛을 본 요리는 뭐든 만들 수 있게 될지도 모른다. 그걸 원하는 것 아닌가? 자신의 미뢰와 운명을 통제하는 것?

그는 눈을 감고 잘 해낼 수 있다고 스스로에게 말했다.

그러나 면접 분위기는 영 좋지 않았다.

코스티야는 미셸 보센의 모습을 그려보았을 때, 머리가 살짝 희끗하고 수년 간 버터를 섭취한 탓에 배가 둥글게 나온 선한 눈빛의

60대 초반 프랑스 신사를 상상했다. 부드러운 어조로 말하고 콘스탄틴의 영혼을 들여다보며 애처롭게 봐줄 만한 아버지 같은 인물일 것 같았다.

그런데 막상 미셸 보셴을 보니, 그는 늙지도 뚱뚱하지도 않았고 심지어 딱히 프랑스인 같지도 않았다. 그는 젊었고 (겨우 마흔두 살의 총괄 셰프였다) 지바묵티 요가로 다져진 군살 없고 탄탄한 몸이었으며, 차갑고 계산적인 눈에, 뉴욕 스타일의 단호한 날카로움이 어려 있는 목소리였다. 그의 부모는 미국에 거주하는 프랑스인이었고, 그는 맨해튼에서 성장하고 사립 고등학교를 다녔다. 성인이 된 후에는 몇 년간 파리의 싸구려 하숙집에 머물면서 부모가 보내준 돈으로 생활하며 어마어마한 주방 몇 곳에서 수습생으로 일했다. 면접을 시작할 때 그가 쏟아낸, 잘 준비된 장광설에 따르면 그랬다.

보셴은 코스티야의 가족과 주방과의 관계에는 관심이 없었고(바냐 식료품점은 사뵈르 페어의 공급업체들과는 수준이 맞지 않았다), 라이브러리 오브 스피리츠에서의 설거지 경험을 별로 쳐주지 않았다("하지만 그건 바잖아요. 안 그래요? 그래서 실제로 레스토랑에서처럼 접시를 닦았나요? …알겠습니다").

몹시도 괴로웠던 약 10분간의 질의응답 끝에, 미셸은 코스티야의 이름 외에는 아무것도 쓰지 않은 노트를 덮은 뒤 턱 밑에서 양손의 끝을 첨탑 모양으로 맞대고 말했다.

"고마워요… 어쨌든." 그가 천천히 말했다.

코스티야는 일종의 피학적 안도감을 느꼈다. 구직에 실패했지만 고문은 끝났다. 이제 자신이 속한 구석자리로 돌아갈 수 있었다. 하지만 그때 미셸이 예기치 못한 행동으로 그를 괴롭혔다.

"좋아요. 이걸 상세히 설명해줘야겠어요." 그가 의자 등받이에 몸을 기대며 말했다. "보통 **저** 문으로 걸어 들어와서 **저** 의자에 앉는 사람들은 이곳에서 무슨 일이 벌어지는지 궁금해서 눈을 동그랗게 뜨고 있어요. **이렇게 긴** 추천서 목록이 있고, 요리 경력에서 당신이 믿을 수 없을 정도의 성과를 이뤄낸 사람들이죠. 그런데 지금 당신이 왔어요.

당신은 바에서 설거지 업무를 딱 한 번 해봤는데(그것도 유리 제품만 닦았죠), 보아 하니 그곳 상황 때문에 추천서를 요청할 수도 없나 보군요. 전문 주방에서 일한 경험도 없고요." 그가 포개져 있는 코스티야의 상처 하나 없는 손을 미심쩍은 눈으로 바라보며 말했다. "그리고 지금 뭔가를, 그러니까 당신과 프랭크가 음, **연습한** 뭔가를 요리해달라고 부탁한다면, 내가 뭘 먹게 될까요? 구운 치즈? 그나저나 애초에 왜 여기서 일하고 싶어 하는 건가요? 궁금해서 죽을 지경이에요. 정말입니다. 돈 때문인가요? 그렇다면 나를 믿으세요. 이곳에서 들인 시간에 대한 대가로 버는 돈은 최저 임금에도 못 미칠 겁니다. 사람들이 내 주방에 들어오는 건 뭔가에서 최고가 되기 위해서죠. 최고가 되기 위해 목숨이라도 내놓을 사람들이에요. 직설적으로 말해서 미안하지만, 당신에게서는 그런 느낌을 받을 수가 없어요. 두호브니 씨, 그러니까 내 말은, 음식을 좋아하기는 해요?"

코스티야는 그냥 눈만 깜빡거렸고, 이것은 미셸의 요지를 뒷받침해줄 뿐인 듯했다.

"솔직하게, 지금까지 먹어본 최고의 음식은 뭡니까? 제발 부탁인데 올리브 가든에서 파는 샐러드나 브래드 스틱이라고는 말하지 말아줘요."

코스티야는 입술을 깨물었다.

그가 지금까지 먹어본 최고의 음식, 유령들의 음식을 상세하게 말해야 할까? 혹시 그러면 속이는 것이 될까? 따지고 보면 그에게 최고의 음식은 엄밀히 말해 그가 먹은 것이 아니었다. 그저 간접적으로 맛보았을 뿐이다. 그것은 동물이나 식물이나 광물이 아니라 기억이었다. 그것은 입으로 느낄 수 있는 욕망이었고, 말하자면 이름 없는 유령들의 판타지 푸드 포르노였다. 지금 그 맛을 주방장에게 말한다면 일종의 거짓말이 될 터였다.

다른 선택지, 그러니까 정직한 선택지는 그냥 이쯤 해두고 돌아가서, 이 우스토프 주방 칼 세트 같은 남자에게 자신의 의도와 경험과 미각에 대한 날카로운 통찰이 옳았음을 확인시켜주는 것이었다.

"뭘 고민합니까?" 보셴이 재촉했다. "빅맥이랑 와퍼 중에 결정하기가 어려워서 그래요?"

그 순간 코스티야의 내면 깊은 곳에서 뭔가가 치고 올라왔다. 자신이 자격이 없다는, 거짓말쟁이라는, 심지어 요리에 젬병이라는 비아냥거림은 받아들일 수 있었지만(모두 사실이었다), 이 남자가 자신의 미뢰를 모욕하는 것만큼은 참을 수 없었다. 그의 혀는 특별했다. 어쩌면 그것은 그가 가진 유일한 특별함이었다.

"신경 쓰지 마세요. 아무래도 우리가 함께하게 될 일은…."

"오리요." 코스티야가 육두문자를 날리듯 내뱉었다. "오리 라구. 소스가 진했습니다. 시나몬 코냑, 데미글라스가 들어간 것 같아요."

코스티야는 눈을 감고 그 맛이 어디서 나타났었는지 떠올리려 했다. 2년 전 새해에 어머니의 아파트에 갔을 때였다. 그가 자신의 생활 방식에 관한 피할 수 없는 언쟁을 최대한 미루기 위해, 집 앞의 인도를 오가며 식어버린 차를 조금씩 홀짝이고 있을 때, 갑자기 그 맛이 덮쳐왔다.

"양파를 아주 얇게 저며서 스튜에서 흔적을 찾기 힘들 정도로 뭉그러져 있었죠. 그리고 오리 지방 속에서 원상태로 복원된 말린 과일이 치아 사이에서 타피오카 펄처럼 폭발했어요."

코스티야는 여전히 눈을 감고 있었지만, 보셴의 돌 같은 침묵이 그가 계속 말하도록 유도했다.

"2-3년 전에 맛본 코코넛 커리와 카피르 라임 프라이드치킨도 있습니다."

그 맛은 그리스테데스 슈퍼마켓에서 나타났다. 냉장 식품 코너에서 우유통 손잡이를 붙잡았을 때였다.

"껍질은 종잇장처럼 얇고 아주 바삭했는데, 불에 탄 작은 코코넛 부스러기와 말린 제스트 조각들로 덮여 있었죠. 그리고 속살은 아주 촉촉했습니다. 육즙이 제 턱에서 뚝뚝 떨어질 정도였어요."

마지막 부분은 일부러 지어냈는데, 효과가 있는 것 같았다. 주변 공기가 변한 것을 느낄 수 있었다. 셰프의 침 삼키는 소리를 들은 것 같았다.

"내가 인정해야 할 것 같네요. 사실 기대하지 않았는…."

"한번은 어린 염소를 먹었어요." 코스티야가 그의 말을 자르고 집중하기 위해 눈을 질끈 감은 채 말했다. "살을 소금물에 절이고 마늘과 타임, 로즈메리로 문질러서, 통째로 까맣게 불에 구운 거였습니다. 손으로 으깬 노간주 열매도 들어갔어요."

몇 개월 전 어느 날 아침 그는 이 맛 때문에 숨이 막혀 깨어났다. 어찌나 침을 많이 흘렸는지 거의 익사할 뻔했다.

"고기가 입에서 산산이 부서졌어요. 씹을 때마다 화덕에서 나온 재와 모래알이 조금씩 씹혔고, 조리할 때 태운 장작에 달려 있던 마른 솔잎 냄새가 났죠."

"당신 대체 누굽니까?" 셰프가 큰 소리로 물었다.

"하지만 최고의 음식은…." 코스티야가 의기양양하게 미소 지었다. 기억이 그의 미뢰에 재점화되었다. "생선 대가리였어요."

4개월 전 그는 바냐의 배달 트럭을 몰고 차이나타운을 통과하다가 신호등에서 멈춰 서서 어느 가게 정면을 물끄러미 보고 있었다. 한쪽 구석에서 행운의 고양이가 반기고 있고, 창문에는 죽은 닭들이 매달려 있는 가게였다. 10대 소녀 하나가 손가락으로 흰색 헤드폰 코드를 꼬면서 가게에서 걸어 나왔다. 소녀가 자전거 자물쇠를 여는 것을 지켜보고 있는데, 갑자기 그 맛이 폭발적으로 그의 입속에 들어왔다.

"도미였어요. 머리뿐이었죠. 숯불에 구웠는데, 껍질은 너무 까맣게 타서 동그랗게 말리며 살점에서 벗겨졌죠. 속은 미치게 달콤했어요. 아주 연했죠. 얇게 깎아놓은 버터처럼. 마지막에 굵은 소금을 뿌렸는데, 씹을 때마다 그 소금이 모든 맛의 균형을 잡아주었어요. 쌉쌀한 껍질, 단맛이 도는 속살, 구운 레몬의 신맛, 향 채소가 가득한 치미추리 소스의 경쾌한 맛까지. 눈알과 그 뒤의 젤리 같은 부분의 맛은 그저, 으음." 그가 맛을 떠올리며 신음했다. "젤리 같은 식감의 진한 수프 같았어요. 반쯤 녹은 아스픽°이랄까."

셰프는 더 이상 아무 말도 하지 않았다. 그저 볼펜을 몇 번 똑딱

°　수육이나 생산을 젤리처럼 차게 굳힌 프랑스 요리.

이더니, 책상 서랍을 괜히 열었다 닫았다. 콘스탄틴은 조심스럽게 눈을 떴다.

미셸 보셴과 눈이 마주쳤다. "좋습니다."

"좋다고요?"

"좋아요." 그가 다시 한번 말했다. "한번 해봅시다. 옳은 판단인지는 모르겠지만, 내일부터 출근하세요."

사뵈르 페어 밖으로 나왔을 때, 코스티야는 몇 주 만에 모처럼 홀가분한 기분이었다.

그의 은행 잔고는 위험할 만큼 줄어들고 있었고, 바냐의 배달 트럭에서 추가 근무를 시작했지만, 어머니의 귀에 들어갈 위험 없이 근무 시간을 더 늘리는 것은 불가능했다. 그리고 어머니가 전화로 쏟아낼 말들을 듣는 것은 죽기보다 싫었다. **왜 나한테 일 얘기를 안 하니? 내가 너 잘린 얘기를 바냐한테 전해 들어야겠어? 난 네 엄마야! 난 늘 도와주려 하는데 넌 아무 말도 안 해. 더 나은 일을 해야지! 의사나 변호사가 돼. 아니면 최소한 빌딩 관리자가 되든가.** 그런데 이제 그런 말을 들을 필요가 없었다. 새로운 일자리에 대한 소식으로 선수를 칠 셈이었다. **괜찮은 직장이야. 의료보험도 된다니까!** 그렇게 하면 날마다 걸려오는 집착적인 생사 확인 전화도 몇 주 동안은 피할 수 있을 것 같았다. 어머니는 상실감에 빠져 침대에만 누워 있었던 몇 개월을 이런 식으로 과하게 보상하려 했다.

코스티야는 노점에서 싸구려 커피를 사서 동쪽으로 걸었다. 완벽한 여름날이었다. 구름 한 점 없는 파란 하늘. 제법 이른 시간이어서 아직까지 습한 공기가 연무처럼 내려앉아 사람들이 자기 몸 냄새에 질식할 정도는 아니었다.

그는 프랭키에게 좋은 소식을 문자로 전했다. 그런 다음 센트럴 파크 웨스트를 가로질러 남쪽으로 몇 블록을 걸었다. 그러다 가장 가까운 공원 입구(스트로베리 필즈 근처의 72번가)로 가 그 주변을 정처 없이 돌아다니다가 빈 벤치를 찾아 녹아내릴 듯 나른한 자세로 앉았다.

프랭키가 그에게 트로피 세 개와 맥주병 세 개, 늑대 한 마리와 강아지 한 마리, 취한 얼굴과 물음표 이모티콘을 답장으로 보냈다. 그가 자신도 오늘밤 울프퍼프에서 취하도록 마시며 축하하고 싶다고 답장을 보내려는 참에, 조그만 남자아이와 그 아빠가 눈에 들어왔다.

아이는 귀여움의 표본이었다. 금발 곱슬머리와 옴폭 팬 보조개. 팔다리를 제어할 만큼은 자랐지만 딱 그만큼이었다. 아이는 신이 나서 꺅 소리를 지르고 두 팔을 마구 흔들며 산책로를 달렸고, 둥실둥실한 몸에 양키스 모자와 민망한 카고 반바지를 입은 아빠는 코스티야가 들어본 가장 다정한 목소리로 껄껄 웃으며 아이를 뒤쫓았다.

"사샤, 기다려! 사샤, 그 길이 아니잖아."

코스티야는 아빠가 어린 아들을 붙잡아 품에 안았다가 공중으로 던지는 것을 지켜보았다. 살랑거리는 바람과 높이감과 속도감에 아이의 얼굴에 즐거운 표정이 떠올랐고, 아빠도 똑같은 표정으로 아이를 받아서 살포시 바닥에 내려놓은 뒤 작은 손을 꼭 잡았다.

코스티야의 가슴이 쿵쾅거렸다. 그의 안에서 갈라진 틈이 꿈틀거리며 터질 듯 솔기를 압박해왔다. 눈 뒤의 압력 때문에 이마와 머리의 경계선에 균열이 생기고 있는 것만 같았다. 그는 자신의 인생을 뒤틀리게 한 그 끝맛이 금방이라도 혀에 나타날 거라고 확신하며 마음의 준비를 했다. 하지만 나타나지 않았다.

그의 입에 남은 커피의 산미가 느껴졌지만 그뿐이었다. 간 요리는 기미조차 없었다. 그는 프랭키의 도움을 받았음에도 그 맛을 재현하는 데 실패했다. 만일 성공했더라면, 누군가 자신을 받아줄 것을 알면서 공중에 던져진 아이처럼 무중력의 기쁨을 몇 분간 맛볼 수 있었을 것이다.

코스티야는 그날 밤 울프퍼프에서 느꼈던 실망을 다시금 생생히 느꼈다. 프랭키의 장비로 둘러싸인 반짝반짝한 스테인리스 주방에서, 그는 거듭거듭 실패를 맛보았다. 물론 문제는 단순했다. 프랭키는 간 요리를 직접 맛볼 수 없었으니 눈을 가리고 총을 쏘는 격이었다. 만일 맞혔다 해도, 그건 기술보다는 기적에 가까웠을 것이다. 프랭키가 그렇게 말했을 때, 코스티야는 축 처진 한쪽 어깨를 으쓱하며 아마도 이래선 안 될 것 같다고 중얼거렸다. 그러자 프랭키는 그의 아일랜드 할머니가 말했을 법한 방식으로 답했다. 이번 생, 그리고 어쩌면 다음 생에서도 운명은 스스로 개척하는 것이라고.

"네가 나를 통하지 않고 직접 요리하는 법을 안다면, 아마 이 맛을 잡아낼 수 있을 거야. 너는 그 안에 뭐가 들어가는지는 물론이고 **어떻게** 만드는지도 아니까." 프랭키는 마치 이 대화 전체를 씻어내려는 것처럼, 손을 앞치마에 쓱쓱 문질러 닦았다. "그 유령을 원해? 그럼 주방에 발을 들여."

코스티야는 보내려던 답장을 삭제하고 대신 이렇게 썼다. 자기야, 오늘 밤은 안 되겠어.

프랭키가 다시 답했다. 머리 감느라고 못 나오는 거야?•

저녁 서빙을 옆에서 볼 수 있을까 하는 중이야. 배울 게 많아.

프랭키는 눈물을 흘리며 웃는 이모티콘을 보냈다. 그런 다음 이렇게 덧붙였다.

아, 너 아주 홀딱 빠졌구나. 정글에 온 걸 환영해. 불에 데지 말고.

• 미국에서 거절할 때 흔히 쓰이는 핑계.

파리뇌*

콘스탄틴 두호브니 미식 체험

어때요? 인상적이지 않나요?

요리사로서 말하자면, 사뷔르 페어는 완전 꿈같은 곳입니다. 깔끔하고, 효율적이고, 직원들도 죄다 능력자죠. 게다가 어디에도 뒤지지 않는 미식 경험까지, 모든 것이 최고입니다.

그러나 여러분의 투어 가이드로서, 저는 다시 커튼을 치겠습니다. 이런 장소마저도 주방에는 불미스러운 것이 있을 수 있거든요. 쥐가 아니라 사람 말입니다(물론 A급 레스토랑이라고 해서 쥐덫이 없을 거라고 생각하신다면 오산입니다). 몇몇 사람들의 일 처리 방식은 참 밥맛 없죠. 사뷔르도 예외는 아닙니다.

혹시 누가 묻는다면 저는 부정하고, 부정하고, 또 부정할 거예요. 여기서 우리의 주인공에게 일어난 일에 대한 비밀 유지 계약서가 있거든요. 믿지 않으시겠지만 이 업계는 정말 냉혹하답니다. 하지만 뭐, 사실 그 계약서에 서명한 건 제가 아니니까, 뒷얘기를 좀 풀어놓

• 밀가루를 사용한 파스타 등의 요리.

으려고요.

자, 이제 그럼 식당으로 갑시다. 진짜 특별한 밤의 디너 서비스에 대해 말씀드릴게요. 드라마 같은 이야기는 다들 좋아하시죠? 이 부분은 특히 아주 재미있거든요.

가정식

6개월 뒤, 회색 도시의 눈은 질퍽하게 녹아 하수구로 흘러들었고, 모든 상점 진열대에서는 전구 장식이 반짝이고 있었다. 그 무렵 콘스탄틴은 내심 화상을 입게 되기를 갈망했다.

화상을 입는다는 것은 곧 그릴에 굽거나, 볶거나, 심지어 튀기는 일을 한다는 걸 뜻하기 때문이었다(제발!). 팔에 진물 나는 물집과 빛나는 흉터를 남길 기회가 있다는 뜻이었다. 진짜 셰프들이 팔 전체에 비싸고 정교한 문신을 하기 전에 훈장처럼 과시하고 다니는 멋들어진 부상의 흔적! 그건 불로 음식을 요리한다는 의미였다.

그러나 코스티야는 가드망제, 즉 샐러드 구역에 처박혀 있었다. 거기서 그가 (어쩌면?) 델 만한 유일한 물건은 고스트 페퍼 오일이었지만, 그조차도 기껏해야 그의 속이나 화끈거리게 할 수 있을 뿐이었다. 사실 페퍼 오일이 아니어도 그는 늘 불안정한 상황이었기에, 이미 그 정도 화끈거림, 그 정도 속 타는 일쯤은 늘 있었다.

그는 자신이 성취한 것을 자랑스럽게 여기고 몇 번이고 감사하게 생각해야 한다는 것을 알았다. 그리고 실제로 대부분은 그랬다.

요리 경력이 전무하고 현장 경험이 채 1년도 안 되는 사람이 사뵈르페어에서 일한다는 것 자체가 전례 없는 일이었다. 운이 좋았다. 말도 안 되게 좋았다. 주방에 들어간 첫 주에 테이블 정리 담당 하나가 일을 그만두는 바람에, 코스티야가 점심에는 테이블을 정리하고 저녁에는 설거지를 하게 되었다. 그러다 곧 점심과 저녁 모두 테이블을 정리하는 일로 바뀌었고, 이후 마무리 작업 구역에서 잠시 일하다가 가드망제로 넘어갔다. 미셸은 그를 딱히 자신의 휘하에 두지 않았지만, 수셰프인 토니는 코스티야에게서 뭔가를 보았다. 그의 간절함이 마음에 들어서 그가 배울 수 있도록 배려해주었다.

짬이 날 때마다(이른 아침과 영업 전, 늦은 밤, 마지막 손님이 떠난 후), 토니는 코스티야에게 기술을 가르치곤 했다. 칼을 잡는 법, 재료를 보관하는 법, 시어링하기에 충분하지만 태우지는 않을 정도로 팬이 달궈졌는지 확인하는 방법 등. 코스티야는 설거지를 하고, 빈 그릇을 치우고, 눌러 붙은 팬을 손가락 관절에 피가 날 때까지 박박 문질러 닦고, 20킬로그램이 넘는 샬롯 상자를 지하 저장고까지 운반하고, 대형 냉장고 뒤로 팔을 겨드랑이까지 밀어 넣어 수십 년 묵은 에어 필터를 청소하는 등의 온갖 허드렛일을 하는 동안, 주변에 있는 요리사들을 지켜보고, 수많은 것을 머릿속에 기록했다. 그리고 밤이면 자신이 본 대로 그들이 하는 일을 연습했다. 어떻게 간을 보고 소스를 조절하는지, 어떻게 고기를 손질하고 부위별로 나누는지, 어떻게 자신의 구역을 정리하는지, 심지어 음식을 양념하고 볶고 차려낼 때 그들의 손끝에서 묻어나는 자신감까지도.

그는 거의 매일 뼈 빠지게 일했다. 일찍 출근해서 늦게 퇴근했다. 다른 일을 하러 가기 전에 중간에 집에 들러, 샤워하고 옷 갈아입을 시간도 부족했다. 유일하게 쉬는 날은 레스토랑이 문을 닫는 월요일이었는데, 그때도 사뵈르의 주방으로 나와 토니와 미셸이 메뉴에 대해 논의하고, 새로 들어온 농산물을 시식하고, 몇몇 '개자식'들을 욕하는 것을 지켜보았다. 레스토랑에서 많은 시간을 보내며, 새로운 조리법을 배우고 새로운 기술을 갈고닦을 때마다, 아버지를 보게 될 가능성이 점점 커지는 듯했다. 이제 끝맛을 경험할 때마다, 코스티야는 그 맛과 질감, 그리고 짐작되는 조리법을 마음에 새겨두었다. 그리고 나중에 사뵈르 페어 주방이 텅 비어서 자신만의 유령 실험실이 되었을 때, 그 음식들을 손수 만들어보기도 했다.

라이브러리에서의 그날 밤 이후 영혼이 실제로 소환된 적은 없었다. 하지만 왠지 자신의 요리보다는 다른 요인과 더 관련이 있을 것 같았다. 고인의 존재나 그 음식을 먹을 중개인 같은 것 말이다. 아버지의 경우, 그 간 요리의 맛이 다시 나타나면 코스티야 자신이 직접 맛보면 될 것이었다. 그날 밤 리세스 초콜릿의 맛을 느낀 이후, 그는 같은 끝맛을 다시 느낄 가능성에 대해서도 더 긍정적으로 생각했다.

세욘세로 돌아가 그 점쟁이를 다시 마주하고 싶었다. 마담 에벌리에게 그녀가 틀렸다는 것을, 끝맛뿐 아니라 자신에 대해서도 그녀가 틀렸다는 것을 보여주고 싶었다. 그는 그 일에 대해, 그녀에 대해 많이 생각했다. 그녀가 얼마나 매력적이었고, 얼마나 못됐는지. 또 그녀의 경고에 대해 그가 뭐라고 말해야 했고, 지금이라면 뭐라고 말할지.

그는 달라졌다. 사뵈르가 그를 길들였다. 그가 주방에서 보낸 모든 순간은 그로 하여금 그동안 자신이 잃어버린 줄도 몰랐던 뭔가를 발견했다고 느끼게 해주었다. 그는 아침마다 활기차게 깨어났다. 일하러 오는 것이 **좋았다**. 너무 좋아서 일이 일처럼 느껴지지도 않을 정도였다. 주방장과 요리사, 홀 직원도 좋았다. 그들이 항상 그를 좋아하는 것은 아니었지만 말이다. 모든 것이 제자리에 있는 빈틈없는 주방도 좋았다. 무거운 상자를 옮기고, 선 채로 일하고, 주방의 뜨거운 열기 속 땀을 뻘뻘 흘릴 때 느끼는 개운함도 좋았다. 식재료를 다루는 것과 그때그때 들어오는 작물들로 계절을 파악하는 것도 좋았고, 포장을 풀고 꺼낸 보물들 역시 좋았다. 그는 음식을 숭배했다.

때로는 영감을 받아서 소스를 맞바꾸거나 재료를 살짝 바꾸는 식으로 식당의 대표 요리에 변화를 주는 실험을 하기도 했다. 그는 어떤 맛들이 서로 잘 어울리는지를 알았고, 음식의 질감과 특성과 모양이 흥분한 입안에서 어떻게 결합되는지를 직관적으로 파악하는 재주가 있었다. 자신이 만들어낸 결과물을 누군가에게 맛보이는 것은 꿈도 꾸지 않았지만, 자신이 시도한 변화가 요리를 대체로 개선했다고 생각했다. 그가 요리를 더 잘한다거나 허드렛일을 하며 보낸 쥐꼬리만 한 주방 생활이 수년에 걸친 그들의 경험과 고생보다 더 대단하다고 여긴 것은 아니었다. 그저 미셸을 포함한 그곳에 있는 누구보다 자신이 맛을 잘 본다고 생각했다.

심지어 때로는 자기 분수를 잊고, 구하지도 않은 조언을 하기도 했다. 그런 경우 대부분은 독설이 날아왔다. 그러나 언젠가 소스 담당 헨리의 낙담한 얼굴을 놀라움과 감탄이 섞인 표정으로 바꾼 적이 있다. 헨리가 깜빡 잊고 소스를 너무 끓여 곤죽으로 만들자, 이를 되살릴 방법으로 레몬주스를 제안했을 때였다. 토니는 자신이 프라이빗 파티 준비로 눈코 뜰 새 없이 바쁠 때, 코스티야에게 요리가 테이블로 나가기 전 플레이팅을 마무리하는 역할을 맡긴 적도 있다. 또 요리사들과 서로 혐오하는 관계인 소믈리에들은 코스티야에게서 신선함과 친근함을 느꼈고, 몇 시간 만에 스스럼없이 대화를 나누기도 했다. 가끔은 그에게 음식 궁합에 대한 의견도 구했다. 그가 미셸에게 칭찬을 이끌어낼 기회는 생굴에서 진주를 찾아낼 확률보다 희박했지만, 그런 미셸조차 콘스탄틴이 일하는 모습을 보며 흐뭇하게 미소 짓는 모습이 포착되곤 했다.

그럼에도 그가 어떤 정식 훈련도 받지 못했다는 사실은 변함이 없었고, 사뵈르에서 일하는 누구도 그로 하여금 그 사실을 잊도록 놔두지 않았다. 주방은 학벌을 중시하는 속물들로 가득했다. 윗물이 맑아야 아랫물도 맑은 법이니, 그리 놀랄 일도 아니었다. 미셸(1996년 르꼬르동블루 졸업)은 《본아페티》나 《저갯 서베이》 같은 유명 잡지와의 인터뷰에서는 배경과 관계없이 가장 열심히 일하는 요리사를 고용한다는 평등주의를 옹호했지만, 실상 그가 거느리는 주방 인원의 절대적 다수는 유명 학교나 유명 레스토랑의 견습생 출신이었다. 그럼에도 뒤에 CIA(미국조리학교)가 있건, 르꼬르동블루가 있건, ICE(조리연구원)가 있건, 그들 대부분은 코스티야가 할 수 있는 일을 할 수 없었다. 수십 년간 끝맛을 경험한 그의 혀는 그들의 대단한 학위가 할 수 있는 것보다 더 잘 훈련되어 있었다.

그러니까 미셸이 크리스마스 전 목요일 저녁 영업을 시작하기 전에 그에게 이야기를 좀 하자고 했을 때, 그것은 놀라운 일인 동시에 그리 놀랄 일이 아니었다.

코스티야는 미셸의 사무실로 걸어가는 동안 손바닥이 축축해졌다. 그는 관리동 복도를 걸어가 본 적이 별로 없었다. 처음 구직 서류를 제출한 이후 사실상 이 모로코 타일 바닥에 발을 디딘 적이 없었다. 그의 머릿속은 흥분과 긴장에 윙윙거렸고, 무슨 이야기일지 온갖 추측을 하느라 분주했다. 해고될 수도 있었고, 승진할 수도 있었다. 또는 레스토랑에서 열리는 흥청망청 비공개 파티에 초대받을 수도 있었다. 살인 누명을 쓰게 될 수도 있었다. 사뵈르 페어를 대표하여 마라톤 주자 후보가 될 수도 있었다. 심지어 트러플에 쓰는 비용을 충당하기 위해 과학 컨벤션에 팔려갈 수도 있었다.

그가 문을 열었다.

"콘스탄틴. 좋아, 들어와서 앉아."

미셸은 지난번에 이 사무실에 앉아서 단호하게 불평할 때보다 몇 년은 더 늙어 보였다.

"어, 감사합니다. 머시,* 셰프."

그의 프랑스어는 마치 자비를 구하는 것처럼 들렸다. 음, 사실 그런 면도 없지 않았다. 코스티야는 침을 삼키며 앉았다.

"곧 영업이 시작될 테니까 짧게 얘기할게. 부탁이 있어." 미셸이 셰프복에서 작은 보푸라기를 손가락으로 떼어내서 바닥에 털어냈다. "헨리의 여동생이 토요일에 결혼식을 올릴 거야. (그것이 마치 뭔가 정도를 벗어난 짓이라는 듯 말했다.) 그래서 1년 전부터 그날은 결혼식 때문에 일을 못하겠다고 했거든. (마치 1급 범죄라도 되는 것처럼 말했다.) 그러니까 우리는 그날 밤 소스를 만들 사람이 없다는 얘기야…(이건 뭔가 희망을 품은 낙담이랄까)."

"하지만 토요일은 길드 파티잖아요." 코스티야가 지적했다. 미셸

• 불어로 merci는 '고맙다'는 의미로 원래 '메르시'로 발음된다. 콘스탄틴은 이것을 자비를 뜻하는 머시(mercy)로 발음했다.

이 작게 미소 지었다. 코스티야가 상황의 심각성을 인식하고 있다는 데 만족한 듯했다.

토요일은 프라이빗 파티의 끝판왕이 될 프라이빗 파티를 위해 레스토랑이 문을 닫을 예정이었다. 부슈 드 노엘. 즉 길드가 개최하는 초대자 전용 연례 크리스마스 파티였다. 길드는 사뵈르 페어와 탕카멘을 비롯한 10여 곳의 인상적인 뉴욕 레스토랑들이 소속된 그룹이었다. 게스트 목록은 뉴욕 엘리트 요리사들과 그들과의 접촉을 원하는 부자와 유명인사로 가득했다. 매년 길드는 소속 레스토랑 중 한 곳을 선정해 파티를 주최하도록 했다. 직원들에게는 여간 귀찮은 하룻밤이 아니었지만, 만일 문제없이 파티를 잘 치러낸다면 길드의 후한 재정적 지원, 즉 두툼한 연말 보너스가 보장되었다.

그만큼 중요한 밤이었기에 미셸은 설탕 조각가와 야생동물 사냥꾼, 먹는 굴 속에 진주를 숨겨두는 사람을 포함한 몇몇 장인을 불러들였고, 정규 주방 인력에 대한 고삐도 더욱 단단히 조였다. 코스티야는 페르난도와 팀을 이루어 샐러드와 찬 전채 요리를 담당하게 되어 있었다. 토니는 소테 요리, 프랑수아는 그릴을 맡았으며, 헨리는 새로 개발한 소스로 모두를 현혹시킬 참이었다. 코스티야는 헨리가 일주일의 대부분을 이 날을 위해 준비했다는 것을 알고 있었다. 상상할 수 있는 온갖 색깔의 끈적한 액체에 작은 스푼을 찔러 맛을 본 뒤, 소금 다섯 알을 추가하거나 후추 그라인더를 한 바퀴 돌리는 정도로 미세한 조정을 거칠 정도였다. 그런데 어떻게 누구도 이 상황에 대비하기 위한 계획을 세우지 못한 걸까. 그리고 미셸이 자신에게 기대하는 것은 정확히 무엇일까.

"그래서, 제가 뭘 하면 될까요?"

미셸이 빠르게 눈을 깜빡였다.

"토요일이 얼마나 중요한지 이해하고 있는 것 같아 좋네. 다행히 헨리가 소스 계획을 마무리하고 있고, 가기 전에 필요한 걸 모두 준비해둘 거야. 딱히 교육이 필요 없는 단순한 일이지만, 만약을 대비해서 자네를 소스 담당에 배치하려고 해."

코스티야는 목이 메었고, 침을 너무 꿀꺽 삼키는 바람에 목젖까지 삼켜버릴 뻔했다.

"저를요?"

"자네는 내게 큰 감명을 줬어. 결코 기대하지 않은 일이었지. 그래서 위기에 수완을 발휘할 기회를 주고 싶어. 내일 헨리한테 브리핑을 하라고 말해둘게."

"우와, 네! 물론이죠. 감사합니다, 셰프. 실망시키지 않을게요."

파티 당일 밤 코스티야는 소스 업무를 인계받았고, 페르난도 혼자 샐러드를 맡았다(불만의 기색이 역력했다). 미셸은 흰색 셰프복 차림으로 식당을 돌다가 이따금 주방에 머리를 들이밀고 그들에게 상세한 상황을 알리거나 서두르라고 나지막이 재촉했다.

헨리는 살짝 기울어진 글씨체로 일곱 페이지 분량의 꼼꼼한 메모를 남겨두었다. 만약 소스와 관련된 큰 사고가 난다면, 곤란을 겪을 사람이 헨리일 것 같진 않았다. 하지만 소스를 담당하는 일은 미셸이 말한 것처럼 교육도 필요 없는 간단한 일이 아니었다. 칵테일 시간의 분위기를 돋우기 위해 요깃거리로 제공되는 수많은 요리가 있었다. 각 요리마다 해당되는 소스가 따로 있었고, 어떤 것은 알레르기 혹은 단순한 반감 때문에 살짝 변형도 필요했다. 그리고 한 소스를 다른 소스와 혼동하면 치명적인 맛의 차이가 생길 수 있었다.

　미셸에게 유머 감각 따위는 없다고 철저히 확신하지 않았다면, 코스티야는 그가 농담으로 그런 말을 한 게 아닌지 의심했을 것이다.

　칵테일 시간 동안 상황은 순조롭게 흘러갔다. 수천 조각의 가리비 세비체와 냉각 시어링을 한 양고기, 엔다이브와 무화과 그라탱, 푸아그라 파르페가 코스티야의 조리 구역에 도착했고, 그는 작은 붓으로 절임 레몬 버터, 박하 칵테일 거품, 라즈베리-마르멜로 글레이즈, 살구 잼 등 각각의 요리에 해당하는 소스를 잽싸게 발랐다. 그러면 이 음식들은 곧장 커다란 은쟁반에 담긴 채 홀을 빙빙 돌며 서빙되었다.

　날음식을 제공하는 시간에는 잠시 숨을 돌릴 수 있었다. 굴, 새우, 킹크랩, 캐비어에 동반되는 미뇨네트 소스와 칵테일 소스, 정제 버터, 태국 칠리 식초, 레몬그라스 유자 졸임 소스 등은 모두 자개 그릇에 담겨 얼음 궁전처럼 정교하게 꾸며진 진열대에 미리 배치되어 있었기 때문이다.

　그는 1리터들이 물통에서 물을 벌컥벌컥 들이켜고 눈썹과 코를 따라 뚝뚝 떨어지는 땀방울을 행주로 닦은 뒤, 클립보드를 확인했다. 다음 순서는 파스타였다.

　코스티야는 마음을 다잡았다.

　사뵈르에서는 생면 파스타를 직접 만들어 주문과 동시에 즉석으로 조리했다. 파티 손님 수가 저녁 시간의 평균 파스타 주문 수보다 세 배 이상 많았는데도, 미셸은 생면 파스타를, 그것도 각기 다른 소스와 가니쉬를 곁들인 일곱 가지 종류로 제공하겠다고 길드 측에 약속했다.

파스타를 만드는 로렌조는 수천 개의 누디와 아넬리, 카바타피, 피데오, 제멜리, 오르키에테, 마팔디네를 만들기 위해 동트기가 무섭게 출근해야 했다. 각 파스타 도우에는 고유의 풍미가 더해져 있었는데, 예를 들면 누디에는 레몬 제스트, 아넬리에는 바질 오일, 카바타피에는 화이트 트러플이 들어간 식이었다. 이 모든 맛은 파스타 소스와 완벽하게 어우러지도록 정밀하게 조율되어, 궁극의 미각 경험을 선사하기 위한 것이었다. 문제는 이제 코스티야가 어느 파스타에 어떤 소스를 얹을지 감독해야 한다는 점이었다. 물에 삶고 팬에 볶는 과정이 세 개의 작업 구역에서 동시에 돌아가며 모든 직원이 조리에 매달려 있는 가운데, 각기 다른 파스타가 몇 분 간격으로 쏟아져 나오고 있었다. 소스 조율, 플레이팅, 가니시, 서빙까지 모두 그의 손에 달려 있었다. 게다가 두 가지 크림 베이스 소스와 네 가지 토마토 베이스 소스(두 가지 미트 소스, 두 가지 채식 소스), 한 가지 자색 페스토가 사용되었으니, 페스토를 빼고는 그냥 **마팔디네에 빨간 소스와 뜨거운 견과류**라고 소리칠 수 없는 노릇이었다. 누구도 그 빨간 소스가 어떤 소스를 뜻하는지 모를 테니까.

그들은 소스와 가니쉬를 헷갈리지 않기 위해 한 번에 한 종류의 파스타만 볶아내는 데 동의했다. 계획은 효과가 있는 것 같았다. 처음 두 종은 이미 나갔고, 세 번째로 아몬드, 아루굴라, 자색 콜리플라워 페스토가 들어간 레몬향 누디가 플레이팅되고 있었다. 코스티야가 이제 막 자신의 요리 능력에 대한 새로운 차원의 자신감과 자긍심을 느끼기 시작한 순간, 문득 목 뒤에서 따끔거림이 느껴졌다.

주방 전체가 불의 고리처럼 뜨거웠고 셰프복은 등까지 땀에 흠뻑 젖었지만, 그는 몸이 오싹해지는 것을 느꼈다. 심호흡을 하고 끝맛이 자신을 통과하며 파도처럼 몸속으로 밀려 들어왔다가 밀려 나가는 것에 대비했지만, 그 맛이 혀에 느껴지자마자 온몸이 마비되는 느낌이었다.

끈적거리는 달콤한 양파. 바삭하지만 씹으면 스르르 녹는 작은 간 조각. 쨍한 신맛. 딜. 그리고 제일 뒤에서 밀고 나오는 쌉쌀한 무언가.

20년 동안 이 음식을 맛본 적이 없었지만, 처음 맛보았을 때와 똑같은 맛이었다. 그가 프랭키와 함께 재현하려고 애썼던 맛, 반죽기 속 버터처럼 그의 마음에서 소용돌이쳤던 그 맛이었다. 그의 아버지가 지금 여기 있다는, 이 공간에 머물며 기다리고 있다는, 반박할 수 없는 증거였다. 아버지가 언제 다시 사라질지 알 수 없었고, 이번에 사라지면 영영 돌아오지 못할지도 몰랐다. 그 순간 처음으로 코스티야는 갑자기 그 요리를 어떻게 만드는지 알 것 같았다.

"아, 망했다!" 숨이 턱 막혔다.

"왜 그래?" 그의 왼쪽에서 양손에 팬을 하나씩 들고 누디를 공중으로 던지며 페스토와 함께 볶고 있던 페르난도가 화들짝 놀랐다. "페스토 말이야?"

"예. 아뇨! 죄송합니다. 페스토는 문제없어요."

코스티야의 마음이 바쁘게 돌아갔다. 대형 냉장고에 생닭이 있었다. 그중 두어 마리에서 간을 빼내고 팬트리에서 레몬과 양파를 가져오면 될 일이었다. 딜은 바로 저기, 페르난도의 준비 재료들 가운데 있었다.

"이봐, 콘스탄틴! 카바타피. 무슨 소스야?"

자신의 작업 구역에서 일하는 동시에 파스타를 끓이는 인원들에게 지시도 내리고 있는 토니였다. 코스티야는 다시 정신을 집중했다.

"메이어 레몬 알프레도, 가니쉬는 철갑상어 알!" 그가 기계적으로 암기한 내용을 자동으로 읊고는 주저했다. "아니, 잠깐! 미안해요. 다른 알프레도예요. 훈제 연어 알프레도. 가니쉬는 에브리띵 베이글 시즈닝."

토니가 한쪽 눈썹을 치켜 올렸다. "확실해?"

코스티야가 생각했다. 카바타피는 불에 그을린 양파를 넣은 꼬불거리는 파스타다. 훈제 연어 알프레도는 전체적으로 뉴욕 베이글 느낌을 주기 위해 크림치즈와 훈제 연어를 짝지은 소스였다.

"예, 셰프!"

"오늘은 네가 대장이잖아."

코스티야가 닭을 향해 달려가는 순간, 토니가 다른 사람들을 향해 몸을 돌리며 목소리를 높였다.

"카바타피와 훈제 연어 알프레도, 에브리띵 베이글 가니쉬 준비! 다들 서둘러. 음식이 너무 지체되고 있잖아. 그리고 페르난도, **맙소사!** 빌어먹을 재료들 정리 좀 해!"

코스티야는 대형 냉장고를 뒤지며 끝맛이 입에 계속 남아 있기를 바라는 마음에 입맛을 다셨다. 마침내 세 박스의 오리 가슴살 뒤에 처박혀 있는 생닭을 찾았고, 양파와 레몬을 낚아챘다. 그는 안간힘을 쓰고 있었다. 내장을 빼고 모래주머니와 심장은 던져 버리고 간은 지켜야 했다. 양파를 가늘게 채 썰고, 레몬을 쐐기 형태로 잘랐다.

그는 소테 팬을 잡아 페르난도의 버너에 올렸다. 페르난도는 어질러진 조리 구역을 치우느라 바빠서 (가니쉬가 도처에 널려 있었다) 그를 보지 못했다.

코스티야가 닭의 속을 더듬거리기 시작하고 있을 때 마침내 페르난도가 당황한 얼굴로 물었다. "지금 뭐 하는 거야?"

"은밀하게 챙겨야 할 VIP가 있어요." 코스티야가 거짓말을 했다. "미셸 지시로."

페르난도는 공간을 내주기 위해 팬 하나를 치웠다.

"제길, 제길, 제길." 코스티야는 반은 긴장되어서, 반은 자신이 구현하려는 맛을 기억하기 위해서 나지막이 구호를 외치듯 말했다.

지금껏 그는 어떻게든 그 요리를 만든 적이 없었다. 그것은 아버지가 가장 좋아하는 음식이었지만, 그것을 만든 사람은 **어머니**였다. 그녀는 요리를 할 때 늘 전화로 수다를 떨었고, 잔소리나 추측을 하는 데 몰두한 나머지 거의 모든 요리를 태워 먹곤 했다. 피촌카도 마찬가지였다.

코스티야는 어머니에게 레시피를 물어봐둘 걸 하고 후회했다. 어머니가 아버지에 대해 이야기하거나, 아버지가 좋아하는 음식을 요리하거나, 여전히 아버지의 냄새가 나는 옷을 보관하는 데 동의했더라면 좋았을 거라고 생각했다. 어머니가 아버지를 계속 살아 있게 할 방법을 작은 것 하나라도 찾을 수 있었으면 좋았을 텐데. 대신 그녀는 마음에서 아버지를 잉크 자국 지워내듯 지워낸 것 같았다. 모두 자기 나름의 방식으로 슬퍼했는데, 어머니의 방식은 부정이었다.

아빠는 이제 없어. 그녀는 코스티야가 아버지의 얘기를 꺼낼 때마다 말하곤 했다. 레몬 껍질처럼 쓰디쓴 말이었다. 그리고 이렇게도 말했다. **이제 결코 돌아오지 않을 거야.**

그런데 지금, 어쩌면 코스티야의 도움으로 아버지가 돌아올 수도 있었다.

그는 말랑말랑해진 버터를 숟가락으로 듬뿍 떠서 팬에 올렸다.

버터가 팬 위에서 살짝 튀듯이 퍼지면서 지글거렸고, 거품을 내며 갈색으로 변했다. 그는 얇게 채 썬 양파를 던져 넣었고, 손목을 계속 돌려서 버터를 코팅하며 양파가 낭창낭창해지는 것을 지켜보았다.

"제발, 제발, 빨리." 그가 간절하게 말했다.

"그 VIP가 누군데?" 페르난도가 공모자처럼 은밀하게 물었다.

"제가 걱정하는 건⋯." 코스티야가 입을 열었지만, 그때 토니가 제멜리에는 뭘 넣어야 하냐고 물었다.

"제멜리, 제멜리." 코스티야는 오일 한 방울과 간을 팬에 넣으며 반복해서 말했다. "마이어 알프레도! 철갑상어 알 가니쉬. 그리고 피데오에는 멕시칸 미트 소스와 코티하 치즈, 고수 잎."

그 말에 한동안 요리사들은 바쁠 테고, 그 다음에는 아넬리와 오르키에테만 남았다. 여기에 대단치 않은 스파게티오스 통조림 소스와 푸타네스카 소스만 뿌리면 무사히 고비를 넘길 수 있었다.

"콘스탄틴, 간을 태우겠어."

페르난도는 그의 팬을 옮겨주려 했지만, 그는 뿌리쳤다.

"미셸이 **바싹 익히라고** 했어요."

페르난도가 어깨를 으쓱했다. 이어서 그는 자신의 작업 구역으로 쏟아져 들어오는, 소스를 입히지 않은 제멜리를 처리하기 시작했다.

코스티야는 구운 간의 겉면을 확인하고는 (혹시 더 익혀야 할 경우, 때를 놓치지 않고 다시 시도할 수 있도록) 반만 접시 위로 미끄러뜨려 담았다. 그 다음 코셔 소금으로 양념한 뒤 레몬즙을 짜 넣고, 딜을 뿌리고, 페르난도가 새로 정리한 재료들 사이에서 파슬리를 한 꼬집 집어와 추가했다. 그런 뒤 가스를 껐다.

그는 요리를 가만히 내려다보았다. 목구멍 뒤쪽에서 떨림이 거세

지기 시작했다.

이제 웨이터들이 무용수가 회전하듯 주방 스윙 도어를 들락날락하기 시작했다. 그들은 서빙용으로 메두사 머리 모양의 촛대를 사용했는데(아무래도 이건 과한 설정이지 싶다), 독사들의 입에는 누디와 카바타피가 담긴 반짝이는 유리관이 꽂혀 있었다. 셰프들은 머리카락처럼 가는 피데오 면을 삶기 시작했고, 냄비에서 김이 모락모락 나며 면이 나오자, 그 가느다란 면을 잡아내기 위해 극세망 체를 꺼냈다. 그러는 동안 코스티야는 겨우 2-3분 동안 숨을 돌린 뒤 곧바로 토니에게 새로운 지시를 내려야 했다.

"수셰프!" 그가 불렀다. "다음은 아넬리예요. 토마토 수프, 파마산 크루통 가니쉬."

토니가 끄덕였다. "알겠어!"

코스티야는 접시를 들고 패스트리 작업 구역으로 발을 끌며 걸어갔다. 여기저기 슈거 파우더와 밀가루가 흩뿌려진 채 텅 비어 있었다. 앞으로 두어 시간 동안은 디저트가 나가지 않을 것이기 때문이었다. 그곳은 거의 소름끼칠 만큼 조용했고, 이따금 주방에서 쿵 소리나 지글거리는 소리만 들려올 뿐이었다. 그는 떨리는 손으로 작은 간 조각 하나를 포크로 찍어 입으로 가져갔다.

그러고는 눈을 감았다.

씹었다.

맛을 보았다.

미소 지었다.

그 한 입은 아버지의 영혼이 떠먹여준 것이었다. 다만 이번에는 진짜 음식이었다.

코스티야는 꿀꺽 삼켰다. 그리고 그 순간 뭔가가 일어났다.

그는 끝맛이 목구멍을 타고 내려가 가슴을 지나쳐 배로 들어가는 것을 느낄 수 있었다. 그는 그 맛을 따라 뱃속 깊은 곳으로, 그리고 어쩌면 그보다 더 깊은, 자신 안의 갈망이라는 심연까지 내려갔다. 그곳은 세계와 세계 사이를 가르는 얇은 경계였다. 그는 마음속 눈으로 그 광경을 보았다. 씹히고 반쯤 소화된 간 한 조각이 그 종이처럼 얇은 벽을 갉아먹고, 산처럼 스며들며 그 경계를 녹이고 있었다.

벽의 반대편은 눈부시게 환했다. 망막까지 태워버릴 것처럼 눈이 멀 듯한 광채였다. 끝맛이 마침내 그 경계를 뚫고 들어오려는 찰나, 작은 빛의 바늘들이 그의 몸속 깊은 곳을 찌르듯 파고드는 순간, 그는 주방에서 무언가 부딪히는 소리를 듣고 눈을 떴다.

밀가루가 뿌려진 스테인리스 조리대 위로 수백 개의 노란 불빛이 반짝이며 맴돌고 있었다.

환한 형광등이 줄지어 비추고 있는 주방의 나머지 부분이 상대적으로 어두워 보일 정도였다. 코스티야는 입술을 깨문 채, 반짝이며 진동하는 그 빛들을 바라보았다. 눈을 뗄 수 없었다. 불빛들은 점차 머리와 상반신, 허리의 형태로 응집되고 있었다.

불빛들이 사람들의 주의를 끌자 주방에서 더 많은 충돌음이 들렸다. 여기저기서 웅얼거림과 상스러운 감탄사가 터져 나왔다. 요리사들이 눈을 들어 패스트리 구역 위쪽에 나타난 이상한 광경을 목격하고는 집중력을 잃고 소테 팬을 떨어뜨렸다. 조리 도구가 바닥으로 미끄러졌다. 그러나 코스티야에게는 아무 것도 들리지 않았다.

"아빠?" 그가 울 것 같은 목소리로 물었다.

이제 맨 위쪽의 빛들이 이마와 턱, 그리고 가슴 사무치게 익숙한 큰 귀를 형성하며 고개를 끄덕였다.

쿠셰.

아버지의 목소리였다. 러시아어로 먹으라는 뜻이었다. 그 단어가 마치 음악처럼 들렸다. 그는 입으로 간을 또 한 조각 밀어 넣었다. 목이 메어 씹어 삼키기가 어려웠다.

아버지는 점점 더 환하게 빛났고 윤곽이 더 뚜렷해졌다. 그는 이제 토파즈를 통과한 프리즘처럼 따스한 노란색으로 빛나는 아버지의 얼굴을 볼 수 있었다. 이마와 눈의 모든 선이 코스티야가 기억하는 모습 그대로였다. 그는 심장이 두근거리고 마치 무중력 상태처럼 몸이 떠오르는 것을 느꼈다.

"아빠, 아빠! 세상에, 아빠를 다시 보게⋯."

"두호브니!"

코스티야와 아버지 모두 자신들의 성을 부르는 소리에 화들짝 놀랐다.

미셸이 맹렬하게 주방문으로 뛰어 들어왔다. 그는 광견병에 걸린 개처럼 입에 거품을 물었고 눈은 격분한 것이 역력했다. 그는 이 구역 저 구역에 들이닥쳐 콘스탄틴을 찾았고, 다른 요리사들은 모두 머리를 숙인 채 일을 계속했다. 무슨 일인지 몰라도, 얽히고 싶지 않았던 것이다(그러나 나중에 그들은 이 일로 끊임없이 코스티야를 험담하고 괴롭혔다).

그는 아버지의 모습이 그대로 있어주기를 바라는 마음에 간을 한 조각 더 입에 밀어 넣고는, 주방을 누비며 미셸을 향해 걸어갔다. 둘은 튀김 구역 앞에서 만났다.

"여깁니다, 셰프." 코스티야가 소심하게 말했다.

"네가 있어야 할 곳은 여기가 아닐 텐데! 왜 소스 구역을 비워두고 여기 있는 거지?"

"저는… 어…."

"그건 됐고, 내가 진짜 알고 싶은 건 대체 이게 뭐냐는 거야."

그는 메두사 머리 모양의 촛대에서 가느다란 유리병 하나를 꺼내 들어 올렸다. 그 안에는 소용돌이처럼 말린 파스타가 흰 알프레도 소스에 버무려 담겨 있었고, 위에는 검은깨가 뿌려져 있었다.

"카바타피 아닙니까, 셰프?"

미셸이 콘스탄틴의 코 앞에서 격노한 얼굴로 목에 핏대를 세우고 유리병을 그에게 내밀었다.

"먹어."

코스티야는 끔찍할 만큼 정신이 멍한 상태로 (내가 정말 이걸 망쳤을까? 잘못된 지시를 내렸을까?) 잔뜩 긴장해서 고개를 끄덕이고는, 유리병을 기울여 파스타를 입에 털어 넣었다.

즉시 그 맛이 압도했다. 부조화였다. 잘못된 맛이었다. 형편없었다. 크리미한 훈제 연어가 양파가 **아닌** 트러플이 들어간 반죽과 끔찍하게 충돌하며 거부감을 주었다. 순식간에 그 맛이 간과 양파 맛을 압도하여 그의 입에 남아 있던 끝맛을 완전히 지워냈다.

자신이 무슨 짓을 했는지 미처 깨닫기도 전에, 빛이 깜빡이고 전구 하나가 나갔다. 코스티야는 패스트리 조리 구역 쪽으로 몸을 휙 돌렸지만 그곳에는 그림자만 남아 있었다.

"안 돼!" 그는 숨이 턱 막혔다.

"자네가 다 망쳐놨어." 미셸이 으르렁거렸다. "1년 중에 가장 중요한 날에… 이봐! 대체 어딜 가는 거야?"

코스티야는 몇몇 조리 구역에 배치된 경악한 얼굴의 요리사들을 지나쳐 패스트리 조리 구역으로 쏜살같이 돌아왔다. 그러고는 간 요리가 담긴 접시를 향해 돌진했는데, 그 뒤를 미셸이 바짝 따라붙었다. 코스티야는 맨 손으로 (포크와 나이프 따위는 사치였다) 간을 입에 쑤셔 넣었다. 그러나 아무리 빠르게 씹고 입안 전체에 그 맛을 묻혀도, 다시 불꽃이 켜지지 않았다.

그는 미약한 연결 고리를 놓쳐버렸다. 연결이 끊겨버렸다. 아버지는 가버렸다.

코스티야는 머리로 피가 쏠리는 것을 느꼈다. 거의 실신 상태가 되어 몸을 비틀거렸다. 주방이 갑자기 너무 덥게 느껴졌다. 질식할 것처럼 더웠다.

"내가 말하는 중이었잖아, 두호브니."

미셸의 부글부글 끓어오르는 목소리가 거의 속삭임처럼 들렸다. 코스티야는 미셸이 자신에게 주먹을 날릴 만큼 화난 것 같다고 생각했고, 주방에서 입은 상처로 가득한 미셸의 두툼한 손을 바라보며 그 손이 주먹을 쥐기를 기다렸다. 그런데 미셸은 주먹을 쥐는 대신 닭 간이 담긴 접시를 낚아챘다.

"이 쓰레기는 뭐지?" 그는 냄새를 맡더니 혀끝으로 작은 조각을 맛보았다. 그의 눈이 휘둥그레지며 위협하듯 번뜩였다. 그는 모두가 볼 수 있도록 접시를 높이 들고 주방을 누볐다.

"아아, 이제 알겠네. 여기서 창의력을 발휘하고 계셨어. 감히 **내** 한 해 중 가장 중요한 날 **내** 주방에 기어들어 와서는 **내** 파스타 코스를 망쳐놓았단 말이지. 한 가지 덧붙이자면, 어찌나 심하게 망쳐놓았는지 길드 회장님이 입맛이 다 떨어질 것 같다고 하시더군. 그 와중에 자기가 **너무** 뛰어나다고 생각한 나머지, **내** 행사가 진행되는 동안 자신만의 레시피를 고안하고 테스트하고 있었어. 이 빌어먹을 주방에서 나오는 이 빌어먹을 음식을 감독하는 대신에 말이야. 빌어먹을, 두호브니. 넌 빌어먹을 재능을 낭비하고 있어. 이제 내 주방에서 썩 꺼져."

코스티야는 꼼짝도 못하고 그 자리에 서 있었다. 입이 바짝바짝 말랐다.

"셰프, 접시를 돌려주세요. 제발."

그는 절박하게 다시 시도하고 싶었다. 다시 연결을 시도하고, 다시 그 요리를 완벽하게 만들고, 다시 한번, 아버지를 불러내서 말하고 싶었다.

"이 접시 말인가?"

그리고 한 번의 격노한 동작으로, 미셸은 접시, 간, 레몬 조각, 가니쉬까지 통째로 근처에 있는 튀김기에 집어던졌다. 음식이 폭발하듯 격렬하게 튀면서 지옥같이 뜨거운 기름이 코스티야의 오른팔을 뒤덮었고, 살을 태우는 듯한 고통이 퍼져나갔다.

포타주*

콘스탄틴 두호브니 미식 체험

자, 여러분. 혹시 이런 일이 생길 거라고 짐작하신 분 계시면 손 한번 들어보세요. 정말 미친 짓이었어요, 그렇죠? 사실 그 친구의 상처를 제 눈으로 직접 봤어요. 소매 문신을 하기 전이었죠. 곪은 것처럼 보였어요. 그런 상처가 제대로 회복이나 될 수 있을지 확신할 수 없었죠. 지독한 화상이었어요. 피부 이식이나 뭐 그런 게 필요했고, 그 뒤에도 문신 없이는 괜찮아 보이지 않았습니다. 저렇게요.

………

아, 그건 그냥 큰 실수 정도가 아니에요. 범죄죠.

그런데 그 친구는 바보가 아니었습니다. 응급실에서 나오자마자 변호사에게 전화를 걸었고, 문서도 작성하게 했죠. 사실 지금 제가 하는 얘기는 모두 소문으로 들은 겁니다. 저는 그 문서를 보지 못했어요. 길드는 일을 조용히 처리하는 데 능했죠. 하지만 분명 미셸은 겁을 먹었습니다. 뼈다귀가 자신을 압박하려 든다면 모든 걸 잃을

* 진한 수프.

수도 있다고 생각했죠. 그건 사실이었어요. 주방에 증인이 가득했고, 코스티야의 오른팔이 그 증거였는 데다, 의사의 진단서도 있었으니까요. 그래서 그들은 합의했습니다. 우리의 친구는 꽤 두둑한 보상금을 받았습니다. 게다가 이 시점에는 미셸이 찍 소리도 못했기 때문에, 원하는 곳은 어디든 들어갈 수 있을 만큼 좋은 추천서까지 받았죠. 사뵈르에서 나온 뒤 뼈다귀가 선택만 하면, 르 베르나댕이나 일레븐 메디슨, 그라머시 파크 같은 훌륭한 레스토랑에서도 그를 기꺼이 받아들였을 테고, 그 친구도 그것을 알았죠.

하지만 그 친구는 이제 파인 다이닝에서 손을 뗐습니다. 환상이 완전히 깨진 거죠. 코스티야는 이제 자기 사업을 하는 것의 의미에 대해 생각하게 됐습니다. 자신이 원하는 음식을 자기 방식대로 요리하는 것 말이에요. 이제 다른 누군가의 주방에 들어갈 수 없었어요.

그래서 자신의 업장을 열었죠.

바로 여기, 왼쪽에 있는 곳입니다.

일부러 찾지 않는다면 길에서는 알아보기 힘든 곳이죠. 적갈색 사암으로 지은 헬스 키친의 이 오래된 집들은 건설업자도 모델도 다 똑같은 것 같아요. 간판도 차양도, 아무것도 없었어요. 그저 이 건물 1층의 방 두 칸짜리 비좁은 장소였죠.

자, 여러분, 이곳은 콘스탄틴 두호브니의 실제 주거지입니다. 마법이 일어나는 곳. 공개되지 않은 은밀한 일들이 이루어지는 곳. 경찰이 찾아와서 허가증을 보여달라고 하지 않기만을 바라는 곳이죠. 왜냐하면 허가증 같은 건 없으니까요.

여기서 계단을 올라갑시다. 저기요, 선두에 계신 분이 앞장서세요! 헬스 키친 비밀 레스토랑에서 무엇을 요리하는지 한번 봅시다.

소울 푸드

콘스탄틴은 술기운에 전단지를 붙이고 다녔다.

하나는 헬스 키친 중심부에 있는 자신의 아파트 근처, 온갖 스티커가 덕지덕지 붙어 있는 신호등 기둥에 테이프로 붙였다. 또 하나는 워싱턴 스퀘어 파크의 개 놀이터 철문에 붙였고, 또 하나는 시내로 가서 트리니티 교회 묘지 펜스에 스테이플러로 박았다. 마지막 하나는 뉴욕 공공도서관 앞 인도 바닥에 테이프로 붙였는데, 도서관 앞의 사자상 '인내'와 '용기'가 못마땅하다는 듯 그를 내려다보고 있었다.

그는 유령이 있을 법한 곳, 그리고 그 유령을 다시 만나고 싶어 하는 사람들이 찾아올 만한 곳을 노리고 있었다(그렇게 만취 상태에서 과연 뭔가를 노리는 것이 가능한지 모르겠지만). 그러나 그런 곳이 전혀 떠오르지 않아서, 그냥 사람들 발길이 잦은 곳으로 만족했다. 전단지에는 이렇게 적혀 있었다.

유령과 함께하는 식사

누군가를 잃으셨나요?

최근에 사랑하는 사람을 떠나보내고 과거를 되새기고 계신가요?

오랫동안 슬픔에 빠져 고인을 놓아줄 수 없으신가요?

그들에게 당신의 마음을 한 번 더 전하고 싶으신가요?

저희가 도와드릴 수 있습니다.

헬스 키친 비밀 레스토랑에서 마지막 식사를 함께하세요.

당신은 추억만 챙겨 오세요.

우리는 당신의 유령을 (말 그대로) 불러오겠습니다.

예약 필수. 하루에 한 명만 가능. 저녁 8시에 착석.

지불할 수 있는 만큼 지불하세요.

장난 문의 사절.

그 아래에는 가위집을 낸 작은 조각들이 줄지어 달려 있었고, 거기에는 콘스탄틴의 전화번호와 함께 '자세한 내용은 문자 문의'라는 안내가 적혀 있었다.

킨코스 인쇄소에서 문구를 대충 쓴 뒤, 한순간의 망설임도 없이 전단지를 찍어냈던 일이 떠오르자 몸이 오그라들었다. 그때 그는 자신만만했고, 이 계획이 반드시 통할 거라 확신했다.

물론 진 몇 잔으로 얻은 용기로 저지른 일이었다. 코스티야는 아침 시간 내내 헨드릭스 진 술병과 함께 소파에 웅크려 사뵈르와 아버지에 대해 생각했다. 그리고 그 매력적이지만 못된 점쟁이가 한 말이 맞을지도 모른다는 생각도 했다. 그는 주저하고 있는 겁쟁이였다. 죽은 자들을 상대하기에 부적합했다.

"디카페인으로 바꾸는 게 좋겠어." 프랭키가 제안했다.

그는 화장실에서 나와서, 전날과 똑같은 자세, 똑같은 복장, 똑같은 표정으로 소파 쿠션과 한 몸이 되어 있는 코스티야를 발견했다. 점점 취해가는 얼굴에는 믿을 수 없다는 듯한 멍한 표정이 지워지지 않는 문신처럼 새겨져 있었다.

프랭키는 다시 생각했다. "아니면, 휴! 붕대라도 갈아. 팔에서 일요 특선 요리 냄새가 나잖아."

화상 병동 의사들은 그에게 민물고기 틸라피아의 껍질로 이종 이식을 하자고 권했다. 그것은 코스티야가 사뵈르 페어에서 쓰레기통에 버리던 생선의 부위를 타는 듯 고통스러운 팔의 상처에 붙이고 거즈로 감싸는 것을 뜻했다. 의사들은 대략 2주 정도만 생선 냄새를 견디면, 피부가 빠르게 재생될 거라고 약속했다.

코스티야는 병째로 진을 한 모금 더 들이켰다.

그는 미셸과 있었던 장면을 머릿속에서 계속 다시 재생했다. 그때마다 다시 화상을 입는 것처럼 가슴이 쓰라렸다. 자신의 기죽은 태도, 줏대 없음, 터무니없는 두려움. 무엇이 그렇게 두려웠단 말인가? 미셸 보셴의 격노? 실망? 그가 코스티야의 무의식에서 어떤 엄청난 노예 근성을 끌어냈는지 몰라도, 그로 인해 코스티야는 아버지를 다시 볼 기회를 놓쳐버리는 대가를 치렀다. 어쩌면 단 한 번뿐일지도 모를 기회를.

이후 코스티야는 다시 간 요리를 만들려고 시도했고, 미셸이 접시를 채가기 전에 맛본 것과 똑같은 맛을 구현하는 데 몇 번이나 성공했다. 그러나 그의 아버지는 나타나지 않았다. 끝맛이 나타나고 얼마 동안만 효과가 있는 것 같았다. 영혼이 근처에 있어야만 가능한 것 같았다. 지금 코스티야가 할 수 있는 일이라고는 끝맛이 다시 나타나기를, 아버지가 스스로 돌아오기를 기다리며 기도하는 것뿐이었다.

프랭키는 거실 창문을 활짝 열었다.

"좋아, 친구. 이 정도면 충분해. 밖으로 나가자." 그가 코스티야의 느슨해진 주먹에서 술병을 낚아챘다. "일단 샤워부터 해. 그런 다음 밖으로 나가."

"어디로 가야 되는데?" 코스티야가 불분명한 발음으로 대답했다.

"어디든. 아무데나. 네가 뭔가 의미를 찾거나 레스토랑에 대한 아이디어가 떠오를 때까지. 어쩌면 다음 이직에 대해 생각하거나. 적어도 방이 환기될 때까지."

코스티야는 어깨를 으쓱하고 움직이지 않았다.

"좋아, 이건 어때?" 프랭키가 다시 시도했다. "나 좀 도와줘. 9번가에 있는 페덱스로 가서 내 이력서를 몇 장 더 출력해줘. 켈러가 다시 전화를 줬어."

"헉." 코스티야가 똑바로 일어나 앉았다. "리오를 배신할 셈이야?"

"그냥 만나만 보는 거야." 프랭키가 의리 얘기가 나올 때만 쓰는 진지한 말투로 말했다. "어쨌든 좀 도와줘. 그리고 오늘 카디랑 갈릭난 어때? 재료들 사러 칼루스티얀 식료품점에 갈 거거든."

코스티야의 입에 술 취한 미소가 번졌다.

"자꾸 나 꼬시지 마."

"넌 참 쉬운 남자야. 한결 같네."

페덱스로 가는 도중에 신호등 버튼을 누르다가 문득 그 생각이 떠올랐다. 가능성이 아무리 희박해도, 여전히 아버지를 다시 볼 기회가 있다면 끝맛이 나타날 때까지 그냥 기다리고 있을 수만은 없었다. 코스티야는 그 요리를 다시 만드는 데는 꽤 자신이 있었다. 하지만 택시나 지하철, 아니면 재료와 주방에 접근할 수 없는 다른 곳에서 피촌카를 맛보는 위험을 감수할 수는 없었다. 스스로 끝맛을 불러오는 방법을 배워야 했다. 버튼을 누르는 것처럼, 불러내면 나오게 만들어야 했다.

그러기 위해서는 연습이 필요했다.

9번가에 도착했을 무렵에는 술기운에 떠올랐던 모호한 계획이 제법 구체화되었다.

전단지. 유령 테스트 주방. 하루에 한 명.

헬스 키친 비밀 레스토랑.

코스티야는 이런 허접한 광고를 보고 실제로 연락하는 사람이 있으리라고는 예상하지 못했다. 그러나 채 하루도 지나기 전에 낯선 사람들로부터 날아온 예약 요청 메시지 때문에 그의 전화기가 불이 날 지경이었다. 그중 첫 번째 사람(루이스)에게 주소와 날짜(2월 1일)를 보냈다. 그리고 그날 저녁은 사랑하는 고인에 대한 생각에 깊이 빠져 있어야 한다는 설명도 덧붙였다.

루이스는 로어이스트사이드에 있는 '슬픔의 성모 성당'의 음악 감독이었는데, 오르간 정비에 관한 워크숍에 갔다가 트리니티 교회 밖에서 그 전단지를 보았다. 문자 메시지에서 느껴지는 그녀는 묘한 매력이 있는 사람이었다. 차분하고, 군더더기가 없는. 하지만, 다시 생각해보면 그녀는 도끼 살인범일 수도, 종교 광신도일 수도, 아니면 더 끔찍하게도 인플루언서일 수도 있었다.

프랭키의 도움으로 그들의 손바닥만 한 아파트는 그럴듯한 식당으로 탈바꿈했다. 그들은 얼룩진 소파와 고장 난 텔레비전, 싸구려 합판 캐비닛을 길가에 내놓고, 벼룩시장에서 "주드 로의 옛날 의자에 앉아보세요. 맨해튼 한정 배송 가능"이라는 카피를 보고 구입한 테이블 세트를 배치했다. 부엌과 식사 공간을 분리하기 위해 샤워 커튼도 걸었는데, 동네 가게에 남아 있던 마지막 재고가 하필이면 '개를 안은 키아누 리브스 얼굴의 예수'가 그려진 것이었다. 그들은 눈에 보이는 모든 곳을 표백제로 박박 닦았고, 낡은 주방 가구의 합판과 군데군데 부서져 있는 노출된 벽에서 30년 묵은 때를 벗겨냈다. 코스티야는 화상으로 녹아내린 팔을 생선 냄새 나는 붕대로 대충 덮은 채, 맨해튼 전역을 돌며 식재료를 구할 계획을 세웠다.

그는 루이스에게 그녀의 유령에 관한 질문 몇 개를 던져, 자신이 준비해야 할 음식의 종류가 뭔지 파악하려 했다. 그녀는 미치도록 수수께끼 같았다. **언니는 수년 간 금욕적으로 먹었어요.** 좀 더 캐묻자 **아, 아뇨. 설탕을 먹지 못했고 고기를 좋아했지만, 고기를 먹는 일도 극히 드물었죠**라고 대답했다. 결국 콘스탄틴은 그 가엾은 여자가 채식주의자였거나, 구석기 다이어트를 했거나, 아니면 방식은 달라도 똑같이 지옥 같은 반쪽짜리 인생을 산 것으로 해석했다.

결국 그는 부족한 것보다는 좀 과한 편이 낫겠다고 결론 내렸다. 그도 그럴 것이, 어쩌면 사골국과 쌀 과자를 먹으며 반쯤 굶주린 삶을 살던 그녀가 우연히 들어간 허름한 모로코 식당에서 남몰래 진짜 음식을 허겁지겁 먹어치웠을지도 모를 일이었다. 그렇다면 그녀가 돌아오는 길을 찾기 위해 필요한 것은 데친 두부가 아니라 말린 자두를 곁들인 양고기일 것이다.

이 계획이 성공하려면 코스티야는 뭐든 만들 수 있는 준비가 되어 있어야 했다. 그는 호로파에서 후리카케에 이르기까지, 뉴욕에서 먹을 수 있는 수많은 음식 문화권의 향신료 목록을 작성한 뒤 장을 보러 갔다. 향신료 수집 원정이 끝날 무렵, 그는 마치 새로운 무역 항로를 개척하는 바스코 다 가마가 된 기분이었다.

30분 동안 차이나타운을 돌아다니다가 엘리자베스 스트리트에서 창문에 영어가 한 글자도 쓰이지 않은 장소를 발견했다. 거기서 그는 팔각과 붉은 고춧가루와 오향분을 샀고, 이름 모를 온갖 향신료도 골라 담았다. 새끼손가락으로 찍어 먹어보고 혀가 이끄는 대로 집었다. 몇 블록 위쪽 브룸 스트리트의 단골 일본 식료품점에서는 꽃향이 나는 유즈코쇼, 코가 뻥 뚫리는 겨자 분말, 시치미토가라시, 그리고 모시오 소금을 집어 들었다. 머레이 힐은 건너뛰고 대신 퀸스의 잭슨 하이츠로 갔다. 울프퍼프에서 일하던 벵골 사람이 추천해 준 작은 인도 식료품점에 들러 강황과 가람 마살라, 야생버섯 가루, 그리고 비닐봉지에 담긴 선명한 빛깔의 황금색과 빨간색, 초록색 커리 가루를 샀다. 그런 뒤 게즈와 팜유, 하리사, 스믄, 푸푸 가루, 수야, 버르버러, 향두구, 그리고 두카와 비하라트의 기본 재료 등 세네갈과 모로코, 서아프리카와 북아프리카 식재료를 구하기 위해 우버를 타고 브롱크스로 갔다. 이런 양념들의 배합은 집집마다 달라서, 특정한 배합의 양념이 필요하다면 유령이 자신의 의도를 알려줘야 할 터였다. 그는 9번가 세계 음식 거리에 가서 사철쑥, 옻나무, 오레가노, 타임 같은 지중해 지역에서 생산되는 몇몇 천혜의 재료를 구했다. 또한 브로드웨이에 있는 작은 유럽 식품 시장에서 트러플 분말과 에르브 드 프로방스, 빛깔 고운 사프란도 구했다.

그밖의 각종 조미료도 준비했고, 루이스의 저녁 식사 전날에는 온갖 식자재도 구해왔다.

쇠고기와 돼지고기, 가금류와 양고기는 누구보다 먼저 고르고 싶어, 캄캄한 새벽에 일어나 공공자전거를 빌려 타고 바워리에 있는 육류 시장에 갔다. 사슴과 타조, 토끼, 메추라기 같은 이국적인 재료도 좀 샀다. 심지어 비둘기 새끼도 샀다. 도시를 구구거리며 돌아다니는 비둘기가 날개 달린 쥐나 다름없어 보인다는 점을 고려할 때, 비둘기 고기는 늘 생각보다 훨씬 더 맛있다.

냉장고 공간이 부족해지고 있었다. 한두 조각 정도의 극소량만을 구입하기 위해 사뵈르의 장을 보는 거라고 거짓말을 해야 했지만, 미셸이 여전히 자신에게 빚이 있다고 생각했으므로 아무려면 어떤가 싶었다.

추가로 닭발과 돼지 족발, 혀, 간, 염통, 내장, 골수가 든 뼈도 구입했다. 누군가 젤리처럼 진득한 육수에 담긴 라멘을 몹시 먹고 싶어 할지도 모르고, 유령이 푸릇푸릇한 스코틀랜드 초원 출신이라 해기스를 갈망할 수도 있었다.

옆구리를 콕콕 찌르고 적잖이 굽실거려서, 프랭키에게 쉬는 날 사우스 스트리트에 가서 신선한 생선을 구해오겠다는 약속을 받아냈다. **너는 내가 소중한 잠을 희생하게 만든 유일한 남자야. 이렇게 내내 말똥말똥하게 있는 게 얼마나 힘든지 알아?** 그동안 코스티야는 첼시에 있는 맨해튼 청과물 시장에 가서 정말이지 헉 소리가 나게 다양한 농산물을 구입했다.

그것들을 아파트에 둔 다음에는 또 지하철 R 노선을 타고 리틀 이탈리아로 가서 캔에 든 쿠오코 밀라네즈 소스며 유리병에 든 산마르자노 토마토, **이탈리아에서 만든** 누텔라(미국판 누텔라를 굴욕스럽게 만드는 제품이다), 수입한 프로슈토와 스펙, 투명할 만큼 얇게 슬라이스한 햄 따위를 구했다. 또한 발타자르 베이커리의 오븐에서 갓 구워낸 바게트를 재빨리 집었다. 그리고 일곱 종류의 쌀과 카샤, 퀴노아, 파로, 보리 같은 곡물도 집어왔다. 집으로 돌아오는 길에는 푸드 엠모리엄 슈퍼마켓에 들러서 유제품과 두부, 템페, 밀고기, 그리고 양념 코너에 있는 모든 제품을 하나씩 구입했다.

결과적으로 코스티야는 적지 않은 돈을 썼지만, 시간이 갈수록 그 부분은 크게 신경 쓰지 않게 되었다. 사뵈르 페어를 떠난 이후 처음으로 힘이 나는 것 같았다. 그는 어린 시절 주방에 있던 아버지를 생각했다. 코스티야가 알 수 없는 음식을 추측할 때마다 아버지의 얼굴이 얼마나 환하게 빛났는지, 기쁨을 감추지 못하고 얼마나 입을 활짝 벌리고 웃었는지.

아버지를 꼭 다시 보고야 말겠다고 다짐하며, 간신히 무게를 지탱하고 있는 바퀴 깨진 식료품점 카트를 밀었다. 그는 반드시 길을 찾을 작정이었다.

그는 헬스 키친 비밀 레스토랑에서 자신이 다루는 영적 연결의 모든 규칙과 모든 미묘한 차이를 파악하기 위해, 필요한 만큼 손님을 받을 생각이었다. 무엇이 유령을 나타나게 하는지, 무엇이 연결을 중단시키는지, 어떻게 연결을 연장할 수 있는지, 애초에 어떻게 유령을 유혹해 불러낼 수 있는지 따위를 파악해야 했다. 그래서 아버지를 다시 불러오고, 아버지를 머물게 하고, 그것을 여러 번 되풀이하는 법을 배울 수 있어야 했다. 다시는 두려움 때문에, 또는 위협 때문에, 또는 누군가의 비위를 맞추기 위해 기회를 잃지는 않을 셈이었다. 다시는 무엇이 중요한지 잊지 않을 셈이었다.

유령 손님들이 나타나면, 그는 자애로운 호스트이자 두려움 없는 지도자가 될 참이었다. 연미복 차림으로 신기한 불꽃놀이를 선보이는 P. T. 바넘 같은 그들의 쇼맨. 그들이 알 수 없는 길을 여행할 때 차분한 목소리로 이끌어주는 그들의 베르길리우스. 미로에서 맛있는 과일만 있고 위험은 없는 길로 은밀하게 이끌어주는 그들의 팩맨. 그들의 꿈을 만드는 제작자, 그들의 기억을 캐내는 광부, 그들의 혀와 미뢰와 모든 육감의 대변자.

그들의 영혼의 셰프가 될 참이었다.

하지만 첫 손님을 받는 날 밤, 그런 자신감은 온데간데없었다. 코스티야는 불안감에 장이 꼬일 지경이었다.

"꼭 유령이라도 볼 것 같은 얼굴이네." 프랭키가 셰프복 위로 외투를 입으며 싱긋 웃었다.

"넌 참 웃긴 놈이야. 다들 그러지?" 코스티야가 심술궂게 말했다.

"이봐, 힘내. 넌 할 수 있어. 일어날 수 있는 최악의 상황이 뭐야?"

"모르겠어. 루이스가 식중독으로 죽는 거? 디저트를 먹다가 핵폭탄이 터지는 거? 애피타이저를 먹다가 좀비가 들이닥치는 거?"

"이런 저런 가능성을 따져본 것 같아 다행이네." 그가 코스티야의 어깨를 주먹으로 툭 쳤다. "다 잘될 거야. 그냥 눈을 감고 심호흡을 하면서 네가 잘 해내는 모습을 상상해봐. 넌 잘할 거야, 뼈다귀."

"내가 잘할 수 없으면 어쩌지?"

"그럼 조심해야지."

시작하기 한 시간 전 코스티야는 거실 창문 앞에 섰다. 거리는 황량했고, 이미 어두워져 가로등이 밤공기 속에 유령 같은 빛무리를 드리웠다. 마치 눈이 오려는 듯 아삭하고 차가운 사과 냄새가 났다.

코스티야는 간단한 인사말을 소곤소곤 연습했다. 말을 할 때마다 창문에 뿌옇게 입김이 서렸다.

"음, 어, 안녕하세요. 저기, 헬스 키친 비밀 레스토랑에 오신 것을 환영합니다. 제 이름은 콘스탄틴이고, 오늘 저녁 당신의 요리사가 되어드릴 거예요."

멍멍.

"어서 오세요, 어서 오세요." 그가 우렁차게 울리는 목소리로 다시 말했다. "당신의 감각을 뒤흔들 신비의 밤, 마법의 밤, 비현실적으로 황홀할 밤에 오신 것을 환영…."

맙소사.

"마음의 준비 되셨나요? 이제 따끈따끈한 음식이 나옵니다."

쟤 왜 저래?

"혹시 유령이란 게 뭔지 생각해본 적 있나요?"

그가 또다시 안타까운 독백을 시작했을 때 초인종이 울렸다.

그는 루이스를 슬쩍 엿보려고 몸을 최대한 창에 밀착시켰지만, 그녀가 출입문에 너무 가까이에 서 있어서 시야에 들어오지 않았다. 보이는 거라고는 망토 자락처럼 휘날리는 길고 검은 천뿐이었다. 다시 초인종이 울렸다. 그는 벨을 눌러 문을 열어주면서 생각했다. **대단해. 꼭 르네상스 페스티벌에 가는 것처럼 옷을 입었군. 그리고 손가락이 근질근질한지 자꾸 벨을 누르네.**

잠시 뒤, 문에서 소심한 노크 소리가 들려왔다. 코스티야는 문을 당겨 열면서 놀란 가슴을 진정시켜야 했다. 마치 나쁜 농담의 도입부처럼, 수녀복 차림의 진짜 수녀가 서 있었다.

그녀의 미소는 부드러웠고, 주름이 나이를 드러냈다. 작고 하얀 손과 물기 어린 눈이 그의 눈을 절로 깜빡이게 만들었다.

그녀도 눈을 깜빡였다.

그는 문득 그녀가 문자에 '금욕적으로 먹는다'라고 썼던 것을 떠올렸다. 어디선가 하느님이 웃고 계실 거라고 확신했다. 냉장고에 쟁여둔 고기는 이제 물 건너갔다. 어쩌면 쌀가루로 제병을 만들 수 있을까? 수녀들은 늘 제병을 먹는 걸까, 아니면 그냥 성찬식에서만 먹는….

"저녁 식사 때문에 왔습니다. 루이스예요." 그녀가 먼저 말을 꺼냈다. "광고에서 **유령**과 저녁 식사를 함께하라고 해서요."

그녀는 '유령'이라는 단어는 속삭이며 말했다. 혹시 달아날까 두려운 것처럼.

"예, 루이스! 아, 수녀님. 안녕하세요. 헬스 키친 비밀 레스토랑에 오신 것을 환영합니다. 들어오세요. 주드 로 의자에 앉으시겠어요?"

그녀는 현관에 서서 그의 흰 셰프복과 체크무늬 바지를 찡그린 얼굴로 훑어보며, 자신의 복장과 비교했다. "〈영 포프〉에 나온 주드 로 콘셉트인가요?"

"아, 아니요! 하느님 맙소사, 아녜요!" 코스티야가 더듬거렸다. 루이스가 쓸데없이 하느님을 입에 올리는 것에 움찔했다. "저는 그냥 음, 이 식탁 세트를 구입했는데…." 그가 뒤에 있는 식탁을 무심코 가리키며 말했다. "한때 소문이 돌기를… 아니, 신경 쓰지 마세요."

그녀의 찌푸린 미간에, 못 믿겠다는 듯 눈썹까지 치켜 올라갔다.

"이거 사기인가요? 광고에서 '지불할 수 있는 만큼 지불하세요' 라고 하기에, 일종의 자선 활동이라고 생각했는데요." 그녀가 미심쩍은 눈으로 그를 보았다. "일반적인 자선은 아니더라도 말이에요."

"수녀님, 이건 사기가 아닙니다." 코스티야가 말했다. "저는 그냥, 음. 설명하기 어렵네요. 혹시 괜찮으시다면 복도에서 설명하고 싶지는 않은데요." 그가 뒤로 물러났다. "그냥… 좀 들어오시겠어요? 제가 수녀님이 스테이시를 찾는 것을 도와드릴게요. 돈을 바라고 하는 게 아니거든요."

스테이시를 언급하자, 루이스는 다소 누그러졌다. 문자에서 루이스가 '시스터(sister)'를 언급했을 때, 그것이 '언니'가 아니라 '수녀'를 뜻하는 것이었음을 코스티야는 이제야 이해했다.

"좋아요." 그녀가 천천히 말하며 문지방을 넘어 그의 어둠침침한 아파트로 들어왔다. "하지만 조심하세요. 제 머리 가리개에는 호신용 스프레이가 감춰져 있으니까."

그들은 어색하게 마주보고 앉았다. 루이스 수녀는 그가 채워준 물 잔에는 손도 대지 않은 채, 프레첼처럼 팔짱을 끼고 주방 칸막이 커튼에 인쇄된 키아누 예수를 노려보았다. 아무 멘트도 준비하지 못한 코스티야는 이 불편하고 고요한 평가의 시간이 잠시 흐른 뒤, 겸손하게 모자를 벗고 말하기 시작했다.

그는 먼저 자기소개를 했고, 이어서 자신이 경험하는 끝맛에 대해 설명했다. 자신이 만든 음식이 짧게나마 영혼들을 다시 소생시켰던 경험에 대해 말했다. 그러자 루이스 수녀가 팔짱을 풀었다.

"몇 번이나 이 일을 하셨나요? 유령을 다시 불러오는 일이요." 그녀가 물었다.

"한 번하고 반이요." 그가 천천히 말했다.

"한 번하고 반?"

그가 고개를 끄덕였다. "솔직히 말씀드리면 어떻게 그렇게 되는 건지 아직 잘 몰라요. 제가 여기서 하려는 일 중에는 그걸 알아내는 것도 포함되어 있고요. 그렇지만 한편으로는, 할 수만 있다면 다른 사람들을 돕고 싶어요. 그들이 말할 기회를 주고 싶어요. 제가… 아니, 그들이 하지 못했던 말을 할 수 있는 기회 말이에요."

그녀가 그를 유심히 보며 천천히 고개를 끄덕였다.

"당신은 누구를 떠나보냈나요?" 마침내 그녀가 물었다.

그가 머뭇거리다가 말했다. "아버지요."

"아버님을 불러왔나요?"

코스티야가 자신의 손을 내려다보며 말했다. "아버지가 바로 그 반이었어요."

그녀가 또 고개를 끄덕였다. "좋아요. 제가 뭘 해야 하죠?"

코스티야는 그녀의 태도 전환에 놀라서 눈을 깜빡이며 그녀를 보았다. 그는 이 부분에 대해 오랫동안 깊이 생각했다. 무엇이 애나와 아버지의 영혼을 돌아오게 했는지, 무엇이 그들을 소환했는지를.

"음, 저, 좋아요. 그분에 대해 생각해주셔야 해요. 그분에게… 생각으로 다가가기 위해서요. 그분이 돌아오기를 바라셔야 해요. 경계를 지워낼 만큼 강렬하게 그분을 그리워해야 합니다."

루이스 수녀가 가슴 한복판을 문질렀다. 눈물이 얼굴을 타고 흘러내려 옷깃 속으로 사라졌다.

"그러고 있어요."

"그런 다음 우리는 기다릴 겁니다. 그분이 오신다면, 그분이 드시고 싶은 것을 제가 맛보게 될 거예요. 그런 다음 제가 그걸 요리하고, 수녀님이 드시는 겁니다. 제가 제대로 요리했다면, 그분이 나타날 거예요."

"그게 다인가요?"

"이게 다입니다."

루이스 수녀가 물 잔을 들어 한 모금 홀짝이고 다시 내려놓았다. 그리고 코스티야를 응시하며 뭔가를 생각하더니 말했다.

"저는 원래 지금 여기 있으면 안 돼요. 다른 수녀들에게는 두통이 있다고 말했고, 지금 숙소에서 쉬고 있는 것으로 되어 있죠. 제가 여기 있는 걸 매켄지 신부님이 아시면, 분명 탐탁찮아 하실 거예요. 그분은…." 그녀는 두 사람 사이의 공간과 그녀 앞에 차려진 납작한 식기들, 키아누 예수를 손짓으로 가리키며 말했다. "비술을 좋게 생각하지 않으시거든요. 수녀원장님은 말할 것도 없고요. 제가 당신의 전단지에서 연락처가 적힌 종잇조각을 뜯어 간 것만으로도 저를 가만두지 않으실 거예요."

"그러니까 수녀님은… 죄송하지만 무슨 말씀을 하시는 건지…."

"제 말은…." 그녀가 물 잔을 다시 들며 말했다. "혹시 더 독한 게 있을까요?"

마치 전혀 다른 습관을 가진 사람처럼 스카치 위스키를 마시면서, 루이스 수녀는 스테이시 수녀에 대해 말해주었다. 그들은 수녀원에서 만났고, 둘 다 20대에 신의 부르심을 느꼈다. 루이스 수녀는 일련의 끔찍한 결정 뒤에 주님을 찾게 된 반면, 스테이시 수녀는 일련의 행운 뒤에 주님에 대한 신앙을 새롭게 되찾게 되었다. 그들은 빠르게 친구가 되었고, 각자 주님과 구세주에 대한 깊은 신앙을 갖고 신성한 수녀원에 들어왔지만, 두 사람을 동시에 성당으로 이끈 것은 부분적으로는 두 영혼을 만나게 하려는 신의 뜻이라고 느낄 수밖에 없었다.

"우리는 한 콩깍지에 든 콩 같았어요. 교단이 워낙 폐쇄적이다 보니 우리는 서로에게 깊이 의지하며 지냈지요. 제가 이런 삶을 살아가기에 충분히 선하지 않다고 생각할 때마다, 스테이시는 저를 안심시켜줬어요. 사실 많은 의심을 품었는데, 그때마다 스테이시는 저와 함께 기도했습니다. 너무나 고마웠죠. 스테이시에게는 시대를 초월한 지혜가 있었어요."

"그분은 어떻게 돌아가셨어요?" 코스티야가 부드럽게 물으며 까만 눈으로 루이스 수녀를 흘끔 보았다. 그녀는 잔을 비웠다.

"그냥 그렇게 됐어요." 그녀가 숨죽인 목소리로 말했다. "정말로 모르겠어요. 스테이시는 인생의 전성기를 보내고 있었어요. 건강의 아이콘이었죠. 스테이시는 운동 삼아 달리기를 하곤 했는데, 어느 날 달리다가 그냥 갑자기 죽었어요."

"세상에." 코스티야가 숨을 내쉬었고, 루이스 수녀는 가슴에 십자가를 그었다. "안타깝군요. 혹시 부검은 했나요?"

루이스 수녀가 고개를 저었다. "부검을 한다면 그건 수녀원에서 누군가 스테이시를 해쳤다는 것을 암시하는 셈이에요. 그건… 우리는 모두 교단의 일원입니다. 우린 모두 하느님의 사람들이죠. 그건 생각할 수도 없는 일이에요."

"그래서요…?"

"생각할 수도 없는 일입니다." 그녀가 거듭 말했다. "하지만 불가능한 일은 아니죠. 그 생각 때문에 너무 괴로워서, 저는 전근을 요청했어요. 그런데 멀리 있어도 여전히 괴로웠어요. 저는 기도하고 기도했습니다. 스테이시의 죽음과 화해하고, 그런 짓을 저지른 누군가를 용서하게 해달라고 간청했지만, 주님은 제게 평화를 주시지 않았어요. 그래서 제가 여기 온 거고요."

"그분을 죽인 자를 알아내려고요?"

루이스 수녀가 고개를 끄덕였다. "그리고 그 일이 있었을 때 제가 그곳에 없었던 것이 얼마나 미안한지 말하려고요. 그날 아침에 스테이시는⋯ 제게 함께 달리자고 했어요. 하지만 다른 교구의 방문객들을 맞이하는 일을 해야 해서 그럴 수가 없었죠. 그래서 스테이시는 혼자 달렸어요. 그 결정을 얼마나 후회하는지 몰라요." 그녀가 조금 흐느꼈다. "스테이시의 삶이 그렇게 짧게 끝나지 않았다면 어땠을까. 그런 생각을 얼마나 많이 했는지. 거의 30년이 지났건만 스테이시 생각을 멈춘 적이 없어요. 어떻게, 그리고 왜 그렇게 되었는지."

코스티야는 돌연 목구멍 뒤쪽에서 누군가의 마지막 숨결 같은 바람을 느꼈다.

"그분, 그분이 오신 것 같아요."

그가 벌떡 일어나서 키아누 리브스 커튼을 통과해 주방으로 들어갔고, 루이스 수녀의 당황한 얼굴이 그의 뒤로 사라졌다.

입안에서 여러 가지 맛이 피어났다. 수녀 하면 떠오르는 걸쭉한 수프도, 오래된 빵도, 곰팡이 핀 오래된 치즈도 아니었다. 그것은 **화끈한** 맛이었다.

매운 카이엔 고추. 훈연 파프리카. 타바스코. 엄청나게 많은 타바스코.

육즙 가득한 닭 다리 살에서 분리되는 황금색 프라이드치킨의 완벽하게 바삭한 껍질. 사워크림 특유의 톡 쏘는 맛과 고르곤졸라 치즈의 쿰쿰한 냄새. 그런데… 음! 딥 소스가 아니라… 수프? 뜨겁고 걸쭉하며, 맛이 진하고 크리미한 구운 감자 수프 한 숟갈 한 숟갈에 블루치즈 덩어리가…. 그래, 바로 그거였다! 목구멍 뒤에서 느껴지는 기네스의 향.

코스티야는 혼자 미소 지었다. 그 안에는 곰팡이 피고 오래된 치즈가 있었다. 그가 생각할 때 그것은 수프였다. 여기에 바삭하고 맛있게 튀긴 것을 담가 부드럽고 질척하게 만드는 치명적인 금기가 더해졌다. 정통적이지 않고 예상하지 못한 화끈함, 크림, 바삭함의 조합이 그 자체로 삼위일체를 이루었다.

그는 스테이시가 벌써 좋아졌다.

그가 루이스 수녀 앞에 음식을 차리자, 그녀의 눈이 휘둥그레졌다.

* * *

루이스 메리-엘런 피츠패트릭으로 태어난 루이스 수녀는 눈앞에 있는 그릇을 멀뚱 내려다보았다. 그녀는 이 요리를 알았다. 스테이시 수녀와 함께 먹은 유일한 외부 음식이었다. 그것은 스테이시의 오빠인 프레드가 수녀원에 올 때 가져온 무분별한 조합의 음식이었다. 두 사람은 예의상 그것을 마다하지 못했고, 그 결과 크게 곤욕을 치렀다. 속이 부글부글 끓고 뒤틀려서 밤새 화장실을 들락날락해야 했다. 둘은 도통 잠을 이룰 수 없어 밤새 이야기를 나누었다. 고통이 서로에 대한 애정을 부추기는 계기가 된 것이다. 하지만 이 셰프가 이것을 알 리 없었다.

그 수프가 여기 있다는 것만으로도 기적이었다.

그녀는 떨리는 손으로 숟가락을 그릇에 담갔다. 그녀가 하려는 모든 것, 영혼을 불러내고, 하느님의 뜻을 거역하고, 이 진하고 퇴폐적인 음식을 소비하는 것은 부도덕한 냄새를 풍겼다. 이 일로 무너지게 될지도 몰랐다. 파문을 당할지도 몰랐다. 천국의 아버지 하느님에 의해서가 아니라, 그녀의 행동을 관리하고 책임지는 도덕적인 성직자들에 의해서. 그러나 상관없었다. 스테이시를 만나야 했다. 진실을 알아야 했다.

루이스 수녀는 숟가락을 기울여 수프를 입에 넣었다. 너무도 강렬한 맛에 눈에 눈물이 고였다.

그 한 숟갈에 많은 것이 담겨 있었다.

갈색 껍질이 그대로 붙어 있는 투박하고 전분기 많은 감자 조각은 그녀가 튜닉과 스타킹(**청결은 곧 신의 뜻에 순종하는 것입니다, 수녀님들!**), 그리고 살에 닿으면 간지러웠던 수수한 새 수녀복을 처음 받았을 때, 다른 수련 수녀 스테이시 앤 로빈스와 교환한 미소를 떠올리게 했다. 핫 소스의 톡 쏘는 맛과 매운맛(카이엔 고추로 매운맛이 한결 강화된 타바스코)은 그해 겨울의 기침 감기처럼 루이스의 목구멍을 찢어놓는 듯했다. 그때는 스테이시 수녀의 다정한 걱정과 양호실에서 준 겨자 패치만이 유일한 희망이었다. 스테이시 수녀가 **이제 숨을 깊이 들이쉬어**라고 말하며 루이스의 가슴과 등에 뜨겁고 축축한 패치를 붙여주었고, 루이스는 기침이 다 나은 후에도 한참 동안 그것을 계속 붙이고 다녔다. 굵은 소금을 뿌린 닭 껍질은 신학 수업 동안 그들이 고개를 숙이고 읽던 성경책의 반투명한 페이지들과 그들의 낮 시간을 지배했던 또렷하고 올바른 말들 같았다. 그런 말들은 밤에 소등 후에는 육즙 가득한 닭 다리 같은 대화로 바뀌었다(내가 그리운 게 뭔지 알아? 로맨스 소설. 감자튀김, 그리고 눈에 띄는 것. 잠시 후 루이스가 속삭였다. 수녀들은 눈에 띄지 않아야 해. 하지만 넌 내 눈에 띄어). 그리고 부드럽고 크리미하고 달콤한 수프는 창백한 손목과 이마와 뺨이었다. 그런데 그 순간 블루치즈가 몰래 기어들어 와 모든 것을 망쳤다. 마치 성당 현관 위쪽의 작은 회랑에서 보낸 그날 오후처럼. 그때 루이스 수녀는 오르간으로 찬송가를 연주했고, 풍부하고 따스한 금속성의 소리가 퀴퀴한 공기 속에 생기를 불어넣었다. 스테이시 수녀는 그녀의 옆에 앉아 귀를 기울이고 콧노래를 흥얼거리며 그녀를 더 가까이 보려고 몸을 기울였다. 그러다가 그들의 입술이 조용히 만남으로써 몇 개월의 경건한 수행이 순식간에 수포로 돌아갔다. 루이스는 이 숟가락 속에서 다시 한번 그것을 느낄 수 있었다. 신성하고 경건하고 성스러운 입맞춤을! 열이 오르며 빨개진 얼굴, 내부에서 소용돌이치는 따스하고 황홀한 느낌. 그러나 그 느낌은 날카롭고 격렬한 소리에 갑자기 중단되었고, 그들은 화들짝 놀라 떨어졌다. 회랑문의 딸깍하는 소리와 빠르게 멀어지는 발자국 소리. 다른 누군가가 목격했다는 것을 알게 된 충격(푸른곰팡이, 곰팡이, 씁쌀한 블루치즈). 그리고 2주 뒤 그 일에 대한 심판을 누구인지 모를 이들의 손에 맡기고 루이스의 내면에 극도의 고통이 답즙처럼 솟아났던 것(씁쌀한 검은색 기네스)까지.

루이스가 음식을 삼키자 반딧불이 같은 첫 번째 빛들이 당도했다. 눈이 멀 것 같은 새파란 빛이었다. 흐르는 눈물 사이로 그 빛들이 줄무늬처럼 보였다. 그녀는 타바스코 때문에 아직 혀가 얼얼한 채로 깜짝 놀라 입을 벌렸다. 그 순간 불꽃들이 그녀 주변으로 확대

되고 증식되어 형태를 이루었다.

"다정하신 천국의 주님." 대성당을 밝게 비출 만큼 환한 미소를 지으며 스테이시의 보조개 팬 얼굴이 나타났을 때, 루이스가 속삭였다.

***

코스티야는 두 세계 사이에서, 제단과 신도석만큼이나 뚜렷이 구분된 주방과 식사 공간을 가르는 샤워 커튼의 틈을 통해, 그들의 재회를 지켜보았다. 이 만남은 신성했다. 그는 끼어들지 않을 셈이었다. 그저 관찰하며 배울 수 있는 것을 배우고, 기술을 연마할 생각이었다. 자신이 익힌 것들로 충분하기를 바라면서.

루이스 수녀는 천천히 먹었고, 그들은 오랫동안 이야기했다.

그들 사이에는 루이스 수녀가 털어놓은 것보다 더 많은 것이 있었다. 그들이 서로를 바라보는 방식, 그들의 웃는 모습, 그들이 말하는 내용을 보아, 그것은 자명했다. 그들은 서로 사랑했다. 조용한 사랑. 새로운 사랑. 결코 순조롭게 출발하지 못한 사랑이었다.

가톨릭교회와 상충하고 그들의 서약과 상충하는 사랑이었다.

"너의 죽음에 대해 속죄할 방법이 없네." 루이스 수녀가 수녀복 치마를 손으로 움켜쥐며 말했다. "나의 책임에 대해서 말이야. 나는 모든 기도를 시도했어. 내가 아는 모든 방법으로 몰두했지. 그런데 그것만으로는 결코 충분하지 않았나봐. 아아, 스테이시! 나를 용서해줄 수 있어? 그냥 네 옆에 앉는 것만으로 만족했어야 했는데. 수련에 집중하고, 하느님의 뜻을 행하고, 겸손하고 순종적인 삶을 살았어야 했어. 내가 유혹을 느끼지 않았더라면, 내가 일탈하지 않았더라면, 너는 여전히 여기 있었을 텐데."

스테이시 수녀가 고개를 저었다. 그녀는 반짝이는 손을 식탁 위로 내밀었다.

"절대 말도 안 되는 얘기야, 루이스. 가톨릭 신자의 죄책감이야! 내 말 잘 들어, 내 사랑. 너와 마찬가지로, 나는 스스로 선택한 거야. 용서할 게 없다는 걸 하느님은 아실 거야. 사랑은 결코 죄인 적이 없어. 적어도⋯." 그녀가 살짝 눈을 굴리며 말했다. "내 눈에는 그래."

루이스 수녀의 표정이 안도감에 스르르 녹았다. "내 눈에도 그래."

"하지만 살인은 달라." 스테이시 수녀가 말을 이었다. 그녀의 빛이 경고하듯 깜빡이기 시작했다. **살인하지 말라.** 이 말씀은 출애굽기, 신명기, 창세기에 모두 나와 있지. 수련에 집중해야 하는 사람은 네가 아니라 아그네스 수녀야."

"**아그네스 수녀?**" 루이스가 숨을 헐떡이다 사레가 들렸다. "하지만 그분은 차기 수녀원장 후보셨잖아."

스테이시 수녀가 고개를 끄덕였다. "그런데 만일 자신이 담당하는 두 신참이 수련을 그만두고 함께 달아나는 스캔들이 생긴다면 망했겠지. 그렇게 놔둘 수 없었을 거야. 그래서 내 물병에 독을 탔어."

루이스 수녀는 한동안 어쩔 줄 모르고 앉아 있다가 신랄한 말을 내뱉었다. 코스티야는 그 말이 성경에는 없는 것임을 확신했다.

"아그네스 수녀는 지금 수녀원장이야! 서른 명의 수녀를 책임지고 있다고."

"그렇기 때문에 그 사람은 더더욱 심판받아야 해." 스테이시 수녀가 말했다. "교단을 보호하기 위해서라도 말이야. 하지만 루이스, 너는 이제 그냥 잊어버려! 그 사람을 심판하는 부담은 내세에 맡겨. 그건 네가 저야 할 짐이 아니야."

루이스 수녀는 잠시 망설이다가 고개를 끄덕였다.

"뭐 하나 물어봐도 될까?" 스테이시 수녀가 그녀를 유심히 보았다. "왜 수도원에 남았어? 왜 서약을 깨고 떠나지 않았어? 그런 일들을 겪고도 왜 다시 시작하지 않았어? 우린 젊었어. 너는 앞날이 창창했잖아."

루이스 수녀가 수프를 좀 더 삼키고는 숟가락에 거꾸로 비친 자신의 모습을 보았다.

"교회, 그러니까 수녀원은 네 흔적이 남은 유일한 곳이었어. 그곳을 떠난다면… 너를 떠나는 게 되었을 거야. 내 인생에 짧게 머물렀지만, 넌 진실이었어. 아마도 네가 내 인생에서 가장 진실된 부분이었을 거야."

"우리에게 시간이 좀 더 있었다면 좋았을 텐데."

"맞아." 루이스 수녀가 그릇 바닥에서 수프를 싹싹 긁었다. "그 세월 동안 내 안에 두 가지 진실을 담고 살기가 힘들었어. 신앙이 가르치는 것과 내가 마음으로 아는 것. 두 진실이 항상 조화를 이루는 건 아니니까. 하지만 마침내 나는 평화를 찾았어. 종교보다는 하느님에게서 말이야. 그건 다른 종류의 사랑이지만, 네가 없는 곳에서 나를 지탱해줬어." 그녀는 식탁 위로 스테이시 수녀의 반짝이는 손을 향해 손을 뻗었다. 그들의 손가락이 같은 공간을 차지했고, 영혼이 살을 통과해 겹쳐졌다. "적어도 나한테 솔직히 말해줄 수 있어? 저승에서 무슨 일이 있었어? 평화를 찾은 거야? 하느님은 만났어?"

"아아, 루이스!" 스테이시 수녀가 눈을 반짝이며 말했다. "네게 말할 수 없어서 안타까운 게 정말 많아! 의외인 것도 많았어. 나는 천국이 있다면, 내가 당연히 천국에 가게 될 거라고 항상 믿었어. 하지만 그건 그렇게 단순하지 않아. 평화를 얻으려면 끝을 잘 맺을 필요가 있어. 신앙이나 사랑만으로 되는 게 아니야." 그녀가 머뭇거렸다. "이제 내가 편히 쉴 수 있도록 네가 필요한 일을 해줄 거라고 믿어."

루이스 수녀가 그릇을 내려다보았다. 수프로 감싸인 마지막 버펄로 윙이 있었다.

"할게. 물론 할 거야. 난 그냥… 또 만날 수 있는 거지? 다음에?"

둘 사이에 긴 침묵이 흘렀다.

"모르겠어." 마침내 스테이시 수녀가 말했다. "내게는 믿음이 있어. 사랑은 오래 참고."

루이스 수녀가 눈물 고인 눈으로 고개를 끄덕였다. "사랑은 모든 것을 참으며." 그녀가 성경 구절을 인용했다.

"모든 것을 바라며. 모든 것을 믿으며." 스테이시 수녀가 대신 말했다.

"모든 것을 견디느니라."

루이스 수녀가 마지막 닭 날개를 들어서 입으로 가져갔다. 스테이시 수녀가 단호하게 고개를 살짝 끄덕였다.

"사랑은 우리가 알게 될 경건함과 가장 가까운 거야. 예를 들어 이 식사를 준비하신 요리사님처럼." 그녀가 주방을 향해 고개를 돌리며, 엿보고 있는 코스티야의 눈을 똑바로 보았다. "저분은 우리의 재회를 도와주는 이타적인 행동을 하신 거야. 사랑의 행동이지."

"정말 그래." 루이스 수녀가 씹으면서 고개를 끄덕였다. "영혼의 짐을 내려놓은 기분이야."

"나도 그래." 스테이시 수녀가 다시 루이스를 향해 천천히 고개를 돌렸다. "저분에게 이 일이, 저분이 하는 일이 중요하다고 말해줘. 이 세상에는 고통 받는 사람이 무척 많아. 이런 종류의 도움이 필요한 사람이."

"고통 받는다고?" 커튼 뒤에서 코스티야가 가슴 졸이며 속삭였다.

"맞아." 루이스 수녀가 닭 날개를 또 씹고 마지막 닭고기 조각을 뼈에서 발라내며 무심코 동의했다. 그녀는 입안에 음식이 가득한 채로 물었다. "하지만 천국에 왜 고통이 있는 거지?"

그녀가 꿀꺽 삼켰다.

스테이시 수녀가 미처 답하기 전에, 사실은 그녀가 어떤 말이라도 할 수 있기 전에 그녀의 영혼이 폭죽처럼 흩어졌고, 깜빡이는 마지막 불꽃들이 어둠 속에서 파랗게 잦아들며 수많은 별처럼 천장을 점점이 수놓았다.

앙트레*

콘스탄틴 두호브니 미식 체험

자, 어떠신가요?

우리 주인공의 비밀 소스를 맛보고 싶으신가요?

그렇다면 바로 여기가 제격입니다. 헬스 키친 비밀 레스토랑은 정말로 전환점이 되었으니까요.

모든 요리사에게는 그런 곳이 하나씩 있어요. 자신의 일이 어떻게 사람들에게 감동을 주는지를 처음으로 느끼게 된 주방, 음식이 단지 음식을 넘어서는 뭔가가 되는 주방이요. 제 경우는 울프퍼프였습니다. 제가 만든 산코초** 요리가 메뉴에 올라간 걸 처음 봤을 때였죠. 콘스탄틴에게는 바로 여기가 그런 곳이에요.

'시스터 액트'는 시작에 불과했습니다. 다음에 생길 일에 대한 씨앗을 뿌린 거였죠. 자, 지금까지 뼈다귀에게 가장 큰 동기는 아버지 문제였어요. 엄청났던 그 재회 말이죠. 헬스 키친 비밀 레스토랑의

- 주요 요리 중 첫 요리.
- 라틴 아메리카 지역에서 먹는, 고기와 야채를 큼지막하게 넣어 끓이는 전통 국.

목표는 바로 아버지를 다시 불러오는 거였습니다. 하지만 수녀님 말씀에 수레바퀴가 본격적으로 굴러가기 시작했죠. 이건 콘스탄틴이라는 한 사람의 일보다 훨씬 큰 일이었습니다. 사람들을 진짜로 도울 기회였어요. 정말로 도움이 필요한 사람들을 도울 기회. 콘스탄틴은 그 일을 제대로 하고 있고, 세상을 조금은 바꿀 수 있을 겁니다. 전보다 나은 세상으로요.

변변찮은 놈에서 영웅이 되는 거죠.

하지만 솔직하게 말하자면, 늘 잘 풀리지만은 않았어요. 식당이라는 게 그렇잖아요. 첫째, 우리 주인공은 돈이 바닥나고 있었습니다. 다른 문제는, 영혼들이 부른다고 늘 오는 게 아니라는 거였죠.

그래도 그는 해냈습니다. 레스토랑을 열었으니까요.

특히 뉴욕에서라면, 아무나 할 수 있는 일은 아니죠.

그러니 이제 샴페인을 터뜨려도 되겠죠? 미래를 위해 건배!

하지만 미래라는 게 참 웃겨요.

결코 장담할 수 없으니까요.

플랑베*

다이너 바는 술을 마시기에 뭔가 어색한 장소다. 특히 오전에는, 게다가 화요일에는 더 그렇다.

그러나 코스티야는 '더 플레임'이라는 작고 허름한 다이너 바에 앉아 있었다. 한쪽에는 포덤대학교 티셔츠를 입은 젊은이들이 토론을 벌이고 있었고, 다른 쪽에는 아침잠 없는 노인 한 명이 이른 아침 햇살을 받으며 축축한 감자튀김과 페일에일을 조금씩 먹고 마시며 십자말풀이를 하고 있었다.

2월은 쓸쓸히 퇴장했고, 코스티야 역시 헬스 키친 비밀 레스토랑에서 한 달간 일한 뒤 퇴장했다. 홈런으로 시작했던 것이 (스테이시수녀! 버펄로 수프! 식은 죽 먹기!) 연속적인 헛스윙으로 빠르게 바뀌었다. 밤마다 손님들은 망자를 보겠다는 간절한 열망을 가지고 그의 아파트에 도착했고, 코스티야는 재회를 돕기 위해 열심히 노력했지

---

* 고온에서 음식을 조리하다가 술을 부어 불을 일으키고 단시간에 알코올을 날리는 요리 기술.

만 대부분 실패했다. 에너지가 소진되었다. 감정적으로, 정신적으로, 육체적으로, 그리고 재정적으로. '지불할 수 있는 만큼만 지불하기' 모델은 일종의 밑 빠진 독이었다. 그는 좌절했다. 쉬는 날도, 휴가도, 죽음을 벗어난 삶도 없이 28일 연속으로 영업을 했는데 정작 나타난 유령은 고작 여섯뿐이니 누군들 안 그럴까? 그는 걱정스러웠다. (장난 아니게.) 그래서 후회하게 될 줄 알면서도 아침부터 술을 마셨다. 간밤에 헬스 키친에서 또 한 번의 실패가 있었고, 충격을 완화하기 위해서는 뭔가가 필요했다.

고객은 뉴욕대에서 역사와 동아시아학을 복수 전공하고 있는 신입생이었다. 그 남학생은 할아버지를 만나서 마침내 자신이 중국어를 배우고 있다는 것을 보여주고 싶어 했다. 그 요청은 너무 귀엽고 단순하고 복잡할 게 없어서 코스티야를 미소 짓게 했다. 대단한 드라마가 펼쳐질 것도 아니었다. 중대한 위험도 없었다. 그저 몇 달 전에 주무시다가 평화롭게 돌아가신 예예[할아버지]를 보고 싶어 하는 젊은 친구가 있을 뿐이었다.

그런데 거의 한 시간 동안 끝맛을 향해 열심히 구애를 했건만, 코스티야의 입에 찾아온 거라고는 입 냄새뿐이었다. 끔찍한 기분이었다. 실패일 뿐 아니라 사기였다.

프랭키는 쉬는 날 가끔씩 주방 일을 도와주곤 했다. 알려지지 않은 세계의 미스터리를 구경하고 싶은 마음에서였다. 그는 실망한 코스티야의 기운을 북돋워주었다.

"속 태우지 마, 뼈다귀. 다음 기회는 항상 있으니까." 프랭키가 조리대를 닦으며 말했다.

코스티야는 플라스틱 용기 대여섯 개의 뚜껑을 닫고(손도 대지 않은 준비 재료), 날짜를 표시했다.

"문제는 내가 연패 행진을 이어가고 있어서, 다음번에도 실패할 확률이 높다는 거야."

"항상 긍정적으로 생각하라고."

"연습하면 쉬워질 거라고 생각했어." 코스티야는 풀이 죽어서 플라스틱 용기를 냉장고에 밀어 넣었다. "내가 뭘 잘못하고 있는 건지 알면 좋겠어."

"어쩌면 문제는 네가 아닌지도 몰라." 프랭키가 조리대 닦는 일을 마치고 앞치마에 손을 닦았다. "어쩌면 유령들의 문제인지도. 모든 영혼이 돌아오고 싶어 하는 건 아닐지 모르잖아."

"하지만 유령들은 고통스러워할 거야! 스테이시 수녀가 그렇게 말했어. 그런데 그들이 내 도움을 원치 않는다고?"

"**그 유령들**은 그럴 수도 있지만, 네가 불러내려는 유령들도 그런지 어떻게 알아?"

"무슨 뜻이야?"

"오늘 밤에 온 애를 생각해봐. 그 학생이 원한 건 숙제를 했다고 자랑하는 거였어. 그렇지? 그리고 그 친구 말에 따르면 할아버지는 평화롭게 가셨어. 후회도, 큰 사건도 없었지. 별로 고통스럽게 들리지 않잖아. 그러니까 할아버지는 돌아올 필요가 없었을지도 몰라."

코스티야는 인상을 찌푸렸다. "어쩌면 그럴지도. 하지만 만약 네가 죽었는데 돌아올 기회가 있다면, 필요하건 필요하지 않건, 그냥 오지 않겠어?"

"나라면 그냥 죽은 채 있겠어." 프랭키가 앞치마를 풀며 말했다.

"헛소리. 너라면 돌아오려고 맨 앞줄에 설걸!"

"어림없는 소리! 내가 절대 건드리지 않을 것들이 있어." 그가 냉장고에서 (진짜 좋은 멕시코산) 코카콜라 병을 꺼내 조리대 가장자리에 대고 뚜껑을 땄다. "우리 할머니가 함부로 까불다가 큰코다친 유령 이야기를 얼마나 많이 했는지 알아? 하루에 하나씩은 했을걸."

그가 콜라를 코스티야에게 건네고, 자기 것도 챙겼다.

"하지만…." 코스티야가 홀짝이며 말했다. "넌 나를 잘만 돕잖아."

"그건 그냥 요리일 뿐이야." 프랭키가 반박하며 말했다. "다른 주방과 다를 게 없지. 손님에게 내장을 내간다고 그걸 직접 먹어야 하는 건 아니잖아."

"아하." 그가 웃었다. "**알았어.** 그러니까 나만 아니면 돼, 이거네?"

"이거 봐." 프랭키가 콜라병을 들어 올리며 말했다. "그건 콜라 같은 거야. 다이어트 콜라도 있고, 제로 콜라도 있고, 별난 사람들은 '프리스타일 자판기'에서 온갖 특이한 것과 섞어 마시기도 하지. 고지식하다고 말할지 모르지만, 나는 전통적인 게 좋아. 모두들 자기가 원하는 게 뭔지 마음을 정해야 돼. 그리고 나는 내가 죽으면 죽은 채로 남고 싶어." 그는 콜라를 길게 한 모금 마시고 입맛을 다셨다. "말이 나왔으니 말인데, 나한테 약속해줘."

"뭘? 너를 불러오지 않겠다고?"

"그래."

"그래? 좋아. 약속할게." 코스티야가 눈살을 찌푸렸다. "하지만 무슨 일이 일어나면 어쩌려고? 네가 고통스럽다면? 그러면 적어도…."

"아니." 프랭키는 고개를 저었다. "너의 요술은 다른 사람들을 위해 아껴둬, 뼈다귀. 짐 있는 자들 말이야." 그가 콜라를 재빨리 먹어치웠다. "난 아무 짐도 없이 죽을 거거든."

"그래. 어련하시겠어."

"난 계획이 다 있지." 프랭키가 싱긋 웃었다. "난 제임스 비어드상을 받을 거야. 미쉐린 별 두 개도 딸 거고. 유명해지고, 이름을 날리고, 내 가게를 열 거야. 그때까지는 신나게 수작을 걸고 다니는 거야. 보다시피 이렇게 외모가 출중하니까. 하지만 전성기가 지나면? 정착할 거야. 엄마한테 손주도 안겨드리고. 오래오래 잘 살다가 아흔 살쯤 되면 자다가 죽을 거야. 비아그라가 필요해지기 전에."

"꽤 괜찮은데? 이 시나리오에서 우린 여전히 함께 사는 거야?"

"아니, 넌 쫓아낼 거야. 유령들을 불러낼 새로운 장소를 찾기 시작하는 게 좋을걸."

"우선 그렇게 오래 내 주방을 열어놓기나 해야 할 텐데."

"아, 맞아. 주방 얘기가 나오니까 생각나네." 프랭키가 시간을 확인했다. 9시였다. "울프퍼프에 가봐야 해."

"**지금?** 오늘 쉬는 날인 줄 알았는데."

"맞아. 하지만 내일부터 봄 메뉴가 나올 예정이거든. 그래서 몇 가지 레시피를 시험해봐야 해. 그런 다음 델리아네 집에 들를 거야." 그가 코스티야에게 윙크했다. "기다리지 마."

"맙소사. 대체 잠은 언제 자?"

"바쁜 게 내 에너지야. 잠이 아니라. 그래도 너무 걱정하진 마. 끝맛 말이야. 결국 답이 나올 테니까 너무 많이 생각하진 마."

하지만 너무 많이 생각하는 건 내 전공인데. 코스티야는 맥주를 다 마시고 머리가 희끗희끗한 웨이트리스에게 한 병 더 달라는 신호를 보내며 생각했다.

그는 아침 내내 그 문제를 분석하고 해부하고 숙고했다. 어째서 스테이시 수녀는 바로 돌아왔는데, 뉴욕대 신입생의 할아버지는 돌아오지 않은 걸까? 어째서 요가를 하는 옴 샨티드가 왔을 때는 그 즉시 얼뜨기 암벽 등반가 오빠를 토해내듯 대령했는데, 그 착한 과부가 세 시간 동안 눈물을 흘리며 남편을 추억했을 때는, 그의 입 냄새조차 맡지 못한 걸까?

고객들은 모두 이해해주었다. 심지어 어떤 고객은 오기가 생겨 안 되면 되게 하겠다는 각오로 곧바로 예약을 다시 잡았다. 그럼에도 코스티야는 결국 사람들이 점점 기다림에 지쳐갈 것임을 알았다.

그는 손톱으로 맥주병에 붙은 라벨의 가장자리를 뜯어냈다.

왜 어떤 영혼은 나타나고 어떤 영혼은 잠수를 탈까? 미뢰가 못 쓰게 된 걸까? 엉뚱한 음식을 준비한 걸까? 망자들과 연결되기 위해서는 코스티야가 쓸 수 없는 어떤 특별한 방법이 필요한 걸까? 아니면 프랭키가 말한 것처럼, 돌아오기를 원치 않는 영혼도 있는 것일까?

"저기요." 그가 오른쪽에 앉은 노인에게 물었다. "펜 좀 빌릴 수 있을까요?"

코스티야가 외투 주머니에서 수첩(사뵈르 페어에서 슬쩍한 이탈리아 가죽으로 된 주문 패드)을 꺼내 목록을 만들기 시작했다. 날짜, 장소, 음식, 대화. 그가 부활시킨 모든 유령에 대해 기억할 수 있는 세부 정보를 모두 적었다.

그는 어떤 패턴, 아니면 적어도 어떤 단서를 찾고 있었다.

처음 몇몇은 기억하기 쉬웠다. 스티븐 타일러의 유령 신부 애나. 크리스마스 행사 때의 아버지(어느 정도). 비밀 레스토랑 첫 영업 날의 스테이시 수녀.

가장 최근 사례도 기억하기 쉬웠다. 암벽 등반 장비를 착용하고 있었던 캘리포니아 출신 태드였다. 그는 로프가 끊어져 사망했는데 (으아악), 요가 포즈를 하고 셀카 찍기를 좋아하는 여동생과 정어리 샌드위치에 의해 소환되었다. 그리고 넷이 남았다. 코스티야는 이 넷에 대해 기억해내려고 안간힘을 썼다.

프랭키가 도와주던 날에는 싱거운 칠면조 고기를 내갔다. 줄리아드 음악 학교 무용 강사인 마거리트는 다이어트 약 때문에 죽은 제자를 불러냈다. 고등학교 졸업반 제이든도 있었다. 캡틴 크런치와 치리오스를 섞은 시리얼이었다. 그 생각만 해도 코스티야는 가슴이 아팠다. 시리얼은 제이든의 남동생 마이클을 불러냈다. 잘못된 시간, 잘못된 장소에서 벌어진, **차라리 그게 나였어야 했는데** 식의 비극이었다. 코스티야의 어깨에 기대어 울었던 에리카라는 아이 엄마도 있었다. 그녀는 자신이 너무 엄격하게 굴고 딸을 못살게 굴었다며 자책했다. 딸 애슐리가 너무나 숨이 막힌 나머지 어느 날 밤 온라인에서 만난 소년을 만나러 몰래 나갔다. 알고 보니 그 소년은 끔찍한 성인 남자였다. 음식은 크림치즈를 듬뿍 바른 당근 케이크였다.

하지만 나머지 하나는 잘 기억나지 않아 애를 먹었다.

그건 헬스 키친에 두 번째로 나타난 유령이었다. 스테이시 수녀의 부활 이후 소강상태는 그저 우연일 뿐이라고, 그저 개업 첫 주의 초조함이 만들어낸 실수라고 스스로를 설득하기 위해 떠올리곤 했던 유령이었다. 일련의 실패로 자신감이 흔들렸던 그날 밤 무엇을 만들었더라?

마침내 기억해냈을 때, 그는 그것을 잊었던 것이 부끄러웠다.

그는 긴장했고, 영혼들과의 연결을 잃게 될까 봐 두려웠다. 그날 발을 질질 끌며 들어온 고객은 야구 모자를 쓴 노인이었다. 그는 영어를 거의 하지 않았고, 몸짓을 동원해가며 스페인어를 느리게 또박또박 발음했다. 음절을 길게 늘이면 코스티야가 이해하기 쉬울 거라고 생각하는 것 같았다. 언어 장벽 때문에 그를 준비시키고 유령을 불러낼 만한 질문을 하는 게 쉽지 않았다. 결국 코스티야는 노인의 맞은편에 앉아서 그의 손을 살며시 쥐면서 이런 취지의 말을 했다. "그분이 나타나는지 지켜보도록 하죠."

끝맛이 찾아왔을 때, 그것은 오해의 소지가 없이 확실했지만, 뭔가 이상하다는 생각이 들어 다시 한번 확인했다.

그것은 코스티야 자신의 어린 시절 기억이었다. 아버지가 돌아가시고, 어머니가 깊은 우울증에 빠져 몇 주 동안 계속 침대에만 누워 있고, 커튼이 드리워진 방이 그늘 때문에 눅눅했던 시절의 기억 말이다. 당시 가족을 먹여 살린 것은 코스티야였다. 그는 동네에서 식품 구입권을 받아주는 유일한 식료품점까지 20분을 걸어가 우유와 빵, 싸구려 오렌지색 치즈를 노란 비닐봉지에 담아 집으로 가져왔다. 그가 헉헉거리며 집 현관문으로 들어올 즈음에는 봉지가 찢어져, 봉지에 그려진 스마일 얼굴이 인상을 찌푸리는 모습이 되었다. 지원금으로 구입할 수 없는 건 모두 공짜 물건으로 보충했다. 길모퉁이에 있는 잡화점에서 일회용 설탕을, 버거킹에서 케첩과 머스터드를, 헤일 앤 허티에서 사람들이 버리고 간 오이스터 크래커를 구해왔다. 가끔은 다음 주 식품 구입권이 나오기 전에 식료품이 다 떨어질 때도 있었다. 그때마다 지금 이 영혼을 위해 만든 음식과 똑같은 것으로 코스티야는 버텨냈다.

끓인 수돗물에 하인즈 케첩 일곱 봉지를 녹인다. 스티로폼 컵에 부어

플라스틱 숟가락으로 젓는다. 구할 수 있다면 짭짤한 크래커를 부숴 넣는다. 케첩 수프다.

그는 눈물을 삼키며 수프를 저었다.

유령이 나타났을 때(10대 소년이었다), 코스티야는 그를 안아주고 싶었다.

그 음식은 끝맛이 꼭 고급스러울 필요는 없다는 증거였다. 맛이 좋을 필요조차 없었다. 이 짝퉁 캠벨 토마토 수프는 그것이 뭔지 모른 채 맛보는 사람에게는 아마도 끔찍한 맛과 도저히 먹어줄 수 없는 맛 사이의 어딘가에 속할 것이다. 그러나 그것은 가진 게 아무것도 없을 때 먹은 음식이다. 따스함, 바삭함, 칼로리, 비록 소박한 방식으로나마 나를 소중히 여겨 그것을 만들어준 누군가, 그리고 세상이 나를 버려도 내가 살아남을 수 있음을 증명하며 직접 만들어 먹는 나 자신…. 이런 더없이 작은 것들이 지금껏 먹어본 최고의 음식이 될 수 있었다.

코스티야의 뱃속이 요동쳤다.

지금까지 먹어본 최고의 음식.

그의 첫 번째 유령이었던 애나. 그녀를 다시 데려온 음료는 그녀와 남편 둘 다 인정하는 특별한 밤에 함께 마셨던 칵테일이었다.

그녀는 그것을 **최고**라고 말했다.

그리고 코스티야가 접시를 닦을 때 루이스 수녀도 비슷한 말을 하지 않았던가?

그 수프는 우리가 함께 먹은, 수녀원 음식이 아닌 유일한 음식이었어요. 이루지 못한 꿈의 맛. 최고의 맛이었어요.

코스티야는 그의 목록을 읽고 또 읽었다. 그러면서 수십 년 동안 시공간과 생사를 넘나들며 그의 혀를 스치고 간 끝맛을 소환했다. 문득 각각의 맛이 정말로 특정했다는 생각이 들었다. 항상 맛있었던 것은 아니었지만 항상 뚜렷이 구별되는 맛이었다. 평소라면 기꺼이 쓰레기통에 버렸을, 창고 파티에서 맛본 리세스마저도 사연이 있었다. 그런 사연 때문에 그것은 허쉬에서 대량 생산된 다른 어떤 리세스 초콜릿과도 달랐다. 그것은 한 사람의 인생에서 독특하고 확실한 순간을 촉발할 만큼 특별했고, 사후세계까지 가서 고인을 다시 데려올 만큼 강력했다.

파티에서 만난 마담 에벌리는 그에게 자신이 맛보는 것이 무엇인지도 모른다고 비난했다. 어쩌면 당시에는 그랬을지 모르지만, 지금은 확실히 느꼈다. **이것**은 그의 입안에 있는 맛이었다. 영혼들이 기억할 수 있는 최고의 맛이었다. 하지만 어떤 음식이 위대한 이유는 손가락의 지문만큼이나 개인적이었다. 어쩌면 그게 바로 핵심이었다. **무엇을** 먹느냐보다 **왜** 먹느냐가 중요했다. 그 이유를 알아낼 수만 있다면, 그것을 이해하고 산 사람들에게 그것을 상기시킬 방법을 찾는다면, 어쩌면 영혼이 찾아오게 만들 수 있을지도 몰랐다.

하지만 모든 영혼에게 그들을 돌아오게 하는 기억이 있진 않다고 가정하지 않는 한, 왜 어떤 때는 코스티야가 끝맛을 경험하고 어떤 때는 그러지 못하는지가 여전히 설명이 안 됐다. 인생을 바꿀 만큼 강력하고, 음식과 불가분의 관련이 있는 기억. 그들이 **꼭 다시 맛봐야 할** 무언가. 만족에 대한 갈망.

그것은 오직 코스티야만이 해소할 수 있는 고통이었다.

코스티야는 수첩을 덮고 다시 외투 주머니에 집어넣었다. 주머니에서 전화기가 손에 닿자 순간적으로 움찔했다. 그는 전화기를 꺼내서 화면을 응시했다.

전화를 걸고 싶은 마음이 굴뚝같았지만 그런 충동과 싸웠다.

안 돼. 아아. 그가 고개를 저었다. 너무도 고통스러웠다. 어머니와의 모든 대화는 몹시 고통스러웠다.

그의 손이 화면 위를 맴돌다가 전화기를 다시 외투 주머니에 집어넣으려 했다. 그러나… 그는 **이유를 알아야만 했다.** 그리고 그것을 알려줄 수 있는 사람은 어머니뿐이었다. 전화벨이 울리는 동안 그의 무릎이 들썩였다. 한 번. 두 번.

"엄마."

"코스티야? 무슨 일 있어?" 그녀는 항상 최악의 상황을 가정했다.

"응. 들어봐. 물어볼 게 있는데, 정말 솔직한 답이 필요해."

"난 항상 너한테 진실만 말해. 네가 전화를 더 자주 한다면 기억하겠지."

그는 어머니의 목소리에서 날카롭게 돋친 가시를 느낄 수 있었지만, 심호흡을 하며 애써 무시하고 넘어갔다.

"피촌카를 요리할 때 일부러 태우는 거야?"

그는 어머니의 웃음소리를 들었다.

"일류 요리사께서 별 질문을 다하시네! 난 또 네가 이미 모든 요리법을 다 꿰고 있는 줄 알았지! 봐라. 네가 요리 학교에 가면, 학교에서…."

"엄마!"

그녀가 거들먹거렸다. "알았어. 아니. 양쪽 면을 2-3분씩 구워. 태운 피촌카는 도저히 못 먹어줄 맛이야. 다들 그건 알지."

"아빠한테 만들어줄 때는 어땠어? 아빠가 태운 걸 좋아했어?"

그러자 그녀는 조용해졌다. 너무도 으스스한 정적이 흘러서, 거의 그곳에 아버지가 있는 것처럼 느껴질 정도였다. 아버지가 그들 사이의 비어 있는 전파 속 어딘가에 맴돌고 있는 것만 같았다.

"아빠에게는… 난 특별한 때에만 그걸 만들어줬어." 그녀가 천천히 말했다. "한번은 임신 사실을 말했을 때였지. 오, 코스티야! 아빠는 나를 안고 주방을 휩쓸고 다니며 춤을 췄단다! 그렇게 우리가 축하하는 동안 요리가 탄 거야. 어쨌든 먹긴 했어."

코스티야는 목구멍으로 울컥 치밀어 오르는 감정을 애써 삼켰다. 더 물어보고 싶었고, 아버지를 더 이해하고 싶었고, 이 세상에서 자신을 도와줄 수 있는 유일한 사람과 함께 아버지를 추억하고 싶었다. 그러나 그 순간 걸려온 다른 전화 때문에 그의 전화기에서 삐삐 소리가 났고, 화면에 그가 즉시 알아볼 수 있는 번호가 떴다. 사뵈르 페어의 설거지 구역 위에 붙어 있던 포스터에서 수없이 보았기 때문에 아예 외우게 된 번호였다. 뉴욕시 보건 및 정신위생국이었다.

"엄마, 다시 전화할게."

그들은 전화로 그의 영업 정지를 통보했다. 그가 맥주 값을 지불하고 집으로 걸어왔을 무렵, 문에는 분홍색 '영업 정지' 통지서가 붙어 있었다.

알고 보니 인스타그램 인플루언서였던 동안의 요가 아가씨(지난주 화요일, 레몬 절임이 들어간 정어리 토스트로 테드를 부활시켰던)가 자신이 뉴욕에서 가장 핫한 비공개 레스토랑에서 음식을 먹은 것이 얼마나 흥분되는 일인지를 떠벌리는 글과 함께, 코스티야의 집 번지수가 그대로 노출된 사진을 게시한 것이었다(**자세한 정보는 DM으로 문의**

해주세요!).

시에서 코스티야의 무허가 영업 사실을 확인하기 위해 필요한 거라곤 누군가의 가벼운 제보와 간단한 데이터베이스 검색뿐이었다.

그는 화가 나서 정신이 멍할 지경이었다. 이 멍청한 인플루언서 (그녀가 이곳을 완전히 날려버렸다!)와 자기 자신에게 (서류를 제출하면 죽기라도 했니?) 화가 났다. 그는 한 달 내내 괴로움 속에 살다가 **마침내** 겨우 작은 한 걸음을 뗐는데 다시 출발점으로 돌아오고 말았다.

그는 격려의 말이나 최소한 위로의 말을 기대하며 프랭키에게 전화를 걸었지만, 전화를 받지 않자 차선책에 의지했다. 먹는 것으로 기분을 풀기로 한 것이다. 냉장고의 절반을 해치우고 주방 찬장으로 막 눈을 돌리고 있는데, 전화기가 다시 울렸다. 뉴욕 지역번호 212로 시작되는 또 다른 전화였다. 코스티야는 보건부 똘마니가 벌금 이야기로 불난 집에 부채질을 할 거라고 짐작할 뿐이었다.

"또 뭡니까?" 그가 입에 음식이 반쯤 차 있는 채로 수화기에 대고 인사 대신 소리쳤다.

수화기 너머로 경찰관이 위압적으로 헛기침을 하고는 프랜시스 K. 오셔너시 씨의 공동 임차인인 K. 두호브니 씨가 맞는지 물었다.

"네, 맞습니다." 그가 음식을 삼키며 물었다. "프랭키의 룸메이트인데요. 무슨 일입니까?"

경찰관은 헛기침을 하고 말했다. "오셔너시 씨의 직장에서 화재가 났습니다. 어, 음." 코스티야는 종이를 넘기는 소리를 들었다.

"울프퍼프 말씀입니까?"

"예, 그렇습니다."

"무슨 화재요? **언제요?**"

"간밤에 늦게요. 엄밀히 말하면 오늘 아침이겠네요."

"그 친구는 어디 있죠? 괜찮나요?"

경찰관은 또 헛기침을 했고, 갑자기 코스티야의 팔이 서늘해지며 소름이 돋았다.

"두호브니 씨, 혹시 오셔너시 씨 가족의 연락처를 아십니까?"

"그 친구는 어디 있는데요?" 그가 반복해서 말했다. 심장이 쿵쾅거리고 아드레날린이 귀까지 솟구쳤다. "어느 병원인데요?"

"휴대전화나 집 전화번호가 있을까요? 아니면 주소라도?"

"아뇨. 사람 말 좀 들어요. 프랭키는 제 가장 친한 친구예요. 빌어먹을 병원이나 말해달라고요."

"두호브니 씨." 긴 침묵 뒤에 경찰관이 말했다. "오셔너시 씨는 병원에 없습니다."

코스티야는 아무 말도 할 수 없었다. 온몸이 멍하고 몸이 부들부들 떨렸다.

"이런 말씀을 드려야 해서 안타깝습니다. 오셔너시 씨는 사망하셨습니다."

앙트레메*

콘스탄틴 두호브니 미식 체험

원래 다 그런 거 아니겠어요? 이제 좀 잘 풀린다 싶으면, 휴… 거기서 끝장이 나죠.

이 부분이 항상 힘들더라고요. 가슴 한가운데가 뻥 뚫리는 기분이에요. 자신이 죽었던 순간을 다시 체험하는 건 절대 쉬워지지 않거든요. 사망일의 우울, 사후 우울증…. 뭐라고 부르건, 다 진짜예요. 치료사들을 찾아가세요, 여러분. 우울감이 귀신처럼 들러붙게 놔두지 마시고.

귀신처럼 들러붙는다니 웃기죠?

네…. 농담까지 김이 빠지네요.

자, 이쯤에서 5분만 쉴까요? 아주 잠시만 쉴게요. 그리고 다시 시작하자고요.

다시 돌아와서 곧바로 대결 장소로 넘어갑시다. 여러분께서 좋아하실 만한 작은 요리 경연이죠. 일단은 그냥… 정신을 좀 차려야겠

* 식후 디저트 전에 먹는 단 음식.

어요.

....

저기요. 뭘 찾고 계세요?

....

맞아요. 그게 바로 저희예요! 와서 함께하시죠. 잠시 휴식 중인데
곧 다음 목적지로 갈 겁니다. 많을수록 좋죠.

....

안전하냐고요? 물론 안전하죠. 가벼운 미식 투어인데요. 위험할
게 뭐가 있겠어요?

제3부

달콤함과 잔혹함

순수한 마음과 영혼이 필요하다.
이것은 올바른 이유로 요리를 한다는 뜻이다…
열정과 호기심과 모든 영역을 아우르는 식욕이 필요하다.
무언가에 대한 열망과… 사랑이 필요하다.

앤서니 보데인
『앤서니 보데인의 레 알(Les Halles) 요리책』

"여러분에게 어떤 대가를 치르게 하는 기억입니다."

그가 큰 소리로 말했다. 그것은 자기 자신에게 하는 말이기도 했다.

"떠올리면 아픈 기억. 뭔가를 해서, 또는 하지 않아서 후회하게 되는 기억.

또는 고인이 이곳에 있었을 때 얼마나 행복했는지를 생각하게 만드는 기억.

여러분이 온전히 슬픔을 느끼도록 만드는 무언가 말입니다."

!

푸드 홀에 가면 먹고 마신다.

그곳에 도착할 즈음에는 무척 배가 고프기 때문에, 온갖 음식들로 과도하게 배를 채운다.

석류 씨앗. 버섯의 갓. 피처럼 붉은 와인.

탄산수. 시나몬 빵. 매콤한 캘리포니아 롤.

어떤 음식은 예전 부모님과 휴가를 갔을 때, 호텔 조식으로 딱 한 번 먹어보고 10년 동안 접하지 않은 것이다. 반면 살아 있는 동안 그런 음식을 만드는 식당이 없어서 먹고 싶어도 못 먹은 음식도 있다.

이것이 푸드 홀의 멋진 점이다. 푸드 홀은 모든 음식을 제공하는 것 같다. 뭐든지. 원하는 모든 것을. 먹고 싶은 모든 것을. 커피숍과 식료품점과 레스토랑이 가득하다. 슈퍼마켓, 조개구이 식당, 치즈의 섬 등 상상의 식사를 위해 찾는 상상의 장소들. 이승에서 가장 좋아했던 음식들의 판박이.

메뉴가 끝이 없다. 모든 것을 먹을 수 있다. 말하자면 식도락의 에덴동산이다.

그리고 그 모든 것이 우리를 먹이기 위해 존재한다. 푸드 홀의 존재 이유가 바로 그것이기 때문이다. 저승의 영혼들을 먹이는 것. 우리가 다음 세상으로 넘어갈 수 있도록 배를 채우는 것이다.

어떤 영혼은 특정한 음식을 한 입만 먹거나 원하는 음료를 한 모금만 마셔도 만족한다. 또 어떤 영혼은 배를 채우는 데 더 긴 시간이 걸린다. 며칠이나 몇 주 동안 푸드 홀에 머문다. 몇 개월이 걸리기도 한다. 심지어 어떤 영혼은 소화시키는 데만 수년이 걸리기도 한다. 모든 식사는 영혼들이 방금 살았던 삶과 그들이 처리할 필요가 있는 기억들을 처리하는 방식이며, 한 입 한 입이 충만함을 향해 다가가는 과정이다.

대부분의 영혼은 조만간 푸드 홀에서 출발하는 열차에 탑승하여 다음 세상으로 떠나게 된다. 하지만 우리 중 일부는 그러지 못한다. 우리 중 일부는 무엇을 먹어도 포만감을 느낄 수 없다. 내부에 채워지지 않는 굶주림이 자리 잡고 있다. 살아 있는 사람들 때문이다.

우리가 죽었을 때, 그들의 슬픔은 끝이 없었다. 그 슬픔이 너무도 크고 깊어서 그들을 송두리째 집어삼켜버렸다. 그들은 우리를 잃은 것을 받아들이지 못했고, 우리를 보내줄 수 없었다. 그들이 너무 꽉 붙들고 있어서 우리의 발목을 잡았다. 우리를 이곳에 머물게 했다. 우리를 굶주리게 만들었다. 그것이 푸드 홀의 별로인 점이다(진짜 심하게 별로다). 살아 있는 사람들이 훌훌 털고 앞으로 나아가지 못하면, 우리도 그러지 못한다는 것.

우리는 옴짝달싹 못 한다.

결코 만족하지 못하고 영원히 스니커즈만 먹을 운명이다.

셰프의 입맞춤

'마지막 의식' 타투숍은 비좁고 어두워서, 지옥으로 가는 관문처럼 보인다.

그곳은 예전 육류 가공 공장이었던 곳의 지하에 위치해 있는데, 바로 위의 거리는 최신 유행 클럽과 눈길을 끄는 음식점, 범접하기 힘든 아름다운 사람들의 번쩍이는 성지로 거듭난 지 오래다. 오직 이 타투숍만 마치 사탄의 스케치북에서 튀어나온 듯하다.

회반죽을 두껍게 바른 오톨도톨한 질감의 벽 위에 두개골과 뼈다귀, 전신의 뼈대가 튀어나와 있다. 조명은 모든 사람을 좀비처럼 보이게 만든다. 문신 시술 좌석은 옛날 전기의자를 본떠 만들어졌는데, 벨트와 결박 장치, 그리고 고통스러울 때 꽉 깨물 수 있는 것까지 장착되어 있어서, 보는 순간 얼마나 아플지 직감하게 된다.

이 의자들 중 하나에 앉은 코스티야는 몸이 결박되지는 않았지만 연신 움찔거렸고, 지나치게 활발한 타투 아티스트가 그의 왼쪽 팔에 주방용 칼을 새겨 넣었다. 프랭키도 같은 부위에 똑같은 문신이 있었다. 그것은 프랭키의 첫 문신이었고, 그가 공들여 완성한 소매 문신의 시작이었다. 이후 팔에 튄 기름 자국을 덮은 칼, 주방에서 벤 상처를 활용한 로즈메리 잔가지, 뜨거운 증기 때문에 살갗이 벗겨진 부분에 새겨 넣은, 불꽃이 이는 소테 팬과 같은 다른 문신들이 마치 벨트에 구멍이 하나씩 더 생기듯 늘어났다. 코스티야는 얼마 전부터 문신을 원했다. 그의 오른팔은 아직 따가운 바늘과 잉크를 견딜 만큼 회복되지 않았지만, 더는 기다릴 수 없어서 왼쪽 팔을 바치기로 했다.

그는 다소 망상적으로 생각했다. 만일 그가 이곳에 와서 프랭키가 앉았던 곳에 앉아 프랭키의 타투 아티스트와 이야기를 나누고 프랭키가 했던 똑같은 문신을 자신의 몸에 새겨 넣는다면, 프랭키가 저승에서 그를 느끼고 그에게 신호를 보낼지도 모른다고, 어디서건 자신은 잘 지내고 있다고 알려줄지도 모른다고 말이다.

가능성이 희박했지만, 코스티야는 점점 절박해졌다.

그 첫날 밤, 돌처럼 차갑고 텅 빈 아파트에서 그는 프랭키의 어머니와 통화를 마치고, 캄캄한 그들의 주방, 이제는 **그의** 주방이 되어버린 주방에 서서 기다렸다. 그는 눈을 감고 애써 봉합해놓은 내면의 상처가 다시 벌어지는 것을 느끼며, 조리대에 생긴 홈집들을 만지작거렸다. 프랭키가 방망이로 송아지 고기를 얇게 두들겨 펴던 곳이었다. 그러자 주변 공기가 변하는 것을 느꼈다. 어쩌면, 어쩌면, 어쩌면….

하지만 아니었다.

프랭키는 그날 밤 나타나지 않았다. 다음날도. 그 다음날도.

코스티야는 프랭키의 옛날 침실에서 음산한 정적 속에 얼룩진 (웩!) 이불을 깔고 앉아 있었지만, 그곳에도 프랭키는 나타나지 않았다. 본인의 장례식에도 나타나지 않았다. 울프퍼프 직원이 슬퍼하는 군중을 가르고 나아가서 화재에서 구해낸, 흰색 천으로 감싼 프랭키의 주방 칼 세트를 그의 어머니에게 건넸다. 그의 어머니는 그것을 가슴에 안고 울었다. 코스티야가 마치 배를 가른 생선에 세이지를 넣듯 땅속에 관을 넣는 것을 도울 때도 그의 흔적은 나타나지 않았다. 그의 관은 깃털처럼 가벼웠고, 매장할 것이 거의 남아 있지 않았다. 심지어 리오가 울프퍼프의 타다 남은 잔해 속에서 그를 추억하며 촛불 집회를 열었을 때도 그는 나타나지 않았다.

코스티야는 타오르는 촛불을 응시하며 프랭키가 나타나 연기 신호를 보내기를, **뭔가를** 보내기를 염원했다. 그의 머릿속으로 계속 기어들어 오는 끔찍한 생각을 멈추기 위해 어떤 식으로든 접촉하고 싶었다. 그의 죽음이 자신의 탓이라는 생각에서 벗어나고 싶었다.

화재가 발생하기 두어 주 전에, 프랭키는 코스티야에게 울프퍼프 식당에서 이상한 것을 보았다고 말했다.

"얼굴이었어."

"얼굴?"

"그래. 우리가 지지난주 금요일에 불러왔던 유령 기억나? 완전 말라깽이? 슬픈 칠면조 고기 덩어리?"

코스티야는 기억했다. 그 요리에는 소금이 들어가지 않았다. 후추도 없었다. 양념이 전혀 되지 않았다. 그냥 고기가 익을 때까지 구웠을 뿐이다. 갈색이 나도록 겉을 바삭하게 구운 것도 아니었다. 역겨운 살색의 고기 덩어리일 뿐이었다.

"무용수였지." 코스티야가 말했다. "줄리아드 출신."

"그래, 맞아. 확실히 그 여자였어. 난 사람 얼굴을 잘 기억하잖아."

"그런데 그 여자가 울프퍼프 식당에 왔다고? 거기서 뭘 했는데?"

"그냥 숨어 있었어."

"왜?"

"나야 모르지." 프랭키가 머뭇거렸다. "정말 그녀를 봤는지도 확실하지 않긴 해. 일주일 내내 야근을 하고, 바에 죽치고 있고, 델리아와 신나게 놀고, 에스프레소를 들이켜고, 그걸 계속 반복했으니까."

"델리아? 지난번 그 예술가 말이야?"

"그건 셀레스트고. 야구 선수를 만난다며 나를 떠났잖아. 기억 안 나? 델리아는 상속녀야."

"넌 좀 쉬어야 해."

"난 바빠, 뼈다귀. 죽어야 잠을 잘 거야."

그러더니 프랭키는 정말 그렇게 가버렸다.

코스티야가 어느 정도의 책임을 느끼는 게 그렇게 지나친 일일까? 그가 상대한 유령 중 하나가 이 짓을 벌였을 가능성을 생각할 때마다 목구멍에서 죄책감이 치솟았다. 물론 전화를 건 경찰관이 말한 것처럼 그냥 사고일 가능성도 있었다. 끔찍하고 이상하고 인생을 바꿀 만큼 중대하지만, 제대로 설명할 수 없는 사고 말이다. 그런데 이 두 이론은 또 다른 이론에 비해서는 그나마 나은 편이었다. 프랭키의 장례식이 끝난 뒤 식사 자리에서 리오가 언급한 내용이야말로 진짜 정신 나간 이론이었다.

불이 난 뒤 리오는 다른 장소에서 울프퍼프를 다시 열거나, 아니면 적어도 직원들이 다른 일을 찾을 때까지 급여를 지급하기 위해 보험금을 청구하려고 보험회사에 부랴부랴 연락했다. 그런데 그들은 그에게 한 푼도 내놓으려 하지 않았다.

"농담해요? 왜요?" 코스티야가 깜짝 놀라서 물었다.

"여전히 사건을 조사 중이래. 그게 무슨 의미인지 모르겠지만."

"조사할 게 있어요? 화재라면서요."

"그러게." 리오가 커피를 길게 한 모금 마시고, 프랭키의 어머니와 이모들이 그들의 이야기를 듣지 못할 만큼 멀리 갈 때까지 기다렸다. "문제는 그들이 프랭키가 고의로 불을 냈을지도 모른다고 말한다는 거야. 물론 나도 알아⋯." 그가 코스티야의 표정을 살피고 덧붙였다. "나도 알아. 하지만 프랭키가 고의로 불을 내고 자살했다면, 보험사가 돈을 지급하지 않을 거야."

"그 친구가 그럴 리가 없어요."

"말도 안 되는 얘기지." 리오가 시선을 돌려 벽에 걸린 사진을 보았다. 대여섯 살쯤 되어 보이는 프랭키의 사진이었다. 프랭키는 아버지의 무릎에 앉아 있고, 어머니가 뒤에 서 있고, 한쪽에는 무늬 있는 스카프를 두른 할머니, 다른 한쪽에는 성직자 같은 검은 스카프를 두른 할머니가 꿀이 떨어지는 눈으로 손자를 바라보고 있었다. "하지만 문제는 그 대형 냉장고야. 그 냉장고의 잠금 장치에는 안에서 문을 열 수 있는 비상 탈출 장치가 있어. 어둠 속에서 빛이 나서 쉽게 알아볼 수 있지."

"그렇다면 프랭키가 빠져나올 수 있었다는 얘기잖아요?"

"보험사에서 하는 말이 그거야."

코스티야는 그 정보를 잠시 생각하며 앉아 있었다. 가슴이 갉아먹히는 것 같은 기분이었다. 그는 프랭키가 절대 자살할 사람이 아니라는 것을 알았다. 그가 세운 미래의 큰 계획들이 있었다.

"도저히 이해할 수 없어." 리오가 말을 이었다. "내 말은, 프랭크를 아는 사람은 누구나 그럴 거야. 그 친구는 남부러울 것 없이 잘 나가고 있었잖아. 그런 삶을 끝내는 건 바보짓이야. 그리고 그 친구는 바보가 아니었어."

절대 바보가 아니지. 코스티야는 팔뚝에 새겨지고 있는 칼의 형태와 손잡이에 새겨진 글자들을 보며 생각했다. **WTFWFT. What The Fuck Would Frankie Try[프랭키라면 무엇을 시도할까]?**

코스티야는 생각했다. **제발 말 좀 해봐.**

그러나 코스티야가 입에서 느낀 맛이라고는 그날 아침에 먹은 몇 가지 음식뿐이었다.

"이제… 됐습니다!" 칼이 헤드램프를 벗고 기계를 끄며 탄성을 질렀다. 그는 굵은 손가락에서 라텍스 장갑을 벗겨내고 벌어진 치아를 내보이며 코스티야에게 미소 지었다. "기분이 어때요?"

"좀 화끈거리네요." 코스티야가 팔뚝을 굽히며 말하고는 뒤따르는 얼얼한 감각에 움찔했다.

"유분을 많이 공급해주세요." 칼이 바셀린 통을 건네며 조언했다. "간지러우면 얼음찜질을 하시고요. 긁지 말고."

콘스탄틴은 자신의 팔에 새로 스며든 잉크와 그 주변에 빨갛게 부어오른 쓰라린 살을 내려다보았다. 그의 팔에 새겨진 칼날 주변으로 바늘구멍 크기의 수포들이 올라오고 있었다. 이 순간 그는 이 고통이 좋았다. 그것은 적어도 그가 맞닥뜨린 막다른 골목 외에 정신을 집중할 수 있는 다른 무언가였다. 프랭키는 갔고, 비밀 레스토랑도 갔고, 삶은 다시 시궁창에 던져졌다.

"이 녀석을 소매 문신으로 만드는 데 얼마나 걸릴까요?" 그가 칼에게 물었다.

칼이 그를 유심히 보았다. "생각해둔 디자인이라도 있어요?"

그들은 칼이 프랭키를 위해 만들었던 스케치를 바탕으로, 죽음의 요소를 조금 더하고 울프퍼프를 조금 덜어내는 식으로 수정했다. 문신은 아주 멋졌다. 칼은 정말로 재능 있는 아티스트였다. 프랭키가 진짜배기를 찾은 것이었다. 문신이 완성되었을 무렵 칼은 해골과 뼈, 취사도구는 물론, 수많은 정교하고 세부적인 요소를 한쪽 팔에 담기 힘들 만큼 많이 추가했다. 콘스탄틴은 한쪽 소매가 아니라 양쪽을 만드는 데 동의했고, 오른쪽 팔은 화상이 다 나으면 바로 시작하기로 했다. 칼은 문신이 흉터를 가리는 데 도움이 될 거라고 안심시키며, 문신을 한쪽만 하면 멋져 보이기 힘들다고도 말했다.

우선 칼은 코스티야의 왼쪽 팔에 망자의 풍요를 상징하는 장식, 즉 과일과 곡식과 채소로 둘러싸인 해골들을 상세히 새겨 넣었다. 해골의 눈과 입과 콧구멍은 로즈메리며 타임, 타이 바질, 고수 등 각종 허브가 채워져 마치 꽃처럼 보였다. 뼈들은 해산물과 굴 껍데기, 꼬부라진 분홍 새우, 게 다리, 랍스터 집게발, 각종 스테이크와 토막낸 고기, 가금류, 만두, 국수, 빵과 패스트리 같은 진미들과 나이프와 포크, 숟가락, 주걱, 식칼, 거품기, 요리용 실 같은 도구들 사이에 배치되었다. 섬세함이 거의 저세상 수준이어서, 각 요소들이 손으로 만져질 만큼 사실적이었다. 그 주위로 카베르네와 쁘띠 베르도 같은 짙은 색 와인이 거꾸로 뒤집힌 유리잔에서 폭포수처럼 거품을 내며 그의 어깨 위에서 팔 전체로 흘러내리고 있었다.

문신을 하고 나니, 진짜 지독하게 아팠다. 어머니의 잔소리 뺨치게 고통스러웠다. 그러나 모든 불편한 순간마다 그는 프랭키를 생각하고, 프랭키가 괜찮기를, 프랭키가 안전하기를 기원하고, 프랭키가 어떻게 죽었는지를 알아내서 어떻게든 해결하겠다고 다짐했다.

"자, 조금만 참아요, 친구." 칼은 마지막 색깔인 빨간색을 마무리하며 와인을 빛나게 하고, 토마토를 농익은 모습으로 바꾸고, 사과에 반짝반짝 윤기를 더하고 있었다. "음, 이제… 다… 됐습니다." 그가 수건으로 잉크를 매끄럽게 닦아내며 말했다.

코스티야는 팔을 이렇게 저렇게 뒤집어 거울에 비춰보며 감탄했다. 모든 부분이 빛이 났고 새로워졌다. 그가 이 문신을 하고 사뷔르 페어에 걸어 들어가면, 그곳 사람들은 아주 환장을 할 터였다. 다시 주방으로 돌아간다면, 여기저기서 칼의 전화번호를 알려달라고 난리가 날 것이다.

물론 여전히 어머니에게는 문신을 숨겨야 했다. 어머니가 목청을 높여 말하는 소리가 벌써 귀에 들리는 듯했다. **대체 무슨 생각으로 문신을 한 거니? 평생 가는 건데. 그러다 요리를 그만두면 어쩌려고? 봐라, 코스티야! 나한테 말만 했으면, 이 모든 걸 너무 늦기 전에 말렸을 텐데. 넌 항상 아무 말도 하지 않아 일을 영영 망쳐버리잖아!** 피촌카 사건 이후, 어머니는 항상 가능한 최악의 결론을 내렸다. 그녀가 아들이 하는 어떤 일에서건 발언권이 없어진 것도 바로 그 때문이었다.

이 문신은 경솔한 장식이 아니었다. 그는 이것이 **필요했다.** 프랭키에 대한 기억이 필요했다. 그의 친구, 가장 친한 친구, 그가 절대로 잃어버릴 수 없는 친구. 프랭키는 이제 그의 일부였다. 지울 수 없는 존재였다. 코스티야가 어딜 가든, 프랭키도 함께 갈 것이다.

지옥의 깊은 곳을 연상시키는 초인종이 비명을 지르듯 방 전체에

요란하게 울렸다.

"아, 11시 예약 손님이 왔네요." 칼이 일어났다. "가서 문을 열어 줘야겠어요. 그 동안 잘 살펴보세요. 손볼 곳이 있으면 알려주시고 요. 내가 보기엔 아주 끝내주네요."

코스티야의 눈이 와인 강을 좇았다. 일부는 와인이고 일부는 피 였다. 그는 속으로 동의했다. **맞아. 끝내주네. 끝내주게 아프기도 하고.**

그런데 통증을 확인하는 와중에, 실제로 문제가 생겼다. 이상했 다. 이러면 안 되는 건데. 팔꿈치 근처에 와인색 급류가 포말을 일으 키고 무지갯빛 비늘을 가진 정교한 물고기가 급류 속으로 뛰어드는 그림이 새겨져 있었는데, 그 급류가 점점 커지고 팽창하며 물고기의 머리를 집어삼킬 것처럼 보였다. 사실상 이제 팔 전체가 분홍색 물 감에 적셔진 것처럼 보이고 따끔거렸다. 그의 눈에 고통의 눈물이 고이기 시작했다. 타는 듯 아팠다. 그의 피부는 풍선처럼 부어오르 고 있었다. **안 돼.**

안 돼. 안 돼. 안 돼. 안 돼.

"어, 칼…?" 코스티야가 한 옥타브 올라간 목소리로 불렀다. "칼?"

"네?" 칼이 대답과 함께 콩콩거리며 계단을 뛰어내려왔다. 뒤에 누군가를 달고 왔는데, 코스티야가 있는 곳에서는 계단에 있는 검은 색 부츠만 보였다. "내가 뭔가를 빠뜨렸나요?"

"팔에 빌어먹을 불이라도 붙은 것처럼 뜨거워요."

"아이고. 음… 맙소사."

칼이 시시각각 고통이 심해지는 콘스탄틴의 팔 위로 몸을 숙이더 니 혀를 쯧쯧 차고 고개를 저으며 **그래요. 좋아 보이지 않네요**처럼 들 리는 뭔가를 중얼거렸다. 하지만 그 소리는 때마침 아래층에 당도해서 코스티야의 부어오른 팔과 잔뜩 기가 꺾인 모습을 목격한 여자의 목소리에 묻혀버렸다.

"어머! **이봐요.** 콘스탄틴⋯ 맞죠? 어떻게 이런 우연이!"

코스티야가 고개를 들어 그녀를 보고 생각했다. **역시나.**

마담 에벌리(모라)는 세온세 파티의 줄무늬 천막과 타로 카드가 없으니 점쟁이처럼 보이지 않았고, 그가 기억하는 모습보다도 더 아름다웠다. 그녀의 머리는 전보다 더 길었는데, 뿌리 부분은 은색, 중간 부분은 청보라색, 끝 부분은 보라색이었다. 헐렁한 검은 스웨터와 청바지 차림에 부츠를 신었고, 작은 머리에는 회색 스카프를 썼다. 그녀 역시 인상을 찌푸리고 있었다.

"음⋯." 그녀가 그의 눈앞에서 손을 흔들었다. "괜찮아요?"

코스티야는 침을 꿀꺽 삼켰다. 뭔가 악의에 찬 말을 해서 몇 달 전에 당한 수모를 되갚고 싶었다. 그녀가 그의 재능에 대해 마구 지껄였던 것처럼, 그녀가 하지 말라고 했지만 그가 지금까지 해온 모든 것을 보란 듯이 말하고 싶었다. 그러나 이제 얼굴을 직접 마주하고 보니, (이런, 정말 대단한 얼굴이잖아!) 도저히 그럴 수가 없었다.

단지 그녀가 매혹적이어서, 또는 그가 그녀 생각을 지나치게 해왔기 때문이 아니었다. 그녀가 그가 만난 누구보다 자신의 끝맛에 대해 뭔가를 (진정으로) 알 수 있다고 생각하기 때문도 아니었다. 그보다 더 단순하고 본능적인 것이었다. 그녀를 다시 만난 것이 우연일 리 없다는 이상한 본능, 웃기는 느낌 같은 거였다. 그도 그럴 것이 프랭키가 자신의 팔에 하려던 문신을, 그것도 프랭키가 직접 선택한 타투 아티스트에게 시술 받은 날, 프랭키가 옆구리를 찔러서 만난 그녀를 다시 보게 되었으니 이 얼마나 기막힌 우연의 일치란 말인가?

마치 누군가 그에게 신호를 보내고 있는 것만 같았다.

그래. 그래. 코스티야는 문득 생각했다.

어쩌면 이것은 그가 그동안 기다려온 접촉일지도 몰랐다. 프랭키가 사후세계에서 그에게 어퍼컷을 날리고 있는 건지도 몰랐다! 프랭키가 평소에 하던 대로 하고 있는 것처럼 보였다. 바람잡이 노릇을 하고, 코스티야에게 두 번째 기회를 주고, 두려움을 마주해 자신을 혹평하는 사람이 틀렸음을 입증하라고 몰아붙이는 것만 같았다.

코스티야는 그를 실망시키지 않을 셈이었다.

"어, 미안해요. 예, 콘스탄틴 맞아요. 안녕. **아악!**" 칼이 그의 팔 어딘가를 쿡 찔렀고, 살점이 녹아서 떨어질 것처럼 느껴졌다. "모라… 맞죠?" 그가 움찔하며 덧붙였다. 마치 거의 잊은 것처럼(절대 그럴 수 없을 거면서), 무심해 보이려고 애썼다.

"기억력 좋군요." 그녀가 진심으로 놀란 듯 미소 지었다. "셰은세에 왔었죠?"

"네. 당신이 여기 다니는 줄… **아악!**"

모라가 콘스탄틴의 부어오른 피부를 초조하게 살피고 있는 칼을 흘긋 보더니 물었다. "팔이 어떻게 된 거죠?"

"잉크 알레르기인 것 같아요." 칼이 어깨를 으쓱하며 말했다. "우리 집 특효약을 쓰면 다 괜찮아질 거예요."

그녀가 한쪽 눈썹을 치켜 올리고 코스티야를 다시 돌아보았다. "팔 전체에 문신을 한 거예요? 당신이 문신광인 줄은 몰랐네요."

"웬 사이코인가 생각했겠죠." 그가 받아쳤고, 그녀가 웃었다.

"한번 봐요." 모라가 좀 더 자세히 보려고 몸을 기울였다. 그녀에게서 믿을 수 없는 냄새가 났다. 오렌지, 유칼립투스, 삼나무 냄새. 코스티야는 그녀의 향을 흡입하는 것처럼 보이지 않으려 애썼다.

"끔찍해 보이네요. 아파요?"

칼이 그의 팔을 다시 쿡 찔렀고, 코스티야는 작은 비명을 질렀다.

"아뇨." 코스티야가 마치 헬륨 가스를 마신 것 같은 목소리로 말했다. "기분이 기가 막히네요."

이제 통증이 정말로 심각해져서 팔 전체가 요동치는 것 같았다. 몸 안에서 수포가 올라오는 것처럼 느껴졌다. 마치 수천 개의 작은 물 풍선이 그의 피부를 뚫고 나오는 듯했다.

"좀 따가울 거예요." 칼이 경고하며 냄새가 지독한 정체 모를 액체의 뚜껑을 땄다. 병에서 뭔가가 빠져 죽은 듯한 냄새가 났다.

"지금 따가운 것보다 더요? 그럼 기절하겠는데요."

"이봐요." 모라가 그와 같은 높이가 되도록 몸을 숙이고 그의 눈을 뚫어지게 응시했다. "여기. 나한테 집중해요." (그럼요. 여부가 있겠습니까?) 그녀가 그의 붓지 않은 손을 잡아 뒤집고는 손끝으로 손금을 더듬었다. "내가 당신 정신을 딴 데로 돌릴 거예요." (말해 뭐해요.)

"자, 갑니다." 칼이 말했고, 코스티야는 마음의 준비를 하며 모라의 커다란 갈색 눈에 집중하려 했다.

"뭐가 보이나요?" 그가 헐떡이며 물었다.

"음, 흥미롭군요! 당신의 애정선은 정말 뚜렷해요. 하지만 짧죠. 깊이 사랑하지만 오래가지는 못해요."

칼이 상처에 톡톡 약을 발랐다. 마치 벌떼 위에 산을 뿌리는 느낌이었다. 코스티야는 숨을 쉬려 애쓰며 모라의 손을 꼭 쥐고, 응급실에 가게 될지도 모르는 상황을 애써 외면하려 했다.

"그거… 우울하네요." 그가 씨근거리며 말했다. "다른 건 없나요?"

"당신의 생명선은 여기예요. 아주 기네요. 하지만 뭐랄까, 둘로 나뉘어요. 전과 후처럼."

이제 칼은 거즈로 그의 팔을 감쌌다. 압박이 가해지면서 마치 칼로 찌르는 것 같았다.

"아야! 아야! 아야! 제길! 다른 건요?"

"잘하고 있어요, 친구!" 칼이 말했다. 자신이 가하고 있는 고통에 비해 너무 쾌활한 목소리였다. "비닐 랩만 감으면 돼요."

"비닐 랩이요? 더 얘기해줘요." 코스티야가 눈물이 주룩주룩 흐르는 눈으로 모라에게 애원했다.

"당신의 두뇌선은 이거예요. 선이 어떻게 끊어져 있는지 보여요? 전부 점선처럼 되어 있어요."

"신경 쇠약인가요?"

칼이 랩으로 그의 팔을 미라처럼 칭칭 감기 시작했다.

"통찰이랄까. 아하, 하는 깨달음의 순간. 당신에게는 그런 순간이 자주 있어요."

코스티야가 길고 고통스러운 숨을 내쉬었다.

"좋아요, 친구!" 칼이 외쳤다. "모두 끝났어요."

코스티야는 내키지 않는 눈으로 자신의 팔을 보았다. 끝내주게 멋진 문신이 순식간에 슬픈 샌드위치로 변해버렸다. 마치 자신의 인생에 대한 은유 같았다.

"그냥 숨 쉬어요." 모라가 말했고, 그는 천천히 그렇게 했다. "치유될 거예요. 결국은."

"아름다워지려면 고통이 따르는 건가요?" 그가 간신히 말했다.

"당연하죠. 당신은 소중한 예술 작품을 갖게 될 거예요."

그는 또다시 자신의 팔을 내려다보았다(엄밀히 말하면, 팔의 남은 부분을).

"고마워요." 그가 다시 모라를 보고 말했다. "이거요." 그가 그녀에게 손바닥을 흔들어 보였다.

"고맙긴요. 25달러예요. 현금으로 할래요, 카드로 할래요?"

"잠깐, 진심이에요?"

"아니면…." 그녀가 어깨를 으쓱했다. "그냥 이번 한 번만, 술 한 잔 사는 걸로 대신하시든가요."

그는 자신의 행운에 얼떨떨해하며 고개를 끄덕였다.

모라가 문신을 한 뒤(뒷방에서 몇 분 만에 끝났다), 그들은 타투숍을 떠나 무작정 남동쪽으로 향했다. 그러다 보니 구불구불 이어진 그리니치빌리지와 소호의 거리를 거닐며 식당들에 관한 긴 대화를 나누게 되었다. 그러다 모라가 자신이 좋아하는 식당에 대해 열변을 토했는데, 그중에는 놀라울 만큼 믿음직한 추천도 있었다(**주방에서 일한 적이 없는 사람 중에 '프렌치스'를 말하는 건 처음 보네요!**). 그러자 코스티야는 자신이 요리사가 되었다는 것을 밝히게 되었고(**정말이요? 어머. 그건… 의외네요**), 그녀가 강력 추천하는 굴 요리 전문점에 대해 자신이 들은 얘기를 말했다(**하룻밤 불장난에 빠지고 싶지 않다면 화요일은 피하세요. 그런데 잠깐. 화요일에 뭐해요?**). 이 말에 모라가 사랑스럽게 얼굴이 발그레해져서는, 그만 실수로 콘스탄틴의 아픈 팔을 밀었다(**오, 맙소사! 미안해요! 그럴 생각은 아니었어요. 잠깐만요. 지금 우는 거예요?**). 그러자 그가 고통스럽게 몸을 숙이며 어딘가 앉아야 할 상황이 되었고,

그래서 둘은 근처에 있는 술집에 들어갔다(술! 술이 필요해요!). '마더스 루인'이라는 이름의 술집이었는데, 이곳에서 의외로 훌륭한 올드 패션드 칵테일과 데킬라 한 잔, 그리고 (모라가 억지를 부려서) 싸구려 샴페인 세트를 시켰다. **그러다 보니** 결국 크로스비 스트리트의 쓰레기통으로 향했고, 거기서 그는 그녀의 머리를 뒤에서 잡아주었다(**정말 전에는 한 번도 이런 적이 없는데. 우엑. 하늘에 맹세해요!**). 그리고 나머지 술기운을 가라앉히기 위해 소호 파크에서 기름진 버거를 먹었다. 하지만 그녀는 그가 계산하는 걸 허락하지 않았다(**방금 당신한테 민폐를 끼쳤으니, 제가 낼게요!**). 그러자 코스티야는 여자들이 김 빠지게 그러는 것처럼 그녀가 곧 자신에게 **정말** 좋은 남자, 좋은 친구라고 말하며 조만간 아침 식사나 커피 한잔이나 하자고 발을 뺄 거라고 생각했지만, 그녀는 오히려 눈을 반짝이며 그의 다치지 않은 손목을 붙잡고 혹시 진짜 재미를 보고 싶으냐고 물었다. 그는 그 질문을 섹스와 관련지어 생각했지만, 결국 그들은 첼시로, 하이라인에 있는 대형 창고로, 〈노 터닝 백〉이라는 연극을 보러 가게 되었다(…**아. 연극이요? 예… 음, 연극 좋죠!**). 그것은 〈슬립 노 모어〉 제작진이 만든, 4층 규모의 체험형 연극 무대였다. 둘은 은색 흑사병 가면으로 얼굴을 가리고 벨벳 같은 어둠에 감싸인 채 사후세계를 걸어 다녔다(**좋아요. 이거 제법 멋지네요…**). 모라의 뜨거운 손이 그의 손을 잡고 비밀 통로들로 이끌었다. 각각의 복잡한 공간마다 놀라운 것이 가득했다. 공중을 나는 무용수들, 피 묻은 책들, 실내 수영장에서 노래하고 쓰러지고 사랑을 나누고 물에 풍덩 빠지는 오르페우스와 에우리디케, 가면무도회, 불의 궁전의 하데스와 페르세포네, 카드 테이블에 앉은 헤르메스(**배팅을 하세요!**). 그러나 빛과 의상, 주변 세트의 설계가 이뤄낸 기적과 화려한 볼거리에도, 코스티야의 눈은 온통 다른 곳에 가 있었다. 오직 모라에게만 고정되어 있었다.

마지막 장면에서 오르페우스가 뒤를 돌아봐 에우리디케를 영영 잃게 되었을 때, 모라는 몸을 바싹 붙이며 **정말 바보예요**라고 속삭였고, 코스티야는 가면 속에서 미소 지으며 고개를 끄덕이고 나지막한 목소리로 답했다. **풋내기 같은 짓이에요. 사랑한다면 기다려야죠.**

너무 오랫동안 머무른 나머지, 한 바퀴를 돌아 다시 공연이 시작됐다. 오르페우스는 다시 류트를 연주하며 별빛 속에서 옅은 안개를 헤치고 나아갔고, 옆방에서는 부활한 에우리디케가 조명을 받으며 기다리고 있었다. 콘스탄틴은 두 번째로 그들을 따라가려고 몸을 돌렸지만, 모라가 그의 손을 꼭 잡고 그를 계단통으로 데려가서는 가운데가 움푹 들어간 계단에서 긴 키스에 돌입했다.

"여기서 나갈까요?" 그녀가 속삭였다. 그녀의 입김이 차가운 공기 속에 매달렸다.

코스티야가 누군가와 함께 있는 것, 저세상과 관련된 것들이 아닌 것에 강렬한 끌림을 느낀 건 정말 오랜만이었다. 그는 이 완전무결한 순간, 이 너무도 멋진 여자에게 너무도 완전하게 압도된 나머지 목구멍 뒤쪽에서 느껴지는 서늘한 한 줄기 바람을 묵살했다. 목구멍으로 기어 올라오는 감각을 무시했다. 그리고 세 번째로 그의 혀에 퍼지는 끝맛도 거의 알아채지 못했다.

리세스 컵. 다른 것과 결코 혼동할 수 없는 매끈한 피넛버터와 말도 안 되게 부드러운 초콜릿의 식감은 그를 잠시 멈칫하게 해야 마땅했지만, 그 무엇도 이 밤의 가속도를 멈추지 못했다. 초콜릿에 집착하는 딱한 유령은 더더욱 역부족이었다. 그는 그 맛을 꿀꺽 삼키며 마음에서 몰아냈고, 대신 모라에게 다시 키스하며 그녀의 입과 혀의 맛에 집중했다. 맥주 같고, 버터 같고, 소금 같고, 그가 갈망해 온 모든 것 같은 맛이었다.

그녀는 더 깊이 더 굶주린 것처럼 그의 키스에 응했고, 그는 또 다른 어떤 맛을 어렴풋이 느꼈다. 익숙한 무언가, 맛있고 스모키하고 달콤한 무언가였다. 그가 뭔지 알아낼 수 없는 나른한 무언가. 오랜 시간이 흐른 뒤에야 그는 그것이 무엇이었는지, 그녀 안에 잠재된 죽음이 왜 그렇게 맛있게 느껴졌는지를 이해하게 된다. 그러나 지금 이곳에서는, 그녀의 손가락이 그의 머리칼을 헤집고 그녀의 몸이 그의 몸을 밀어붙이고 있는 지금 이 순간에는, 그것이 무엇인지에는 관심이 없었고 자신이 그것을 원한다는 것만이 중요했다.

"앞장서요." 그가 속삭이고는 그녀를 따라 거리로 나갔다. 둘을 태운 택시는 맨해튼에서 펼쳐지는 완벽한 밤의 마법 속으로 빨려 들어갔다.

그녀의 집까지 택시를 타고 가는 시간은 그의 인생에서 가장 긴 7분이었다. 도시의 불빛이 창문을 통해 흐릿하게 비추는 가운데, 그는 그녀의 입과 목에 키스하며 그녀의 향수와 살냄새가 뒤섞인, 마치 마약 같은 향기를 흡입했다.

그들은 더듬더듬 어두운 그녀의 아파트 건물 입구로 들어가서 키스를 멈추지 않은 채로 삐걱대는 낡은 엘리베이터에 올라탔고, 아파트 현관문의 넓은 입구를 허겁지겁 통과하자마자 탐욕스럽게 스웨터와 코트, 청바지와 신발을 하나하나 벗으며 결코 끝나지 않을 듯한 복도를 따라 주방으로 들어갔다. 그녀는 새로 새긴 문신 위로 비닐 랩이 팽팽히 감겨 있는 그의 민감한 왼쪽 팔을 소매에서 빼더니, 잠시 멈추고 흉터로 반들거리는 오른쪽 팔을 더듬었다.

그가 그녀를 들어 조리대 위에 앉혔고, 그녀는 걸신들린 듯 그에게 다시 키스했다. 그가 무엇을 하고 싶으냐고 묻자, 그녀는 그의 눈에 별이 보이게 하고 온몸이 뜨겁게 달아오르게 하는 말을 속삭였다. **당신이 나를 가득 채우면 좋겠어.**

그녀가 그의 손을 자신의 다리 사이로 가져가서 그 말을 했을 때, 그는 그들이 있는 곳이 어느 방인지, 어느 도시인지, 어느 행성인지 더 이상 신경 쓰지 않았다. 그가 달콤하고 축축하고 따뜻한 그곳에 입을 댔을 때, 그녀의 맛이 그의 혀를 넘어 그의 목구멍으로 이동할 때, 그는 이승의 맛이든 저승의 맛이든 이처럼 자신을 속절없이 굶주리게 하는 것을 맛본 적이 없음을 깨달았다.

유리처럼 매끈한 실크 시트가 깔린 그녀의 침대. 축축한 피부. 달라붙은 머리.

콘스탄틴. 그녀의 목구멍에서 그의 이름이 멈춘다.

나를 봐요. 그는 결코 멈추고 싶지 않다.

그리고 어둠 속에서 그녀가 아주 잠시 정신을 잃는다. 그녀의 눈에서 생명이 사라진 것처럼 보인다. 하지만 이 작은 죽음은 분명 빛의 장난일 것이다. 다음 순간 그녀가 그의 옆으로 나동그라진다.

숨을 헐떡이고 깔깔 웃으면서.

한 번 더 해요.

부정할 수 없이 살아 있는 채로.

!!

끔찍함의 정도를 1부터 10까지 구분한다면, 허기는 11이다.

너는 온종일 먹지만 결코 포만감을 느낄 수 없다.

푸드 홀에 갇혀서 다음 세상으로 떠날 수 없다.

너는 계속 상황이 나아지길 바란다. 자신을 떠나보내지 못하는 언니가 치료를 받기를, 남자를 만나기를, 또는 자신을 마음에서 몰아낼 다른 방법을 찾기를.

스포일러를 주자면? 언니는 그렇게 하지 않는다. 그녀는 그저 화가 나고, 슬프고, 옴짝달싹 못 한다.

그리고 너도 그렇다.

시간이 지나면서 너는 변화를 느낀다. 자신의 손이 이렇게 회색이었나 싶다. 말할 때 목소리가 이렇게 울렸었나? 그건 상상이 아니다. 이 굶주림이 그렇게 변화시키는 거다. 변신시키는 거다.

(솔직히 말하자면, 죽는 것이 이렇게 골치 아픈 일인 줄 알았다면 애초에 자살하지 않았을 거다.)

너는 어떻게 해야 끝낼 수 있을지 궁금하다. 결코 다음 세상으로 떠날 수 없다면 어떻게 될까? 만약 언니인 모라가 너를 놔주기 전에 죽어버린다면?

그때 너는 알게 된다.

푸드 홀의 어두운 구석은 그림자들로 가득한 장소임을. 살아 있는 사람들이 절대 놔주지 않아서 해방되지 못한, 한때 너와 같았던 영혼들의 빈껍데기로 가득 차 있다는 것을. 다만 그들은 더 이상 영혼이 아니며, 굶주린 사람들보다 못한 존재가 되었다.

그들은 유령이 되었다.

행그리(hangry) 유령. 배고파서 화난 유령이다.

(웃지 않도록 하자. 웃긴 얘기가 아니니까.)

배고파서 화난 유령은 눈에 고통이 가득한 무감각한 존재다. 그들이 결코 살지 못할 삶에 대한 슬픔. 그들이 다시 느끼지 못할 만족을 향한 갈망. 그들이 벗어나지 못하는 길에 대한 분노. 그들은 춥고 어둡고 절망적이다. 두렵고, 충동적이고, 폭력적이기도 하다. 가까이 오는 무엇이건 산산조각 낼 만큼 강력하다. 그들이 푸드 홀에서 빠져나오게 된다면, 이승과 저승을 가르는 막을 찢어버릴 수 있다. 그럴 수 있을 뿐 아니라 그렇게 할 것이다. 그들은 자신들의 욕망을 채우기 위해 무슨 짓이든 할 것이다. 그래서 푸드 홀이 그들을 가둬두는 것이다.

그들에게 일어나는 일은 정말 불공평하다. 너에게 일어나고 있는 일도 그렇다.

그것은 너에게 아버지를 떠오르게 한다. 우울증이 덮쳤을 때 아버지가 어떻게 되었는지를. 모든 즐거움이 사라졌다. 마음이 공허해져서 헤엄칠 의지 없이 침몰하다가 결국 미쳐버렸고, 수류탄의 핀이

뽑혔다.

　너는 그런 삶을 살기를 거부했다. 그런 삶을 원치 않았다. 그것이 죽음을 선택한 이유였다. 아버지가 앓았던 병을 진단받았기 때문에.

　그러나 이제 어차피 그 병에 걸릴지도 모르겠다. 영원히. 이번에는 빠져나갈 길도 없다.

　흥, 집어치워. 너는 결심한다.

적절한 디저트

다음 날 아침 콘스탄틴은 간도 정신도 아직 술에서 덜 깬 상태로, 모라가 눈을 뜨는 순간 자기를 보고 질겁하지 않기를 바라며 잠든 모라를 지켜보았다. 마치 태양을 응시하는 것 같았다. 매혹적이고, 눈이 멀 것 같으며, 눈에 잔상이 남는 풍경이었다.

쏟아진 잉크처럼 베개에 고인 머리칼이 빛났다. 그는 얼굴을 그녀의 머리칼에 묻고 그 향내를 들이마시고 싶었다. 설탕 뿌린 제비꽃, 포도맛 탄산수, 블랙베리 잼의 향기가 날 것만 같았다. 뿌리 부분을 가까이 보니 좀 놀라웠다. 하얗게 염색한 것이 아니라 원래 그렇게 자란 거였다. 마치 어떤 충격으로 모낭이 하얗게 바랜 것 같았다.

눈 화장이 뭉개져 있어 어스름한 빛 속 그녀의 인상은 평소보다 순해 보였다. 입술 화장도 뭉개져 간밤의 립스틱이 지워졌고, 일부는 베개에 군데군데 묻었다.

그녀의 피부 여기저기에는 어젯밤에는 어두워서 볼 수 없었던 수많은 자국이 별자리처럼 흩어져 있었다. 쇄골 부분에 작은 해골 문신이 있었고, 어깨에도 문신 하나가 있었다. 얇은 비닐에 덮여 있는,

조금 부어오르고 가장자리가 빨간 그 문신은 어제 칼의 작품이었는데, 검은색으로 얇게 새긴 '메멘토 모리(죽음을 기억하라)'라는 문구였다. 가슴 바로 아래에서 시작해서 옆구리로 휘어지며 내려가 왼쪽 엉덩이까지 이어진 크고 정교한 디자인도 있었는데, 세 장의 타로 카드(죽음, 연인, 세상)를 들고 있는 해골 손이었다. 허리에는 은하수 같은 주근깨가 있고, 작고 반듯한 맹장 수술 자국도 있었다. 허벅지에도 일련의 문신이 있었다. 본인이 직접 새긴 것처럼 비뚤비뚤한 세 개의 파란 선이었는데, 마치 어떤 계산을 표시한 것처럼 보였다.

모라는 잠결에 자세를 바꿨다. 코스티야는 그녀의 팔뚝과 손목을 흘끔 보았고, 거기서 흉터를 발견하고 오랫동안 넋을 잃고 바라보았다. 목적을 이루지 못한 시도의 흔적이었다. 대체 왜 그랬을까 하는 생각에 사로잡힌 순간, 마치 스위치를 켠 것처럼 그 답이 그의 혀에 퍼졌다.

누군가의 손에서 반쯤 녹아 따뜻해진, 초콜릿이라고 하기에는 너무 물렁한 컵 모양 캔디. 이뿌리가 아플 정도로 달디 단 피넛버터.

"이봐요, 낯선 남자." 그 순간 모라가 깨어나서 미소 지었다.

"좋은 아침이에요." 그가 미소로 화답했다. 리세스의 맛이 입안에서 감돌았다.

"팔은 좀 어때요?"

"더없이 좋아요." 사실은 살이 응고되고 있는 것처럼 느껴졌다. 하지만 이런 상황에 이깟 팔 따위 없으면 어떠랴?

"다행이네요."

"지금 몇 시예요?"

"시간은 개념에 불과해요." 모라가 침실용 탁자 위를 더듬었다.

"하지만 이 현실에선, 아, 6시 30분이네요. 이런, 이건 당신 거네요."

그녀가 전화기를 건넸다. 뉴욕시 지역번호 917로 시작되는 어떤 번호로 걸려온 부재중 전화 다섯 통이 표시되어 있었다. 그는 얼른 무음 모드를 해제했다.

"그래서, 당신 정말 셰프예요? 아니면 나를 침대로 유인하기 위한 수작이었나요?"

"이봐요. 나를 집으로 데려온 건 **당신**이라고요. 하지만 난 셰프가 맞아요. 적어도 셰프였죠. 내 가게가 얼마 전에 문을 닫긴 했지만."

"실망스럽네요. 그 말을 들으니 유감이에요." 그녀가 일어나 앉아 티셔츠를 입었다. "하지만 내 주방은 아직 열려 있고, 난 배가 고파요. 커피 먼저 마시죠. 그런 다음, 셰프님, 숨은 솜씨를 보여주시죠."

그녀의 주방은 엉망이었다. 서랍 하나 전체가 조리도구 대신 식당 홍보용 성냥갑으로 채워져 있었다. 그중 절반은 몇 년 전부터 문을 닫은 곳이었다. 프라이팬은 하나뿐이었고, 칼은 하나같이 무뎌서 쓸모없을 정도였다. 오븐은 최악이었다. 그것은 창고였다. 하지만 공간이 부족한 뉴욕 사람들이 그러는 것처럼 신발이나 스웨터 따위를 위한 공간은 아니었다. 거기에는 노트북과 유선 전화기(**우리가 1999년으로 돌아간 건가?**), 그리고 『10대의 영혼을 위한 닭고기 수프』 시리즈 몇 권이 들어 있었다.

"일 때문에 필요한 거예요." 그녀가 방어적으로 말했다.

"무슨 일? 고물상이요?"

"생명의 전화." 그녀가 그에게 알려줬다. "10대들을 위한 자살 예방 상담 전화죠. 제 부업 중 하나예요."

"맙소사. 음, 쥐구멍에라도 숨고 싶네요."

"우선 커피 한잔 만들어줄 수 있어요?"

코스티야가 커피포트를 만지작거리는 동안, 모라는 냉장고를 들여다보며 인상을 찌푸리더니 재료를 꺼내기 시작했다. 먹다 남은 살라미 슬라이스, 반쯤 남은 딸기 통, 오이피클 병, 세 개의 갈색 달걀.

"미스터리 바스켓*에 그걸 몽땅 다 때려 넣을 셈인가요?"

그녀가 조리대를 내려다보았다. "난 줄리아 차일드**가 아네요."

"줄리아? 학교 구내식당에서도 그런 조합은 시도하지 않을걸요."

"점수 깎이지 않게 조심하세요."

"오, 점수가 있나요?"

"물론 있죠."

"그럼 상은 뭐죠?"

모라가 쌓여 있는 재료들 위에 슬라이스 치즈 두 장을 얹고는 짓궂게 미소 지었다.

"당신이 이것들로 먹을 만한 뭔가를 만들면, 우리가 어젯밤보다 더 잘할 수 있을지 확인해보는 걸로 하죠."

코스티야는 잠시 생각한 끝에 그 의미를 파악했다. **이런, 세상에!**

"시간 재기 시작해요."

42분 뒤에, 모라는 거의 신음하고 있었다.

"세상에나. 세상에나." 그녀는 딸기 수플레를 한 입 더 베어 물었

* 요리 경연에서 셰프들에게 현장에서 제공되는 박스로, 경연 시작과 함께 재료가 공개된다.
** 60~70년대에 명성을 떨친 미국의 요리연구가이자 셰프.

다. "이건 차원이 다른 초현실적인 맛이에요."

"그건 **원래** 디저트인데." 콘스탄틴이 혀를 차며 말했다.

"인생은 어떻게 될지 모르잖아요." 그녀가 그를 향해 숟가락을 흔들며 말했다. "그러니까 디저트부터 먹어야죠."

"베네딕트 좀 먹어봐요."

그는 접시를 밀어주고는, 모라가 포크 끝으로 바삭한 살라미를 부수는 것을 지켜보았다. 밑에서 수란 노른자가 흘러나오며 홀랜다이즈 소스와 섞였다. 그야말로 별 다섯 개짜리 요리였다. 그녀는 눈을 감고 씹었다.

"나 당신을 사랑하는 거 같아요." 그녀가 말하고는 삼켰다. "이걸 어디서 배웠죠?"

"대부분 사뵈르 페어에서요."

"사뵈르 페어?" 그녀가 그의 말을 그대로 반복했다. "미쉐린 별 세 개에, 요리계의 전설 미셸 보센이 운영하고, 6개월 전부터 예약을 해야 한다는 그 사뵈르 페어 말인가요?"

"부업으로 음식 비평도 하나 보죠?"

"그냥 식도락가예요." 그녀가 포크를 계란에 찔러 넣었다. "사뵈르는 오랫동안 내 버킷 리스트에 있었어요. 당신 좀 멋지네요."

"뭐 그렇지도 않아요. 설거지 담당에 불과했는걸요."

"원래 다 그렇게 시작하는 거 아닌가요?"

"그렇게 말하니까 실제보다 더… 계획적이었던 것처럼 들리네요. 난 그저… 운이 좋았을 뿐이에요. 조리사들이 그만두는 바람에 내가 올라간 거죠. 오해하지는 말아요. 난 무척 고맙게 생각하고 있어요. 식당을 운영하는 방법, 주방을 운영하는 방법, 어떤 재료로 뭔가를 만들어내는 법 등 모든 것을 사뵈르에서 배웠으니까요. 하지만 맛에 대한 것, 그러니까 양념과 조합, 식감 같은 것들은 대부분 유령들에게 배웠어요."

그는 숨기거나 피하거나 얼버무리지 않고 즉흥적으로 말했다. 모라가 이미 알고 있었기 때문이었다. 그녀에게 말할 수 있다는 것, 다시 누군가에게 비밀을 털어놓고 죽은 사람들과 함께 사는 게 어떤 기분인지를 고백할 수 있게 된 것에서 일종의 해방감을 느꼈다. 그 순간 자신이 얼마나 프랭키를 그리워했으며 프랭키가 죽은 뒤 혼자서 비밀을 간직하는 것이 얼마나 외로웠는지 가슴 저리게 깨닫게 되었다.

"유령들이 당신의 미각을 바꿨다면, 당신은 유령들의 맛을 많이 봤겠군요."

그래! 그녀가 이해하는 것 같아.

"늘 그렇죠. 하지만 난 불평할 수 없어요. 그것 덕분에 내가 요리 학교 출신 속물들보다 한발 앞섰으니까요."

"하지만 죽은 사람들과 소통하는 건 지치는 일일 거예요."

"익숙해지죠. 어느 정도는."

"그리고 요리를 하고 셰프가 됨으로써 그 맛들을 끄집어내는 건가요?" 그녀가 경외심에 고개를 저으며 말했다. "정말 대단하네요. 죽은 자들과 엮이지 않으면서 독자적으로 당신 안에서 그 맛을 끄집어내다니."

잠깐… 뭐라고? 아니. 그녀의 생각은 좀 다른가 본데?

"그러니까 당신이 하고 있는 일이 그거잖아요?" 그녀는 속내를 정확히 알 수 없는 표정으로 그를 보며 말했다. 기대인가? 의심인가? 희망? "아직도… 실험을 하고 있지는 않겠죠?"

교묘한 질문처럼 느껴졌다.

"어, 그러니까…."

그는 그녀에게 진실을 **말하고 싶었다.** 진실을 **말해야 했다.** 모든 것을 고백하고 인정해야 했다. 사뵈르 페어에서의 아버지 사건에 대해. 헬스 키친 비밀 레스토랑에 나타난 영혼들에 대해. 투미력을 버리지 않았다는 사실에 대해. 그런데 그는 주저했다. 몇 개월 전 그녀가 자신에게 경고했기 때문이다. 그에게 어떤 상황에서든 유령들과 잘못 엮여서는 안 된다고 말했기 때문이다.

"사실 웃기는 얘기죠."

그녀가 한쪽 눈썹을 치켜 올리며 물었다. "뭐가 웃긴데요?"

그가 침을 삼켰다.

코스티야가 실토한다면, 두 사람이 어떤 관계건, 그리고 어떤 관계로 발전할 수 있건, 그 관계가 시작도 하기 전에 끝나버릴지 몰랐다. 겨우 몇 시간을 함께 보냈을 뿐이지만, 그는 이미 지난 수년간의 결실 없는 연애와 열정 없는 관계에서 느꼈던 것보다 더 많은 불꽃과 전율과 욕망을 느끼고 있었다. 그녀를 그냥 놓칠 수는 없었다. 전체 그림을 보여주지 않은 채 그럴 수는 없었다. 그는 자신이 하고 있는 좋은 일과 그가 돕고 있는 사람들, 그리고 그것이 안전하며 자신이 알아서 잘하고 있다는 것을 그녀에게 보여줄 방법을 찾을 셈이었다. 그러면 어쩌면….

"콘스탄틴?" 그녀의 재촉에 그는 갑자기 한 남자에서 흡사 젤리 같은 무척추동물이 되었다.

"음… 그러니까…. 세온세에서 내가 그 칵테일에 대해 말했던 거

기억해요?"

"유령을 불러왔던 거요?"

"어, 네. 그 칵테일이요. 음. 파티에서 당신이 말한 것에 대해 많이 생각했어요." 그가 신중하게 말을 골랐다. 엄밀히 말해 사실이었다. "솔직히 말하면, 듣기 힘들었어요. 내가 당신에게 기대한 말이 아니었죠." 이 또한 사실이었다. "또 당신이 내가 하려는 일에 초를 친 게 기분 나빴어요. 그래서 당신에게 보란 듯이 셰프가 되고 내 가게를 열었죠." 이건 뭐, '정직한 에이브' 링컨 대통령이 울고 갈 정도였다.

그녀의 표정이 누그러졌다. "이봐요, 그날 내가 좀 세게 나간 건 알아요. 말을 전달하는 방식이… 친절하지 못했죠. 하지만 당신 때문에 그런 건 아니었어요. 사실 그날 밤 나는 당신을 찾으려 했어요. 당신이 떠난 뒤에."

"정말이요? 왜요?"

모라가 어깨를 으쓱했다. 짐짓 태연해 보이려는 행동이었지만 실패했다.

"사과하려고요. 내가 선을 넘었다는 걸 알았으니까. 당신은 귀엽고 상냥하고 자신이 어떤 일에 말려들려는 건지 꿈에도 몰랐죠. 그리고 그런 일을 당해 마땅한 사람도 아니었고요."

귀엽다고? 코스티야는 주방 타일 위로 몸이 붕 뜨는 기분이었다.

"어쨌든 당신이 내 조언을 받아들인 걸 보고 좀 놀랐어요. 죽은 사람들에 대한 조언 말이에요."

"내가 그랬다고 어떻게 그렇게 확신하죠?" 그는 반듯한 태도를 유지하면서도, 재미있게, 살짝 끼를 부리면서 말하려고 노력했다. "내 말은, 난 이제 문신 있는 남자잖아요. 어쩌면 거칠게 살고 있을

지도 모르죠. 어쩌면 수없이 유령을 불러왔을지도 모르고."

모라는 웃음을 참으려고 애썼다. 그녀는 그의 팔을 따라 손을 미끄러뜨려 올라가, 팔꿈치 부분에 살짝 들려 있는 비닐 랩을 꾹 눌러 붙였다. 그는 아팠지만, 그녀가 또 그렇게 해주기를 바랐다.

"좋아요, 거친 존재라. 그럼요. 당신은 우주의 질서를 가지고 장난을 쳤는데 상처 하나 없이 무사했다, 이거군요. 정신 차리세요! 당신이 정말로 죽은 사람들과 장난을 쳤다면, 시간이 흐른 뒤에…."

그녀가 말끝을 흐렸다. 이 생략이 그에게는 마치 사형선고처럼 느껴졌다.

"시간이 흐른 뒤에 뭐요?"

"모르겠어요. 어쩌면 죽은 사람들이 당신을 덮칠지도 모르죠."

"섹시한 패트릭 스웨이지의 도자기 물레* 같은 맥락에서 그런 얘기를 하는 건 아니겠죠?"

"'데이나는 없어. 줄뿐이야'**에 가까운 상황을 상상하고 한 말이에요."

"아, 좋아요. 좋아."

그녀가 웃었다. "하지만 한 번만 한 거죠? 그 칵테일로?"

"어, 그래요." 차마 그녀와 눈을 맞추지 못하고 고개를 끄덕였다. "거의 그래요."

"앞으로도 안 할 거예요?"

"그건… 그럴 계획이에요. 한 번으로 끝."

- 영화 〈사랑과 영혼〉에서, 두 주인공이 함께 도자기를 만드는 장면.
- 영화 〈고스트버스터즈〉에서, 줄에게 빙의된 데이나의 대사.

코스티야는 당치않은 거짓말을 한 건 아니라고, 사소한 거짓말에 가까웠다고 스스로에게 말했다. 게다가 그는 헬스 키친이 문을 닫은 후로 한 달 넘게 요리를 하지 않았다. 그러니 누가 알겠는가? 어쩌면 정말로 다시는 유령을 불러오는 일을 하지 않을지. 그리고 그는 모라에게 진실을 다 말할 셈이었다. 이 관계가 유지된다면.

"좋아요. 내 경험상 상습범은 말썽쟁이 명단에 오르죠." 그녀가 확고하게 주제를 바꾸려는 눈빛으로 그를 보았다. "그런데 말이에요…." 그녀가 그를 다시 조리대로 살살 밀었다. "당신은 승자예요. 내가 상을 줘야 할 것 같네요."

따끔따끔한 흥분이 그의 등줄기를 타고 올랐고, 요란한 맥박이 온몸을 뒤섞고 휘저어 액체 상태로 만드는 것 같았다. 그녀가 몸을 기울여 진심을 다해 키스했다. 그는 그녀의 티셔츠 속으로 손을 넣었다. 그녀가 작게 신음했다. 이 정도면 끝났지.

하필 그 순간 코스티야의 전화가 폭발하듯 울렸다. 〈애프터눈 딜라이트〉를 형편없이 디지털화해서 연주한 곡이었다(프랭키가 장난삼아 설정해둔 거였는데, 차마 설정을 해제할 수 없었다).

설마, 이 타이밍에!? 그가 주머니에서 전화기를 뺐다. 또 917로 시작되는 번호였다.

그의 즉각적인 본능은 전화기를 던져버리는 것이었지만, 마음 한 구석에는 엄마가 괜찮은지, 혹시 로어맨해튼이 물에 잠긴 건 아닌지, 자신이 이곳에서 몇 가지 판타지를 경험하는 동안 세상에 대재앙이 닥친 것은 아닌지 의심하는 작은 목소리가 있었다.

그가 괴로운 목소리로 말했다. "미안해요. 받아야 할 거 같아요."

"나 먼저 시작할까요?"

"그러기만 해봐요." 그가 말하고는 전화를 받았다. "여보세요?"

"아, 여보세요." 전화기 저편의 목소리가 007 시리즈의 악당을 연상시키는 뚜렷한 러시아 말투로 말했다. "콘스탄틴 두호브니 씨를 찾고 있소."

아, **진짜!** 이 전화의 배후에는 아마 그의 어머니가 있는 것 같았다. 바냐 삼촌에게 코스티야가 예전에 하던 트럭 배달 일을 다시 달라고 부탁한 걸지도 몰랐다. 그녀는 아들이 알아서 문제를 해결하도록 믿고 맡기는 법이 없었다. 모라는 그의 벨트 버클을 만지작거렸다. 그럴 때가 **아니었다.**

"제가 두호브니입니다. 코스티야고요." 그가 빠르게 말했다. "하지만 바냐 삼촌에게 트럭 운전 일은 하지 않겠다고 말했는데요…."

"트럭 운전? 아니. 아니. 나는 빅토르 무지츠카요. 마이애미의 **타이나 클럽**, 브루클린의 **패시지**, LA의 **러시안 돌**을 소유하고 있는데, 혹시 이런 곳들을 아시오?"

"아니요." 벨트가 바닥에 덜컥 하고 떨어졌다.

"당신이 셰프로 일해주면 좋겠소."

"감사합니다. 하지만 저는 러시아 음식을 할 줄 모르…."

"러시아 식당이 아니오. 새로운 레스토랑이요. 헬스 키친 비밀 레스토랑에 대한 얘기를 들었소. 유령 음식. 맞소? 난 그런 레스토랑을 만들고 싶소. 맨해튼에서. 하이 콘셉트. 하이 엔드. 파이브 스타. 혹시 관심 있소?"

모라가 그의 목에 키스했다. 어딘가에서 사탄이 키득거렸다.

코스티야는 난처한 표정을 지으며 입 모양으로 말했다. **잠깐만.**

그가 수화기에 대고 말했다. "네. 관심이 아주 많습니다."

!!!

너는 행그리 유령이 되지 않기 위해 뭐든 할 것이다.

그래서 돌아오는 길을 찾기 시작한다.

화해할 방법을. 마지막 대화를. 설명할 기회를. 모라에게 자신을 놔달라고 말할 기회. 그만 아프게 하고, 그만 따라다니라고 말할 기회를.

돌아오는 길이 있다는 것을 알고 있다. 살아 있을 때도 그런 이야기를 들었다. 축제를 위해 돌아오는 유령. 자신의 이름으로 남긴 공물을 챙기기 위해, 핼러윈을 위해, 옛날 빅토리아 시대 사람들에게 붙어 다니던 유령. 주유소 화장실과 놀이공원에 출몰하는 유령도 있었다. 그렇게 어려운 일이 아닐 것이다.

그러나 주변의 다른 영혼들, 푸드 홀에 오래 있어 얼굴이 움푹 꺼지고 팔다리가 그림자처럼 변한 배고픈 영혼들의 말에 따르면, 돌아갈 수 있는 방법, 허기를 채울 수 있는 방법은 딱 하나뿐이다.

그들은 그것을 **마법의 식사**라고 부른다. **환생 식사, 끝맛**이라고도 한다.

많은 이름이 있지만, 네게 그것은 **황금 티켓**이다. 살아 있는 친지에게 돌아가, 마침내 그들이 너를 보내줄 수 있도록 도와주는 마지막 식사를 하는 것.

이때 해야 하는 것은 적절한 음식을 찾는 것뿐이다. 사람들에게 돌아가는 길의 자물쇠를 열어주는 조합. 문제는 지금까지 누구도 그 일을 해낸 적이 없었고, 네가 물어본 영혼들이 네가 찾아야 하는 것이 무엇인지에 대해 합의를 이루지 못했다는 것이다.

누군가는 지금까지 먹어본 최고의 식사여야 한다고 한다. 또 누군가는 살아 있는 친지와 관련 있는 것, 둘이 함께 먹은 음식이어야 한다고 한다. 누군가는 살아 있는 친지의 슬픔의 맛이라고 주장한다. 또 누군가는 그들의 사랑의 맛이라고 한다. 한 남자는 그것이 음식 자체가 아니라 그 음식이 어떤 감정을 느끼게 만드는지와 관련이 있다고 말한다. 어떤 여자는 식사와 기억, 그리고 그 연결에 대한 이론을 갖고 있다.

결국 너는 분산 투자하듯 모든 조언을 받아들인다.

누구도 그 일을 한 적이 없다는 사실은 괘념치 않는다. 첫 번째가 되는 것을 꺼리지 않는다.

하지만 그렇다고 너의 끝맛을 쉽게 찾을 수 있는 것은 아니다.

일시 보류

콘스탄틴은 다음 날 오후 '러시아 티룸'에서 빅토르를 만나 자쿠스키를 먹었다. 자쿠스키란 기본적으로 모둠 애피타이저다. 그곳은 딱 배 나온 늙은 신흥 재벌이 사업을 할 법한 장소였다(그곳이 아니라면, 알몸으로 앉아 사업 이야기를 나누다가 자작나무 가지로 서로를 때린 뒤 얼음물에 뛰어드는 러시아식 증기탕 **반야**였을 수도 있겠지만. 웃겨!).

그가 예상하지 못한 건 테이블에서 자신을 기다리고 있는 남자, 그리고 빅토르 무지츠카의 목소리와 그의 몸을 연결 짓는 시공간 연속체의 당황스러운 균열이었다. 그의 말투는 우스꽝스러워서, 마치 〈록키와 불윙클〉에서 중절모와 모피를 걸치고 등장하는 러시아 스파이 캐릭터 보리스와 나타샤 같았다. 그의 얼굴은 초기 시절의 브래드 피트, 그의 몸매는 아르마니 속옷의 광고 모델 같았고, 그의 자신감은 과하게 뿌린 향수처럼 진동하고 있었다.

빅토르 무지츠카는 (말을 안 할 때는) 카리스마가 넘쳤다.

함께 비즈니스를 하고 싶은 마음이 드는 남자였다. 능력 있고, 세련되고, 일이 되게끔 만드는 사람. 이해할 수 없는 일이지만, 그는 코스티야와 비슷한 30대 중반이었다. 규율과 녹즙을 필수로 여기고, 아침마다 실내용 자전거를 타야 직성이 풀리는 스포츠맨 부류. 그의 숱 많은 금발 머리와 말쑥하게 다듬은 턱수염은 소년처럼 보이는 동시에 성숙해 보이도록 세심하게 연출되어 있었다. 그의 모습은 거의 빛이 날 정도였다.

코스티야는 계속 정신이 산란해졌다. 저 보조개는 진짜일까? 피부가 어떻게 저렇게 이슬처럼 촉촉하지? 보습을 했나? 나도 보습을 해야 하나? 그의 목소리는 무단으로 더빙되어 해외에서 판매되는 해적판 비디오 속 목소리처럼 들렸지만, 그런 목소리만 아니라면, 그는 TV에 나와서 사람들에게 필요 없는 물건을 팔 만한 사람 같았다.

코스티야로서는 다행히도, 그는 사업을 하고 있었다.

빅토르는 메뉴판을 거의 보지도 않고 음식을 주문했다. 그러니까 그는 주방에서 정식 메뉴에 없는 특별한 요리와 비밀 계절 진미, 그리고 평범한 일반인은 구경도 못할 서비스 요리를 제공하는 단골손님이었다. 주문을 마친 뒤, 그는 능숙하게 장광설을 늘어놓기 시작했다. 그는 상트페테르부르크에서 성장기를 보냈고, 모스크바에서 대학에 다니며 시인이 되겠다고 생각했다. 하지만 졸업을 하고 나서 가업을 잇게 되었다(별 볼 일 없는 수출입 사업이었다). 그런데 알고 보니 그는 사업 수완이 있었고, 갑자기 큰돈을 벌었다. 그래서 미국으로 이주해서 국제적으로 사업을 확장했다. 그 과정에서 몇몇 관심 있는 사업을 후원했고(러시아 레스토랑, 나이트클럽), 또 다른 위대한 모험의 기회를 찾고 있었다.

"그래서 당신을 만나러 온 거요. 모든 것을 알고 싶소."

코스티야는 빅토르가 자신의 투미력과 레스토랑에서 일한 경험,

주방을 이끌어갈 자질에 대해 질문을 퍼부을 거라고 확신했다. 이런 질문들에는 대답할 준비가 되어 있었다. 그런데 그는 이런 질문을 하지 않았다. 대신 그들은 콘스탄틴의 성장 과정에 대해, 그가 소련 어디에서 왔으며, 뉴욕에 어떤 가족이 있는지에 대해 은밀한 대화를 나눴다. 빅토르는 코스티야의 어머니에 대해 물었다. 그녀가 일을 하고 있는지, 결혼을 했는지 따위였다.

코스티야가 바냐 삼촌에 대해 언급하자(이반 바실리예비치 코즐로프는 그의 진짜 삼촌이 아니라 어머니가 거의 20년 동안 만났다 헤어졌다를 반복해온 남자친구였다), 빅토르는 마치 자신이 들어야 할 말을 들은 것처럼 활짝 웃었다. 미셸 보셴과 달리, 빅토르 무지츠카는 바냐 식료품점에 대해 들어보았다(그게 **당신 삼촌이었소? 세상 참 좁군! 바냐는 우리의 오랜 공급업체요!**). 그리고 그 때문인지 빅토르는 마음속 체크 박스에 표시를 해서 코스티야를 자신과 같은 부류로 확고하게 분류한 것 같았다.

빅토르는 담배에 불을 붙이고 깊이 들이마셨다.

"우리가 시도하려는 건⋯." 그가 빈 유리잔에 재를 톡톡 털며 말했다. 어떤 종업원도 이 신적인 존재에게 뉴욕 레스토랑에서는 더이상 흡연을 할 수 없다는 말을 감히 꺼낼 수 없었다. "대형 레스토랑이요. 우린 그냥 계획을 가진 셰프가 필요하오. 콘셉트가 중요하다는 걸 강하게 믿고 있소. 누구나 레스토랑을 소유할 수 있지만, 우리는⋯." 그가 콘스탄틴과 자기 자신, 그리고 둘 사이의 공간을 손가락으로 가리키며 말했다. "경험에 관심이 있소."

그는 잠시 말을 멈추고는 보드카 한 잔을 빠르게 마신 뒤 자개 스푼으로 캐비어를 조금 떠먹었다.

"여기 좋지 않소? 모스크바에서 먹는 캐비어와 같지. 보시다시피 콘셉트가 있소! 누구나 캐비어를 제공할 수 있지만, 러시아 티룸은 아주 유명하지요. 진짜 경험을 얻기 위해 찾는 곳이오."

코스티야는 식당을 둘러보았다. 정교한 상감 장식이 되어 있는 에메랄드빛 벽, 금빛 양각으로 솟아오른 불새, 크리스털 캐비어 종지, 문양이 새겨진 은쟁반. 그 모든 것이 합쳐져서 마치 파브르제 달걀 속에 갇힌 것처럼 느껴졌다. 이런 경험은 실제 러시아인들 사이에서도 극소수, 그러니까 궁에서 살고 로마노프 왕가와 접촉하는 부류에게만 진짜 경험일 것이었다. 나머지 사람들에게 그것은 판타지였고, 차르와 함께 테이블에 앉아 지금은 사라진 귀족 사회의 공기를 들이마시는 듯한 상상, 지나치게 호사스럽고 배타적인 시대를 재현하는 것에 불과했다.

코스티야는 빅토르의 의견과 극명한 대조를 이루는, 아버지가 했던 말이 떠올랐다. 소련에서는 외식 한 끼에 한 달 치 월급이 들었고, 그럼에도 음식은 할머니가 해주는 것보다 나을 게 없었다는 얘기였다. 아버지는 피자집이며 햄버거 가게, 서민 식당 등 미국 음식점들에 감탄했다. 앉아서 음식을 먹을 수 있고, 그러고도 월세를 지불할 돈이 남는다니, 생각만 해도 짜릿하다고 했다. 맛있고, 빠르고, 저렴하기까지 한 삼위일체의 기적이라고도. 아버지는 언젠가 코스티야에게 이렇게 말했다. **이게 진짜 미국이지. 피자집에서는 모두가 평등해.**

그것은 코스티야가 자신의 주방에서 구현하고 싶은 이상이었다. 누구든 환영받는 장소. 그러나 코스티야는 빅토르가 또다시 임페리아 보드카를 가느다란 숏글라스에 따르는 것을 지켜보며, 과연 그가 그런 가치를 이해할 만한 사람인지 확신할 수 없었다.

"그런데." 그가 목청을 가다듬었다. "제 얘기는 어디서 들었어요?"

"인스타그램에서. 나마스테이하이의 게시물을 봤소."

코스티야는 턱에서 힘을 빼라고 스스로에게 일깨워야 했다. 나마스테이하이는 그의 가게 문을 닫게 만든 장본인인 인플루언서였다.

"놀랍네요… 그걸 보셨다니."

"모두가 봤지요! '좋아요'가 무려 5만이었소." 빅토르는 보드카를 또 한잔 마셨다. 그의 얼굴이 발그레해졌다. "사람들은 비밀에 관심이 많거든. 어떻게 그녀가 오빠를 다시 보았는지, 어떻게 끝맺음을 하게 되었는지. 그래서 내가 물었소. 유령과 식사라니 농담이냐? 아니면 은유냐? 그랬더니 그녀가 아니라고 했지. 죽은 사람을 불러오는 셰프가 있다고. 그래서 당신을 만나야겠다고 생각했소."

코스티야는 의자 등받이에 기대 앉았다.

'좋아요'가 5만이라니! 그렇게 많은 사람이 자신의 음식에 대해 생각하고, 자신의 음식을 궁금해하다니! 그렇게 많은 사람이 자신의 도움을 필요로 할지도 모른다니.

"그럼 정말 레스토랑을 후원하고 싶은 거예요? 그냥 그렇게요?"

"들어봐요." 빅토르가 버터 바른 토스트에 캐비어를 얇게 바르며 말했다. "난 많은 사업을 하고 있소. 아주 성공적인 사업들이지. 난 레스토랑에 대해 잘 알고, 사람에 대해서도 잘 알아요. 내 생각엔 발상이 놀라운 것 같소. 유령들은 무척 무섭고, 섹시하지요. 핼러윈처럼. 사람들은 그런 걸 좋아하거든." 그가 토스트를 한 입 베어 물고 씹었다. "옛날 영매 같은 거요? 아니면 점성술사? 수정 구슬과 펄럭이는 스카프로 유령과 이야기하는 거요? 요즘은 뭘 이용하지? 프로젝터나 스피커를 숨겨뒀나? 우리는 기술을 업그레이드할 거요. 내

동료인 막심이…."

"뭐라고요? 아니. 아니, 아닙니다. 속임수가 아녜요." 코스티야는 슬슬 열이 오르는 것을 느꼈다. 그의 셔츠와 소맷동, 칼라가 너무 꼭 끼었다. "제가 하는 건, 그런 쇼가 아닙니다. 진짜예요."

빅토르는 그가 농담을 한다고 생각했는지 피식 웃었다. "당신이 매우 진짜처럼 느끼고 있다는 건 알겠소. 하지만 코스티야, 내가 투자를 하려면 진실을 알아야 해요."

"그게 진실입니다. 아무 속임수가 없어요. 유령은 진짜입니다."

"난 유령을 믿지 않소."

"그렇다고 유령이 존재한다는 사실이 바뀌진 않죠."

"우리가 이 문제에 대해 논쟁할 수는 있겠지만, 사람들은 진짜를 원하지 않소! 판타지를 원하지."

"보세요. 선생님은 그렇게 생각하실지 모르지만, 여기서는 진짜인 것이 핵심입니다. 영혼과의 연결을 위해서는 진짜가 필요하죠. 음식에 있어서도요. 저는 사뵈르 페어에서 거의 1년 동안 일했습니다…."

"그래요, 그래." 빅토르가 눈알을 위로 굴리며 토스트를 또 한 입 베어 물고는 입안에 음식이 차 있는 채로 웃었다. "미셸 보셴, 내 생각엔 그 사람도 유령을 안 믿는 것 같소. 내 소식통에 따르면, 그자가 일하는 도중에 당신을 해고했다던데."

"제가 그 일을 하는 것을 봤기 때문이죠." 코스티야가 내뱉었다. "증거를 보여드려요?" 그가 셔츠 소매의 단추를 풀고 거칠게 끌어올려 반들반들한 흉터가 있는 속살을 드러냈다. "이겁니다. 대규모 연말 파티가 한창일 때 제가 유령을 불러냈고, 미셸은 그게 마음에 들지 않았죠. 그래서 크리스마스 보너스로 이걸 줬고요. 유령은 진짜입니다. 아셨어요?"

빅토르가 콘스탄틴의 팔을 넋을 잃고 바라보았다. 손목에서 팔꿈치까지 피부가 쭈글쭈글했다. 그가 토스트를 내려놓고 냅킨으로 입가를 닦았다.

"좋아요. 진짜라고 칩시다. 몇 번이나 유령을 살려냈소?"

"뭐라고요?"

"몇 번이나 불러냈느냔 말이요."

"스무 번쯤." 반올림을 하고, 곱하기를 하면 그랬다.

빅토르가 천천히 고개를 끄덕이며 뭔가를 계산했다. "그럼 당신은 모든 고객에게 그렇게 할 수 있소? 항상 효과가 있소?"

"음, 아뇨. 하지만…."

"매일 밤, 열 번, 스무 번, 서른 번씩 할 수 있소?"

"물론이죠." 콘스탄틴이 침을 삼켰다. 침이 끈적끈적하고 불쾌했다. "아마도요."

"전에 비밀 레스토랑에서 그렇게 했소? 여러 좌석을?"

"아뇨. 그렇지는 않습니다."

빅토르는 눈썹을 치켜 올렸다. 그리고 또 고개를 끄덕였다. 샴페인 잔을 입술로 가져가서, 길고 느긋하게 한 모금 마셨다.

이건 좋은 신호가 아니었다.

"어쩌면 우리는 서로를 오해하고 있는 것 같소." 그가 결국 말했다. "당신의 콘셉트는 무척 마음에 들어요…."

"그저 콘셉트에 불과한 게 아닙니다." 코스티야가 빠르게 말했다. "저는 할 수 있습니다. 제 요리는, 제 음식은 끝맺음을 할 수 있게 해줘요. 그게 중요해요. 열심히 하겠습니다. 더 열심히….”

“콘셉트는 무척 마음에 들어요.” 빅토르는 말을 끊고 같은 말을 되풀이했다. “하지만 난 레스토랑을 열지 않을 생각이오. 당신은 아직 준비가 되지 않았소. 연습도 필요하고. 지금 그건 레스토랑이 아니라 테스트 주방이요. 나하고는 맞지 않소. 난 더 이상 흥미 없소.”

그들의 만남은 디저트가 나오기 전에 끝났다.

코스티야는 추위 속에서 터덕터덕 걸어 집으로 갔다.

예전에 이런 상황이 닥칠 때마다 그는 참새가 방앗간을 들르듯 맥도널드에 들렀다. 그래서 그는 걷다가 맥도널드 타임스 스퀘어점을 지나칠 때, 안으로 들어가고 싶은 충동에 힘겹게 저항해야 했다. 당장 몇 가지 메뉴를 주문해서 하나씩 입에 쑤셔 넣고 싶은 마음이 굴뚝같았지만, 더 이상 예전의 그 남자로 돌아가고 싶지 않았다.

그런데 다시 생각해보면, 그 남자의 삶은 단순했다. 예측 가능했고, 안전했다.

그 남자는 일자리가 있었다. 비록 그가 싫어하는 형편없고 감동 없고 장래성마저 없는 배달 일이었지만, 대부분의 뉴욕 사람은 그런 상황에 전혀 불만 없이 살아간다. 그 남자에게는 항상 무엇을 해야 하는지를 아는 프랭키가 있었다. 그리고 그 남자에게는 지금처럼 온갖 사건 사고가 대형 퍼레이드라도 벌이듯 수시로 터지는 정신없는 삶이 아니라, 조용하고 안정적인 삶이 있었다.

코스티야가 마침내 자신의 아파트에 도착했을 때, 실내는 그야말로 냉골이었다. 보일러가 터졌나? 공과금을 안 냈나? 아니면 그냥 그가 침몰하는 동안, 우주가 그를 냉대하고 있는 걸까?

그는 따뜻한 곳을 찾아 집의 가장 안쪽에 있는, 프랭키가 쓰던 방으로 도피해서 이불로 몸을 감쌌다. 너무 추워서 그가 거칠게 호흡할 때마다 입김이 나오는 게 보일 정도였다. 그는 그곳에 앉아서 감상에 젖어 허우적대지 않으려고 애썼다. 그런데 그러기가 쉽지만은 않았다. 곧 월세를 감당할 수 없게 될 아파트에서 오들오들 떨면서, 시트에 밴 죽은 친구의 스프레이 향수 냄새를 맡으며, 빅토르와의 만남이 얼마나 망했는지를 마음속으로 곱씹고 있었으니까.

그렇게 슬프지만 않았다면 거의 웃기게 느껴질 만한 상황이었다. 그는 무지츠카를 만족시킬 만큼 많은 유령을 불러오진 못했지만, 모라의 기준에 비해서는 너무 많은 유령을 불러왔다(그녀가 모르긴 하지만). 똑같은 수프라도 누구에게는 너무 차고, 누구에게는 너무 뜨거울 수 있었다. 코스티야는 빅토르가 그렇게 지나가버린 것이 오히려 다행인지도 모른다고 스스로에게 말했다. 유령 레스토랑을 운영하면서 모라와 만날 수는 없을 것이었다. 그것은 스테이크 하우스를 운영하면서 비건을 사귀는 것과 같았다.

일종의 양자택일의 상황이었다.

그는 모라를 원했다. 그것은 버터와 소금 사이의 신비한 마력만큼이나 부정할 수 없는 사실이었다. 그는 그녀에게 강하게 끌렸는데, 그것은 단순한 끌림 이상이었다. 그녀와 함께 있는 것은 마치 레시피 없이 본능적으로 요리하는 것, 그저 이것과 저것을 함께 넣으면 마법처럼 기막힌 맛이 날 거라는 직감만으로 요리하는 것과 같았다. 만일 그녀와 함께 있기 위해 다른 뭔가를 포기해야 한다면, 다른 어떤 장애물이건 극복해야 한다면, 그는 주저하지 않을 것이었다.

술을 끊어야 한다? 문제없었다.

가족과의 의절? 그것도 좋았다.

은행 강도? 시티 은행을 털까, 체이스 은행을 털까?

그러나 포기해야 할 것이 그의 끝맛이라면? 끝맛이 그의 삶에 초래한 모든 차질과 불편과 실망과 좌절에도 불구하고, 그것을 그냥 버릴 수는 없었다. 그것의 좋은 점들은 너무도 좋았으니까.

망자를 불러오는 데 성공할 때마다, 그 기쁨과 흥분은 마치 로켓 연료와 같았다. 그럴 때면 자신이 그저 요행으로 성공한 돌팔이가 아니라고 느꼈다. 자신이 가치 있는 사람, 인상적인 사람, 특별한 사람이라고 느꼈다.

영혼을 불러올 때마다, 인생을 바꾸는 것 같았다. 중요한 일을 하는 것 같았다. 그는 그런 것들을 버릴 수 있다고 자신 있게 말할 수 없었다. 유령, 요리, 살아 있는 사람들, 또는 수십 년 동안 그가 맛본 것들, 수개월 동안 주방에서 고생한 경험, 그가 이제 막 드러내기 시작한 자신의 숨겨진 부분들.

그런데 다시 생각하면, 모라는 그럴 만한 가치가 있었다. 그녀에게 음식을 만들어줬을 때 어떤 기분이었지? 그것 역시 인생을 바꾸는 경험이었다. 그는 그녀와 함께하는 인생을 그려볼 수 있었다. 진짜 관계. 오래 지속되는 관계. 그녀와 함께 늙어가는 자신의 모습을 상상할 수 있었다. 몸이 구부정해져서 무거운 무쇠 팬을 잘 들어 올리지 못하고 손가락이 굽어 계란도 잘 깨지 못하지만, 여전히 매일 모라에게 끼니를 만들어주는 삶. 그녀에게 그 특유의 미소를 이끌어낼 뭔가를 해서 먹이는 삶.

하지만 그건 미친 생각이었다!

수개월간 그녀에 대한 환상을 품어오긴 했지만, 그가 실제로 그녀와 함께한 시간은 24시간도 채 되지 않았다. 여자한테 홀딱 반했다고, 그동안 일궈온 모든 것을 내동댕이칠 수는 없었다.

하지만… 혹시 그럴 수도 있을까?

그는 프랭키의 베개 위에 털썩 주저앉았다. 어둠이 그를 집어삼키기를, 그래서 생각이 멈추기를 바랐다. 하지만 그때 침대 옆 탁자에서 종이 한 장이 펄럭이며 떨어졌고, 그는 몸을 숙여 그것을 집어들었다.

그것은 날마다 한 장씩 뜯는 일력의 한 페이지였는데, 잉글리쉬머핀 피자 스낵에 관한 의문의 레시피가 쓰여 있었다. **피자 소스가 없으면 파스타 소스나 케첩으로 대신하라!**

이 이상한 물건은 아마도 프랭키의 많은 여자 중 하나가 선물한 것 같았다. 전문 셰프가 제일 갖고 싶어하는 물건이 365일치의 엉터리 아이디어라고 실제로 믿은 누군가였겠지.

뒷면은 메뉴였다. 프랭키가 쓴 거였다. 허둥지둥 갈겨쓴 데다 잉크가 번져 알아보기 힘든 정자체 글씨들이었다.

아페리티프—스펙트럴 사워(라이브러리 오브 스피리츠, 2016년 가을)

아뮤즈 부슈—볶은 간과 양파(사뵈르 페어, 2016년 겨울)

포타주—버펄로 치킨과 구운 감자 수프(헬스 키친, 2017년 겨울)

앙트레—튀긴 정어리와 레몬 절임 토스트(헬스 키친, 2017년 겨울)

특별 메뉴—셰프의 맛(한정 제공)

그것이 뭔지 깨닫기까지는 약간의 시간이 필요했다.

그것은 모두 콘스탄틴이 이승으로 돌아오도록 이끈 망자들에게서 나온 음식이었다. 프랭키는 가능성을 보았다. 콘스탄틴을 믿었다. 그것도 항상. 코스티야의 음식을 제공하는 레스토랑이 어떨지, 어떻게 코스를 구성할 수 있을지 상상할 만큼.

코스티야의 내부에 갈망이 쌓이며, 그를 텅 비게 하는 동시에 가득 차게 만들었다.

프랭키가 있으면 좋겠다는 간절한 소망이 솟구쳤다. 그에게 메뉴에 대해 묻고, 유령과 여자 중에 무엇을 택해야 할지 묻고 싶었다. 그리고 무엇보다 그날 밤 울프퍼프에서 무슨 일이 있었는지 알고 싶었다. 프랭키가 괜찮은지. 그가 어떻게 죽었는지.

"보고 싶어, 친구." 그가 속삭였고, 이에 대답이라도 하듯 방이 더 추워졌다. "너무 많이."

코스티야는 몸을 떨었다. 고통과 상실감이 마치 물리적 실체가 있는 손가락처럼 그의 가슴을 파고들어 폐를 마비시키는 것 같았다.

그리고 그때, 한 줄기 바람이 그의 목구멍 뒤쪽을 때렸다. 그리고 그것은 스르르 어떤 맛으로 변했다.

아일랜드 위스키. 제임슨은 아니다. 틸링도 아니다, 섹스턴이다. 강하고, 훈훈하고, 벌꿀이 첨가된 과일 향이 코를 찌른다. 달콤한 스펀지 케이크. 부드럽다. 너무 부드러워서 술을 흠뻑 머금고 목구멍으로 스며든다. 코코넛 크루잔. 아일랜드 바람의 향이 나는 풍미 좋은 도미니카 럼. 치아 사이에서 깨지는 생일 양초에서 나온 밀랍.

그는 이 럼 케이크를 어디서든 단번에 알아볼 수 있었다. 따뜻하고, 자극적이고, 반은 아일랜드식, 반은 도미니카식이다. 좋은 시간을 약속하는 케이크. 그 사람이 그랬듯이.

그들이 함께 사는 내내 프랭키는 단 것을 좋아한 적이 없었다. 뜨겁고 화끈하고 짠 것을 설탕보다 좋아했다. 그러나 본가로 갈 때마다, 이 케이크가 담긴 밀폐 용기를 가지고 돌아왔다. 그것은 어머니가 생일 때마다, 명절마다, 아들이 방문할 때마다 만드는 음식이었다. 그것은 프랭키의 어린 시절 추억이 담긴 음식이었다. 도넛 모양 케이크로 구운 뒤 달콤한 술에 푹 적신, 그의 가장 달콤한 순간의 마법이었다. 외할머니는 크루잔을, 친할머니는 섹스턴을 썼다. 그리고 그가 나이가 들고 술을 마셔도 취하지 않는 법을 배우게 되면서 점점 더 큰 조각을 받게 되었다.

코스티야는 프랭키가 비닐봉지에 담긴 밀폐 용기를 흔들며 문으로 들어오는 모습이 눈에 보일 것만 같았다. 서랍에서 숟가락을 꺼내 들고 주방 조리대 위에서 몸을 숙인 채 접시도, 의자도 없이 향수 어린 황홀한 표정으로 케이크를 입에 떠 넣는 모습이.

한번은 그가 케이크 부스러기를 입에 넣으며 말했다. **푸아그라도 랍스터도 있지만, 죽기 전 마지막으로 먹을 음식은 바로 이거야. 한 입 먹어볼래?**

"프, 프랭키?"

코스티야의 가슴이 커피 여섯 잔을 연달아 마신 것처럼 뛰었다. 그는 자신이 프랭키에게 했던 약속을 기억했다. 절대 그를 불러오지 않겠다고 맹세했다. 하지만 몇 개월 동안 아무 징후도 없다가, 갑자기 그의 끝맛이 나타난 것을 보면 어떤 변화가 생긴 건지도 몰랐다. 어쩌면 프랭키가 마음을 바꾼 것인지도. 어쩌면 곤란한 상황에 빠진 것인지도. 스테이시 수녀가 말한 것처럼 고통 받는 것인지도. 어쩌면 코스티야의 도움을 필요로 하는지도 몰랐다.

갑자기 손끝에 온기가 돌아왔다. 그는 이불을 벗어던지고 신발을 찾아 발을 쑤셔 넣었다. 머릿속 지도를 더듬어 가장 가까운 식료품점을 찾는데, 주머니 속 핸드폰에 불이 들어오며 진동했다.

모라였다.

그는 두 갈래로 마음이 갈린 채 화면을 응시했다. 다른 누군가였다면 이미 음성 사서함으로 넘겨버렸을 것이다. 하지만 그는 선 채로 그녀의 이름을 다시 읽었다. 그의 숨결에는 아직 위스키의 흔적이 남아 있었다.

전화기가 다시 울렸다. 그의 엄지가 화면 위에서 맴돌았다.

프랭키냐 모라냐. **모라냐 프랭키냐.**

프랭키가 기다려줄까? 코스티야가 지금 행동하지 않는다면 나중에 프랭키가 다시 돌아와줄까? 아니면 이것이 유일한 기회일까? 프랭키가 이미 빠져나가고 있음을 느낄 수 있었다. 찌릿할 정도로 단설탕의 맛이 그의 혀에서 용해되기 시작했다. 죽을힘을 다해 달려가면 식품잡화점에서 제때 재료를 구할 수 있을까? 아니면 이미 너무 늦은 걸까.

모라의 이름이 또 다시 떴고, 그는 그녀의 말을 떠올렸다.

상습범은 말썽쟁이 명단에 오르죠.

어쩌면 그들이 당신을 덮칠지도 모르죠.

"데이나는 없어, 줄뿐이야."

어쩌면 적어도 그런 주장들을 확인해보기도 전에 프랭키를 다시 불러오는 것은 좋은 생각이 아닌지도 몰랐다. 프랭키가 도움이 되기보다 해를 끼칠 가능성이 더 클지도 몰랐다. 그가 프랭키를 열 받게 할지도 몰랐다. 게다가 그는 프랭키를 불러오지 않겠다고 약속했다.

그의 전화기가 다시 울렸다.

"모라?"

그가 전화를 받는 순간 끝맛은 사라졌다.

!!!!

너는 너의 끝맛을 찾아 푸드 홀을 샅샅이 뒤지며 기억할 수 있는 모든 음식을 먹는다.

살아 있을 때 매년 먹던 생일 케이크를 먹어본다. 어머니가 떠나기 전에 만들어준 닭고기 수프. 언니가 아침으로 만들어준 질척한 타코. 아버지의 트레이드마크인, 가운데 부분이 아직 얼어 있는 전자레인지 요리. 학교 급식과 할머니의 파이, 너는 질색이지만 모라가 좋아하는 세라 고모의 달콤한 암브로시아 샐러드.

모든 음식이 추억이요, 네가 사람들과 나눈 뭔가의 체험이다. 너는 분노와 슬픔, 행복과 사랑받는 느낌을 주는 음식을 먹는다. 두려움, 행운, 호기심, 차분함을 느끼게 하는 음식도 먹는다. 그 음식 중 어떤 것도 아니다. 하지만 뭔가 진전이 있는 것도 같다. 조금씩 통제력을 되찾고 있다. 이제 너의 나날들에 목적, 사명 같은 것이 생겼다.

허기는 여전하지만 기분이 좋다. 기분이 한결 나아진다.

그런데 그때, 경고도 없이 모라가 푸드 홀에 나타난다.

방금 전까지만 해도 너는 방과 후 둘이 함께 다니던 오락실에서 피자를 먹고 있었다. 머리만 한 피자 한 조각이 단돈 2달러였던 그곳. 그런데 다음 순간, 모라가 거기, 네 옆에, 저승인 이곳에 서 있다. 네가 죽기 전에 만나고 싶어 했던 바로 그 사람이 바로 눈앞에 떡하니 나타난 것이다.

너는 눈을 깜빡이며 그녀를 본다. 피자가 식어간다. 네 안에서 두려움의 씨앗이 수포처럼 부풀어 올라 펑 하고 터진다. 그녀가 이곳에 있다면, 조만간 너는 여기 존재하지 않게 될 것이다.

배고픔으로 인한 분노, 공허와 고통이 너를 집어삼키게 될 것이다.

그녀가 너에게 괜찮으냐고 묻고, 너는 고개를 젓는다. 물론 너는 괜찮지 않다. 그리고 너는 이야기하기 시작한다. 그동안 말하려 해왔던 것들을 말한다. 아프다고, 도움이 필요하다고, 그녀가 놔줘야 한다고. 하지만 말을 끝내기도 전에 그녀가 다시 사라진다.

휙.

너는 이해할 수 없다. 이건 말이 안 된다. 그녀가 죽지 않았다면, 푸드 홀에 있을 리 없다. 하지만 이제 그녀는 사라졌다. 그것은 그녀가… 아직 살아 있다는 의미인가? 그녀가 슬픔 때문에 이곳에 방문할 방법을 찾은 것일까? 죽었다가 돌아갈 방법을? 그리고 그녀는 너를 도우려고 그런 것일까? 너를 구하려고? 그녀가 또 그렇게 할까?

그런 일이 가능해서는 안 되지만, 모라는 원래부터 규칙을 지키면서 게임을 한 적이 없었다.

너는 그녀를 다시 볼 수 있다는 희망을, 그리고 네가 세상에서 가장 사랑했던 사람인 언니에 대한 기억을 꼭 붙잡는다. 그것을 그냥 놓아버릴 수는 없다.

모라도 그런 마음으로 너를 붙잡고 있는 것인지 궁금하다.

한 잔씩 더요

한 시간 뒤에 코스티야는 모라가 문자로 찍어준 알파벳시티의 주소를 찾아가 그녀를 만났다.

그녀는 **안녕**이라고 인사하는 대신 다짜고짜 말했다. "생각해봤는데, 그 사람에게 전화를 걸어 다시 기회를 달라고 해보는 게 좋을 것 같아요. 뮤직맨* 말이에요."

"어, 안녕. 나도 만나서 반가워요."

"난 진지해요!"

"이봐요. 당신은 빅토르를 만나지 않았잖아요. 그건 그냥… 끝났어요. 다 끝난 얘기예요."

"당신이 죽을 때까지는 아무것도 끝나지 않아요. 죽음마저도 협상이 가능하죠. 그 남자에게 당신의 요리를 먹어보라고 해요!"

"뭐 다른 얘기 하면 안 돼요? 가령 우리가 스타이브센트 타운에 있는 이유라든가?"

---

* 러시아어로 무지츠카(Musizchka)는 음악가를 뜻한다.

그녀가 한쪽 어깨를 으쓱했다. "당신이 축 처져 있는 것 같았거든
요. 그냥 기운 나게 해주려고요."

"여기서?"

"그럼요. 당신에게 이 도시를 보여줄게요, 스탄."

그녀가 팔을 앞으로 휙 뻗었다. 쥐 한 마리가 대형 쓰레기통 밑에
서 튀어나왔다.

"내가 헬스 키친에 사는 거 알잖아요?"

"하지만 당신은 눈을 크게 뜨고 돌아다니지 않잖아요."

* * *

사람들은 모두 제각기 다른 방식으로 맨해튼을 경험하는 것 같았
다. 모라가 자주 다니는 곳, 그녀가 사랑하는 곳을 보니, 그는 평소보
다도 자신이 더 시시하게 느껴졌다. 그녀의 맨해튼은 전혀 다른 세
상이었다. 작고 구석진 곳, 벽의 구멍과 비밀 출입구, 누군가 보여주
지 않는다면 결코 보지 못할 공간이 가득했다.

그녀는 럼주 칵테일의 맛을 보여주겠다며 그를 '푸에고의 슈렁큰
헤드'로 데려갔다(경고: 고객당 한 잔만 제공). 그곳은 빨래방 위층에
있는, 폴리네시아 신화 속의 창조신 티키를 테마로 하는 바였는데,
수십 년 동안 판매해온 시럽 들어간 럼주로 인해 카펫이 끈적했다.

"여기는 시그니처 술에 구매 제한을 걸어요? 꽤 냉정하네." 코스
티야가 물었다.

"이 사람들도 어쩔 수 없었을 거예요." 모라가 술잔 테두리에 걸

쳐진 종이우산 장식을 빼서 체리를 찍었다. "이 술이 워낙 치명적이
거든요. 한번은 내가 바텐더를 구슬려서 몰래 한 잔 더 마신 적이 있
는데, 필름이 끊겨서 주말 내내 뻗어 있었다니까요."

나중에 그들은 길모퉁이를 돌아 '빅애플 핸디맨'에 갔다. 이발소
와 네일숍 사이에 끼어 있는 철물점이었다.

모라는 그를 이끌고 페인트가 진열된 통로를 따라 **위험: 고압 주의**
라고 표시된 문을 향해 걸어가며 말했다. "우리의 다음 목적지는 내
전 고용주의 허락을 받아서 가는 거예요."

"**여기서** 일했었어요?" 코스티야가 물었다.

그녀가 고개를 끄덕이며 문의 자물쇠에 네 자리 비밀번호를 입력
했다. "예술 학교에 다닐 때. 중퇴하기 전에."

"예술 학교에 다녔어요?" 맙소사, 그는 모라에 대해 아는 것이 놀
랍도록 별로 없었다.

"시각 효과와 3D 애니메이션을 배웠어요. 여러 가지 코딩과 로직
과 세계 건축도. 그래서 이 일자리를 얻기 위해 그렇게 열심히 싸운
거고." 그녀가 손잡이를 천천히 돌리자, 딸깍하고 자물쇠가 열렸다.

"철물점에요?"

"아뇨." 그녀가 문을 밀어서 열었다. "'하이 볼티지[고압 주의]'에
요."

그곳은 비밀 오락실이었다. 작은 방의 벽면을 따라 열 대에서 열
두 대 정도의 게임기가 줄지어 있었고, 구석에 동전 바꾸는 기계 한
대, 그리고 안쪽에 작은 바(아무래도 주류 취급 면허는 없겠지?)가 있
었다. 그곳은 내부자의 장소였고, 라이브러리 오브 스피리츠와 달리

진짜 비밀 장소였다. 오래되어 보이는 게임기 두 대 주변에 두어 무리의 사람들이 모여 있었다. 플레이어는 집중하고 있었고, 구경꾼은 숨죽이며 지켜보고 있었다.

"게임 해요?" 모라가 물었다.

"그럴 돈이 있어본 적이 없네요."

"음." 그녀가 지폐를 동전 교환기에 넣고 25센트짜리 동전을 한 움큼 꺼냈다. "내가 당신의 끔찍한 유년 시절을 보상해줄게요."

모라는 게임마다 그를 박살냈다.

단지 그가 생각 없이 버튼을 빠르게 눌러대는 초심자여서만은 아니었다. 그녀는 독보적으로 기량이 뛰어났다. 너무나 뛰어나서 다른 사람들도 게임을 잠시 멈추고 지켜볼 정도였다. 그녀의 눈은 결코 화면을 떠나는 법이 없었고, 손가락은 버튼들을 쉴 새 없이 오가는 동시에 조이스틱을 조정했다. 그 모습에 그는 그녀가 카드를 섞던 모습을 떠올렸다.

그녀는 다음 게임기로 넘어가서 일본판 미즈 팩맨 기계에 25센트를 넣었다.

"사실 당신과 이걸 하려고 여기 데려온 거예요." 모라가 전문가처럼 조종기에 손을 올리며 말했다.

"여기서 일했기 때문에 이렇게 잘하는 건가요?" 그가 물었다.

"난 어려서부터 게임을 했어요." 화면에 미즈 팩맨이 나타나고, 미로가 뜨고, 모라의 얼굴이 집중 모드에 들어갔다. "마을에 오락실이 있었는데, 내 동생과 나는… 그곳에서 우리는 행복했어요. 그곳에서 우리는 안전했죠."

그녀가 말하는 방식에서 코스티야는 뭔가 불안감을 느꼈다.

"게임 속에서는 아무리 일을 망쳐도, 아무리 여러 번 죽어도 다시 돌아올 수 있으니까. 다시 게임을 할 수 있으니까." 화면에서 그녀는 깜빡거리는 유령들을 추적하며 오렌지색과 핑크색 유령을 하나씩 차례로 삼켰다. "우린 학교를 마치고 몇 시간씩 게임을 했어요. 게임의 모든 것이 좋았죠. 퍼즐, 레벨들, 규칙을 따르는 방식. 게임의 세계에는 완벽한 논리가 있잖아요. 질서 있고, 예측 가능하죠. 현실 세계와는 달리."

"악당들이 오는 것도 볼 수 있고."

"바로 그거예요." 그녀가 체리를 먹고, 파워 쿠키를 먹고, 청록색 유령을 삼켜 작은 박스로 돌려보냈다. "그리고 정말로 잘하게 되면, 어떤 규칙을 깨야 할지 알게 되죠. 비밀 레벨의 열쇠를 풀고, 창조자가 선택받은 자만을 위해 준비한 경험을 하게 되는 거예요."

그녀가 컨트롤러에서 손을 떼고 다시 콘스탄틴에게 고개를 돌렸다. 그는 그녀가 아직 먹지 않은 마지막 유령이 점점 더 가깝게 쫓아오는 것을 지켜보았다.

"조심해요!" 그가 경고했지만 너무 늦었다.

빨간 유령이 미즈 팩맨을 덮쳐 그녀를 빙글빙글 돌게 만들었다. 죽었다. 미로가 사라지고, 작은 쿠키들도 즉시 사라졌다. 화면 중앙에 일본 글자들이 나타났다. 그는 게임이 끝났다고 생각했다.

"이런. 당신이 지는 걸 볼 줄은 생각 못했어요."

"그랬겠죠." 모라가 손가락으로 화면 왼쪽 하단을 톡톡 쳐서 여전히 표시되어 있는 목숨 아이콘 두 개를 가리켰다. "보면서 배워요."

미로가 다시 나타났다. 이번에는 유령 같은 파란색이었고, 쿠키

사이사이에 수많은 미니어처 음식들이 끼어 있었다. 과일뿐 아니라 픽셀화된 피자 조각, 작은 스시롤, 작은 햄버거. 미즈 팩맨이 화면에 희미하게 나타났다. 그녀가 보통 시작하는 아래쪽이 아니라, 유령들이 보통 시작하는 중앙의 박스에서였다. 그녀는 깜빡거리며 트레이드마크인 노란색 대신 파란색으로 나타났다.

"팩맨…. 팩맨이 유령 중 하나가 된 거예요?"

모라가 컨트롤러를 다시 잡았다. 그녀는 미로를 오가며 보이는 것을 죄다 먹어치웠다.

"이건 비밀 레벨이에요." 모라가 그에게 말했다. "1983년에 재출시된 일본판 게임기에만 있는 건데, '배고픈 유령의 미로'라고 하죠."

"보너스 라운드예요? 그저… 점수를 더 얻기 위한 거?"

"유령의 영역에서 점수는 중요하지 않아요. 이 레벨을 깨려면 행복한 식사를 찾아야 해요. 이 과일들 중 하나에 현실 세계로 돌아가게 해주는 문이 숨어 있죠."

"하지만 적이 없네요!" 코스티야가 멈칫했다. "시간제한도 없고. 이건 너무 쉬워 보이는데."

"두 번째 플레이어가 없다면 그렇겠죠. 준비해요." 그녀가 그에게 고개를 끄덕였다. "당신 차례예요."

"잠깐, 뭐요?"

"오른쪽 바닥에 컨트롤러가 하나 더 있어요."

게임기 뒷면에는 손에 들고 조종하는 조이스틱이 굵은 검은색 줄로 대충 고정되어 있었다.

"하지만 난….."

잠시 후 화면이 좌우로 나뉘었고, 모라가 왼쪽 유령 영역에서 음식들을 먹어치우는 동안 오른쪽에 새로운 미로가 나타났다. 원래의 팩맨은 첫 번째 레벨이었고, 박스에 갇힌 유령들이 하나씩 탈출하여 그를 쫓기 시작했다. 코스티야가 조이스틱을 서툴게 건드려 팩맨이 다가오는 유령과 충돌하게 만드는 바람에 목숨 하나를 잃었다.

"조심해요! 팩맨이 자기 쪽에서 살아 있어야만 미즈 팩맨도 이쪽에서 계속 존재하게 돼요. 진정한 사랑이죠? 당신이 죽기 전에 내가 문을 찾지 못하면….", 모라가 경고했다. "나는 사라져요. 문자 그대로 말이에요. 미즈 팩맨을 다시 나타나게 하려면 게임을 리셋해야 하죠."

"행복한 식사 말인가요? 유령을 저승에서 불러오기 위해?" 코스티야가 팩맨을 조종해서 구석을 돌아 나오게 했다. "뭔가 아귀가 딱 맞네."

"음, 배고픈 유령이 돌아오는 거죠." 모라가 싱긋 웃었다. "망자들이 저승으로 건너가도록 돕기 위해 배불리 먹이는 것. 여러 문화에서 그게 핵심이에요. 일본. 중국. 멕시코. 고대 이집트. 그게 당신의 주특기 아닌가요?"

그때 또 다른 유령이 공격해 집게발로 코스티야를 잡았다. 엉엉.

"하지만 빠져나가는 데는 정말 젬병이네." 모라가 잔소리하며 그의 컨트롤러를 낚아챘다. "이리 줘봐요. 내가 해줄게."

오락실에서 나온 후, 그들은 어둠이 내려앉은 톰킨스 스퀘어 공원을 배회했다. 코스티야는 모라와 손깍지를 끼는 것이 무척 기분 좋았다. 마치 커다란 수프 그릇에 따끈한 수프가 담기듯, 코스티야의 뱃속에 따스한 느낌이 퍼졌다. 그녀는 어둠침침한 가로수 길로 그를 이끌었고, 마침내 그들은 벤치 하나를 찾아 앉았다. 그의 한쪽 팔이 그녀의 어깨를 감싸 안았다.

"그래서, 이 공원에도 비밀이 있나요? 당신이 어떤 나뭇가지를 당기면 광란의 파티로 들어가게 되는 건가?"

그녀가 웃었다. "그냥 여기에 자주 왔었어요. 수업을 대부분 길 건너편에서 받았거든요."

"시각 효과 수업?"

"맞아요." 그녀가 긴장된 미소를 지었다. "그땐 게임을 만드는 걸 생업으로 삼게 될 거라고 정말로 생각했었죠."

"그런데 무슨 일이 있었는데요?"

모라가 조심스럽게 시선을 땅에 고정시킨 채 한숨을 쉬었다. "졸업반 가을 내내 게임을 만들었어요. 중요한 논문 프로젝트였는데, 바로 그때 중퇴하고 말았어요. 에벌리가 죽었거든요."

"에벌리." 코스티야가 그 이름을 되풀이했다. "마담 에벌리?"

"내 동생이에요." 모라가 고개를 끄덕이며 말했다. "강신술은 항상 에벌리가 좋아하는 거였죠. 나에게 심령적인 것은…." 그녀가 아이러니하다는 듯 웃었다. "어쩌다 보니 **직업**이 되었네요. 사실 그건 동생을 살아 있게 하려는 시도 중 하나였어요. 동생이 죽은 뒤, 난 동생을 보내줄 수가 없었어요. 그 아이를 붙잡기 위해 별별 멍청한 짓을 했죠."

"붙잡는 건 멍청하지 않아요." 코스티야는 평생 그렇게 해왔고, 사실 그쪽으로 직업까지 개척하려 했다. "동생이 어떻게… 혹시 아팠나요?"

모라가 고개를 저었다. "자동차 사고로."

그의 가슴에서 공기가 쑥 빠져나가는 느낌이었다. 아버지가 생각났다. 버스, 전화, 비수처럼 날카로웠던 갑작스러운 상실의 아픔.

"맙소사, 너무 안타깝네요."

"에벌리는 고의적으로 충돌한 거였어요." 그녀의 목소리는 무감각해 보였다. 마치 수백만 번을 곱씹은 일인 것 같았다. 닳아서 나달나달해진 기억 같았다. "나는 학교에 가 있었어요. 동생에게는 내가 필요했는데, 내가 곁에 없었죠."

"제기랄."

"그래요." 모라가 몸을 떨었다. "난 그런 일이 벌어질 줄은 상상도 못했어요. 이유를 알 수 없었죠. 우리 아버지랑 문제가 있었던 것 같아요. 아버지는 조울증이 있었고, 그래서 우리가 자라는 동안 우리 집은 안정적인 적이 없었어요. 어떤 날은 냉장고에 음식이 채워져 있고 불도 켜져 있었지만, 바로 다음 날 아버지가 벽을 마구 쳤어요. 직장을 잃었거나, 아니면 그냥 긴장해서였죠. 우리는 집으로 들어갈 때 어떤 상황이 기다리고 있을지 몰랐어요. 내가 집에 있을 때는 내가 다 받아냈어요. 에벌리가 그렇게 심하게 아팠을까요? 삶을 끝내는 것이 유일한 선택지라고 느낄 만큼?" 그녀는 신발 앞코로 땅을 쿡쿡 찔렀다. "그 애는 아무 말도 안 했어요."

"자책해선 안 돼요."

"그래요. 사람들은 기분 좋게 해주려고 그렇게들 말하죠. 하지만 그게 진짜일까요? 우리 엄마는 떠났고, 그런 뒤 나도 떠났어요. 내가 언니였는데. 내가 집에 머물렀어야 했는데. 내가…." 모라의 목소리가 갈라졌고, 그가 그녀를 가까이 끌어당겼다. "그 앤 너무나 짙은 어둠 속에서 살았을 거예요. 그리고 이제는 영영 알 수도 없어요."

그가 입술을 깨물었다. 바로 그들 사이에, 손 닿을 만큼 가까이에 답이 있었다.

"내가 할 수 있다면?"

그들이 처음 만난 날, 그 끝맛이 그에게 돌진했다. 그는 지금도 혀에서 초콜릿과 피넛버터의 맛을, 한 유령의 기억을 느낄 수 있을 것 같았다. 늘 모라의 곁에만 맴도는 리세스를.

에벌리는 늘 거기 있었다.

"내가 도와줄 수 있어요." 그가 천천히 말했다. "당신은 에벌리를 다시 만날 수 있어요."

모라가 그를 향해 고개를 돌렸다. 입술이 아주 가까워졌다. 그녀의 입술. 그녀의 따스한 숨결.

"당신이… 끝냈다고 말했잖아요. 한 번으로 끝냈다고."

그녀의 목소리에 뭔가 다른 것이 있었다. 그가 예상했던 비난이나 분노가 아닌 가능성이었다. 희망이었다.

"내가 그렇게 말했죠." 그가 그녀의 어깨에서 팔을 내렸다. "하지만 진실이 아니었어요."

그의 심장이 마구 뛰었다. 정말 이래도 될까? 지금? 여기서? 그는 모라의 눈을 보았다. 더 이상 거짓말을 할 수는 없었다.

"내 비밀 레스토랑 말이에요. 문을 닫았다는. 사실 그건 유령의 주방이었어요."

그녀가 뭔가를 읽으려는 듯 그의 얼굴을 살폈지만, 아무 말도 하지 않았다.

"그리고 빅토르가 제안한 레스토랑 알죠? 그것도 똑같은 거였어요." 그가 계속 말했다. "영혼들과 교신하는 것. 그들의 끝맛을 요리로 구현하는 것. 최선을 다해 그들을 불러오는 것."

"왜 거짓말했죠?"

"미안해요. **정말로.** 그냥 그때는, 그 얘기가 나왔을 때… 난 덜컥 겁이 났어요. 당신을 좋아하니까요. 아주 많이. 유령 이야기가 우리 관계를 망쳐놓을 거라고 생각했어요. 당신이 그걸 어떻게 생각하는지 아니까."

그녀의 얼굴은 아무 표정도 드러내지 않았다. 보이는 거라고는 그녀의 망막에서 빛이 깜빡이는 것뿐이었다. 머릿속 생각이 아주 빠르게 돌아가는 것처럼.

"내가 어떻게 **생각했는지** 아는 거겠죠." 마침내 그녀가 말했다. "파티에서 섣부른 판단을 하는 동안에요. 세욘세 이후 많은 것이 바뀌었어요."

"유령이 나를 덮칠 거라면서요? 데이나는 없고, 줄뿐이라면서요. 진심이 아니었던 거예요?"

"오, 아니에요." 그녀가 누그러졌다. "완전 진심이었어요. 계속 장난치고 다니면, 조만간 뭔가 대가를 치를 거예요."

"아무것도 안 변했네요."

"**나는** 변했어요." 그녀가 그의 손을 찾아 엄지손가락으로 손바닥의 손금을 더듬었다. "그리고 생각해보니까, 그걸로 얻게 되는 것을 감안하면, 위험을 감수할 가치가 있을지도 몰라요."

그는 자신이 제대로 들은 건지 확신하지 못하고 그녀를 빤히 쳐다보았다.

"**진심이에요?**"

"그래요."

"뭐 때문에, 음, 생각이 바뀌었나요?"

"레스토랑이요."

"내가… 내가 거짓말한 레스토랑이요?" 그는 이해할 수 없었다.

"당신이 꼭 그럴 필요도 없었는데 수고스럽게 문을 열었던 레스토랑이요. 당신은 친구와 가족만 불러오고 그냥 신경 꺼도 됐잖아요. 그런데 그러는 대신 당신은 본인이 잘 알지 못하는 죽은 사람들을 소환했어요. 낯선 사람들을."

"그랬죠."

"왜죠?"

"나는…." 코스티야는 볼을 씹었다. "아마도 아버지 때문인 것 같아요. 시간이 더 필요하다는 게 어떤 느낌인지 아니까요. 나는 아버지를 너무 갑작스럽게 잃었어요. 사고였는데, 그날 아침에 아버지와 다퉜어요. 멍청한 싸움이었죠. 아버지가 나한테 화가 난 채로 돌아가셨을지 생각하며 평생을 살았어요. 내가 마지막으로 한 짓이 상처를 줬을지 생각하면서요. 상황을 바로잡고 싶은 마음이 너무도 간절해서 가게를 열었던 거예요. 어쩌면 다시는 기회가 없을지도 모른다는 생각에. 그리고 누군가 그렇게 느끼지 않도록 도울 수 있을까 하는 마음에. 보람 있는 일이잖아요."

"당신은 좋은 사람이에요. 콘스탄틴, 이타적이고." 모라가 자신의 손안에 있는 그의 손을 내려다보았다. "거짓말쟁이긴 하지만."

"그럼 나한테 두 번째 기회가 있다는 뜻이에요? 아니면 거짓말한 죄가 이타심보다 크니까, 그냥 뒈져버릴까요?"

그녀가 그에게 미소 지었다. "진심이에요? 에벌리에 대한 얘기?"

"물론이죠."

"나를 위선자라고 생각하지 않을 거예요?"

"당연히 그렇게 생각하죠. 하지만 인간이 다 그런 거 아닌가요? 당신은 마음을 바꿀 수 있어요."

그 순간 그의 머릿속에 프랭키가 스쳐갔다. 죽은 채 있고 싶다는 그의 바람. 그에 반하는 갑작스러운 끝맛.

"에벌리를 다시 보고 싶어요." 모라가 나지막이 말했다. "도와주고 싶어요."

"그럼 해봐요."

그는 머릿속으로 가장 가까운 사탕 가게로 가는 길의 지도를 그리며 일어나려 했다. 그러나 모라가 막았다.

"안 돼요! 아직 아니에요. 난 그냥… 그게 옳은 일인지 확신할 시간이 필요해요." 그녀가 그에게서 시선을 돌려 무리지어 서 있는 나무들을 바라보았다. "내가 동생의 죽음을 정리하려 할 때마다 상황이 더 나빠지기만 했어요. 슬픔은 남은 음식 같아요. 누군가를 위해 사랑을 담아 네 가지 코스의 요리를 만들었는데, 그 사람이 한 입밖에 먹지 않은 것과 같죠. 그래서 차마 버릴 수 없는 남은 음식을 이러지도 저러지도 못하게 돼요. 할 수 있는 일이라고는 냉장고 안으로 밀어 넣어 결국 썩히거나, 아니면 혼자 억지로 다 먹고 탈이 나는 것뿐이에요."

"아니면 다른 누군가를 식사에 초대할 수도 있죠. 배고픈 누군가를." 코스티야가 부드럽게 말했다.

그녀가 오랫동안 그를 보았다. 가질 수 없는 뭔가를 바라보는 듯한 눈빛으로.

"그냥… 내가 여기 있다고요." 그가 침묵을 깨고 말했다. "만일 언

246

제든 당신이 결심이 서면… 남은 음식, 그거 내가 처리할게요."

"그렇게 해줄 거 알아요. 그러니까 그냥…." 그녀가 뭔가 다른 말을 하려고 입을 열었고, 그 말이 혀끝까지 나온 순간, 그녀의 배에서 꼬르륵 소리가 났다. 그녀는 말을 하는 대신 웃어버렸다. "아직도 배고픈가 봐요. 뭐 좀 먹을래요?"

그는 놀라서, 아니, 경이로워서 눈을 껌뻑이며 그녀를 보았다.

그는 여전히 티키 바에서 모라가 주문해야 한다고 주장한 10여 가지 안주와 하이 볼티지에서 먹은 맥주와 프레첼, **그리고** 공원으로 걸어오면서 그녀가 구입한 너츠포너츠 대용량 패키지 때문에 배가 빵빵했다.

모라의 신진대사는 그야말로 비현실적이었다.

풀어야 할 수수께끼는 또 있었다. 모라의 손목에 있는 흉터와 그들이 사랑을 나눌 때 그녀가 갑자기 기절했던 것. 죽은 자들에 대해 그녀가 아는 모든 것은 두말할 것도 없었다. 하지만 어쩌면 점을 치면서 생긴 일종의 직업병일 수도 있었다. 그리고 그녀는 이제 막 에벌리에 대한 일에 그를 끼워주었다. 그녀가 다른 문제들도 공유하는 것은 시간문제일 뿐이었다. **그렇겠지?**

물론이지. 그래.

괜찮아. 이건 괜찮은 일이야.

괜찮지. 괜찮고말고. 완전히 괜찮아.

"스탄?"

"음?"

"몇 블록 떨어진 곳에 괜찮은 쿠바 음식점이 있어요. 거기 시가를 안 피워봤다면, 인생을 헛산 거나 마찬가지예요. 아니면 당신 집으로 돌아가서 배달을 시키고….” 그녀가 보라색 머리카락 한 올을 손가락에 감으며 말했다. “30분을 죽일 만한 **어떤** 방법을 찾는 거예요…. 혹시 배가 안 고픈 건 아니죠?”

그는 갑자기 배가 고팠다. 무척.

“나도 배고파요.”

모라는 자정 무렵 그의 아파트에서 나갔다. 그녀의 냄새, 그녀의 향수와 샴푸, 땀 냄새가 마치 유령처럼 아직도 공기 중에 맴돌았다. 그는 그녀가 자고 갔으면 했다. 거의 사정하다시피 했지만, 그녀는 다음날 아침 일찍 일이 있어 준비를 해야 한다고 했다. 어떤 유명인을 위한 영적 정화 의식이었다(**누구라고 말하면 기절할걸요**).

그녀는 그의 집을 마음에 들어 했고, 집 구경을 시켜달라고 했다(**맙소사. 침실이 또 있어요?**). 그녀는 집 평수에 놀랐고, 그는 자신이 항상 혼자 산 것은 아니며 가장 친한 친구와 함께 살았다고 말했다.

그러자 그녀가 물었다. “그 친구가 물건을 가지러 올까요? 그러면 방을 세놓을 수도 있을 것 같아서요.”

“아뇨, 그 친구는. 음… 죽었어요. 몇 개월 전에. 그 친구도 셰프였죠. 화재 때문이었어요. 그의 레스토랑에서.”

그녀의 눈이 커졌다. “세상에.”

“그래요. 올프퍼프였어요, 어퍼웨스트사이드에 있는. 프랭키는 수셰프였어요.” 코스티야가 전화기를 꺼내 사진을 보여주었다. 흰색 셰프복 차림의 프랭키가 한 손에 접시를 들고, 다른 한 손으로는 가운데 손가락을 들어 보이고 있는 사진이었다.

“우와.” 모라가 오랫동안 사진을 응시했다. “그 친구의 맛도 볼 수 있나요?"

코스티야가 그날 밤 바로 그 방에서 나타났던 럼 케이크의 맛을 생각했다.

"가끔이요."

"좋겠네요." 모라가 말했다. "그 친구가 여기 있다는 걸 아니까."

"그래요." 코스티야가 동의했다. "하지만 너무 힘들어요. 내 인생의 대부분은 산 사람보다 죽은 사람과 더 연결된 느낌이었어요."

모라가 가까이 다가왔다. "어쩌면 그냥 인생을 좀 더 즐겁고 가볍게 살 필요가 있을지도 몰라요."

그가 그녀의 냄새, 그를 취하게 하는 냄새를 들이마셨다. "어쩌면 당신이 있으면 가능할지도."

그녀가 그들 사이의 공간을 삼켜버리고, 천천히 그에게 키스했다. 그녀의 입이 벌꿀처럼 달콤하고 끈적하고 진하게 느껴졌다. 그가 키스를 되돌려주었다. 이 키스, 그를 집어삼킬 것 같은 키스에 애가 탔다. 그녀는 그를 가까이, 더 가까이 잡아당겼다. 욕망이 다른 모든 생각을 그의 마음 한구석으로 밀어냈다.

나중에 혼자가 된 코스티야는 주방에 서서 프랭키의 메모를 응시했다. 그곳에 적힌 메뉴는 마치 프랭키가 저승에서 갈겨 쓴 메시지처럼 보였다. 그는 메모를 다시 읽었다. 마지막 줄을 읽고 또 읽었다.

특별 메뉴: 셰프의 맛(한정 제공)

그래.

이건 그거였어. **아무렴.**

이건 그가 어떤 식으로 레스토랑을 열어야 할지에 관한 내용이었다. 하룻밤에 소수의 유령만을 불러오면서 동시에 많은 손님을 받을 수 있는 것이다. **그렇게** 하면 빅토르가 문제 삼은 규모의 문제가 해결될 터였다.

그동안 저세상에서 유령이 보낸 최고의 맛들을 상시 메뉴로 준비하는 것이다. 그런 다음 좀 더 모험적인 고객들을 위해, 매일 밤 한정된 몇 명에게만 그들의 개인적인 유령과 다시 만날 수 있도록 특별한 식사 경험을 제공한다. 셰프의 맛.

셰프의 **끝맛.**

프라이빗 룸과 그가 통제할 수 있는 인원으로 미리 조율된 공간.

모라가 옳았다. 다시 시도할 필요가 있었다. 이 일에 기회를 한 번 더 주는 것이다.

늦은 시각이었지만 코스티야는 상관하지 않았다. 그는 전화기를 들고 번호를 눌렀다. 네 번째 벨이 울렸을 때 빅토르 무지츠카가 잠에 덜 깬 탁한 목소리로 전화를 받았다.

"빅토르 사장님? 콘스탄틴입니다."

"새벽 한 시에 무슨 전화요?"

"끊지 마세요! 제발."

빅토르의 하품 소리가 들렸다. "10초 주겠소."

"10초요? 맙소사! 좋습니다. 선생님이 틀렸습니다. 저는 테스트 주방이 필요 없어요. 저는 준비되어 있습니다. 그리고 규모를 늘릴 수 있어요. 방법을 생각해냈습니다."

잠시 침묵의 순간이 흘렀다. 그리고 "전화 줘서 고맙소, 코스티야.

하지만 배는 이미 떠난 것 같소."

"그냥 제 능력을 입증할 기회를 주십시오! 사장님을 위해 요리하게 해주세요."

"이미 다른 셰프들과 얘기 중이요…."

절박해진 코스티야는 땀 나는 손바닥에 놓여 있는 프랭키의 메뉴를 자신의 패로 이용했다. 빅토르가 혹할 것임을 알기 때문이었다.

"하지만 그 셰프들 중 누구도 저처럼 사람들을 열광시키진 못할 겁니다. 저의 유령 콘셉트로 사장님은 대박이 나실 거예요. 원하는 만큼 손님을 받을 수도 있습니다. 매일 밤 자리가 다 찰 거예요. 대신 유령 체험은 한정적으로 제공하는 겁니다. 클럽 안의 클럽처럼요. 레스토랑 안의 레스토랑, 진정한 VIP룸이죠."

전화기 저쪽이 조용했다.

"생각해보세요." 코스티야는 밀어붙였다. "사랑하는 누군가를 다시 볼 수 있다면 어떻게 하실 건가요? 세상을 하직한 누군가, 영원히 떠났다고 생각한 누군가를요. 마지막으로 한 번 더 대화를 나눌 수 있다면? 조언을 구할 수 있다면? 목소리를 들을 수 있다면?"

빅토르는 헛기침을 했다.

코스티야가 압박했다. "그 사람과 함께하는 마지막 식사의 대가로 무엇을 내놓으시겠습니까?"

그때 그의 입속으로 끝맛이 희미하게 일렁이며 들어왔다. **절인 청어, 양파, 깍둑썰기 한 삶은 달걀, 강판에 간 비트, 마요네즈. 잔뜩 뿌린 마요네즈.** 그는 빅토르가 넘어온 것을 알았다.

!!!!!

푸드 홀을 방문한 뒤부터 모라의 상태가 악화된다. 너의 배고픔도 악화된다.

간단한 수학 공식이다. 살아 있는 사람이 고통 받을수록, 너의 죽음으로 인해 그들의 삶이 파탄날수록, 너의 갈망은 심해진다. 그렇다면 모라는? 그녀는 죽을 만큼 피폐해졌다.

너는 변화가 닥치는 것을 지켜본다. 처음에는 손끝부터 시작된다. 이어서 머리카락 끝. 그것들이 점점 희미해진다. 희미해져서 그림자가 된다. 전구가 나간다.

그것을 바로잡아야 한다. 모라를 다시 만날 필요가 있다.

그 끝맺이라는 게 필요하다.

그래서 두 배로 노력한다. 더 많이 먹고 더 빨리 씹는다.

하지만 아무 소용이 없다.

시간이 마치 한 줌의 설탕처럼 손가락 사이로 빠져나가는 느낌이다. 너는 너무나 절박해서 무슨 짓이라도 할 기세다. 그럼에도 그 새로운 영혼이 도착했을 때, 그를 완전히 믿지는 않는다. 그는 허풍이 세며, 능구렁이처럼 웃고 확신에 차서 말한다. '돌아가는 거 쉬워요. 내가 봤어요. 내 친구가 그 일을 한다니까요.'

그러나 그때 주변의 다른 영혼들, 배고픈 영혼들이 이런저런 말을 하기 시작한다.

너는 새로 온 남자가 진짜라는 소문을 듣는다. 그가 셰프였고 음식에 대해 잘 안다고. 저쪽 세상에 그와 함께 일하는 사람이 있다고. 주문만 하면, 그들이 푸드 홀을 건너뛰고 끝맛을 불러낼 수 있다고.

그리고 너를 몰래 데려갈 수 있다고.

다른 절반이 먹는 방식

빅토르의 마음이 바뀌었다. 어느 정도는.

그의 집에서 저녁 식사가 있었다. 예고 없는 촉박한 통보였다. 그가 코스티야를 불렀다. 코스티야가 뛰어서 통과해야 할 마지막 굴렁쇠였다. 굴렁쇠에 불이 붙어 있을 수도, 그렇지 않을 수도 있었다.

"능력을 증명하고 싶다고 했지요." 빅토르가 질문 아닌 질문을 했다. "오늘밤이 큰 기회요. 친구들 몇 명을 저녁 식사에 초대할 건데, 모두 레스토랑에 관심이 많은 사람이지. 당신이 내 친구들에게 깊은 인상을 주면, 우린 비즈니스를 하는 거요."

코스티야가 삐딱하게 말했다. "저는 우리가 이미 비즈니스를 하는 걸로 생각했는데요."

"아직은 그냥 논의일 뿐이요. 비즈니스는 아니지. 당신이야 손해 볼 위험이 없겠지만 나는? 이건 큰 투자요. 공간을 만들고 직원을 고용하고 마케팅을 하는 데 아마 수십만 달러는 들어갈 거요. 하지만 문제없소. 내가 지불할 수 있거든. 우린 잘할 수 있겠지만, 그 전에 먼저 내가 어디에 돈을 대는지는 알아야 하지 않겠소."

코스티야는 아침 내내 두려움에 허둥대지 않으려고 애썼다.

그는 이런 식의 테스트를 예상하지 못할 만큼 바보였다(빅토르가 레스토랑을 그냥 넘겨줄 리는 없었다). 이제 그의 미래는 몇몇 졸부를 잘 구워삶아서 그들의 열렬한 지지를 얻는 데 달려 있었다. 그들의 지지를 얻기 위해 무슨 말을 할 수 있을까? 돈 있는 사람들은 과연 어떤 이야기를 나눌까?

반사적으로 떠오른 생각은 프랭키에게 전화하는 거였다. 전화기의 잠금을 해제한 뒤 엄지손가락을 단축 다이얼 위로 가져간 순간, 비로소 현실로 돌아왔다. 그의 몸과 마음이 예전 습관으로 미끄러질 때마다, 프랭키가 아직 살아 있던 세계로 돌아갈 때마다, 그는 늘 마음이 아팠다. 벌써 두 달이 지났건만, 코스티야는 아직 즐겨 찾는 전화 목록에서 프랭키의 이름을 지우지 못했다. 가지 이모지가 역대급으로 많이 등장한 그의 문자 메시지도 지우지 못했고, 그가 남긴 음성 메일도 삭제하지 못했다.

지금 이 순간 럼 케이크를 다시 한번 맛볼 수 있다면 뭔들 못 내놓을까?

그러나 럼 케이크 대신, 그의 휴대폰만 울렸다. 설상가상으로, 어머니의 문자 메시지였다.

코스티야, 전화해.

그는 답장하지 않고 화면을 꺼버렸다. 어머니가 또 문자 메시지를 보냈다.

중요한 일이야!!!

그는 인상을 찌푸리며 전화기를 무음으로 설정하고, 살이 델 만큼 뜨거운 물로 샤워를 하러 갔다. 그의 아파트는 여전히 냉골이었고, 코스티야는 파티 전에 긴장을 풀 방법을 찾아야 했다. 이 생각의 늪에서 벗어나지 못한다면, 부끄러워 죽기 전에 신경쇠약부터 걸리고 말 것 같았다.

세 시간 뒤. 그는 트라이베카에 있는 빅토르의 펜트하우스와 바로 연결된 엘리베이터에서 내렸다. 기껏 깨끗하게 씻은 것이 무색하게 온몸이 땀범벅이 되어 있었다.

엘리베이터 문 맞은편에 두 점의 대형 연필화가 벽면 전체를 덮고 있었다. 그중 하나는 꼬여 있는 에르메스 스카프를 그린 것이었다. 딱히 시선이 가지는 않았다. 다른 하나는 크기가 180센티미터나 되는 거대한 딜도였는데, 보자마자 당황스러운 웃음이 터져 나왔다. 격한 웃음소리에 '소련제'로 보이는 목 굵은 보디가드가 나타났다.

코스티야는 몇 차례 숨을 깊이 들이쉰 끝에 간신히 자신의 이름을 내뱉었다. 그러자 이 새로운 '동무'는 무뚝뚝하게 투덜대며 드넓은 거실로 그를 인도했다. 허드슨강이 내려다보이는 2층 높이의 대형 유리창. 모든 것이 반짝반짝하고 현대적이었으며 불량식품 색처럼 선명하게 눈에 띄었다. 보디가드는 두툼한 검지로 코스티야의 등줄기를 쿡 찔러 서재로 향하게 했다. 코스티야는 바닥에서 천장까지 펼쳐진 책장들을 입을 떡 벌리고 바라보았다. 벽면 전체를 덮은 고광택 라임색 붙박이 책장. 각도에 따라 색이 달라 보이는 유리문 안에 가지런히 꽂힌 수백 권의 두꺼운 책들. 코스티야는 환각적인 시각 효과에 압도된 나머지, 방 끝에 있는 구리색 프렌치 도어 너머에서 디너 파티가 한창인 것도 알아차리지 못했다.

그러나 그들은 그를 알아차렸다.

그가 모습을 드러내자, 칵테일 시간의 소리들, 웃음소리, 재잘거리는 이야기 소리, 셰이커에서 얼음이 딸그락거리는 소리가 점차 잦아들며 조용해졌다.

코스티야는 문에 달린 판유리 너머를 들여다보았다. 테이블 상석에서 빅토르가 그를 향해 인상을 찌푸렸다. 그의 친구는 총 여섯 명이었는데, 시술로 째고 당긴 얼굴에 코스티야가 잘 알지도 못하는 유명 브랜드로 온몸을 휘감은 세련된 여자들과 보드카 때문에 얼굴이 벌게지고 넥타이가 느슨하게 풀린 덩치 큰 남자들이었다. 코스티야의 닳아빠진 검은 구두, 기성복 청바지, 칼라에 희미한 소스 얼룩이 묻은 구겨진 갭 셔츠…. 그들은 그를 머리에서 발끝까지 훑어보고는, 별 감흥 없다는 듯 이내 시선을 거두었다. 그들의 시선은 곧바로 광택이 나는 크롬 식탁 너머의 집주인 쪽으로 테니스공처럼 튕겨갔다. 설명을 기다리는 눈치였다. 그들은 설마 이 남자가 자신들과 합석하려고 이 자리에 있을 거라고는 생각하지 않았을 것이다.

학창 시절의 점심 시간으로 돌아간 기분이었다.

평소라면 몸을 최대한 작게 만들어 눈에 띄지 않으려 했을 것이다. 그러나 지금은 깊은 인상을 남겨야 했으므로, 애써 활짝 웃으며 손을 흔들고 문의 손잡이를 잡았다. 그러자 동무가 그의 팔을 죽일 듯이 움켜잡고는 다채로운 러시아식 애정 표현(**제기랄, 무슨 엿 같은 짓이야?**)을 중얼거리며 코스티야를 끌고 갔다. 그리고 한 책장의 오른쪽에 있는 좁은 통로를 통과해 그를 재촉해 데려갔다. 통로를 통과하자 두 개의 아일랜드 식탁이 있는 거대한 주방이 나왔다. 그곳에서는 여자 셰프 둘, 남자 셰프 하나가 음식 준비에 한창이었다.

"뭔가 착오가 있는 것 같군요." 코스티야가 입을 열었다. "오늘 저녁 식사 초대를 받았는데요."

동무가 두 번째 아일랜드 식탁의 빈 쪽을 탁탁 치며 말했다. "여기가 당신 자리야!"

"하지만 오늘밤 저는 요리를 하지 않아요. 그냥 사장님의 친구분들을 만나기로 되어 있다고요. 그분들께⋯ 이야기를 하고, 그분들의 관심을 구하기 위해서요." 코스티야가 간절한 눈빛으로 다른 셰프들을 보았다. 마치 그들 중 누군가가 그를 위해 나서줄지도 모른다고 기대하는 듯이. "난 손님이라고요!"

자기 입에서 나온 말인데도, 참 멍청하게 들렸다. 다이닝룸에 있던 사람들은 마치 자기들만의 섬에 떠밀려온 진흙 덩어리라도 보는 듯 그를 쳐다보았다. 혹시 누군가 실수로 밟기 전에 다음번 파도가 다시 휩쓸고 가기만을 바라는 것 같았다.

동무가 웃기 시작했다. 코스티야는 잔뜩 긴장해서 어색하게 웃었다. 셰프들 중 매부리코에 깡마른 남자가 코웃음을 쳤다. 자세가 완벽하고 실크 스카프 아래로 검은 머리칼이 몇 가닥 빠져나와 있는 여자와, 머리를 빡빡 밀고 눈썹에는 피어싱, 팔뚝에는 인어 문신을 한 여자가 아일랜드 식탁 앞에서 비꼬는 듯한 시선을 교환했다.

"당신이 손님이라고?" 동무가 캑캑거리며 영어로 말했다. 이제 아예 웃음이 봇물처럼 터져 나왔고 눈물까지 흘렀다. 그가 거칠게 숨을 쉬었다. "손님? 멍청이구만!" 그가 몸을 가누기 위해 조리대 가장자리에 기댔다. "여기서 당신이 제일 하수야. 〈바보들의 저녁 식사〉가 따로 없군!"

그러고는 방에서 휙 나가버렸다.

셰프들은 다시 정신을 가다듬고, 재료를 갈고 다지고 껍질을 벗겼다. 그들은 모두 가슴 주머니에 자기 이름을 수놓은 깨끗한 단색 셰프복을 입고 있었다. 루이-장 볼리에르, 유메 쿠츠키, 발 이바네즈. 그들은 쫓기며 일하는 데는 익숙하지 않은 사람들처럼 평온하고 느긋하게 움직였다. 코스티야는 전문 주방에서는 그런 느긋함을 결코 본 적이 없었다.

그는 이 사람들이 레스토랑 경력자가 아니라고 결론지었다. 아마 부자들의 별장이 모여 있는 햄튼스에서 여름 동안 큰돈을 벌고, 비수기에는 돈 많은 어퍼이스트사이드 사람들을 위해 9시에서 5시까지 일하는 개인 셰프 아닐까?

"음." 코스티야는 다른 사람들이 자신을 불쌍하고 친근하게 봐주기를 바라며 말했다. "결국 제가 웃음거리가 됐네요. 그래서 우리가 뭘 만들고 있죠? 제가 어디서 일하면 될까요?"

"우리?" 자신의 조리 구역에서 아주 작은 새의 털을 뽑고 있던 볼리에르가 눈길조차 주지 않고 콧방귀를 뀌었다. "이봐요, 친구. 우린 각자 알아서 일하는 거야."

그의 왼쪽에 있던 쿠츠키가 칼을 내려놓고, 조리대 아래로 몸을 숙여 아이스박스를 꺼냈다.

"우리는 각자 요리를 하나씩 만드는 거예요." 그녀가 안에서 물이 찰랑이는 이글루 아이스박스를 들어 올리며 설명했다. "이국적인 요리일수록 인상적으로 보이는 경향이 있죠. 우리 고용주들… 보톡스를 하도 맞아서 얼굴 근육도 잘 안 움직이는 사람들 봤죠? 그 사람들은 1년 넘게 우승하려고 안달이죠."

"우승이요?"

"자신들만의 〈철인 요리왕〉 말이에요." 이바네즈가 혐오스러운 듯 말했다. "그들은 철마다 이 시시한 쇼에 우리를 출전시키죠. 그렇게 경쟁하고 싸우는 걸 좋아하면, 차라리 야생 수탉들을 사서 철창 안에서 싸움을 시키지. 우리 끌어들이지 말고."

그녀가 캐비어 병뚜껑을 큰 식칼로 쿵 내리치자, 뚜껑이 마치 원반처럼 날아가버렸다.

"승자는 뭘 얻는데요?" 코스티야가 물었다.

"5천 달러." 이바네즈가 어깨를 으쓱하며 말했다. "떠벌리며 자랑할 자격. 그리고 일자리 유지."

쿠츠키가 고개를 끄덕였다. 볼리에르는 입을 앙다물었다.

"그런데 그런 짓을 시키는 사람들을 위해 계속 일하고 싶어요?"

"억대 연봉을 주는 다른 손쉬운 일자리가 있으면 알려줄래요? 다양한 복지 혜택에다, 어퍼웨스트사이드에서 숙식도 제공해주는?"

"무슨 뜻인지 알겠네요."

"그럼 당신은 빅토르의 직원이 아닌 거요?" 볼리에르가 물었다. "이게 당신 면접인가? 젠장."

"빅토르의 직원이 되려고 온 게 아니에요." 코스티야가 말했다. "새 레스토랑의 총괄 셰프가 될 거예요. 아마도 여기서 우승하면요. 그런데 다들 뭘 만드는 중이죠?"

볼리에르는 대답 없이 가엾은 동물들의 털만 계속 뽑았다. 10여 마리쯤 되는 손바닥만 한 크기의 새였다. 깃털은 황갈색과 검은색, 밝은 노란색이 섞여 있고, 부리와 발이 아직 달려 있으며, 죽은 눈이 반짝이고 있었다.

"복어예요." 쿠츠키가 끼어들었다. "쓰키지에서 바로 온 거죠."

그녀는 조리 구역에서 모든 것을 치우고 날카로운 회칼과 아이스박스만 남겨두었다. 그리고 야단스럽게 아이스박스 뚜껑을 열었다. 그녀는 안에서 비늘 없는 커다란 물고기를 꺼냈다. 등은 회색이고 배는 하얗고 입술이 두꺼운 물고기가 그녀의 가냘픈 손안에서 여전히 팔딱이고 있었다. 그녀가 배의 뒷부분을 꽉 쥐자, 몸이 마치 풍선처럼 부풀어 오르며 몸 전체에서 위험해 보이는 뾰족한 돌기들이 튀어나왔다. 그녀는 복어를 옆으로 눕히고, 머리 뒤쪽을 빠르고 날카롭게 가른 뒤 살에서 껍질을 벗겨냈다. 그녀의 칼날이 몸통을 통과하는 동안 조리대 여기저기에 피가 튀었다. 모든 칼질이 마치 수술을 하는 것 같았다. 복어의 간과 난소에는 청산가리보다 강하고 해독할 수 없는 독이 있는데, 그 독에 복어 살이 오염되지 않게 해야 했다.

"복어." 코스티야가 속삭이듯 말했다. "와우. 음, 저 사람들이 우리 음식을 맛보기 전에 독 때문에 죽게 하지는 마세요. 아니, 사실 그것도 나쁘지 않겠네요."

쿠츠키가 만족스러워하는 미소를 살짝 지었다. "걱정 마요. 난 자격증이 있다고요. 수년간 훈련받았죠. 하지만 스톨리 가족이 날 고용한 건 순전히 그것 때문이에요." 그녀가 인상을 찌푸렸다. "그 사람들은 스시 파티에서 친구들을 놀래주는 걸 좋아하거든요. 사람들에게 가자미를 먹고 있다고 생각하게 해놓고, 혀가 얼얼하게 만드는 거죠. 완전히 비윤리적이에요."

그녀가 배를 가르고 내장을 꺼냈다. 그녀의 손바닥에서 복어의 작은 심장이 아직도 뛰고 있었다. 그녀는 내장을 다시 아이스박스에 던져 넣었다.

"하지만 그 사람들은 우리 같은 요리사의 의견 따위는 묻지 않잖아요?" 이바네즈가 끼어들었다. "상위 1% 부유층을 오래 상대하다 보면, 자기 자신만 생각하는 법을 배우게 되죠. 그래서 내가 그들의 피 같은 돈 1만 달러를 여기에 쓴 거고." 그녀가 흰색 줄무늬가 있는, 쪼글쪼글해진 낡은 돌멩이처럼 보이는 뭔가를 집어 들었다. "그래도 이딴 걸 먹여도 감지덕지하는 건 마음에 들더라."

코스티야가 눈을 가늘게 뜨고 그 '표본'을 보았다. "그게 트러플 이 아닌 건 알겠네요."

"다시 추측해봐요."

"뭔가 석회화된 건데. 썩은 포르치니 버섯인가요? 오래된 치즈? 탈수한 허파?"

"용연향." 이바네즈가 살짝 고개를 숙였다. "향유고래의 배설물이 죠." 그녀가 냄새를 맡았다. "사실 좋은 사향 냄새가 나요. 록키 마운 틴 오이스터와 궁합이 아주 좋죠." 그녀가 윙크했다. "어차피 방탕하 게 놀 거라면 전심을 다해야죠."

코스티야가 록키 마운틴 오이스터가 뭔지 떠올리기까지는 잠시 시간이 걸렸다. 캐나다에서는 아니멜, 다른 곳에서는 미트볼이라고 불리는 소의 고환이었다.

"이바네즈는 자기가 무슨 서바이벌 요리 쇼라도 찍는 줄 안다니 까." 볼리에르가 말했다.

"난 불알 같은 건 무섭지 않아요." 이바네즈가 어깨를 으쓱했다. "주변에서 큰 칼 들고 설치는 대부분의 좀팽이들보다 배짱이 좋아 서겠죠. 오해는 말아요, 프랑스 양반. 나도 이기기 위해 게임을 하니 까. 그들처럼 말도 안 되는 방식으로는 안 할 뿐이지."

"그래. **퍽이나** 고상하시네!" 볼리에르가 참지 못하고 내뱉었다.

"재료를 빼놓고 말해서 속임수나 쓰는 주제에! 미드타운의 일요일 브런치보다 더 밥맛이야."

"뭘 속인단 말이에요? 난 저들에게 이 안에 뭐가 들었는지 솔직하게 말할 건데." 이바네즈가 싱긋 웃고는 칼날로 용연향을 강판에 갈기 시작했다. 그 냄새가 주방 전체에 퍼져 머리가 어지러웠다. "아주 환장을 하며 더 달라고 할걸. 정직 운운하는데, 나는 적어도 누구처럼 암시장 거래는 하지 않아." 그녀가 그의 손에 있는 작은 새를 날카롭게 노려보며 말했다.

이 말은 의도했던 대로 볼리에르를 한 방 먹였다. 그는 움츠러들며 씁쓸하게 다시 하던 일로 돌아갔다. 눈을 가늘게 뜨고 조리 구역에 흩어져 있는 작은 새들의 몸에 혹시 깃털이 남아 있는지 살폈다.

코스티야는 다시 작은 새들을 보았다. 저게 무슨 새지? 비둘기 새끼? 병아리? 오리 새끼? 그 순간 볼리에르의 뒤에 있는 조리대에서 황금색으로 반짝이는, 코냑의 사촌 격인 아르마냑 빈 병 몇 개를 발견했다. 그리고 새들의 깃털이 촉촉하게 젖어 있는 것도 알아차렸다. 그의 눈이 휘둥그레졌다.

"아니, 설마." 그가 속삭이듯 말했다.

오르톨랑, 회색머리멧새였다.

어느 날 밤 미셸 보셴이 가게 문을 늦게 닫고, 콘스탄틴에게 그 요리에 대해 말한 적이 있었다. 더없이 훌륭하고 절대적으로 매혹적이어서, 그때까지 먹은 모든 것을 그것과 비교해서 평가하게 되었다고 했다. 미셸은 그가 이름을 밝히지 않은 한 프랑스 셰프의 집에서 그것을 딱 한 번 맛보았다. 그 요리는 그의 인생에서 가장 훌륭한 미식 경험이었다. 그는 자신의 탐닉하는 모습을 하느님에게 숨기기 위해, 전통적인 방식대로 냅킨으로 얼굴을 가린 채 먹었다. 산 채로 아르마냑에 절였다가 통째로 튀긴 작은 새의 지글지글한 내장과 육즙, 그리고 헤이즐넛 향이 나는 지방이 목구멍으로 넘어가고, 작은 뼈들이 그의 턱의 무게에 짓눌려 부서질 때, 그는 천국을 맛보았다. 가히 입으로 맛보는 열반이었다.

회색머리멧새는 수백 년 동안 인간들이 과도하게 살육한 결과 멸종 위기 종으로 지정되어 사냥이 법으로 금지되었다. 그것으로 만든 요리들은 레스토랑의 메뉴에서 사라졌고, 90년대에는 음식과 관련된 모든 집단적 의식에서 삭제되었다.

"하지만 이건 불법이잖아요." 코스티야가 말했다.

볼리에르는 거의 알아차리기 힘들 만큼 살짝 한쪽 어깨를 으쓱했고, 쿠츠키가 도마를 칼로 세게 내리쳤다. 복어 꼬리가 펄럭이며 깔끔하게 떨어져 나갔다.

"불법을 저지른 게 아니에요." 그녀가 나지막이 말했다. "그건 회색머리멧새가 아니거든요."

"아는 척하지 마요!" 볼리에르가 날카롭게 받아쳤다. "이건 당신이 넘볼 영역이 아니라고."

그러나 그의 표정이 말보다 더 많은 것을 말해주었다. 마치 자신도 털이 뽑히고 아르마냑에 절여질 신세가 된 듯한 표정이었다.

"나는 새를 관찰해요. 재미로요. 제법 잘하죠." 그녀가 나지막이 휘파람을 불었다. 부인할 수 없이 짹짹거리는 새소리와 비슷했다. "하지만 아마추어 조류 관찰자라도 당신이 지금 손질하고 있는 새가 뭔지는 알걸요." 쿠츠키가 작은 회칼로 바꾸어 복어의 두툼한 살 밑으로 칼을 요리조리 움직이며 찔러 넣었다. "회색머리멧새의 회갈색

보다 훨씬 노란 특유의 가슴 색을 보니, 그건 미국황금방울새예요."

볼리에르는 목구멍에 커다란 가시가 걸린 것 같은 얼굴이었다. 이바네즈가 격렬하게 웃다가 소 고환을 바닥에 떨어뜨리고 말았다. 코스티야도 웃음을 참을 수 없었고, 그 남자에게 거의 동정심마저 느껴질 지경이었다. 결국 볼리에르가 어차피 이 멍청한 과두제 집권자들은 차이를 모를 거라고 중얼거렸다.

"하지만 당신이 알잖아요." 코스티야가 말했다. "좋은 음식의 핵심은 정직함이에요."

그러자 볼리에르가 짜증스럽게 대답했다. "하지만 좋은 요리의 핵심은 인식이고, 전통이요."

"이봐요. 당신이 진실을 말하지 않으면 내가 말하겠어." 갑자기 이바네즈가 진지하게 말했다. "거짓말 때문에 당신에게 질 수는 없어."

볼리에르가 칼을 꽉 움켜쥐었다. 이바네즈가 뭔가를 말하려고 입을 열었지만, 코스티야가 끼어들었다.

"당신이 그 요리를 재발명하고 있다고 말하세요. 그들이 황금방울새로 재해석된 회색머리멧새 요리를 처음 맛보는 중이라고. 구시대에서 영감을 받은 새로운 미국 요리라고. 그런 식으로 말해요."

볼리에르는 처음으로 겸손해 보였다. "메르시, 셰프."

이바네즈가 입을 떡 벌리고 말했다. "대체 왜 그러는 거예요?"

"내가 우승할 때, 그게 의미 있는 승리였으면 하거든요." 코스티야가 말했다.

"우승이라고? 꿈도 야무지시네. 그렇게 안 봤는데. 그런데 이름이 뭐죠?"

"두호브니입니다. 콘스탄틴 두호브니."

그녀의 얼굴에 아는 이름이라는 듯한 기색이 스쳤다. "혹시 자기들끼리 서로 찬양하기 바쁜 길드 크리스마스 파티에서 화상을 입었다는 그 두호브니인가요?"

코스티야는 팔을 들어 올려 보여주었다. 문신에 숨겨진 흉터 조직이 번들거렸다.

"보셴이 당신에게 소스를 맡겼다고 들었는데." 볼리에르는 경이로워하며 말했다.

"당신이 길드 회장에게 엿 먹으라고 했다고 들었어요." 이바네즈가 싱긋 웃으며 말했다.

"나는 참치로 만든 조직으로 피부 이식을 했다고 들었는데요." 쿠츠키가 투명하고 얇은 복어 살을 연꽃 형태로 접시에 배열하며 덧붙였다.

"사실은 틸라피아였어요. 몇 주 동안 지독한 악취가 났죠. 하지만 무슨 얘기든 들은 사람이 있을 거라고는 생각도 못했네요. 나한테 입 다물라고 돈다발을 줬거든요."

"주방에서는 비밀이 없죠." 쿠츠키가 말했다.

"자기들끼리만 교류하는 작고 배타적인 세계니까." 이바네즈가 동의하며, 낙화생유를 무쇠 팬에 붓고 버너에 불을 붙였다. "요리사들은 말하기를 좋아하죠." 그녀는 잠시 조용히 있더니 주방 수건에 손을 닦으며 마치 그의 얼굴에서 뭔가를 읽으려는 듯 눈을 가늘게 뜨고 쳐다보았다. "그날 밤 내 사촌이 그 주방에 있었어요. 페르난도 로드리게스. 기억해요?"

코스티야는 기억했다. 페르난도는 소테 작업을 했다. 그의 웃음에는 전염성이 있었다. 모두의 사물함에 포르노 넣어두기를 좋아했다.

"페르난도는 보센이 들어오기 직전에 이상한 걸 봤다고 했어요. 번쩍이는 빛. 공중에 떠 있는 얼굴. 당신이 거기에 대고 뭐라고 말했다고 했죠. 페르난도가 착하긴 한데 워낙 술을 좋아해서 보통은 걔가 하는 말을 절반도 안 믿긴 해요. 하지만 어쩐지 당신이 그냥 얼굴만 반반한 도련님은 아닌 것 같아요. 그렇죠, 파피 출로[멋진 남자]?"

코스티야는 침을 삼키며 인정할 것인지 부정할 것인지 고민했다. 그것이 쉬운 결정이었을 때가 있었다. 기이한 것은 축소하고, 비정상적인 것은 모두 부정하고, 고개를 숙이고 입 다물고 살았었다.

"당신 생각이 맞아요."

"헉!" 이바네즈가 눈이 휘둥그레져서 말했다. "자, 그럼 미쉐린 쓰리 스타 레스토랑 출신에다 러시아 **마법사**일지도 모르는 당신이 말 좀 해봐요. 심사위원들에게 깊은 인상을 주기 위해 뭘 만들 건가요?"

코스티야는 입술을 핥았다. 이 세 사람이 내놓을 요리와 경쟁하기 위해 자신이 만들 수 있는 건 딱 하나뿐이었다. 그리고 제대로만 된다면, 그도 이길 수 있었다.

물론 가능성이 크지는 않았다.

그가 유령 요리를 마지막으로 시도한 건 벌써 두어 달 전이었다. 분명 실력이 녹슬었을 것이다. 게다가 그는 여전히 헬스 키친에서 자신이 무엇을 제대로 했는지(혹은 잘못했는지), 또는 죽은 사람과 접촉하기 위해 어떻게 해야 하는지를(강렬한 기억이 필요하다는 것만 제외하면) 정확히 알지 못했다. 코스티야가 유령 요리를 대령하지 못한다면 빅토르가 모든 것을 백지화할까? 아니면 기회를 한 번 더 줄까? 코스티야는 아닐 거라고 스스로에게 대답했다. 재도전 기회는 없을 것이다. 죽기 아니면 살기였다. 지금이 아니면 끝이었다.

"나는 사실 우크라이나계고, 나만의 시그니처 요리를 할 거예요." 그가 이바네즈와 눈을 맞추며 천천히 말했다. "록키 마운틴 오이스터보다 더 충격적인 것." 그가 볼리에르를 향해 고개를 끄덕이며 말했다. "회색머리멧새보다 귀하지만, 어쩌면 똑같이 금기시되는 것." 그는 쿠츠키를 향해 고개를 돌렸다. "그리고 단지 죽음을 아슬아슬하게 피하는 것을 넘어, 죽음을 되돌려 놓는 것."

그들이 풍문으로 들은 말이 사실인지 확인하기 위해 핵심 구절을 기다리는 동안, 주방 안은 조용했다.

"그래서요?" 볼리에르가 재촉했다. "그게 뭐요?"

"나도 모릅니다." 코스티야가 어깨를 으쓱했다. "죽은 사람이 아직 맛을 보여주지 않았거든요."

쿠츠키와 볼리에르, 이바네즈가 차례로 음식을 내갔다.

그런 다음 그들은 주방으로 돌아와 와인을 홀짝이며 다이닝룸의 상황을 낱낱이 전했다.

코스티야 차례가 되었을 때, 그는 말벡을 단숨에 들이켜고는 다른 셰프들처럼 동무가 와서 자신을 식당으로 데려가기를 기다렸다. 그런데 주방과 홀 사이의 무언의 규칙을 깨는 일이 일어났다. 그 규칙이란 바로 셰프가 초대할 때까지는 외부인이 주방에 들어오지 않는다는 거였다.

주방은 은밀한 공간이었다. 이런 저런 비법이 행해지고, 일반인이 보기에는 역겨운 작업도 이루어지며, 또 아주 가끔은 신성함이 깃든 요리가 탄생하기도 하는 곳이었다. 코스티야가 지금껏 편안하게 느긴 주방들은 모두 식당과 의도적으로 분리되어 있었다. 뜨거운 열기와 욕설과 주문 내용을 외치는 소리는 흰색 식탁보와 세련된 농담을 위해 요구되는 평화로운 환경과 어울리지 않았다.

물론 오픈 주방 레스토랑도 있었다. 바로 식당 한가운데에 주방이 있고 심지어 유리에 둘러싸여 있는 곳들 말이다. 그런 곳들에서는 사람들이 완벽하게 조용히 일했고 데미글라스 소스 한 방울도 흘리는 법이 없었으며 쟁반을 나르는 사람들이 서로 부딪치는 일도 없었다. 또한 스테이크를 망쳤다고 따지는 4번 테이블 얼간이를 큰 소리로 욕하는 일도 없었다. 그렇다. 소시오패스도 주방을 운영한다.

코스티야에게 선택권이 있었다면 그런 식으로 구경거리가 되는 상황, 한 공간에서 식사와 쇼가 모두 이뤄지는 상황을 결코 택하지 않았을 것이다. 그러나 빅토르는 그의 의견을 묻지 않았고(그는 이것이 반복되는 패턴임을 눈치채기 시작했다), 다짜고짜 자신의 수행단을 이끌고 주방으로 쳐들어왔다. 코스티야는 그들이 주방을 차지하고 향수와 헤어스프레이, 담배 연기, 그리고 식당에서 가져온 전채 요리로 공기를 오염시키는 모습을 속수무책 지켜보았다. 그들은 아일랜드 식탁 주변을 어슬렁거리며 지문과 기름얼룩으로 조리대를 더럽혔고, 누구에게도 동의를 구하지 않은 채 볼리에르와 쿠츠키의 조리 구역을 점령했다. 다른 셰프들은 구석으로 물러나서(동지 의식 따위는 없었다), 코스티야가 전술적 승리를 거둘지 아니면 피투성이 참패를 당할지 확인하고 싶은 마음에 눈을 크게 뜨고 지켜보았다.

빅토르는 헛기침을 했다. 코스티야는 사람들이 자신이 뭔가를 말하고 공연을 하고 춤추기를 기다리고 있다는 것을 알았다. 심장이 마구 뛰었고, 와인으로 간신히 끌어모은 약간의 용기마저도 녹아 없어졌다. 그는 셔츠 소매를 걷어 올리며 각오를 다졌고, 그 과정에서 문신이 드러났다.

그의 시선이 팔뚝에 새겨진 칼 모양 문신에 머물렀다. 손잡이에 WTFWFT라고 새겨진 칼이었다.

프랭키라면, 이곳에 있는 게 프랭키라면, 어떻게 했을까? 어떤 방식으로 그들을 현혹시켰을까?

그라면 주방과 관련된 이야기로 그들을 즐겁게 했을 것이다. 벌집에서 뚝뚝 떨어지는 벌꿀처럼 흘러넘치는 카리스마를 발산하며 〈키친 컨피덴셜〉에 나올 법한 재미있는 뒷이야기를 풀어냈을 것이다. 그리고 자신이 만든 음식을 실제보다 더 대단하게 보이게 만들었을 것이다. 그들에게 그 음식이 어떤 효과를 가져올 수 있는지를 먼저 믿게 한 다음에야 조금이라도 음식을 맛보게 할 것이다. 만일 그가 거기 있었다면… **그들에게 지금 이 공간에서 본인들이 가장 흥미로운 사람인 것처럼 생각하게 만들고, 그런 다음 실제로 이 공간에서 가장 흥미로운 사람은 바로 자신임을 보여주었을 것이다.**

빅토르가 또 헛기침을 했다.

"아, 예." 코스티야가 사람들을 향해 고개를 끄덕였고, 그들은 그를 빤히 쳐다보았다. "신사 숙녀 여러분, 우선 오늘밤 여러분께 요리를 대접할 수 있게 된 것이 얼마나 영광인지 말씀드리고 싶습니다. 보시다시피, 저는 아직 아무것도 준비한 게 없습니다."

손님들은 무슨 착오가 있는 게 아닌가 하며 시선을 교환했다.

라푼젤 헤어스타일의 여자가 팔짱을 끼었다. 회색 정장 차림의 남자는 수염을 만지작거렸다. 흑갈색 머리의, 자그맣지만 관능적인 몸매의 여자는 가는 눈을 뜨고 코스티야를 보았다. 그리고 빅토르는 불만을 표시하듯 성냥을 켜서 담뱃불을 붙였다.

코스티야와 그의 시선이 얽혔다.

빅토르 무지츠카를 직면할 시간이었다. 빅토르에게 자신이 투자할 가치가 있는 사람임을 입증할 때였다.

"무지츠카 씨가 처음 제게 이 만찬에 대해 말씀하셨을 때, 저는 흥미를 느꼈습니다." 그는 빅토르에게 직접 말했다. "그리고 오늘 저녁 여러분의 셰프들과 시간을 보내면서 흥미를 넘어 깊은 감명을 받았습니다. 여러분처럼 특별한 분들의 식욕을 만족시키기 위해 초대받는 일은 날이면 날마다 오지 않으니까요. 복어, 회색머리멧새, 용연향. 이런 것들은 분명 살아 있는 자들의 세계에서는 가장 희귀한 진미들이죠. 하지만 제가 여러분께 제공할 음식은 그것들보다 더 희귀한 것입니다. 바로 죽은 자들의 맛입니다."

"지금 **죽은 자**라고 했나요?" 여자들 중 하나가 화난 어조로 낮게 말했다.

"아니, 아니. 또 그 인육 얘기라면 넣어두쇼." 페이즐리 무늬 셔츠를 입은 둥글둥글한 남자가 징징거렸다.

"저는 독특한 미각을 가졌습니다." 코스티야가 말을 이었다. "어쩌면 뛰어난 미각이라고도 할 수 있을 겁니다. 그것이 요리를 매개로 저를 영혼의 세계와 연결시켜주죠. 적절한 계기만 있다면, 오늘 밤 여러분의 고인이 보내는 음식을 제가 맛볼 겁니다. 제가 그 음식을 준비하고 여러분이 그것을 드시면, 그 영혼이 이곳으로 와서 함께 식사를 하게 됩니다."

몇몇 사람들이 불편한 듯 자세를 바꾸었다.

"혹시 이 상황이 불편하면 나가셔도 됩니다."

검은 옷을 입은 호리호리한 여자가 조용히 문을 향해 걸어갔다. 잠시 뒤 붉은 얼굴의 남자가 그녀를 따라갔다.

"또 안 계십니까?"

그는 사람들을 하나하나 쳐다보며 그들과 눈을 맞추었다. 그의 뒤에서 움직임이 느껴졌고, 돌아보는 순간 쿠츠키가 고개를 저으며 문을 향해 달려가는 모습이 보였다. 입으로는 **바보, 배고픈 유령을 소환하다니**처럼 보이는 말을 속삭이고 있었다.

"좋습니다." 코스티야가 동요하지 않고 말을 이어갔다. "우선 여러분이 잃어버린 누군가를 생각하십시오. 다시 보고 싶은 누군가를."

몇 사람은 눈을 감았고, 몇 사람은 믿을 수 없다는 듯 코스티야를 쳐다보았다.

"고인에게 집중하세요. 그분들을 기억하세요." 그가 재촉했다.

"어떤 종류의 기억 말인가요?" 흑갈색 머리의 여자가 눈을 꼭 감은 채 물었다. "행복했던 기억? 아니면 슬픈 기억? 음식에 대한 기억? 아니면 그들과 함께 먹은 기억? 그들에 대한 첫 기억? 아니면 마지막 기억? 정확히 뭐예요?"

코스티야가 대답하려고 입을 열었다가 다시 닫았다. 그리고 얼굴을 찡그렸다.

헬스 키친에서는 어떤 **종류**의 기억인지 지시한 적이 없었다. 그는 방금 사람들에게 고인에 대해 생각하면, 자신의 입에서 어떤 맛이 날 수도 있다고 말했다. 하지만 그녀의 질문, 즉 어떤 **종류**의 기억이냐는 질문에 그는 멈칫했다.

그는 루이스 수녀에 대해 생각했다. 그때 스테이시가 나타나기까지는 시간이 좀 걸렸다. 스테이시는 루이스를 보기 위해 대기하고 있던 게 아니었다. 촉발하는 계기가 있었다. 루이스가 스테이시의 죽음에 대해 생각할 때, 그녀가 스스로를 탓할 때, 그녀가 스테이시를 너무도 그리워하고 죽을 때 곁에 없었다는 죄책감과 후회가 더해져 그녀의 아픔이 고스란히 전달될 때, 스테이시가 나타났다.

그는 스티븐 타일… 아니, 찰리에 대해 생각했다. 그의 죽은 아내는 애나였다. 그리고 찰리는 그야말로 슬픔으로 마비된 채로 라이브 러리 오브 스피리츠에 나타났다. 홀홀 털고 일어나 새로운 삶을 살아갈 수 없었고, 절망이 너무도 큰 나머지 그가 애나 이야기를 입에 올렸을 때 (나의 가엾고 어여쁜 아내, 나의 죽은 아내) 그녀는 코스티야의 소화관을 통해 쏜살같이 올라왔다. 그런 생각들이 불러온 타격이 찰리의 얼굴에 고스란히 쓰여 있었다.

코스티야는 자신의 아버지에 대해 생각했다. 아버지는 코스티야가 자신의 부재를 가장 절실하게 느낀 순간 나타났다. 어렸을 때 수영장에서 지독한 질투와 원망을 느낀 순간, 그리고 몇 개월 전 크리스마스 만찬을 준비하면서 가슴을 찌르는 갈망을 느낀 순간이었다. 사뵈르 페어에서 피촌카를 맛보기 직전에, 코스티야는 주방에서 일하는 사람들을 지켜보고 있었다. 자신이 지시를 외칠 때마다 전원이 즉각 움직이는 것을 보며 자긍심에 가슴이 부풀었고, 자신이 만들어낸 자리, 자신이 받는 존경에 새삼 놀라고 있었다. 그리고 그 순간 이렇게 생각하지 않을 수 없었다. 아빠, 이걸 아빠가 볼 수 있다면 얼마나 좋을까!

코스티야는 눈을 감았다. 뭔가가 아주 가까워진 느낌이 들었다. 손가락이 어떤 리듬에 따라 씰룩였다. 머리 위로 하얀 빛들이 흔들렸다.

"여러분에게 어떤 대가를 치르게 하는 기억입니다." 그가 큰 소리로 말했다. 그것은 자기 자신에게 하는 말이기도 했다. "떠올리면 아픈 기억. 뭔가를 해서, 또는 하지 않아서 후회하게 되는 기억. 또는 고인이 이곳에 있었을 때 얼마나 행복했는지를 생각하게 만드는 기억. 여러분이 온전히 슬픔을 느끼도록 만드는 무언가 말입니다."

그런 것들이 유령들을 소환하는 기억이었다. 대가를 치르는 기억. 기억하는 이로부터 뭔가를 앗아가는 기억. 그런 것들은 맛처럼 복잡한 감정들이었다. 쓴맛과 결합된 단맛, 감칠맛을 뚫고 나오는 신맛, 매운맛을 중화시키는 기름진 맛처럼.

마치 불붙은 버너처럼, 콘스탄틴의 입안에서 뭔가가 일어나기 시작했다. 정확히 끝맛은 아니었다. 식사라기보다는 한 입 거리 음식들에 가까웠다. 굉장히 많은 맛이 있었다.

삶은 닭, 키이우 초콜릿 케이크, 킬바사 소시지, 타르트, 레드커런트, 원더 브레드, 크바스, 코코넛 아미노, 얇게 썬 소 혀, 절인 양배추, 씁쓸한 와인, 느타리버섯, 돼지고기, 튀긴 청어 토스트, 누텔라, 곰보버섯, 시럽, 코냑, 참치 타르타르, 러시아식 청어 샐러드, 감로, 식초, 탄 브륄레, 모르타델라 소시지, 계란프라이 반숙, 파인애플 업사이드 다운 케이크, 마지팬, 졸리 랜처 포도맛 사탕, 피넛버터, 페스토, 달팽이, 레몬주스, 침, 토하기 직전의 위산….

코스티야가 몸을 가누기 위해 조리대 가장자리를 붙잡았다. 마치 주방 쓰레기통 바닥에 고인 찐득한 액체를 마시는 것 같았다. 그야말로 식단의 불협화음이었다. 모든 맛이 시큼했고 서로 섞이지 못한 채 분리되었다. 목구멍 아래에서 담즙이 올라오는 것을 느낄 수 있었다. 토할 것만 같았다.

"그만!" 그가 헐떡이며 말했다. "그만!"

사람들은 깜짝 놀라서 생각을 멈추었고, 맛들이 그의 혀에서 연기처럼 사라졌다. 딱 하나만 빼고. 그것은 이제 표면으로 올라와서 입안 가득 퍼졌고, 스멜링 솔트처럼 그를 소생시켰다. 완벽한 복잡성을 갖춘 진정한 끝맛이었다.

새콤달콤하고 톡 쏘는 국물. 얇게 썰어 끓인 양배추. 깍둑썰기해서 끓인 당근과 감자. 뭉근하게 끓여서 국물 속에 녹아든 쇠고기 한 덩이. 분홍색이 될 만큼 색이 빠진 깍둑 썬 비트가 적갈색 냄비 속의 다른 모든 것을 물들인다. 위아래로 풍미가 강한 무언가. 토마토 페이스트인가? 아니면 피자 소스? 아, 조잡한 케첩(?!!!)과 미라클 휩 마요네즈(신성모독이다!) 한 바퀴. 러시아의 국민 수프 보르시였다. 다만 여기에는 다소 비정통적인 재료가 가미되어 있었다.

"대체 누가 보르시에 케첩을 넣는 거지?" 코스티야가 혼잣말을 했다. "미라클 휩 마요네즈까지?"

작은 체구의 흑갈색 머리 여자가 헉 소리를 냈다.

"피라 할머니가요! 하지만 당신이 그걸 어떻게…." 그녀가 말을 꺼냈지만, 코스티야는 듣고 있지 않았다.

주방이 어둑해지는 것 같았고, 아일랜드 식탁 건너편의 빅토르의 얼굴만 빼고 모든 것이 흐릿해졌다. 빅토르의 올라간 눈썹과 히죽대는 웃음에서 충격과 놀라움이 여실히 드러났다.

"우리 이제 비즈니스 하는 거죠?" 코스티야가 말했다.

나머지는 일사천리로 진행되었다. 코스티야가 재료를 휘갈겨 써 주었고, 빅토르는 많은 하인 중 하나를 동네 식료품점으로 보냈다. 볼리에르는 수비드 기계와 압력 쿠커를 가져왔는데, 그것을 코스티야에게 기꺼이 빌려주었다(물론이죠! 난 이걸 봐야겠어요). 40분쯤 뒤에 피라 할머니가 그들의 머리 위로 주홍색 불꽃 속에서 나타났다. 구경꾼들의 입에서 나오는 헉 소리와 가벼운 욕설이 코스티야를 들뜨게 했다. 사람들의 소망을 이뤄주는 일은 아무리 반복해도 질리지가 않았다.

남의 소망을 이뤄줌으로써, 자신의 소망도 이룰 수 있기를 소망하게 되었다.

그는 아버지가 보고 싶어 죽을 지경이었다. 끝맛을 촉발하는 방법에 대한 갑작스러운 계시를 시험하고 싶었다. 자신의 슬픔을 받아들임으로써 피촌카를 다시 맛볼 수 있을지 궁금했다. 어떻게 자신에게서 그 고통의 맛, 평소에 느끼는 둔한 고통보다 더 깊고 쓰라린 고통의 맛을 이끌어낼 수 있을지 알고 싶었다. 그는 흑갈색 머리의 여자가 할머니의 빛나는 손을 향해 손을 뻗는 모습을 부러운 눈으로 지켜보았다. 그리고 지금 몰래 빠져나가 집으로 달려가서, 아버지를 불러내보는 것이 그리 어렵지 않겠다는 생각이 들었다.

그러나 뭔가가 그를 붙잡았다. 일말의 두려움, 또는 일말의 의심이었다.

그는 이미 아버지를 두 번이나 놓쳤다. 투 스트라이크. 이제 세 번째 기회를 두고 모험을 할 수는 없었다. 어쩌면 마지막일지도 모를 기회인데 절대 그럴 수 없었다. 이 파티 뒤에도 이것이 통할지 확인해야 했다. 이것이 항상 통한다는 것을 빈틈없이 확인해야 했다. 그가 이 일을 계속한다면 조만간 뭔가 대가를 치르게 될 거라는 모라의 말이 사실이라면, 그 뭔가가 아버지가 되게 할 수는 없었다.

그는 주방 건너편에 있는 할머니 영혼에게 미소를 지었다. 언젠가 그가 확신이 든다면, 그의 차례가 될 터였다. 할머니가 눈을 들었고, 빛나는 진홍색 눈물을 흘리며 미소로 화답했다.

모든 상황이 정리된 후, 빅토르는 샴페인을 터뜨리기 위해 코스티야를 거실로 초대했다. 두 사람의 잔이 부딪치는 소리는 어느 악수 못지않게 의미 있는 것이었다.

"동업을 위하여." 빅토르가 건배사를 했다.

"그리고 성공을 위하여." 코스티야가 덧붙였다.

코스티야의 입안에서 미세한 거품이 터졌다. 캐러멜과 바닐라 향이 미네랄과 소금, 철분, 라임의 산에 의해 중화되며 목구멍 뒤쪽에서 따뜻한 느낌과 멍든 과일 같은 달콤함으로 변했다. 그가 샴페인 잔을 불빛 쪽으로 치켜들자, 거의 녹색으로 반짝이는 유리잔 속 미세한 기포들이 이리저리 흔들리며 춤추는 모습이 보였다.

"크루그 샴페인이 마음에 들어요?" 빅토르가 물었다. "브랑 드 누아, 검은 포도로 만든 화이트와인이지요."

"훌륭하네요."

빅토르가 자신의 잔을 살펴보았다. "이름이 마음에 들어요. **크루그**. 러시아 말로 서클이랑 발음이 같잖아." 그가 한 모금 홀짝였다. "특별한 사람들을 위해 아껴두는 거요. 내 동업자들은…." 그가 코스티야를 향해 고개를 끄덕였다. "이 서클에 합류하게 되죠. 가족처럼. 더 가까워지고."

마치 신호에 맞춘 듯 코스티야의 주머니에서 전화기가 시끄럽게 윙윙거렸다. 그는 얼른 전화를 끊었지만, 또 다시 전화벨이 울렸다.

그가 전화기를 꺼내자 어머니 사진이 화면에 떴다. 미소 짓는 어머니와 아버지의 옆모습이 담긴 작은 결혼식 사진이었다.

"저, 죄송합니다, 어머니 전화네요. 잠시… 실례하겠습니다."

그가 몇 걸음 걸어 나와서 전화를 받았다. 인사말을 건넬 겨를도 없이 빗발치는 잔소리가 시작되었다.

"코스티야, 맙소사! 너 정신이 완전히 나간 거니? 아침에 문자를 보냈잖아! 중요한 일이라고! 그런데 답도 안 하고. 기다리는 동안 여덟 번은 더 했을 거야. 엄마 죽는 꼴이 보고 싶은 거면, 아주 잘하고 있는 거다."

"엄마, 미안해. 오늘 바빴어."

"들었어! 바냐가 어젯밤에 전화를 해서 네가 빅토르 무지츠카랑 연락을 한다고…."

"음, 그래, 사실 내가…."

"그래서 내가 말했지. 그게 무슨 헛소리냐. 코스티야는 똑똑한 애다. 그런 짓을 할 만큼 멍청하지 않다. 그런 깡패들과 말을 섞을 일이 없다. 무지츠카 가문은 죄다 깡패들이야."

코스티야는 혀가 입천장에 달라붙은 것만 같았다.

그녀가 계속 말했다. "졸부지만 옛날 KGB보다 나을 게 없는 인간들이지. 법도 없고 도덕도 없고 여기저기 총질을 해댄다고. 내가 바냐한테 그랬어. 넌 상관없다고. 가까이할 일 없다고."

코스티야는 침을 삼킬 수조차 없었다.

"코스티야." 그녀가 천천히 말했다. "엄마가 맞다고 말해. 살인자, 도둑놈하고 얘기하고 있지 않다고…."

"무슨 말을 하는 건지 도무지 모르겠어." 그가 빠르게 말했다. 그것은 진실이었다. "그분은 대단한 분이야."

그에게 빅토르는 전적으로 합법적인 인물로 보였다. 사업가. 옷을 쫙 빼입고 값비싼 샴페인과 수표책을 들고 서 있는 섹시한 남자. 그 수표책은 코스티야가 레스토랑을 열고, 의미 있는 일을 하고, 프랭키와 아버지와 자신의 잃어버린 조각을 되찾기 위한 티켓이었다.

"맙소사!" 그는 어머니가 가슴을 부여잡는 소리가 들리는 듯했다. "너 감을 완전히 잃어버린 거니?! 대체 무슨 일에 말려들고 있는 거야! 넌 지금 자살 행위를 하고 있어."

"가봐야 해."

"코스티야? 코스티야! 전화 끊을 생각은 하지도 마! 절대⋯."

그는 전화를 끊고 자신을 초대한 집주인에게로 돌아갔다.

"괜찮소?" 빅토르가 물었다.

"아, 예. 음⋯ 어머니가 걱정이 많으셔서요."

"흠, 이제 걱정할 일 없소."

빅토르가 잔을 들었고, 코스티야도 그를 따라했다. 샴페인은 김이 빠지고 맛도 밋밋해졌다. 단맛이 적어지고 금속 맛이 강해졌다. 피처럼 쇠 맛이 났다.

"우리 가족이 된 걸 환영하오."

!!!!!!

새로 온 남자가 음식 투어를 시작하려 한다.

콘스탄틴 두호브니 미식 체험이다.

너는 얼토당토않은 이름이라고 생각하지만 그 생각을 입 밖에 내지는 않는다. 대신 그에게 어떤 식으로 운영할 것인지, 여행 일정이 사실인지 묻는다.

새로 온 남자가 자유 승하차 방식 같은 거라고 말한다.

그가 말하면서 윙크를 하고, 너는 그것을 소문이 사실이라는 뜻으로 받아들인다. 자유롭게 타지도 내리지도 못하고 쭉 간다는 소문 말이다. 너는 좀 더 탐색하려 한다. 그것이 어떤 식으로 이루어지고, 진짜로 푸드 홀 밖에서 끝맛을 만들 수 있는지 파악하려 한다. 그러나 새로운 남자는 회피한다. 너는 그가 모르거나, 말하지 않는 거라고 생각한다.

네가 투어가 언제 출발하느냐고 묻자, 그는 친구가 저쪽 세상에서 레스토랑을 여는데, 개업일 밤에 그곳에 갈 계획이라고 말한다.

네가 왜냐고 묻는다. 산 사람들의 레스토랑이 죽은 자들과 무슨 관계인지 모르겠다고.

그가 대답한다. 친구가 여는 가게의 목적이 바로 그것이기 때문이라고. 끝맛. 영혼들. 그가 우리를 다시 그곳으로 불러낼 거란다. 갈준비가 되어 있다면.

너의 뱃속에서 허기가 강하게 요동친다.

좋아요. 나도 낄게요. 네가 말한다.

그가 정확한 날짜는 연락을 취해봐야 알지만, 그리 오래 걸리지는 않을 거라고, 곧 될 거라고 한다.

너는 네가 해낼 때까지 모라가 버텨주기만을 바란다.

그녀가 무모하고 충동적인 짓을 저지르지 않기를, 문제를 일으키지 않기를 바란다.

하지만 생각해보면, 모라는 모라다.

분명 그런 짓을 저지를 것이다.

고급(유령) 요리

1970년대에 스윙라인은 호화롭고 멋진 곳이었다. 멋진 남자들과 섹시한 여자들, 스튜디오 54와 맥스 캔자스시티 같은 나이트클럽에서 엉덩이를 흔들며 춤을 추고 마약을 코로 흡입하는 사람들의 취향을 저격한 시내 한복판의 작은 호텔이었다. 2010년대에는 그렇지 않았다. 낡고 황폐해 보였다. 코스티야는 벗겨진 금색 외장재와 미러볼처럼 반짝이는 문을 보며 얼굴을 찡그렸다. 확실히 **복고풍**이었다. LP판이나 빈티지 티셔츠처럼 좋은 의미에서가 아니었다. **디스코와 함께 사라졌어야 마땅한 것**이라는 느낌이 더 강했다.

내부는 더 끔찍했다. 나무판자로 덮인 벽은 누군가의 삼촌 집 지하실 느낌이었고, 털이 긴 붉은색 카펫은 엘모 인형의 공동묘지 같았다. 바닥이 주변보다 낮게 설계된 라운지 공간(역시 털이 긴 카펫과 암갈색 벨벳 소파, 구역질을 유발하는 바닥용 방석)을 지나면 나오는 프런트는 거울로 덮여 있고 흠집이 난 데다 낙서 투성이였다. 그곳은 또한 죽은 쥐의 마지막 안식처였고(아마 로비를 보고 충격으로 죽은 것이 분명했다), 불길하게도 임대 서류가 쌓여 있었는데 서류 중 일부에는 이미 빅토르 무지츠카의 서명이 들어가 있었다.

코스티야는 손가락으로 눈을 누르며, 이 난장판을 불길의 크기만 으로 판단하지 않으려 애썼다. 아직 하이라이트를 보지 못했지만(빅 토르는 이곳에 한때 레스토랑이 있었다고 했다), 수다스러운 중개인이 이 여드름 난 엉덩이 같은 장소를 "70년대 맨해튼의 화려한 전설, 향 수어린 멋"으로 포장했다면, "매력적인 시대의 식당과 상업용 주방" 이 과연 어떤 모습일지 이미 상상할 수 있었다.

무엇을 어떻게 수리하건 중요하지 않았다. 설령 빅토르가 눈에 띄는 문제들을 해결하는 데 돈을 쏟아부을 용의가 있다 해도, 가장 큰 문제를 해결할 수는 없었다. 이 레스토랑은 맨해튼 외식업계의 항문 한가운데 같은 곳에 위치해 있었다.

스윙라인은 맨해튼 금융 지구의 맨 윗부분, 사우스 스트리트 씨 포트와 투 브리지스의 경계에 자리 잡고 있었다. 이곳은 뉴욕시 경 찰청과 카운티 대법원, 메트로폴리탄 교정 센터에 둘러싸인 죽은 지 역이었으며, 근무 시간 동안 여유롭게 점심을 먹으려는 사람들은 찾 지 않을 외식업계의 황무지였다. 맨해튼 금융 지구의 나머지 지역과 마찬가지로, 월스트리트가 텅 비는 저녁 6시 이후에는 유령 도시가 돼버리는 저주 받은 곳이었다. 정말로 이곳에 레스토랑을 연다면, 주변 몇 블록 안에서 앉아서 식사하는 유일한 식당이 될 터였다. 빅 토르는 이것을 유리한 고지 선점으로 보았지만, 코스티야는 피할 수 없는 실패의 시작으로 보았다.

소호, 빌리지, 어퍼 이스트사이드와 웨스트사이드, 그래머시, 플 랫아이언, 미트패킹 디스트릭트 같은 특정 지역에 핫한 레스토랑이 몰려 있는 데는 다 이유가 있었다. 옆집과 경쟁하기 위해서가 아니었다. 많은 사람이 모이는 곳, 다른 레스토랑들이 성공한 곳, 적어도 얼마간은 부러움의 대상이 되었던 곳을 고른 것이었다. 대부분의 레스토랑이 문을 연 지 6개월 이내에 문을 닫는다는 것도 큰 비밀이 아니었다. 대박 식당, 성공 스토리. 그런 경우는 손에 꼽을 정도였다. 이 업계에서 한 가지 확실한 선택지는 악마와 거래하는 것이었다. 그리고 코스티야가 마지막으로 들었을 때, 레스토랑 악마는 벌써 3년치 예약이 다 차 있었다.

"코스티야, 안녕! 와줘서 고맙네."

마치 연극 무대 왼쪽에서 등장하는 배우처럼, 빅토르가 프런트 뒤쪽 공간에서 불쑥 나타났다. 차림새를 보아 하니 스타일리스트가 휴가로 자리를 비운 모양이었다.

모든 러시아 졸부가 그렇듯, 빅토르는 고급 브랜드를 좋아했다. 구찌와 에르메스, 아르마니와 프라다, 버버리와 루이비통. 하지만 빅토르는 조금 과하다 싶을 정도로 머리에서 발끝까지 명품으로 휘감았다. (비쌀수록 옷 태가 사는 법이지.) 그 결과 때로는 지금처럼 5번가의 명품 매장들이 서로 맞붙어 싸우는 듯한 모습이 되기도 했다.

"사장님, 안녕하세요. 여기가 맞나요?" 코스티야가 물었다.

코스티야는 빅토르가 자신을 놀리고 있다고 말해주기를 바랐다. 자신의 팔을 잡고 자동차로 데려가서 여기서 멀리 떨어진 다른 곳으로 가주기를 바랐다. 그런데 그러기는커녕, 그는 이렇게 말했다.

"음, 어떻게 생각하지? 마음에 드나? 끌리나?"

"끌리기까지야…."

"끌리지? 나도 그래. 아주 많이."

그는 바지 주머니에서 티파니 라이터를 꺼내 담배에 불을 붙이고, '짜증이 난' 금연 표지판을 향해 연기를 뿜어냈다. 이 장소의 나머지 부분과 마찬가지로, 페인트가 벗겨진 이 표지판은 오래전부터 대책이 없어 보였다.

"로비를 칵테일 구역으로 만들까 생각 중이야." 빅토르가 담배를 또 한 모금 빨아들였다. "사람들이 와서 식사를 기다리는 동안 술을 마시는 거지." 그가 연기를 내뿜었다. "여기 검은 유리를 달까 하는데. 흑요석으로, 모던하고 깔끔하게. 그리고 문 옆에는 안내원을 배치하는 거야. 배경과 대비를 이루도록 흰색 유니폼을 입은 섹시한 남자와 여자 들로. 어떻게 생각하나?"

"주방부터 봐야 할 것 같습니다."

"좋아, 좋아. 따라와. 아래층이야. 아주 훌륭하지. 아마 놀랄 거야."

"음, 이 로비 상태랑 비슷하다면…." 코스티야는 빅토르를 따라 프런트 뒤쪽의 작은 문을 통과해 두어 개의 사무실을 지나 비좁은 계단으로 들어섰다. 입을 여니 빅토르의 담배 연기와 머리가 띵할 정도로 진한 오드콜로뉴 냄새가 훅 들어왔다. "규정에 맞추려면 돈이 많이 들어갈 것 같아요. 어쩌면 투자하시려는 것 이상으로요. 다른 곳을 살펴보는 게 좋을지도 모르겠는데요. 브루클린을 살펴봐도 될 거예요. 아니면 애스토리아에도 식당가가 제법 잘 형성되어 있는데…."

그들은 가파른 계단으로 내려가며 계단에서 쥐와 각다귀, 바퀴벌레의 흔적을 지나쳤다.

"맙소사. 꼭 전염병이 휩쓸고 간 것처럼 보이네요." 코스티야가 보란 듯이 운동화 뒤꿈치로 바퀴벌레를 밟으며 말했다. "제 말은, 만아들이라도 제물로 바쳐야 하는 거 아니에요? 어린 양의 피는 집에 두고 왔는데."

빅토르는 그의 말에 귀를 기울이지도 흥미를 보이지도 않았다. 그는 코스티야를 무시하며 휴대전화를 이리저리 움직여 전등 스위치를 찾았다. 그가 스위치를 찾았을 때, 코스티야는 형광등의 충격과 이 주방에서 기다리고 있을 다른 공포에 대비해 마음의 준비를 했다. 그러나 전구가 깜빡하며 켜지고 그의 휘둥그레진 눈앞에 넓은 공간이 펼쳐졌을 때, 그는 높은 천장과 널찍한 조리 구역, 강철 구조물과 시멘트 바닥, 거대한 아치형 창문(유리창 너머로 보이는 게 설마 지하철역인가?)을 눈에 담으며 자기도 모르게 미소 지었다.

코스티야는 본능적으로 느꼈다. 여기에는 뭔가 있었다. 이곳은 다듬어지지 않은 다이아몬드 원석과 같았다.

"물론 개조가 필요하겠지." 빅토르가 재빠르게 말했다. "자네가 원하는 방식으로 어떻게든 만들 수 있어. 그러나 공간 자체는 좋은 것 같아."

"좋은 정도가 아닌데요." 코스티야가 말했다. "저 유리창으로 보이는 게…"

그 답이 유리창을 통해 쏜살같이 눈앞을 지나쳤다. 지하철 6호선이 곡선을 그리며. 지금은 쓰이지 않는 이 플랫폼을 통과해 북쪽으로 이동하는 선로로 접어들었다. 열차의 깜빡이는 불빛이 마치 과거에서 온 플래시 벌브처럼 폐쇄된 역을 순간적인 빛으로 감쌌다. 코스티야는 위로 솟아 있는 반달 모양 아치들과 꼬임 무늬 타일, 아르데코풍 스테인드글라스를 눈에 담았다. 열차가 지나갈 때 이 모든 것이 스톱 모션처럼 깜빡였다. 마치 다른 시대의 기념품 같았다. 트렌치코트와 모직 옷차림에 서류 가방과 신문, 담배, 손수건을 손에 들고 플랫폼에서 열차를 기다리는 지난날의 뉴요커들, 오직 철도만이 기억하는 유령들이 눈에 보일 것만 같았다.

"혹시 너무 정신 사나우면 석고 보드로 덮어버릴 수도 있어." 빅토르가 제안했다.

코스티야는 이곳이 어떤 모습이 될지 분명하게 볼 수 있었다. 이곳은 벽들마저 역사를 간직하고 있었다.

"완벽해요." 코스티야가 속삭였다. "모든 게 완벽해요. 어디에 서명할까요?"

삶의 다른 부분들도 완벽했다.

코스티야가 새 주방에 대한 들뜬 기분을 안고 집에 돌아가 보니, 모라가 현관 계단에 앉아 커피와 아몬드 크루아상을 조금씩 천천히 먹고 있었다. 그녀의 옆에는 빵이 가득한 종이 봉지가 놓여 있었다.

"안녕, 셰프." 그녀가 웃으며 봉지를 그에게 흔들었다. "발타자르에서 사왔어."

"지금처럼 당신이 매력적인 적이 없어." 그가 그녀에게 키스하며 그녀의 입술에 묻은 설탕과 버터, 아몬드 페이스트를 맛보았다. **냠냠.** "무슨 일이야?"

"아, 그냥 평범한 화요일 아침 뇌물."

"아, 그래?" 그가 건물 현관문을 열었다. "나한테 뭘 시키려고? 혹시 당신 주방 청소를 시킬 셈이라면 이 세상의 크루아상을 다 줘도 모자랄걸."

그녀가 웃었다. 평소보다 가는 목소리가 났다. "다시 추측해봐."

"음, 혹시 변태 행위에 나를 이용하려고?" 그가 그녀를 건물 안으로 들여보내고 집 현관문을 열쇠로 열며 말했다. "아주 더럽고 외설적인 거. 혹시 그렇다면 이 크루아상은 필요 없어. 정말이야. 뇌물 따위 없어도 기꺼이 자원할게."

그녀가 불안한 미소를 지었다. "어쩌면 나중에."

"나중에? 설마 이케아 가구를 조립해야 한다고 말하지는 마."

모라가 그를 따라 안으로 들어갔다. 분명 뭔가 이상했다. 종이 봉지 윗부분을 너무 꽉 쥐어서 거의 찢어질 지경이었다.

"모라?" 그가 봉지를 구해내며 물었다. "진짜 무슨 일이야?"

"나는…." 그녀는 겁에 질린 것처럼 보였다. "준비가 됐어."

"무슨…?"

"동생을 불러오고 싶어."

"아!" 코스티야가 안도의 웃음을 지었다. "그게 다야?"

그녀의 눈이 커졌고, 금방이라도 눈물을 쏟을 듯 감정에 북받친 모습이었다.

"해줄 거야?"

"물론이지! 내가 약속했잖아. 그냥 가게에 뛰어가기만 하면 돼."

"왜?"

"리세스를 사러." 코스티야가 말했다. "우리가 처음 만난 날부터 당신 곁에 있으면 리세스 맛이 났어."

코스티야는 다시 아파트로 돌아와서 피넛버터 컵 열두 개가 들어 있는 상자를 조리대 위에 내려놓고, 모라에게 영혼을 맞이하기 위한 교육을 했다. 어떤 기억이 필요한지와 그녀가 슬픔 속에 앉아 있어야 한다는 것, 그 기억으로 동생에게 손을 뻗어야 한다는 것을 설명했다. 또한 모라가 먹는 동안만 에벌리가 머문다는 사실도 설명했다. 그리고 그 시간 내내 자신이 그녀와 함께 있겠다고 약속했다.

모라가 그와 눈을 마주치지 않고 말했다. "사실은, 자기가 괜찮다면, 혼자 동생을 만나고 싶어. 둘이서만."

그는 상처 입은 것처럼 보이지 않으려고 애썼다. "아. 물론이지. 사적인 거니까. 나는, 음. 일단 시작만 하고 나머지는 당신에게 맡길게."

"고마워." 그녀가 그의 손을 잡아 입을 맞추었다. "이게 나한테 어떤 의미인지 자기는 모를 거야."

그가 슬픈 미소를 지었다. "정말? 사실 나도 알아."

* * *

모라 엘리자베스 스트럭은 남자친구의 집에서 흰색 빈 접시가 앞에 놓인 식탁에 앉았다. 그녀는 몸속에서 꿈틀대는 저세상의 허기와 끝없는 후회와 죄책감, 그리고 동생을 저승에서 불러오는 데 수반되는 모든 위험을 무릅쓰고 에벌리에게 손을 뻗었다. 그리고 덩굴손처럼 얽힌 머릿속을 더듬어, 기억을, 가장 아픈 기억을 찾으려 했다. 콘스탄틴이 말한 것처럼 가장 깊은 슬픔을 느끼게 하는 기억을. 그가 리세스를 언급했으니, 그 기억이 무엇인지는 명백했다.

10년 전 핼러윈 날 밤.

모라는 열네 살, 에벌리는 열 살이었고, 둘 다 아직 살아 있었다. 그들은 집집마다 돌아다니며 '사탕 주면 안 잡아먹지!' 하고 깜찍한 협박을 했다. 그들이 함께 보낸 마지막 핼러윈. 그러나 그때는 그걸 몰랐다. 그들은 베란다에서 자신들이 받은 사탕을 뒤져서 '재고 조사'를 했다. 에벌리는 리세스를 무척 좋아해서 매년 비축해두었다. 침대 밑에 넣어두었다가 밤에 꺼내 먹곤 했다. 특히 아버지의 기분이 안 좋은 날에. 가끔 모라는 어둠 속에서 초콜릿과 피넛버터의 냄새를 맡았다. 그럴 때면 침대에서 빠져나와, 아무 말 없이 동생 옆에 쭈그리고 앉아 그저 에벌리가 리세스를 씹는 소리를 듣곤 했다.

그러나 그날 밤, 그 핼러윈 날, 에벌리는 리세스를 비축하지 않았다. 평소 스니커즈 아니면 M&M과 맞교환하거나 리세스 두 개에 너드 하나, 또는 드물게 리세스 세 개에 에어헤드 하나씩 교환하곤 했는데, 그날은 모라에게 그런 거래를 제안하지도 않았다.

대신 에벌리는 먹었다. 모라와 함께 나눠 먹었다.

그들은 베란다에 앉아 있었다. 공기가 얼음처럼 찼다. 에벌리의 데드 오어 얼라이브 아야네 가발(**크면 진짜 보라색으로 염색할 거야!**)과 모라의 슈퍼마리오 가면(**숨을 못 쉬겠어!**)을 벗어던지고, 피넛버터 컵을 죄다 먹어치웠다. 사치를 부리는 것처럼 느껴졌다. 재미있었다. 그들은 손가락에 묻은 초콜릿을 빨아 먹었다. 초콜릿을 싸고 있던 종이컵을 바닥에 던졌다. 그들은 맘껏 먹었다. 그리고 딱 한 팩이 남았는데, 표준 사이즈의 컵 두 개가 들어 있는 팩이었다. 그들은 각자 하나씩 들고는 샴페인 잔을 부딪치듯 컵을 부딪쳐 건배를 했다. 마치 더 나이가 든 것처럼, 에벌리가 살아서 경험하지 못할 나이가 된 것처럼.

"내년에도 하자." 에벌리가 선언했다.

"나도 낄게." 모라가 입이 꽉 찬 채로 동의했다.

"진짜야! 약속. 우리들 중 하나라도 원하면 꼭 하는 거야."

"물론 꼭 할 거야. 항상."

그들이 누린 가장 행복한 순간이었다.

그녀의 옆에서 콘스탄틴이 부드럽게 숨을 헐떡였다.

"동생이 왔어, 모라. 여기 있어."

모라는 손바닥이 축축해지는 것을 느꼈다. 그녀는 눈을 뜨고 그가 리세스 포장을 뜯어 접시에 피넛버터 컵을 스르르 내려놓는 것을 보았다.

"잠깐." 그녀가 말했다. "나머지 하나를 들어 올려. 나랑 건배해."

그의 눈이 커졌다. "아, 찌그러진 거! 뭔지 궁금했어."

그는 미소 지으며 자신의 피넛버터 컵을 들고 그녀의 것과 부딪쳤다. 그녀는 그곳에 있는 사람이 코스티야라는 게 무척 기뻤다. 여동생이 떠나버린 후 그녀가 마음에 들인 첫 번째 사람, 그녀가 다시 사랑할 수 있을지도 모른다고 느끼게 해준 사람이 에벌리를 불러줄 사람이어서 다행이라는 생각이 들었다.

모라는 리세스를 먹었다.

여러 해 동안 단 한 번도 먹지 않았다. 맛있게 느껴지지 않았다. 더 이상은.

그녀는 주름진 초콜릿 겉 부분을 베어 물었다. 에벌리가 죽던 날 그녀가 에벌리에게 똑 부러지게 말했던 것처럼, 그것이 똑 부러졌다. **사탕 주면 안 잡아먹지를 하자고? 그런 걸 하기에는 다 크지 않았어? 난 대학생이야, 에벌리! 할 일이 있다고! 다음 주에 봐. 알았지?** 피넛버터 컵이 입천장에 달라붙었다. 모라가 시체 안치실에서 에벌리의 시신을 확인한 뒤 덮여 있던 시트에 달라붙고, 장례식 때는 에벌리의 유골함에 달라붙었던 것처럼. 그리고 나중에는 에벌리에 대한 기억, 그녀의 파격적인 옷과 보라색 머리, 짧고 열정적이고 빛나는 삶에 달라붙었던 것처럼. 설탕이 마치 독약처럼 모든 것에 스며들었다. 술과 마약, 각양각색의 약들을 포함해, 괴로움을 잊기 위해 모라가 자신의 몸속으로 털어 넣은 모든 것처럼. 모라는 결국 도를 넘었고, 에벌리가 얼마나 고통스러웠는지를 직접 보고 말았다. 그리고 초콜릿을 삼키자 리세스 컵의 위력이 눈덩이처럼 불어났다. 한 입으로 멈출 수 없는 것. 인공적이고 공장에서 찍어낸 맛이 나는데도 끝까지 다 먹게 되는 것. 첫 번째를 다 먹자마자 두 번째가 기다리고 있는 것. 이 모든 게 결국 중독의 굴레, 거짓말의 반복, 하나가 다음을 불러내는 연쇄, 눈사태 같은 파국이 되었다. 모라는 그곳에 갇혀버린 자신을 발견했고, 미끄러운 비탈에서 오랫동안 벗어나려 애써왔다. 그리고 이 절박한 마지막 시도, 그러니까 바로 지금, 바로 이곳에서, 에벌리와 그녀, 그리고 이 망할 놈의 초콜릿이 마침내 이 모든 것을 끝내줄지도 몰랐다.

* * *

코스티야는 에벌리가 나타날 때까지 기다렸다. 그녀의 빛들은 연보라색의 작은 구체로 나타났고(미리 짐작하지 못한 게 오히려 이상한 일이었다), 그 구체들은 그가 알아볼 수 있는 누군가의 모습으로 배열되었다. 마치 어린 모라 같았다. 똑같이 미간이 넓고 깜빡이는 눈. 똑같은 자세. 똑같은 보라색 머리(그는 그것을 보고 미소 지었다). 그는 자리를 뜨면서 모라의 머리에 입을 맞추고 어깨를 꽉 쥐었다.

"근처에 있을게. 만약에 대비해서." 그가 말했다.

그러나 그녀는 그를 부르지 않았다.

그런데 한 시간 반 뒤, '더 플레임'에서 밀크셰이크를 두 잔째 마시고 있을 때, 코스티야는 뭔가 이상한 맛을 느꼈다.

리세스였다. 또 하나의 리세스. 마치 시그니처처럼 똑같이 옆면이 찌그러진.

에벌리의 것이었다.

하지만 그것은 불가능했다. 그렇지 않은가? 시간을 확인해보니 더더욱 그랬다. 모라가 아무리 천천히 먹는다 해도, 지금쯤은 리세스를 다 먹었을 것이다.

분명 에벌리는 돌아갔을 것이다.

!!!!!!!

끝맛이 나타나는 순간, 그것은 공기 속에서 일렁이는 희미한 빛 같고, 액체 같고, 녹아내리는 것 같다. 마치 누군가 오븐 문을 조금 열었을 때처럼, 향기가 쏟아져 나오고 입에 침이 고인다. 그 향기가 영혼을 흔든다. 리세스처럼. 그리고 기억들처럼.

너는 그 향기를 따라가 모라의 품에 안긴다.

모라를 다시 만나는 것은 네가 바라온 전부다. 웃음과 비밀이 오가고, 최대한 천천히 피넛버터 컵을 먹는다. 그녀는 너에게 모든 것을 말한다. 네가 죽은 뒤, 그녀는 자신의 삶을 망가뜨렸다. 그녀는 너를 도와주려고 애썼다. 지금 그녀가 원하는 것은 죽음과 이별하는 것이다. 살아가는 것이다. 누군가를 다시 사랑하는 것이다. 자신을 채워주는 이 남자를.

그녀는 더 이상 너를 붙잡고 싶지 않다.

너는 그것을 느낀다. 그녀가 너를 놓아주는 순간, 너의 허기가 사라진다. 그토록 너를 괴롭혔던 지독한 허기가 지금 너의 가슴에 퍼지고 있는 안도감, 끝맺음, 그리고 사랑에 의해 쫓겨났다.

너도 그녀를 놓아준다.

네가 안녕이라고 말하고 마지막으로 사랑한다고 말할 때, 너는 확신한다. 어리석게도 희망에 가득 차 있다. 그것이 네가 상상한 것처럼 잘 풀릴 거라고 확신한다. 곧 기차를 타고 푸드 홀을 멀리 떠나게 될 거라고. 이제 다음 세상으로 나아가게 될 거라고.

그런데 그렇게 되지 않는다.

리세스를 다 먹고 포장지를 깨끗하게 핥아먹는 순간, 너는 사라지지만 돌아가지 못한다. 너는 산 자들의 영역에 머문다.

속수무책이다. 사람들의 눈에 보이지도 않는다. 떠날 수도 없다.

너는 이승과 저승을 가르는 경계막을 쾅쾅 두드린다. 발로 찬다. 소리쳐본다.

하지만 돌아갈 길이 없다. 출구가 없다. 앞으로 나아갈 길도 없다.

알고 보니 네가 따라온 끝맛은 살아 있는 자들의 음식이다. 살아 있는 누군가가 요리한 것은 죽은 자들의 음식과 똑같은 방식으로 작동하지 않는다. 사후세계에 묶여 있지 않다. 푸드 홀의 산물이 아니다. 그것은 너를 다시 사후세계로 이끌어줄 밧줄이 아니었다. 이 끝맛은 삶에 묶여 있다. 한 사람에게 묶여 있다.

그 셰프에게. 그리고 이제 너도 그렇다.

너는 그가 가는 곳에만 갈 수 있다. 너는 접촉을 시도한다. 공기를 서늘하게 만들고, 음식을 망치고, 불빛을 깜빡거리게 하지만, 그가 알아차리기에는 역부족이다. 네가 해낼 수 있는 최대치는 그에게 다시 맛을 보게 하는 것이다. 그가 너의 음식, 그가 이미 처리했다고 생각한 음식을 알아차리자, 그의 이마에 주름이 생긴다.

유일한 희망은 이곳에 있는 게 너 혼자가 아니라는 것이다.

플뢰르 드 셀

임대 계약이 체결되었다.

몇 개월 내에 그들은 메뉴를 갖추고, 저녁 식사를 판매하고, 위생
국으로부터 진짜 A등급을 받게 될 것이다(빅토르가 꼭 그렇게 만들 것
이다). 손님들이 앉아서 식사를 할 것이다. 바텐더가 있는 바도 있을
것이다. 예약 기록부도 둘 것이다. 주방에서는 주문표가 쏟아지고,
웨이터들이 분주히 오가고, 콘스탄틴이 그 모든 것을 지휘할 것이
다. 그곳은 진짜 레스토랑이 될 것이다. 진짜 유령을 불러오기 위한
레스토랑.

비현실적으로 느껴질 지경이었다.

모라가 축하해주려고 찾아왔고(**축하할 일이잖아! 자기 집에서 저녁 먹**
을까?), 코스티야는 냉장고를 들여다보며 (누군가 와서 살려내야 했다.
음식이 시시각각 썩어가고 있었다.) 그녀에게 무엇을 만들어줄지 생각
했다. 그는 무엇을 먹고 싶냐고 물었고, 모라다운 대답이 돌아왔다.
나를 짜릿하게 만드는 무언가.

그들의 관계도 현실처럼 느껴지지 않았다.

타투숍에서 만난 후, 그들은 일하지 않는 시간의 대부분을 함께 보냈다. 재치 있는 농담과 훌륭한 음식, 그다음 코스(에헴!)도 여러 차례 함께 나누었다. 모라가 속도를 늦추려 하거나 그냥 친구로 남으려 하거나 다른 사람을 만나려는 기미는 없었다. 오히려 그 반대였다. 그녀는 그에게 전혀 싫증을 내지 않았다. 만약 그가 다른 사람이었다면, 예를 들어 프랭키처럼 진지한 관계에 알레르기 반응을 보이는 사람이었다면, 위기의식을 느끼고 그녀를 지독한 집착형으로 분류하고 도망칠 계획을 세웠을 것이다. 그러나 코스티야는 관심을 한껏 즐겼다. 누군가 자신을 그토록 원한다고 느껴본 적이 없었다.

그들은 비밀을 주고받았고, 다른 사람들이 절대 볼 수 없는 모습을 공유했다. 그는 그녀의 여동생을 사후세계에서 불러온 최고의 남자친구였다. 동생이 돌아왔을 때 무슨 일이 있었는지는 여전히 모르지만, 사실 묻지도 않았다. 모라의 사생활을 존중했기 때문이었다. 그녀를 믿기 때문이었다. 언젠가 준비가 되면, 먼저 말해줄 거라 믿었다. 아마도 조만간 그럴 것이다. 그녀는 그의 집에 있는 서랍 하나를 아예 자신의 물건을 담아두는 용도로 쓰고 있었다. 그리고 친밀함이 절정에 올라, 그는 칼 몇 자루와 탄소강 프라이팬을 그녀의 주방에 가져다두었다.

그는 아주 깊이 빠져 있었다. 그녀에게 말해주고 싶었다. 보여주고 싶었다.

오늘밤 그가 요리하는 음식은 특별해야 했다. 그녀에게 자신을 보여줄 수 있는 음식이어야 했다. 셰프로서의 코스티야뿐 아니라 그의 모든 것, 그가 누구인지, 어디서 왔는지, 무엇을 믿는지까지.

음식은 그럴 수 있었다. 이야기할 수 있었다. 음식 자체나 재료뿐 아니라 음식을 준비하는 사람들의 역사, 시간이 지나면서 그들이 음식을 진화시키고 자신의 것으로 만들어온 방식을 말해줬다. 레시피를 남기는 것은, 자신이 이 세상을 뜨더라도 기억되고 음미되고 사랑받는 방식이자, 영원히 사는 법이었다.

어릴 때 아버지가 만들어주었던 음식을 먹을 때마다, 마치 아버지가 여전히 주방에 있는 것처럼 느껴졌다. 코스티야가 딜을 다지거나 사워크림을 국자로 풀 때 아버지가 코스티야의 손을 이끄는 듯했고, 문 뒤에서 아버지의 밝은 웃음소리가 들리는 것만 같았다. 한 끼식사에 그가 말로 전할 수 없는 많은 것을 담을 수 있었다. 한 입 한입이 시간을 거스르는 여행길이었다.

그는 냉장고를 닫고 찬장을 열었다. 당황스러울 정도로 많은 양념류와 각종 캔(참치, 검은콩, 코코넛, 연유), 대여섯 종의 마른 곡물이 있었다. 그리고 그 순간, 병에 든 모렐로 체리가 눈에 들어왔다.

지금처럼 절인 형태의 모렐로 체리는 올드 패션드 칵테일 외에 다른 곳에 쓰기에는 너무 달다. 그리고 절임으로 만들기 전에는 신맛이 난다. 맛있는 신맛이다.

그는 모라를 위해 무엇을 만들어야 할지, 그녀를 어떤 여정으로 인도할지를 곧바로 깨달았다.

함께 바레니키를 만들 수 있을 것이다. 피가 얇은 만두로, 씹으면 설탕을 살짝 입힌 신 체리와 따뜻하고 진한 육즙이 터지며 입안에 가득 고였다. 치즈 종류를 넣어도 괜찮았다. 녹은 버터와 부드럽고 달콤한 커드 덩어리가 풍부하게 어우러지는 맛. 아버지가 쇠고기와 돼지고기, 후추, 양파를 넣어 만든 고기 바레니키도 있었다. 바레니키는 일단 삶은 다음, 프라이팬에 갈색으로 바삭하게 튀겨낸 뒤 식초와 코가 뻥 뚫리는 러시아 겨자, 진한 사워크림으로 만든 소스에 푹 적셔 먹었다.

그래, 좋아. 그는 세 가지를 다 조리할 셈이었다.

여름이면 코스티야와 아버지, 어머니가 모두 함께 바레니키를 만들곤 했다. 주말 내내 반죽을 치대어 만두피를 만들고, 소를 만들어 넣고, 섬세한 주머니 모양으로 빚어 주름을 잡은 뒤 손가락으로 끝을 꼭 집어서 봉했다. 더위가 시작되는 첫 번째 주말에 수백 개씩 만들어서 봉지에 담아 얼린 뒤, 1년 내내 꺼내 먹곤 했다. 조립 라인에서 아버지는 반죽을 밀대로 밀어 손바닥 크기로 만들었고, 어린 코스티야는 소를 떠 넣었고, 어머니는 밀가루가 묻은 하얀 손가락을 물그릇에 넣었다 뺐다 하며 만두피 가장자리에 주름을 만들었다. 그는 여러 해 동안 그 생각을 하지 않고 살았다.

레스토랑 안내서 〈저갯 서베이〉에서 눈에 띄지 못할지도, 미셸 보센이 묘하다거나 소박하다고 평가할지도 모르지만, 정직한 음식이었다. 요리와 관련된 어린 시절의 가장 좋은 기억이었다. 그는 모라가 그 음식을 좋아하기를 바랐다.

그녀에게 감명을 주고 싶은 마음이 간절했다. 그녀를 감탄하게 하고 흥분시키고 경외하게 만들고 싶었다. 맛있는 것을 먹었을 때 짓는 특유의 표정을 보고 싶었다. 그녀가 눈을 감고 나지막이 내는 특유의 작은 신음을 듣고 싶었다. 그는 여전히 두 사람의 관계를 잘 이해하지 못했다. 어떻게 그녀 같은 사람이 자신에게 흥미를 느낄 수 있을까 싶었다. 하지만 자신의 음식, 그녀에게 먹을 것을 만들어주고 그녀가 먹는 모습을 지켜보았을 때의 기분은 진짜였다.

4시쯤 준비를 시작했다.

커다란 냄비에 물과 소금을 넣어 끓일 준비를 했다. 깔끔한 갈색 종이 포장지에 싸인 쇠고기와 돼지고기 다짐육을 조리대에 꺼내 놓고 상온에 온도를 맞췄다. 양파 껍질을 깠다. 냉동 몽모랑시 체리 한 봉지를 채반에 쏟고 아래에 사발을 받쳐 새콤한 즙을 받았다. 또 다른 채반을 면포로 감싸고 뜨겁게 끓인 전유에 식초와 소금, 레몬주스를 부어 응고시켰다. 부드러운 리코타 치즈의 시작이었다. 찬장에서 밀가루와 소금, 오일을 꺼내 컵으로 계량해서 담고 사워크림을 더했다. 계란 하나와 전유도 더했다. 조리대 상판 전체를 깨끗이 닦은 뒤 밀가루를 뿌리고 유산지를 깔았다.

이 음식, 아빠의 음식을 조리하니 가슴 한가운데에 묵직한 통증이 밀려왔다. 여전히 피촌카의 맛을 불러오려고 시도하지 않았다. 아직 아니었다. 에벌리를 소환한 이후에도 하지 않았다. 코스티야는 성공할 것을 알고 있었다. 에벌리의 귀환이 그것을 확인해주었다. 그러나 마음속 깊은 곳에서는 그 전부터 이미 알고 있었는지도 모른다. 사실 그는 아버지를 다시 만난다는 현실 앞에서 망설인 것이었다. 정말로 재회할 준비가 되었을까? 자신이 무슨 말을 하고 싶은지, 아버지에게 이해시키고 싶은 모든 것을 어떻게 표현해야 할지 알고 있을까? 그들에게는 **한 번의 식사**만이 주어질 것이다. 한 시간. 그가 아주 작게 깨물어 먹는다면, 어쩌면 두 시간. 그리고 그 대화는 남은 인생 내내 남게 될 것이었다. 그런 중요한 만남을 망쳐버릴 수는 없었다.

코스티야는 반죽을 섞기 시작했다. 끈끈해진 손으로 조리대 위에서 반죽을 하고 있는데, 모라가 벨을 울렸다.

문틀을 배경삼아 보니, 그녀는 마치 알폰스 무하의 그림 〈사계〉 연작 중 하나처럼 보였다. 〈겨울〉의 얼얼함, 〈봄〉의 유혹, 〈가을〉의 입맞춤, 〈여름〉의 따뜻함이 느껴졌다. 그녀가 어깨를 들썩여 코트를 벗자, 그녀의 보라색 머리가 하얀색 티셔츠에 잉크처럼 퍼졌다. 그녀의 입술은 체리처럼 붉게 물들었다. 아버지의 어린 시절, 집 옆에서 자랐다는 시큼한 체리처럼. **비쉬니아.** 그 단어가, 그리고 아버지가 체리가 담긴 신문지 봉투를 건넸던 기억이 문득 떠올랐다.

하마터면 키친타월을 떨어뜨릴 뻔했다.

"모라, 안녕. 와우."

그녀가 차갑게 식힌 모엣 샹동 샴페인 한 병을 그에게 건넸다.

"자기도 와우." 그녀의 시선이 그를 지나쳐 주방을 향했다. "아예 조립 라인을 차렸네."

"당신이 배고프면 좋겠는데." 그가 미소 지으며 뒷걸음쳐 그녀를 안으로 들였다.

"배야 항상 고프지."

그들은 샴페인을 터뜨렸고, 코스티야는 작업에 들어갔다.

그녀는 샴페인을 홀짝이며 그가 반죽을 만드는 모습을 지켜보고, 그의 움직임을 눈으로 즐겼다. 그는 반죽을 베개처럼 부드럽게 치대고 밀가루를 더한 뒤 돌돌 말아서 긴 가래떡 모양으로 만들었다. 그런 다음 날카로운 칼로 썰어서 깔끔한 작은 덩어리로 나누었다.

"지금 뭐 하는 거야?" 그녀가 물었다.

"**내가** 소를 만드는 동안, 당신이 이걸 밀어서 작은 원형으로 만들 거야. 크레페처럼 납작하게. 알았지?" 그는 그녀에게 밀대를 건넸다.

"약 3인치 지름으로. 밀가루를 많이 묻혀서. 소를 채울 때 달라붙거나 찢어지지 않아야 해."

"나를 자기 주방에 들이고 싶은 게 확실해?"

"주방뿐 아니라 어느 방에든 들이고 싶지." 그가 미묘한 미소를 지어 보였다. "게다가 난 이걸 일곱 살 때 했어. 당신도 잘할 거야."

"그래. 하지만 자기는 초자연적인 재능이 있잖아."

"열한 살 때까지는 한 번도 유령의 맛을 본 적이 없어. 이건 아버지가 가르쳐준 거야."

그녀가 밀대를 집어 반죽 덩어리 위로 시험 삼아 밀어보았다.

"아버지께서 요리를 많이 하셨어?"

"쉴 때마다 했지. 음식을 좋아했거든. 맛에 집착했고."

"듣다 보니 자기가 떠오르네."

모라는 밀대로 반죽을 밀었고 콘스탄틴은 소를 만들었다.

그녀는 천천히 얇은 밀가루 원판을 만들어 가지런히 쌓았다. 너무 세게 누르거나 조리대에서 떼다가 만두피가 찢어지면, 코스티야는 그것을 수선하는 법을 알려주었다. 새 반죽을 조금 덧대어서 물을 묻힌 다음 찢어진 부분이 붙을 때까지 누르면서 미는 것이었다.

"아버지가 그러셨어. 투명하게 비칠 정도로 얇아야 하지만, 찢어질 정도로 얇아서는 안 된다고."

"난 또 자기가 나한테 쉬운 일을 준다고 생각했네."

"지금 내 주방에서 불평하는 거야?"

"아닙니다, 셰프! 그저 깐깐한 만두 기준에 부합하려고 노력하는 것뿐입니다."

"만두라니? 이건 바레니키야."

"감자나, 감저나."

"감자가 들어가는 건 피에로기고." 그가 고개를 저었다. "당신을 설거지 담당으로 강등시키지 않게 해줘."

그들은 고기 바레니키의 소를 먼저 채웠다.

그는 쇠고기와 돼지고기 다짐육을 사발에 넣고, 손가락 사이로 소금을 흘리듯 뿌렸다. 통후추를 굵게 갈아 넣은 다음, 숟가락 뒷면으로 가운데를 우묵하게 만들어 양파가 들어갈 자리를 만들었다. 그녀는 반죽을 밀대로 미는 것을 멈추고 그가 양파를 다지는 모습을 지켜보았다. 그의 칼이 반으로 가른 양파를 재빠르게 결 방향으로 얇게 썰었고, 수평으로 칼집을 낸 뒤 결의 반대 방향으로 잘게 썰어 완벽한 작은 정육면체로 만들었다. 착착착착. 모라는 박수갈채를 보냈다.

"양파 하나로 이렇게 감동한 적이 없어. 눈물이 날 것 같아."

"술 먹고 하는 소리지?"

"아냐. 물 만난 고기 같은 자기를 보는 건 또 다른 경험이네."

그녀는 그가 리코타 치즈의 물을 빼고, 면포를 비틀고, 신선한 치즈를 사발에 떠 넣고, 소금과 설탕 조금, 그리고 약간의 벌꿀을 더하는 것을 유심히 지켜보았다.

"그러니까 자기가 치즈를 **만든** 거야? 아무것도 없이 처음부터?"

"아니. 우유가 있어서 만들었지. 우유에 산을 넣으면 응고가 되거든. 별 거 아니야." 그가 너무 기뻐서 자기도 모르게 얼굴이 빨개졌다. "리코타는 만들기 아주 쉬워."

"내가 만들려고 했으면 아마 우리 둘 다 식중독으로 죽었을걸."

* * *

그는 냉동 체리의 물기를 빼고 설탕을 쳐서 가스레인지에 올려놓았다. 그리고 즙이 뜨뜻해지면서 단맛과 신맛이 완벽한 균형을 이루는 묵직한 시럽이 될 때까지 중불로 뭉근하게 끓였다.

"천국의 냄새가 나."

"먹어봐." 그가 소스팬에서 말랑하고 따뜻한 열매를 한 숟갈 떠서 그녀에게 먹였다.

"우리 결혼하자."

"이거 먼저 마무리하고."

그는 식탁에 물 한 사발을 놓고는 모라에게 손바닥에 만두피를 올리고 컵 모양으로 오므리는 방법과 소를 떠 넣는 방법을 보여주었다. 소는 필요해 보이는 것보다 조금 덜 채워야 했다. 젖은 손끝으로 가장자리를 훑으며 달라붙게 만들고, 한쪽 끝이 다른 쪽 끝에 맞닿도록 접어 양쪽을 단단히 집어 붙이고, 만두피 위로 손가락을 재빨리 움직였다. 끝 부분은 물과 밀가루가 만나 풀처럼 찐득해졌다. 작업을 마치자 열 개의 바레니키가 완성되었다. 목욕 준비를 마친 완벽한 작은 꾸러미들이었다.

"여기." 코스티야가 그녀의 샴페인 잔을 카베르네 와인 잔으로 바꾸며 말했다. "와인 좀 마시고 있어. 이걸 끓일게. 10분이면 먹을 준비가 될 거야."

"알겠습니다, 셰프!"

"주방 일을 그만 가르치라고 하는 말이야?"

이에 동의하듯 그들 위에서 조명이 깜빡였다.

"이게 내 대답일까?" 모라가 웃었다.

조명이 나가며 주방이 암흑 속에 잠겼다.

"젠장, 또야!" 코스티야가 서랍 속을 더듬어 성냥과 양초 두 개를 찾았다. "일주일 내내 이러네. 배선이 백만 년은 된 것 같아. 종이 클립이랑 기도로 겨우 버티고 있나 봐. 지하실에 차단기가 있어. 내가 가서….".

"사실 이대로도 좋은데." 모라가 그에게서 양초를 빼앗아 식탁 위에 놓고 심지에 불을 붙였다. "꺼진 채로 그냥 둬."

* * *

그것은 그가 지금까지 만든 최고의 음식 중 하나였다.

그리고 아버지가 알려준 정보와 함께 그 음식을 모라와 나누는 건 마치 유산을 전하는 기분이었다. 그녀가 눈을 감는 모습, 그녀가 내는 작은 감탄의 소리. 그녀의 미소. **바로 그** 미소. 그녀가 마지막 한 입을 음미할 때까지 접시를 못 치우게 하는 것까지. 그 모든 것이 음식과는 전혀 다른 방식으로 코스티야를 가득 채워주었다.

모라는 겨자와 식초와 사워크림이 어우러져 알싸하고 크리미하고 촉촉한 소스에 담가, 맛좋은 고기 바레니키를 게걸스럽게 먹었다.

달콤한 리코타가 들어간 바레니키를 먹을 때는 버터를 듬뿍 묻힌 뜨겁고 푹신한 만두피 속에서, 공기처럼 가벼운 치즈와 설탕이 입안으로 스며 나오는 것을 맛보며 황홀감에 고개를 흔들었다.

그러나 디저트는 완전히 망했다. 코스티야가 손으로 휘저은 휘핑크림과 함께 내놓은 신 체리 바레니키였다. 그것은 식사를 완벽하게 마무리할, 말 그대로 화룡점정이 될 예정이었다. 모라는 티 내지 않으려 했지만, 예상만큼 맛이 좋지 않다는 것을 그는 당장 알 수 있었다. 그녀는 천천히 먹었다. 고개를 끄덕이고, 미소 지으며. 하지만 그녀의 눈 속에는 더없는 행복감이 없었다. 신이 난 자유분방함도 없었다. 신음도 없었다.

"그래, 뭐가 문제야?" 코스티야가 의심스러워하며 물었다.

"응? 아니야! 맛있어."

그가 숟가락을 집어 들었다. "거짓말."

그가 맛을 보고, 신 체리와 달콤한 크림이 마법을 부리기를 기다렸다. 입안에서 서서히 맛이 변하며 깊어지기를. 그런데 그렇게 되지 않았다.

"아니, 당신이 맞아. 뭔가 잘못됐어."

"조금 과하게 단 것 같은데? 아마도?"

코스티야가 한 숟가락 더 먹어 보았다. 역겨울 정도로 달았다. 어쩐 일인지 체리가 발효되어 맛이 변한 것 같았다.

"응, 맛이 없어. 하지만 내가 해결할 수 있어. 잠시만 시간을 줘."

그는 향신료 찬장을 뒤졌다. 그의 손끝이 그라인더와 셰이커, 유리병과 파우치, 그램 단위로 판매하는 고급 재료가 담긴 작은 통을 훑으며 지나갔다. 그러다 마침내 원하는 용기를 찾았다. 젖은 회색 모래처럼 보이는 것이 담겨 있는, 손바닥 크기의 유리병이었다.

"입 벌리고 있어. 눈은 꼭 감고!" 그가 주방에서 소리쳤다.

그가 식탁으로 돌아와 촛불 속에서 두 눈을 꼭 감고 입가에 호기심 어린 미소를 짓고 있는 그녀의 모습을 보았을 때, 온몸에 설렘이 퍼지는 것을 느꼈다. 어렸을 때 아버지와 맛 맞히기 게임을 했을 때 자신도 이런 모습이었을까 싶었다. 자신을 기다리고 있는 모든 모험, 그를 어딘가로 데려다줄 모든 맛에 전적으로 열려 있는 모습.

그는 플뢰르 드 셀을 손바닥에 조금 쏟아서, 그녀의 혀에 세계 최고의 소금을 살짝 뿌렸다.

"서둘지 마." 그가 그녀에게 말했다. "그냥 녹도록 내버려둬. 소금의 여정을 맛봐. 소금이 태어난 대서양, 자라난 습지, 도중에 만난 것들, 물고기, 뱀장어, 달팽이, 지나온 수로들. 그리고 모든 물을 증발시키고 소금만 남긴 태양."

모라는 여전히 눈을 감은 채 천천히 고개를 끄덕였다.

그녀의 표정이 호기심에서 놀라움으로 바뀌었다. 마치 감은 눈 너머에서 그녀가 염전 가장자리에 서 있는 것만 같았다.

"맛볼 수 있어." 그녀가 속삭였다. "정말 그래."

"앞치마를 두른 염전 일꾼들이 보여?" 그가 그녀의 입에 소금을 조금 더 넣어주며 말했다. "수백 년 동안 똑같은 방식으로 일해온 사람들이지. 그거 알아? 남자들은 염전 일을 하도록 허락되지 않았어. 남자들은 정교한 촉감이 없거든. 여자들만 물속에서 몸을 숙이고 소금을 수확하지. 갈퀴로 표면을 훑는 모습이 보여? 딱딱한 소금 표면이 부서지는 소리가 들려? 긁히고 으스러지는 소리 말이야."

모라는 너무도 고요해서 숨소리조차 잘 들리지 않았다.

그는 숟가락으로 휘핑 크림과 체리 바레니키를 그녀의 입안에 떠

넣고, 소금을 또 한 번 뿌렸다. 그런 뒤 그녀가 씹을 때 맛이 결합되며 얼굴에 미소가 번지는 모습을 지켜보았다. **바로 그** 미소였다.

"이거야." 그녀가 속삭였다.

"플뢰르 드 셀." 그가 작은 병을 집어 들며 말했다.

"소금의 꽃." 그녀가 눈을 떴다. "아름다워."

"아름다운 건 당신이지. 이건 그냥 소금일 뿐이야." 그는 그 말을 하자마자 얼굴이 불타오르는 것을 느꼈다. 그는 이런 면에 능하지 못했다. "그리고 나는 분명 치즈 덩어리에 불과하고."

"난 치즈가 좋아." 그녀가 그의 손바닥 위에 있는 결정체를 손끝으로 이리저리 굴렸다. "그리고 자기가 요리할 때가 좋아. 더 얘기해줘. 이걸로 어떻게 요리하지?"

"그건 마무리용 소금이야. 마지막에 한 꼬집만 뿌려주면 풍미가 올라가지. 이게 맛을 얼마나 변화시키는지 믿지 못할 거야. 음식에 생기를 불어넣거든."

모라가 그를 응시했다. 그녀의 얼굴에 뭔가 다른 것이 어려 있었다. 예상하지 못한 것. 그가 또다시 얼굴을 붉혔다. "미안. 내가 횡설수설했지. 이건 그냥 특별해. 놀랍지."

"난 많은 것을 봤어, 스탄." 그녀가 자신의 손을 소금 묻은 그의 손으로 뻗으며 말했다. "자기가 믿지 못할 것들도 봤지. 그리고 나는 그 대부분을 놀랍다고 표현하지 않을 거야. 하지만 자기는?"

그녀가 그의 손을 들어서 자신의 입으로 가져갔다. 그리고 자신을 지켜보는 그를 지켜보았다.

"자기 음식은? 자기가 할 수 있는 일은?" 그녀가 그의 손바닥에 혀를 굴려 플뢰르 드 셀을 따라 길을 내며 온몸에 짜릿한 흥분을 불러 일으켰다. "놀라운 건 **자기**야. 이거?" 그녀가 다시 소금의 맛을 보았고, 그의 심장이 쿵쾅거렸다. "이건 그냥 소금일 뿐이야."

갑자기 그것은 더 이상 그냥 소금이 아니었다.

그녀는 그의 손금에서, 생명선과 애정선에서 소금을 핥았다. 소금 결정체가 그녀의 혀에서 녹고 그의 살 속으로 스며들어가, 플뢰르 드 셀이 그의 땀에 함유된 미네랄과 섞였다.

그것은 전혀 그냥 소금이 아니었다. 그는 간절한 갈망에 머리가 어지러웠다. 그녀의 입을 향해 몸을 구부리며, 그 입속으로 들어가고 싶다는 갈망이 강렬하게 솟구쳤다.

그 무엇보다 더. 소금보다 더.

그가 그녀를 가까이 끌어당기며 몸을 떨었다. 긴장 때문이거나 아드레날린 때문이라고, 피가 솟구쳐서라고 그는 생각했다.

그가 키스할 때 그녀는 닭살이 돋았다. 오싹했다. 그녀는 무릎에 힘이 빠질 정도로, **이렇게나** 좋은 키스 때문이라고 생각했다.

놀라운 키스. 소금처럼.

그러나 사실은 실내 온도가 떨어진 거였다. 그릇 안의 휘핑 크림이 더 이상 녹지 않았다. 와인이 발포를 멈추었고, 호흡도, 냉기로 인해 향이 퍼지는 것도 멈춰버렸다. 은식기가 얼어붙었고, 포크와 나이프의 끝과 숟가락 가장자리도 서리로 덮였다. 식기 표면에는 식탁에서 이루어지는 교감도, 위에서 배고픈 눈으로 지켜보고 있는 새로 도착한 영혼들도 더 이상 비치지 않았다.

뜨거운 칼이 버터를 가르듯, 그림자 같은 얼굴들이 천장을 뚫고 들어왔다. 그들은 어둠 속에서 맴돌고 있었지만 식탁에 앉은 둘의

눈에는 보이지 않았다. 이들은 너무도 만족할 줄 몰랐고, 입의 쾌락
에 너무도 심취한 나머지 그들의 존재를 인식조차 하지 못했다.

!!!!!!!!

헬스 키친의 아파트에는 너무나 많은 영혼이 있다.

모두 셰프가 불러온 영혼이다.

수녀, 암벽 등반가, 어린아이. 함께 음울하게 앉아 있는 10대 두 명(소년과 소녀). 발레리나. 아내. 누군가의 할머니. 셰프 자신의 아빠.

그리고 이제 너까지.

모두들 갇혀 있다. 무서워하고 있다. 네가 두려워했던 존재가 되어가고 있다.

행그리 유령.

너는 분명 끝맺음을 했는데도, 여전히 이곳에 얽매여 다음 세상으로 떠나지 못하고 있기 때문이다.

이곳에 가장 오래 있었던 영혼들은 이미 징후를 보이고 있다. 광기 어린 눈, 수시로 밀려드는 분노, 통제할 수 없는 갈망. 그들은 전보다 더 강해졌다. 자신의 존재를 알리고, 사람들 앞에 모습을 드러낼 수 있다.

그들이 허기질수록 더 잘 보이게 된다. 그들의 몸은 오싹한 빛을 발한다. 그들의 형체가 땅에 그림자를 드리운다. 그들은 경계와 형태가 있고 겉모습과 감촉까지 있다. 할리우드가 영화에 담고 싶어 안달하는 종류의 유령이다.

그들은 위안을 얻기 위해 모인다. 불안한 영혼들의 무리다. 그들의 생각은 더 이상 혼자만의 것이 아니라 하나의 벌집 같은 것이다. 그들은 하나가 되어 몸부림치고 몸을 떨고 울부짖는다.

그리고 이 집단적인 상태에서, 함께 밀고 당기고 생각하며, 너는 알아차린다. 두 세계 사이의 경계막이 생각했던 것만큼 견고하지 않다는 것을. 그것은 두껍고 단단한 벽이 아니다. 오히려 피부에 더 가깝다. 뜨거운 우유의 막, 또는 난막과도 비슷하다.

그리고 어느 하나의 힘으로는 꿈쩍도 하지 않지만, 서로 힘을 모아 함께 노력하면 그 막을 점점 늘어나게 할 수 있다.

더 얇게 더 얇게. 만두피처럼 투명하게.

그 생각이 모두에게 동시에 든다. 마치 장식용 줄 조명처럼 동시에 켜진다. 배고픔의 분노가 우리를 집어삼키기 전에 사후세계로 돌아갈 수 있다면, 어쩌면 아직 상황을 바로잡을 수 있을 거야. 과정을 멈추고, 우리의 영혼을 구하고, 마침내 다음 세상으로 떠날 길을 찾는 거야.

우리에게 필요한 것은 더 큰 힘이야. 더 많은 손이야. 셰프가 우리를 더 많이 불러 모으는 거야. 임계점을 넘으면, 우리는 막을 찢어버릴 수 있어.

제4부

신맛과 여행

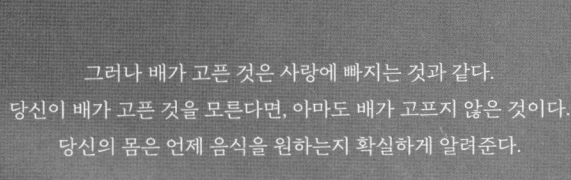

그러나 배가 고픈 것은 사랑에 빠지는 것과 같다.
당신이 배가 고픈 것을 모른다면, 아마도 배가 고프지 않은 것이다.
당신의 몸은 언제 음식을 원하는지 확실하게 알려준다.

반면 정신적 굶주림은 끝도 없고 바닥도 없고 불규칙하다.

지닌 로스
『감정적 식습관에서 벗어나기』

코스티야의 눈에 눈물이 고여 따끔거렸다.
다음에 해야 할 말을 하고 싶지 않았다. 그 말이 입 밖으로 나올 때
다시 빨아들이고 싶은 심정이었다.
"그러니 이제 유령들을 불러내러 갑시다. 좋죠?
배고픈 유령들의 배를 채워주자고요."

I

　내가 처음 죽었을 때, 그건 사고였어.

　그 죽음은 오래가지 않았어. 병원 모니터 화면에서 4분 13초간 평평한 수평선이 나타났지.

　그 일이 일어났을 때 다른 세상의 알림 같은 것은 없었어. 합창 같은 것도, 저세상으로 통하는 문도. 그냥 내 몸 주위로 의사와 간호사가 모여드는 것이 보였어. 모든 것이 더럽혀진 카메라 렌즈처럼 뿌옇게 보였어. 죽은 자의 세계와 산 자의 세계를 분리하는 경계막은 내가 그것을 통과한 후에야 모습을 드러냈지.

　병원 사람들이 나를 다시 살려내려고 애쓰는 모습을 지켜보았어. 제세동기, '비켜요!' 하는 외침, 전기 충격, 가슴 압박, 인공호흡.

　나는 살기로 마음먹었어.

　아직은 갈 준비가 되지 않았거든. 나는 스물한 살, 아직 애였지.

　에벌리가 죽고 1년 뒤의 핼러윈 날이었어. 나는 파티에서 어떤 모르는 남자와 화장실에 들어가서, 그 남자의 말에 따르면 나를 공중 부양시켜준다는 알 수 없는 약물을 삼켰어.

그날 밤 내가 원하는 건 그냥 잊어버리는 것뿐이었어. 아무것도 느끼지 않게 되는 것.

에벌리가 죽었을 때, 나는 감당할 수 없었어. 어떻게 해야 할지 몰랐지. 돌이켜 생각해보면, 그때 나는 더 슬퍼해야 했어. 상실감에 빠져야 했어. 죄책감에 빠져 헤어 나오지 못해야 했어. 아니면 슬픔의 다섯 단계를 거치며 현실을 어느 정도 받아들이는 쪽으로, 평온한 빛을 향해 나아가야 했어. 하지만 나는 어렸고 고집쟁이여서, 그런 감정들을 마주하고 싶지 않았어. 괜찮은 것처럼 행동하고 싶었어. 에벌리가 나를 남겨두고 떠나기로 결정했으니, 나도 그 아이를 떠나는 것이 별일 아닌 것처럼.

슬픔은 여러 복잡한 방식으로 나타나는데, 내 경우는 부정이었어.

에벌리의 장례식 후, 나는 항상 슬픔이나 분노, 무감각한 상태에 빠져 살지는 않겠다고 작정했어. 그냥 기분이 다시 좋아지고 싶었어. 살아 있는 것을 느끼고 싶었어.

그래서 자극을 좇기 시작했지.

황홀경, 아드레날린, 불꽃. 그런 것들은 아픔을 좇아냈어.

그때는 내 인생에서 별로 깊이 있거나 자기 반성적인 시기가 아니었어. 관대한 사람들은 나를 쾌락주의자라고 부를 수 있을 거야. 그렇지 않은 사람들은 나를 심각한 재앙이라고 부르겠지. 마약 중독자, 쾌락만 좇는 날라리, 관심종자, 파티걸이라고. 다 맞는 말이었어.

방탕한 생활의 문제는 결코 만족할 수 없다는 거야. 어느 정도 시간이 흐르면 달리는 것만으로는 기분이 좋아지지 않지. 전력 질주를 원하게 되거든. 날고 싶어지고. 계속해서 다음, 그 다음 자극을 추구하게 돼.

나는 모든 곳에서, 어디서든 자극을 찾았어. 문신과 피어싱과 면도날에서. VIP석과 비밀 클럽과 펜트하우스에서. 약물과 술과 낯선 사람의 육체에서. 내가 결코 가지 말아야 할 곳들에서.

그리고 그날 밤, 마침내 그 모든 것이 나를 덮쳤어.

주치의가 내 몸 주변에서 바삐 움직이며 이것저것 명령했어. 간호사가 내 경동맥에 손가락을 댔어. 그들은 다시 물러났고 제세동기로 내 몸에 충격을 가했어.

나는 아른아른 빛나며 허공에 둥둥 떠 있었는데, 그때 갑자기 내가 새로운 방식으로 움직이고 있다는 걸 인식했어. 중력이 없고, 몸도 없었어. 그들은 굵고 주름진 플라스틱 관을 내 목구멍으로 넣어 한때 내 것이었던 심장에 삽입했어. 나는 움직이지 못하고 있었어. 경련이 일어났어. 뭔가 잘못되었지. 더는 보고 싶지 않았어.

나는 눈을 감고 더 행복했던 장소, 더 행복했던 순간을 마음속에 그렸어. 더 행복했던 핼러윈을.

에벌리와 나는 베란다에 앉아 리세스를 먹으며 웃고 있어.

우리가 완전하게 존재했던 순간 중 하나였어. 우리는 사랑하고 사랑받는 마법으로 충만했지. 우리 입속에서 느껴지는 맛이 그것을 강화했어. 그 맛, 그 기억이 동생을 다시 내게로 데려다주는 듯했어.

그 순간 누군가 갑자기 나를 불렀어.

모… 모라 언니?

에벌리의 목소리가 물처럼 나를 통과했어. 눈을 떴을 때, 에벌리가 보였어. 그 애는 우리가 다니던 동네 오락실을 복제해놓은 듯한 장소의 한 부스 옆에서 깜짝 놀란 채 나를 보고 있었어. 내 영혼의 모든 조각이 바닥으로 떨어져 스며드는 것 같은 느낌이었어.

에벌리는 너무도 달라 보였어. 여전히 어리고, 여전히 깡마르고, 여전히 야생마 같은 얼굴에 보라색 머리였지만, 이제 그 애에게는 뭔가 이상한 점이 있었어. 눈은 반짝이는 빛을 잃었고 피부는 뼈에 착 달라붙어 있었어. 입은 절망적으로 벌어져 있었지.

그 애는 너무도 굶주려 보였어. 너무도 뭔가에 시달리는 것처럼 보였어.

하지만 나는 상관없었어.

나는 에벌리의 목에 팔을 둘렀고, 에벌리도 나를 껴안았어. 그리고 나는 가슴에 닿는 에벌리를 느낄 수 있었어. 영혼에 영혼이 더해져 실제 살처럼 느껴졌어. 다시 느낄 수 있으면 죽어도 좋겠다고 생각했어.

에벌리? 너 괜찮니? 내가 헐떡이며 말했어.

에벌리가 고개를 저었어. 그 애의 눈은 커다랗고 고통이 가득했어. 공포가 가득했어.

아니. 에벌리가 속삭였어.

그 애는 괜찮지 않았어.

허기 때문이었어. 시간이 다 되어가는 것처럼, 에벌리의 입에서 말이 빠르게 나왔어. **언니, 제발… 언니의 도움이 필요해.**

그 순간 나는 에벌리를 위해서 뭐든지 하고 싶었어. 뭐든지 주고 싶었어.

언니가 나를….

그러나 그 순간 응급 카트 주변의 의사들이 나를 다시 살려내는 데 성공했어.

나는 깨어났고, 모두들 마치 기적을 만들어낸 듯 환호했지.

엄밀히 따지면 그게 사실일 거야.

오해하지는 마. 나는 살아난 게 기뻤어. 하지만 큰 충격도 받았지.

상실과 슬픔과 고통을 또 다시 겪었어. 다만 이번에는 내가 동생의 고통을 보았어. 동생이 도와달라고 애원하는 목소리를 들었어. 동생은 내게 손을 내밀었어. 나를 필요로 했어.

의심 많은 사람은 내가 본 것에 의문을 제기할 거야. 환각이라고 하겠지. 약물 때문에 꾼 꿈이라고. 하지만 그게 진짜일 가능성이 조금이라도 있다면, 시도해봐야 했어.

에벌리가 목숨을 끊었을 때, 난 그 애를 돕기 위해 아무것도 해줄 수 없었어.

하지만 그 아이가 죽은 지금은? 어쩌면 내가 도울 수 있을지도 모르잖아.

꿀단지

9월 하순이었다. 공기가 허니크리스프 사과처럼 상쾌했고, 생명이 다해가는 나뭇잎이 주황색과 붉은색으로 물들었다.

그들은 덤보 지구의 돌포장길 위에서 맨해튼 다리를 배경으로 사진을 찍고 있었다. 또 한 차례 연속으로 빠르게 카메라 셔터가 눌렸다. 찰칵 찰칵 찰칵 찰칵. 콘스탄틴은 마치 포화를 받는 것처럼 움찔했다. 차라리 그 편이 덜 고통스럽겠다는 생각마저 들었다.

초등학교 이후로 전문 사진사가 그의 사진을 찍은 건 처음이었다. 어차피 사진을 찾을 돈이 없는데 찍어서 뭐 하겠는가? 그리고 최근 10년 동안 자연스럽게 찍은 사진은 하나같이 친구와 친척의 결혼식에서 멍한 얼굴로 찍힌 것이었다. 인생의 레시피에 따라 사랑을 찾고 가정을 이루는 데 성공한 또래 남녀들 곁에서, 그는 슬프고 부러워하는 듯했고, 적잖이 취해 보였다.

코스티야는 하얗고 빳빳한 새 셰프복 차림으로 숨을 들이쉬며 생각했다. 셰프복 가슴에는 검은 실로 그의 이름이 수놓아져 있었고, 소매는 스타일리스트가 핀으로 고정해놓은 대로 무심한 듯 팔꿈치까지 걷어 올려져 있었다. 스타일리스트는 셰프복 특유의 체크무늬 바지 대신 감청색 치노 바지를 입혔다. 식사 준비를 하는 동안 엉망이 될 수도 있었지만, 막상 입어보니 꽤 괜찮아 보인다는 것을 인정할 수밖에 없었다. 게다가 최근에 몇 킬로그램을 감량한 뒤여서 특히 더 그랬다.

그는 몇 개월 동안 폭식을 하지 않았다. 프랭키가 죽은 날부터 그랬다. 이따금 파도처럼 공허감이 밀려왔다. 예전 같았으면 감자 칩을 몇 봉지씩 해치우고, 아이싱을 잔뜩 올린 도넛과 찬장 속 음식까지 몽땅 먹어치우는 것으로 공허감을 억누르려 했을 것이다. 그러나 모라와 함께 있다는 것, 함께 깨어나고 함께 잠들 누군가가 있다는 것, 자신의 모습을 있는 그대로 보여줄 수 있는 누군가가 있다는 것, 사랑받는다는 느낌을 갖게 해주는 누군가가 있다는 것이 그런 공허감을 이겨내는 데 큰 도움을 주었다. 그가 집과 일터 양쪽에서 하는 부수적인 운동은 말할 것도 없었다. 모라는 만족을 모르는 여자였고, 그들은 거의 모든 공간에서 칼로리를 태웠다. 레스토랑에서는 하루에 수십 번씩 계단을 오르내리고, 다양한 공간에 맞게 식탁과 의자를 배치하고, 빠르게 다가오는 개업을 준비하기 위해 식자재와 장비를 들여놓는 일로 바빴다.

코스티야는 매일 이른 아침에 눈을 떴다. 드디어 시작한다는 생각에 들떠서 도통 잠을 이룰 수 없었다. 모든 순간이 그를 개업 가까이로, 그가 새로운 시작이라고 생각하는 것 가까이로 데려갔다. 이런 사진 촬영 같은 멍청한 순간들까지도.

"한 발짝만 오른쪽으로 움직여주세요. 다리를 배경으로 찍고 싶어요. 좋아요. 섹시한 포즈를 취하시고!" 사진사가 지시했다.

이름이 바이퍼인지 베이퍼인지 하는 남자였는데, 90년대 그런지 룩의 잔재처럼 긴 머리와 소매 없는 남방 차림이었다.

코스티야는 눈을 가늘게 뜨고, 음울함과 섹시함이 사진에서 똑같이 해석될지 생각했다. 바이퍼(베이퍼인가?)가 셔터를 눌렀다.

"멋져요, 콘스탄틴!" 그가 기운을 북돋워주었다. "이제 가슴 위로 팔짱을 끼세요. 손목만 좀 돌려주시고. 문신이 보이게요. 턱을 아래로 당기고. 좋아요! 헛소리 따위 용납하지 않겠다는 듯한 표정으로 나를 보세요."

코스티야가 눈을 깜빡이며 인상을 조금 찌푸렸다.

"멋져요. 소질을 타고 났는데요. 젠, 손 좀 봐줘요."

메이크업 담당이 헤어 퍼티 통을 들고 나타나서 코스티야의 머리를 다시 헝클어뜨리기 시작했다.

스타일리스트와 새로운 헤어스타일, 뺨과 턱 위로 기르고 있는 지저분한 수염과 마찬가지로, 사진 촬영은 빅토르의 아이디어였다.

"언론에서 인터뷰를 원할 때를 대비해서 사진이 필요해." 그가 코스티야에게 말했다. 코스티야는 누군가 자신을 인터뷰하고 싶어 한다는 상상을 평생 해본 적이 없었다. "내가 좋은 사진사를 알아. 다 준비해뒀지."

빅토르는 모든 게 다 그런 식이었다. 항상 한발 앞서갔고, 문제가 나타나기도 전에 해결책을 마련해두었다. 그는 경연 만찬 다음 날 곧바로 레스토랑 홍보 담당자를 고용했고, 그 홍보 담당자는 두어 주 뒤에 있을 가오픈에 참석할 평론가들을 이미 섭외해두었다. **리뷰를 쓰고 싶어 안달이죠**라고 그녀가 말했다. 빅토르는 MTA(메트로폴리탄교통공사)에도 인맥이 있었고(나한테 신세를 진 오랜 지인이 있지), 그 지인은 주요 지하철 노선 전체에 광고를 붙이는 데 동의했다. 빅토르의 전화에는 도시 하나를 짓기에 충분한 연락처가 저장되어 있었고, 그는 하룻밤 사이에 인부들을 모았다. 임대 계약서의 잉크가 마르기도 전에 스윙라인의 철거가 시작되었다.

3개월이 흘렀고, 코스티야는 무지츠카의 측근으로서 여유로운 삶을 살았다. 혜택은 실질적이었다. 단지 돈뿐이 아니라 빅토르가 식탁으로 가져오는 지식도 유용했다. 코스티야는 이곳에서 안정감을 느꼈고, 인도와 지도를 받는 느낌이었다. 이곳에 소속된 것 같았다.

코스티야의 어머니는 그에게 무지츠카에 대한 두려움을 심어주려 했다(계속 시도 중이었다). 그러나 언제나처럼, 그녀는 성급하게 판단하고, 잘못된 생각을 끈덕지게 고집했다. **너도 알게 될 거야, 코스티야! 그녀가 음성 메시지로 소리쳤다. 사람은 절대 변하지 않아. 이 집안은 다들 날강도야. '엄마 말이 맞아'라고 말할 날이 올걸!**

하지만 지금까지 빅토르가 한 일 중 유일하게 불만스러운 점은 멍청한 상호를 고집한다는 것뿐이었다. 코스티야는 아주 긴 아이디어 목록을 보냈다. 영혼들의 만찬, 유령, 마지막 식사, 저세상 부엌 등이었다. 그러나 반드시 코스티야의 이름을 따서 상호를 지어야 한다는 완고한 고집에 부딪쳤다.

"두흐(DUH)!" 빅토르는 주장했다. "자네를 위해, 두호브니를 위해! 두흐, 완벽하지 않나? 게다가 두흐(Дух)는 영혼이라는 뜻이고, 자네를 뜻하기도 하지."

"하지만 누구도 그걸 그렇게 읽지 않을걸요!" 코스티야가 투덜댔다. "'더(duh)'라고 읽을 거예요. '이거 참(duh)', 왜 우리가 여기서 식사를 해야 되지? 이런 식으로요."

"어쩌면 러시아식으로 철자를 쓸 수도 있잖아. D-Y-X 이렇게?"

"… 그건 딕스[거시기]잖아요."

작명 외에도, 빅토르는 이 프로젝트에 무척 신경을 썼다. 당연한 일이었다. 그는 여기에 너무도 많은 것을 쏟아붓고 있으니까. 그리고 그는 콘스탄틴에게도 무척 신경을 썼다. 레스토랑에 관한 정보가 새어나가기 시작하면서 (시내에 생기는 새로운 식당, 유령과 관련된 곳, 일종의 음식 강령회) 코스티야를 향한 관심도 커졌다. 빅토르는 코스티야를 확실하게 준비시켰다. 소셜미디어 관리자는 코스티야가 들어본 적도 없는 플랫폼에 게시물을 올렸다. 쇼핑 대행인은 그의 옷장 속 옷들을 정리(라고 쓰고 불태웠다고 읽는다)하고, 추레한 티셔츠와 할인 가판대에서 구입한 청바지를 부드러운 크루넥 셔츠와 오가닉 데님으로 교체했다. 인터뷰 기술과 말할 때 논점을 잡는 법을 지도해주는 말하기 컨설턴트까지 있었다.

"자네는 이제 공인이야." 그날 아침 그들이 레스토랑 공간을 걸어다니며 직물을 선택할 때, 빅토르가 그에게 상기시켰다. "자네는 이곳의 얼굴이라고. 가격을 생각하면, 자네는 진지해 보여야 해. 안 그러면 아무도 자네를 진지하게 생각하지 않을 거야."

코스티야가 두 종류의 냅킨 샘플을 훑어보며 인상을 찌푸렸다.

"그럼 이건 어떠세요?" 디자이너 스텔라가 가방에서 세 번째 선택지를 꺼냈다. 테두리에 검은색 스티치 장식이 들어간 차콜색 린넨 천이었다.

"아주 좋아요." 코스티야가 그녀에게 고개를 끄덕였다. "이걸로 하죠. 그런데 그게 무슨 뜻이에요?" 그가 빅토르에게 물었다. "'가격을 생각하면'이라뇨? 가격을 얼마로 책정할 셈인데요?"

그건 걸림돌이었다. 펜트하우스 경연이 있었던 그날 밤, 빅토르는 손님의 표정을 보고 돈 냄새를 맡았다.

그는 '셰프의 맛'을 두당 5백 달러로 '시작'하고 싶어 했다. 코스티야는 그것이 날강도 같은 짓이라고 반박했다. 누구도 한 끼 식사에 그 정도의 돈을 지불하려 하지 않을 것이며, 사람들이 다시 연결되어 끝맺음을 할 수 있도록 돕는다는 취지에도 어긋난다고. 그런 돈을 한 끼에 투척할 여유가 있는 손님이라면 아마도 죽음에 대처할 다른 방법이 있을 거라고. 예를 들어 심리치료 같은 거. 요트 같은 거. 아니면 화성을 식민화하기 위해 짓고 있는 우주선 같은 거.

"부자들도 가난한 사람처럼 피를 흘려." 빅토르가 말했다. "게다가 운영비를 감당하지."

"하지만 상위 1%만을 위한 식당이 되어선 안 돼요! 그런 가격이라면 동네에서 웃음거리가 될 거예요. 아무리 뉴욕이라도 그렇게 높은 가격을 청구하는 신인 셰프는 없어요. 그런 식으로는 안 돼요."

"일레븐 매디슨은 일인당 4백 달러를 받는데, 유령들을 부르지는 않아." 빅토르가 반박했다. "게다가 듣자 하니 이제 육류 요리를 아예 빼는 방침까지 이야기한다는군."

"일레븐 매디슨은 유명한 곳이잖아요. 우린 검증되지 않은 콘셉트고!"

"콘셉트는 무엇보다 중요해." 빅토르는 고개를 돌려, 냅킨 샘플을 집어넣고 커튼과 의자 덮개 샘플을 꺼내고 있던 스텔라에게 말했다. "당신이라면 사랑하는 사람이 안전하다는 것을 알기 위해 얼마까지 지불하겠소, 스텔라츠카?"

"엄마… 엄마를 다시 보기 위해서요?" 그녀가 달빛처럼 은은한 광택이 나는 회색 벨벳 조각을 만지작거리며 말했다.

코스티야는 그녀를 보면서 스스로에게 똑같은 질문을 던졌다. 누군가 손가락을 튕겨서 아버지를 돌아오게 할 수 있다면, 열한 살의 나는 얼마를 냈을까? 아니면 그 전화를 받은 순간, 프랭키를 다시 보기 위해 얼마를 지불했을까?

사뵈르 페어에서 합의금으로 받은 수표를 전부 썼을 것이다. 그가 가진 모든 것을. 앞으로 살아갈 날의 몇 년을.

"얼마든 지불하죠." 스텔라가 답했다. "그래서 이 일을 하는 거니까요."

"봤지, 코스티크?" 빅토르가 의기양양하게 소리쳤다. "비용이 얼마나 들건 지불한다잖아. 그리고 이 가격으로 좌석을 채우기 어렵다면, 그때 가서 다시 얘기해보자고."

"좋아요." 코스티야가 마지못해 투덜거리며 말했다. "대신 모든 사람에게 최저 임금 이상은 줘야 해요. 복리후생도. 무급 인턴 같은 건 없어요. 아, 스텔라? 다음 주 화요일 어때요? 정오쯤 오세요."

그녀가 마치 당첨된 복권이라도 받는 듯한 표정으로 코스티야를 보았다.

"맙소사." 그녀의 눈에 눈물이 고였다. "고맙습니다. 그날 올게요."

"그러고 보니 생각나는데." 그가 다시 빅토르를 향해 고개를 돌렸다. "또 하고 싶은 게 있어요."

빅토르가 미심쩍다는 듯 한쪽 눈썹을 치켜 올렸다. "예를 들어?"

"한 달에 한 번, 한 끼 식사에 한 달 치 월세를 지불할 형편이 못 되는 사람들에게 기회를 줬으면 해요. 재료비만 받고, 좌석 당 20달러로."

그는 아버지를 떠올렸다. 아버지가 피자집을 좋아했던 것을. 이제 아버지를 다시 볼 준비, 아버지를 다시 불러올 준비가 거의 된 것 같았다. 자신의 레스토랑을 열면, 아버지에게 자신이 이룬 모든 것을 보여줄 수 있게 되면, 마침내 할 말이 생길지도 모른다고 생각했다.

"**두 달**에 한 번." 빅토르가 인상을 찌푸렸다. "그리고 내 부하들이 대기자 명단을 정리하는 걸로 하지. 문제를 일으킬 사람이 없도록 말이야."

"좋아요."

"사람들 얘기가 나와서 하는 말인데, 주방 인력은 고용했나?"

리오라는 애칭으로 통하는 힐라리오 토레스는 코스티야가 처음 연락한 사람이었다.

그들은 할렘가에 있는 리오의 소박한 원룸에서 만났다. 그와 아내, 고양이 두 마리, 늙은 잉꼬 한 마리가 한 공간을 공유했다. 둘은 리오의 유명한 **카페 데 오야**를 마시며 (천사의 오줌처럼 기막힌 맛이다), 그간 나누지 못한 이런저런 얘기를 나누었다. 울프퍼프에 관해 (보험회사가 여전히 엉터리 자살 주장을 하고 있었다), 코스티야의 변한 외모에 관해 (이 옷 좀 봐! 뼈에 근육이 붙었네, 응? 게다가 문신도 새로 했잖아! 어울려), 그리고 리오의 지금 직업에 관해 이야기했다 (그는 부리토 식당 체인에서 객원 셰프로 일하고 있었다. 절대적인 재능 낭비였다).

"음⋯." 리오가 커피를 길게 홀짝였다. "그냥 이렇게 잡담을 나누는 것도 정말 좋긴 하지만, 자네가 이러려고 전화를 하지는 않았을 것 같은데. 무슨 일이야, 뼈다귀?"

코스티야가 심호흡을 했다. "실은… 저 레스토랑을 열게 됐어요."

"와! 그거였군. 꼬마 셰프가 많이 컸네."

"그럴지도요. 그런데 도움이 필요해요. 형님은 제가 아는 최고예요. 형님이 프랭키를 키우고 프랭키에게 메뉴의 균형을 잡는 법과 사업을 운영하는 방법을 가르쳤던 거 말예요. 나도 그게 필요해요. 형님 가게도 아니고, 총괄 셰프 자리를 제안할 수는 없지만, 봉급은…."

"나도 낄게."

"저… 정말요?"

"물론이지. 화재가 난 이후 아내가 초과 근무를 하고 있어. 나도 그때그때 할 수 있는 일을 하고 있지만, 공과금을 내야 해. 안정된 수입이 필요하다고. 게다가 어떻게 됐든, 프랭키는 내 형제야. 그 친구는 널 좋아했고, 그러니 우리도 가족인 셈이지."

"다른 셰프들은 어때요? 새로운 일자리 찾는 사람 없나요?"

"내가 전화해볼게."

코스티야가 싱긋 웃었다. "잘될 거예요! 주방이 거의 완성됐어요. 나중에 보게 될 테지만, 거의 시스티나 성당 수준이라니까요. 그리고 메뉴도 짜야 해요. 사람들이 기다리는 동안 주문할 수 있는…."

"뭘 기다리는데?"

"그러니까… 설명할 게 좀 있어요."

"오호." 리오가 팔짱을 꼈다. "우리 주방이 무슨 쇼를 하는 거야? 디너쇼 같은?"

"꼭 그런 건 아니고. 혹시 미신 같은 거 믿어요?"

"난 멕시코 사람이야. 향신료를 뿌릴 때도 십자가 모양으로 뿌린다고."

"좋아요. 그럼 앉아서 듣는 게 좋을 것 같아요."

리오에게 말하는 건 쉬웠다. 그가 '네가 그렇다면야' 하는 식의 표정으로 웃으며 고개를 끄덕였다. 마치 코스티야가 돼지고기를 굽는, 정통적이지는 않지만 그럴듯한 새로운 방식이라도 설명하는 것처럼. 끝맛을 믿는 데는 어려움이 없었지만 유령과 관련된 개인적인 경험이 없었던 프랭키와 달리, 리오는 예전부터 돌아오는 영혼들을 맞이한 사람이었다. 그것도 매년 그랬다. 11월 초가 되면, 그가 아는 모든 사람이 망자의 날에 온 힘을 쏟았다. 설탕 해골과 멕시코 전통 술 메스칼, 타말레와 토르티야, 금잔화와 전통 향을 준비하고, 온 가족이 모여 요리하고, 추모하고, 함께 머물렀다. 산 자들과 죽은 자들이 함께하는 시간이었다.

리오는 실제로 유령을 본 적은 없지만, 종종 사랑하는 사람들의 영혼을 느끼곤 했다.

"네가 유령 요리를 발명한 것처럼 굴지 말라고." 그가 코스티야에게 말했다. "유령들이 내 요리도 먹으러 돌아오거든."

"내 요리도 형님 요리만큼 훌륭하기를 바랄 뿐이에요. 적어도 수표가 처리되어서 현금이 들어올 때까지는 문 닫지 말고 버텨보자고요."

그가 리오에게 임금을 말해주자, 리오의 눈이 커졌다.

"젠장. 우리가 하는 게 진짜 요리 맞아?"

"글쎄요. 사람들이 계속 그렇게 말하네요."

II

내가 두 번째로 죽었을 때, 그건 선택이었어.

안전하게 돌아오는 길을 찾기까지 몇 개월이 걸렸어.

브링크. 그곳은 그렇게 불렸는데, 죽음의 클럽이었지.

죽음의 클럽은 어쩌면 이 도시에서 가장 잘 지켜진 비밀일 거야. 꿈처럼 덧없고, 고작 두세 개만 존재하고, 그조차도 확인이 불가능하지. 이 클럽들은 어둠 속에서, 주로 죽었거나 죽어가는 장소에 나타나. 그리고 아침이 오기 전에 다시 사라지지. 절대 같은 장소에 두 번 오지 않아.

내가 갔을 때 브링크는 미트패킹 지구의 트렌디한 아시아 퓨전 식당의 주검 속에 있었어. 호화로운 안락의자와 화려한 랜턴, 나선형 계단, 채색한 비단 병풍. 이 모든 정교한 장식이 탈취되고, 훼손되고, 수의 같은 천과 이끼, 검은 불꽃의 양초로 뒤덮여서, 결국 이 폐업한 클럽 겸 레스토랑은 일종의 삶과 죽음의 중간 지대로 부활했어. 정확히 말하면 파티는 아니었어. 파티의 유령에 가까웠지.

자정 무렵에는 아름다운 여자와 남자 들이 끄는 가마가 나타났어. 그들은 정령처럼 옷을 입었고, 암청색 스카프로 입을 가린 채 두꺼운 눈물방울 모양의 아이라인으로 눈을 강조한 모습이었어. 그들은 죽음을 무척 낭만적으로 표현했어.

저승사자야. 내 옆에 있는 낯선 자가 다른 낯선 자에게 속삭였어.

그들은 마치 그림자처럼 방을 누비고 다니며 손님들의 손을 잡고 그들을 죽음의 침대로 이끌었어. 내가 선택되었을 때, 나는 두려움이나 망설임 없이 마치 키스를 하려고 몸을 기울이는 듯 죽음을 원하고 죽음에 이끌렸어.

매트리스에서 벨벳 냄새가 났고, 베개에서 먼지 냄새가 났어. 저승사자가 내 소매를 말아 올렸어. 나는 그녀가 주사바늘을 내 혈관에 찔러 넣는 것을, 그 안에 뭐가 들었는지 묻지도 않고 그냥 받아들였어.

그렇게 순진하고 그렇게 뻔뻔한 사람이 또 있을까? 죽었다가 곧바로 돌아올 수 있다고 그렇게 확신할 정도로?

독이 퍼지자, 방이 조용해졌어. 눈가에 안개가 낀 듯 시야가 흐릿해졌어. 저승사자가 나를 향해 몸을 기울이고, 깃털 같은 숨결로 내 귀에 속삭였어.

내 목소리를 따라와.

가고 있어, 에벌리. 내가 속삭였어.

그러자 그녀는 10부터 숫자를 세기 시작했고, 나는 두 번째 죽음을 맞이했어.

그건 전과 달랐어. 나는 내 눈에서 생명이 빠져나가는 것을 지켜보지 않았어. 에벌리의 목소리에 깨어나지도 않았어. 그냥 넘어갔어. 통과했어.

이승과 저승 사이의 경계막이 나를 끌어당기고 내 영혼을 인도해서, 나를 인앤아웃 버거의 (농담 아니야) 환한 불빛 앞으로 데려갔어.

여기가 사후세계인가? 사람이 죽으면 가는 곳? 그곳은 푸드 홀이었어.

사방에 먹을 것이 넘쳐났어. 영혼들은 관광객처럼 느긋하고 몽롱하게 거리를 걸어 다녔어. 누군가는 유산지로 감싼 크레이프를 먹었어. 누군가는 소용돌이 모양 아이스크림을 핥았어. 누군가는 신문지로 만든 원뿔형 봉지 안에 접혀 있는 투명한 프로슈토 조각을 씹었어.

그 모습에 내 위장이 꼬르륵거렸고, 그 냄새에 신음했어. 거품이 나는 버터 속에서 바삭하게 익고 있는 마늘. 오븐에서 방금 꺼내서 김이 모락모락 나는 바삭한 빵. 이중냄비 위에서 녹고 있는 반질반질한 원형 초콜릿.

푸드 홀에서 음식 말고 다른 것을 생각하기란 불가능했어. 보는 곳마다 무언가가 유혹했어. 한 상점 앞을 지나갔을 때(쇼윈도에 사탕이 보석처럼 진열된 사탕 가게였어), 결국 나는 갈망에 굴복했어.

딱 한 입만 먹는 거야. 나는 그렇게 생각하며 문을 열었어.

내부에 들어서니 대리석 카운터 위 검은색 박스가 보였어. 박스 안에는 완벽한 사탕 과자 네 개가 들어 있었어. 뜻밖의 샘플러였어. 퇴폐적인 향이 났어. 진하고 씁쓸하면서도 달콤한. 나는 아무 생각 없이 하나를 입안에 밀어 넣었어.

고급 피넛버터 컵.

다크 초콜릿. 안에 든 바삭한 견과류. 단단하고 두꺼운 외피.

원래의 형태에서 상당히 변형되었지만 강렬한 기억을 촉발하기에는 충분했고, 나는 하마터면 상자를 떨어뜨릴 뻔했어.

리세스.

에벌리.

핼러윈.

내가 그곳에 있는 이유.

무아지경에 빠져 있다가 갑자기 끌려나온 기분이었어. 나는 에벌리를 찾고 있어야 했어! 그 애는 내 도움이 필요했어! 그 애는 고통에 빠져 있는데, 나는 여기서 소중한 시간을 낭비하고 있었던 거야.

공포가 목구멍까지 치밀어 오르는 것을 느꼈어. 나는 몸을 떨었어.

그리고 그 순간 사탕 가게가 눈앞에서 빙빙 도는 것처럼 보이더니 액체로 변했어.

푸드 홀이 사라졌어.

브링크에서 내게 해독제를 투여한 거야.

깨어났을 땐 이상한 음악이 내 귀를 압도했어. 만년필형 손전등이 내 눈동자를 확장시켰어.

기분이 어때요? 저승사자가 내게 물었어.

내 입이 무슨 말을 하는지 뇌가 알아차리기도 전에 대답이 나왔어.

배고파요.

정상적인 일이에요. 간식을 좀 가져다줄게요. 그녀가 미소 지었어.

하지만 사실 이 허기는 정상적인 것이 아니었어.

그것은 사후세계에, 죽은 자들에게 속한 거였어.

그리고 그 허기는 집까지 나를 따라왔어.

감당할 자신이 없다면

저녁 무렵의 링컨 센터는 분홍 노을빛이 광장 전체의 하얀 돌에 부딪치며 분수 위에서 반짝였고, 문화적 우월감을 뽐내며 극장을 찾은 사람들을 (마치 성유를 바르듯) 은은하게 비추었다. 실크와 반짝이 옷, 두꺼운 정장을 차려입은 그들은 공연자들만큼이나 복장에 공들인 티가 났다. 과거로 돌아가 옛 시절을 보는 기분이 들게 하는 광경이었다. 또 다른 시대. 완전히 죽은 것은 아니지만, 그림자와 죽음 사이의 골짜기에서 위태롭게 흔들리는 시대였다.

콘스탄틴도 위태롭게 흔들리고 있었다. 분수 가장자리에서 균형을 잡고 서서 모라를 기다리는 동안, 쓸데없이 가격만 비싼 에스프레소를 홀짝이며 빅토르의 스타일리스트가 마련해준 새 정장이 분수에 젖지 않게 하려고 애쓰고 있었다.

그는 이 특별한 밤 외출을 그녀를 사로잡을 멋진 시간으로 만들기 위해 계획을 세워두었다. 코스티야는 〈마츠카제〉 표를 구입했다 (입석이었고, 일본어 공연인 데다 그는 오페라를 싫어했지만, 모라가 한 달 가까이 유령 자매에 대한 이야기를 계속 흘렸다). 그런 다음 더 스미스에서 술을 마시고(관광객이 많은 곳이었지만, 극장 데이트 코스의 일부였다), 센트럴 파크를 산책할 계획이었다(실패 없는 코스였다). 그곳은 깊은 대화와 로맨틱한 만남을 위한 이상적인 장소였고, 샴페인과 음악과 우아함으로 분위기가 한껏 좋아진 저녁일 테니, 마침내 그녀에게 사랑을 고백하기에 완벽한 방식이었다.

그는 이 고백이 그에게 왜 그렇게 어렵게 느껴지는지 알 수 없었다. 특히 20년 동안 비밀로 해온 투미력에 대해서도 온 세상에 밝힌 마당에 말이다. 게다가 유령의 맛을 보는 것과 비교할 때, 누군가를 사랑하는 것은 흔한 일이다. 사람들이 항상 경험하는 일이다! 그럼에도 그 세 음절 단어를 모라에게 말한다는 생각만으로, 코스티야는 식은땀이 났다.

혹시 그녀가 예의바르게 미소 지은 다음, **아, 고마워** 또는 **참 다정한 말이네**처럼 기운 빠지는 말을 하지 않을까? 아니면 생각이고 뭐고 없이 그냥 단도직입적으로 **아, 나도!**라고 말할까? 감자튀김을 추가하는 것만큼이나 별 의미 없는 형식적인 말투로 말이다. 아니면 반대로 그에게 너무 급한 감이 있다며 자신의 감정은 그의 감정과 전혀 같지 않다고 할까? 아니면 최악의 경우 그녀가 **사랑해, 콘스탄틴**이라고, 그가 진짜라고 느끼도록 말하지만, 사실은 진심이 아니지는 않을까?

코스티야는 이런 종류의 타격에 잘 대처할 수 있을지 자신이 없었다.

그는 그녀를 깊이 사랑했다. 정말로. 미치도록. 그가 감히 가늠도 할 수 없는 종류의 사랑이었다. 한 순간에 생긴 감정이 아니라 시간이 흐르면서 무르익은 감정이었다. 프라이팬에서 센 불에 재빨리 구운 것처럼 겉은 탔지만 속은 날것인 그런 사랑이 아니었다. 처음에 느꼈던 강한 끌림은 지금 그를 완전히 집어삼킨 농축된 감정에 비하면 하찮고 단조로운 것이었다. 이 사랑은 약불에서 천천히 뭉근하게 끓어오른 소스 같았다.

타로 점을 보던 모라, 카드를 섞으며 그의 꿈에 찬물을 끼얹고 그에게 그만두라고 말한 (그러나 그래서 오히려 그녀를 생각하게 만든) 모라는 **불 위에서 뭉근하게 끓여지는 새콤한 토마토** 같았다.

어둠 속의 모라, 그 이상한 몰입형 극장의 계단통에서 그의 가면을 끌어내리고 키스하던 모라는 **화끈한 크러시드 페퍼** 같았다.

침대에서의 모라, 그의 티셔츠를 입은 채 한밤중에 그릴드 치즈 샌드위치를 먹으며 이불에 부스러기를 떨어뜨리고, 그에게도 먹여주며 그의 입속에 손가락을 집어넣는 모라는 **달콤한 버터 소스** 같았다.

그와 말다툼을 하는 모라, 한쪽 손을 허리에 얹고 머리끝까지 화가 치밀어오른 모라는 **손으로 찢은 바질** 같았다.

문제를 해결하려 애쓰는 모라, 날카롭게 집중한 눈으로 이마에 주름을 잡고 있는 모라는 **진한 토마토 페이스트** 같았다.

방으로 걸어 들어올 때의 모라, 공기가 달라진 것을 느끼고 그가 그녀와 눈을 맞출 때의 모라는 **갈색이 되도록 볶은 마늘** 같았다.

그의 이름을 부를 때의 모라, 그의 이름을 속삭이고, 그의 어깨에 그의 이름을 그리고, 헐떡이며 그의 이름을 부르고, 비명을 지르고, 비밀처럼 그 이름을 입속에 머금고 있을 때의 모라는 **그라인더에서 갈리고 있는 후추, 적후추, 흑후추, 백후추** 같았다.

이 세상의 모라는 늘 활기차고 늘 많은 것을 갈망하고 늘 허기를 느꼈기에, 코스티야는 그저 그녀에게 먹을 것을 해주고, 그녀를 만족시키고, 그녀를 사랑하고, 그녀가 그에게 해준 것처럼 충만감을 느끼게 해주고 싶었다. **소금, 소금, 흘러넘치는 소금처럼.**

그의 안에서 그 모든 것이 한데 휘저어졌고, 결국 사랑이 되었다. 지금까지 맛본 다른 모든 것은 맛을 잃고 사라졌다.

그래서 오페라 표를 끊고, 불편한 신발을 신고, 혹시 그녀가 오는지 보려고 불안하게 사람들을 훑어보게 된 것이다.

마침내 그녀를 발견한 순간, 마치 광장의 다른 사람들이 모두 사라지는 듯했다. 그의 시선은 곧장 그녀를 향했고, 그녀가 택시에서 내려 보라색 머리칼을 얼굴에서 떼어내며 믿을 수 없이 멋진 드레스 차림으로 길을 건너는 모습을 좇았다. 그녀는 자신이 얼마나 아름다운지 몰랐다.

모라는 상아색 계단을 오르기 시작했다. 충충이 나풀대는 옅은 라벤더색 망사 천과 앞으로 모아 쥔 긴 치마. 그녀는 마치 살아 있는 사탕과자 같았다. 꿈속의 솜사탕 같았다. 군중들이 무리지어 마지막 담배를 피우고 셀카를 찍었다. 그가 활짝 웃었고, 그녀가 그의 시선을 포착하고 환한 미소로 답하며, **안녕, 셰프**라고 입모양으로 말했다. 택시 한 대가 경적을 울리자 여남은 마리의 새가 머리 위로 날아갔다. 그는 광장을 가로질러 그녀를 향해 다가갔다. 분수대를 돌아 뱀처럼 극장 관람객들 사이로 요리조리 빠져나왔다. 뜰 안에서 바람이 일었다. 계절에 맞지 않게 찬바람이었다. 바람이 그녀의 드레스를 헤집을 때, 그는 그녀가 휘청거리는 것을 보았다. 발만 휘청한 것이 아니라 온몸이 휘청했다. 그의 심장이 쿵쾅대기 시작했고, 그는 더 빨리 움직였다. 뭔가 단단히 잘못되었다. 아주 분명하게, 너무나도 잘못되었다. 그리고 그때 그는 그것을 보았다. 그녀의 눈동자가 멈칫하며 까맣게 꺼져버린 듯한 모습을. 그들이 그녀의 침대에서 보낸 첫날밤과 똑같았다.

그는 전력 질주로 계단을 내려가 쓰러지는 그녀를 붙잡았다.

그들은 오페라 극장 대신 응급실에서 저녁 시간을 보냈다.

아드레날린 분출에 힘입은 영웅적인 행동으로 (또는 관점에 따라, 무모한 만용으로) 그는 그녀를 안고 행인들에게 비키라고 소리치며 남쪽으로 세 블록을 전력 질주해서 마운트 시나이 웨스트로 갔다.

"하느님, 제발." 그는 달리면서 숨을 헐떡였다. "깨어나, 모라! 깨어나!"

그녀는 무게가 거의 나가지 않았다. 마치 솜털과 깃털, 그리고 밑에 앙상한 뼈만 있는 한 마리 새 같았다. 그녀는 눈을 뜨지 않았다. 그는 그녀를 놓칠지도 모른다는 생각에 너무나 무서웠다. 의료진이 그녀를 싣고 응급실로 사라졌고, 그는 온몸이 마비된 것만 같았다.

주머니 안감을 계속 비벼대다가 결국 구멍을 냈다. 손끝에 불안이 분명하게 드러났다. 대기실 자판기에서 차를 뽑으려 했다. 평소에는 안정된 손(생계를 위해 날카로운 칼로 재료를 써는 손)이 심하게 떨려서 뜨거운 물을 전부 흘렸다. 잡지의 똑같은 문장을 읽고 또 읽었지만 어떤 단어도 머리에 들어오지 않았다. 그때 간호사가 와서 모라의 의식이 돌아왔다는 소식을 알렸다.

병원 침상에 누운 그녀는 드레스 대신 종이 가운을 입고 있었고, 손목에는 정맥 주사를 고정하는 팔찌가 채워져 있었다. 코에는 작은 산소 튜브가 꽂혀 있었다. 그는 완전히 무너져 내렸다.

"대체 무슨 일이 있었던 거야? 기억나?" 그가 묻고 또 물었다.

그녀는 대답하지 않았다.

의사들은 그녀가 아마 기절한 것 같다고 했다. 도착했을 때 혈당 수치가 너무 낮았으며, 혈압이 급강하했을 가능성이 있다고 했다. 그리고 그녀가 어지럼증이 있는지 보기 위해 귓속을 검사해봐야 한다며 어쩌고저쩌고했다. 그들이 그녀 곁을 맴도는 동안, 코스티야는 그녀의 눈에서 빛이 꺼졌었다고, 의식을 잃은 것이 아니라 죽은 것처럼 보였다고 외쳤다. 그러나 아무도 듣지 않았다.

코스티야는 무서워 죽을 것 같았다.

그는 얇은 병원 담요 위에서 그녀의 손을 잡고 엄지손가락으로 그녀의 손가락과 손목, 그리고 거기 있는 오래된 흉터를 더듬었다. 그가 아직 모르는, 너무 두려워서 물어보지 못한 많은 것 중 하나였다.

"뭔가 문제가 있으면, 나한테 말해. 알았지?"

모라의 표정이 굳었다.

"그냥 기절한 거야, 콘스탄틴. 당황스럽지만, 그게 다야."

"그래." 그가 침을 삼켰다. "그런 거랬지. 그런데 나는……." 그가 인상을 찌푸렸다. "모라, 당신이 전에도 그러는 걸 본 적이 있어. 그건 작은… 작은 죽음 같았어."

"**뭐? 언제?**"

그가 어깨를 으쓱했다. "당신 집에서 지낸 첫날밤. 그 뒤로 같이 잔 날 가끔 그랬어. 당신의 눈이 그냥… 텅 비어 있었어."

"어쩌면 당신이 너무 잘해서 그랬나 보지."

"그만 회피해. 제발."

그녀가 다른 곳으로 시선을 돌렸다. 오르내리는 그녀의 심박수가 나타나는 활력 징후 모니터, 살짝 처진 식염수 주머니.

"모라, 무슨 일인지 말해줘."

그녀가 고개를 저으며 애써 미소 지었다. "아무것도 아니야. 걱정할 필요 없어. 내가 감당할 수 있어."

"그래?" 그가 그녀의 손목을 다시 더듬었다. 오므라진 피부와 흉터를. "그럼 이건? 아마도 당신이 감당할 수 없었을 때였겠지?"

그녀가 황급히 손을 뺐다. "오래전에 생긴 거야."

"아니. 그러지 마. 쳐내지 마." 둘 사이를 혼자 힘으로 좁히려는 듯, 콘스탄틴은 그녀에게 가까이 다가갔다. "오늘밤 당신에게 뭔가 일어나는 것을 봤어. 당신을 안고 응급실로 뛰어오면서 어쩌면 당신이 내 품에서 죽을지도 모르겠다고 생각했다고. 의사들이 문 너머로 당신을 데려가는 모습을, 당신이 돌아올 거라는 확신도 없이 지켜보았어. 그리고 난 여전히 여기 있어. **언제나** 여기 있을 거야. 하지만 난 진실을 알 자격이 있어."

모라가 숨을 들이쉬고 고개를 끄덕였다.

마침내 그녀가 입을 열었다. "이 일이 일어났을 때 내가 원하는 건 죽음뿐이었어. 상황을 통제할 수 없게 돼서, 그것만이 내 유일한 선택지처럼 느껴졌지. 하지만 지금은? 나는 그때랑 같은 사람이 아냐. 나는 살고 싶어, 스탄. 살기 위해 매일 싸우고 있어."

"무슨 상황? 대체 **뭐랑** 싸우는 건데?"

그녀는 자신의 혈관으로 들어가는 정맥 주사와 그로 인해 흉터 있는 피부가 볼록하게 올라온 모습을 보았다. 그녀에게 어떤 일이 일어났다. 어쩌면 지금도 일어나고 있는지도 몰랐다.

"그 얘기는 하고 싶지 않아."

"좋아." 코스티야가 단단히 작정한 듯 말했다. "그럼 리세스 얘기를 하자."

그녀가 전조등에 놀란 사슴처럼 그를 올려다보았다. "리세스?"

그가 고개를 끄덕였다. "또 그 맛을 봤어. 그것도 많이. 에벌리를 불러온 다음에도."

모라의 호흡이 빨라졌고, 그녀에게 부착된 작은 센서 중 하나에서 삐 소리가 났다.

"그런 말 안 했잖아."

"내가 에벌리를 불러왔을 때 당신이 좀 이상하다고 할까, 비밀스럽다고 할까, 그랬으니까. 처음 제안했을 때는 망설이더니, 결국 마음을 바꿨을 땐 나를 멀리 보내버렸지." 그는 그 모든 것이 안에서 올라와 분출되는 것을 느낄 수 있었다. 존중하는 마음과 언젠가 모라가 얘기할 준비가 될 때까지 기다리고 싶은 마음에 몇 주 동안이나 애써 꾹꾹 눌러온 생각이었다. "좋아. 프라이버시가 필요했다는 건 이해해. 하지만 당신은 그대로 입을 닫아버렸잖아! 무슨 이야기를 했는지, 심지어 잘 보내줬는지도 말하지 않았어. 꼬치꼬치 캐묻고 싶지 않았지만, 맙소사, 모라, 한마디도 안하다니. 그리고 당신은 동생에게 문제가 있었다고 했지. **어둠**과 함께 살았다고 했나? 그런데 지금 나는 계속 당신 동생의 맛을 보고 있어. 다른 어떤 유령에게도 일어난 적이 없는 일이야. 그리고 당신에게는 이 흉터도 있고, 과거의 알 수 없는 **일들**도 있어. 그리고, 뭐라고 해야 하지? 당신은 가끔 죽는다고 해야 하나? 죽어가는 거야? 맙소사. 혹시 동생의 유령이 당신한테 붙은 거야? 혹시 동생이…." 그의 목소리가 갈라졌다. "당신을 **해치고** 있는 거야? 그게 뭐든, 내가 도와주게 해줘. **제발.**"

그녀의 눈에서 차가운 뭔가가 번쩍였다. 벽이 세워졌다.

"이거 봐, 스탄." 그녀가 천천히 말했다. "그 일은 나와 에벌리 사이의 일이야. 다른 누구도 상관없어. 그 대화도, 에벌리를 다시 본 것도 사적인 일이야. 난 당신에게 왜 아버지를 불러오지 않느냐고 물어본 적이 없잖아. 단 한 번도. 당신이 슬픔을 감당할 거라고 믿기 때문이야. 그리고 당신도 나를 믿어주길 바라."

"그건 다른 문제야! 동생이 당신에게 무슨 짓을 **하고** 있잖아."

"아니." 모라가 고개를 저었다. "에벌리가 아냐."

"그럼 뭔데?"

그녀는 반짝이는 눈과 체념한 얼굴로 창밖을 보며 어깨를 으쓱했다.

"의사가 말하는 거 들었잖아. 여러 원인이 있을 수 있어."

"하지만 정말 모르겠다는 거야? 전혀?"

그녀가 다시 고개를 저었다.

코스티야는 더 밀어붙이고 더 캐내려는 순간 답을 얻었다. 목구멍 뒤에서 느껴지는 한 줄기 바람. 따뜻하지만 달갑지 않은 맛이 그의 입안을 가득 채웠다.

초콜릿과 피넛버터, 컵 가장자리가 찌그러진. 항상 그렇듯이.

그녀의 동생이 그곳에 있었다. 안절부절못하고 굶주린 채. 그것은 모라가 말한 모든 것에 반했다.

III

내가 세 번째로 죽었을 때, 그건 실수였어.

에벌리를 찾기 위해서였지만, 허기를 채우기 위해서이기도 했지. 브링크에서부터 허기가 사라지지 않았고, 내 주위를 맴돌며 삶을 망쳐놓았어.

나는 허기를 채우기 위해 많은 것을 시도했어. 몰두할 수 있는 것은 뭐든. 비디오 게임, 뱀파이어 소설. 음악 앨범. B급 TV 프로그램. 미술관을 돌아다니며 닥치는 대로 예술을 탐닉했지. 몇 킬로미터씩 달리며 도취감에 빠졌고, 술집에 들어가서 내 몸을 술로 가득 채웠어.

아, 그리고 음식! 뉴욕 곳곳을 돌아다니며 먹고 먹고 또 먹었어.

그러나 그 어느 것도 오래가지 못했지.

무엇에 대한 허기인지 이해하기까지 1년이 넘게 걸렸어. 왜 에벌리가 쓰던 타로 카드, 점술판, 서랍 속에 숨겨둔 처방전 뭉치가 갈망을 잠재웠을까? 맨해튼 다리를 달리다가 강을 노려보며 뛰어들까 생각했을 때처럼, 왜 내가 절망적이라고 느낀 순간이 허기를 잠잠하게 만들었을까? 왜 나는 날카로운 물건과 위험한 장소, 한밤중에 걸어 다니는 것 따위에 이끌릴까?

허기는 에벌리를 원했고, 나를 그 애가 있는 데로 데려가려 했어.

그건 죽음으로 나를 끌고 갔어. 저세상으로 끌고 가는 밧줄처럼. 그것은 우리 사이의 연결 고리였어. 빈 위장이라는 우리의 공통분모였어. 우리가 공유한 아픔이었어.

그래서 나는 돌아가기로 결심했어. 허기를 채울 방법을 찾기 위해. 우리 둘 모두를 치유하기 위해.

이번에는 내가 통제하고 싶었어. 내 방식대로 하고 싶었어.

그래서 임사 체험을 조사했어. 잘 알려지지 않은 인터넷 커뮤니티에도 가입했어. 생존자 모임에도 갔어. 임사 체험자들은 어떻게 죽었다가 살아나서 이런 이야기를 할 수 있게 되었는지를 세세히, 기꺼이 이야기했어. 내가 그대로 따라야 할 모든 단계를.

어떤 방법들은 너무 복잡해서 박사 학위까지 필요할 정도였지. 내가 구할 수 없는 재료들. 화학 실험실.

그러나 다른 방법들은 단순했어.

감전사.

유도된 익사.

전략적으로 손목 긋기.

나는 쉬울 거라고 생각했어. 면도날. 깊지만 치명적이지는 않게. 특정 순간에 맞춰 911에 거는 신고 전화. 그러면 내가 동생을 찾고 우리의 허기를 채우고 마법 같은 총천연색 해피엔딩을 맞을 거라고 생각했어.

그런데 그렇지가 않았어.

출혈이 심해서 하마터면 편도 여행이 될 뻔했어. 에벌리의 이름을 부르며 빌어먹을 푸드 홀을 돌아다녔지만, 에벌리는 나타나지 않았어. 아, 그런데 하이라이트가 뭔지 알아? 화룡점정이 뭔지 알아?

다시 돌아왔을 때, 허기가 더 심해졌다는 거야.

채워지지 않았어. 끊임없이 계속됐어. 벗어날 수 없었어. 전에는 효과가 있던 방법도 이제 통하지 않았어. 모든 것이 아팠어. 몸뿐 아니라 정신도.

나는 더 이상 천하무적처럼 느껴지지 않았어. 약물을 과다복용한 후에 느낀 것처럼 운이 좋다고도 느껴지지 않았어. 브링크에 들어갈 때처럼 의욕이 있지도 않았어. 그냥 무서웠어. 외로웠어. 너무도 어리석은 짓이었어.

위험을 무릅쓰고 또 여행을 시도할 수는 없었어. 에벌리를 찾기 위한 것이었어도 말이야. 돌아오지 못해도 상관이 없었다면 모르겠지만, 상관이 있었어. 과다출혈이 경종을 울렸어. 허기 때문에 내 삶이 힘겹고 복잡해졌더라도, 나는 살고 싶었어. 적어도 시도는 하고 싶었어. 제대로 살고 싶었어. 에벌리가 죽지 않았다면 살았을 방식대로.

그래서 나는 내 통제력을 벗어나는 것들에 대한 장난질을 그만두겠다고 스스로에게 맹세했어. 무슨 일이 있어도 다시는 사후세계와 얽히지 않겠다고.

그리고 그때, 스탄, 그 파티에서 당신을 만났어.

식탁을 차리며

시범 영업을 앞둔 몇 주 동안, 코스티야는 바텐더와 서버, 서빙 보조, 테이블 정리 담당, 안내원, 지배인을 고용했다. 꽃 서비스와 세탁 서비스, 청소 서비스를 테스트했다. 상상할 수 있는 모든 검은색의 식탁보와 냅킨 상자를 끝도 없이 풀었다. 주방에서 디너 서비스를 연습했고, 리오와 알레, 빅 마이크와 다른 10여 명은 코스티야의 지시에 따라 요리했다. 노련한 서버들이 속사포처럼 주문표를 꽂아 넣을 때, **주문 확인! 버펄로 치킨, 지금까지 총 일곱 개! 6번 테이블에 만새기 빨리요!** 같은 외침이 그의 귀에 음악처럼 들렸다. 식자재 납품 준비를 마무리했다. 수백 가지의 재료를 각각 한 상자씩만 주문해서, 발도르와 로쪼, 달타냥 같은 공급업체들이 주문서 때문에 머리를 쥐어뜯었다.

이 모든 일이 진행되는 동안, 코스티야는 초집중 상태를 유지해야 했다. 두흐와 함께 먹고, 잠자고, 호흡했다. 대부분은 그렇게 했다. 모라에 대해 집착적으로 걱정할 때만 제외하면.

그는 주방에서 누군가에게 요리를 플레이팅하는 방법을 알려주면서, 동시에 그녀가 길을 건너다가 기절하는 모습을 상상했다. 리오와 함께 재고 정리를 하다가도, 잠시 말을 멈추고 초대받지 않은 에벌리가 불길과 유황 연기, 으스스한 노여움의 기운과 함께 나타나는 모습을 상상했다. 또 스텔라가 세팅한 테이블을 확인할 때도 자수 냅킨을 너무 오랫동안 멍하니 보면서 일종의 〈프리키 프라이데이〉 시나리오를 상상했다. 모라와 에벌리의 영혼이 바뀌어 한 자매가 다른 자매에게 빙의되는 시나리오를.

모라는 병원에서 나온 후로는 그런 일을 겪은 적이 없지만(적어도 그녀의 말에 따르면 그랬다), 코스티야는 그녀가 자신에게 말하지 않는 것이 있다는 느낌을 떨쳐낼 수 없었다. 그가 물을 때마다, 그녀는 어이없다는 듯 손사래를 치거나 눈을 굴리거나 웃어버렸다. 마치 그가 도넛 구멍으로 크로캉부슈 케이크라도 만들고 있는 것처럼.

그리고 어쩌면 정말 그런 건지도 몰랐다! 어쩌면 근거 없이 야단법석을 떨고 있는 건지도 몰랐다.

하지만 **어쩌면** 병실에서 직감한 것이 맞을지도 몰랐다. 정말로 에벌리에게 책임이 있고, 어쩐 일인지 그녀가 모라를 이 이상한 죽지 않는 죽음으로 이끌고 있는 건지도 몰랐다. 어쩌면 에벌리는 위험한 존재고, 모라를 공격하고 있는 건지도 몰랐다. 그리고 어쩌면 모라가 그녀를 보호하고 있거나, 현실을 부정하고 있는 건지도 몰랐다.

코스티야가 아는 거라고는 자신이 에벌리를 신뢰하지 않는다는 것, 하지만 어떻게 해야 할지 모른다는 것뿐이었다. 설령 안다 해도, 지금 유령 잡기를 하고 있을 시간이 없었다.

나중에. 그는 스스로에게 약속했다. 일단 두흐가 문을 열면, 상황이 원활하게 돌아가면, 모라와 여동생 문제를 다시 살펴볼 참이었다. 그때가 되면 모라가 진실을 말할 준비가 되어 있기를 바랐다.

    개점을 2주 앞두고, 코스티야는 출입문에 새겨진 '두흐 – 총괄 셰프 콘스탄틴 두호브니'라는 문구를 보면서 손이 떨리는 것을 느꼈다. 자신이 좋아하지도 않는 이름을 새긴 글자들을 손으로 더듬으며, 안정을 찾기 위해 몇 차례 숨을 들이쉬어야 했다. 이름이 거기 쓰인 것을 보니, 마침내 요리계에 이름을 알리게 되었을 뿐 아니라 본격적인 인생의 출발점에 도달했다고 느껴졌다.

    일주일을 앞두고, 그는 그들이 만든 공간, 아니, 사실상 그가 만든 공간을 걸으며, 다시 태어난 듯한 기분을 느꼈다. 주방은 숨이 멎을 듯 멋졌다. 아르테코풍의 아치들이 둥근 지붕처럼 높이 솟아 있었고, 그 아래로 최고급 레인지와 일렬로 늘어선 오븐, 샐러맨더 그릴과 수비드 기기, 사람이 드나들 만큼 거대한 냉장고 두 대와 각각의 조리 구역마다 소형 냉장고, 업소용 냉동고, 급속 냉각기까지, 상상할 수 있는 모든 종류의 기기가 앤틱풍 유리창에 반사되고 있었다. 창밖으로는 주기적으로 6호선 열차가 그 광채에 눈이 부신 듯 쏜살같이 지나갔다.

    위층의 입구 홀은 거울처럼 반사되는 검은색 바닥에 연기빛 커튼과 척추 모양의 거대한 안내 데스크가 있었다. 이곳을 지나면 가죽과 뼈, 크롬, 검은 유리로 장식된 칵테일 바가 나왔다. 가운데에 바 의자들이 줄지어 배치되어 있고, 양쪽으로 바가 갈비뼈처럼 펼쳐져 있었다. 여기서 기다리던 손님들은 홀이나 개인 룸으로 안내받았다. 매끈한 검은 테이블과 해골 모양 좌석 들이 배치된 중앙 홀 양옆으로, 벽을 따라 개인 룸이 각각 다섯 개씩, 총 열 개가 줄지어 있었다.

각각의 룸은 수은 유리로 감싸여 있었으며, 내부 장식은 어두웠고, 미니멀리즘을 지향했다. 조명은 관능적이고 조도가 낮아서, 마치 로듐 광산으로 걸어 들어가는 느낌이었다.

바에서는 보이지 않았지만 수은 코팅에는 틈이 있었고, 그 틈 덕분에 각도에 따라 달라 보이는 유리를 통해 빛이 새어나올 수 있었다. 코스티야가 스텔라의 어머니를 불러왔을 때, 스텔라는 어머니의 귀환을 알리는 빛을 보고 아이디어를 얻었다. 그녀는 손님들이 유령을 만나는 순간, 룸의 내부로부터 빛이 나도록 설계했다. 재회를 기다리는 다음 손님들을 위한 일종의 미리보기인 셈이었다. 초자연적인 조명 쇼였다.

"영혼들의 오로라처럼요." 그녀가 스케치를 보여주며 속삭였다.

"제대로 구현된다면 믿기 힘들 만큼 멋지겠네요."

"'된다면'이 아니라 '되었을 **때**'겠죠." 스텔라가 정정했다.

세계, 적어도 요리의 세계는 모두 같은 의견인 것 같았다.

그것은 시간문제일 뿐이었다. 지금까지 알려지지 않았던 (심지어 셰프도 아니었던) 두호브니 셰프의 존재가 알려지고 있었다. 《타임아웃》과 《에피큐리어스》 《노쉬》 《푸디》 《이츠》에 두호가 실제로 어떻게 될지, 과연 그 레스토랑이 비싼 가격만큼의 값어치를 할 것인지 추측하는 기사들이 실렸다. 그가 만난 적 없는 몇몇 셰프들, 그리고 놀랍게도, 미셸 보셴까지 그런 시도를 지지하고 나섰다. 그들은 코스티야가 맨해튼 금융 지구에서 요리의 황무지를 개척하고 있으며, 음식과 상실을 둘러싼 전 세계적인 전통에 주목하고, 먹는 것과 슬픔, 먹는 것과 기억 사이의 연결이 얼마나 강력한지를 일깨우고 있다는 식의 객관적이지 못한 논평을 내놓았다.

그들은 개업일 전날 방송될 예정인 〈굿모닝 맨해튼〉의 방송분을 사전 녹화했다. 코스티야는 방음 스튜디오에서 진행자와 함께 마이크에 대고 이야기를 주고받았고, 그러는 동안 두 사람 사이에 있는 화면에 레스토랑의 아름다운 사진들이 펼쳐졌다.

"정말 신성한 공간이네요!" 그녀가 눈부시게 새하얀 사각형 치아를 드러내고 웃으면서 말을 쏟아냈다. "그리고 신성하다는 말이 나왔으니 말인데, 마무리하기 전에 한 가지 짚고 넘어가도록 하죠. 두흐에서의 식사는 음식이 다가 아니라는 소문을 들었는데요." 그녀가 그를 향해 의미심장하게 몸을 기울이며 말했다. "정말로 사랑하는 사람을 되살아나게 할 기회를 주시나요? 그리고 정말 식사를 통해 그렇게 할 수 있는 건가요?"

코스티야는 누군가 자신의 손을 잡고 뜨거운 버너에 가져다대는 것만 같았지만, 마치 가면을 쓴 듯 침착한 미소를 유지했다.

"두흐는 영혼을 뜻합니다." 그는 언론 담당 트레이너와 연습한 대로 줄줄 읊었다. "우리 레스토랑의 목적은 음식을 통해 영혼의 재회를 이뤄내는 것입니다." 그가 두 손으로 손깍지를 끼면서 말했다. "식사를 하는 분들, 특히 누군가를 여읜 분들에게 맛을 통해 과거로 다시 돌아가게 도와줌으로써 끝맺음을 하게 해주는 거죠. 돌아가신 분들을 불러오는 게 두흐가 제공하는 경험의 일부인지에 대해서 말하자면…." 그가 거울을 보고 연습한, **직접 와서 확인해봐**라고 말하는 듯한 알쏭달쏭한 미소를 지었다. "우리의 음식이 영적인 경험을 제공하는 건 분명하다고만 말씀드리겠습니다. 나머지는 대기자 명단에 이름을 올리고 직접 확인해보셔야죠."

그들은 언론에서 유령이라는 개념을 너무 앞세우지 않으려고 조심했다. 대놓고 말하기보다 흥미로운 미스터리 정도로 그럴싸하게 얼버무리는 것이었다. 홍보팀은 유령을 언급하는 것이 그들의 발목을 잡고 모든 것을 농담으로 만들어버릴 가능성이 있다는 단호한 입장을 취했다. 일종의 술책이었다. 이곳을 고상한 고급 레스토랑으로 만들려면 음식으로 먼저 설득해야 했고, 입소문이 나도록 해야 했다. 그리고 절대적으로 입소문이 날 것이었다.

그리고 그것은 올바른 결정이었다.

시스템이 열리고 몇 시간 만에 예약이 다 찼다. 하루가 끝나기도 전에 모든 시간대 (심지어 인기 없는 자리와 이른 시간과 늦은 시간대까지) 좌석이 다 나갔다. 겨우 며칠 뒤에 시작될 시범 영업 주간은 한참 전에 예약이 다 찼다. 홍보 담당자는 언론의 취재 요청을 거절하고, 가장 큰 매스컴과 가장 악명 높은 비평가만을 선별하고 있었다.

"다음 주에 그 사람들을 열광시키는 게 좋을 거예요." 그녀가 코스티야에게 당부했다. "그 사람들은 당신을 성공하게 할 수도, 실패하게 할 수도 있거든요."

마지막 며칠은 시간이 째깍째깍 흘러갔다. 코스티야는 주방을 열심히 꾸려갔다. 비평가들에게 좋은 인상을 줘야 한다는 걱정과 모라의 일, 자신의 음식을 먹으러 오는 사람들에게 하고 있는 약속을 꼭 지켜야 한다는 부담감. 그러나 그 약속을 항상 지킬 수 있을지는 확신할 수 없는 불안. 이 모든 것이 그가 만드는 모든 요리로 파고들었다.

그는 시연에서 닭고기를 과도하게 익혔고, 간에 소금 간을 덜 했으며, 대구 요리를 하다가 껍질을 홀랑 벗겨버렸다. 아마추어적인 실수였다. 사뵈르 페어에서라면 당장 주방에서 해고될 일이었다. 설상가상으로 요리사들이 실수를 했을 때, 코스티야는 음식에 무슨 문제가 있는지 설명할 수 없었고, 그저 맛이 제대로 나지 않는다고만 말했다. 그들은 기름칠이 잘된 기계처럼 움직여야 했지만, 조립 설명서는 그의 머릿속에만 있었고 분명하게 표현하기 어려웠다. **어떤** 맛이 나야 하는지 모른다면 무턱대고 '맛이 좋아지도록 소금을 뿌릴' 수는 없는 일이었다.

조리사들 모두 같은 생각이었다. 소스 담당, 각 파트의 조리장, 심지어 새파란 신참까지 (간도 크지!) 코스티야의 험담을 했고, 결국 리오가 나서서 상황을 정리했다.

"무슨 불평불만이 그리 많아? 시범 영업까지 며칠 안 남았는데, 어느 파트에서건 수준 높은 음식이 나오는 걸 못 봤어. 그렇게 입을 놀릴 시간이 있으면, 음식을 완벽하게 준비하는 게 좋을 거야. 미구엘, 자네는 버펄로 수프 네 그릇을 빨리 만들어야 하잖아. 어서 시작해, 파피 출로! 스테파니, 간 요리 만들어. 일곱 개. 째려보냐? 여덟 개 만들어. 리키 마틴, 참치 호밀 샌드위치 세 개. 그리고 식료품 저장실을 번쩍번쩍 광이 나게 해두는 게 좋을 거야."

"알겠습니다!"

"예, 셰프!"

"하고 있습니다, 셰프!"

그러나 코스티야의 사무실에서 단둘이 있을 때, 리오는 그에게 정신 차리라고 말했다.

"넌 주방 팀을 전쟁터로 이끌고 있어. 중심을 잃지 않고 있다는 걸 보여줘야 해. 상황을 장악하고 있다는 걸. **주방 팀을** 장악했다는 걸. 그렇게 하면 주방 팀은 널 어디든 따라갈 거야. 하지만 셰프가 넘어지면, 주방 팀도 넘어지지. 내 말 알겠어?"

* * *

시범 영업 전날 밤, 코스티야는 직원들이 집으로 돌아가고 한참 뒤에도 레스토랑에 남아 있었다. 그는 식당을 두 번, 세 번 점검했다. 식기는 제대로 세팅되었는지, 냅킨은 잘 접혀 있는지, 은식기는 광을 잘 내놓았는지. 메뉴에 오탈자는 없는지, 가구와 바닥에 흠집은 없는지. 깐깐한 영국 집사라도 인정할 정도까지 꼼꼼히 살폈다. 식료품 저장실과 대형 냉장고, 바의 물품을 점검하며, 온갖 가정과 가설을 동원해서 어떤 상황에도 충분한 재료가 구비되어 있는지 확인했다. 그리고 모든 조명을 켰다 끄며 전구가 나갔거나 합선이 있거나 화재 위험이 있는지도 점검했다. 대형 냉장고 내부의 비상 탈출 손잡이를 시험할 때는 프랭키가 생각나서 가슴이 아팠다. 개수대와 화장실, 온수기도 똑같이 점검하며 누수가 없는지 살폈다.

점검을 마쳤을 때, 코스티야는 **자신의** 어두운 주방에 서서 숨을 길게 들이쉬었다. 그 일이 벌어지고 있었다. 그가 하려는 일로 인해, 그가 세상에 내놓으려는, 세상으로 인도하려는 것으로 인해 공기가 탁하게 느껴졌다. 그 공간에는 거의 손에 만져질 듯한 무언가가 있었다. 손을 뻗기만 하면 그 감촉을 느낄 수 있을 것만 같았다.

그는 아버지를 생각했다. 아버지를 이곳에 불러와서 요리를 해주고 자신이 이룬 것을 보여주었다면 어떤 기분이었을까. 아버지는 아마 자랑스러워했을 것이다. 맛보는 것마다 맛있다고 말해주었을 것이다. 이제라도 아버지를 불러온다면, 아버지는 아마 여전히 그렇게 해줄 것이다. 그는 다음 주에는 꼭 그렇게 하겠다고 스스로에게 약속했다. 일단 레스토랑 문을 연 후에.

그는 프랭키를 생각했다. 가슴에 고통이 밀려왔다. 슬픔과 죄책감이 강력하게 결합된 고통이었다. 이곳에 있어야 할 사람은, 여기서 맨해튼의 새로운 요리 왕국을 지휘할 사람은 프랭키여야 했다. 코스티야는 프랭키를 위해 이 장소를 의미 있는 곳으로 만들 의무가 있다. 프랭키의 불꽃을 계속 타오르게 하기 위해.

그는 유령들을 생각했다. 그가 부활시킨 유령들, 감사하는 마음이 흘러넘치던 영혼들. 그가 부활시키는 데 실패한 유령들, 헬스 키친 비밀 레스토랑에서 지키지 못한 약속들. 그가 도와주었거나 실망시킨 살아 있는 사람들. 잔뜩 들떠서 식당을 걸어 나가거나, 또다시 슬픔에 빠진 사람들. 그가 헛된 희망을 품게 함으로써 어쩌면 그들의 슬픔은 전보다 더 커졌을 것이었다. 다시는 누구도 그런 기분을 느끼게 만들고 싶지 않았다.

흔들리지 말자고 그는 다짐했다. 끝맛이 여기까지 그를 이끌었고, 끝까지 이끌어줄 거라고.

6호선 열차가 갑자기 창밖으로 쏜살같이 지나갔고, 주방은 천둥 같은 굉음과 깜빡이는 불빛에 휩싸였다. 코스티야는 질주하는 열차와 유리창에 비친 자신의 얼굴을 보았다. 그의 얼굴이 번쩍이는 조리대와 칼, 프라이팬, 각종 도구 위에 떠 있는 것처럼 보였다. 그는 자신의 표정에 놀랐다. 그것은 집에서 쉬고 있는 사람의 얼굴이었다. 편안하고 여유롭고 행복한.

그 순간 6호선 열차가 사라지고, 불빛도 터널 입구 속으로 빨려 들어갔다. 너무 순식간에 벌어진 일이라서, 눈을 들어 겨우 1미터 위를 올려다볼 틈도 없었다. 만일 올려다보았다면, 유리창에 비친 다른 얼굴들도 보았을 것이다. 폭풍처럼 몰려들어 주방을 살피는 유령들의 얼굴을.

코스티야가 마침내 집으로 돌아왔을 때는 거의 새벽 3시가 다 된 시각이었다. 그는 어두운 아파트에서 비틀비틀 걸으며, 빵 부스러기를 떨어뜨려 길을 표시하는 헨젤처럼 옷을 하나하나 벗어 바닥에 떨어뜨렸다. 그는 지쳤고, 몇 시간 뒤면 다시 두흐에 나가봐야 했지만, 지금 잠을 자는 것은 불가능하게 느껴졌다. 내일이면 비참한 패배감 속에 또다시 비틀거리며 셰프 가운과 체크무늬 바지와 주방용 안전화를 벗거나, 시내를 돌아다니며 거나하게 술을 마시고 모두를 껴안고 직원들과 건배하며 승리를 자축하고 있을 것이다.

그는 침실에서 양말 한 짝을 벗다가 얼어붙었다.

모라가 그의 침대에 웅크린 채 깊이 잠들어 있었다. 달빛에 비친 모라의 피부는 너무도 창백했고, 그녀의 몸은 숨 쉬는 것도 느껴지지 않을 만큼 미동도 없었다. 머리칼이 베개 전체에 퍼져 있었다.

그는 일주일 내내 그녀를 보지 못했다. 그의 일정이 미쳐 돌아갔고, 두 사람은 그가 집중할 필요가 있다는 데 의견이 일치했다. 그러나 그는 그녀가 그리웠다. 그가 깨달은 것보다 더. 그리고 그곳에서 자신을 기다리고 있는 그녀를 보니 가슴 전체에 따스함이 물결쳤다. 가슴이 벅차올라 터질 것만 같았다.

그녀가 몸을 뒤척이다 눈을 깜빡이며 깨어났다. "자기, 집에 왔네." 그녀가 잠이 덜 깬 얼굴로 미소 지었다.

"자기, 여기 있네." 그가 그녀 옆에 앉았다.

"자기랑 같이 있고 싶었어. 내일은 중요한 날이잖아."

"그래." 그가 후 하고 입김을 뱉어냈다. "정말 중요한 날이지."

"굉장할 거야." 그녀가 재빨리 일어나 앉으며 그에게 기댔다.

"그러면 좋겠어."

"그럴 거야. 자기가 이룬 모든 것을 봐."

그가 불안한 미소를 지었다.

"아버지 없이 이렇게 하는 게 힘든 일이라는 거 알아. 프랭키도 없이. 자기가 사랑하는 사람들…."

"여기 당신이 있잖아." 그가 속삭였다. 기쁨과 슬픔이 솟구쳐 올랐다. 턱에 힘이 들어갔다. 눈이 따끔거렸다. 온몸이 아프고 지쳤지만, 정신은 또렷했다.

"나도… 사랑해." 그녀가 속삭였다.

그는 몇 개월 동안 사랑을 느꼈다. 어쩌면 그녀를 처음 본 순간부터. 그러나 지금은 새로운 감정을 느꼈다. 엄청난 감정이었다.

"아니." 그가 고개를 저었다.

"아니라고?"

"아니, 난 당신을 사랑하는 게 아냐. 모라. 그냥 사랑하는 게 아니야." 그녀의 얼굴은 질문이었고, 답은 그의 안에서 흘러나왔다. 마치 맛처럼 말로 표현할 수 없는 감정들이. "사랑 이상이야. 훨씬 더 커." 그는 그녀를 보기가 두려워 바닥을 응시하고 있었다. "당신을 흠모해. 숭배해. 당신의 모든 것이 좋아. 하나하나가 다. 당신이 싫어하는 것들조차. 당신을 무섭게 만드는 것들조차. 당신은 나를 미치게 해.

그냥 호르몬 왕성한 10대 남자애처럼 달뜨게 하는 게 아니라, 나를 돌아버리게 하고 내 세계를 정복하고 나를 주체할 수 없이 미치게 만들어. 당신은 내가 이런저런 것들을 원하게 만들어. 도전하게 만들어. 나를 행복하게 만들어. 바보라도 된 것처럼. 당신 없는 행복은 상상할 수 없어. 당신은 내가 살아 있다고 느끼게 해줘. 당신 없는 삶은 상상할 수 없어. 당신은 나의 커피야. 나의 와인이야. 나의…."

"설탕?" 그녀가 다정하게 미소를 지으며 말했지만, 그는 고개를 세차게 저었다.

"소금이야." 그는 눈을 들어 대담하게 그녀를 보며, 진짜 하고 싶은 말을 찾은 듯 고개를 끄덕였다. "당신은 모든 것 중에 가장 좋은 것만 불러와. 단맛, 신맛, 쓴맛. 당신은 맛의 원천이야. 첫 번째 양념이자 마지막 양념이지. 당신은 바다야. 별이야. 모든 삶은, 생명은 소금에서 시작되지. 나… 나는 내 삶을 당신과 함께 시작하고 싶어."

"다시 말해줘." 모라가 속삭였다. 그는 잠시 그녀가 놀리고 있다고 생각했지만, 그녀의 젖은 눈이 반짝이고 있었다.

"당신을 소금처럼 사랑해."

그녀가 눈을 깜빡이자 눈물 한 방울이 얼굴을 타고 흘러내렸다.

"나도 사랑해." 맙소사, 그녀가 그를 보는 그 눈빛! "소금처럼."

그녀가 가까이 다가왔고, 그녀의 숨결이 그의 얼굴에 닿았다. "자기가 나를 감싸고 있으면 나쁜 것들이 가까이 오지 못해."

그는 두 팔로 그녀를 감싸 안고 그녀의 등 뒤에서 깍지를 끼었다. 소금으로 된 결계처럼.

그녀는 그를 더 가까이, 이불 속으로 끌어당겼다.

"내 소금이 되어줘."

그것은 유리잔에 따라 놓은 와인이었다. 서서히 숨을 쉬고, 열리고, 발산하고, 변화하는 와인. 풍부해지고, 감칠맛이 더해지고, 부드러워지는. 경계가 모호해지고, 한 모금 마실 때마다 더 부드러워지고 복잡해지고 강렬해지는, 짙은 색 과실과 토양, 그것이 있었던 모든 공간, 그것이 숙성된 오크통의 맛까지 품은 독특한 향미.

그는 계속 기다렸다. 상상일 뿐이라고 스스로를 설득할 수 있을 만큼 아주 잠깐 동안, 그녀가 사라지기를, 그녀의 눈동자가 텅 비게 되기를. 그러나 그녀는 사라지지 않았다. 그녀는 머물렀다. 내내 거기 있었다.

대신 사라진 것은 그였다. 뭔가의 맛을 보는 자신이었다.

모라가 그의 손을 꽉 잡았고, 그의 목구멍 뒤에서 그것이 나타났다. **달콤하고 오돌토돌한 초콜릿 피넛버터.** 그는 끈질기게 맴도는 그 맛을 계속 삼켰다.

모라를 놓아줄 생각이 없는 에벌리의 갈망이 그녀를 향해 손을 뻗고 있었다.

‖‖

당신이 내 천막으로 들어와서 죽은 사람들의 맛을 볼 수 있다고 했을 때, 당신이 그들의 음식을 만들면 그들이 돌아온다고 했을 때, 내 손목의 흉터는 아직 분홍색이었어.

내가 당신의 말을 믿었을까, 스탄? 당신이라면 그 말을 믿었겠어?

그런데 당신은 정말 그 맛을 보았어. 내 마음을 바꿀 수 있었던 단 하나. 리세스는 주름진 종이컵에 담긴 메시지였어. **난 아직 여기 있어, 모라 언니. 언니는 관심도 없는 거야?**

나는 무서웠어. 너무 놀라서 제대로 생각할 수 없었어. 다시 죽음에 얽혀들 수는 없었어. 더 이상 실수를 감당할 여력이 없었어. 그런데 당신은 아무것도 모르면서 무모한 불장난을 벌이려고 작정한 것처럼 보였어. 그래서 멈추라고 경고했어. 당신을 겁줘서 쫓아냈어.

그런데 당신이 떠나고 나서, 당신 카드를 읽었어. 카드는 당신이 진짜라고 말했지. 우리가 아직 끝이 아니라고도 했어. 내가 성급했다는 생각이 들었어. 당신이 하고 있는 일, 영혼들을 찾으러 가는 대신 영혼들을 불러오는 일에 뭔가가 있을지도 모른다고, 어쩌면 당신이 나를 도와줄 수 있을지도 모른다고, 당신의 음식이 에벌리를 도울 수 있다고 생각하게 됐어. 하지만 내가 자존심을 버리고 급하게 당신을 찾으러 나갔을 때, 당신은 가고 없었지.

몇 주 동안 당신을 수소문했어. 연락이 끊긴 사람을 찾는 광고 사이트에 글을 올렸고, 수백 개의 전화번호로 전화를 걸어봤지. 그러던 중에 인스타그램을 뒤지다가 한 인플루언서가 게시한 음식과 유령에 관한 이상한 내용을 봤어. 어떤 레스토랑이었지. 믿기 힘들었지만, 그녀에게 당신의 주소를 묻는 메시지를 보냈어.

나는 전철을 타고 헬스 키친으로 갔어. 완전히 정신 나간 것처럼 보이지 않으면서 상황을 설명할 방법을 생각하면서 말이야. 하지만 내가 도착했을 땐, 온통 빨간 테이프가 붙어 있었지. 보건국에서 붙인 영업정지 통지서였어. 당신은 계단에 앉아 전화기를 보며 울고 있었고.

그날 밤은 당신에게 시간을 주기 위해 그냥 돌아왔지만, 이제 당신이 사는 곳을 알았으니 물러설 수 없었어. 나는 계속 찾아와서 들어갈 기회를 찾았지. 당신을 쫓아 프랭키의 장례식에도 갔어. 촛불집회에도. 식료품 가게에도.

결코 아름다운 짓은 아니었지. 나는 당신을 스토킹했어.

옛날 스니커즈 광고 같았어. '배고플 때 넌 네가 아니야!' 나한테는 정말 그랬어.

그리고 그때 당신은 '마지막 의식'에 갔어. 나는 칼을 알았어. 그가 내 옆구리에 문신을 해줬거든. 그리고 칼이 술 한두 잔이 들어가면 말이 많아진다는 것도 알아. 아무튼 나는 그를 불러내서 당신 순서 바로 다음에 내 예약을 잡아달라고 했지. 당신이 문신에 부작용을 보일 줄은 몰랐지만, 사실 부작용이 나타나서 내심 감사했어. 당신의 손금을 봐주면서 어색함을 깰 수 있었으니까.

그런 다음 우리는 소호를 걸었고, 당신은 좋은 사람이었어. 나에게 과분할 만큼. 그리고 나는 계속 용기를 내서 당신을 찾아온 목적을 말하려 했지. 당신의 도움을 구하고, 내 허기와 내 동생에 대해 설명하고, 내가 얼마나 바보였는지 사과하려 했어.

하지만 무서웠어. 당신이 기겁을 하며 쫓아낼까 봐. 그런 위험을 감수할 수 없었어. 당신은 내게 에벌리를 다시 볼 수 있는 최선의 기회였어. 어쩌면 내 허기를 멈출 수 있는 유일한 가능성이었어. 그리고 다른 뭔가가 있었지. 더 많은 것이.

당신 곁에 있으니 몇 달 만에 처음으로 허기에 시달리지 않았어. 당신과 이야기를 하고 당신의 손을 잡을 때, 내 안의 뭔가가 채워졌어. 어쩌면 단지 당신이 죽음과 가까운 존재였기 때문일 수도 있지만, 왠지 그것을 훨씬 뛰어넘는 뭔가가 있는 느낌이 들었어. 가장 중요한 뭔가가.

그날 밤이 끝날 무렵, 나는 그 느낌과 싸우지 않고 받아들였어.

내가 당신에게 키스했을 때, 당신이 허기의 불꽃을 억누르는 것 같았어. 나는 다시 삶의 떨림을 느꼈어. 내가 뱀파이어나 좀비, 배고픈 유령이 아닌 다른 존재가 될 수 있을 것 같았지. 그 기분을 놓치고 싶지 않아서 당신을 집으로 데려왔어. 그리고 우리가 함께 잤을 때 일어난 일… 그것이 모든 것을 바꿔 놓았지.

나는 당신의 품에서 죽었어.

한순간 당신의 눈이 별처럼 강렬하게 내 눈에 고정되었어. 다음 순간 나는 다시 사후세계로 넘어갔어.

그곳은 미식 투어 중이었어.

가이드는 매력적이었어. 큰 키. 구릿빛 피부. 검은 곱슬머리와 장난꾸러기 같은 보조개. 별로 죽은 사람처럼 보이지도 않았지.

장례식 사진 속 그 사람이라는 걸 알아보기까지 1분 정도 걸렸어. 프랭키였어.

영혼들이 그의 주변에 더 가까이 모여들며 이야기에 귀 기울였어.

그가 말하고 있었어. **자, 밀 필요 없어요, 공간은 많습니다! 콘스탄틴 두호브니 미식 체험 투어를 위해 오신 분은 빙 둘러서 모여주세요.**

스탄, 당신이었어! 당신을 위해 마련된 사후세계 체험. 내가 아는 한 당신은 아직 죽지도 않았는데 말이야. 프랭키는 당신의 음식에 대해 설명하고 있었어. 얼마나 특별한지, 뭘 할 수 있는지, 어떻게 다른 어떤 음식도 할 수 없는 방식으로 우리를 충족시킬 수 있는지.

그가 목소리를 낮춰서 말했어. **끝맛을 찾으시나요? 당신을 붙잡고 놔주지 않는 사람들을 만날 방법을 찾으세요? 그게 바로 내 친구가 하는 일입니다.**

사람들 사이에 파장이 일었어. 나와 그곳에 있는 다른 모든 영혼에게. 나는 깨달았어. 우리 모두 허기에 시달리고 있다는 것을.

그리고 나는 프랭키가 진짜로 약속하고 있는 게 무엇인지 알았어.

재회. 치유.

당신은 어떤 일을 할 수 있는 거야, 스탄? 살아 있는 사람들이 끝맺음을 하도록 돕는 것? 죽은 자들도 끝맺음이 필요해.

프랭키는 말했어. **모두가 연결되어 있죠. 우리의 허기와 그들의 슬픔. 다음 세상으로 떠나는 것과 놓아주는 것. 산 자와 죽은 자.**

그리고 당신, 당신의 음식은 그 모든 것의 연결 고리였어.

나는 그의 말을 한마디도 놓치지 않고 필사적으로 이해하려 했어. 그러려고 했지만, 나는 희미해지고 있었어. 정신을 잃고 있었어.

그 순간 나는 당신 옆에서 깨어났어. 몸을 떨면서. 웃으면서.

더 하자고 요구하면서.

처음에는 그게 내가 원한 전부였어.

당신과 다시 잠을 자는 것. 당신의 손과 당신의 입과 당신의 몸이 나를 다른 세계로 데려가게 하는 것. 결과를 걱정하지 않고 죽는 것.

당신이 에벌리를 불러올 필요가 없다는 생각이 들기 시작했어. 그냥 돌아가서 직접 찾을 수 있다고, 그 투어에 참여해서 스스로 허기를 채울 수 있다고 말이야.

나는 그렇게 하면 더 쉬울 거라고, 더 깨끗할 거라고 스스로에게 말했어. 당신이 알 필요도 없을 거라고.

문제는 내가 당신을 사랑하게 되었다는 거야.

에벌리가 가버린 후 내게 너무 많은 사랑이 남았는데, 그 사랑을 줄 사람이 없었어. 그런데 당신이 손에 포크를 들고 나타났어. 처음에는 우리가 어떤 사이가 될지 결코 상상하지 못했어. 당신이 내게 어떤 의미가 될지. 당신은 친구나 파트너, 연인을 뛰어넘는 존재야.

나의 모든 것. 당신은 나의 모든 것이야.

그리고 당신이 그런 일을 하게 만들어서 너무 너무 미안해.

시범 영업

투명한 버터를 바른 백지장처럼 얇은 크레이프가 있었다. 입이 델 만큼 뜨겁고 상큼하게 신맛이 나는 시니강이 있었다. 타마린드와 빌림비, 망고스틴의 입술을 오므리게 만드는 새콤한 맛이 피시 소스와 새우 맛 아래에서 감돌았다. 상큼하면서도 크리미한 수제 스키르가 있었다. 위에는 양질의 올리브 오일과 손으로 수확한 소금, 훈제 철갑상어 알이 뿌려져 있었고, 딜이 고명으로 올라갔다. 바삭하게 구운 빵에 매콤한 초리소를 얹고 그 위에 얇게 썬 회향을 올린 음식도 있었다. 미디엄 웰던으로 구운 (모두를 움찔하며 놀라게 한) 티본스테이크, 그리고 다리가 피보나치의 나선을 연상시키는 바싹 구운 문어, 올리브와 로즈메리로 양념한 양고기 다리 살, 오이스터 록펠러, 빵가루를 대신한 리츠 크래커가 있었다. 까맣게 태운 채소와 고추, 가지, 그리고 그릴 자국이 난 할루미 치즈 위에 통마늘을 얹은 음식도 있었다. 또 다른 방식으로 가지를 활용한 음식도 있었다. 샬롯으로 문지른 구운 빵 위에 카포나타 스타일로 졸인 가지를 수북하게 올린 요리였다. 반으로 자른 삶은 달걀에 갈색이 될 때까지 볶은 양파와 약간의 마요네즈를 얹은 데빌드 에그, 그리고 베이컨과 계란, 치즈, 소금, 후추, 케첩을 넣어 휘젓고 옥수수 전분과 피시 소스를 이용해 크리미하게 만든 광둥식 스크램블드에그를 딱딱한 롤빵 위에 얹은 것도 있었다. 러키 참스 시리얼을 그릇에 붓고 마시멜로를 전부 골라낸 다음, 우유를 부어 시리얼이 축축해지면 다시 넣은 것도 있었다. 마치 10대 청소년이 만든 것처럼 빵 껍질이 고르지 않게 썰린 흰 빵에 피넛버터와 피클을 끼운 샌드위치도.

그리고 그 어느 때보다 날카롭게 집중하고 있는 지금, 코스티야는 다른 뭔가를 알아차렸다. 감정들이 그의 혀에 부딪히는 방식, 즉 그가 산 자와 죽은 자 사이에서 목격한 감정뿐 아니라 그가 바로 입 안에서 맛볼 수 있는 감정이었다. 카르보나라 스파게티의 숨김없는 기쁨. 삼단 칠면조 클럽 샌드위치의 절대적인 해방감. 레몬 케이크의 특별한 슬픔. 유령들이 나타났을 때, 코스티야는 그것을 그들의 얼굴에서 볼 수 있었다. 그가 맛본 감정들은 그들을 다시 돌아오도록 이끈 기억들에 양념처럼 배어 있었다.

그는 헬스 키친에서 그랬던 것처럼, 모든 재회의 순간과 눈물 나거나 시끌벅적하거나 다정한 모든 작별의 순간을 마냥 지켜볼 수 있으면 좋겠다고 생각했다. 그러나 예약이 꽉 차 있었고, 시범 영업 기간은 무척 바빴다. 낮 12시에서 4시까지, 그리고 저녁 5시에서 8시까지, 매 시간 손님들이 정신없이 몰아쳤다. 평론가들과 VIP들이 두 흐의 거울처럼 반사되는 검은 입구로 들어와서, 갈비뼈 모양의 바에서 식전주 한 잔을 마시다가 (늦어질 경우에는 두 잔) 개인 룸으로 안내되어 기다리고 있던 서빙 담당자에게 메뉴 설명을 들었다.

홀에서 코스티야는 처음으로 자신의 재능이 빛을 발하는 것을 목격했다. 영혼들이 도착했을 때 빛의 쇼는 탄성과 경외어린 갈채를 이끌어냈다(스텔라가 정확히 간파했던 상황이었다). 손님들이 정규 메뉴를 맛보는 동안(밤마다 새로운 끝맛으로 업데이트되었다), 아래층의 주방에서는 메인 이벤트를 준비했다. 꾸준히 주문서가 들어왔고, 전표 프린터는 계속 탁탁거리며 돌아갔다. 주방은 활기가 넘쳤다. 모두들 기술뿐 아니라 정성과 마음을 담아 요리를 했다.

사뵈르 페어와는 달랐다. 그곳에서는 정밀함을 위해 침묵해야 했고, 당겨진 활시위만큼이나 팽팽한 긴장감이 감돌았다. 그러나 두흐에서는 소음과 혼란이 차분하고 편안한 집중력으로 바뀌었다. 결국엔 주방이었기에 가끔 저속한 농담이 오가기도 했지만, 그래도 여전히 경건함이 있었다. 다들 룸에서 일어나는 일이 기적임을 알았다.

첫 번째 서비스가 끝날 무렵, 그들은 리듬을 찾아냈다.

일단 끝맛을 느끼면, 코스티야가 주방으로 돌아와서 임무를 할당했다. **다들 잘 들어. 3번 룸에는 애플 타르트가 들어갈 거야. 누가 매킨토시 사과를 잘게 다져줘야겠어. 다져야 해. 깍둑썰기가 아니라. 이건 토니가 맡아. 그리고 파테 수크레도 필요한데, 버터는 손으로 만들어야 해. 이건 스테파니가 해. 그리고 미카, 방금 들어왔지만 다시 나가서 버번 바닐라 엑스트랙을 사다줘야겠어. 지금 있는 건 그냥 바닐라 엑스트랙뿐이야.**

그것은 에스코피에식 주방 분업 체계에 살짝 변화를 준 방식이었다. 표준 메뉴를 제공하는 레스토랑과 달리, 그들은 '셰프의 맛'을 만들어내기 위해 필요한 모든 재료를 비축해두기 어렵다는 것을 알게되었다. 유령들은 무엇이든 주문할 수 있었고, 그런 일은 꽤 자주 일어났다. 그래서 주방에서 가장 젊고 가장 풋내기인 미카는 대기하고 있다가 빠진 재료를 구해오는 잔심부름꾼 역할을 했다. 그의 자리에는 가장 가까운 식품잡화점과 슈퍼마켓, 전문점과 레스토랑의 위치와 가장 빠른 자전거 경로를 표시한 지도가 붙어 있었다.

일단 그런 식으로 진행되고 나서는, 서빙 담당이 안달하거나(**애피타이저가 진작 나갔어야 한다고!**), 손을 베거나(**아, 그 수건 좀 건네줘! 지금, 지금, 지금!**), 가끔 작은 화재나 탄 음식(**구제 불능이야. 다시 해!**)처럼 주방에서 일상적으로 일어나는 소동을 제외하면, 상황은 기본적으로 순조롭게 흘러갔다.

끝맛은 별문제 없이 찾아왔고, 뭔가 빠지거나 연결이 끊기는 일은 없었다. 코스티야는 이제 무엇을 해야 할지 알았다. 그는 배웠다. 주방에서 그의 움직임은 무척 확고하고 목적의식적이어서, 가드망제 담당이 리오에게 이 남자가 며칠 전 요리를 망치던 사람과 동일 인물이 맞느냐고 속삭일 정도였다.

끝맛을 촉발하는 데 실패하는 손님들이 여전히 종종 있었지만, 딱히 문제가 되지 않았다. 헬스 키친에서는 그런 일이 있으면 무척 괴로웠지만, 지금은 상황을 다르게 보았다. 일단 그가 설명하면, 고객들도 수긍했다. 그런 깨달음은 모라의 말에서 나왔다. **돌아오는 유령은 굶주린 유령들이야.** 돌아오는 유령들은 끝맺음을 하지 못한 유령들이었다. 여전히 평온함을 찾아다니는 부류였다. 고인을 느낄 수 없다면, 그가 배가 부르기 때문이었다. 만찬 경험으로서는 실망스럽더라도, 대체로 좋은 일이었다(그럼에도 기분을 달래주기 위해, 코스티야는 덤으로 디저트를 제공했다).

큰 그림은 그가 머릿속에서 그렸던 것보다 훨씬 단순했다. 만찬을 원한 유령들은 마치 코스티야가 두흐를 열기를 가까이에서 기다린 것만 같았다. 한시라도 빨리 넘어오고 싶어서 줄을 서 있었던 것만 같았다. 왠지 모르지만, 어쩌면 저세상에서 유명해졌는지도 몰랐다. 어쩌면 저세상에 그의 예약 시스템과 연결된 시스템이 있는 걸지도. 그는 한껏 우쭐해졌다. 어쩌면 저세상에서 이름이 알려져서 유령 신문에 실리거나 유령 바에서 이야기가 돌고 있는지도 모른다는 생각마저 들었다.

그리고(보너스로), 레스토랑을 연 이래로 나쁜 일이 일어나지 않았다! **어둠**이 누군가를 따라 경계를 넘어온 적도 없었다. 누가 누구를 해치러 오지도 않았다. 알고 보니 **줄은 없고 데이나만 있었다.** 그리고 모라도 내내 괜찮았고, 완벽하게 또렷한 의식을 유지했다. 얼마나 다행인가! 마침내, **마침내,** 그 모든 일을 겪은 뒤, 모든 일이 잘 풀리고 있었다.

금요일은 그 주의 마지막 영업일이었고, 토요일에 정식으로 문을 열기 전 마지막 시범 영업이었다. 거의 끝나갔다. 한 건의 노쇼(뻔뻔하기도 하지!)를 제외하면 내내 만석이었다. 주방은 마무리 단계였고, 설거지 담당은 비눗물에 팔꿈치까지 담그고 설거지를 했다. 빅 마이크는 소테 작업 구역을 빡빡 문질러 닦았다. 코스티야는 팀에게 전달할 메모가 있었다. 정규 메뉴에 포함시키고 싶은 새로운 끝맛들이었다. 행복한 춤을 부르는 삼겹살 바오 번, 오이피클과 앤초비, 센 불에 구운 참치, 체다 치즈를 꽉 채워 구운 감자(말하자면 니수아즈 샐러드의 더 섹시한 사촌 격).

"모두 모이세요!" 그가 말했다. "업데이트할 내용이 있어요. 내일은 개업일입니다. 하지만 먼저, 말할 게 있어요. 모두들 이번 주에 애썼습니다. 자랑스러웠어요."

"이 친구야, 아첨하지 마." 리오가 활짝 웃으며 말했지만, 그의 마음도 같다는 것을 코스티야는 알 수 있었다.

팀은 가드망제 주변에 모였다. 리오는 옆구리에 공책을 끼고 있었고, 몇몇은 여전히 수건에 손을 닦고 있었으며, 스테파니는 썩썩 쇳소리를 내며 조리대에서 칼을 갈고 있었다.

코스티야가 삼겹살 요리를 위한 재료 목록을 이야기하고 있는데, 안내원 앨리슨이 전력 질주로 계단을 내려왔다. 얼굴이 빨개지고 눈에는 두려움이 가득했다.

"왔어요!" 그녀가 숨을 헐떡였다. "그 노쇼 있죠? 《타임스》였어요! 그런데 지금 30분 내에 전체 메뉴를 내오래요." 그녀가 몹시 당황한 얼굴로 코스티야를 보았다. "그리고 셰프와 얘기하고 싶대요."

주방이 다시 펄펄 끓는 상태로 돌아갔고, 주방 직원들의 입에서 그 주의 다른 손님을 받을 때보다 훨씬 더 짜증스러운 말들이 나왔다. 코스티야는 깨끗한 셰프복의 단추를 채우고 계단을 올라갔다.

순수예술석사, 공인패스트리셰프, 우라지게 고맙네 같은 화려한 별명을 가진 댄 에반스는 호의적이지 않은 음식 비평가의 대명사였다. 셰프들을 울리고, 레스토랑들을 무릎에 엎혀놓고 매질하듯 호되게 망신을 주고, 대박 식당을 쪽박 식당으로 전락시키는 인물이었다. 그의 악평은 미드타운의 안젤리크와 부시위크의 미트마켓, 그리고 덕덕구스 체인 전체를 몰락시켰다(부디 그들이 상품화한 콩피라도 무사하기를). 게다가 그는 종업원들에게 못되게 구는 것으로 악명 높았다. 종업원이 공손한 태도를 유지하는지 보려고 일부러 그들을 막대하는 거였다. (2017년 6월 11일자 「아리아-레치타티보처럼」이라는 리뷰에 실린) 그의 말에 따르면, 종업원들이 "밥벌이를 위해 노래할 때 음정이 틀리지 않도록" 만들기 위해서였다.

빅토르의 홍보 담당은 코스티야에게 댄 에반스에 대해 사전에 설명해줬는데, 30분 내내 고개를 절레절레 흔들고 손을 떨며 '절대 하지 말아야 할 것들'을 경고했다.

"그자는 약점을 콕 찌를 거예요." 그녀가 알려주었다. "각오를 단단히 하세요."

코스티야가 4번 룸의 문을 열었을 때, 홍보 담당이 그에게 건네준 흐릿한 사진에서 보았던 댄의 얼굴을 알아보았다. 원래는 비평가의 얼굴을 모르는 게 정상이었지만(그들은 익명성을 유지하고 평범한 일반인처럼 식사를 하게 되어 있었다), 이 남자는 요식업계에서 워낙 악명 높아서 서로에게 경고하기 위해 사진을 돌렸다.

성격이 혐오스러울 뿐 아니라, 외모도 밥맛 떨어졌다. 작은 키, 땅딸한 몸집에 얼굴이 넓고 아래턱이 발달한 데다, 아래 눈두덩이가 튀어나와 있고 이마에 깊은 주름까지 잡혀 있었다. 코스티야는 옛날 여자친구(조금 마음이 아팠다)가 키우던 프렌치 불도그 프레디 머큐리가 떠올랐다. 다만 댄 에반스는 그 개처럼 귀엽지 않았고 친근하지도 않았다. 그는 값비싼 안경 때문에 부자연스럽게 확대된 작고 반짝이는 갈색 눈으로 코스티야를 살펴보았다.

"안녕하십니까, 선생님." 코스티야가 조심스럽게 말했다. "저와 이야기를 나누고 싶으시다고요."

"당신이…." 그가 인상을 찌푸렸다. "총괄 셰프요? 이것 참."

미셸이었다면 그런 모욕을 참아내지 않았을 것이다. 심지어 프랭키도 술 한 잔을 마신 상태라면 그를 쫓아냈을 것이다. 그러나 코스티야는 그저 고개를 끄덕였다.

"내가 누구인지 아시겠지요?" 댄이 물었다.

코스티야가 또 고개를 끄덕였다.

"그렇다면 적어도 내가 평가한 사람들 절반보다는 덜 멍청하겠군요." 댄이 안경을 벗어 어둑한 불빛 속에서 그것을 살펴보더니 다시 썼다. "나는 쓸데없는 소리를 좋아하지 않아요. 당신은요?" 그는 대답을 기다리지 않았다. "그럼 당장 본론으로 들어갈까요? 극찬하는 리뷰를 쓰지는 않을 겁니다. 내가 당신의 라타투이를 먹고 눈물을 흘리는 디즈니 영화 같은 해피엔딩이 되지는 않을 거란 얘기입니다. 내가 꼼수를 경멸한다는 걸 알아야 해요. 그래서 나는 이 레스토랑의 촌극에 참여하기를 거부합니다. 내가 여기 온 건 순전히 편집자가 그러라고 했고, 오늘밤은 싸우고 싶은 기분이 아니었기 때문이에요. 그래서 내 제안은 이래요. 정규 메뉴만 주문하고, '셰프의 맛'은 건너뛰는 겁니다. 미리 만들어두었다가 살짝 데운 음식을 먹고 나서 마치 고모할머니의 음식인 척할 생각은 없어요. 그리고, 다른 모든 기성 레스토랑을 평가할 때 사용하는 동일한 기준으로 두흐를 평가할 겁니다. 당신의 음식의 장점에 대해 말이지요."

코스티야는 이 경멸의 파도가 그를 휩쓸고 지나가도록 놔두었다.

"'셰프의 맛'은 미리 준비하지 않습니다. 주문과 동시에 만들죠. 영혼들이 내게 무엇을 먹여주느냐에 따라 다르니까요." 그가 신중하게 말했다.

"메뉴 얘기가 나와서 말인데." 댄은 코스티야의 말을 귓등으로도 듣지 않은 듯 계속 말했다. "아주 넓은 의미에서 말하자면 이건 어떤 종류의 요리라고 할 수 있겠습니까? 변형된 미국식?" 그가 검은 바탕에 은색으로 인쇄된 요리들의 이름을 정독했다. "가짜 일식? 일종의 지중해식 퓨전요리? 맙소사! 내 말은, 노선은 확실히 정해야지요."

코스티야는 뭔가를 부수지 않기 위해 자제력을 총동원해야 했다.

"두흐에서 제공하는 음식은 어느 하나의 요리 전통에 국한되지 않습니다. 저희는 사람들이 이별하는 것을 돕습니다. 그게 저희 요리이고요. 슬픔과 끝맺음요."

"**방금** 내가 쓸데없는 소리를 좋아하지 않는다고 말하지 않았나요?"

코스티야가 댄을 보았다. 체형에 맞게 재단된 단정한 흰색 셔츠, 옆에 놓인 (이미 펜촉에 독을 묻힌) 고급 만년필, 그리고 일부러 자신의 가장 고약한 모습을 부각시키는 듯한 표정. 그는 뭔가에, 누군가에게 상처 입었다. 코스티야는 그것을 볼 수 있었다.

"선생님의 상실이 안타깝습니다." 그가 천천히 말했다.

"무슨 상실이요?"

"두흐를 방문하는 손님들은 특별한 누군가를 잃은 분들입니다. 저로선 선생님도 그랬으리라고 가정할 수밖에 없군요, 에반스 씨."

"아닙니다. 우리 노인네가 5월에 돌아가시긴 했지만…." 그가 웃음을 터뜨렸다. "솔직히 말하면 오히려 속이 시원하거든요."

코스티야는 지금 그가 달리 보였다. 온갖 허세에도 불구하고, 댄은 자신과 같았다. 악다구니를 쓰는 아빠 없는 아이.

"알겠습니다. 저는 아버지를 잃고 더없이 지독한 외로움을 느꼈거든요. 정말 유감입니다."

"방금 말한 것처럼, 그건 뭐 대단한 상실이 아니에요." 댄이 반박했다. "이제 전채 요리로 뭘 권할 작정이지요? 딱히 매력적인 건 없어 보이지만."

그리고 그 순간 코스티야는 그 맛을 보았다.

불에 타고, 씁쓸하고, 불쾌한 맛. 그것을 먹게 될 사람과 마찬가지다. 한때 얇게 벗겨졌을 빵 껍질이 숯처럼 잘 부서지게 변했다. 먹을 수 없을 정도다. 시나몬 슈거의 흔적이 있지만 이 타서 부서지는 빵을 소생시키기에는 역부족이다.

"의견 감사합니다." 코스티야가 말했다. "몇 가지 추천 요리를 가져다드리겠습니다."

코스티야는 전력 질주로 계단을 내려갔다.

"미카! 급하게 사와야 할 게 있어! 필스베리 반죽. 크루아상으로. 거기서 파는 모든 종류를 다 가져와. 어서 가, 가, 가!" 그가 리오를 향해 얼굴을 돌렸다. "모든 오븐을 예열해요. 4분 50초. 재료를 태울 거예요." 그가 계단에 있는 서빙 책임자를 멈춰 세웠다. "그리고 마이키! 음식을 천천히 내가도록 해. 모두에게 말해. 한 번에 하나씩. **느릿느릿.** 끝맛에 맞는 요리가 준비될 때까지 여기 붙들어둬야 해."

댄 에반스는 차려진 음식을 딱 한 입씩만 먹었다. 스테이시 수녀의 버펄로 차우더 한 숟가락. 나마스테이하이의 정어리 샌드위치한 입. 볶은 사워크라우트를 곁들인 비엔나소시지와 베이징덕 라구, 딸기잼을 바른 빵 한 입씩. 그가 콩으로 만든 스파게티를 (냄새조차 맡지 않고) 옆으로 밀었을 때, 크루아상이 갈색으로 구워지기 시작했다.

코스티야는 시나몬 파우더와 설탕을 뿌리고, 계란 노른자를 붓으로 바른 뒤 오븐에 넣어 태웠다. 그리고 딱 알맞은 정도로 망치도록 2-3분마다 먹어보았다. 마침내 크루아상이 주문대로 까맣게 탔을 때, 그는 버터나이프로 오븐 팬에서 하나를 떼어내어 댄에게 직접 가져갔다.

"뭐야. 이건 정말로 완전 개판 아니요?" 댄이 눈을 가늘게 뜨고 접시를 보며 물었다.

"태운 크루아상입니다. 아버님께서 보내신 걸로 짐작됩니다. 그분께서 문을 두드리고 계십니다. 그 문을 열지는 선생님께 달려 있습니다." 코스티야가 돌아 나가려다가 덧붙였다. "아, 참고로 말씀드리자면, 저는 맛을 좋게 하기 위해 끝맛을 조절하지 않습니다. 때로 영혼들의 맛은 쏠쏠하기도 하거든요. 그들이 돌아오기 위해 필요한 음식, 그게 제가 만드는 음식입니다. 새까맣게 탄 빵 껍질까지도요."

코스티야는 홀에서 지켜보았다. 리오도 옆에 있었다. 한동안 아무 일도 일어나지 않았다. 다른 손님들은 열광하고 감격하며 떠났고, 이제 마지막 룸만 어둠 속에 남았다. 댄 에반스는 무엇을 믿고 싶은지를 결정하는 중이었다.

수은 유리로 둘러싸인 룸이 빛으로 폭발하며 홀이 불붙은 듯 주황빛 섬광에 휩싸이자, 리오는 한쪽 팔을 코스티야의 목에 둘렀다.

"이런, 정말 기막힌 일이군." 그가 말했다. "이제 그 무엇도 너를 막을 수 없을 거야."

코스티야는 자정이 지나도록 그런 고양된 기분을 이어갔다. 그는 주방에 혼자 앉아 있었다. 다음날 대망의 개업을 앞두고 좀 쉬라며 직원들을 집으로 보내서(농담해? 술집에 갔을 게 뻔하다), 레스토랑은 텅 비어 있었다. 그는 조금 전에 준비해둔 거품이 이는 두 개의 유리 잔 중 하나로 샴페인을 길게 홀짝이고, 그 옆에 있는 비닐봉지를 열었다. 안에는 리세스의 피넛버터 컵 열두 개가 들어 있었다.

모라가 그를 만나러 오고 있었다.

"레스토랑을 구경시켜주고 싶어." 그는 그녀에게 말했다. "그냥 우리끼리. 사람들한테 공개되고 정신없어지기 전에 말이야. 당신에게 모든 걸 보여주고 싶어."

"나도 보고 싶어 죽겠어. 그럼 당신의 환상적인 주방에서 먹는 거야?"

"물론이지. 당신한테 메뉴를 전부 맛보게 해주고 싶어. 그리고…." 그가 말을 하려다가 멈추었다. "깜짝 놀래줄 일도 있어."

코스티야가 집으로 돌아가서 자신을 기다리고 있는 모라를 발견했던 그날, 그는 결심했다. 그들은 이제 막 사랑의 희열을 경험했다. 사랑을 고백하고, 고백을 받아들이고, 사랑을 나누고. 그것은 그가 그동안 기다리고 갈망해온 비길 데 없는 감정이었다. 그런데 그 순간 바로 그 방에 에벌리가 나타났다. 그건 사실상 그들의 침대에 기어 올라온 것과 다를 바 없었다.

동생의 유령이 붙들고 있는 한, 모라는 절대 자유로울 수 없었다. 그도 결코 자유로울 수 없었다. 모라가 안전하다고 확신할 수 없었다. 죽음이 바로 길모퉁이에서 도사리고 있다가 그들의 행복을 위협하는 건 아닐까 하는 불안을 떨쳐버릴 수 없었다. 자신과 모라가 정말로 단둘이 있다는 확신조차 가질 수 없었다.

그러나 그에게는 상황을 바꿀 힘이 있었다.

그는 에벌리를 다시 돌려보낼 셈이었다. 모라와 동생에게 끝맺음할 기회를 한 번 더 줄 셈이었다. 성공할지는 확신할 수 없었다. 그가 부활시킨 몇몇 유령들은 단 한 번밖에 올 수 없는 것처럼 말했다. 그러나 그런 유령들과 달리, 에벌리는 아직 이곳에 있다. 여전히 그에게 끝맛을 보내고 있다. 기회를 한 번 더 갖고 싶다는 신호가 아니라면 대체 무엇인지 알 수 없었다. 그래서 그는 마음을 먹고 리세스를 사두었다. 필요한 것은 모두 준비되었다.

모라의 허락만 빼고 말이다.

모라가 에벌리를 불러오기 전에 얼마나 망설였는지, 그녀가 얼마나 비밀스러우며 이 문제를 공개하기를 얼마나 꺼리는지를 고려하면, 어느 정도 설득이 필요할지도 몰랐다.

코스티야는 조리대 주변을 긴장한 채 서성이며 계속 바쁘게 일하려고 노력했다. 차려 낼 음식을 이렇게 저렇게 배열해보고, 식료품 저장실에서 재료를 꺼냈다가 다시 집어넣고, 튀김기에 기름을 추가하고, 식재료를 씻었다. 그런 뒤 샴페인 잔을 다시 채우고 조금 더 마셨다. 긴장 때문에 땀에 흠뻑 젖은 셔츠를 갈아입고 있는데, 모라가 한 블록 전이라는 문자를 보냈다.

"멍청한 스타일리스트. 단추가 너무 작잖아." 그가 단춧구멍을 더듬어 찾으며 투덜댔다.

그는 오늘밤 일이 잘 풀리기를 바랐다. **반드시** 그래야만 했다. 만약 모라가 유령들로부터 안전하게 자신의 곁에 있고, 성공적으로 두호의 개업일을 맞이할 수 있다면, 자신이 요리계를 평정하고 산 사람과 죽은 사람 모두를 도울 수 있다면, 그건 그가 꿈꿔온 모든 것이 될 터였다.

그러면 마침내 오랫동안 기다려온 일을 할 수 있을 터였다. 라이브러리 오브 스피리츠에 처음 유령이 나타났을 때부터 계속 갈망해온 것.

바로 아버지를 불러오는 일이었다.

도착했어. 모라가 메시지를 보냈다. 코스티야는 목구멍 뒤에서 올라오는 초콜릿의 맛을 꿀꺽 삼키고 그녀를 맞이하러 갔다.

卌

젠장, 난 이 부분이 싫어.

심호흡을 하자. 그래.

나는 또 당신과 잠을 잤어. 기회가 있을 때마다.

그리고 사후세계에 갔어.

미식 투어를 계속 주시했지.

더 많은 영혼이 모였어. 무척 많이. 그들은 초조하게 어서 시작하기를 갈망했지. 나는 조만간 에벌리가 그곳에 나타날 거라고 생각했어. 그 투어에 말이야. 에벌리를 찾기에는 정처 없이 사후세계를 찾아다니는 것보다 나은 방법처럼 보였어.

하지만 지연이 생겼어. 프랭키는 계속 출발을 미뤘지. 그는 당신이 초기에 경험한 끝맛들을 소개하고, 당신이 이 영혼들을 어떻게 불러왔는지 설명했어. 하지만 누구도 더는 그러지 못했지. 아직까진.

그는 당신을 기다리고 있다고 말했어. 유령들의 레스토랑을.

오래지 않아 나는 그 레스토랑이 바로 두흐라는 걸 깨달았어.

그래서 당신을 부추겼지. 빅토르가 비열한 인간인 걸 알면서도 그를 향해 당신을 떠밀었어. 위험하다는 걸 알면서도 죽음의 세계를 향해 당신을 떠밀었어. 주방을 향해 떠밀었어. 주방에 있는 당신이 필요했으니까. 하지만 그 일은 충분히 빠르게 진행되지 않았어.

그러다가 내 허기가 방향을 틀었지.

당신이 옆에 없을 때는 갈망이 더 심해졌어. 그 갈망은 나를 산 채로 집어삼키고 죽음을 향해 손을 뻗고 죽음을 요구했지. 혼자 있는 게 무서웠어. 집에 잠자러 가는 것도. 내가 패스트리를 들고 나타난 날, 나는 비명을 지르며 깨어났어. 허기의 고통이 너무도 날카롭고 강해서 깨어나려고 안간힘을 써야 했지. 눈을 감으면 다시 뜨지 못할까 봐 두려웠어. 내가 꿈을 꾸는 동안 허기가 나를 데려갈까 봐.

나는 투어를 기다릴 수 없었어. 당신의 레스토랑도.

뭔가를 해야 했어. 지독한 허기를 멈추기 위해.

그래서 에벌리를 돌아오게 해달라고 당신에게 사정했지.

그때 말했어야 했어. 에벌리가 돌아왔을 때 말한 모든 것을.

그 애의 허기가 내 탓이라는 것. 나의 허기가 그 애의 허기라는 것. 놓아주지 않으면, 사랑하는 사람을 허기지게 한다는 것을. 허기는 마지막 작별인사를 갈망하기 때문에, 우리를 서로를 향해 끌어당긴다는 것. 당신의 모든 유령이 원하는 것도 바로 그거라는 것을.

에벌리는 허기를 채우기 위해 우리가 할 일은 서로를 놓아주는 거라고 말했어.

그래서 우리는 그렇게 했지.

하지만 에벌리가 사라졌는데, 나는 여전히 포만감을 느끼지 못했어. 여전히 허기를 느낄 뿐이었지. 굶주릴 뿐이었어. 그때 정신을 차렸어야 했는데. 짐작을 했어야 했는데. 당신이 하고 있는 일이 뭔가 잘못되었다는 것을. 하지만 나는 내가 문제라고만 생각했지. 내가 죽었던 순간들. 나의 모든 나쁜 결정. 나는 다른 모든 것을 망쳐놓았으니, 이거라고 망치지 않는다는 보장이 있을까 싶었어.

허기를 채울 다른 방법을 찾아야겠다고 생각했어. 그렇게 하면 괜찮아질 거라고, 에벌리는 이제 안전하다고. 무엇보다 내게는 아직 당신이 있다고 말이야.

그리고 두어 주 뒤에, 나는 이승과 저승 사이의 경계막을 넘기 시작했어.

경고도 없이, 내 의지와는 상관없이 벌어졌어. 카드를 읽는 도중에. 게임을 하다가. 오페라가 있던 그날 밤에.

허기가 내가 잠잘 때 시작한 것을 마무리 지은 것 같았어. 나를 경계막 너머로 잠시 끌고 갈 방법을 찾은 것 같았어.

그래서 내가 뭘 봤는지 알아? 사후세계는 엉망진창이 되어 있었어. 푸드 홀에 있는 음식이 불타고 있었어. 매점은 닫혀 있거나 누구도 먹지 않을 음식만 조리되고 있었어. 프랭키의 투어에 참가한 영혼들은 언제라도 폭주할 것처럼 날뛰었어.

우리 세계에서도 징후가 있었어. 저세상의 곰팡이가 퍼지는 것 같았어.

곳곳이 차가운 당신의 아파트. 깜빡이는 조명. 말썽을 일으키는 온도 조절 장치. 아무 이유 없이 썩어가는 음식. 당신의 냉장고. 고장난 게 아니야, 스탄. 귀신이 붙은 거야.

병원에서 당신이 에벌리의 맛을 본다고 말했을 때, 나는 당신의 끝맺음이 진짜 끝맺음이 아니라고 생각하기 시작했어. 어쩌면 에벌리가 사실 다음 세상으로 떠나지 못했기 때문에, 당신이 다시 그 애의 맛을 보고 있는 거라고. 다만, 그게 사실이라면, 한 가지 의문이 있었어. 그 애는 대체 어디에 있는 걸까? 사후세계로 돌아간 걸까? 아니면 다른 곳으로? 더 나쁜 곳으로? 그리고 당신이 불러온 모든 유령은 어디에 있는 걸까?

오늘 아침, 나는 답을 알아냈어.

여기야, 스탄. 그들은 아직 여기 있어.

그들은 떠나지 않았어.

상하기 쉬운 것들

모라 엘리자베스 스트럭은 떨리는 손가락으로 매끈한 검은색 문에 새겨진 글자를 더듬었다. **두호.** 용서할 수 없을 만큼 멍청한 상호. 그럼에도 그녀는 그 글씨에서 살아 있는 서리 같은 기운을 느낄 수 있었다. 그 안에서 불안한 영혼이 소용돌이치고 있는 것 같았다.

아니면 그냥 그녀의 맥박이었을지도.

머리가 핑 돌았다. 어지러웠다. 더웠다. 온몸이 떨렸다. 링컨 센터의 메트로폴리탄 오페라 하우스 계단에서 쓰러지기 직전과 똑같은 느낌이었다. 저혈당. 반쯤 죽은 상태.

너무나 배가 고팠다.

그녀는 문을 열고 몸속처럼 어둡고 서늘한 로비로 들어가서 콘스탄틴이 만나자고 말한 안내 데스크 옆에서 기다렸다. 걸을 때마다 그녀의 하이힐 소리가 바닥에 울려 퍼졌고, 흰색 실크 스커트가 모든 반짝이는 표면 위로 유령처럼 소용돌이쳤다. 그녀의 얼굴도 거울 같은 유리 표면에 유령처럼 비추었다.

그녀는 넋을 잃고 그 공간을 바라보았다.

두흐는 숨이 막힐 만큼 멋졌다. 디자이너들이 꿈꿀 만한 곳, 건축가들이 흥분할 만한 곳이었다. 그러나 모라는 그것이 그녀에게 주는 느낌, 그것이 의도적으로 주려는 느낌을 떨쳐버릴 수 없었다. 바로 죽음과 영혼들에 둘러싸여 있는 느낌. 그리고 너무 얇아서 무심결에 저세상으로 넘어갈 수 있는 경계막에 둘러싸여 있다는 느낌이었다.

안 돼. 꿈도 꾸지 마. 그녀는 스스로에게 경고했다.

입술을 깨물고 가볍고 투명한 커튼을 살펴보았다. 그것은 바닥에 비친 그녀의 모습 위로 둥둥 떠 있었다. 마치 유령의 회랑 같았다.

유령의 바다 같았다.

모라는 꿀꺽 침을 삼켰다.

이렇게 사태가 걷잡을 수 없게 된 것은 그녀의 탓이었다. 그녀는 콘스탄틴과 무책임하게 엮였다. 너무 부주의했다. 그것도 고의적으로. 그녀는 모든 반대와 망설임과 경고를 애써 무시했다. 처음에는 자신의 이유 때문에, 그러나 나중에는 그를 사랑하게 되었기 때문에. 그리고 지금 그것이 그녀의 발목을 잡았다.

앞으로 닥칠 일을 멈추고 싶다면 다른 선택의 여지가 없었다.

오늘밤에 모든 것을 말해야 했다.

어쩌면 이미 너무 늦었을지도 몰랐다.

"가만히 있어." 콘스탄틴의 목소리가 어둠을 뚫고 나왔다. "내 레스토랑에 서 있는 당신의 모습을 그대로 기억하고 싶어."

그녀는 그의 묵직하고 따뜻한 시선을 느끼고 돌아섰다.

그는 문가에서 보고 있었다. 뒤에 있는 검은색 벨벳을 배경으로, 그의 흰색 셔츠가 환하게 빛났다. 짙은 색 머리가 헝클어진 채로, 그

는 눈을 크게 뜨고 그녀의 모습을 음미하며 바라보았다. 그는 이곳
에서 물 만난 물고기 같았다. 아름다웠다.

　그가 환하게 웃자, 그녀는 가슴이 요동쳤다. 자신을 움켜쥐고 있
는 허기로부터 순간적으로 해방되는 듯했다. 자신을 바라보는 그의
눈빛을 보는 순간, 어쩌면 모든 일이 잘 풀릴 것만 같았다.

　"자, 어떻게 생각해?" 그가 말했다.

　"스탄, 이곳은…." 그녀가 한 바퀴 빙 돌았다. "현실 같지가 않아."

　"오늘밤은 겸손하게 굴 생각이었는데, 겸손은 개뿔. 정말 대박이
지?" 그가 그녀를 향해 걸어왔다. 그의 들뜬 웃음소리가 벽면에 부
딪쳐 울려 퍼졌다. "두흐에 온 걸 환영해."

　"아, H는 묵음 아니었어?" 그녀가 놀렸다.

　"그건 빅토르한테 따져봐."

　"셰프님과 직접 얘기하고 싶은걸요."

　그녀가 하이힐을 신은 채로 까치발을 하고 그를 껴안았다. 전율
이 등줄기를 타고 올라왔다. 그에게 입을 맞추자 안도감이 발끝까지
퍼졌다. 손과 팔의 떨림도 잦아들었다. 마치 해독제처럼.

　허기는 콘스탄틴을 사랑했다.

　그의 손이 그녀의 허리를 감쌌다. "배고파?"

　그녀는 그에게서 떨어지는 것이 고통스러웠고, 자신이 곧 꺼내려
는 말을 생각하자 가슴이 철렁 내려앉았다. 그런 아픔과 기분을 억
누르기 위해, 자신이 낼 수 있는 가장 밝은 목소리로 말했다.

　"배야 항상 고프지."

　그는 그녀를 칵테일 라운지와 홀로 안내했다. 그들이 지나가는

모든 개인 룸이 깨끗하고 어두웠고, 사후세계와 애플 스토어가 결합된 듯한 독특한 미감이 절정을 이루었다. 그를 따라 계단을 통해 주방으로 내려가는 동안 예상하긴 했지만, 막상 주방을 실제로 보니 숨이 턱 막혔다.

"시간을 거슬러 올라간 것 같네." 그녀의 시선이 아치형 천장과 음각 유리, 예스러운 창문들로 꽉 채워진 벽을 훑었다.

"알아! 이게 내 주방이라는 게 아직도 믿기지 않아. 문에 새겨진 내 이름 봤어? 여기, 여기 앉아."

그가 그녀를 스테인리스 스틸 조리대에 배치된 바 의자로 이끌었다. 거품이 올라오는 투명한 샴페인이 담긴 두 개의 홀쭉한 유리잔이 기다리고 있었다.

"이곳에 온 당신을 위하여." 그가 그녀에게 잔을 건네며 말했다.

"우리를 위하여." 모라가 잔을 들었다. "함께 있음을 위하여."

그들은 잔을 부딪치고 홀짝인 뒤, 정확히 동시에 말을 꺼냈다.

"함께 있는 얘기가 나왔으니 말인데…."

"당신한테 할 말이 있어…."

그가 웃으며 한쪽 손을 들었다. "내가 먼저 하면 안 될까? 부탁이야. 힘들게 용기를 냈는데 용기가 사라질까 봐 두려워서 그래."

모라는 허기 속에서도 정신을 집중할 수 있을 만큼 입술을 세게 깨물었다. "그래."

"좋아." 그가 숨을 들이쉬었다. 칼라 아래쪽의 목이 빨개졌다. "사랑해, 모라. 나는 당신과 모든 걸 공유하고 싶어. 내 인생 전체를. 오늘밤 당신을 여기 부른 건 두흐도 당신과 공유하고 싶어서였어." 그가 주방을 향해 한쪽 팔을 뻗으며 말했다. "놀래줄 일이 있어. 하지만 사실 그건 묻고 싶은 일에 더 가까워."

모라는 가슴이 쿵쾅거렸다. 혹시 동거를 하자는 걸까? 결혼식? 함께하는 삶? 그녀도 바라는 것들이었다. 언젠가 그하고, 오직 그하고만 하고 싶었다. 하지만 지금은 불가능해 보였다.

"그리고 당신이 이야기하지 않은 과거의 사연이 있다는 걸 알아." 그가 계속 말하면서 비닐봉지를 조리대 위에 올려놓았다. "하지만 그래도 무섭지 않아. 이 문제를 많이 생각해봤어. 그리고 난 돕고 싶어. 당신이 꼭 필요한 끝맺음을 했으면 해. 과거를 놓아버리고 앞으로 나갔으면 해." 그가 봉지로 손을 뻗어 리세스 컵 하나를 꺼냈다. "에벌리로부터, 에벌리의 죽음이 당신에게 미치는 영향으로부터 자유로워졌으면 해. 그래서 에벌리를 다시 불러와야 할 것 같아. 오늘 밤. 에벌리의 유령을 최종적으로 포기하는 거야. 같이 할 거지?"

모라는 창백해졌다. 그녀가 무엇을 상상했건, 이것은 아니었다. 에벌리를 다시 불러내는 것은 그들이 해야 할 일의 정반대였다. 애초에 그들을 이 아수라장에 빠뜨린 것이 바로 그거였다.

"못해." 그녀는 숨이 막혔다.

"아니 우린 할 수 있어."

"스탠, 당신은 이해 못해…."

"아니, 이해해." 그가 부드럽게 말했다. "무서운 일이야. 하지만 나를 믿어도 돼. 난 괜찮을 거야. 난 정말로 어떻게 하는 줄…."

"괜찮지가 않아!" 그녀가 소리쳤다. "상황이 얼마나 망가졌는지 자기는 몰라!"

"무슨 말을 하는 거야?"

"우리가 망쳐놨어, 스탠. 자기랑 내가. 되돌리고 싶은 게 너무 많아.”

그가 조리대를 돌아 천천히 다가왔다. 마치 그녀가 놀라서 달아날까 두려운 것처럼.

“모라? 무섭게 왜 그래.”

그녀는 그를 보며 눈을 깜빡였다. 얕은 호흡이 뜨겁고 빨라졌다.

“할 말이 있어.”

“모든 남자가 무서워하는 말이네.”

“당신이 불러낸 유령들에 관한 얘기야. 사후세계에 관한. 많은 것에 관한.” 그녀가 눈을 깜빡이자 굵고 뜨거운 눈물이 얼굴을 타고 흘러내렸다. 그녀가 손바닥으로 눌러서 눈물을 도로 넣으려 했다. “자기도 앉는 게 좋겠어.”

그가 그녀 옆으로 의자를 끌고 가서 앉았다.

“음, 됐어?”

“내 말을 듣기만 해줘.” 그녀가 말했다. “부탁이야.”

“난 어디도 안 가.”

“맙소사. 자기가 다 알게 되어도 여전히 그렇게 말할까?” 그녀가 고개를 저었고, 눈물이 얼굴 전체로 퍼졌다. “아니, 그건 중요하지 않아. 그냥 내가 털어놓게만 해줘. 전부 다.”

그 순간 6호선 열차가 쏜살같이 지나가며, 그들을 유령 같은 빛으로 감쌌다.

그녀가 말을 시작했다. “내가 처음 죽었을 때, 그건 사고였어.”

삼키기 힘든 것

모라는 그에게 모든 것을 말했다.

자신이 어떻게 죽었는지. 어떻게 돌아왔는지. 처음은 사고였고 두 번째는 선택이었으며 세 번째는 실수였다는 것. 어떻게 극심한 허기가 생기게 되었는지. 그리고 그 어떤 것도 허기를 채울 수 없었다는 것까지.

그녀는 에벌리에 대해 말했다. 그리고… 푸드 홀에 대해서도. 그리고 사후세계의 **프랭키**에 대해서도. 농담을 하는 걸까? 프랭키가 망자들을 위한 무슨 투어를 운영한다고 했다. **코스티야**에 관한 투어라니. 그 투어라는 것은 두흐와 관련이 있는 게 분명했다.

코스티야는 머리가 빙빙 돌 것 같았다.

그는 아연실색한 얼굴로 듣고 있었다. 무슨 할 말이 있는 것처럼 입을 조금 벌렸지만 숨이 멎을 것 같아 아무 말도 하지 못했다.

그녀가 세욘세와 '마지막 의식'에 대해 말하고, 어떻게, 그리고 왜 그와 처음 잠자리를 갖게 되었는지를 고백할 때, 그는 차갑게 입술을 일자로 꽉 다물었다.

자신을 보는 그의 눈빛, 상처 입고, 무너지고, 마치 자신을 처음 보는 듯한, 다시는 보고 싶지 않아 하는 듯한 눈빛 앞에서, 모라는 계속 말하기가 너무 힘들었다. 이야기를 멈추고 무릎 꿇고 용서해달라고 빌고 싶었다. 하지만 시간이 없었다. 지금은 그녀의 감정보다 더 중요한 것, 두 사람의 관계보다 더 큰 것이 있었다.

그녀의 이야기가 오페라 하우스와 관련된 대목에 이르렀을 때(그녀가 어떻게 경계막 너머로 굴러 떨어졌는지, 어떻게 뭔가 잘못되고 있다는 것을 인식하게 되었는지), 그는 위험한 눈빛을 번뜩이며 고개를 저었다.

분노. 불신. 혐오.

마침내 이야기가 그날 아침에 있었던 일에 도달했을 무렵, 모라는 몸의 떨림을 멈출 수 없었다.

"그들은 아직 여기 있어, 스탄. 떠나지 않았어." 그녀는 목소리의 떨림을 진정하려 애썼다. "자기 주방에, 천장에. 유령들, 수십 명의 유령이 있어. 그들은 배만 고픈 게 아냐. 그들은 차원이 달라. **다른** 존재야. 그들은 여기 갇혀 있어. 원래의 자리로 돌아갈 수 없어. 그리고 모두들 함께 모여 있는 거 같아. 경계막에 뭔가를 하고 있어. 이제는 경계막이 거의 없어졌어. 그래서 내가 넘나들고 있는 거고."

그녀는 말을 멈추고, 아침에 커피를 마시다가 머그 잔 속에 비친 얼굴들을 본 일을 떠올렸다. 깜짝 놀란 그녀가 잔을 떨어뜨려 깨뜨리자, 그 얼굴들이 산산조각 났다. 그녀가 눈을 들었을 때 그들이 너덜너덜한 경계막을 뚫고 나가기 위해 몸부림치며 밀고 당기고 갉아내고 있었다. 그 순간 그녀는 자신의 시간이 다 되었음을 깨달았다. 더 이상 혼자서는 이것을 바로잡을 수 없음을.

"당신 도움이 필요해, 스탄."

그녀가 그를 보자, 그는 눈을 돌렸다.

"도움받을 자격이 없다는 거 알아." 그녀가 부드럽게 말했다. "내가 솔직했어야 했어. 자기한테 처음부터 다 말했어야 했어. 하지만 너무 창피했어. 내 허기가. 내 여동생이. 그리고 우리가 시작하게 된 방식이. 내가 상황을 통제하지 못하고 단 한 번의 올바른 결정도 내리지 못한 것이."

한마디 한마디 할 때마다 그녀의 목소리가 점점 가늘어졌고, 마치 유리잔처럼 금방이라도 부서질 것만 같았다.

"내가 나약했어, 스탄. 그리고 이기적이었어. 내가 너무 많이 망쳐 놨어. 사실 뭘 하려고 한 건지도 모르겠어. 나 혼자 상황을 처리하는 거? 도움을 구하지 않는 거? 언니 노릇을 하는 거?"

모라는 갈라진 목소리로 반은 웃고 반은 흐느끼며 말했다. 그는 여전히 그녀를 보려 하지 않았다.

"그리고 그때 우리 관계가 시작됐어. 우리가 처음에 어떻게 시작 했든, 그건 **진짜**였어. **지금도** 진짜고. 난 그저 자기가 행복하기를 원했어! 꿈을 좇기를 원했어. **여기에** 이르게 되기를."

그녀가 주방을 둘러보았다. 불빛은 이제 더 어두워졌고 공기는 어둠처럼 차가웠다. 모든 마법이 사라졌다.

"지금에서야…." 그녀가 고개를 저었다. "당신은 더 이상 유령들을 불러와선 안 돼. 우리가 어떻게든 경계막 문제를 해결해야 해. 유령 들을 원래 자리로 돌려보내야 해. 프랭키가 그 투어를 멈추게 해야 해. **제발.**"

머리 위에서 그들을 비추는 전구가 깜빡였다.

위안을 빼앗는 음식

두흐의 주방에서, 콘스탄틴은 숨 쉬는 것을 잊지 않으려 애썼다.

마치 급속 냉각된 것처럼 사지에 감각이 없었고 격렬한 고통에 몸이 떨렸다.

"스탄?" 모라의 얼굴이 눈물로 얼룩졌다. "뭐라고 말 좀 해봐."

그가 고개를 저었다.

그가 생각한 오늘밤은 이런 모습이 아니었다. 그들은 축하를 하고 있어야 했다. 그는 오늘 에벌리를 다시 불러와서 모라에게 끝맺음을 하게 해주고, 잘못된 일을 바로잡을 생각이었다. 자신의 주방에서 로맨틱한 저녁을 먹고, 남은 시간 동안 레스토랑 구석구석을 '축복'할 생각이었다.

그런데 대신 그녀는 그의 심장을 찢어 믹서기에 던져 넣었다.

그녀는 그에게 손을 뻗었지만, 그는 마치 뜨거운 스토브에 반사 반응을 보이듯 빠르게 몸을 뒤로 뺐다.

"콘스탄틴." 그녀가 속삭였다. "미안해. 정말 미안해. **제발**⋯. 그냥 어떤 느낌일지, 얼마나 복잡한지 이해하려고 노력해줘."

그 순간 그의 안에서 뭔가가 터졌다. 그의 입 전체에 어떤 맛이 퍼졌다. 끝맛이 아니라 기억이었다. 배신. 파인솔.

"아, 완벽하게 이해했어." 그가 날카롭게 말했다. "당신은 나를 이용했어. 나를 유혹하고. 당신이 원하는 것을 얻기 위해 나와 잤어. 몇 달 내내 당신은 내가… 바보천치처럼 당신이 나를 정말로 사랑한다고 믿게 만들었어! 그리고 이제 유령과 경계막이 잘못됐다면서, 그게 내 탓이라고 하네? 그리고 프랭키? 그런데 그 친구는 죽었으니 그 친구의 생각은 알 길이 없고. 요약하면 그런 거잖아?"

"그런 게 아니야." 그녀는 쓰러질 것만 같았다. "정말 뭔가 잘못됐어. 난 그들을 **봤어**. 그리고 난 당신을 **정말로** 사랑해."

"헛소리." 그는 자리에서 벌떡 일어났다. 몸속이 온통 가렵고, 토할 것처럼 메스꺼운 기분이었다. "내가 아니라 배고프지 않은 상태를 사랑하는 거겠지. 자기 자신을 사랑하는 거고. 내 바지를 벗길 때마다 사후세계로 무임승차할 수 있는 게 좋은 거라고."

"아냐, 콘스탄틴! 처음에는 그랬을지 모르지만, 지금은 아냐! 난 당신한테 빠졌어. 그렇지 않았다면 일이 훨씬 더 쉬웠을 거야."

"이젠 쉬운 길로만 가면 되겠네. 잘됐군."

그는 조리대 주변을 돌며 분풀이하듯 거칠게 접시와 샴페인 잔을 치웠다. 계속 바쁘게 움직이기 위해. 그녀를 보지 않기 위해.

모라는 조리대 가장자리를 붙잡고 몸을 지탱했다. 손바닥에 닿은 스테인리스 스틸이 얼음장처럼 느껴졌다.

"쉽지 않았어. 어느 것 하나도. 나는 상황을 되돌리기 위해 무슨 짓이든 할 거야." 숨 쉬기가 힘들었다. 공기가 모자란 것 같았다. "허기가… 내게서 너무 많은 것을 앗아갔어…."

콘스탄틴이 젖은 행주로 조리대를 쿵 내리쳤다. 그 소리가 너무 커서 그녀는 화들짝 놀랐다.

"그래? 20년이 넘도록 죽은 사람들의 맛을 보는 것만큼 힘들었어? 알 수 없는 맛이 나타날 때마다 자신이 미쳤다고 생각하는 것만큼? 각종 피해망상과 불신은 말할 것도 없어. 그런데 고통을 겪은 건 당신뿐인 것처럼 말하네. 적어도 당신은 그런 일을 당할 만한 짓을 하기라도 했지. 그런데 내 입에 나타난 현상은 그냥 나에게 일어난 거야." 그는 리세스가 든 비닐봉지를 거칠게 잡아 통째로 쓰레기통에 던져 버렸다. "이제 가봐, 모라."

"제발." 그녀의 목소리가 가냘팠다. "당신이 나를 믿어줘야 해."

"이제 뭘 믿어야 할지 모르겠어." 그가 분풀이하듯 조리대를 박박 문질러 닦았다. 조리대 표면에 비친 흐릿한 얼굴이 자신을 노려보고 있는 것 같았다. "하지만 지금은 당신을 똑바로 볼 수 없어."

"유령들은 어쩌고?"

"유령이 뭐 어쨌다고?" 그의 턱에서 핏줄이 꿈틀거렸다. "아직 아무 문제 안 생겼잖아. 그래, 정보 고마워. 시간 나면 생각해볼게."

"그냥 **생각해보는 것**으로는 안 돼. 경계막에 구멍이 났다고! 우리가 뭔가를 해야 해."

"**우리**는 없어, 모라. 그리고 지금 **내가** 해야 할 일은 개업에 집중하는 거야." 그가 계단을 가리켰다. "그냥 여기서 나가줘."

"스탄." 그녀는 발꿈치에 힘을 주고 비틀거리며 일어섰다. "화났다는 거 알아. 너무 화가 나서 어쩌면 나를 결코 용서할 수 없을 거야. 하지만 이건 우리 문제보다 큰 문제야. 레스토랑을 열어서는 안 돼. 더 이상 유령들을 불러와선 안 돼. 약속해줘."

"와아." 그가 조그맣게 억제된 웃음을 웃었다. "그래, 이것마저 빼앗으려는 거야? 요리? 유령을 불러오는 것? 그건 이제 내게 남은 유일한 의미야. 유일한 진짜지."

"나도 진짜야!" 그녀의 목소리가 갈라졌다. "하지만 당신은…."

"나한테 이래라 저래라 하지 마."

6호선 열차가 또 다시 지나가며 주방에 깜빡이는 빛을 비추자, 모든 것이 느린 스톱 모션처럼 보였다. 모라는 눈물을 흘리며 플랫폼을 내다보았다. 섬광 속에서 그녀의 눈물이 다이아몬드처럼 빛났다. 갑자기 그녀의 표정이 바뀌었다.

"그거 봤어?"

"뭘 봐?"

그녀가 열차를 가리키고 주방을 가로질러 창가로 달려가서는 유리창에 얼굴을 들이댔다.

"도대체 무슨…."

"이 창문들 열려?" 그녀가 헐떡이며 물었다.

"나도 몰라. 아마 아닐…."

그러나 그녀는 이미 걸쇠를 억지로 비틀어 열고 있었고, 날카로운 소리와 함께 창문이 열렸다. 그녀는 그를 향해 손을 뻗었다.

"이리로 와봐." 그녀가 말했다. "나를 못 믿겠다면, 자기 눈은 믿겠지. 방금 열차에 탄 에벌리를 봤어."

코스티야는 움직이지 않았다.

그의 일부분, 짜증스럽게도 모라를 여전히 사랑하고, 언제나 사랑할 그의 작은 일부분은 그녀가 있는 곳으로 달려가고 싶었다. 그녀를 품에 안고 싶고, 그녀를 용서하고 싶었다. 그녀가 자신을 정말로 사랑한다고 믿고 싶고, 유령에 대한 이야기를 포함해서 그녀가 한 모든 이야기가 사실이라고 믿고 싶었다. 그냥 모든 것이 다시 괜찮아지기를 바랐다.

그러나 그의 다른 일부분, 바보가 되고 싶지 않은 일부분은 그녀가 대체 어떤 종류의 문제에 말려들고 있는 건지 궁금했다. 정확히 어떻게 에벌리가 열차에 탄 걸까? 에벌리는 그가 전부터 의심한 것처럼 위험한 존재가 맞을까? 모라가 현명한 판단을 내리는 스타일은 아니었다. 그리고 뭔가 잘못된다면, 혹시 에벌리가 모라를 해치기라도 한다면, 그 책임이 자신에게 있는 게 아닐까? 자신이 지금 그녀를 혼자 보낸다면 말이다.

하지만 그의 대부분, 즉 이런 내적인 논쟁에서 이긴 부분은 여전히 너무 멍하고 너무 쓰라리고 너무 화가 나서, 그녀를 따라 뉴욕시 대중교통의 지하 깊은 곳에서 유령을 찾는 건 고사하고 그녀와 같은 공간에 있기도 어렵다는 거였다. 그녀는 그에게 거짓말을 했다! 그를 이용했다. 그의 깊은 곳에 있는 취약함을 먹잇감 삼았다. 그의 마음속 깊이 존재하는 사랑받고 싶은 간절한 욕망을 알아보고, 자신의 목적을 위해 그것을 당근처럼 쥐고 흔들었다. 그가 보기에는, 이것은 또 다른 속임수였다. 자신을 용서하게 만들려는 수작이었다. 그녀에게 두 번 농락당하지는 않을 셈이었다.

"스탄? 제발."

"나는…."

그러나 코스티야가 대답하기도 전에, 그의 전화기가 요란하게 울리는 바람에 두 사람 다 화들짝 놀랐다. 빅토르의 문자 메시지였다.

코스티크. 어딘가?

두흐 주방이요. 왜요? 그가 답했다.

급한 일이야. 빅토르가 보낸 문자 신호음이 또 울렸다. **우리가 내려가고 있어.**

내려와? 이미 도착한 걸까?

"빅토르가 오고 있어." 그가 애써 담담한 목소리로 모라에게 말했다. "주방으로."

"뭐? 지금?"

"급한 일이래."

"그럼, 기다리라고 해. 이건 문자 그대로 생사의 문제야."

코스티야는 그녀를 보며 선택을 저울질했다.

모라냐 빅토르냐. 모라냐 두흐냐. 모라냐 투미력이냐.

너무나 많이, 그는 그녀를 선택해왔다. 프랭키와 붙어도, 그 자신과 붙어도, 선택은 항상 그녀였다. 그런데 그녀는 그를 배신했다.

"우린 내일 문을 열어야 하고, 사장이 나를 보자고 해."

그녀는 그를 보며 눈을 깜빡였다. 얼굴 전체가 고통으로 떨렸다.

"정말 레스토랑을 열 생각이야? 내가 그렇게 말했는데도?"

그는 답하지 않고, 입을 꾹 다물었다.

그녀는 고개를 한 번 끄덕이고는 체념한 듯 창문을 통해 플랫폼으로 기어 나갔다.

그는 망설이다가 그녀를 불렀다. "조심해. 알았지? 당신 동생 말이야."

그러나 그녀는 대답하지 않았고, 그녀의 하이힐 소리는 어둠 속에 삼켜졌다.

1분 뒤 그는 다른 발소리를 들었다.

지방시 로퍼가 계단에 나타났다. 빅토르의 것이었다. 그 뒤로 검은색 가죽 스니커즈(노동자의 신발)와 주황색 에어 조던이 뒤따랐다. 두 쌍의 발은 더디게, 조심스럽게 움직였다. 마치 발의 주인들이 소파를 옮기는 것처럼.

빅토르의 머리가 나타나자, 코스티야는 정확히 무슨 일이 그렇게 급하냐고 물으려고 입을 벌렸지만, 다른 두 사람이 끌고 들어오는 꾸러미를 보고 다시 입을 다물었다. 양쪽 끝을 테이프로 봉한 두꺼운 검은색 쓰레기 봉지였는데, 안에 든 내용물이 뻣뻣하고 다루기 힘들어 보였다. 그들은 꾸러미를 깨끗한 조리 구역 중 하나에 인정사정없이 던져놓고는, 여유롭게 담배를 피우고 있는 빅토르를 보며 추가적인 지시를 기다렸다.

코스티야는 그들을 알아보았다.

검은색 가죽 스니커즈는 빅토르의 아파트에서 만났던 '동무'(실명: 스타니슬라프 보로훌쉬크)였다. 감청색 정장 차림에 크고 둥근 롤렉스 시계를 차고 있었는데, **당장 널 죽이겠어**라고 말하는 듯했다.

에어 조던은 레스토랑에서 보았던 막스인가 마크인가 하는 기술자였다. 그는 와이파이와 보안 카메라, 경고 장치 등을 설치했는데, 지금은 전화로 그런 기능들을 부지런히 해제하고 있는 것처럼 보였다.

전체적인 느낌이 타란티노 영화를 연상시켰다. 높은 긴장감. 높은 위험 수위. 당장이라도 유혈 사태가 벌어질 것만 같았다. 코스티야는 입에 고인 걸쭉하고 불쾌한 침을 꿀꺽 삼켰다.

"안녕하세요. 무슨 일이죠?" 그는 짐짓 태연한 목소리로 말했다.

빅토르가 담배를 조리대 위에 꺼내놓았다.

"오늘 레스토랑에서 일이 있어. 자네는 여기 있어도 좋아, 코스티크. 같이 얘기를 좀 하는 게 좋겠어."

빅토르는 라이터 뚜껑을 열었다 닫았다 하며 장난을 쳤다.

팅. 찰칵.

식은땀이 코스티야의 등줄기를 타고 흘러 내렸다. 그는 뭔가 잘못되었다는 것을 직감했다. 단단히 잘못되었다. 그는 손끝의 떨림을 멈추기 위해 손을 꼭 쥐었다.

"얘기요?"

"두흐에 대해. 개업에 아주 많은 것이 걸려 있어."

팅. 찰칵.

"예. 그럼요. 오늘은 중요한 날이죠."

"내겐 큰 투자야. 그리고 이 장소를 유지하는 게 **아주** 중요해."

팅. 찰칵.

"물론 저도 압니다. 저도 이곳이 성공하기를 바랍니다."

"그냥 바라는 걸로는 부족해, 코스티크. **반드시** 성공해야 해. 우리가 이 장소를 잃으면, 자네는 큰 문제에 처하게 될 거야."

팅. 찰칵.

"준비가 됐어요. 제 말은, 우리가 레스토랑 거리에 있는 건 아니지만, 성공을 위해 절대적으로 최선을 다할 겁니다."

"최선 갖고는 안 돼." 빅토르가 단호하게 말했다. "이곳을 유지해야 해. 내 사업은…." 그가 옆에 있는 조리 구역을 향해 고개를 끄덕여 처음으로 그 알 수 없는 꾸러미를 알은척했다. "그것에 달려 있어."

코스티야의 눈이 재빨리 쓰레기 봉지로 향했다. 눈을 뗄 수 없었다. 그 안에 들어 있는 이상한 덩어리의 울퉁불퉁한 형태를 눈으로 더듬는 것을 멈출 수 없었다. 어머니가 했던 모든 경고를 떠올리며 오싹함을 느꼈다. **조직폭력배, 마약, 더러운 돈, 부당 거래, 탕탕.**

"안에 뭐가 들었죠?"

"이건 걱정 말게." 빅토르가 새 담배를 고르며 차분하게 말했다. "스타스와 막스가 가끔 주방에 올 거야." 그가 담배를 입꼬리에 물고 불을 붙이며 말했다. "재료를 가져오거나 가지고 나가러."

"재료요?"

"그래." 빅토르가 고개를 끄덕였다. "그리고 저 친구들이 작업할 수 있도록 레스토랑을 열어둬."

"코카인인가요? 아니면 필로폰? 혹시 돈인가요?" 코스티야가 목구멍에 걸린 호두만 한 덩어리를 꿀꺽 삼켰다. "아니면 혹시 시….."

빅토르가 키득거렸다. "이런, 코스티크! 모르는 게 나아. 그래야 발뺌의 여지가 있을 테니까."

"젠장." 그가 여전히 봉지에 시선을 고정한 채 나지막이 말했다.

"자네는 복잡할 게 없어." 빅토르가 담배를 길게 빨아들였다. "내일 대박을 터뜨리면 돼. 두흐가 오래오래 문을 열 수 있도록 큰 대박 말이야. 기자와 유령을 최대한 모으라고. 많을수록 좋아." 그가 입꼬리로 연기를 뿜어내며 말했다. "안 그러면 재미없어질 거야."

신호라도 받은 듯, 동무의 손이 허리춤에서 움직여 바지 허리띠에 꽂혀 있던 권총을 드러냈다.

"저는 어떤 문제도 원하지 않습니다." 코스티야가 빠르게 말했다.

"좋아." 빅토르가 다시 라이터를 닫았다. 탕. 찰칵. 마치 논쟁이 해결되었다는 듯. "지금 몇 시지?"

코스티야는 더듬더듬 전화기를 꺼내서 어머니에게 걸려온 부재중 전화 화면을 옆으로 밀어 넘겼다. "11시 3분입니다."

빅토르는 졸개들에게 고갯짓을 했다. "2분 남았군. 갈 시간이야."

동무와 에어 조던은 느릿느릿 걸어가서 꾸러미를 다시 들어올린 다음, 주방을 가로질러 갔다. 뭐가 들었는진 몰라도 무겁고 끔찍하고 코스티야가 보고 싶지 않은 뭔가가 분명했다. 그런데 그들은 그것을 끌고 다시 계단으로 가는 대신, 앞쪽으로, 지하철을 향해 갔다.

코스티야는 혈관의 피가 굳는 것 같았다.

모라가 아직 거기 있을까? 그녀가 어디까지 봤을까? 터널의 다른 쪽으로 탈출할 수 있었을까? 아니면 지금 플랫폼에 있으면서 범죄로 추정되는 장면의 목격자가 되었을까? 범죄자들이 눈 하나 깜짝하지 않고 목숨 줄을 끊어낼 목격자가.

그는 그녀가 멀리 멀리 갔기를 바라며 창문을 훑어보았다. 아뿔싸. 그는 자기 침에 사래가 걸릴 뻔했다. 나란히 설치된 창문들 끝에서, 그녀가 유리창을 통해 엿보고 있었다. 그는 살짝 고개를 저었다. **젠장, 달아나.** 그녀는 시야에서 사라졌지만, 그 직전에 보았던 그녀의 얼굴이 그에게 또렷하게 각인되었다. 모든 빛, 모든 희망이 사라져버린 얼굴이.

그녀가 전부 다 본 게 분명했다.

"잠깐만요!" 그가 시간을 벌기 위해 소리쳤다. 폭력배들이 돌아서 노려보았다. "그… 지하철에 실을 수는 없어요! 카메라가 있어요!"

빅토르가 손을 저었다. "그건 막스가 처리할 거야."

"차장은요? 다른 승객들은? 누군가…." 코스티야가 적당한 단어를 찾으려고 더듬거렸다. "**그걸** 열차에 싣는 걸 볼 거예요."

"다음 열차의 차장은 우리 사람이야." 빅토르가 차분하게 말했다. "브루클린행 특급 열차지."

"하지만 혹시…."

"비켜."

동무가 그를 밀치며 지나쳐 유리창 중 하나의 손잡이를 돌렸다. 전에도 해본 것처럼. 이 건축물의 편리한 기능에 아주 익숙한 것처럼. 그리고 창을 통해 플랫폼으로 기어 나갔다. 에어 조던이 꾸러미를 힘껏 들어 올려 창턱 너머로 던졌다. 꾸러미가 **쿵** 소리를 내며 반대쪽에 떨어졌다. 그도 기어 넘어갔다.

잠시 아무 일도 일어나지 않더니, 갑자기 밝은 빛이 주방 전체를 휩쓸며 6호선 열차가 역으로 쇄도했다. 그런데 평소처럼 쌩 지나가는 게 아니라, 속도를 늦추더니 끼익하는 브레이크 소리와 함께 멈추었다. **딩동.** 지하철 문이 소리를 내며 열렸다. 폭력배들은 서둘러 꾸러미를 실었다. **출입문이 닫히는 동안 뒤로 물러나주시기 바랍니다.** 그리고 그들은 가버렸다. 마치 시간을 맞춘 것처럼.

코스티야는 흠칫 놀라며 그것이 빅토르 짓이라는 것을 깨달았다.

"코스티크." 빅토르가 말했다. "집에 가서 쉬게. 자네 말처럼 내일은 중요한 날이니까."

코스티야의 눈이 화끈거렸고, 두려움에 물기가 어렸다. 어떻게 보지 못했을까? 어떻게 이토록 고집스럽게 보지 못했을까? 빅토르는 자신이나 자신의 음식, 심지어 유령에게도 관심이 없었다. 레스토랑이나 미쉐린 별점, 리뷰에도 관심이 없었다. 그는 그저 6호선 열차가 필요했던 것뿐이다. 그저 이 버려진 역이.

"레스토랑은 위장 사업이군요." 그가 멍하게 말했다.

"물론이지." 빅토르가 당연하다는 듯 어깨를 으쓱했다. "솔직히 말하면 원래 계획은 자네 것보다 별로였어. 그렇고 그런 러시아식 나이트클럽이 될 뻔했지. 그냥 은폐만 할 수 있는. 하지만 자네를 만났고, 자넨 내가 큰돈을 벌 거라고 말했어. 나는 생각했지. '한 번에 두 마리 토끼를 잡을 수 있겠군.' 레스토랑이 성공할수록 더 많은 돈을 벌겠지. 의심은 더 작아질 테고, 임대 기간은 더 길어지겠지. 그야말로 일석삼조가 아닌가."

그가 길고 느리게 담배 연기를 내뿜었다. 공기가 너무 차가워서 연기가 공중에 걸렸다.

"내일 보자고." 빅토르가 의자에서 일어나 충격을 받은 코스티야의 뺨을 토닥였다. "기억하게. 유령이 많이 와야 하고, 재수 없는 일이 없어야 해."

그는 얼어붙은 채로 서서 주방을 응시했다. 빅토르가 계단을 올라가 시야에서 사라졌다. 코스티야는 머리 위로 계단 밟는 소리와 무거운 출입문이 쿵 닫히며 빅토르가 건물을 나가는 소리를 들었다.

아침이면 원하건 원하지 않건, 그는 이곳으로 돌아와야 했다. 젠장, 엄마 말이 맞았잖아! 이 남자, 이 깡패를 위해, 그가 정말로 아끼는 주방 팀을 이끌고 일해야 했다. 1년 동안 레스토랑 문을 열어둘 수 있을 만큼 죽은 사람들을 불러내야 했다. 그리고 그렇게 하면, 모라의 말에 따르면, 일종의 유령 대참사가 발생할 터였다.

모라.

그는 쏜살같이 창가로 뛰어가서 창문을 열고, 플랫폼을 향해 그녀의 이름을 외쳤다. 화가 났건 나지 않았건, 그렇게 위험과 가까이 있는 그녀를 본 순간 그는 크게 동요했다.

그러나 들리는 것이라곤 메아리쳐 돌아오는 자신의 목소리뿐이었다.

모라는 가고 없었다.

사랑하는 스탠,

난 편지 쓰는 걸 좋아하지 않아. 하지만 아무래도 당신이 오늘 밤 이미 들은 얘기 외에 더 이상 들어줄 것 같지가 않네. 그래서 이렇게 편지를 써. 준비가 되면 읽어보라는 의미로.

첫째, 우리에 관한 얘기야. 우리가 당신을 존중하는 방식으로 시작하지 못한 건 미안해. 하지만 이렇게 엉망으로 꼬였다고 내 사랑이 진짜가 아닌 건 아니야. 어쩌면 그 반대일 거야. 어떤 소금은 땅에서 캐내는데, 하나하나가 완벽한 결정체를 이루고 그 맛을 예측할 수 있어서 모든 주방에 은총을 주지. 하지만 어떤 소금은 습지에서 나오고, 손으로 수확해. 그런 소금은 우리를 만나게 될 때까지 지나온 모든 여정이 그 맛에 고스란히 담겨 있지. 잘못 들었던 길까지 포함해서 말이야. 나는 내가 지나온 길들 때문에 당신을 더 사랑해. 그리고 당신을 사랑하는 게 결코 허기를 피하기 위한 것이 아니었음을 당신이 믿어준다면, 앞으로 영원히 허기를 느끼며 살아도 좋아. 그건 이토록 충만함을 느낄 수 있는 기회였어.

둘째, 유령에 관한 얘기야. 당신한테 폭탄을 던져서 미안해. 많이, 너무 많이. 빅토르가 하는 말을 들었어. 당신이 많은 유령을 불러내야 한다는 말. 그렇지 않으면…. 그자는 영화에 나올 만한 빌어먹을 악당이야. 하지만 당신을 위험에 빠뜨릴 수는 없어. 내가 당신을 그자에게 떠밀었으니 더더욱. 그러니 당신은 그자가 말하는 대로 해. 걱정하지 말고. 오늘 밤 철도에서 (참, 에빌리가 안부 전하래) 해결책을 찾은 것 같아. 상황을 바로잡을 방법을. 그리고 나 혼자 할 수 있어. 그래서 나는 다시 가.

그동안 안전하게 있어. 살아 있어. 그리고 내가 운이 좋다면, 언제가 당신한테 다시 나를 사랑해달라고 애원할 수 있을 거야.

사랑을 담아. 모라가.

위험한 맛

콘스탄틴은 전화를 걸었다. 문자를 했다. 이메일을 보냈다. 심지어 (이보다 자기 자신을 더 미워하는 게 가능할까?) DM까지 슬쩍 넣었다. 그러나 모라는 답이 없었다.

그녀의 아파트에도 가보았지만, 그녀는 거기 없었다. 문 위에 보관하던 여분의 열쇠도 없었다. 그는 이것을 그녀가 자신을 보고 싶어 하지 않는다는 신호로 이해했다. 그가 짐작할 수 있는 최선은 모라가 자신이 빅토르에게 굴복하는 모습을 지켜봤다는 거였다. 그녀가 제발 하지 말아달라고 그렇게 애원했는데도, 겁쟁이처럼 빅토르에게 납작 엎드려 유령들을 불러내겠다고 약속하는 모습을 목격한 것이다. 그녀는 아마 화가 나서 말도 섞기 싫었을 것이다.

뭐, 얼굴을 본다고 마냥 기쁠 것 같지는 않았다. 그는 여전히 화가 나 있었다. 여전히 이용당한 기분이었다. 거짓말에 속은 기분이었다. 상처가 깊었다. 그저 그녀가 괜찮은지 알고 싶을 뿐이었다. 살아 있는지. 숨이 붙어 있는지.

그는 마침내 그녀의 집 문 아래에 쪽지를 밀어 넣었다. **그냥 당신**

이 지하철역에서 무사히 빠져나왔는지 확인하고 싶었어. 알려줘. 그러고는 마음속에 여러 가지 감정이 끓어오르는 채로 집에 돌아갔다.

그가 아파트에 도착했을 때, 문 너머에서 희미하게 들려오는 TV 소리에 가슴에서 긴장이 풀리는 것을 느꼈다. 모라가 와 있는 걸까? 이야기를 하려고 안에서 기다리고 있나? 그는 열쇠를 만지작거렸다.

"젠장, 정말 날 죽일 셈…."

그러나 안에 있는 것은 모라가 아닌 그의 어머니였다. 그녀는 소파에 앉아 있었고, TV 화면의 파란 불빛이 그녀의 얼굴에 그림자를 드리웠다. 그녀는 그가 들어오는 소리에 고개를 돌렸다. 그녀의 뺨이 눈물에 젖어 있었다.

"엄마? 대체 무슨… 어떻게 들어왔어?" 그는 입을 열었지만 스피커를 통해 키득거리는 자신의 목소리를 듣고 멈추었다. 가짜 웃음. TV용 웃음.

어머니는 자신의 인터뷰를 보고 있었다.

TV에서 그가 말했다. "사실 두흐의 개념은 음식과 죽음에 관한 제 경험에서 나왔습니다. 저는 어렸을 때 아버지를 여의었죠. 그리고 올해 초에 제 가장 친한 친구인 프랭키, 울프퍼프의 셰프 프랜시스 오셔너시도 잃었습니다."

그는 화면에서 헤어와 메이크업을 받은 자신의 모습을 지켜보았다. 자신감 넘치고. 멋지고. 심지어 조금 잘생겨 보이기까지 했다. 스타일리스트가 팔꿈치까지 걷어준 소매 밑으로 보이는 문신은 더 이상 실제 셰프를 흉내 낸 것이 아닌, 그의 일부처럼 보였다. 그는 공간을 장악하고 있었다. 이 다른 콘스탄틴, 이 낯선 존재는 그가 평소에 생각하는 자신의 모습보다 더 차분하고 여유 있어 보였고, 분명 지금의 자신보다는 훨씬 더 그렇게 보였다. 그러나 그가 말하는 것은 진실이었고, 코스티야 자신의 말이었다. 인터뷰의 이 부분만큼은 미디어 트레이너가 써주지도, 홍보 담당이 점검하지도 않았다.

"음식은 제가 찾은, 그들에게 돌아갈 수 있는 길이었습니다. 그들이 좋아했던 음식을 먹고, 그들이 요리한 음식을 먹는 것 말이죠. 한번은 누군가 제게 말하더군요. 슬픔은, 남은 음식이 있는데 차려줄 사람이 없는 것과 같다고요. 그래서 하지 못한 말들, 함께하지 못한 순간들, 미처 주지 못한 사랑, 그 모든 것을 주방에 담았죠. 그것을 이용해 다른 사람들을 위한 요리를 만들었고요."

그의 어머니가 영상을 정지했다. 그는 어머니가 인터뷰를 멋지게 했다고 말해줄 거라 기대했다. 그가 하는 말의 힘 때문에 감동해서 눈물을 흘렸노라고. 그가 화면발이 잘 받는다고. 개업을 축하한다거나, 아니면 그가 살이 빠진 것 같다고 말할지도 모른다고. 그런데 그러는 대신 그녀는 이렇게 말했다.

"너 나를 뇌졸중으로 쓰러지게 만들 셈이니?"

"뭐?"

"왜 전화를 안 받니? 전화했잖아! 문자도 했고! 비둘기라도 날려야 하니? 너무 걱정돼서 살아 있는지 확인하려고 여기 온 거잖아!"

"맙소사. 알겠어, 엄마. 나 살아 있어." 그는 닥쳐올 두통을 피하려는 듯 콧마루를 꼬집었다. "엄마, 난 정말 잠을 좀 자야 돼. 개업일이 내일이고…."

"아니. 난 안 간다! 넌 이제야 나타났잖아. 넌 나를 무시하고, 무시하고, 또 무시했어. 그래서 이제 네가 마피아와 레스토랑을 여는 꼴을 보게 생겼잖니.”

며칠 전이었다면 아마 반박했을 것이다. 하지만 지금은, 음, 할 말
이 없군.

“그래… 빅토르가 딱히 모범적인 시민이 아닌 건 알아. 걱정해줘
서 고마워, 엄마. 하지만 내가 알아서 할게. 알았지? 괜찮을 거야.”

“아니!” 그녀가 바닥에 발을 굴렀다. “아니, 넌 아무것도 알아서
하는 게 없어. 이번에는 내 도움을 받아.”

그리고 아마도 이것은 그가 몇 시간 동안 겪은 참을 수 없는 일들
의 정점이었을 것이다. 일생일대의 사랑이라고 생각한 모라로부터
철저히 배신당한 느낌, 빅토르의 두 얼굴, 피에 굶주리고 제정신이
아닌 그의 이면을 발견한 충격, 자신이 피땀 흘려 일군 모든 것이 사
실은 체호프의 총과 같고, 그 반동이 척 노리스의 발차기처럼 어마
어마할 수 있다는 뼈아픈 깨달음. 그러나 무엇보다, 지금 거실에 앉
아서 자신에게 엉뚱한 도움을 받으라고 강요하는 어머니는 그야말
로 결정적인 한 방이었다. 20년 동안 계속 자신을 평가하고 잔소리
하고 정신병동에까지 보내놓고는, 이제 와서 갑자기 헌신적인 보호
자인 척하는 모습을 참을 수 없었다.

“**진심으로** 하는 말이야?” 그는 자신의 목소리에 어린 신랄함을 들
을 수 있었다.

“물론이지. 아주 진심이지. 널 도와주려고 여기 온 거야.”

“어째서 내가 엄마의 도움을 원할 거라는 말도 안 되는 생각을 하
는 거지? 나한테 그렇게 해놓고?” 그가 독설을 쏟아냈다.

“뭐, 코스티야!?” 상처받은 그녀가 받아쳤다. “내가 뭘 어쨌다고?
나는 널 아끼고 있어! 널 사랑해! 난 계속 얘기하려고 노력했어!”

"엄만 나를 버렸어." 그가 폭발했다. "정신병원에 처넣었어! 난 요즘 세상에 그런 곳이 있을 거라고는 생각도 못했어. 내가 확실히 말해줄게. 거긴 50년대랑 변한 게 없었어. 진정제. 구속복. 양말도 못 신고! 난 엄마를 믿었는데, 엄만 날 포기했어. **엄마가.** 엄마가 그랬어."

그 세월동안 그는 감정을 분출한 적이 없었다. 조용히 끓고 있던 주전자가 이제 압력을 받아 폭발한 거였다. 어머니에게 그런 말을 하는 것도, 그때를 기억하는 것도 마음 아팠다.

"그리고 내가 돌아왔을 때는? 마침내 거짓말까지 동원해서 그 빌어먹을 괴물 같은 곳에서 빠져나왔을 때는? 아빠는 죽었고, 엄마도 더 이상 없는 것 같았어. 그때 난 열 살이었어, 엄마! 계란프라이 하나도 제대로 못하는 나이였다고! 그런데 나는 스스로를 돌보고, 엄마까지 돌봐야 했어. 어린 시절 내내 내가 **엄마의** 보호자 노릇을 해야 했다고. 냉장고에 먹을 것을 채우고 월세를 내고 난방비를 걱정하는 건 전부 내 몫이었어. 그리고 어떻게 하면 엄마를 기쁘게 할까, 아니, 적어도 항상 슬픔에 빠져 있지는 않게 만들까 고민했어. 나는 어른이 돼야 했어. 엄마가 너무 이기적이어서 스스로 슬픔에서 벗어나지도 못했고, 내가 상처 받고 있다는 것도 몰라줬으니까."

코스티야가 속마음을 한바탕 쏟아내자 거실 안이 너무나 고요해졌다. 그녀는 입을 꾹 다물었다.

"코스티야, 난…."

"됐어." 그가 목까지 치밀어 오른 울컥하는 감정을 삼키고, 눈을 깜빡여 눈가에 차오르는 눈물을 애써 억눌렀다.

그는 열쇠를 다시 주머니에 넣고 나가려고 돌아섰다. 어머니가 나가지 않는다면 자신이 나갈 셈이었다. "난 됐어. 엄마 도움 따위 필요 없어. 내가 엄마한테 뭐든 말해야 할 의무는 없어. 알겠지? 내 인생에 끼어들지 마. 엄마도 내가 엄마 인생에 끼어드는 걸 원치 않았잖아."

"코스티야… 그만!" 그의 어머니는 이제 무척 왜소해 보였다. 훨씬 더 늙어 보였다. 소금을 뿌린 듯 희끗희끗한 머리에 눈가도 자글자글해졌다. 그가 어머니를 본 것, 진정으로 본 것은 정말 오랜만이었다. 그리고 시간은 매정했다. "네가 나타샤 이모랑 지냈을 때, 내가 어디에 있었는지 아니?" 그녀가 말했다.

"알게 뭐야? 엄만 한 달이나 나를 그 이모에게 떠넘겼어! 매일 나는 발레릭이 데크 길 근처 수영장에 나를 버려두고 다시는 돌아오지 않을까 봐 걱정했어. 엄만 내 옆에 없었어. 전화 한 통 없었지. 난 어린애였어! 아기였다고! 엄만 날 방치했어. 여름 내내 다른 애들과 그 아버지들을 지켜보게 했어. 그것도 아빠가 죽은 직후에 말이야."

"나는⋯." 그녀가 얼굴을 손에 묻고 흐느꼈다. "나도 죽으려고 했었어, 코스티야! 너를 나타샤에게 맡기고 그러려고 시도했어. 하지만 타마라가 약을 잔뜩 삼킨 나를 발견한 거야."

그의 안에서 뭔가가 정지했다. 어머니의 말을 해석할 수 없었다. 이해할 수 없었다.

"타마라? 이웃집 아줌마 말이야?"

그의 어머니가 고개를 끄덕였다. "타마라가 자기 아들이 일하는 진료소로 나를 데려갔어."

"병원에 가지 않고?"

그녀가 고개를 저었다. "타마라가 내가 병원에 가면 그들이 널 빼앗아갈 거라고 했어."

"누가? 그들이 누군데?"

그녀가 어깨를 으쓱했다. "정부."

코스티야는 손끝이 바늘에 찔린 듯 따끔거리는 것을 느꼈다.

"그래서 뭐? 자살하고 싶었다고 해서 나를 정신병원에 넣은 게 정당하다는 거야? 그냥 몇 주 동안 혼자 있고 싶었다는 거야?"

그녀가 싸울 기력도 없는 듯 힘없이 고개를 저었다. "네가 입에서 세르게이의 맛을 느꼈다고 말했을 때, 나는 세르게이가 너도 부르려고 한다고 생각했지. 너도…." 그녀의 목소리가 갈라졌다. "나와 같은 병에 걸렸다고 말이야. 그리고 넌 진짜 도움을 받아야 한다고 생각했어. 면허증도 없는 어두운 뒷골목의 러시아 진료소가 아니라."

"엄… 엄만 내가 자살하려 한다고 생각한 거야?"

그녀가 고개를 끄덕이자 눈물이 뺨을 타고 흘러내렸다.

"잠깐." 그가 천천히 말했다. "**너도**라니, 그게 무슨 뜻이야? 엄마도 무슨 맛을 느꼈다는 얘기야?"

그녀가 비탄에 잠긴 눈으로 아들을 보았다. 그녀의 눈은 묻고 있었다. 혹시 우리 둘 다 미친 걸까? "네 아빠가 죽고 몇 주 동안, 세르게이를 생각할 때마다 입에서 피촌카 맛이 났어."

"맙소사. **엄마.**"

"네가 나타샤와 있는 동안 나는 약을 먹었어. 그런 증상을 멈추려고 말이야."

코스티야는 눈이 따끔거렸다. 그가 눈을 깜빡이자 뜨거운 눈물이 떨어지는 것이 느껴졌다. 다른 사람은 몰라도, 그의 어머니만큼은 알고 있었다. 그녀만큼은 그가 겪은 일을 실제로 이해할 수 있었다.

가장 고통스러운 순간들을 공감각적이고, 마법적이고, 말도 안 되게 강렬하고, 너무나 이상해서 피할 수 없는 방식으로 경험하는 것이 어떤 기분인지를 이해할 수 있었다. 그러나 그와 달리, 그녀는 그 맛이 아버지에게서 온 거라고 생각하지 않았다. 그것이 자신의 정신적인 고통 때문이라고, 감당할 수 없는 상실로 인해 정신이 붕괴되고 신경쇠약이 온 거라고만 생각했다.

"아, 엄마." 그는 어머니를 포옹했다. 아버지가 죽고 한 번도 한 적 없는 진정한 포옹이었다. 뒤로 몸을 빼거나 얼른 벗어나고 싶어 몸이 근질거리지 않는 진짜 포옹. "아직도… 아직도 그 맛을 느껴?"

"아니." 그녀가 속삭였다. "약을 먹은 다음부터는."

그리고 코스티야는 이해할 것 같았다. 어머니가 목숨을 끊음으로써 끝맛을 끝내려 했을 때, 아버지는 물러났다. 아내에게 자신을 느끼게 하려는 시도를 멈추었다. 그리고 대신 콘스탄틴에게 옮겨갔다. 그리고 어쩌다 보니 다른 영혼들도 따라오게 된 거였다.

"미안해, 엄마. 그리고 아빠… 아빠도 분명 미안해할 거야."

그녀가 약하게 한숨을 쉬었다.

"때로는 사랑하는 사람들이 상처를 입히지. 때로는 의도적으로, 때로는 어쩔 수 없어서. 그래도 계속 사랑할 것인지를 결정해야 하는 건 나 자신이야."

코스티야는 아버지를 생각했다. 아버지가 어머니를 거의 미치기 직전까지, 죽음의 언저리까지 몰고 갔던 것을. 그럼에도 어머니가 아버지를 용서했고, 오랜 시간 동안 계속 사랑한 것을.

그는 그 세월 동안 자신의 고통을 어머니에게 얼마나 많이 전가했을지 생각했다. 그러나 어머니는 그 역시 계속 사랑했고, 계속 노력했다. 그가 그렇게 까칠하게 굴었는데도.

그는 모라를 생각했다. 오늘밤 내내 그녀가 자신에게 겪게 한 것들을. 그녀는 그에게 뼛속 깊이 고통을 주었지만, 그럴 의도였던 것은 아니었다. 그는 자신이 그것을 용서할 수 있을지 생각했다.

어머니는 축축한 손을 그의 손 위에 얹었다. "아직도 아버지의 맛이 나니?"

"가끔." 코스티야가 몸을 떨었다. 누군가 냉장고 문을 열어둔 것처럼 실내에 찬바람이 불었다. "피촌카. 아빠가 제일 그리울 때마다 까맣게 탄 피촌카가 나타나."

그녀가 고개를 끄덕였고, 그는 어머니가 이해하고 있다는 것을 알았다. 그 순간 마치 계속 들고 있었던 것처럼, 마치 기다리고 있었던 것처럼, 그의 혀에 아버지의 맛이 나타났다.

맛이 진한 작은 간 조각들, 너무 오래 조리해서 딱딱해진 질감. 너무 달아서 치아 사이에서 녹아내리는 양파. 혀에서 부서지는 소금의 결정. 목구멍 뒤에서 느껴지는 쌉쌀한 탄 맛.

간은 타 있었다. 코스티야의 마음도 타올랐다. 어서 이 요리를 만들어서 어머니와 함께 먹고 싶었다. 아버지를 불러오고 싶었다. 그는 이제 때가 되었다는 것을, 지금 이 요리를 만들면 절대적으로 성공한다는 것을 본능적으로 알았다. 필요한 모든 요소가 이곳에 있었다. 아버지, 그들이 공유한 슬픔, 아버지 인생에서 최고의 기억.

"TV에서 네가 음식으로 죽은 사람들을 불러온다고 하더라."

그는 어머니를 보았다. 그녀의 눈이 미묘하게 커져 있었다. 그녀는 그것을 믿었다. 그를 믿었다. 그가 그동안 바라왔던 모든 것이 거기 있었다. 그가 지난 1년 동안 공들여 준비한 모든 것이 오늘밤 무너졌다. 그는 여자나 꿈을 얻지는 못하겠지만, 어쩌면, **어쩌면** 이것만은 성취할 수 있을지도 몰랐다.

"아직도 아빠를 불러올 수 있어." 코스티야가 부드럽게 말했다. "지금 당장. 우리가 작별 인사를 할 수 있어."

그의 어머니가 오랫동안 유혹을 느끼며 그를 보았다. 그러더니 고개를 저었다.

"아니, 코스티야. 그건 우리만을 위한 거야. 아빠에게 가장 좋은 건 그냥 쉬게 해주는 거야."

"하지만…."

"20년이 흘렀어. 우린 아빠를 충분히 오랫동안 붙들고 있었다." 그녀의 눈이 눈물로 반짝였다. "진정한 사랑은 이제 아빠를 놔주는 거야."

그녀의 말이 옳았다. 물론 옳았다.

영혼들이 원하는 것은 편히 쉬는 것뿐이었다. 안식을 얻는 것뿐이었다. 코스티야가 미련을 버리지 못하고 살아온 이 모든 시간 동안, 자신이 아버지의 발목을 잡고 있는 건 아닌지 한 번도 진지하게 생각해본 적이 없었다.

모라가 말한 게 이런 의미였을까? 그녀의 말이 사실이었을까? 영혼들이 살아 있는 사람들에게 묶여서, 그의 음식에 묶여서 그의 아파트에 갇혀버렸고, 놓여나기만을 기다리고 있는 걸까? 그는 그들을 직접 본 적이 없었지만, 굳이 보지 않아도 그들이 존재한다는 것을 어느 누구보다 잘 알았다.

어머니가 갑자기 웃음을 터뜨리는 바람에, 생각의 흐름이 끊겼다. "혹시 아니? 넌 네 아빠랑 많이 닮았어. 지금은 외모도 비슷하게 보

이고. 표정도 똑같지! 그리고 요리. 네 아빠가 얼마나 요리를 좋아했
는지! 그리고….” 그녀가 놀리듯 말했다. “집을 엉망으로 만들어놓지.
문단속도 안 해서 아무나 들어올 수 있게 하고.”

“무슨 엉망?”

“바닥에 커피 잔이 깨져 있던데. 사방에 유리가 튀어 있었어. 하
지만 걱정 마. 나한테 문을 열어준 청소 도우미가 다 치웠으니까.”

“무슨 청소 도우미?”

“보라색 머리 말이야.” 그녀가 코웃음을 쳤다. “보통은 안 좋아하
는 색이다만, 혹시 그 여자 애인 없니? 데이트 신청이라도 해보는 건
어때?”

“맙소사. 엄마, 혹시 그 여자가 무슨 말 안 했어?”

그의 어머니가 얼굴을 찡그리며 생각했다. “너한테 쪽지를 남긴
거 같았어. 주방에. 그리고 메모장도 가져가던데. 레시피를 좀 빌려
야겠다더라.”

콘스탄틴은 주방을 마구 헤집으며 샅샅이 뒤졌다. 모라는 그가
모든 레시피를 기록해둔 사뷔르 페어의 주문 패드를 가져갔다. 그것
은 그가 그동안 맛보고 재현해낸 모든 끝맛을 기록한 완전한 목록이
었다. 개업에 중요한 건 아니었다. 두흐의 모든 요리사는 수갑을 차
고 눈을 가린 상태에서도 그 요리를 만들 수 있을 만큼 익숙했다. 그
러나 죽었다 깨도 요리는 못할 모라가 대체 그걸로 뭘 하려는 걸까?

쪽지에서 그녀는 해결책을 찾았고, 그 해결책에는 그가 꼭 필요
하지 않다고 했다. 하지만 그의 음식은 필요한 모양이었다. 그의 레
시피, 그리고 그가 죽은 자들을 소환하는 방법.

그는 쪽지를 읽고 또 읽었다.

그녀의 말, 그녀가 자신의 사랑에 대해, 허기에 대해 했던 말들이 그를 괴롭혔다. 그는 또 문자 메시지를 보내고 전화를 걸었고, 그녀가 답해주기를 바랐다. 그러나 답은 오지 않았다.

그는 뜬눈으로 밤을 지새우며 그녀가 바보 같은 짓은 하지 않기를 기도했다.

디저트

콘스탄틴 두호브니 미식 체험

다들 준비되셨나요?

기다려주셔서 감사합니다! 이제 보상을 받을 시간입니다.

두흐가 오늘밤 문을 엽니다!

그리고 이건 이제 우리에게도 기회의 문이 열린다는 뜻입니다. 그러니까, 이 장소를 둘러보자고요. 주방을 점검하고. 지하철도 엿봅시다. 저 식당이 보이세요? 영혼들을 위해 만들어진 곳이죠. 우리 친구가 기대 이상으로 잘해냈네요!

그럼 구체적인 계획에 대해 얘기해보죠. 7시에 문을 여니까, 그때까지 우선 여기서 대기합시다. 누가 돌아갈 건지, 여러분의 살아 있는 친척이 예약을 했는지, 경계막을 통과하는 첫 번째 여행이 어떻게 흘러가는지 살펴보면서….

아, 안녕하세요, 아가씨. 머리가 멋지네요. 무슨 색이라고 하더라? 페리윙클이었나? 느낌 있네요. 그런데 무슨 질문이라도?

………

잠깐, 잠깐, 진정해요. 위험이라니 그게 무슨 소리죠?

허기의 습격

콘스탄틴은 자신의 이름이 새겨진 셰프복을 입고 두흐 주방에 서 있었다. 그에게 중요한 순간이 그의 발밑에 무릎을 꿇고 있었다.

위층에서 빅토르는 고객과 기자를 응대하고 있었다. 홍보 담당은 VIP들을 특별석으로 안내했다. 공간 전체가 삶과 죽음, 수제 칵테일로 부산스러웠다.

그날은 개업일 밤이었고, 대망의 데뷔 파티였지만, 코스티야는 신경 쓸 여력이 없었다.

모라는 여전히 답이 없었다.

그녀가 지하철 플랫폼에서 사라진 지 거의 24시간이 지났다. 그러기 직전에 그녀는 그의 마음을 산산이 부쉈고, 빅토르는 그의 정신을 산산이 부쉈다. 그리고 두 남자가 오싹한 정체불명의 꾸러미를 내려놓았던 바로 그곳에서, 지금 그의 요리사들이 스테이시 수녀의 수프를 준비하고 있었다.

요리사와 서빙 담당, 서빙 보조와 테이블 정리 담당, 손끝이 쪼글쪼글 불은 설거지 담당과 우쭐대는 바텐더, 감정 기복이 심한 의류 보관 담당과 수다스러운 안내원까지, 모두들 코스티야가 이제 곧 격려의 구호로 사기를 북돋우며 그들을 성공으로 이끌어줄 거라고 기대하고 있었다. 그런데 그는 그들을 등지고 창문에 비친 자신의 불안한 모습만 응시하고 있었다.

그는 전화를 꺼내 그녀에게 다시 문자를 보냈다. 답장 없는 메시지가 마치 대행진을 벌이듯 줄줄이 이어져 있었다.

그냥 괜찮은지만 알려줘.

유리창에 거꾸로 비친, 그의 뒤쪽 주방은 웅성웅성했다. 깨끗하게 손질된 스테인리스. 따뜻한 느낌의 목재. 모든 조리 구역의 준비가 완료되었고, 모든 준비물이 갖춰져 있었다. 주방 팀은 칵테일 시간이 끝나자마자 주문표가 밀려들어올 것에 대비해 몇 가지 애피타이저를 만들기 시작했다. 리오는 클립보드를 들고 주방을 돌면서 긴 목록에서 완성된 것들을 펜으로 지워나갔다.

그들의 계획은 우선 손님들이 메인 메뉴에서 주문을 하게 해서 주방이 솜씨를 발휘할 시간을 준 다음, 룸에서 이루어질 유령과의 만남을 위해 코스티야를 마치 귀빈처럼 등장시키는 것이었다.

유령들을 불러내는 것은 그가 지금 절대로 하고 싶지 않은 일이었다. 마치 섶을 지고 불로 들어가는 기분이었다. 하지만 유령을 불러내지 않는 것도 위험하긴 마찬가지였다.

코스티야는 창문 유리를 움켜잡았다. 그의 손이 떨리기 시작했다.

그는 절구통과 절굿공이 사이에 꼼짝 없이 갇힌 신세였다. 한쪽에는 유령들이 있고, 다른 한쪽에는 빅토르와 그가 거느리는 폭력배들이 있었다.

"어이, 뼈다귀? 기분이 어때?" 코스티야는 어깨에 리오의 손이 얹힌 것을 느꼈다. "개업 날이라 초조해?"

"뭐, 비슷해요." 코스티야가 숨을 들이쉬었다.

"여기, 그럴 때 쓰는 방법이 있지." 리오가 손을 들어, 오므린 손바닥에 담긴 한 숟가락 분량의 소금을 보여주었다. "프랭크와 나는 울프퍼프에서 첫날 이걸 했어. 그리고 나중에 큰 행사가 있을 때마다 했지. 일종의 전통이야." 그가 한 꼬집을 집어서 코스티야의 어깨 너머로 뿌렸다. "너의 불이 언제나 뜨겁기를." 또 한 꼬집은 다른 방향으로 뿌렸다. "너의 음식이 항상 맛있기를." 세 번째 꼬집은 그의 급소를 겨냥했고, 코스티야는 마지못해 미소를 지었다. "네가 가슴뿐 아니라 머리로도 요리하기를. 힘내, 셰프."

코스티야는 눈물을 참으며 리오와 포옹했다.

그는 자신이 오늘밤 모두를 어디로 이끌고 가는지 알 수 없었다. 자신의 팀을 보호해야 한다는 것만 알 뿐이었다. 정신을 똑바로 차릴 필요가 있었다. 제 역할을 해야 했다. 미소 짓는 얼굴로 모든 유령을 불러와야 했다. 빅토르에게 보복할 구실을 줘선 안 된다. 수익이든 홍보든, 그날 밤을 대성공으로 만들어야 했다(사후세계에서의 파장은 나중에 해결하자고 생각했다. 말하자면 유령들을 울타리에 몰아넣는 식으로? 다시 상자 안에 넣을 방법을 찾아야 할까? **제기랄.** 그는 모라가 답장을 해주기를 간절히 바랐다).

코스티야에게 여전히 안긴 채, 리오가 헛기침을 했다.

"좋아. 모두 셰프의 한마디를 기다리고 있는 것 같은데, 대장."

코스티야가 돌아서니 직원들이 앞에 모여 있었다. 서비스 전 흠잡을 데 없이 완벽하게 준비된 모습으로, 각자의 조리 구역 주변, 혹은 계단에 모여 있거나, 벽에 기대어 서 있었다. 그들 모두 그를 의

지했다. 그를 지지하고 따르고 믿어주었다. 한때는 그도 어느 정도
는 자신을 믿었다. 그는 숨을 들이쉬고 애써 아무렇지 않은 척했다.

"여러분." 그가 살짝 긴장한 채 작게 손을 흔들었다. "우리가 여기
까지 왔네요. 그렇죠? 제가 말은 요리만큼 잘 못하니까 오래 걸리지
않을 겁니다. 저는 그냥… 고맙습니다. 여기 있어줘서. 우리가 하고
있는 일을 믿어줘서." 그 말이 가시처럼 목에 걸렸다. "왜냐하면 어
느 정도 믿음이 있어야 하잖아요. 그렇죠? 불가능한 일이 일어날 때
는, 그건…." 그는 목이 메지 않으려고 애썼다. "그런 일이 일어날 운
명이기 때문이에요. 그리고 우린 오늘밤 이 일을 하게 될 운명이고
요. 우리 주방은…." (요리사들이 환호했다) "끝내주니까요. 그래서 겁
나게 특별하죠. 우리 홀 직원들…." (계단에서 함성이 터져 나왔다) "음,
여러분은 골칫거리예요." (사방에서 웃음이 터졌다) "하지만 우린… 우
린 그래도 여러분을 사랑합니다. 그리고 필요한 건 바로 그거잖아
요. 주방을 공유하고 음식을 만들고 사람들에게 먹을 것을 차려주기
위해 필요한 건 사랑이죠. 진심으로 하는 말입니다. 그리고 제가 사
랑하는 사람들이 없다면 결코 상대하지 않을 두 가지가 있어요. 첫
번째는 배고픈 뉴요커들입니다." (더 많은 웃음이 터져 나왔다) "그리고
두 번째는 죽은 사람들이죠."

어색한 침묵이 흐르며 공기가 무거워졌다.

코스티야의 눈에 눈물이 고여 따끔거렸다. 다음에 해야 할 말을
하고 싶지 않았다. 그 말이 입 밖으로 나올 때 다시 빨아들이고 싶은
심정이었다.

"그러니 이제 유령들을 불러내러 갑시다. 좋죠? 배고픈 유령들의
배를 채워주자고요."

디너 서비스는 그야말로 레스토랑의 꿈같은 순간이었다. 손님들은 황홀해했다. 감탄사를 연발했다. 셀카를 찍었다. 안내를 받아 테이블로 가는 동안, 지금까지 본 어떤 레스토랑과도 다른 두호의 인테리어에 숨이 막혔다. 흑요석처럼 검은 홀을 걸어가는 것이 마치 다른 세상으로의 여행처럼 느껴졌다.

직원들의 움직임은 마치 정교한 춤 동작 같았다. 안내 담당과 서빙 직원과 서빙 보조는 모두 조용한 발레를 추듯 빙그르르 돌며 움직였다. 검은 유니폼은 배경에 묻혀 고객들의 눈에 잘 보이지 않았다. 그들은 마치 유령의 공간에서 살아 움직이는 유령 같았다. 그 결과 테이블 위에 차려진 물 잔이며 은 식기, 아뮤즈 부슈가 마치 마법처럼, 마치 저세상에서 가져온 것처럼 보이는 효과가 났다.

바는 분주했다. 주문한 칵테일들이 척추처럼 줄지어 늘어서 있었고, 두 명의 바텐더는 흔들고 섞고 젓느라 쉴 틈이 없었다. 스펙트럴 사워가 더티 마티니, 올드 패션드 옆에서 반짝였다. 웨이터들은 차가운 유리잔에 물방울이 맺힐 틈도 주지 않고 잽싸게 가져갔다.

주방도 분주했다. 도마에서 칼질하는 소리며 지글지글 타오르는 프라이팬 소리, 개수대의 물 흐르는 소리, 여기저기서 접시가 쨍그랑거리는 소리, 타이머 울리는 소리, 사람들이 외치는 소리. **조리 시작해! 4번 테이블! 주문! 6번 테이블에 오픈 샌드위치 둘! 야, 미구엘. 주문이 밀렸어. 빨리 움직여!** 이 모든 소리가 코스티야의 귀에는 달콤한 마지막 위안이었다.

서빙 직원들이 첫 번째 애피타이저 세트를 행진하듯 내갈 때, 코스티야는 계단 위에서 어둠 속에 숨어 그 모습을 지켜보았다. 가슴이 쿵쾅거리고 아드레날린이 온몸을 타고 흘러 몸이 떨려왔다.

이제 시작이다.

그의 주머니에 있는 전화기에서 문자 신호음이 울렸다. 요동치는 가슴으로, 제발 모라의 문자이기를 간절히 기도하며 전화기를 꺼냈지만, 그건 어머니였다.

코스티야, 행운을 빈다. 몸조심해.

그는 답장을 쓰기 시작했지만, 그 순간 머리 위에서 조명이 깜빡였다. 그것은 신호였다. 그는 쓰다 만 메시지를 그대로 놔둔 채 전화기를 도로 주머니에 밀어 넣었다.

콘스탄틴은 천천히 식당을 가로질러 걸었다. 많은 눈이 자신에게 쏠리며, 그의 동작 하나하나를 유심히 지켜보고 있는 것을 느낄 수 있었다.

왁자지껄한 소음이 잦아들고, 와인 잔이 공중에서 멈추고, 접시와 포크, 나이프가 달그락거리는 소리도 잠잠해졌다.

그가 걸어갈 때, 반투명한 천으로 감싼 거울 벽면과 고광택 바닥에 반사된 그의 모습이 그를 따라갔다. 실내가 너무 추웠다. 마치 대형 냉장고처럼. 시체 안치소처럼.

그는 애써 미소를 지으며 1번 룸의 손잡이를 돌려 문을 열었다.

첫 번째 유령은 그리스 요리 무사카와 감자튀김을 주문했다.

쉬웠다. 식은 죽 먹기였다. 마치 영혼이 그를 기다리기라도 한 것처럼, 그가 룸에 발을 들여놓자마자 그의 혀 전체에 끝맛이 퍼졌다.

지금 그가 속한 세계의 모든 것이 존재론적 배수구에 빨려 들어가고 있지 않았다면, 잠시 멈춰서 생각할 수도 있었을 것이다. 그러나 그는 무섭고 화도 나고 공황에 빠진 상태였기 때문에, 곧바로 자동 조종 모드에 돌입해서 조용히 음식 만드는 데 집중했다.

음식이 준비되자 접시에 가니쉬를 더하고 (올리브 오일을 살짝 뿌리고, 파슬리를 손으로 찢어 올렸다) 그것을 혐오스럽게 내려다보았다.

음식을 내가고 싶지 않았다.

영혼이 돌아왔을 때 어떤 일이 벌어지는지를 목격하고 싶지 않았다. 자신이 그런 짓을 했다는 것을 모라가 알게 되었을 때의 그녀 얼굴을 상상하고 싶지 않았다. 뱃속에서 계속 맴도는 끔찍하게 침몰하는 느낌, 바위 턱을 넘어 바닥이 보이지 않는 깊은 낭떠러지로 추락하는 기분을 느끼고 싶지 않았다.

그가 요리를 쓰레기통에 버릴까 말까 고민하고 있는데, 동무가 주방으로 밀고 들어왔다.

"요리는 어디 있어?" 그가 윽박질렀다. "손님들이 안달하고, 빅토르가 짜증내고 있잖아."

코스티야는 마음을 다잡았다.

"여기 있어요."

1번 룸에서 그는 식탁에 접시를 내려놓고 떨리는 손으로 종 모양의 덮개를 열었다. 가느다란 덩굴손처럼 피어오르는 연기 사이로 고기와 베사멜 소스와 감자튀김의 냄새가 솔솔 풍겨 나왔다. 그는 공기 중에서 한 영혼이 흔들리며 움직이는 것을 느낄 수 있었다. 마치 튜닝을 하는 악기의 진동과도 같았다.

그리고 그 순간, 손님들이 미처 음식을 씹기도 전에 홀에서 소란이 일어났다.

고함 소리. 놀라움의 탄성. 기쁨의 환호성.

코스티야는 자신이 서 있는 룸의 수은 유리를 통해 그것을 볼 수 있었다.

머리 위에서 불빛이 희미하지만 은은하게 빛났다.

잠시 뒤 갈채가 쏟아졌다. 열광적인 환호. 그가 불러오지 않은 누군가, 또는 무언가에 대한 함성과 고함.

그리고 그 순간, 폭포수처럼 유리가 쏟아지는 소리, 값지고 연약한 것들이 산산조각 나는 소리. 서빙 담당이 쟁반을 떨어뜨리는 소리가 아니었다. 세계가 금이 가며 갈라지는 소리였다.

곧 다른 종류의 외침이 뒤따랐다.

비명이었다.

처음 한 사람, 그리고 더 많은 사람의 비명이 마치 눈사태처럼 덮쳐와, 건물 전체가 순전히 소리의 힘만으로 흔들릴 지경이었다.

코스티야는 문밖으로 뛰어 나갔다. 심장이 멈출 것만 같았다.

영혼들이 도처에 있었다.

천장에서 비 오듯 쏟아졌고, 벽을 통해 밀려 들어왔으며, 바닥에서 솟아났다.

반투명한 그들의 몸은 유리와 거울, 반사되는 표면에서 증식되어 급기야 그 수가 정확히 얼마인지 가늠하는 것이 불가능해졌다. 그들이 끝이 없다는 것, 그들이 지금 몰려오고 있으며 멈추지 않으리라는 것만 명확해졌다.

개인 룸에 있지 않은 손님들은 문을 향해 돌진했고, 그 과정에서 깨진 접시 위로 넘어지고 사방에 흩어진 포크와 나이프 위로 미끄러졌다. 손과 얼굴이 베였고 상처에서 피가 흘러 바닥에 얼룩이 생겼다. 웨이터들은 겁에 질려 얼어붙었고, 이것이 계획의 일부인지 끔직한 오작동인지 확신하지 못했으며, 손님들을 안심시켜야 할지 목숨을 구하기 위해 달아나야 할지 알 수 없었다. 요리사와 테이블 정리 담당들은 주방에서 쏟아져나와, 유령들과 그들의 울부짖는 입들, 거대하고 뒤틀리고 굶주린 입들에 쫓겼다.

그리고 시간이 얼어버린 끔찍한 순간, 코스티야는 그들을 알아보았다. 스테이시 수녀의 펄럭이는 옷자락. 그녀는 이제 눈이 죽어 있고, 수척하고 심각하고 무섭게 변해버렸다. 헬스 키친 비밀 레스토랑을 망하게 만든 여자의 등반가 오빠. 그는 살기등등한 모습으로 변해 있었고, 그의 입은 벌어진 구멍처럼 보였다. 할아버지가 찾으러 왔던 10대 소년, 코스티야가 어린 시절의 케첩 수프를 맛본 뒤 불러냈던 소년은 위험하고 피에 굶주린 눈빛의 무언가로 변해 있었다.

그들을 이렇게 만든 것은 바로 그였다. 그의 음식, 그의 모든 나쁜 결정이었다.

모라가 옳았다. 그가 그들에게 독을 먹인 것이었다.

유령들이 계단 꼭대기에 도달하자, 그들 뒤로 또 다른 영혼들이 떠올랐다. 처음 보는 유령들이었다. 그가 불러낸 적 없는 유령들. 알 수 없는 경로로 넘어온 굶주린 망령들. 초대받지 못한, 막아내지 못한 망령들이었다.

경계막이 뚫렸다.

주방의 깊은 곳에서 고함과 비명이 올라왔다. 코스티야는 공포에 질려 몰려드는 인파를 거슬러 주방으로 돌아가려 했다. 손님들은 그를 밀치고 출구를 향해 나아가며 깨진 물건들을 사방으로 흩어놓았다. 웨이터 한 명이 두꺼운 벨벳 커튼 뒤로 슬쩍 숨어들었다가 신이 난 표정으로 낄낄대는 유령에게 쫓겨났다. 안내원은 네 발로 기어서 홀에 있는 테이블 밑으로 피신했고, 몇몇 손님도 그녀를 따라 기어 들어갔다.

머리 위로는 유령들이 벌떼처럼 모이고 뭉쳐서 무시무시한 구름을 이루고 있었다. 아수라장 그 자체였다. 공기 중의 공포가 코스티야의 혀에 금속성의 맛을 남겼다. 알루미늄, 철. 피와 비슷한 맛. 그리고 그 순간 갑자기 모든 전구가 일제히 산산조각 나며 공간 전체가 절대적인 어둠에 잠겼다.

얇은 유리 파편이 비처럼 우수수 쏟아져 내렸다. 코스티야는 파편이 얼굴에 부딪치며 눈썹을 지나 뺨을 베는 것을 느꼈다. 아무 것도 보이지 않았다. 돌아오는 영혼들이 뿜어내는 빛의 효과를 극대화하기 위해, 모든 창문을 까맣게 가려 놓았기 때문이었다. 그러나 그는 들을 수 있었다.

고함 소리. 끼익 소리. 구두 굽이 바닥에 부딪치는 소리. 헐떡이는 소리와 고통의 비명. 울음소리. 접시와 와인 잔, 거울 벽이 산산조각 나면서 유리 파편이 터지는 소리. 레스토랑의 가장 깊은 곳에서 아득하게 들리는 6호선 열차가 덜컹덜컹 지나가는 소리.

사람들이 전화기를 열자 직사각형 불빛들이 나타났다. 그들은 출구를 찾았지만 가는 길을 막고 있는 굶주린 유령들을 발견했다. 코스티야는 등줄기를 따라 서늘한 공기를 느끼고는, 몸을 돌려 자신의 전화기 불빛으로 어둠 속을 비추었다. 손을 뻗으면 닿을 만큼 가까운 거리에 어떤 영혼이 있었다.

그가 그녀를 보는 순간, 시간이 엿가락처럼 늘어졌다.

그는 이 유령을 알아보고 전율을 느꼈다. 그녀는 수척하고 초췌했으며 피부가 군데군데 부패해서 얼룩덜룩했고, 여기저기 뼈가 튀어나와 있었다. 겁에 질린 것 같았다. 저주 받은 것 같기도 했다. 그녀를 만지는 것만으로 몸이 돌로 변하거나 끔찍한 발진이 일어날 것 같았다.

그녀는 그를 빤히 쳐다보았다. 그녀의 시선은 무딘 칼날 같았다. 한때 날카롭고 정확하고 강력했지만, 오랜 방치 끝에 무력해지고 손상된 칼날. 그녀는 한때 아름다웠지만, 이제 남은 거라고는 숱진 보라색 머리와 미소의 흔적뿐이었다. 그녀의 입은 썩어서 까매졌고 이는 작고 뾰족했다. 너무 어린 나이에 죽어서, 그녀의 얼굴에서 실현되지 못한 잠재력이 엿보일 정도였다.

그녀에 관한 모든 것이 코스티야를 얼어붙게 했지만 눈만큼은 예외였다. 그녀의 눈은 너무도 익숙해서 그는 한동안 숨을 쉴 수 없었다. 군데군데 황금색이 섞여 있는 초콜릿색. 넓은 미간. 이상하고 아름답고 굶주린 눈. 언니의 눈처럼.

"에벌리?"

"콘스탄틴 두호브니." 그녀가 머리를 기울였다. 그녀의 목소리는 그가 예상했던 것과 달리 귀에 거슬리지 않고 벨벳처럼 부드러웠다. "내가 찾던 사람."

그가 천천히 뒤로 물러났고, 그러다가 유리 조각을 밟아 우직 하고 깨뜨렸다.

"아, 음, 그래? 이제 찾았네." 그는 등이 벽에 부딪쳐 독 안에 든 쥐가 되었다. "제발 해치지 말아줘." 위기 앞에서 그의 안에 있는 영웅이 진정으로 빛을 발했다.

"해쳐요?" 에벌리는 어이없다는 듯 테두리가 빨간 눈을 굴렸다. "당신은 상황을 해결할 수 있는 유일한 사람인데요. 우린 당신이 필요해요."

"뭐 때문에?" 그가 그녀를 보며 눈을 깜빡였다. "넌 말하자면 나쁜 영혼 아닌가? 언니를 늘 따라다니며 괴롭히잖아!"

"또 틀렸군요. 늘 따라다니는 건 내가 아니라 **언니**예요."

"하지만 내가 리세스를 맛볼 때마다…."

"언니가 아프기 때문이에요." 에벌리가 말을 이었다. "그리고 그 과정에서 나를 허기지게 만들었죠. 산 사람들이 놓아주지 않으면, 죽은 사람들은 배고파져요. 우리는 다음 세상으로 떠날 수 없어요. 그래서 언니를 다시 만날 방법을 찾은 거고요."

"하지만 어떻게 네가…."

"시간이 없으니까 짧게 말할게요. 당신의 음식은 영혼들을 다시 불러왔지만, 우리를 당신에게 묶어놓기도 했어요. 기본적으로 우리를 여기 갇히게 만든 거죠. 여기서 썩어가게 했어요. 배고파서 화가 난 상태로. 그냥 배고픈 것보다 훨씬 더 나쁜 상태죠. 문제는 우리가 배고파서 화가 날수록 점점 더 강해진다는 거예요. 그게 바로 지금 당신 눈에 우리가 보이는 이유, 우리가 물건을 움직일 수 있는 이유, 부수고 빼앗을 수 있는 이유예요. 그리고 어느 정도 힘이 있다는 걸 깨닫고, 우리 중 일부가…." 그녀가 손을 흔들며 말했다. "경계막에 작은 구멍을 내야겠다고 생각했죠. 그 구멍을 통해 돌아가겠다고, 스스로를 구하겠다고 말이에요. 웃기는 얘기지만, 알고 보니 그냥 돌아간다고 해결되는 게 아니더라고요. 간밤에 우리는 경계막을 뚫고 사후세계로 돌아갔지만, 여전히 다음 세상으로 떠날 수 없었죠. 아마도 우리가 **당신**에게 묶여 있기 때문인 거 같아요. 그리고 이제 경계막이 찢어졌으니, 그 구멍을 통해 사후세계에서 빠져나오려는 다른 유령들도 있어요. 경계막이 오래 열려 있을수록, 지옥문이 열릴 거예⋯."

바로 그때, 그녀의 주장을 증명이라도 하듯 샹들리에가 떨어지며 부서졌다. 식당 안의 영혼들은 환호했고, 새된 웃음소리가 증기처럼 피어올랐다.

"잠깐, 좀 천천히 말해." 코스티야는 그녀가 공황 발작처럼 쏟아내는 말을 따라잡으려 애쓰며 말했다. "지금 **진짜** 지옥을 말하는 거야? 아니면 은유적인 지옥에 가까운 건가? 아니면⋯."

"**집중해요, 콘스탄틴!** 우린 계속 시끄러운 유령으로 살고 싶지 않지만, 선택의 여지가 별로 없어요. 이제 배고픔으로 인한 분노가 우리 대다수를 장악하고 있다고요. 혼돈이죠. 상황이 걷잡을 수 없게 되기 전에, 당신이 모두를 푸드 홀로 돌려보내야 해요. 이곳에 있는 모든 영혼을. 우리를 다음 세상으로 떠나보내야 해요."

"그래, 좋아." 그가 고개를 끄덕였다. "어떻게 하면 돼?"

"당신은 죽은 자들을 이곳, 산 자들의 세상으로 불러왔어요. 그러니 그 반대로도 할 수 있을 게 분명해요. 우리를 먹을 것으로 유인해서 돌아가게 하는 거예요."

"끝맛을 말하는 거군."

그녀가 고개를 끄덕였다.

"다만, 여기서는 그렇게 할 수 없어요. 우리를 사후세계로 끌고 가려면, 당신이 사후세계에 **있어야** 해요."

"그래서⋯?"

"그래서 당신이 도와주려면 일단 죽어야 해요."

"뭐⋯ 뭐라고?" 그는 놀란 자신의 목소리를 들을 수 있었다.

"미안해요." 그녀는 정말 미안한 것처럼 보였다. "모라 언니가 말하게 하고 싶었는데. 경계막을 찢는 방법이 소용없다는 게 확실해져서, 간밤에 플랫폼에서 언니에게 경고했어요. 나는 당신이 우리를 도울 수 있을 거라고 생각했지만, 언니는 당신을 끌어들이는 걸 꺼렸어요."

플랫폼. 모라가 떠나기 직전에 그가 그녀에게 **우리**는 없다면서 뱉었던 마지막 말. 그 이후 끊겨버린 그녀와의 통신. 그리고 그녀가 가져간 레시피. 그녀가 남긴 메모.

"**설마.** 설마 설마 설마."

"그래요." 에벌리가 고개를 끄덕였다. "언니는 직접 해결해보겠다고 했어요."

"그렇게 하게 둬선 안 돼! 그건 **내** 실수야. 내가 뭘 해야 하는지만 말해줘." 그가 빠르게 말했고, 에벌리가 허공에 뜬 채로 더 가까이 다가와 그의 귀에 속삭였다. 그의 목덜미에 닿은 그녀의 숨결이 얼음처럼 느껴졌다. 그 순간 홀이 그의 주위로 무너져 내렸다.

"가요." 그녀가 뒤로 물러나며 말했다. "지하철로 나가요. 어서."

코스티야는 어둠 속을 누비며 다시 주방으로 가는 계단을 향해 나아갔다. 그의 손가락이 셀 수 없이 많은 해 동안 불운을 가져다줄 깨진 유리와 박살난 거울 사이로 미끄러졌고, 손바닥 아래로 마치 이승과 저승 사이의 경계막 같은 얇은 커튼이 갈가리 찢어졌다.

층계참에서 그는 우르르 하는 진동을 느꼈다. 계단을 내려다보며 또 다른 유령들을 맞이할 각오를 했지만, 나타난 것은 주방 직원들이었다. 리오와 빅 마이크, 미구엘과 스테파니, 미카와 알레와 린. 그들이 냄비, 프라이팬, 소금 통, 그리고 요리용 실로 나무 숟가락을 묶어 만든 십자가로 무장한 채 올라왔다. 그들은 코스티야를 위해, 그를 지키기 위해 싸우러 오고 있었다. 그들의 의리에 코스티야는 가슴이 먹먹해졌다.

그는 그들에게 물러서라고 손짓했다.

"안 돼!" 그가 고개를 저으며 소리쳤다. "뒤쪽으로 나가요. 지하철로! 괜찮아요. 그들이 원하는 건 나예요."

리오가 공포에 질려 그를 바라보았다. "뼈다귀. 이것들은… 이것들은 집을 지키는 유령들이 아니야. 퇴마사가 필요하다고."

코스티야가 마침내 모든 것을 이해하고 고개를 저었다.

"아니. 내가 만들어준 음식이… 별로였던 거예요. 그래서 그들이 다시 주방으로 돌려보내고 있고요."

"대체 그게 무슨 뜻이야?"

"그들이 여전히 배고프다는 뜻이에요. 그리고 난 그들에게 먹을 것을 만들어줘야 해요."

비상등 불빛이 비추는 주방에서, 콘스탄틴은 6호선 지하철역으로 향하는 창문을 모두 비틀어 열었다.

"다들 나가요!" 그는 직원들에게 말했다. "플랫폼에 출구가 있어요. 나도 곧 따라갈게요."

그러나 그 순간 발소리가 들렸다. 화가 나서 쿵쾅거리는 값비싼 구두의 소리였다. 코스티야가 눈을 들었을 때 분노 때문에 붉으락푸르락하는 얼굴로 계단을 내려오는 빅토르가 보였다.

"다들 어딜 가는 거야?" 그가 칼처럼 날이 선 목소리로 내질렀다.

"디너 서비스가 아직 끝나지 않았잖아."

그의 뒤로 동무가 다리를 절며 쫓아 내려왔다. 그는 무릎에서 피를 흘리고 있었고, 난간을 잡지 않은 손에 쥐어진 총이 눈에 들어왔다. 빅토르는 광대뼈와 턱의 상처에서 흐르는 피를 두흐의 냅킨으로 꾹꾹 눌러 닦고 있었다.

"지금 무슨 얘기를 하는 겁니까?" 코스티야가 그에게 내질렀다. "디너 서비스 따위는 없어요! 이 일을 겪었으니 이제 레스토랑도 없고요! 끝났어요. 모든 게…." 그는 자신이 그런 말을 하고 있다는 것을 믿을 수 없었다. "끝났다고요."

빅토르는 피 묻은 냅킨을 허공에서 흔들며 말했다. "어서 돌아가서 일해!" 그가 요리사들을 향해 고개를 돌렸다. "다들 말이야! 오늘 디너는 무료로 제공할 거야. 사람들에게 다 쇼의 일부라고 말할 거야. 유령들이 배고프면 무시무시해진다고. 어서 먹을 것을 줘야 한다고! 이미 고객들에게 그렇게 말하고 있어."

"아뇨." 코스티야는 주장을 굽히지 않았다. "저 위에는 아직도 분노한 영혼들이 있어요. 위험하다고요. 누구에게도 음식을 제공하지 않을 겁니다. 우린 끝났어요."

빅토르가 동무에게 고개를 끄덕였고, 그러자 동무는 콘스탄틴을 향해 총을 겨눴다.

"잠깐!" 리오가 두 손을 번쩍 들며 소리쳤다.

"제기랄, 뭐 하는 거야?" 빅 마이크가 말했다.

"어서들 돌아가서 일해." 빅토르가 다시 말했다. "모두들. 자리로 돌아가."

코스티야는 모든 눈이 자신에게 쏠려 있는 것을 느낄 수 있었다. 모두들 자신이 어떻게 하는지 보기 위해 기다리고 있었다. 아드레날린이 온몸에 퍼졌다. 빅토르에 대한 증오와 자신에 대한 분노, 이곳에서 낭비한 모든 순간이 모라를 더 큰 위험에 빠뜨리고 있다는 괴로움. 그녀가 결국 자신을 떠나거나, 심지어 이 세상을 떠나는 순간이 언제 닥칠지 모른다는 불안감.

"우린 끝났어요. 빅토르." 그가 또 말했다. "난 떠나겠어요."

창문 쪽으로 돌아서서 플랫폼을 향해 발을 내딛으려는 순간, 그는 딸깍하고 권총의 공이치기를 당기는 분명한 소리를 들었다.

"**아주** 신중하게 생각해야 할 거야." 빅토르가 경고했다.

코스티야가 속에서 치솟는 분노의 열기를 뿜어내며 돌아섰다.

"나를 쏠 생각이야? 어서 쏴. 이제야 좋은 일 좀 해보겠네."

그러나 그가 상황을 파악할 겨를도 없이, 리오가 그의 앞에 섰다.

"그렇다면 나도 쏘는 게 좋을 거야, 멍청아."

"그리고 나도 쏴야할걸." 빅 마이크가 고개를 끄덕였다.

"그리고 총을 쏠 때 카메라를 보며 웃어줘." 스테파니가 덧붙였다. 그는 빅토르와 동무를 향해 마치 총처럼 카메라를 겨누고 모든 것을 촬영하고 있었다. "실시간으로 스트리밍 중이니까. 내 팔로워들에게 인사나 하시지."

빅토르와 동무가 시선을 교환했다. 동무는 마치 **이제 어쩔 셈이에요, 보스?**라고 묻는 듯 눈썹 하나를 치켜 올렸다.

"두흐는 문을 닫았어." 콘스탄틴이 분명하게 말했다. "망자들에 대한 예의로. 이제 내 주방에서 꺼져."

그리고 믿을 수 없는 일이 벌어졌다. 놀랍게도 그 방법이 통했고, 빅토르가 옆으로 물러난 것이다. 잔뜩 성이 난 그의 목에서 굵은 힘줄이 당장이라도 터질 듯 고동치고 있었다.

밖으로 나오자, 그제야 숨통이 트였다.

"이게 통하다니 믿을 수가 없네." 리오가 선언하듯 말했다.

"내가 인스타그램을 사랑한다고 말한 적이 있던가?" 코스티야가 여전히 미친 듯이 뛰는 가슴으로 숨을 헐떡이며 말했다.

"놈이 뭘 몰랐어. 난 팔로워가 겨우 네 명뿐인데 말이야!"

그들은 묘한 동지애로 한껏 들떴다. 방금 깻잎 한 장 차이로 (엄밀히 말하면 두 장 정도?) 죽음을 피하고 살아남은 자들의 단결심 같은 것이었다. 그들은 웃었다. **우리가 진짜 해냈다고?**라고 말하는 듯한 긴장되고 피식거리는 웃음이었다. 코스티야는 일이 끝난 것이 아님을 알았다. 빅토르가 보복할 것이며, 경찰의 개입이 필요해질 수 있다는 것도. 그러나 지금 당장은, 그는 모두를 포옹하며 이 순간을, 이 안도와 기쁨과 사랑을 꼭 붙들려 했다.

그 순간 그의 목 뒤에 공기가 스쳤다. 입맞춤과도 같은 산들바람.

그의 목구멍 뒤쪽에서 시원한 바람이 느껴졌다.

온몸에 한기가 퍼졌고, 마치 더블 에스프레소를 단숨에 삼킨 것처럼 심장이 빠르게, 더 빠르게 뛰었다. 그는 침을 꿀꺽 삼켰다. 그 순간 그의 혀에 금속성의 찌르르한 감각이 희미하게 퍼졌다.

소금. 세계 최고의 소금. 게랑드 습지처럼 풍부한 미네랄.

어쩌면 지금도 너무 늦었을지 모른다는 것을 직감하며, 콘스탄틴은 뛰기 시작했다.

비밀 재료

그는 식은땀을 흘리며 모라의 아파트에 도착했다. 문을 두드리고 그녀의 이름을 외치고 두 번째로 어깨를 힘껏 문에 부딪쳤을 때, 문득 스페어 키가 떠올랐다.

이번에는 문틀 위에 있었다. 그녀가 도로 올려놓은 것이었다. 마치 그가 올 것을 예상한 것처럼. 그가 오기를 바란 것처럼.

안으로 들어가니 날카로운 정적이 윙윙거렸다.

긴 복도를 따라 주방으로 향하는 동안, 코스티야는 혈관 속을 질주하는 아드레날린과 공포에 몸을 떨었다. 주방에 이르자, 마치 본능처럼 그들이 함께 보낸 첫날밤과 그가 그녀에게 만들어준 첫 식사가 떠올랐다. 그리고 늦은 밤 조리대 위에 몸을 구부리고 서서 커피나 위스키, 와인을 마시며 이야기를 나누었던 모든 순간, 모든 대화, 주방에서 나눈 모든 마지막 키스, 그곳에 담긴 모든 기억도. 모두 좋은 것들뿐이었다. 지금 그가 걸어가서 직면하게 될지도 모르는 상황을 제외하면.

그는 여전히, 아니 어쩌면 새롭게 다시, 목구멍 뒤에서 그것을 맛볼 수 있었다. 플뢰르 드 셀. 그는 그녀의 부재를 뼛속 깊이 느꼈다. 바닥에 흩어진 그녀의 보라색 머리칼과 깊은 잠에 빠진 듯 누워 있는 그녀를 보았을 때, 그의 심장이 배까지, 아니 바닥을 통과해 깊은 지하까지 쿵 내려앉았다. 너무나 깊어서 다시는 제자리로 올라올 수 없을 것만 같았다.

"안 돼. **안 돼**. 오 하느님! 오 하느님."

그는 그녀의 맥을 짚고, 숨소리에 귀 기울이고, 제발 돌아와달라고 애원했다. 마치 그녀가 방금 끔찍한 선택을 하지 않은 것처럼.

"모라, 제발. **제발**. 일어나."

전에 그는 그녀가 마술을 부려서 그녀의 눈에 생명이 물밀 듯 되돌아오는 것을 목격한 적이 있었다.

그런데 이번에는 그러지 못했다.

그는 몸을 떨며 전화기에 911을 입력했지만, 손가락이 통화 버튼에서 머뭇거렸다.

의료진이 들이닥쳐 현장을 목격하고 모라를 실어가는 장면을 상상했다. 그러다가 혹시 그들이 자신도 데려가지 않을까 하는 데 생각이 미쳤다. 그래서 감금되고 곧바로 정신병동으로 보내지는 것이 아닐까. 구속복. 진정제. 양말 없는 맨발. 그들은 그의 예전 입원 기록을 가지고 있을 것이다. 거기에 두호에서 발생한 사건까지 더해져, 그가 믿을 수 없는 사람이라는 서사가 형성될 것이다. 정신병 이력. 비극. 범죄.

하지만 지금 그런 건 중요하지 않았다.

그는 벌을 받아 마땅했다. 진지하게 결과를 고려하지 않은 행동으로 많은 사람들, 산 사람과 죽은 사람 모두에게 피해를 입혔다. 그리고 사랑하는 사람을 믿어주지 않았기 때문에, 그녀가 간곡히 애원했는데도 도와주지 않았기 때문에, 지금 그녀가 바닥에 누워 차갑게 식어가고 있었다.

그는 그녀가 무슨 짓을 했건 상관없었다. 이제 화가 나지 않았다. 그저 몹시 미안할 뿐이었다. 그저 그녀가 돌아와주기만을 바랄 뿐이었다. 그가 그런 마음을 전할 수 있도록 잠시라도 돌아와주기를.

"모… 모라." 그가 눈물을 삼켰다. 콧물이 짜고 뜨거웠고, 자꾸 말을 더듬었다. "모라, 사랑해. 내… 내가 미안해. 당신을 **믿어**."

그녀의 얼굴 가까이로 몸을 숙이고 머리카락을 쓰다듬었다. 더 세차게 울었다. 속이 돌처럼 딱딱하게 굳어버린 듯했다. 독약을 먹었을까? 알약 한 통을 다 삼킨 걸까? 그는 전화기에서 통화 버튼을 누르고 교환원이 응답하기를 기다리며, 저쪽에서 전화를 받으면 뭐라고 말할지 생각했다. 아직 그녀를 구하는 것이 가능할까.

그러나 그 순간 바닥에 있던 그녀의 몸이 갑자기 움찔했다.

"911입니다. 무슨 응급 상황으로 전화하셨나요?"

그녀가 크게 숨을 헐떡였다.

공기를 들이쉬었다.

그리고 눈을 떴다. 예정에 없던 사후세계 여행 후에, 그녀의 영혼이 다시 몸속으로 밀려들어왔다.

"그… 그게, 잘못 걸었습니다." 그가 더듬더듬 말하고는 전화를 끊었다.

그녀가 눈을 깜빡이며 그를 올려다보았다. "콘스탄틴?"

비록 세상은 불타고 있었고, 그의 레스토랑은 난장판이 되었고, 맨해튼 금융 지구에 사후세계의 문이 열렸고, 모라의 죽은 동생의 직감 외에는 그것을 막을 방법이 없었지만, 코스티야는 모라를 끌어당겨 품에 안고 입을 맞추었다. 운이 좋다면 평생 한 번 있을까 말까한, 그런 입맞춤이었다.

그 입맞춤에는 모든 말이 담겨 있었다.

미안해. 내가 틀렸어. '우리'는 있어. 물론 있지.

나는 당신을 믿어. 당신을 신뢰해. 의심해서 미안해.

다시는 당신을 잃지 않을 거야.

그녀도 그의 입맞춤에 화답하며 그를 꼭 안았다. 그렇게 입맞춤에 몰두해서 자신들이 친 모든 사고를 외면하고, 서로의 품속에 머물러버리는 것은 너무나 쉬운 일이었다.

그러나 그들은 떨어졌다. 똑같은 생각이 동시에 떠올랐던 것이다.

"우리가 다 망쳐놨어." 코스티야가 그녀와 이마를 맞대고 말했다.

"내가 그렇다고 했잖아." 모라가 희미하게 미소 지었다.

그리고 그녀는 자신이 어디에 갔었는지 말했다.

그녀는 간밤에 또다시 죽었다. 그의 레시피를 가져온 후였다.

"사람을 죽일 수 있는 것들을 그렇게 쉽게 구할 수 있다니, 참 어이없는 일이야." 그녀가 설명했다. "응급 진료 센터에서 페니실린을 구하고, 위조 처방전으로 에피펜을 구했어."

그녀는 처음으로 뜻하지 않게 경계막을 넘어가게 된 날부터 몇 주 동안 그것을 준비했다. 그녀는 페니실린 네 알을 모두 복용하고 아나필락시스 알레르기 반응을 기다렸다. 치료제인 에피펜 주사는 이미 허벅지에 꽂혀 있었고, 엄지손가락은 의식을 잃기 직전 마지막 순간에 그 약을 투여하기 위해 대기 중이었다. 아드레날린이 그녀의 몸속을 돌며 작용하기까지 걸리는 시간, 그것이 그녀가 사후세계를 넘나들 수 있는 창이었다.

코스티야는 만일 1초라도 늦었다면 어떻게 되었을지 상상하지 않으려 애쓰며 얼굴을 문질렀다.

"어쩔 계획이었어?"

"에벌리의 말에 따르면, 유령들은 끝맛 때문에 모두 자기한테 묶여 있는데, 다시 사후세계에 묶일 필요가 있대. 그리고 음식을 따라서 돌아갈 수 있다는 거야. 그래서 나는 자기 레시피를 빌려서 투어로 돌아갔지. 내가 아는 다른 셰프에게 말이야. 이미 죽은 셰프."

코스티야가 그녀를 보며 눈을 깜빡였다. "프랭키?"

모라가 고개를 끄덕였다. "프랭키는 두흐에 다른 유령들과 함께 있었어. 경계막의 반대편에서 자기가 문을 열기를 기다리면서 말이야. 나는 프랭키에게 모든 걸 말했고, 프랭키는 자기의 레시피대로 음식을 만들어보겠다고 했지. 에벌리와 함께 있는 유령들을 끌어올 수 있는지 보기 위해 말이야. 하지만 그 방법은 통하지 않았어. 프랭키는 요리를 제대로 재현할 수 없었지."

코스티야가 진지한 얼굴로 고개를 끄덕였다.

"그래. 우린 여기서도 시도했었어. 아주 많이. 끝맛은 정확해야 해. 정밀해야 하지. 망자들의 음식을 만들려면 그것을 직접 맛봐야 해. 그런데 **그렇게 오랫동안** 사후세계에 있었어? 프랭키가 요리하는 걸 볼 만큼?"

"하마터면 못 돌아올 뻔했어." 그녀가 속삭였다. "돌아오자마자 자기가 문을 두드리는 소리를 들었어. 난 자기 목소리에 매달렸지."

"젠장." 그는 눈이 따끔거리는 것을 참았다. "그래서 지금은?"

"그건 오페라 하우스에서랑 같았어. 난 그냥… 미끄러지듯 넘어 갔어." 그녀가 고개를 저었다. "살아서 이쪽에 머무는 게 점점 힘들 어져. 허기가 자꾸 **그쪽에** 있고 싶어 해. 나는 그러고 싶지 않은데, 자꾸만 허기가 이기고 있어." 그녀가 입술을 깨물며 상황을 떠올렸 다. "푸드 홀은 상황이 안 좋아. 영혼들이 굶주리고 있어. 레스토랑들 이 허물어지고 있어. 바로 중앙 광장에 거대한 틈이 생겼어. 영혼들 이 서로 밀치며 그 틈으로 빠져나오고 있지."

"경계막이 찢어진 거야?"

"분명해."

"그런데 당신 동생을 만났어. 착한 것 같았어. 좀 씻을 필요가 있 어 보였지만."

모라가 미소 지었다. "영원한 안식도 필요하고."

"당신 동생이, 음…." 코스티야가 모라의 얼굴을 살피며 다음에 이어질 말을 하기 위해 마음을 다잡았다. "내가 뭘 해야 할지 일러줬 어. 영혼들을 다음 세상으로 떠나보내는 방법을."

"그래." 모라가 인상을 찌푸리며 말했다. "나한테도 말했지. 하지 만 그게 유일한 방법일 리 없어. 내가 또 갈 수 있어. 어쩌면 프랭키 가 도와줄 수 있을…."

"아니." 그가 부드럽게 말했다. "에벌리의 동료들이 이미 경계막을 찢으려 해봤다잖아. 당신은 프랭키와 함께 그들을 유인해서 다시 돌 아가게 만들려 했지만, 효과가 없었고. 앞으로도 없을 거야. 그들이 **나한테** 묶여 있기 때문이야. 그러니까 나여야 해, 모라. 내가 가둔 영 혼들, 경계막 때문에 지금 여기 있는 영혼들이야. 오직 나만 도울 수 있어." 그가 숨을 들이쉬었다. "죽은 자들을 불러오는 건 내 선택이었어. 이제 그들을 돌려보내는 건 내 의무야."

그녀는 그의 눈에 혹시 주저하는 기색이 조금이라도 있는지 살폈다. 그녀가 매달릴 수 있는 의심의 흔적을. 하지만 그는 단호했다. 확신에 차 있었다.

"좋아." 그녀가 동의했다. "하지만 자기가 요리로 끝맺음을 하는 동안, 누군가는 경계막을 막아야 해. 그렇지 않으면 영혼들이 계속 넘어올 거야."

"프랭키가 할 수 있어."

"**내가** 할 거야." 그녀가 그의 손을 잡고, 손에 힘을 주었다. "나 역시 이 상황을 자초했어. 이제 해결하는 걸 도와야 해. 에벌리가 말한 것에서 힌트를 얻었어…."

"안 돼. 절대 안 돼. 당신이 돌아오는 표가 없는 여행을 하게 놔두지 않을 거야. 당신이 말했잖아. 허기 때문에…."

"더 이상 허기가 나를 지배하게 놔둘 수는 없어. 허기를 털어낼 필요가 있어. 그것이 왔던 곳으로 돌려보내야 해." 그녀가 차가운 손으로 그의 얼굴을 감쌌다. "이제 내가 할 수 있어. 에벌리를 보낼 수 있어. 에벌리가 다음 세상으로 떠나면, 나의 허기도 떠날 거야."

"하지만 만약…"

"죽으려는 게 아냐, 스탄. 이 일이 끝나면 살고 싶어. 자기와 함께." 그녀가 그의 눈을 강렬하게 응시했다. "나는 자기가 영혼들을 가야 할 곳으로 보낼 거라고 믿어. 내가 자기를 도울 수 있다고 믿지?"

코스티야도 그녀를 응시했다. 그리고 마침내 고개를 끄덕였다.

"나는 당신을 믿어." 그가 숨을 내쉬었다. "하지만 내가 먼저 가는 거야. 뭔가 잘못되면, 당신은 포기하고 탈출해."

"좋아."

"그리고 얘기가 나와서 말인데…." 그가 그녀의 손을 잡고 따뜻하게 녹여주려 했다. "가장 덜 고통스럽게 죽는 법이 뭐야?"

"아마도 잠잘 때." 그녀가 미소 지었다. "하지만 우린 **정말** 죽을 필요가 없어. 그냥 죽음에 **가까이** 가는 거지."

"쉬운 일처럼 얘기하네."

"내가 갔었던 모임들 기억해? 죽음 가까이에 가보았다는 임사 체험자들 모임? 한번은 어떤 남자가 내게 방법을 알려줬어. 거의 고통 없는 방법이라고 했어. 난 재료를 구할 수 없지만 자기라면 할 수 있을 거야."

"그래서 뭐가 필요한데?"

코스티야는 전화 두 통을 걸었다. 둘 다 같은 방식으로 시작했다.

"안녕하세요, 콘스탄틴입니다. 오랜만이죠. 부탁이 있어요."

미셸 보센은 잠시 그 문제를 곰곰이 생각했다.

"자네는 방금 레스토랑을 열었잖아." 그가 마침내 말했다. "그런데 왜 내 냉장고가 필요하지?"

정말이지 기적적으로, 두흐에서 있었던 재앙에 대한 소식이 아직 그의 귀에 닿기 전이었다.

"다른 선택의 여지가 있다면 절대 이런 부탁을 하지 않았을 거예요. 알잖아요."

"불법적인 일을 계획하는 건가?"

"냉장고에 불법적일 게 뭐 있어요. 그냥 중요한 뭔가를 차갑게 보관하려는 거예요." 코스티야가 차분히 말했다.

"최대 몇 시간이 필요한데?" 미셸이 당연히 콘스탄틴이 보관하려는 물건이 무엇인지 짐작하려 하며 짐짓 사무적으로 물었다.

"네 시간. 최대 다섯 시간이요." 코스티야가 거짓말을 했다. "부탁해요. 내 냉장고에는 들어가지 않아서 그래요." 그가 사정했다.

"그리고 그게 뭔지 나는 몰라야 하고?"

"그래야 발뺌의 여지가 생겨요."

"그건 자네가 뭔가 불법적인 일을 하기 때문이겠지."

"그냥… 만약에 대비해서요."

미셸은 잠시 말이 없었다. 코스티야는 그가 딱 잘라 거절하고 내심 고소해하며 연줄과 충성심과 근면함의 중요성에 대해 한바탕 잔소리를 늘어놓을 거라고 확신했다. 그 순간, 그가 불쑥 말했다.

"좋아."

"정말이요?"

그는 미셸의 미소 짓는 얼굴이 눈에 보이는 듯했다. "자넨 이제 우리 편이야. 잘 나가는 뉴욕 레스토랑의 총괄 셰프잖아. 좁고 음흉한 업계지만, 함께 뭉쳐야지. 왕관의 무게는 무거운 법이니까."

"오, 맙소사. 고마워요."

"그런데 한 가지만 말해줘. 자네가 접대한다는 유령들, 영혼의 재회, 그런 게 다 진짜야?"

코스티야에게 그 질문은 좀 의외였다. "어떻게 생각해요?"

"자넨 거짓말은 젬병이잖아. 그럼 진짜겠지." 그가 헛기침을 했다. "어쩌면 하룻밤쯤 나도 좀 끼워줄 수 있겠지. 자네 가게에서."

코스티야의 눈에 눈물이 고였다. 그것은 그가 그동안 주방에서 찾아온 모든 것이었다. 연결. 도와줄 방법. 그것이 이제야, 너무 늦게 찾아온 것이다.

"언제든지요." 그가 목이 메어 간신히 말했다. 그 약속을 결코 지킬 수 없을지도 모른다는 것을 알기에. "저야 영광이죠, 셰프."

미셸이 전화기를 들고 한숨을 내쉬었다.

"뒷문은 열려 있어. 누가 물으면 자네가 알아서 들어왔다고 말해. 어리석은 짓은 하지 말고."

유메 쿠츠키를 설득하는 데는 시간이 좀 더 걸렸다.

"못해요." 그녀는 딱 잘라 거절했다. "면허증을 잃을 거예요."

"유메, **제발.** 당신에게 피해가 가지 않을 거예요."

"그런데 누군가 죽은 채로 나타나면요? 당신이 실수를 해서 게임이 끝나버리면요?"

"누군가에게 먹이려는 게 아니에요! 그냥 실험일 뿐이에요. 새로운 기술을 위한."

"규정이 있어요. 복어 근처에라도 가려면 10여 가지 시험을 통과해야 한다고요."

"그래서 내가 당신에게 온 거잖아요." 그가 말하고는, 쭈뼛거리며 덧붙였다. "그때 당신은 예감했잖아요. 안 그래요? 배고픈 유령들에 대해서? 그래서 내가 음식을 내는 동안 주방에서 나간 거고."

그녀는 대답하지 않았다.

"당신이 맞았어요, 유메." 그는 목소리가 떨리지 않게 하려고 애쓰며 말했다. "그리고 나는 그걸 바로잡아야 해요. 그리고 이게 그 방법이죠."

그는 정적 속에서 그녀가 고민하는 소리를 들을 수 있었다.

그녀는 주저했다. 이것이 무엇이건, 개입하고 싶지 않았다. 엮이고 싶지 않았다. 그러나 한편으로는 그 일을 해결하고 싶었다.

"한 시간만 줘요."

그들은 자정이 지나서 사뵈르 페어로 갔다. 모라는 준비물이 든 가방을 끌고 갔고, 콘스탄틴은 쿠츠키가 전해주고 간 소금물이 철렁거리는 아이스박스를 힘겹게 날랐다.

그는 뒷문을 통과해 지하철 타일이 깔린 익숙한 복도를 지나서 세 대의 대형 냉장고가 나란히 서 있는, 벽면이 움푹 들어간 공간으로 길을 인도했다. 그들은 마지막 냉장고로 들어갔다. 그것은 아이스크림 냉동기로, 영하 15도 이하로 온도가 설정되어 있었다. 전문용어로 말하자면, **우라지게 추웠다.**

독이 그의 혈관에 너무 빨리 퍼지지 않게 해줄 만큼 추웠다.

코스티야가 사후세계로 넘어간 뒤 그의 몸을 보존할 수 있을 만큼 추웠다.

그들은 겉옷을 벗었다. 티셔츠 바람이었다. 추울수록 좋았다. 그리고 모라는 육류 손질용 종이를 바닥에 깔았다. 손끝이 얼얼해서 한두 번은 멈춰서 손을 호호 불기도 했다. 너무 추워서 숨을 쉴 때마다 입김이 안개처럼 피어올랐다. 코스티야는 쿠츠키의 아이스박스를 바닥에 놓고 칼이 들어 있는 지퍼백을 열었다.

"준비됐어?" 그가 그녀에게 물었다.

"자기는?" 그녀가 되물었다.

그는 고개를 한 번 끄덕이고는 아이스박스의 뚜껑을 열었다. 그들은 안을 들여다보았다. 그들의 운명이 그곳에서 헤엄치는 못생긴 물고기에 달려 있었다.

코스티야는 그것을 들어 올리다가 가시에 손가락을 찔렸다. 그는 고통 때문에 욕설을 내뱉으며 쿠츠키가 보여준 대로 복어의 배를 세게 꼬집었다. 복어는 공기로 배를 잔뜩 부풀렸다. 그는 복어를 육류 손질용 종이 위에 조심스럽게 내려놓았다. 복어는 마치 앞으로 다가올 운명을 직감한 듯 격렬하게 몸부림치며 팔딱였다.

코스티야가 칼을 들고 비장하게 말했다. "자, 시작이야!"

"이제 쫄지 마."* 모라가 부드럽게 말했다.

"내가 〈나 홀로 집에〉의 케빈이랑 사후세계에 가게 될 줄은 몰랐네."

그녀가 힘없이 미소 지었다.

코스티야는 복어가 움직이지 못하도록 누르며 배를 갈랐다. 짙붉은 피가 종이와 바닥에 튀었다. 그는 복어의 몸속에 있는 뼈와 내장, 그리고 여전히 뛰고 있는 심장을 보았다. 그리고 쿠츠키의 조언을 완전히 무시하고 몸통 안에 손을 넣어 간을 꺼냈다.

가장 독성이 강한 부위다.

알려진 해독제도 없다.

일단 독이 몸에 퍼지면 살아남을 방법이 없다. 하지만 어쩌면 독을 이용할 방법은 있을지도 모른다. 독이 천천히 퍼진다면.

이 계획은 타이밍이 관건이었다. 코스티야는 추위로 인해 혈액의

• 영화 〈나 홀로 집에〉의 유명한 대사.

흐름과 산소가 제한되는 대형 냉장고 안에서 복어 간을 먹을 셈이었다. 독과 함께 저체온증이 시작될 것이었다. 강력한 2연타였다.

그가 사후세계로 넘어가는 순간, 모라가 타이머를 작동한다. 5분 내에 그녀가 구급차를 부른다. 그러면 구급대원이 도착하기 전까지 그에게 10분에서 15분 정도의 시간이 주어진다. 사후세계에서 유령들을 다시 불러오는 데는 충분한 시간이다(부디 그렇길). 구급대원이 그를 급하게 병원으로 데려가고, 구급차를 타고 가는 동안 또 10분이 흐른다. 병원에 도착하면 위를 세척하고, 인공호흡기를 달고, 테트로도톡신을 분해할 때까지 신체 기능을 유지하기 위해 조처를 취한다. 2-3일 내에 고비를 넘긴다.

빠르게 행동한다면 살아남을 수 있다고, 모라가 만났던 임사 체험자는 말했다. 그는 살아남았고, 이 세상에서 수백 명이 그랬다. 관건은 한 시간 내에 치료를 받는 것이었다. 45분 내로 한다면 안전할 것이다. 게다가 냉장고의 낮은 온도가 시간을 좀 더 벌어줄 것이다.

그리고 만약에 대비해 모라가 그곳에 있으면서 지켜볼 것이다.

모든 것이 계획대로 된다면, 모라가 전화로 구조 요청을 한 직후에 구급대원이 오는 동안 간의 나머지 부분을 먹은 다음, 그들이 도착하기도 전에 경계막을 봉합할 셈이었다. 에벌리는 경계막이 반죽처럼 늘어난다고 했다. 그러니 반죽처럼, 뚫린 부분을 때울 수도 있을 것이다. 만두피처럼. 콘스탄틴이 모라에게 가르쳐줬던 것처럼. 그녀는 자신도 넘어갈 기회가 있기를 바랐다. 하지만 계획대로 되지 않는다면, 뭔가 틀어진다면, 그녀는 그냥 남기로 둘이 합의한 상태였다.

"절대 안전할 때만 하는 거야." 그는 그녀에게 맹세를 강요했다.

"진정하세요, 아빠. 처음도 아닌데." 그때 그녀는 웃으며 말했다.

그러나 지금 이 순간은 누구도 웃지 않았다. 코스티야는 간을 접시에 올려놓고 반으로 갈랐다.

"잠깐." 모라가 몸을 기울여 얼어붙은 입술을 그의 입술에 댔다. "사랑해, 스탄. 조심해. 저승에서 만나."

"나도 사랑해. 나중에 여기서 다시 만나서 맥주랑 버거를 먹자고. 평생 동안."

그녀가 얼굴에 떠오른 근심을 감추며 고개를 끄덕였고, 코스티야는 손에서 복어 피를 닦아내고, 분홍빛이 감도는 회색의, 젤리처럼 말랑한 작은 조각을 들어 입으로 가져갔다.

그는 이 마지막 한 입의 시적인 대칭성을 분명하게 인식했다.

모든 것이 간의 맛에서 시작되었고, 이제 그것으로 끝을 맺는다.

코스티야는 자신의 안으로 손을 뻗었다. 피할 수 없는 운명처럼 느껴지는 뱃속 어딘가, 문처럼 텅 빈 진입 지점으로. 그는 아버지를 향해, 프랭키를 향해, 저쪽 세상을 향해 손을 뻗었다.

그러자 망자들이 그를 향해 뻗는 손이 거의 느껴질 것만 같았다.

그는 복어 간을 혀에 올려놓았다.

차갑고 축축하고, 피 때문에 미끈거렸다.

치명적이고 이국적이고 평생 한 번밖에 맛볼 수 없는 맛.

그는 용기가 사라지기 전에 그것을 빠르게, 세게 씹었다.

기름지고 크림 같고 금속과 광물의 맛이 느껴졌다. 액체화된 두려움의 맛.

소금 같아. 그가 모라에게 작별 인사 대신 말하고는 꿀꺽 삼켰다.

제5부

소금과 흙

레시피에는 영혼이 없다. 당신은 요리사로서
레시피에 영혼을 불어넣어야 한다.

토마스 켈러
『프렌치 런드리 쿡북』

먹는 것은 기념하는 것이었다. 결국 음식은 삶이었다.
음식은 사랑이었다. 산 사람들이 견뎌내는 방식이었다.
그들이 계속 살아가는 방식이었다.
음식에는 그들의 인생 전체가 압축되어 있었다.
하지만 죽은 사람들은? 이곳은?
죽은 사람들은 잊기 위해 먹었다.
놓아주기 위해.

그의 삶이 주마등처럼 눈앞을 스쳐가는 대신

혀 위를 미끄러져 지나간다.

그가 음미했던 것들.

신맛처럼 불쾌하게 만든 순간들.

달콤한 기억들.

구역질나는 것들.

계속 맛볼 수 있기를 바랐던

한 입들. 장소, 사람, 열정.

모든 계절에

모든 것의 양념이 되어준

짧지만

맛있었던 삶의 맛들.

감칠맛

미소 된장,
표고버섯,
내가 만화를 보는
동안 아침을 만드는
아버지,
뼛국,
데미글라스 소스
"내일부터 시작해."
베이컨,
간장,
바에 있는 프랭키,
노스탤지어,
영양 효모,
내 얼굴을 핥는
프레디 머큐리,
정어리,
해조류,
"다 같이 한잔
하자고, 뼈다귀."
피시소스,
파마산 치즈,
"여기서 나갈까요?"
코코넛 아미노,
혀 위에서 꿈틀대는
마지막 인생의 불꽃

신맛

불수감,
키라임,
레몬 파인솔,
구토,
금귤,
프랭키의 무덤,
크랜베리,
패션푸르트,
"넌 재능을 낭비하고
있어."
몽모랑시 체리,
터진 체리,
케피르,
코티지 치즈,
내가 까맣게 살이
타는 동안 아버지와
수영장에 있던 남자
애들,
사워크림,
요거트,
거절,
샴페인,
긴 여름날을 보낸
뒤 뱌야 아저씨
트럭에서 나던 냄새,
눈에서 생명의 빛이
떠났을 때의 모라,
식초,
불안,
"사고가
있었습니다."
내 몸이 죽는데 살고
싶은 욕망

단맛

설탕,
아사이,
당신의 작고 차가운
손,
벌꿀,
모스카토,
성공(짧았지만),
진부한 농담,
메이플 시럽,
톰킨스 스퀘어의
달빛,
멜론,
스테비아,
꽃병의 꽃,
리치,
살라크,
당신에게 키스하는
모든 순간,
마니스위쯔 와인,
마시멜로,
천천히 춤추기,
아스파탐,
자일리톨,
당신이 부르는 내
이름,
당근,
콜라,
내가 부르는 당신의
이름

쓴맛

커피,
중과피,
살구씨,
"또 뭐야, 엄마?"
엔다이브,
자몽의 속살,
야구 경기와
어린이 야구 리그와
부자(父子)가
관련된 모든 것,
라디치오,
무,
한 해의 특정한
날들(시간이 아무리
지나도),
후추,
독,
최고의 친구이자
형제였던 친구를
잃은 것,
생 양파,
자신을 알아주던
아버지를 잃은 것,
탄 빵,
탄 설탕,
탄 간,
화상 입은 피부,
사랑하고 믿었던
사람으로부터
이용당한 것,
싸구려 독주,
배고파서 화난
영혼들(유령)

짠맛

일반 소금,
코셔 소금,
"지옥에나 가"
바다 소금,
플뢰르 드 셀,
전해질,
내 품 안의 모라,
피,
땀,
소금물,
수액,
눈물,
앤초비,
욕설,
피부,
올리브,
정액,
페타 치즈,
베지마이트,
내가 당신을 얼마나
사랑하는지,
앞으로도 항상
사랑하리라는 것

눈의 향연

푸드 홀은 그야말로 향연이다.

눈을 위한, 혀를 위한, 마음을 위한 향연.

그곳은 욕망만큼 광활하다. 음식의 바다. 푸드 홀은 우리가 영원
토록 다가갈 수 있지만 실제로 닿을 수 없는 지평선과 비슷하다.

또한 푸드 홀은 겁나 재미있다.

햇볕에 영근 과일들의 과수원이 있다. 복숭아와 자두, 레몬과 라
임, 깊은 밀림의 가시여지, 덩굴 포도, 피타야와 고약한 냄새가 나는
견과, 녹색 망고스틴, 페르세포네의 씨앗에서 나온 석류의 향기가
공기에 진하게 배어 있다.

육류를 파는 길거리 노점들이 웬만한 도시 규모의 미로를 이루고
있다. 맛있는 냄새가 밴 연기가 굴뚝처럼 솟아오르고, 그리들과 그
릴에서는 안티쿠초와 분짜, 양고기 자이로와 파니 카 메우사 샌드위
치, 도도새 날개와 티라노사우루스 허벅지 등, 모든 것이 노릇하게
구워지며 지글거린다.

치즈 섬도 있다. 유청 속에 둥둥 떠 있는 진짜 섬이다. 부라타 바

지선이 파니르 수로를 통해 아이보리색 이베리코 해안으로 영혼들을 실어 나른다. 그리고 리코타 지협이 그 해안을 뮌스터 본토와 연결한다.

푸드 홀에서 세상은 하나의 굴이다!* 하늘처럼 하얀 구시모토산 굴. 인간의 손이 닿지 않은, 발견되지 않은 품종. 또한 이곳에서 세상은 한 그릇의 체리**다! 아마레나와 레이니어, 몬모랑시와 모렐로를 이종 교배한, 과즙이 턱으로 줄줄 흐르는 품종의 체리. 세상은 또한 초콜릿 상자다! 코코넛 클러스터와 치아에 달라붙는 캐러멜, 하트 모양의 휘트먼 샘플러 웡카 원더볼 서프라이즈.

콘스탄틴 두호브니는 이 모든 마법, 죽은 자들을 위한 환상적인 맛과 향과 풍미 한가운데에 도착했다. 그러나 눈을 찡그리고 깜빡이며 초라한 형광등 불빛 아래에 서서 눈을 떴을 때 그의 앞에 펼쳐진 것은 피자헛과 타코벨이 합쳐진 가게였다.

그가 도착한 곳은 쇼핑몰의 푸드코트 같은 곳이었다. 여기가 지옥일까? 불가능할 만큼 큰 장소라, 어디서 끝나고 어디서 시작되는지 가늠할 수 없었다.

처음 든 생각이자 유일하게 든 생각은 어서 요리를 해야 한다는 거였다.

그는 리놀륨 타일 바닥을 따라 걷기 시작했고, 두 곳의 스타벅스와 판다 익스프레스, 컵케이크 자판기, 분수식 탄산수 급수대(펌프를 통해 콜라를 뿜어내는 진짜 작동하는 분수)를 지나쳤다. '그레이의 50가

---

* 세상은 네 것이다. 무한한 기회가 열려 있다, 라는 의미의 관용구 The world is your oyster를 이용한 말장난.
** 쉬운 인생, 즐거운 인생을 뜻하는 관용구 bowl of cherries를 이용한 말장난.

지 파파야' 가게, 핫도그 가게, 세 곳의 아침 식사 전문점, 그리고 춤
추듯 팔딱이는 연어가 간판에 그려진 '골디스 록스'라는 훈제 연어
애피타이저 판매점도 지나쳤다. 이런 곳에는 음식을 간단히 데울 수
있는 전자레인지와 토스터 오븐, 어쩌면 튀김기 정도가 있었지만,
그의 목록에 있는 음식 가운데 절반은 온전한 주방과 진짜 식재료가
있어야 만들 수 있었다.

그는 출구를 발견했다(작은 기적이었다!). 문을 열고 나가 보니 그
곳은 일종의 레스토랑 거리였다. 체인점과 패스트푸드점들 대신 미
쉐린 별점 레스토랑들이 즐비한 골목이 펼쳐졌다. 가로등이 밝혀진
길가에는 매혹적인 레스토랑들이 늘어서 있었고, 리놀륨 바닥은 사
괴석 포장길로 바뀌었다. 이곳은 그가 찾는 곳에 더 가까웠다.

코스티야는 어느 창문 앞에 멈춰 서서, 입을 벌리고 짝퉁 사뵈르
페어를 바라보았다. 소름끼칠 만큼 흡사해서, 테이블을 정리하는 직
원을 닦달하는 미셸의 모습이 보일 것만 같았다. 그는 안으로 들어
가서 웨이터나 안내원처럼 인도해줄 **누군가**를 찾았다. 이곳에는 분
명 주방이 있을 테니까! 그러나 레스토랑 안에는 사람이 없었고, 식
당은 황량했다. 코스티야는 그곳을 누비고 다니며 보이는 문마다 열
어보았지만, 그가 발견한 것은 주방이 아니라 푸드 홀의 **다른** 장소로
통하는 지름길과 통로, 뭔가를 먹기 위한 **더 많은** 길들 뿐이었다. 주
방이 일부러 숨으려는 것처럼 느껴질 지경이었다.

마침내 그는 문 하나를 선택했고, 안으로 들어가 보니 그곳은 황
혼녘의 천막이었다. 그의 앞에 활기찬 야시장이 마치 다닥다닥 돋아
난 꾀꼬리버섯처럼 펼쳐졌다.

"주방은?" 그는 카놈 브앙 가판대에서 물었다. 그러자 크레이프

가 저 혼자 반으로 접혔다.

"**주방은?**" 그는 끓는 라면 냄비에 애원하듯 물었다. 그러자 물이 치익 소리를 냈고, 젓가락이 저 스스로 면발을 그릇에 떠 넣었다.

"**주방은?!**" 그는 회전초밥 집에서도 시도했지만, 컨베이어 벨트가 그의 앞으로 다음과 같이 적힌 카드가 놓인 작은 접시를 내놓았다. **규칙을 어긴 자에겐 국물도 없다.**

사후세계는 분명 그를 완벽히 꿰고 있는 것 같았다. 에벌리는 이 일이 쉬울 거라고 말했다. 푸드 홀에는 그가 들어가서 요리할 수 있는 매점과 레스토랑이 도처에 있다고. 식재료를 구하는 것은 그냥 생각만 하면 되는 문제라고. 그러나 요주의 인물 명단에 그녀의 이름은 없었겠지.

좋아, 해보자고. 그는 반항적으로 생각했다.

푸드 홀이 그를 돕지 않는다면, 스스로를 도울 셈이었다. 어차피 먹는 것은 이곳의 핵심이고, 어디에나 음식이 있지 않은가! 그는 몇 가지 식자재를 훔쳐서 어떻게든 해볼 셈이었다.

그는 구슬 커튼을 밀어젖히고, 환한 햇살이 비추는 모로코의 마라케시 같은 곳으로 들어갔다. 케프타 타진과 건포도가 박힌 쿠스쿠스, 매운 하리사 양념 양고기 꼬치, 사프란으로 향을 내고 시나몬 슈거를 뿌린 파스티야 파이의 냄새에 입안에 침이 고였다.

그는 향신료 가판대에서 고수와 쿠민, 정향이 들어 있는 자루들을 손으로 훑었다. 그리고 계피 가루 한 줌을 손에 쥐었다. 그러나 그가 가판대에서 멀어지자마자 계피 가루는 사라졌다. 강황으로 다시 시도했지만, 이번에도 사라졌다. 후추도 마찬가지였다.

"아, 제발!" 그가 소리쳤다. "내가 뭘 어떻게 해야 해, 어?" 그가 나무 탁자를 발로 걷어차자, 향신료들이 훅 하고 솟아올라 무지개 구름을 만들었다. "대체 뭘 해야 되냐고?!"

그가 다시 한번 걷어차자, 향신료 자루 중 하나가 엎어지며 붉은 가루가 연기처럼 피어올랐다.

그가 입을 벌리고 뭔가를 외치려는 순간, 어깨에서 누군가의 손을 느끼고 말문이 막혔다.

"뼈다귀." 속삭이는 목소리가 들렸다. 그 목소리가 마치 초콜릿처럼 콘스탄틴을 누그러뜨렸다. "진정해, 친구. 넌 공공의 적 제1호야. 그렇게 계속 시선을 끌다간 시작도 못해보고 끝장날 수 있다고."

죽어서까지도 프랜시스 K. 오셔너시는 멋져 보였다.

"프랭키!" 코스티야가 그에게 달려들었다.

"나도 보고 싶었어, 이 멍청아." 프랭키가 웃으며 그를 포옹했다. "그리고 멍청이라는 말 진담이야. 자, 가자."

돌아서는 그의 얼굴에 걱정의 빛이 스쳤다. 그는 코스티야를 이끌고 시장을 누비고 다니며 말했다.

"죽은 사람들한테 장난질을 하고, 영혼들을 불러오고… 우리가 다 망쳐났어."

프랭키는 빵 가판대가 즐비한 거리를 걷다가, 좁디좁은 골목으로 접어들었다(잠깐, 양옆에 쌓여 있는 건 **합성 버터**로 만든 벽돌인가?).

"**내가** 망쳤지." 코스티야가 바로잡았다. "**넌** 아무것도 안 했잖아."

"그게… 꼭 그런 건 아니야. 나도 이쪽에서 한몫했어."

"하지만 내가 아니었다면 애초에 네가 여기 있지도 않았을 거야! 다 내 탓이야. 네가 이렇게…." 코스티야가 미적거리다가 젖은 시멘트처럼 무거운 단어를 뱉어냈다. "죽은 건. 넌 **살아** 있어야 마땅해, 프랭키. 제길. 그 유령이었어? 울프퍼프에 나타났다는 그 여자? 정말 미안해."

"잠깐, **뭐라고?** 아냐. 네 탓이 아니야, 뼈다귀."

프랭키가 말을 멈추지 않고, 앞으로 가라고 손짓했다.

"당연히 내 탓이지! 내가 그 여자를 다시 불러냈잖아."

코스티야가 요리조리 몸을 흔들며 벽돌들 사이를 빠져나왔다. 길이 좁은 데다 버터가 말랑해서, 팔에 번들번들하게 묻었다.

"내가 죽은 건 그 유령 때문이 아니야." 프랭키가 고개를 저었다. "그냥 내가 지나치게 서두른 탓이었어."

"뭐?"

"정말 멍청한 얘기야. 얘기하려니까 쪽팔리네."

"음, 자존심은 넣어둬. 궁금해서 죽을 거 같으니까."

"그럼, 너무 나쁘게 보지 말아줘. 알았지?" 프랭키가 한숨을 쉬며 아치형 입구를 통과해 특이한 과일들의 진열대를 향해 걸어갔다. "그 즈음에 나는 할 일이 너무 많았어. 켈러에서는 오라고 하지, 델리아는 자꾸 진지한 관계를 원한다고 압박하지. 울프퍼랑 제임스 비어드상도 있고. 엄마는 어서 정착하라고 성화지. 학자금 대출, 밤 외출, 너랑 비밀 레스토랑. 나는 모든 것에 열정을 불태우고 있었어."

"원래 젊고 배고플 때는 그런 거잖아."

그들은 사각형 수박과 푸른색 라즈베리, 형광색 자두가 진열된 곳을 지나쳤다.

"그럴 수도. 하지만 그 어떤 것도 만족스럽지가 않았어. 네가 하는 걸 보고 나서부터는."

"나?"

"너는 진짜를 하고 있었어. 뭔가 의미 있는 음식을. 특별했지. 적어도 그때는 그렇게 느꼈어. 지나고 보니 후회 막심이지만."

프랭키가 신포도 수레 옆을 비집고 지나가서 수산물 시장 입구에서 멈춰 섰다.

"맞아." 코스티야가 동의하며 따라갔다. "끌어들여서 미안해."

"내가 기억하는 대로라면, 오히려 **내가 널** 끌어들였지. 너는 현명하게도 포기할 준비를 하고 있었잖아. 하지만 나는 너를 울프퍼프로 끌고 가서 실험을 했고, 사뵈르 페어로 끌고 가서 일하게 했어. 그리고 또…."

"뭐라고? **아니야!** 넌 날 **격려해줬어.**"

"건어물처럼 널브러져 있던 널 끌어내서 헬스 키친 비밀 레스토랑을 시작하게 했지." 프랭키가 말을 이었다. "그리고 그건 단지 우리가 친구이기 때문만은 아니었어. 나는 명성을 원했어. 영광을. 그걸 얻기 위해 너에게 빌붙는 것도 불사할 만큼. 내 우선순위는 그 정도로 완전히 뒤틀려 있었어. 내가 죽은 날 밤까지."

그들은 알록달록한 아가미가 팔딱이는 무지개 송어 좌판을 지나쳤다. 붉은색, 초록색, 파란색 랍스터의 진열대와 속이 불꽃처럼 붉은 성게가 담긴 쟁반도 지나갔다.

"그게 무슨 뜻이야?"

프랭키가 숨을 내쉬었다. "난 내 가게를 열기 위해 정신없이 일하고 있었어. 셀 수 없을 만큼 많은 밤을 지새웠지. 그날도 울프퍼프에서 영업시간이 끝난 뒤 메뉴를 시험하고 있었어."

"기억나."

"음, 긴장을 풀려고 술 한잔을 마시고 준비를 시작했어. 하지만 술기운 때문에 머리가 띵해서 알레가 평소에 먹는 각성제를 좀 먹었지. 그러니까 기분이 좋아지기 시작했어. 너무 좋아서 레시피 수정이 끝났는데도 계속 해보자는 생각이 들었지. 남아서 실험을 해보자고. 그러니까…." 그는 미안한 표정으로 코스티야를 살펴보았다. "뼈다귀, 부끄럽지만 난 네가 유령과 하는 일을… 나도 할 수 있다고 생각했어. 어쩌면 더 잘할 수도 있다고 말이야. 네 걸 가로채려 한 셈이지."

"대체 무슨 말을 하는 거야?"

프랭키는 상상할 수 있는 모든 빛깔과 크기의 굴 껍데기가 가득한 통로를 요리조리 헤치며 지나가다가 오른쪽으로 급하게 방향을 틀어 또 다른 대형 천막으로 들어갔다. 안에는 쌀자루가 가득했다.

"너는 그 일을 제대로 할 수 없다고 불평했잖아. 영혼들을 불러올 방법을 모르겠다고. 난 자만심에 찬 후레자식이었어. 그래서 바르첼로 럼주 반 병을 마시고 알약 두 개를 더 삼킨 다음, 네 아버지를 불러오기로 결심했지. 네가 못한 것을 해보겠다고 말이야. 난 생각했어. 간 요리, 그게 어려우면 얼마나 어렵겠어? 그래서 간을 가스레인지에 올렸지만, 각성제랑 럼주가 들어간 데다 수면 부족까지 겹쳐서 주방에서 뻗고 말았어. 깨어나 보니 주방에 연기가 가득했어. 나는 너무 취해서 방향 감각을 잃었어. 그래서 출구라고 생각하고 대형 냉장고로 기어 들어갔지. 그땐 이미 연기가 자욱해져서 앞을 볼 수 없었어. 숨도 쉴 수 없었지. 그래서 그냥 그대로 있었어. 구조대가 와주기만 바라면서 말이야." 그가 한쪽 어깨를 으쓱했다. "하지만 너무 늦게 왔지."

코스티야가 입을 벌리고 그를 보았다.

"이런 **젠장**." 그가 들어본 중에 가장 슬픈 얘기였다. "넌 내가 아는 누구보다 최고의 삶을 누리고 있었는데, 그렇게 죽다니!"

"정말로 그렇게 생각하는 거야?" 프랭키가 곡물 자루를 요리조리 피하며 걸었다. "겉으로는 좋아 보였겠지만, 속은 그렇지 않았어. 껍데기뿐이었던 거야. 파티, 주방 팀. 토요일 밤에 노는 건 좋았지. 하지만 그게 다였어. 정말 나를 아껴준 건 너와 리오뿐이었어."

"그건 아니지! 여자들이 얼마나 너를 좋아했는데. 여자 꼬시는 능력이 엄청났잖아!"

"능력." 프랭키가 씁쓸하게 되뇌었다. "젊고 외모도 괜찮았지. 여자들과 관련해서 운이 좋았던 건 사실이야. 즐거운 밤을 보냈지. 즐거운 낮. 즐거운 아침도." 그가 과거를 떠올리며 작게 미소를 짓더니 이내 그 미소를 지웠다. "하지만 그뿐이었어. 진짜가 아니었지. 나는 나 자신과 내 자리에만 몰두해서 누구도 받아들이지 못했어. 누구도 사랑한 적이 없었지. 너와는 달리."

"이러지 마. 내가 사랑에 대해 뭘 안다고?"

"많이 알지! 내가 죽었을 때 나는 너를 느꼈어. 바로 여기서." 프랭키가 자기 가슴을 두드렸다. "네가 너무나 꽉 붙잡고 있어서, 푸드홀에 발을 내디딜 수도 없었어."

"**젠장**, 프랭키. 내가 너를 배고픈 유령으로 만들었다면…."

"안 그랬어." 프랭키가 고개를 옆으로 기울였다. "적어도 오랫동안 그러지는 않았지. 여자를 만나기 시작하니까 나에 대한 집착을 놓더라고."

"남은 음식처럼." 코스티야가 속삭였다.

"하지만 잠시나마 배고픈 유령이 되어보니 남들이 얼마나 괴로울지 생각하게 되더라." 프랭키가 말했다.

"그래서 투어를 시작했구나."

프랭키가 고개를 끄덕였다.

"난 네가 하는 일을 봤고, 그래서 생각했어. 음, 내가 사람들을 도울 수 있겠다. 저쪽 세상에서 코스티야가 하는 일에 조금 도움을 주는 거야. 끝맺을 더 쉽게 만날 수 있게 해주는 거지. 그럼 결국 내 이름을 날릴 기회도 생길 수 있고, 내 선행으로 유명해지고." 그들은 천막 끝에 도달했고, 프랭키는 천막을 밀어젖히며 과수원으로 들어갔다. 나뭇잎 사이로 점점이 햇살이 비치고 있었고, 발효된 듯한 달콤한 냄새가 공기 중에 감돌았다. 사과였다. "내 꾀에 내가 당했다고 해야겠지?"

프랭키는 과수원을 성큼성큼 걸었고, 코스티야는 종종거리며 쫓아갔다.

"너하고 합을 맞추려고 했는데, 네가 약속을 너무 철저히 지켰어, 뼈다귀. 나를 죽은 채로 놔두겠다는 약속 말이야. 지금 생각하면 완전 다행이었지. 내가 행그리 유령이 되는 것을 막아줬으니까."

"젠장." 코스티야가 상황을 깨닫고 숨을 헐떡이며 말했다. "달리 연락할 방법이 없어서 두흐에서 기다리고 있었던 거구나. 내가 불러온 영혼들이 갇혀 있다는 걸 모르고."

"알았다면 이런 짓은 안했을 거야. 네 개업식 날 팀 전체를 이끌고 가는 짓은 **절대로** 안했겠지. 난 그냥 끝맺음을 돕고 있다고 생각했어. 너와 마찬가지로. 우리 둘 다 너무 간절히 그렇게 믿고 싶었던 거야. 우리가 좋은 사람들이라고 말야."

"상황을 더 좋게 만들고 싶었는데, 언제나처럼 결국 이렇게 되어 버렸네." 코스티야가 땅에 떨어진 사과를 발로 차 멀리 날려버렸다.

"하지만 아직 시간이 있어. 우리가 사후세계를 바로잡을 수 있다고."

프랭키는 나무가 늘어선 길을 따라 빠르게 걸었다. 과수원 문을 지나 갈림길을 향해 가면서 어느 쪽이 좋을지 따져보고는, 코스티야가 보지도 못했던 오솔길로 들어섰다. 그래니 스미스 사과나무 길이었다.

"어떻게 할지 모르겠어. 재료를 열 발짝도 가지고 갈 수 없는걸. 장담하는데, 주방을 사용하는 것도 엄청 힘들 거야."

"푸드 홀이 뒤끝이 좀 있긴 해. 하지만 네가 요리할 수 있는 곳을 알아. 재료들도. 쉽지는 않겠지만, 차선책이 있어."

"그래?"

"잘 봐. 여기 있는 음식 대부분은…" 프랭키가 나무에서 사과 하나를 따서 한 입 베어 물었다. "그냥 보여주기용이야." 그가 사과를 코스티야에게 던졌고, 코스티야는 사과 껍질 속에 **아무 것도 없는** 기묘한 광경에 깜짝 놀랐다. 과육과 씨가 있어야 할 자리에 공기만 있었다. "그냥 식욕을 자극하기 위해 있는 것뿐이지. 모습. 냄새. 다 속임수야. 먹을 수 있는 음식은 주문 제작되거든. 기억에서 말이야."

"여기 음식이 기억을 먹는다고?"

"여기 음식은 기억이라고."

코스티야가 걸음을 멈추었다. 마치 본능적으로 알고 있던 사실처럼, 무슨 말인지 이해가 됐다. 그가 지금까지 요리한 모든 끝맛은 다 그랬다. 끝맛은 다른 무언가를 상징했고, 각각의 요리는 산 사람과 죽은 사람이 공유하는 기억이었다.

"그렇다면 기억이 음식일 수 있는 거야? 그러니까⋯ 그러니까 원
재료처럼?"

"그게 푸드 홀에서. 요리하는 방식이야." 프랭키가 고개를 끄덕였
다. "푸드 홀은 기억을 음식으로 바꾸지. 우리가 처리할 수 있도록
말이야. 하지만 끝맛처럼 어려운 문제는⋯ 해결할 능력이 없어. 그
리고 넌 **진정한** 셰프, 더 나은 셰프야. 죽은 사람들을 이끌고 그들이
느끼는 것을 **느끼니까.** 그것을 맛보고, 자기가 만드는 모든 음식에
영혼을 쏟아붓지. 푸드 홀은 그럴 수 없어. 그래서 누군가 기억으로
요리를 할 수 있다면, 난 너에게 돈을 걸겠어."

코스티야는 자기도 모르게 엷은 미소를 지었다. "모든 요리사에
게 그렇게 말하겠지."

"밥값을 하는 요리사들에게만 그렇게 말하지."

"하지만 음식이 기억이면, 먹으면 어떻게 돼? 그냥⋯ 사라지나?"

프랭키가 고개를 저었다. "망각과 끝맺음은 다른 거야. 기억은 해.
그냥⋯ 더 이상 갈망하지 않는 거지. 적어도⋯." 그가 코스티야를 의
미심장한 눈으로 보았다. "자기 기억일 때는 그래."

"무슨 말인지 모르겠어."

"뼈다귀, 네가 도와주려는 영혼들은 지금 푸드 홀에 없어. 그러니
까 **그들의** 기억은 재료로 쓸 수 없지." 프랭키가 부드럽게 설명했다.

"하지만 그렇다면 내가 어떻게⋯."

프랭키는 말할 수 없이 미안한 얼굴로 말했다. "아마도 네 기억을
써야 할 것 같아."

코스티야가 침을 꿀꺽 삼켰다. 입이 바짝 말랐다. "그리고 그들이

내 음식을 먹으면, 내… 내 기억… 나는 어떻게 되는 거야?"

"모르겠어. 확실하지는 않지만 굳이 추측하자면, 넌 기억을 잃게 될 거야."

그 말이 얼음주머니처럼 코스티야를 강타했다. 그가 잃게 될 것들. 사라질 수 있는 모든 것. 모든 사람. 그는 저쪽 세상에서 자신을 기다리고 있을 모라를 생각했다. 어머니, 그리고 리오와 주방 직원들도 떠올렸다. 그는 그것이 앗아갈 기억들, 그가 마침내 살기 시작한 삶의 모든 순간을 생각했다.

그는 그것을 포기하고 싶지 않았다.

그러나 이런 상황을 자초한 것은 그였다. 그는 이 영혼들에게 피해를 입혔다. 그들에게 빚을 졌다.

"다른 방법은 없을까?" 그가 목이 메어 간신히 말했다.

"푸드 홀이 너를 용서하고 잊기로 결정하지 않는 한은 없어. 그리고 내가 본 바로는, 푸드 홀은 겁나 옹졸하고…"

그 말을 듣기라도 한 것처럼, 발밑의 땅이 흔들리기 시작했다.

"입조심해!" 코스티야가 균형을 잡으려 애쓰며 소리쳤다.

"내 탓이 아니야!" 프랭키가 근처에 있는 나무 몸통을 붙잡았다. "경계막이 파열된 뒤부터 푸드 홀이 제대로 작동하지 않고 있어. 그래서 너한테 그렇게 화가 난 거고." 진동이 잦아들자마자, 프랭키는 서둘러 코스티야를 데리고 과수원을 지나 암석 사탕으로 된 벽을 향해 걸어갔다. 가까이 가니 앞쪽에 터널이 보였다. "지금은 우리가 위험을 피해 계속 움직이고 있지만, 푸드 홀이 무너지기 전에 상황을 바로잡아야 해. 푸드 홀이 허물어지고 있어. 사후세계 전체가 굶주리고 있고."

"그 정도로 심각한 상황이야?"

"그래. 경계막이 뚫려 있는 한, 배고픈 유령들이 계속 맨해튼으로 쏟아져 들어갈 거야. 끝맺음을 하거나 피를 보려고. 아니면 둘 다."

"모라." 코스티야는 복어와 사뵈르 페어, 그리고 저쪽 세상에 있는 자신의 육신이 떠올랐다. "모라가 넘어와서 막으려 할 거야."

"도움이 필요할 거야. 행그리 유령들이 가만있지 않을 테니까."

"제기랄."

"하지만 한 번에 하나씩만 처리하자고." 터널은 반쯤 녹슨 문으로 이어졌다. 프랭키가 손잡이를 비틀어 문을 열자 계단이 나왔다. "일단 네가 요리를 해야 해."

"그게 무슨 의미가 있겠어?" 코스티야가 계단을 내려가며 우는 소리를 했다. "사후세계는 망했고, 산 사람들도 망했고, 죽은 사람들도 망했는데, 푸드 홀이 도와주고 싶다 해도 그럴 수가 없어. 왜냐하면 거기도 망했으니까. 모두 다 나 때문에 망했는데, 어디 가서 뭘하건 그게 무슨 의미겠어? 나는 마이너스의 손이야. 내가 만지는 것마다 죄다 망가지잖아."

프랭키가 껄껄 웃었다. 그의 목소리가 어둠 속에서 반사되었다. "너 요리에 소금을 너무 많이 친 적 있어? 스파게티를 너무 익힌 적은? **겁나 맛없는** 걸 만든 적 있어?"

콘스탄틴은 사뵈르 페어에서의 끔찍한 크리스마스를 떠올렸다. 실패로 끝난 연말 파티와 엉뚱한 소스가 들어간 파스타를.

"누구나 그런 적 있지 않아?"

"좋은 셰프와 나쁜 셰프의 차이는 그 실수를 기회로 삼을 수 있느냐는 거야."

"완전 망했는데 무슨 놈의 기회?"

"정말 일일이 설명해줘야 해? 지금 이 순간 푸드 홀은 네가 요리하는 공간일 뿐이고, 요리를 위해 필요한 건 바로 너야. 너는 재료 창고이자, 조리 구역이자, 진짜 셰프야. 그러니까 이 유령들에게 거부할 수 없는 음식을 만들어줘. 그동안 우리는 경계막을 때울 테니까. 그런데 모라에게 무슨 계획이라도 있어?"

"반죽과 관련된 뭔가가 있어."

"어쩐지 모라가 마음에 들더라니."

그들은 계단 바닥까지 내려갔고, 프랭키는 지하철 6호선 개찰구 앞에 멈춰 섰다.

"잠깐. 우리가 어딜 가는 거야?" 코스티야가 천천히 말했다.

"두흐(DUH)에 있는 네 주방! 이거 참(duh)." 프랭키가 말했다.

* * *

저승의 두흐는 화장실 타일까지 이승의 두흐와 똑같았다. 두 가지만 빼고. 사람도 없었고, 음식도 없었다.

이것이 기묘한 인상을 낳았다. 마치 레스토랑 자체가 죽기 직전인 것처럼, 거기에 생명을 불어넣었던 영혼이 육신을 버린 것처럼 느껴졌다.

코스티야는 조리 구역에서 도구들을 준비했다. 칼, 도마, 프라이팬, 냄비, 행주. 그런 다음 숨을 깊이 들이쉬며 불안을 토해내려 했다. 그는 이제 재료가 필요했다. 재료를 만들어내야 했다. 그 자신 속에서 찾아내야 했다. 프랭키는 이 부분을 그에게 (두 번) 설명해주었지만, 코스티야는 여전히 그것이 어떻게 작동하는지, 그리고 과연 작동하기는 할지 완전히 확신할 수 없었다.

"기억해." 프랭키가 그에게 상기시켰다.

코스티야는 속마음을 감추고 용감해 보이려 애쓰며 고개를 끄덕였다. 죽음과 망각은 별개의 문제였다.

"시작해야겠어. 내가 여기서 뭘 하고 있는지 기억하고 있을 때."

"젠장, 뼈다귀." 프랭키가 그를 당겨 끌어안았다.

"프랭키, 만약에⋯." 목구멍에 말이 걸렸다. "결국 내가 온전하지 않은 상태가 된다면, 이것만 알아주면 좋겠어. 넌 내게 최고의 친구였어. 나를 주방으로 떠밀어준 거 고마워."

"일이 잘 되면 그때 다시 고맙다고 해."

둘은 서로 떨어졌지만, 코스티야는 여전히 프랭키의 셔츠를 움켜쥐고 있었다.

"돌아와, 알았지? 모라를 찾아서 빌어먹을 경계막을 막자마자."

"당연하지, 뼈다귀. 곧 다시 보자."

"진짜야. 빨리 와."

"진짜예요. 빨리 와주세요!" 모라가 벽걸이 전화기에 대고 소리치고는 수화기를 떨어뜨려 대롱대롱 매달리게 했다. 구급대원이 유선 전화를 추적해 사뵈르 페어로 찾아올 것을 알았기 때문이다.

그녀는 자신이 충분한 정보를 전했는지 기억하려 애썼다. 복어, 독, 인공호흡기, 죽어가고 있다는 것. 그녀는 다시 주방으로 통하는 계단을 전속력으로 내려가서, 복도를 지나 대형 냉장고가 있는 곳으로 갔다. 콘스탄틴의 육신이 그를 배신한 그곳으로.

뭔가 잘못된 게 분명했다.

독이 예상보다 빨리 퍼졌다. 그녀는 그가 자신의 목소리에 반응을 멈추자마자 전화기의 타이머를 켰지만, 무의식에 빠진 지 2분도 안 되어 경련을 일으키더니 구토를 하고 입에 거품을 물었다.

만져보니 몸이 얼음장처럼 차가웠다. 깨우는 것이 불가능했다.

그녀는 전력 질주로 계단을 올라가서 애초에 계획한 것보다 일찍 구급차를 불렀다. 이제 그녀는 구급대원을 기다려야 했다. 다시 저세상으로 가는 것을 포기해야 했다. 그러기로 했었다. 안전할 때만 시도하기로. 그러나 콘스탄틴의 입술 가장자리와 손가락이 퍼렇게 변하고, 발 근처에 고인 토사물에 서리가 생기는 것을 보며, 그녀는 안전한 짓을 할 수가 없었다.

그는 그를 찾아야 했다. 그를 구해야 했다.

진짜 사랑은 꼭 붙들어야 해. 그녀는 나머지 복어 간을 삼켰다.

주방에 정적이 감도는 가운데, 코스티야는 눈을 감았다.

그는 자신이 불러낸 첫 번째 유령부터 시작했다.

카바. 그는 푸드 홀에게 주문을 하듯 생각했다. **진. 레몬주스. 룩사르도 체리.**

그는 재료들의 이름을 계속 되뇌었다. 단어들의 의미가 점점 둔해지며, 음절들이 거의 의미를 잃을 때까지 반복했다.

하지만 아무것도 나타나지 않았다.

프랭키가 그에게 뭐라고 말했더라? 모든 기억은 특정한 맛을 지닌다고 했다. 푸드 홀이 그에게 정확히 무엇을 내어줘야 할지 알기만 하면 된다고 했다.

그는 다시 시도했다. 다시 생각했다.

카바, 카바가 필요해. 거품이 일고, 드라이하고, 살짝 톡 쏘는 맛. 산미가 있지만 확고한 단맛. 목구멍이 따뜻해지는.

그리고 이번에는 그의 내면 어딘가에서 벌꿀 같은 목소리가 들려오는 것을 느꼈다. **그게 어떤 느낌이지?**

코스티야는 잠시 주저하다가 그 기억을 내놓았다. 여러 해 동안 생각도 해본 적 없는 기억이었다.

그가 설탕과 프림을 슬쩍하려고 올림피아 그리스 식당에 들어갔을 때였다. 배낭에 설탕과 프림 봉지를 잔뜩 담고 있는데, 한 웨이트리스가 그를 붙잡았다. 아는 애였다. 데미 파카아키스. 6학년 때 전학을 갔지만 그를 기억하고 있었다. 데미는 그를 쫓아내기는커녕 식당에서 무료로 제공되는 버거를 주며 아버지 일은 안 됐다고 말했다. 자신도 그해 봄에 엄마를 여의었다면서.

푸드 홀은 그 기억을 받아들였다. 코스티아는 마치 빨대로 빨려 나가듯 머리에서 기억이 빠져나가는 것이 느껴지는 듯했다. 잠시 뒤 카바 한 병이 나타났다. 말도 안 되게 미세하고 고운 거품. **확실한 단맛, 살짝 톡 쏘는 맛. 목구멍이 따뜻한.**

진과 맞바꾼 기억은 아버지와 함께 캠핑을 하면서, 침낭 속에서 모기에 뜯겨가며 보낸 밤이었다.

레몬은 알렉시스가 문지방에 서서 그를 차버렸을 때, 코스티야의 손에서 프레디 머큐리의 목줄을 낚아채 간 순간이었다.

룩사르도 체리는 그가 처음 섹스를 했을 때였다.

파촐리 오일은 마땅한 기억을 찾기가 더 힘들고 어려웠다. 그러나 결국 그는 아버지 없이 지낸 첫 번째 생일을 떠올렸다. 아버지가 예약해둔 꽃다발이 도착했던 날. 어머니는 그것을 쓰레기통에 던졌지만, 그 향은, 부패의 냄새는 사라지지 않았다.

애나가 나타났을 때, 이번에는 불꽃을 일으키며 눈부시게 등장하지는 않았다. 이제 그녀의 빛은 희미했고, 어둠 속에 가려져 있었다. 얼굴은 움푹 파여 있었다. 그녀에게는 구할 만한 것이 아무것도 남지 않은 것 같았다.

"제발, 저를 용서하세요." 코스티야가 간청했다.

그리고 그녀에게 잔을 내밀었다.

그녀는 처음 몇 번은 망설이며 홀짝였지만, 홀짝일 때마다 그녀의 얼굴에 다시 빛이 돌아왔다. 절반쯤 마셨을 때는 광대뼈가 덜 날카로워지며 한결 부드럽게 보였다. 움푹 파인 얼굴에도 살이 채워져, 라이브러리 오브 스피리츠에 그녀가 처음 나타났을 때처럼 보였다. 술잔을 다 비웠을 때는. 온통 에메랄드빛으로 환히 빛나는 아름다운 모습이 되어 있었다. 그녀가 잔을 내려놓았을 때, 그는 자신의 주방이 눈부신 황금색 빛으로 뒤덮인 것을 보았다.

그 빛은 창문에서 들어오고 있었다. 열차였다.

6호선이 아닌 다른 열차였다.

코스티야는 그녀가 빛나는 열차에 올라타는 것을 지켜보았다. 터널을 통과하고, 다음 여정을 향해, 다음 세상을 향해 떠나는 모습을.

그런 다음 그는 일을 시작했다.

그는 영혼들을 하나씩 다시 불러왔다.

수백 가지 재료가 있었다. 하나하나 모두 그의 작은 조각이었다.

어머니에게 버럭 성을 냈던 기억은 타바스코 소스와 맞바꾸었다.

식품잡화점 선반에 물건을 처음 채웠던 날은 짭짤한 크래커가 되었다.

그가 모라에게 한 거짓말, 더는 유령을 불러내지 않겠다는 거짓말은 학창 시절 그가 쓰레기통을 뒤져 먹을 것을 찾던 모습을 같은 반 아이들에게 들킨 기억에 절여진, 기름진 훈제 정어리 통조림이 되었다.

그는 재료를 아껴 썼다. 레몬은 반으로 잘라서 다시 쓰기 위해 보관했다. 소금은 손가락으로 집어서 넣었다. 버터 덩어리도 아꼈다. 할 수 있는 한, 자신을 최대한 오랫동안 온전한 상태로 유지하려 애썼다. 하지만 그럼에도 여남은 명의 영혼을 거치면서, 그는 마음속 빈 공간이 자꾸만 늘어가는 것을 느꼈다. 마음의 가장자리에 마치 후광처럼 희미한 고리가 생기는 것 같았다. 그는 이제 때가 되었음을 알 수 있었다. 준비가 되었건, 되지 않았건, 더 미룰 수가 없었다.

긴장과 불안 때문에 지금까지 피해온 음식이 하나 있었다. 그러나 그 음식에 도전하려면 어느 때보다 온전한 정신이어야 했다. 상황을 이해해야 했다. **존재해야** 했다.

영혼을 위한 끝맺음일 뿐 아니라, 코스티야 자신의 끝맺음이기도 했기 때문이다.

그는 아버지의 음식 재료를 불러냈다. 아버지의 죽음, 빅토르의 경연에서의 승리, 여섯 살 때 아버지와 풀밭에 누워 있었던 기억, 두호에서 모라가 말해주는 진실을 들었을 때의 기분. 그는 숨이 막혔다. 지금 아버지를 마주할 수 있을지 알 수 없었다. 놓아주지 못한 슬픔이 어떤 결과를 초래했는지를 과연 눈으로 직접 확인하고 감당할 수 있을까? 아버지는 화가 나 있을까? 배고파서 잔뜩 성이 난 행그리 유령이 되어 있을까? 코스티야가 일으킨 허기에 잠식되어 껍데기만 남은 존재가 되어 있을까? 그렇게 오랜 세월이 지난 지금도 그날 집을 나설 때 코스티야가 퍼부은 말들 때문에 여전히 상처를 안고 있을까?

그는 조용히 요리했고, 딜을 뿌리며 마음을 다잡았다.

그러나 세르게이 두호브니가 아들 앞에 나타났을 때, 그는 활짝 웃고 있었고, 자랑스러움에 온몸이 빛나고 있었다.

그의 얼굴은 주름이 더 깊어졌다. 그의 눈은 가시지 않은 허기 때문에 광채를 잃어 흐릿해졌다. 코스티야의 마음에서는 기억들이 희미해졌다. 아버지와 함께한 많은 소중한 순간이 다른 방법으로는 구할 수 없는 감칠맛과 단맛을 위해 희생되었다. 그럼에도 그는 아버지를 알아보았다. 그의 가슴이 알아보았고, 그의 영혼이 알아보았다.

"코스티야." 세르게이가 속삭였다. 아버지의 입에서 나온 그의 이름은 더없이 달콤했다.

"아빠."

세르게이는 그의 머리를 헝클어뜨리고 반쯤 그림자 상태인 손으로 그의 얼굴을 감쌌다.

"내 아들." 그의 움푹 꺼진 눈에 눈물이 차올랐다. "내 체리 씨앗. 네가 올 줄 알았어. 우리의 게임을 하러. 내 마지막 맛을 찾으러."

그 순간 코스티야는 감정을 주체하지 못하고 허물어졌다. 이 답은 너무나 벅찼다. 그것은 그의 모든 문을 여는 열쇠였다.

그는 그동안 자신의 슬픔을 너무도 꽉 붙든 채 오랜 세월 동안 죄책감을 키워왔다. 아버지의 용서를 간절히 바랐지만, 그 끝맛을 있는 그대로 직시한 적이 없었다. 그것은 그가 필요로 한 답이었다. 용서가 아니라 인정. 아버지가 자신을 지켜보고 있었다는, 이해하고 있었다는 증거. 아버지가 보낸 끝맛은 선물도 저주도 아닌, 게임이었다. **그들의** 게임. 죽음으로 인해 변형된 형태로 아버지가 보낸 것이었다. 다시 만나서 마지막 한 판을 하기 위해.

"피촌카." 코스티야가 눈물을 흘리며 더듬더듬 말했다. "아빠의 맛은 피촌카야."

"아니!" 아버지도 소금기 있는 눈물을 주룩주룩 흘리며 목이 메어 간신히 말했다. "사랑이야."

한 번의 눈 맞춤으로 그들 사이에 많은 것이 오갔다. 죄책감과 사과, 그들이 저지른 실수, 시간과 공간과 죽음을 넘어 굳건하게 유지된 사랑과 연결. 끈. 끊을 수 없는 사슬. 이제 다른 형태로 바뀌어 세르게이를 다음 세상으로 인도할 유대.

"쿠셰." 코스티야가 마침내 아버지에게 말하며 준비된 접시를 건넸다. 이렇게 오랜 시간이 지난 후에, 비로소 아버지를 보내주기 위해. "드세요."

그는 에벌리를 구했다. 에벌리는 그를 꼭 끌어안으며 언니에게 잘하라고. 안 그러면 다음 세상까지 쫓아가서 괴롭히겠다고 말했다. 그는 바바 피라도 되돌려 보냈다. 그녀는 코스티야가 자신의 보르시 수프를 먹어봐야 한다고 주장했다. 끝까지 바부슈카[할머니]였다. 그는 댄 에반스의 아버지도 구해주었다. 스텔라의 어머니도 마찬가지였다.

이름도 모르는 셀 수 없이 많은 다른 영혼도.

코스티야가 예상한 것보다 훨씬 더 많았다.

배고픈 유령 떼가 찢어진 틈을 통해 물밀 듯 밀려왔고, 모라가 경계막을 때우기 위해 고군분투하는 동안, 프랭키는 그들을 쫓아다니며 근처에 가지 못하게 하려고 애쓰고 있었다.

"꼭 고양이를 모는 것 같군. 아니, 그것보다 더 힘든 것 같기도 하고. 모라가 서둘러야겠어." 그가 말했다.

코스티야는 서둘러 음식을 만들었다. 출혈을 멈춰야 했다. 그를 공격하는 새 끝맛들은 토요일 밤에 밀려드는 주문처럼 압도적이고, 끊임없고, 끝없었다.

그는 프라이드치킨을 만들었다. 죽, 슈니첼, 비건 볼로네즈도 만들었다. 네팔식 염소 내장 볶음 카시코부탄. 연어를 패스트리로 감싼 살몬 엉 크루트. 민물 게 사와가니. 파에야. 이스라엘식 쿠스쿠스 프티팀. 너무나 많은 요리, 너무나 많은 재료, 너무나 많은 영혼이 그의 도움을 기다리고 있어서, 그는 자신이 무엇을 썼는지도 파악할 수 없었다. 자신에게 남은 재료가 얼마나 적은지, 남아 있는 기억이 얼마나 적은지도.

그는 생일 케이크를 만들고 있었다. 재료들을 얻는 과정은 크나큰 고통이었고, 그에게서 너무나 많은 것을 앗아갔기에, 반죽을 저으면서 몸서리를 쳤다. 그러다 문득 자신의 이름조차 잊어버린 것을 깨달았다.

자신이 누구인지마저 잊었는데 여전히 음식을 요리하고 누군가에게 차려주는 방법만큼은 알고 있다는 사실이 정말 이상하게 느껴졌다. 어딘가에 그를 다시 불러올 수 있는 음식이 있을까? 과거를 떠오르게 해줄 작은 한 입이? 어쩌면 그가 원래 살던 저쪽 세상에 있지 않을까?

결국 산 사람들은 대부분 기억하기 위해 먹었다. 그들은 음식으로 자신의 삶을 기념했다.

생일 케이크로, 샴페인으로. 케첩 수프로, 미쉐린 별점을 받은 메뉴로. 커피로. 맥도널드 해피밀로. 감자튀김으로. 할아버지, 할머니와 함께하는 일요일 저녁 식사로.

먹는 것은 기념하는 것이었다. 결국 음식은 삶이었다. 음식은 사랑이었다. 산 사람들이 견뎌내는 방식이었다. 그들이 계속 살아가는 방식이었다. 음식에는 그들의 인생 전체가 압축되어 있었다.

하지만 죽은 사람들은? 이곳은? 죽은 사람들은 잊기 위해 먹었다.

놓아주기 위해.

모든 것을 뒤로하고 떠나기 전에, 삶의 찬란한 불꽃을 마지막으로 한 번 맛보기 위해. 죽은 사람들에게 **더**라는 것은 없었다. 두 번째 그릇은 없었다. 그들이 남길 수 있는 것은 기록뿐이었다. 레시피뿐이었다.

레시피는 누군가가 어떤 사람이었는지, 무엇을 좋아했는지, 그들을 지탱한 것이 무엇인지 말해줄 수 있었다. 레시피는 그들이 떠난 뒤 다른 사람들이 그들과 함께하고, 그들을 다시 불러와 가까이 두는 방법이었다. 죽었어도 진정으로 죽지는 않는 방법이었다.

그는 이제 그들을 느낄 수 있었다. 그의 음식을 갈망하는 영혼들을. 그리고 그들을 도왔다. 음식을 준비하는 과정이 그의 기억을 갉아먹는다 해도, 그들에게 음식을 공급했다.

그는 그들을 먹이기 위해 너무 많은 것을 내주었다. 모든 것을.

아버지가 살아 있었던 어린 시절의 경이로움을 잃었다.

아버지의 죽음이 가져온 피폐함도.

고등학교 시절의 고통, 매캐한 굴욕, 쓰디쓴 패배감도.

모든 작은 승리. 첫 키스, 첫 직장, 첫 아파트도.

바냐 아저씨의 트럭을 몰았던 시절도(이건 다행일지도 모르지만).

그의 생애에서 가장 행복했던 마지막 몇 달, 그가 자신이 할 수 있는 모든 것을 깨달았던 그 시간마저도.

그는 프랭키를 고통스럽게 잃었다. 프랭키에 대한 마지막 기억은 그들의 첫 만남이었다. 코스티야가 벼룩시장 광고를 보고 연락해서, 함께 사는 것에 대해 이야기를 나누기 위해 외설적인 벽지로 뒤덮인 이스트빌리지의 카페에서 만났던 것, '코스티야'가 무슨 뜻인지 알고 뼈다귀라는 별명을 지어줬던 것.

그는 모라를, 소금 같은 그녀의 사랑을 잃었다. 그는 어떻게든 붙잡으려고 필사적으로 노력했다. 마지막 순간까지 그녀만큼은 잃지 않으려 했다. 그녀가 돌아올 때까지, 그녀를 만날 수 있을 때까지, 시간을 억지로 늘려보려 안간힘을 썼다. 그러나 그가 만드는 요리는 대부분 그녀의 기억에서 나오는 맛이 필요했다. 그에게 넘칠 만큼 많은 쓴맛이나 신맛이 아니라, 더 부드럽고 중독성 있는 맛들, 매운맛, 짠맛, 단맛, 감칠맛이 필요했다. 그는 이미 아버지와 프랭키를, 그의 인생에서 가장 훌륭한 순간들을 양념으로 써버렸다.

그는 자기 자신도 잃었다.

지금도 계속 잃고 있다.

끝맛들을 구현해내기 위해서는 그의 모든 것이 필요하다.

그리고 이제 단 하나의 기억만이 남았다.

명주실처럼 가늘고 연약한, 삶과 연결된 마지막 끈.

그가 집착하는 동시에 못 견디게 던져버리고 싶은 기억. 아침에 해가 뜰 때마다 사무치게 부끄럽고 고통스러운 순간. **아빠… 자, 입에 넣어줘! 나중은 없어. 지옥에나 가!**

그 기억을 놓아준다면 무슨 일이 벌어질지 모른다. 자신을 싹 비워낸다면. 저장용 항아리 대신 대접이 된다면.

그는 입술을 핥고 주방을 둘러본다. 반짝이는 표면과 조리대 위에 흩어져 있는 음식 조각들. 누군가 어질러놓은 흔적. 이곳은 중요한 곳, 의미 있는 곳 같다. 하지만 왜 이곳이 중요한지 더 이상 알 수 없고, 자신이 여기서 뭘 하고 있는지도 짐작할 수 없다. 조리대에는 그의 팔에 새겨진 문신과 똑같은 칼이 있지만, 다른 세상에서 자신이 왜 이것을 선택했는지 알 수 없다.

그는 답을 찾으려고 눈을 꼭 감고 기억해내려 하지만, 기억이 떠오르지 않는다. 망각은 고통스럽다. 감정적, 정신적으로 아물지 않을 상처다.

머리가 지끈지끈 아프다.

쿵쿵쿵.

그 소리가 너무 커서 귀에 들릴 것만 같다.

쿵쿵쿵.

또 그 소리다.

그런데 머릿속에서 나는 게 아니라, 창문을 두드리는 소리다.

"스탄! 거기 있어?"

목소리가 마치 물처럼 그를 통과한다. 그리고 다시 돌아온다. 더 크게, 더 가깝게.

"콘스탄틴!"

그리고 보라색 머리에 미간이 넓은 여자가 숨을 헐떡이며 창턱을 넘어온다.

그가 지금까지 본 중에 가장 아름다운 여자. 그녀가 그의 품속으로 뛰어들어 그를 꼭 끌어안는다. 마치 둘이 아는 사이인 것처럼. 그들이 한때 특별한 사이였던 것처럼.

"우리가 해냈어." 그녀가 그의 셔츠에 얼굴을 묻고 말한다. "경계 막 말이야. 자기가 반죽에 대해 가르쳐준 거. 프랭키랑 내가 그걸로 때웠어! 만두피처럼 손끝으로 꼭 집어서 주름을 만들었어. 자기가 봐야 되는데….'

그녀가 세상을 다 가진 듯 환하게 웃으며 그의 눈을 올려다본다. 하지만 그가 물음표 같은, 텅 빈 접시 같은 얼굴로 그녀를 보자, 그녀의 미소가 희미해진다.

"안 돼. 안 돼. 오, 스탄."

"우리가 아는 사인가요?" 그는 그러기를 바란다. 아주 많이. 그들이 아는 사이이기를 간절히 원한다.

그녀는 입술이 아플 만큼 입을 꾹 다문다. "도대체 무슨… 얼마나 남은 거야?"

그는 그녀가 어떻게 알고 있는지도 모른 채 고개를 저으며 말한다. "마지막 하나뿐이야."

그녀가 그의 얼굴을 두 손으로 감싼다. 그 손이 너무나 따뜻해서, 그는 거의 눈을 감을 뻔한다.

"그것만큼은 놓지 마." 그녀가 속삭인다. "꽉 붙들고 있어. 내 곁에 있어. 우린…." 그녀의 목소리가 갈라진다. "우린 괜찮을 거야. 제발, 그냥 머물러줘. 내가 방법을 생각할게. 어떻게든 자기를 되돌려 놓을 방법을. 자기의 전부를. 사랑해, 콘스탄틴. 소금처럼 사랑해. 그리고 내가 바로잡고 말 거야."

소금.

소금보다 더.

몰튼 소금. 히말라야 소금.

땀. 피. 케이퍼. 어란.

모라.

소금보다 훨씬 더.

그의 내면에서 무언가가 꿈틀거리며 깨어난다. 그녀를 먹여야 한다는 본능이.

그에게는 단 하나의 기억만 남았고, 그것으로 단 하나의 재료만 구할 수 있다. 그 기억 속에서 그는 뭔가 짠맛처럼 까칠하다. 하지만 마음 깊은 곳에는 후회와 약간의 죄책감, 애정을 향한 갈망도 있다.

그는 기억을 떠올린다. **주방, 냉장고 문, 피부에 느껴지는 찬 공기.** 기억이 혀를 따라 움직이도록 둔다. **아버지와 볼품없는 넥타이, 몰인정한 아이들, 자신의 두려움과 수치심, 외로움.** 그것을 구슬처럼 입안에서 굴린다. **가슴에서 폭발한 분노, 아버지의 좌절, 끔찍한 후회.** 그리고 그것이 더 딱딱해지고 거칠어지고 특별한 질감이 생기는 것을 느낀다. 구석구석이 결정을 이루고, 소금기가 생기고, 손으로 수확한 작은 소금 조각들이 이 기억에 의해 맛이 더해져 적절히 간이 맞춰진다. **관심과 연결과 사랑을 향한 갈망.**

그것은 절묘한 소금이다. 섬세하다.

플뢰르 드 셀.

그리고 그것을 맛보는 데 필요한 시간 동안, 한 번의 짧고 빛나는 순간, 그는 기억한다.

이해한다.

결정한다.

그는 자신이 돌아갈 수 없다는 것을 안다. 그의 몸에는 이제 독이 퍼졌다. 기억은 사라졌다. 그리고 설령 돌아갈 수 있다 해도, 그는 이곳에서 필요한 존재다. 해방되어야 할 다른 영혼들을 위해서. 푸드 홀이 배를 채워줄 수 없는 많은 배고픈 영혼들. 하지만 그는 채워줄 수 있다. 그래서 그는 머물 것이다. 도울 것이다.

그리고 그 대가로 언젠가 그녀를 다시 만날 수 있을지도 모른다.

모라는 아직 살 수 있으니까.

지독한 허기도, 에벌리도, 끊임없이 그녀를 잡아당기는 죽음의 그림자도 없이.

그녀가 자신을 따라오게 할 수는 없다. 그의 대부분이 사라져버렸고 잠시 후면 나머지도 사라질 것이기에. 그녀가 아직 삶을 다 살지 않았음을 알기에. 아직 놀고 찾고 마음껏 즐겨야 할 것들이 남아 있음을 알기에.

그가 지금 원하는 것은 그녀가 그럴 수 있게 해주는 것뿐이다.

그녀를 보내주는 것.

그녀를 놓아줄 만큼 그녀를 사랑하는 것.

* * *

플뢰르 드 셀이 그의 입에서 녹으며 빠르게 사라진다. 그가 그녀를 향해 손을 뻗는다. **나는 많은 미친 것들을 봤지만….** 그가 벌어진 입술을 그녀의 입술에 댄다. **당신은 특별해.** 그녀에게 열정적으로 키스한다. **소금보다 더.** 혀로 그 맛을, 그들의 끝맛을, 그의 마지막 기억을 그녀의 입속에 밀어 넣는다. **소금보다 훨씬 더.**

이 소금, 이 키스, 이 사랑은 두 사람 모두에게 지금까지 맛본 것 중 최고다. 이 순간 그것은 그녀를 일깨운다. 그녀를 되돌려놓는다. 그녀를 삶을 향해 끌어당긴다.

"사랑해." 이제 그가 속삭인다. "소금처럼."

그녀가 숨을 헐떡이자 피부에서 은빛 안개가 피어오르기 시작한다. 그녀가 빛을 발하며 다시 자신의 육신으로, 삶으로 끌어당겨지는 것을 느낀다. 형광색 눈물이 가득 고인 그녀의 눈이 그의 눈을 찾는다.

"무슨 짓을 한 거야?"

그는 그녀에게 말하고 싶고 설명하고 싶지만, 말들은 그의 손이 닿지 않는 곳으로 흩어지고 있다. 그녀는 사라져가는 손바닥으로 그의 손을 잡는다.

"나를 기다려줘." 그녀가 애원한다. "잊지 마. **제발** 잊지 말아줘.".

그녀가 다시 입을 맞춘다. 작별의 입맞춤이다. 그가 기억해야 할 입맞춤. 하지만 그는 이미 잊고 말았다.

그녀가 누구인지, 어떤 존재였을 수 있는지, 그에게 어떤 의미인지가 혀끝에서 맴돌지만, 끝내 기억해내지 못한다. 더 이상 맛이 느껴지지 않는다. 빛의 소용돌이 속에서 그녀의 모습이 희미해지고 소금이 물에 녹듯 흩어져 시야에서 완전히 사라질 때도 기억은 돌아오지 않는다.

마지막 한 입

쁘띠 푸르·

불을 끄기 전에
주방에서 한 번 더 키스해요

W. S. 머윈
「소망」

• 한 입 거리 디저트. 프랑스어로 작은 오븐이라는 뜻.

그녀의 입속에서 그는 되살아난다.
그의 끝맛은 바로 거기에 있다.
그가 이곳에 없다는 것을 안다.
하지만 그는 사라지지 않았다.

쁘띠 푸르 살레*

모라 엘리자베스 스트럭은 더 이상 허기에 시달리지 않는 상태로 사뷔르 페어의 대형 냉장고 안에서 깨어난다. 양옆으로 수제 커스터드가 놓인 화려한 쟁반과 사랑하는 남자의 얼어붙은 몸이 있다. 그녀는 추위와 혈액에 퍼진 독소 때문에 몸을 떨고 있다. 거칠게 숨을 내쉴 때마다 입김이 새어나와 찬 공기 속에 새털구름이 만들어진다. 눈물이 속눈썹에 얼어붙어 있다. 그녀는 이곳을 떠날 준비, 그를 남겨두고 갈 준비가 되어 있지 않고, 어차피 몸이 마비되어 움직일 수도 없다. 그래서 가만히 그의 얼굴을 보며 기억에 새기고 마지막 입맞춤의 맛을 떠올린다.

이윽고 냉장고의 철문이 열리며 낯선 사람들이 황급히 들어온다. 모두들 의료 가방과 멸균 도구들을 가지고 있다.

"복어예요?" 이미 구할 수 없는 사람을 어떻게든 도우려고 콘스탄틴의 상태를 살피던 그들이 갑자기 멈칫하며 물었다. 그녀는 아주

* 짭짤한 맛을 특징으로 하는 한 입 디저트.

천천히, 눈을 겨우 한 번 깜빡여 사실을 확인해주었다. **복어.** 그들은 사망진단서에 적는다. 하지만 사실은 복어 말고도 훨씬 더 많은 것이 있었다.

한 응급구조원이 그녀를 보며 얼굴을 찌푸린다.

"그럴 가치가 있었기를." 그가 복어 못지않게 독이 오른 말을 하며, 그녀를 바퀴 달린 들것에 옮긴다.

그녀는 그럴 가치가 있는 사람이 되려고 노력한다.

* * *

그녀는 학교로 돌아간다. 학위를 딴다. 10여 개의 게임을 만든다.

그중 하나는 푸드 홀에 관한 게임이다. 셰프가 기억을 찾도록 돕는 것이 미션이다. 이 게임은 상을 받았고 줄매진이 이어졌다. 그러나 모라는 이 게임의 자살 징후 감지 장치와 그 덕분에 구할 수 있었던 수많은 생명을 가장 자랑스럽게 느낀다.

그녀는 도쿄에서 잠시 생활한다. 멜버른, 탕헤르에서도.

그녀는 요리하는 법을 배운다.

그리고 먹는다. 많이.

사랑을 하긴 하지만 다시는 사랑에 빠지지 않는다. 그럼에도 상실처럼 느껴지지는 않는다. 기다림처럼 느껴질 뿐.

그러나 주로 그녀는 기억한다. 어딜 가든 그와 함께다.

소금은 그녀에게 그를 상기시킨다. 그녀는 모든 것에서 소금의 맛을 느낀다. 말돈 소금의 피라미드형 입자, 코셔 소금의 거친 입자, 히말라야 씨솔트의 완벽한 분홍빛 알갱이, 칼라 나마크의 검은색 입자, 포장에 노란 옷의 소금 소녀가 그려진, 요오드가 첨가된 몰튼 소금의 익숙하고 평범한 결정체. 그녀는 변함없이 플뢰르 드 셀의 꽃잎처럼 섬세한 소금 조각을 가장 좋아한다. 그것이 혀에서 녹을 때 그를 느낄 수 있다. 죽음조차 끊지 못한 그들의 유대를. 그리고 그녀의 입속에서 그는 되살아난다. 그의 끝맛은 바로 거기에 있다.

그가 이곳에 없다는 것을 안다.

하지만 그는 사라지지 않았다.

쁘띠 푸르 프레*

베라 두호브니는 뉴욕주 북부의 별다를 것 없는 작은 갈색 농가 주택에서 산다. 그녀는 어머니 같은 사랑으로 과수원을 돌보고 있다. 사과가 아니라 체리 과수원이다. 일할 때 그녀는 코스티야를 닮았다. 생김새보다는 얼굴 표정과 집중할 때 이마에 잡히는 주름, 맛을 볼 때 눈을 감는 버릇과 눈썹으로 놀라움을 표시하는 모습이 비슷하다.

나무 한 그루가 다른 나무들보다 빠르게 열매를 밀어냈다. 선명한 붉은색에 껍질이 무척 연하고, 처음 깨물면 혀가 아릴 만큼 시어서 눈물이 찔끔 나는 체리. 비쉬니아. 그녀는 그것을 구하기 위해 우크라이나에 다녀왔다. 한때 세르게이의 할머니가 살았던 마을로. 그녀는 그 체리 나무를 아이처럼 아끼며 가족 나무로 보존해왔다.

주방에서 그녀는 체리를 또 한 알 깨끗이 빨아먹고 하얀 씨를 손바닥에 뱉어낸다. 코스티야가 그랬던 것과 똑같이. 나머지 체리는

---

* 신선한 과일과 크림을 이용한 한 입 디저트.

물에 씻어 씨를 빼고 병에 담아 체리 절임을 만든다. 코스티야를 아
는 사람들에게 보내줄 셈이다. 그를 사랑한 사람들에게. 리오. 프랭
키의 어머니. 모라. 모라는 체리 절임을 숟가락으로 퍼먹는다.

　정통적인 레시피는 아니다. 세르게이가 가르쳐준 독특한 레시피
다. 햇볕에 달콤하게 영근 기억들을 모두 함께 입안에 보존하는 방법.
모진 인생을 닮은 체리의 신맛은 설탕이 아니라 소금으로 잡는다.

쁘띠 푸르 글라세*

프랜시스 K. 오셔너시는 더 이상 프랭키, 프랭크, 코쉬, 또는 미남이라고 부르면 대답하지 않는다. 하지만 마지막 별명에 대해서는 옛 습관이 쉽게 사라지지 않는다. 그는 구름 한 점 없는 낮의 모든 시간, 별이 총총한 밤의 모든 순간을 주방에서 보낸다. 거기서 한 번에 한 명씩 운 좋은 영혼에게 요리를 만들어주며, 오직 셰프라는 호칭에만, 아주 황홀하게, 대답한다.

'최후의 만찬' 레스토랑은 단지 푸드 홀의 핫플레이스에 위치해 있을 뿐 아니라, 그 **자체가** 푸드 홀의 핫플레이스가 되었다. 예약은 받지 않고, 항상 문 앞에 대기 줄이 있다. 좌석은 딱 하나뿐이며, 간단한 목재 카운터에 높은 의자 하나가 전부다. 메뉴는 존재하지 않는다. 그곳에서 식사를 마친 뒤 다시 나오는 사람은 없다.

기다릴 가치가 있는 식사라는 데 모두들 동의한다.

• 작은 스펀지케이크나 파운드케이크에 설탕이나 초콜릿 아이싱을 코팅한 한 입 디저트.

492

셰프는 손님들이 배불리 먹는 모습을 자랑스럽게 지켜본다. 기억의 맛이 그들의 혀에서 빙글빙글 돌며 춤추는 순간을, 그들이 반짝이는 불꽃 속에서 활짝 웃으며 사라지는 순간을. 그는 그들의 끝맺음을 돕겠다는 약속을 지키고 있다. 이번에는 잘하고 있다. 영혼들이 기억 여행을 마친 뒤 만족한 얼굴로 돌아오면, 곧바로 다음 단계로 나아간다. 끝없는 영혼의 연회에서 다음 코스로.

수셰프도 지켜본다.

겸손한 수셰프가 모든 요리를 한다. 기술을 배우기까지는 시간이 걸린다. 그의 정신은 스크램블드에그처럼 뒤엉켜 있다. 그러나 끝맛만큼은 너무나 자연스럽게 찾아온다. 그것은 배워서 되는 기술이 아니다. 푸드 홀이 그가 머무는 것을 허락할 만큼 귀한 재능이다.

그에게는 탁월한 본능적 감각이 있다. 자신이 차려내는 기억들을 양념하는 타고난 재능이 있다.

다만, 소금을 과하게 뿌리는 경향은 있다.

그럼에도 셰프는 조만간 최후의 만찬의 국자를 후임자에게 넘겨줄 생각이다.

수셰프에게 일을 맡기고 자신도 열차에 오를 셈이다.

쁘띠 푸르 데기제*

수셰프는 주방이 좋다.

음식이 좋다. 손님들이 좋다. 그리고 셰프가 좋다.

영혼들이 눈부신 빛 속에서 사라지는 모습을 지켜보는 게 좋다.

그리고 무엇보다 자신이 이곳에 머물도록 허락받은 것이 좋다.

수셰프가 처음 깨어났을 땐 아무런 기억이 없었다. 그를 과거와 이어줄 만한 어떤 기억도 남아 있지 않았다. 깨끗한 접시처럼. 백지장처럼. 그는 곧바로 다음 세상으로 떠났어야 했다.

그런데 여전히 이곳에 있다. 뚜렷한 이유 없이 최후의 만찬에서 일하고 있다. 여전히 요리를 하고, 음식을 차려내고, 기억을 음식으로 바꾸고 있다.

그가 음식을 차려낼 때마다 뭔가가 일어난다.

재료들이 조금씩 남는다.

접시를 치우면서 그것들을 발견한다. 빵 한 조각. 후추 한 톨. 무

---

* 말린 과일이나 견과류에 설탕이나 초콜릿을 입힌 한 입 디저트.

494

심코 흘린 토마토 씨 하나.

잘 챙겨둬. 세프가 말한다. 네 것이야. 어쩌면 언젠가 네 마지막 식사를 직접 만들게 될지도 모르니까.

그래서 수세프는 그것들을 작은 유리병에 모으고, 테이프로 이름을 붙여 서랍에 보관한다. 요리를 할 만큼 모으려면 평생이 걸릴지도 모르지만, 그는 서두르지 않는다. 그는 무언가를 기다리고 있다.

누군가를.

그것은 무의식적인 본능이다. 음식을 직관으로 아는 것처럼 본능적인 느낌이다. 그것이 그를 이곳에 머물게 한다. 그녀가 올 거라고 말하고, 그녀가 오면 요리를 만들어 먹여야 한다고 말한다.

결국 그는 그녀를 모습이나 감촉, 목소리로 알아보지 못한다. 오직 맛으로만 알아본다.

그녀의 키스의 맛. 하나의 갈망. 집에 돌아온 것만큼 좋은 느낌.

지금까지 맛본 중 최고의 맛. 앞으로도 영원할, 맛볼 수 있는 최고의 맛.

특별한 종류의 소금.

나의 영원한 고마움과 사랑과 소금을
먼저 떠난 소중한 이들에게 전합니다.
여러분이 언제나 저와 함께하면서,
언어로 세상을 빛는 제 손을 이끌어주고
있다는 걸 잘 알고 있습니다.
절대 잊지 않을게요.

— 다리아 라벨

옮긴이의 말

관례대로라면 이 글은 책의 가장 뒤에 실릴 것이다. 따라서 대부분의 독자는 소설을 모두 읽은 뒤에 이 글을 읽게 될 것이다. 물론, 책의 맨 뒤에 있는 것을 먼저 보는 사람도 있을 것이다. 내가 그러는 편인데, 아무리 작은 정보와 단서도 읽기와 해석을 풍부하게 만들 수 있다고 여기기 때문이다. 그러나 먼저 보든 나중에 읽든 별 차이는 없을 것이다. 후기는 몇 가지 소박한 정보와 약간의 소회, 그리고 (당연히 있을) 번역 과정에서 느낀 몇 가지 난점이 전부일 테니 말이다. 하지만 사소한 스포일러조차도 용납하지 않는, 그래서 온전히 백지 상태에서 읽기를 좋아하는 독자라면, 그리고 아직 소설을 읽기 전이라면 바로 이 책의 맨앞으로 돌아갈 것을 권한다.

2025년 봄, TV에서 드라마 〈천국보다 아름다운〉이 방영되었다. 이승에서의 사랑이 저승으로까지 이어지는 이야기다. 이즈음 미국에서 『Aftertaste』가 출간되었고, 나는 원서가 출간되기 전에 계약된 『끝맛』을 한창 번역 중이었는데, 방송을 보며 절묘한 타이밍에 탄식

했다.

1998년 가을, 영화 〈천국보다 아름다운〉이 개봉되었다. 원제가 What Dreams May Come인 이 영화는 당연히 27년 뒤에 방영될 드라마와는 아무런 관계가 없다. 이 영화 역시 이승과 저승을 가로지르는 사랑과 환생을 소재로 한다. 1987년 우크라이나 키이우에서 태어나 두 살 때 가족과 함께 미국으로 이주한 다리아 라벨은 10대 초반 이 영화에 매료되어 대사를 외울 정도로 여러 번 보았고 사후세계에 대한 관심을 키워왔다고 한 인터뷰에서 밝혔다. 그녀는 프린스턴대학에서 비교문학을 전공했고, 세라 로런스 칼리지에서 예술전문석사(MFA) 학위를 받았다. 『끝맛』은 그녀의 첫 장편소설이고, 그전에 《다크 매터》《더 데드랜즈》《더 드레드 머신》 등의 매거진에 몇 편의 단편 소설을 발표하여, 이민자의 정체성과 소속감, 초현실적 공간, 현실과 환상의 경계 등을 탐구했다.

이 책의 원제 Aftertaste의 뜻풀이는 대부분의 사전에서 대동소이하다. 영어 aftertaste에 해당하는 프랑스어 arrière-goût 역시 뜻풀이가 크게 다르지 않다. 직접적 의미로는 음식이나 음료를 섭취한 후 입안에 남는 맛을 뜻하고, 비유적 의미로는 어떤 사건이나 경험 후에 남는 감정이나 인상을 가리킨다고 설명한다. 한국어에서 그에 해당하는 말은 각각 끝맛(또는 뒷맛)과 여운(餘韻) 정도가 적당할 것이다. 여미(餘味)라는 말도 있지만 귀에 설다. 그러나 단어 수준이 아니라 그것이 이 소설에서 사용된 맥락의 수준에서 보면 어떤 것도 정확하게 대응하지 않는다.

다리아 라벨은 한 인터뷰에서 "어떤 영혼의 존재를 (그에게 가장 의미 있는 음식을 통해) 맛으로 느끼는 능력을 콘스탄틴 두호브니는 'aftertaste(끝맛)'라고 부른다"고 말한다. 그러나 정확하게 말하자면 작품 속에서 콘스탄틴이 맛을 느끼는 능력은 투미력(透味力)이고, 그때 느껴진 맛이 '끝맛'이다. 투미력(clairgustance)이라는 말은 투시력을 뜻하는 프랑스어 clairvoyance를 변형한 것이다. clairvoyance에서 clair는 어느 영화 평론가가 한 줄 평에서 사용해 유명해진 '명징하게', 혹은 데카르트가 의심할 수 없는 진리의 기준으로 삼은 '명석하게'를 뜻하고, voyance는 보는 행위, 눈보다는 마음으로, 또는 어떤 신통한 능력으로 보는 것을 말한다. 시간과 공간, 차원을 넘어서 보는 것이다, 여기에서 '보다'대신 '맛보다'를 뜻하는 라틴어 gustare를 사용하여 변형한 낱말이 투미력이다.

주인공 콘스탄틴은 맛의 원천인 음식이 현실에 존재하지 않는 상황에서 맛을 느끼는 능력을 가졌고, 그때 느끼는 맛을 끝맛이라고 부른다. 이것은 현실 속에 존재하지 않는 감각이고 우리가 가진 사전에서 찾을 수 없는 관념이다. 현실에 존재하지 않는 상상을 어떻게 표현하고 전달할까? 모양조차도 없고 그것을 지칭할 말조차도 없다면 말이다. 지금 이 순간에도 많은 말이 새로 만들어지고 사라져간다. 그렇다고 새로운 낱말을 창안하기가 쉬운 일은 아닐 것이다. 작가는 새로운 단어를 만드는 대신 기존의 단어에 새로운 뜻을 추가하는 방법을 택했다. 그러니 독자들도 이 소설에서는 끝맛이라는 단어를 음식을 삼킨 후에도 입안에 남아 있는 맛의 자취나 흔적이라고 이해하지 않길 바란다. 이건 번역자의 업무상 과실도 아니고 배임도 아니다(라고 조심스레 주장해본다).

마르셀 프루스트는 『잃어버린 시간을 찾아서』에서 중년의 주인공이 가리비 모양의 달콤한 과자 마들렌을 홍차에 적셔 먹는 순간, 오랫동안 잊고 지냈던 유년 시절의 기억이 생생하게 되살아나는 경험을 묘사한다. 프루스트는 과거의 감정과 경험이 현재의 감각을 통해 어떻게 되살아날 수 있는지를 탐구하며, 시간과 기억의 복잡한 관계를 문학적으로 표현한다. 이 장면은 문학뿐만 아니라 심리학에서도 주목받아 '프루스트 현상'이라는 용어로 확장되었으며, 특정한 감각, 특히 후각 자극이 과거의 기억을 불러일으키는 현상을 설명하는 데 사용된다.

끝맛은 기억과 감각이 연결되었다는 점에서 프루스트 현상과 유사하지만, 향이 기억을 불러오는 것과 달리 망자(그리고 그와 함께 먹은 음식)에 대한 기억이 맛을 환기한다는 점에서 뒤집어진 거울상을 이룬다고 할 수 있다.

나는 소설을 번역할 때 종종 배경이 되는 장소를 구글 지도에서 스트리트 뷰 기능으로 산책하곤 한다. 작가가 언어로 형상화한 무대를 이미지로 재구성하는 데 도움을 받기 위해서이기도 하다. 『끝맛』은 뉴욕을 배경으로 이야기가 펼쳐지고 뉴욕의 다양한 장소가 등장하며 도시의 생생한 분위기를 전달한다. 콘스탄틴이 어린 시절을 보냈던 브루클린 남쪽 동네 브라이턴비치는 리틀 오데사로 불릴 만큼 러시아와 구소련 출신 이민자들이 대거 정착한 곳으로 지금도 간간이 키릴문자 간판이 보인다. 애비뉴 U에서는 아버지가 죽고 3개월 후 맞은 콘스탄틴의 생일날 키이우 케이크를 훔친 빵집을 배고픈 영혼처럼 찾아 헤매기도 했다. 콘스탄틴이 처음으로 자기만의 요리 실험을 시작한 맨해튼의 헬스 키친. 이곳은 건강한 부엌(Health kitchen)이 아니라 지옥의 부뚜막(Hell's kitchen)이다. 과거 갱단이 활개 치던 범죄 소굴(오죽하면 그런 이름을 얻게 되었을까)이라는 오명을 벗고 맛집 거리로 탈바꿈하여 이젠 미식가들의 천국이 되었다. 콘스탄틴이 두흐를 개장하기 전 프로필 사진을 찍었던 예스러운 사괴석으로 포장된 거리는 영화 〈원스 어폰 어 타임 인 아메리카〉에서 소년들이 맨해튼 다리를 배경으로 폼을 잡고 걷던 브루클린 덤보 지구의 워싱턴 스트리트다.

레스토랑 두흐의 지하 주방에 난 창문이 뉴욕시 지하철 폐역과 연결된다는 설정은 기발한 상상이다. 물론 서울의 고속터미널역처럼 많은 지하 아케이드에 식당이 위치하고 있지만 철로와 직접 연결되는 경우는 없다. 실제 배경이 된 뉴욕 시청역은 1904년 개통되었으나 역이 곡선형 구조이고 플랫폼이 짧아서 점점 길어지는 열차를 수용하기 어려워지면서 1945년 폐쇄되었다. 역사는 철거되지 않고 보존되어 지금도 뉴욕지하철 6호선의 회차 선로로 이용되고 있으며, 일 년에 몇 차례 뉴욕교통박물관 회원을 대상으로 투어를 진행하여 실제 촬영한 영상을 찾아보는 것이 어렵지 않다. 아치형 천장과 고풍스런 타일과 스테인드글라스에 대한 눈에 보이는 듯한 묘사와 실제 풍경을 비교하는 것도 또 다른 즐거움이다. 뉴욕에 있는 독자라면 당장에라도 그 거리들을 산책할 수 있겠지만, 지구 반대편에서도 구글 지도와 검색으로 얼마든지 반(半)가상 산책을 할 수 있다.

한 권의 책, 그것도 요리책이 아닌 소설책에 이렇게 다양한 음식과 식재료가 등장하는 경우는 극히 드물 것이다. 저자가 속한 세계에서는 흔치 않은 재료의 대표적인 예로 등장했지만 우리에게는 어느 정도 익숙한 복어에서부터, 이 책이 아니었으면 과연 접해볼 수 있었을까 싶은 용연향이며 회색머리멧새 같은 정말로 희귀한 재료에 이르기까지, 다양한 재료와 음식 문화, 구체적인 레시피를 접하고 번역하는 과정은 특히 신선하고 흥미로웠다. 요즘은 각종 요리 경연과 셰프들이 등장하는 TV 프로그램들 덕분에 다양한 조리법과 재료, 주방 용어에 어느 정도 익숙해지긴 했지만, 주방 깊숙이 들어가서 가상의 현장을 살짝 엿보는 재미도 쏠쏠했다. 물론 그런 디테일한 측면들과 새롭고 참신한 시도들이 번역하는 데 큰 도전으로 다가온 것도 사실이다. 도전과 흥미, 의미가 공존하는 작업이었다. 몇 달 동안 이 새롭고 흥미로운 세계를 탐험할 기회를 주신 클레이하우스 출판사와, 손볼 곳 많고 때로는 원문의 늪에 빠져 허우적대는 번역문을 한결 읽기 좋게 다듬어주신 편집자께 깊이 감사드린다.

옮긴이 정해영

성균관대학교 불어불문학과와 이화여자대학교 통번역대학원을 졸업하고, 현재 전문번역가
로 활동하고 있다. 역서로는『하버드 문학 강의』『이 폐허를 응시하라』『회계는 어떻게 역사
를 지배해왔는가』『번역의 일』『페미니스트 99』등의 인문교양서, 『리버보이』『더 미러』『빌
리 엘리어트』『이름 없는 여자의 여덟 가지 인생』『우주를 듣는 소년』등의 소설이 있다. 그 밖
에도 고전 소설『필경사 바틀비』『이상한 나라의 앨리스』『산 루이스 레이의 다리』, 앤솔로지
『데카메론』『곰과 함께』, 에세이『길 위에서 하버드까지』『떠나는 것은 어려운 일이 아니다』
등을 번역했다.

끝맛

초판 1쇄 인쇄 2025년 9월 18일
초판 1쇄 발행 2025년 9월 25일

지은이 다리아 라벨
옮긴이 정해영

편집 김윤하
디자인 studio forb
마케팅 신동익
제작 ㈜공간코퍼레이션

펴낸이 윤성훈 **펴낸곳** 클레이하우스㈜
출판등록 2021년 2월 2일 제2021-000015호
주소 경기도 파주시 회동길 363-21, 2층
전화 070-4285-4925 **팩스** 070-7966-4925 **이메일** clayhouse@clayhouse.kr
홈페이지 https://www.clayhouse.kr

ISBN 979-11-93235-63-8 (03840)

클레이하우스㈜가 더 나은 책을 펴낼 수 있도록 의견을 남겨주시거나 오타를 신고해주세요.
QR코드에 접속해 독자 설문에 참여해주신 분께 추첨을 통해 선물을 드리겠습니다.